परछाइयाँ

(उपन्यास)

महिमा मेहता

दिनांक 3 जुलाई 1932 को मध्य प्रदेश के सैलाना जिले में जन्मीं श्रीमती महिमा मेहता ने समाजशास्त्र विषय से एम.ए. की शिक्षा ग्रहण की। तदुपरान्त किदवई गर्ल्स कॉलेज, इलाहाबाद उत्तर प्रदेश में प्रवक्ता के पद पर अध्यापन कार्य किया।

साहित्य में रुचि रखने वाली महिमा मेहता ने 'उत्सव पुरुष : नरेश मेहता' की रचना की।

लेखिका के शब्दों में 'परछाइयाँ' पुस्तक से जीवन प्रसंगों को संजोने का प्रयास है। **'यदि मैं ऐसे उदात्त चरित्रों के साथ अंशमात्र भी न्याय कर सकी तो यह मेरे प्रयास की सार्थकता होगी। क्योंकि मुझे निरन्तर अपनी सार्थकता का बोध रहा है।'**

सम्प्रति : एच. सी. 52, एन.आर.आई., कॉलोनी, वी.आई.पी. रोड, कोहेफिजा, भोपाल।

महिमा मेहता

परछाइयाँ

लोकभारती पेपरबैक्स

पहला पेपरबैक संस्करण : 2017

लोकभारती पेपरबैक्स : उत्कृष्ट साहित्य के लोकप्रिय संस्करण

लोकभारती प्रकाशन
पहली मंजिल, दरबारी बिल्डिंग, महात्मा गाँधी मार्ग,
इलाहाबाद

वेबसाइट : www.lokbhartiprakashan.com
ईमेल : info@lokbhartiprakashan.com

शाखाएँ : 1-बी, नेताजी सुभाष मार्ग, दरियागंज, नई दिल्ली-110 002
अशोक राजपथ, साइंस कॉलेज के सामने, पटना-800 006 (बिहार)
36-ए, शेक्सपियर सरणी, कोलकाता-700 017

इण्डियन प्रेस
इलाहाबाद द्वारा मुद्रित

मूल्य : ₹ 195

PARCHHAIYAN
by Mahima Mehta

ISBN : 978-93-5221-155-5

पूज्य पिता श्री सत्यनारायण व्यास और
माँ श्रीमती गुणवती व्यास की स्मृति को ...

महिमा मेहता

अपनी बात

साहित्य जीवन-प्रसंगों का लेखा-जोखा ही है। एक प्रकार से जीवन-प्रसंग वास्तविक जीवन का ही मूर्त रूप है। आवश्यक नहीं कि वे प्रसंग आपके अपने जीवन के हों। आपके आस-पास बिखरी इस विविधता के भी हो सकते हैं। इन प्रसंगों से जुड़े कुछ लोगों की स्मृतियाँ अकसर परछाइयाँ बनकर आपके आगे-पीछे डोलती रहती हैं। वे लोग अपनी साधारणता में भी विशिष्ट थे। वे जानते थे कि सामाजिक और नैतिक मान्यताओं के क्षरण के युग में भी कुछ मूल्य ऐसे होते हैं जो जीवन को अधिक जीने योग्य बनाते हैं, जो धरोहर के रूप में एक पीढ़ी से दूसरी पीढ़ी को मिलने चाहिए।

'परछाइयाँ' ऐसे ही कुछ जीवन-प्रसंगों को सँजोने का प्रयास है। अगर मैं ऐसे उदात्त चरित्रों के साथ अंशमात्र भी न्याय कर सकी तो यह मेरे प्रयास की सार्थकता होगी। क्योंकि मुझे निरन्तर अपनी अक्षमता का बोध रहा है।

यहाँ मैं यह स्पष्ट कर दूँ कि यह रचना न तो किसी स्थान-विशेष का भूगोल है न ही किसी परिवार-विशेष का इतिहास और न ही किसी व्यक्ति-विशेष की जीवन-गाथा। यह मात्र रचना है और रचना की दृष्टि से ही पाठक को आनन्द दे सके तो मेरा परिश्रम सार्थक होगा।

और अन्त में मैं उन सबके प्रति आभारी हूँ जिन्होंने किसी-न-किसी रूप में लेखन के समय मुझे सहयोग दिया। विशेषकर श्री योगेश शर्मा जी की आभारी हूँ जिन्होंने प्रूफ की अशुद्धियों को सुधारने के साथ-साथ आवश्यक सुझाव दिये।

जो हमारी समस्याओं को हल कर हमें आश्वस्त और निश्चिन्त कर देता है, इस बार भी सदा की तरह मेरी बीमारी में चुपचाप मेरे लिखित पन्नों को समेटकर ले गया और टाइप से लेकर प्रूफ तक की सारी जिम्मेदारी उठाते हुए उन पन्नों को पुस्तक का रूप दिया...। उस व्यक्तित्व के प्रति आभार व्यक्त करना अपनी अपात्रता का परिचय देना है। फिर भी...उस व्यक्तित्व के धनी व्यक्ति का नाम है—श्री कैलाशचन्द्र पन्त!

—महिमा मेहता

बिस्तर पर पड़े-पड़े ही मैंने गर्दन घुमाकर खिड़की की ओर देखा, खिड़की पर पड़े परदों ने दृष्टिपथ को अवरुद्ध किया। बाहर जिस विस्तार को देखने की कामना से मैंने इतने कष्ट में भी गर्दन घुमायी थी, वह हो न सका। कल्पना का ही सहारा लेना पड़ा... शाम धुल आयी होगी, सूर्य करीब-करीब अस्त हो चुका होगा। बरसात के दिन हैं, धुली-धुली लम्बी साँझ की परछाईं और लम्बी होती हुई, पीछे के लॉन को लाँघने की तैयारी में होगी...

कितना कहा इन लोगों से कि शाम पाँच बजते ही खिड़की के परदे सरका दिया करें। पर किसी को ध्यान ही नहीं रहता। अगर ईश्वर ने मनुष्य को कल्पना करने की शक्ति न दी होती तो उसका तो जीवन ही कठिन हो जाता। पर 'ऊपरवाले ने' कल्पना के साथ स्मृतियों का जो पुछल्ला लगा दिया है, उसके कारण भी तो जीना कठिन हो गया है। एक लम्बी श्वास...नहीं-नहीं निःश्वास नहीं है। यह तो कहा गया है न कि मन उदास हो तो लम्बी गहरी श्वास लेना चाहिए, मन हलका हो जाता है, बस इसीलिए। एक लम्बी उसाँस के बाद करवट बदलने की इच्छा हुई। परन्तु अब करवट बदलना भी कहाँ सम्भव। किसी की सहायता बिना करवट बदलने की मनाही जो है। जरा-सा प्रयत्न करने पर हड्डियों से कैसे कड़र-कड़र टूटने की आवाज आने लगती है। कितना आश्चर्य होता है न। जो हड्डियाँ शरीर का सबसे मजबूत हिस्सा माना जाता है, जिसके ढाँचे पर ही शरीर सीधा खड़ा रहता है, चलता-फिरता है, जिसके सहारे लोग सत्तर-अस्सी क्या, सेन्चुरी तक बना लेते हैं और लाठियों की मार से भी जो हड्डियाँ टूटती नहीं, वे आपके करवट बदलने मात्र से टूट सकती हैं...वाह रे शरीर की रचना और वाह रे इस रचना को 'रचनेवाले' की माया। डॉक्टरी भाषा में इस प्रक्रिया को चाहे जो नाम दिया जाय, क्या फरक पड़ता है। और नाम जानकर भी कौन-सी जिज्ञासा शान्त होती है।

रहस्य तो इन पंक्तियों में छिपा है—

''देखत तव रचना बिचित्र अति, समुझि मनहि मन रहिये।''

कोई खिड़की का परदा सरका देता तो कितना अच्छा होता। मैं भी जाती हुई शाम के हलके सुरमई आँचल को, घर के आँगन, लॉन और फूलों के पौधों पर से धीरे-धीरे सरकते हुए पेड़ों की फुनगियों को स्पर्श करते और आसमान में पहुँच गहरा सुरमई रंग लेते तथा हलका बादल बन उड़ते देख सकती... सन्ध्या का आँचल कितना लम्बा होता है न! धरती से आकाश तक सरकता ही चला जाता है...।

और अचानक बिस्तर में पड़ी मेरी देह में एक सिहरन दौड़ गयी। स्पर्श का एक आभास पूरे शरीर पर से सरकता, अभी-अभी गया-सा लगा ...। कितना कोमल और पवित्र स्पर्श था। किसी कपड़े की छुअन इतनी कोमल, इतनी स्निग्ध नहीं हो सकती। क्या यह मेरी कल्पना है? नहीं, उस दिव्य स्पर्श का रोमांच, दूरागत ही सही, मुझे अनुभव हो रहा है।

मैं उस नये अनुभव की थाह लेने की चेष्टा में आँखें और कसकर बन्द कर लेती हूँ, जैसे आँखें ही वह माध्यम बचा हो, जिस राह उस दिव्य स्पर्श का बादल उड़कर दूर जा सकता है...।

नहीं, सरेशाम झपकी तो नहीं आ सकती। आँखें अवश्य बन्द हैं। मेरे कान तो नौकरानी की आहट के लिए सतर्क हैं। साँझ तो कभी की चली गयी, कमरे में अँधेरा घिर आया। नौकरानी आती होगी। अभी लाइट जलायेगी और कमरा प्रकाश से भर जायगा। वह कुछ खाना-पानी भी देगी। इस सन्नाटे में थोड़ी देर का व्यवधान होगा। शायद टी.वी. भी ऑन कर दे। मैं ही सिरदर्द का बहाना बनाकर बार-बार टी.वी. बन्द करवा देती हूँ। सन्नाटे की कितनी आदत हो गयी है न! जरा-सी आवाज बरदाश्त नहीं होती।

शायद फिर झपकी आ गयी...। अचानक कान में हथौड़े की आवाज सुनायी दी। पाँच हजार एक, पाँच हजार दो, पाँच हजार तीन...और मेज पर एक लकड़ी का हथौड़ा धाड़-सा लगा...चौंककर आँखें खोलती हूँ—कमरे की लाइट जल रही है। खिड़की का आधा परदा सरका हुआ है, पीछे लॉन के पेड़-पौधों ने अँधेरे की चादर ओढ़ ली है। रसोईघर में नौकरानी की खटर-पटर चल रही है।

मेरी हरकत से नौकरानी कमरे में उपस्थित हुई।

...आज तो आप बहुत देर तक सोती रहीं। आठ बज गये। मेरा तो सारा काम हो गया। आपका खाना भी तैयार है।

...मुझे तो आज झपकी भी नहीं आयी।

...आपकी आँखें इस कदर बन्द थीं कि मुझे लगा आज आपको गहरी नींद आ गयी। इसीलिए मैंने आपको जगाया नहीं।

आवश्यक कार्य समाप्त कर नौकरानी ने मसहरी लगा दी। मैंने फिर आँखें बन्द कर लीं। पता नहीं नींद आयी थी कि नहीं, पर आँख है कि खुलती ही नहीं। आश्चर्य! जो नींद रात-भर दर्द की हर कराह पर खुलती रहती थी, उसे आज क्या हो गया! कहीं कोई दर्द नहीं, कराह भी नहीं, अन्दर कुछ अच्छा-सा लग रहा है...सामने एक पिक्चर चल रही है। मन उन्हीं दृश्यों, सम्भाषणों में डूब-उतरा रहा है। न सुख, न दुःख, बस अच्छा लग रहा है।

फिर से मेज पर लकड़ी का हथौड़ा पड़ने की आवाज...। पाँच हजार एक, पाँच हजार दो, पाँच हजार तीन...। अरे, इस आवाज को तो मैं पहचानती हूँ। परन्तु यह आवाज मेरे घर से क्यों आ रही है? क्या मेरे घर का सामान भी...।

पिक्चर का दृश्य बदल गया है।

आज से वर्षों पूर्व के दिन थे। हमारी नयी-नयी गृहस्थी बस रही थी। उसी गृहस्थी को सजाने-सँवारने के लिए हम प्रति रविवार सिविल लाइन्स में होनेवाली नीलामी में जाते थे। उन दिनों सिविल लाइन्स में, पत्थर गिरजे के पास शायद बारनेट होटल के पीछे एक कोने में प्रत्येक रविवार एंग्लो इण्डियन और अंग्रेजों के बँगलों का... लकड़ी का पुराना पर सुन्दर फिनिशिंगवाला फर्नीचर नीलाम होता था। हमारे घर का लकड़ी का सामान, अधिकतर वहीं से खरीदा गया है। दाम याद करके तो स्वयं पर विश्वास ही नहीं होता। गहरे कत्थई रंग के दो बड़े पलँग, जिन पर पिछले साठ वर्षों में कभी वार्निश नहीं करनी पड़ी, न एक कील ठोकनी पड़ी, मात्र बारह रुपये में मिले थे। तीन बड़े-बड़े ड्राअरवाला, अलमारीनुमा स्टैण्ड पाँच रुपये में। वर्षों अन्य आवश्यक सामान के साथ कपड़े भी उसी में रखे जाते थे। मात्र छह रुपये में तो लकड़ी का बड़ा-सा तख्त मिल गया था। हाँ, तीन बड़े-बड़े शीशेवाली, करीब छह फीट ऊँची और इतनी ही चौड़ी ड्रेसिंग टेबल बीस रुपये में मिली थी! इस ड्रेसिंग टेबल को खरीदते समय मेरी इनसे कितनी झिक-झिक हुई थी। मेरा कहना था इस समय केवल आवश्यक वस्तुएँ खरीदने की स्थिति है, शौक की वस्तुएँ नहीं। और इनका कहना था—बस, मैं तुम्हारे लिये कुछ लेना चाहता हूँ।

क्या दिन थे वे...हम लोग सारा सामान उस छोटे-से दो कमरे के घर में कैसे सहेज-सहेजकर रखते थे। रसोईघर के बर्तन भी, अधिकतर पुराने कपड़े, अखबार, जूते-चप्पल देकर धीरे-धीरे बसाये गये थे। खाने-पीने का सामान रखने के वे डालडा के छोटे-बड़े डिब्बे, जो आज कबाड़ लगते हैं, लोगों से माँग-माँगकर इकट्ठे किये

गये थे। उन दिनों यू.पी. में डालडा खाने का बहुत चलन था। सरसों का तेल खाना देहातीपन की निशानी माना जाता था। रिफाइण्ड का चलन तो हुआ नहीं था।

होली के त्योहार पर लोगों के घर डालडा के खाली डिब्बे बहुत निकलते थे। घर लाकर उन डिब्बों को गरम पानी-साबुन से धोना, सुखाना और सूखने पर छोटे-बड़े डिब्बों पर सफेदे से सामान का नाम लिखना—दाल, अरहर, मूँग, चावल, आटा, खिचड़ी, गुड़, चीनी, मसाले वगैरह, सभी तो इन डिब्बों में रखा जाता। इस तरह के कामों में पति का भरपूर सहयोग मिलता था। प्रत्येक दीवाली पर यह काम होता। सारे डिब्बे रंग-पुतकर लकदक करने लगते। ये डिब्बे मजबूत भी होते और चूहों और चींटियों से सुरक्षित भी। डालडा का पुराना डिब्बा माँगने में हमें हिचक भी नहीं होती। मुझे अच्छी तरह याद है—एक बार तो हम लोग प्रकाशचन्द्र गुप्त (हिन्दी साहित्य के जाने-माने आलोचक और इलाहाबाद विश्वविद्यालय में अंग्रेजी विभाग के अध्यक्ष) के यहाँ से पाँच किलो का डालडा का डिब्बा हाथ में लटकाये चले आये थे।

जब तक कोई वस्तु पूरी तरह टूट-फूटकर अनवापर नहीं हो जाती, फेंकते नहीं थे। बर्तनों, बाल्टियों के पेंदे घिस जाने पर ठठेरी बाजार जाकर नये पेंदे और हैण्डिल लगवा लिये जाते। पीतल के बर्तनों की कलई उतर जाती तो अपने हाथ से ही घर में कलई कर लेते। कितने हाथ जलते थे न उस समय।

हम कोई नायाब नहीं थे, जो ऐसा करते थे। अधिकांश अपनी छोटी आमदनी में अपनी गृहस्थी को इसी प्रकार सजाते-सँवारते थे। टूटा-फूटा या बदरंग सामान कभी किसी की गृहस्थी में आपको दिखायी नहीं देता था। टूटा सामान भी सुधरवाकर, रंग-रोगन करके ही घर में रखा जाता था। घर में टूटे बर्तन, फटे कपड़े, बदरंग सामान रखना अपलक्षण माना जाता था। गरीबी और फूहड़पन में अन्तर था। इसीलिए छोटे-मोटे, साधारण-से घर भी अपने 'घर' होने की संज्ञा को सार्थक करते हुए साफ-सुथरे, व्यवस्थित और शान्त लगते थे। घर में वस्तुएँ नहीं, व्यक्तित्व प्रमुख होते थे। वस्तुएँ आप पर हावी नहीं लगतीं, बल्कि उस घर और वहाँ रहनेवालों को संस्कारी, सुषमित करने में सहयोगी लगती थीं।

अब अगर कालान्तर में, वर्षों तक अपने हाथों से रँगाई-पुताई कर सुन्दर बनाये गये मकान या इस तरह रची गयी गृहस्थी को, एक-एक सामान को जुटाने, बसाने की जद्दोजहद को शिद्दत से याद किया जाय या उसको तीन-तेरह होते देख, दुःखी हुआ जाय तो क्या यह अतिरिक्त 'मोह' है? क्या यह पुरानी पीढ़ी का आलतू-फालतू आज कबाड़ हो गयी वस्तुओं के प्रति 'सेण्टी' होना है? पीछे छूट गये स्थान, मकान, गाँव या शहर की स्मृतियों को थोड़ा जी लेना या उसमें डूब-उतरा लेना, क्या मूर्खता है?

यह तो सर्वविदित सत्य है कि यहाँ कुछ भी स्थिर नहीं है, इस संसार में सब चलायमान् है। सब-कुछ नष्ट हो रहा है, यानी कि अपना रूप बदल रहा है—नवनिर्माण

के लिए। पुराना नष्ट नहीं होगा तो नवनिर्माण कैसे होगा। यह तो प्रकृति का नियम है। जब यह शरीर, जिसके लिए सारी उठा-पटक है, वह भी एक दिन नष्ट हो जाता है तो पदार्थ की क्या बिसात...।

परन्तु छूट गये को याद करना, वह चाहे स्थान हो, व्यक्ति हो या कि सम्बन्ध हो, निरी भावुकता नहीं है, न ही वह उस छूट गयी वस्तु, स्थान या व्यक्ति के प्रति अतिरिक्त मोह है। वह तो केवल आज व्यर्थ हो गयी, कबाड़ लगनेवाली वस्तुओं के प्रति कृतज्ञता का भाव है। व्यक्तियों की तरह वे भी हमारी जीवन-यात्रा में सहभागी रही हैं, सहोदरा रही हैं। उन्होंने हमारी गृहस्थी को सजाया ही नहीं, सुषमित भी किया है। उनकी उपस्थिति से हमारी आवश्यकताएँ पूरी हुई हैं, हमारे कई काम आसानी से सध गये हैं। उनके धुले-पुँछे, रँगे-पुते रूप ने हमारी विपन्नता को ढका है, उजागर नहीं होने दिया है। यहाँ तक कि घर की वस्तुएँ हमारे आवेशों की अभिव्यक्ति का माध्यम भी रही हैं। हममें से बहुतों ने कई लोगों को प्यार में घर की वस्तुओं को सहलाते-सँभालते देखा है और क्रोध में उठाकर पटकते-फेंकते भी देखा होगा।

तो, आज के सन्दर्भ में अनुपयोगी हो गयी वस्तुएँ, स्थान या सम्बन्धों को कभी अपनेपन से स्मरण कर लेना या उनके लिए भावुक हो जाना, हमारी पीढ़ी की निरी मूर्खता है क्या? सम्पर्क में आयी या देखी-सुनी गयी किसी वस्तु, व्यक्ति या स्थान के प्रति लगाव या अपनेपन का अनुभव करना हमारी प्रकृति का एक स्थायीभाव है और इसका प्रभाव सामाजिक संरचना पर भी पड़ा है। इसी के कारण व्यक्ति अपने अतिरिक्त अपने आस-पास के वातावरण से अपने सम्बन्ध को समझता था। सह-अस्तित्व के महत्त्व को अनुभव करता था। व्यक्ति के आपसी सम्बन्धों, कुटुम्ब-परिवार के साथ अपने सम्बन्धों, मानव का प्रकृति या अपने पर्यावरण के साथ सम्बन्ध, सबके महत्त्व को अनुभव करता था। प्रकारान्तर से ही सही, व्यक्ति की सम्पर्शिता का प्रभाव सम्पूर्ण सामाजिक संरचना पर पड़ता था। यहाँ तक कि अपनी संस्कृति को समझने में भी सहायक होती थी।

आज सामाजिक सोच का आधार ही बदल गया है। आज का चलताऊ मुहावरा 'यूज एण्ड थ्रो' हमारी सोच का आधार हो गया है। केवल वस्तुओं के लिए नहीं, सामाजिक सरोकारों को देखने व समझने का हमारा दृष्टिकोण ही बदल गया है। किसी के भी साथ किसी भी प्रकार का लगाव अनुभव करने में हम डरने लगे हैं। हमारी मान्यताएँ बदल गयी हैं। आपसी विश्वास का स्थान भय ने ले लिया है।

हम सब ने अपने बचपन में बड़ों से सुना होगा—"तुम सामनेवाले का सम्मान करोगे, चाहे वह वस्तु हो या व्यक्ति, सजीव हो या निर्जीव, तुम्हें भी बदले में सम्मान मिलेगा।" किसी पौधे या फूल की पत्ती या पंखुरी नोचने पर उसे उतना ही कष्ट होता है जितना तुम्हारे हाथ या उँगली मरोड़ने पर होता है। बच्चों को किसी भी वस्तु

को ठोकर मारने से मना किया जाता था। टूटी-फूटी वस्तुओं को पैर से ठोकर मारकर अक्सर उन्हें बच्चे इधर-उधर फेंकते हैं। बच्चों को बरजा जाता था समझाया जाता था कि अगर कोई वस्तु उपयोगी नहीं रही, बेकार हो गयी है तो उसे हाथ से उठाकर बाहर रख दो। इसमें गरीबी या कंजूसी का कोई प्रश्न नहीं था। सम्पन्नता का मापदण्ड आपकी खरीदारी का सामर्थ्य नहीं था। रोज नये मॉडल की नयी गाड़ियों में घूमने या महँगे-से-महँगे होटलों में पानी की तरह पैसा बहाना अपने या अपने बच्चों के कपड़े-जूतों पर सिर्फ 'ब्राण्डेड' के नाम पर अनाप-शनाप पैसा खर्च करने पर आपको सम्मान नहीं मिलता था। सम्मान प्राप्त होता था, आप अपने पैसों का कितना और कैसा सदुपयोग करते हैं। आपका पैसा समाजहित के कितने काम आता है। आप अपने कुटुम्ब, जाति या समाज के गरीब बच्चों की शिक्षा, सुरक्षा, विवाह वगैरह पर कितना खर्च करते हैं। अगर आपने अधिक धन अर्जित किया है तो आप उसमें से कितना अस्पताल, मन्दिर या नदियों पर स्नान योग्य घाटों का निर्माण करवाने में खर्च करते हैं। गरीब परिवारों की कन्याओं के विवाह के अवसर पर धर्मशाला की पूरी जिम्मेदारी लेकर आप किस प्रकार विवाह को शोभनीय ढंग से सम्पन्न करवाते हैं। तब समाज में आपका ही नहीं, पीढ़ियों तक आपके परिवार को सामाजिक सम्मान प्राप्त होता था। आज नव धनाढ्यों का धन सिर्फ दिखावे और ऐशो-आराम (जो कि वास्तव में ऐशो-आराम नहीं है) में पानी की तरह बह रहा है। इसका दूरगामी दुष्परिणाम समाज और पर्यावरण के साथ-साथ उनके स्वयं के परिवार-बच्चों पर भी होता है। यह बात अन्धी आधुनिकता की होड़ में समझ में नहीं आ रही है, कि इसका कारण उनकी नींव में संस्पर्शिता की कमी ही है। कुछ भी करने से हमारा मन हिचकता नहीं है।

अपने अलावा अपने आस-पास जो कुछ है, सजीव या निर्जीव का सम्मान करने की छोटी सीख भी आपकी जन्मजात संवेदनशीलता को विस्तार और गहराई देती है। पहले धन को भी लक्ष्मी समझकर उसका आदर किया जाता था। नोट फाड़ना या पैरों से कुचलना पाप माना जाता था, जबकि आज दोस्तों पर अमीरी का रोब गाँठने के लिए नोट में तम्बाकू भरकर सिगरेट की तरह पीना सम्पन्नता माना जाता है। पाप-पुण्य की अवधारणा आज के सन्दर्भ में चाहे हास्यास्पद हो, परन्तु बच्चों को बड़ी-से-बड़ी सीख देने का कारगर उपाय थी। उस समय भी पाप-पुण्य जैसे शब्दों का प्रयोग सिर्फ प्रतीक रूप में ही किया जाता था। बच्चा बड़ा होकर इसकी विश्वसनीयता को स्वयं अनुभव कर लेता था।

आधुनिक बनने की होड़ और दिखावे की प्रवृत्ति ने आज नयी पीढ़ी को लाकर कहाँ खड़ा कर दिया है, दो उदाहरणों से स्पष्ट हो जायगा। एक दिन एक चौदह-पन्द्रह वर्ष का बालक अपनी माँ के साथ मेरे घर आया। उसकी पैण्ट पीछे से इतनी नीचे थी कि अन्दर की अण्डरवियर का ऊपरी हिस्सा करीब तीन-चार इंच

दिखायी दे रहा था। चूँकि शर्ट ऊँची थी इसीलिए किसी प्रकार का आवरण नहीं था। मुझे आश्चर्य हुआ। मैंने यों ही पूछ लिया कि

...आजकल इतनी नीची पैण्ट पहनने का फैशन है क्या?

...नहीं आण्टी, मैंने ब्राण्डेड अण्डरवियर पहन रखी है इसीलिए। ऊँची पैंट में कैसे दिखायी देता कि मैंने लेटेस्ट ब्राण्ड की अण्डरवियर पहन रखी है।

...स्कूल भी इसी प्रकार जाते हो क्या?

...हाँ मित्रों पर रोब पड़ता है।

इस पर साथ आयी माता जी ने टिप्पणी की-यह हमेशा ब्राण्डेड कपड़े ही पहनता है, आण्टी। एक महँगे और नामी स्कूल, जहाँ सह-शिक्षा है, में पढ़नेवाले लड़के की शिक्षा का क्या महत्त्व है अगर उसे साधारण से सामाजिक शिष्टाचार तक का ज्ञान नहीं है कि कहाँ क्या वस्त्र पहनने चाहिए या समाज में किस प्रकार उठना-बैठना चाहिए।

हम क्या पहनते हैं, कैसे रहते हैं, यह आज व्यक्तिगत मामला हो सकता है, परन्तु इसका दूरगामी प्रभाव हमारे सामाजिक सम्बन्धों पर पड़ता है। कम-से-कम इतना प्रभाव तो पड़ता है कि हम अपने अलावा अपने आस-पास के वातावरण और समाज के प्रति कितने सजग हैं। और यही बात आगे चलकर हमें दूसरों के प्रति संवेदनशील भी बनाती है।

एक दूसरा उदाहरण है। एक दिन मेरे घर की बाउण्ड्री के पास एक मर्सीडीज से एक महिला उतरी। उम्र कोई तीस वर्ष। आधुनिक और फैशनेबल महिला। मेरे पड़ोस में रहनेवाली अपनी सहेली से मेरी बाउण्ड्री की दीवार से सटकर खड़े-खड़े ही बात करने लगी। वह शायद किसी पर्यावरण संरक्षण के सेमिनार में भागीदारी से लौट रही थी। वह दीवार से टिकी सेमिनार के बारे में और वहाँ आयी महिलाओं और उनकी पोशाक और उनके आभूषणों पर टिप्पणी करते हुए मगन हो रही थी। साथ ही दीवार के बाहर झुक आयी मेरे बगीचे की लता की डालियों से जो पत्तियों और फूलों से लदी हुई थीं, पत्तियों और फूलों को नोच-नोचकर मसल रही थी। पत्तियों को इतनी जोर से खींच रही थी कि अन्य डालियाँ भी हिल रही थीं और उससे ढेरों फूल अन्दर-बाहर गिर रहे थे। उसे होश ही नहीं था कि वह क्या कर रही है। माना कि वह यह कार्य अनजाने में कर रही थी परन्तु क्या एक सम्भ्रान्त महिला जो अभी-अभी पर्यावरण संरक्षण के सेमिनार से चली आ रही थी, उसे इस प्रकार की हरकत करते देखकर, इस सत्य की ओर ध्यान नहीं जाता कि सह-अस्तित्व की मूलभूत अवधारणा के संस्कार के अभाव में, हाथ की उँगलियों के पोरों, में संस्पर्शिता (सेन्सिविटी) विकसित ही नहीं हुई थी कि फूल-पत्ती का स्पर्श आपके शरीर में एक सिहरन एक आह्लाद उत्पन्न कर सके कि आपका हाथ अपने-आप फूल नोचना बन्द

कर दे, या कि आप इतने सजग हो जायँ कि आपको पता चले कि बातों के आनन्द में आपको ध्यान ही नहीं रहा कि पर्यावरण संरक्षण अभियान में सक्रिय भागीदारी के बावजूद आपके हाथ अनजाने ही पर्यावरण को कैसे नुकसान पहुँचा रहे हैं।

मेरी समझ में संस्कारों के क्षरण और छोटे-छोटे अनुशासनों के अभाव का कारण परिवार की जिम्मेदारियों का निरन्तर कम होते जाना है। हम यह भूल गये कि झुण्ड में रहने की प्रत्येक जीव की प्राकृतिक प्रवृत्ति को एक अनुशासित सामाजिक संरचना का रूप देने और उसमें भी परिवार को केन्द्रीय स्थान के रूप में स्वीकार करने के पीछे हमारे पूर्वजों की कितनी बड़ी सोच और दूरदृष्टि रही है। परिवार ही वह स्थान है जो बच्चे का मूल है। जहाँ संस्कारों के जलों से सींचकर उसे पल्लवित-पुष्पित किया जाता है। जहाँ उसका व्यक्तित्व और भविष्य निर्मित होता है और यह सम्भव होता था माता-पिता और अन्य परिवार जन के द्वारा समय-समय पर पूरे किये गये उनके विभिन्न उत्तरदायित्वों से।

आज परिवार के करीब-करीब सभी उत्तरदायित्व सामाजिक संस्थाओं को हस्तान्तरित कर दिये गये हैं। परिवार के कर्त्तव्य सामाजिक संस्थाओं द्वारा पूरे हो रहे हैं। बच्चे का जन्म अस्पताल में हो गया। बाद की देखभाल और साफ-सफ़ाई के लिए आया उपलब्ध है। आज बहुत-कम माताएँ या दादियाँ होंगी जो इस लोकोक्ति का प्रयोग कर सकें—'हमने तुम्हारे बहुत पोतड़े धोये हैं या तुम्हारे लिये रात-रात-भर जागकर गीला-सूखा किया है।' छह महीने का होते ही झूलाघर में डाल दिया गया। आज अधिकांश बच्चे नहीं कह सकते कि हमने पिता की उँगली पकड़कर चलना सीखा है। उसे तो छह महीने की उम्र में ही झूलाघर के वाकर में डाल दिया गया, जहाँ लुढ़क-पुढ़ककर उसने स्वयं चलना सीख लिया। पिता को पता ही नहीं है कि उसके बच्चे ने कब चलना सीखा। कुछ बड़ा होने पर उसकी ज्ञानेन्द्रियों और कर्मेन्द्रियों की ट्रेनिंग 'प्ले-ग्रूप' में हो गयी। अक्षर ज्ञान नर्सरी स्कूल में हो जाता है। आगे की शिक्षा के लिए स्कूल-कॉलेज हैं ही। छात्र-जीवन में रहने के लिए हॉस्टल बोर्डिंग की व्यवस्था है। घर में रसोइये द्वारा तैयार किया गया भोजन है तो बाहर एक-से-एक स्वादिष्ट और आधुनिक भोजन छोटे-बड़े होटलों में उपलब्ध हैं। अगर कभी माँ ने घर में कुछ बनाने का प्रयास किया भी तो बच्चों का स्वाद इतना बिगड़ चुका होता है कि वे नाक-भौं सिकोड़कर तुरन्त बोल देते हैं—फलानी दुकान का समोसा-टिकिया या फलाने ढाबे-होटल का छोला घर के बने सामान से अधिक स्वादिष्ट है। बच्चों की क्या गलती है। उनमें माँ के हाथ के भोजन का स्वाद ही विकसित नहीं हुआ है। बड़े होने तक उन्होंने माँ का आत्मीय-स्नेहिल स्पर्श ही अनुभव नहीं किया है। आजकल अक्सर शिकायत की जाती है कि बच्चे पिता को केवल धन कमाने की मशीन समझते हैं। इसमें बच्चों की क्या गलती है? उसने जब से होश सँभाला है आपने उस पर पैसा ही

तो खर्च किया है, उसकी आवश्यकताओं के साथ-साथ उसकी माँगें ही पूरी की हैं। अच्छा खाना खिलाया है, महँगे कपड़े और जूते दिलवाये हैं, महँगे स्कूल में भर्ती करवाया है। स्कूल फीस के साथ ट्यूशन फीस भरी है। बड़े होने पर दोस्तों के ऊपर खर्च करने के लिए पॉकेट-मनी दी है।

महँगे स्कूल में पढ़ाना और उसे भविष्य में अधिक धन कमाने योग्य बनाना, यहीं पिता के कर्त्तव्य की इतिश्री हो जाती है, चाहे एक मनुष्य के नाते उसकी जड़ें कमजोर और खोखली हो रही हों। अधिकांश बच्चे यह कह ही नहीं सकते कि उन्होंने पिता के कन्धे पर बैठकर झाँकियों का जुलूस देखा है या दशहरे के मेले में जलता हुआ रावण। माता-पिता का वह आत्मीय स्पर्श बच्चों के लिए संजीवनी का काम करता है, और संसार में जिसका कोई विकल्प नहीं है। आज की आधुनिकता की दौड़ में अधिकांश बच्चे इससे वंचित रह जाते हैं। देखने और सुनने में यह सब छोटी बातें हो सकती हैं परन्तु इसके प्रभाव दूरगामी होते हैं। फिर आप बच्चों से क्या अपेक्षा कर सकते हैं? क्योंकि माता-पिता का आत्मीय स्पर्श ही उसकी मानवीय-संस्पर्शिता की पहली पाठशाला है। सारी सुख-सुविधा में वही अनुपलब्ध है।

आपके स्वास्थ्य और बीमारी में देखभाल के लिए अस्पताल है, नर्सिंग होम है। घर के लिए नर्स है जो अधिक बीमार या अशक्त होने पर आपकी देखभाल कर सकती है। आपके धन की देखभाल बैंक की जिम्मेदारी है, साथ ही आवश्यकता के समय ऋण की भी व्यवस्था है। बुढ़ापा काटने के लिए कई स्तर के वृद्धाश्रम हैं। यहाँ तक कि विवाह जैसे महत्त्वपूर्ण संस्कार भी सामाजिक संस्थाओं द्वारा सम्पन्न होते हैं। अनाथ और विपन्न लोगों की बात छोड़ दीजिये, सक्षम लोगों के यहाँ भी उपयुक्त वर-वधू ढूँढ़ने से लेकर विवाह के सारे कार्यक्रमों की तैयारी एजेन्सियों द्वारा होटलों में हो जाती है, पण्डित का प्रबन्ध भी। अब परिवार और कुटुम्ब की क्या आवश्यकता? यहाँ तक कि पति-पत्नी के आपसी मनमुटाव और लड़ाई-झगड़े निपटाने का काम भी कौन्सलर द्वारा होता है। मरणोपरान्त कन्धा देने के लिए भी चार लोगों की आवश्यकता नहीं है। उसका प्रबन्ध भी हो जाता है। इसका अर्थ यह नहीं है कि इन महत्त्वपूर्ण और आवश्यक सहयोगी सामाजिक संस्थाओं की आलोचना की जा रही है। नहीं हमें तो यह याद रखना है कि ये संस्थाएँ मात्र समाज की सहयोगी संस्थाओं के रूप में स्थापित और विकसित की गयी हैं। परिवार की केन्द्रीयता के विकल्प के रूप में नहीं। हमें याद रखना है कि मानव-जीवन में परिवार की महत्त्वपूर्ण भूमिका न होने पर समाज का स्वरूप क्या हो जायगा...जिसकी शुरुआत करीब-करीब हो गयी है, हर व्यक्ति अपने को अकेला, एकाकी, अशान्त, टूटा हुआ अनुभव कर रहा है। क्यों? ऊपर से नाना प्रकार के आधुनिक उपकरणों और सुविधा से लदा, अन्दर से खोखला...पारिवारिक लगाव और जिम्मेदारियों को

अनुभव किये बिना आप समाज के काम के भी नहीं हो पाते। अगर देखा जाय तो इन सहयोगी संस्थाओं का प्रयोग अधिकतर दिखावा, झूठी सामाजिक प्रतिष्ठा, धन खर्च करने की सामर्थ्य के रूप में ही किया जाता है। असहाय और विपन्न तो जहाँ-के-तहाँ हैं।

इसका अर्थ केवल यह स्पष्ट करना है कि समय की माँग के अनुसार परिवार की जिम्मेदारियों का इन सामाजिक संस्थाओं में (जिसका हमें भरपूर लाभ भी हो रहा है,) का इन सामाजिक संस्थाओं में हस्तान्तरण भले ही हो गया हो परन्तु इसे माता-पिता के कर्त्तव्य और उत्तरदायित्वों की इतिश्री मान लेना, बच्चों के सम्पूर्ण विकास के लिए हानिकारक है। जिन सामाजिक संस्थाओं के योगदान से हमारा विकास, शिक्षा, समृद्धि सब सुलभ होता है उसके प्रति हमारा भी कर्त्तव्य है। समाज के ऋण से हम कैसे उऋण हो सकते हैं इसके लिए बच्चे को सचेत करना परिवार का कर्त्तव्य है। छोटी-छोटी बातों के कारण उसमें सामाजिक बोध के संस्कार माता-पिता ही डाल सकते हैं—जैसे छोटे बच्चे को समझाया जा सकता है कि अगर स्कूल-कॉलेज न होते तो वह शिक्षा कहाँ प्राप्त करता, अस्पताल और डॉक्टर न होते तो बीमारी का इलाज कैसे होता, बैंक न होते तो पैसे कहाँ सुरक्षित रहते, समाज में इतना कारोबार, ऑफिस, कम्पनियाँ और भी बहुत-से धनोपार्जन के साधन न हों तो बड़ा होकर वह कहाँ नौकरी करेगा, पैसा कमायेगा आदि। इसलिए प्रत्येक व्यक्ति का कर्त्तव्य है कि वह समाज के इस सहयोग के लिए आभारी हो, कृतज्ञता अनुभव करे, अपने को समाज का ऋणी माने। अपने विकास और सुख-समृद्धि के लिए सहयोगी इन सामाजिक संस्थाओं के योगदान को कभी न भूले और इस ऋण से उऋण होने के लिए अपनी सामर्थ्य के अनुसार प्रतिदान के लिए सदा तैयार रहे। किसी बड़े अवसर की प्रतीक्षा किये बिना अपनी सेवा या धन के द्वारा अपनी सामर्थ्य अनुसार समाज की उन्नति में अपनी भागीदारी उसी प्रकार निभाता रहे जिस प्रकार ऋणी व्यक्ति धीरे-धीरे अपना ऋण चुकाना कर्त्तव्य समझता है।

आज समाज में हिंसा, लूटमार, आगजनी, तोड़-फोड़ तथा नाना प्रकार के दुष्कर्म करने, आतंक फैलानेवाले असामाजिक तत्त्व क्या किसी परिवार से नहीं आते? क्या उनके माता-पिता, भाई-बहन नहीं होते? क्या माता-पिता का यह कर्त्तव्य नहीं था कि बचपन से ही उनमें प्रेम, उदारता, अपनेपन जैसे मूलभूत मानवीय गुणों की नींव डालते, समय-समय पर उसे सजग करते रहते कि अपने अधिकारों की लड़ाई या विरोध प्रदर्शन के नाम पर की गयी तोड़-फोड़, हिंसा सामाजिक अपराध है। जिसे हम सरकारी या पब्लिक प्रापर्टी समझकर नष्ट करते हैं वह वास्तव में हमारी सबकी व्यक्तिगत प्रापर्टी ही है। उसके निर्माण में हमारे ही जैसे करोड़ों व्यक्तियों के मेहनत की ही कमाई लगी है, जिसमें निर्धन भी

आते हैं। जिनकी खुशहाली के नारे लगाते हुए हम अराजकता फैला रहे हैं, प्रकारान्तर से हम उन्हीं को नुकसान पहुँचा रहे हैं। ऐसा करके हम अपनी और अपने जैसे औरों की शान्ति भंग करते हैं, प्रगति के मार्ग में रोड़े अटका रहे हैं। आये दिन समाज में भ्रष्टाचार, दुराचार फैला रहे युवकों के माता-पिता का क्या यह कर्त्तव्य नहीं था कि वह अपने बच्चों में अपनेपन के भाव का वह बीज बोते जो समय के साथ पल्लवित होकर उन्हें यह एहसास दिलाता कि प्रतिशोध के लिए ही सही इस तरह के दुष्कर्म वह और किसी के साथ नहीं, अपने सगे भाई-बहनों के साथ ही कर रहे हैं। गरीबी और अभाव को कारण बताकर तुम जिस महिला की चेन खींच रहे हो, वह स्वयं तुम्हारी ही माँ है। जिस बैंक को तुम लूट रहे हो, उसमें तुम्हारे जैसे लाखों निर्धन भाई-बहनों की पसीने की कमाई जमा है, जिसे उन्होंने एक-एक पैसा करके जोड़ा और अपने भविष्य के लिए सुरक्षित रखा है। बैंकों में केवल धनाढ्यों का धन ही नहीं जमा होता है।

अब इस बढ़ती हुई सामाजिक अराजकता को कम करने के दो ही उपाय कारगर हो सकते हैं। या तो माता-पिता युवकों द्वारा किये गये अपराधों में स्वयं को भी बराबर के हिस्सेदार मानकर सजा भुगतने को तैयार हो जायँ। और एक बार हिम्मत करके ऐसा कानून बन सके कि अपराधी की सजा के अनुपात में कम-से-कम आधी सजा अपराधी के संरक्षक को भी दी जाय। चाहे वह माता-पिता हो या हॉस्टल का वार्डन। अगर दस वर्ष की सजा अपराधी को हुई है तो पाँच वर्ष का दण्ड अभिभावक को भी दिया जाय। किसी कारण यदि अभिभावक सजा भुगतने में असमर्थ है तो अपराधी की सजा बढ़ाकर पन्द्रह वर्ष की जाय। अगर यह सम्भव नहीं है तो माता-पिता को अपनी जिम्मेदारियों की ओर वापस लौटना होगा और सजगतापूर्वक अपने सामाजिक दायित्व को निभाते हुए बच्चे को संस्कारित करना होगा, और जब तक बच्चे की बुद्धि और विचार परिपक्व नहीं हो जाते, उसके मानवीय और नैतिक गुणों का परीक्षण भी करते रहना होगा। एक बार सकारात्मक सोच पनपने के बाद व्यक्तित्व का निर्माण अपने-आप हो जाता है। केवल चौदह-पन्द्रह वर्ष की मेहनत से स्वयं उनके बेटे-बेटियों के साथ समाज का भी कितना कल्याण हो सकता है।

केवल फैशन के रूप में 'संस्कार' शब्द का प्रयोग करने से कोई लाभ नहीं। जैसा कि आजकल चलन हो गया है। आजकल बच्चे को डाँटते हुए या बात-बात पर माता-पिता बच्चों को कहते रहते हैं—"हमने तुमको ये संस्कार दिये हैं? हमने तो अच्छे संस्कार ही डाले थे," वगैरह-वगैरह। जबकि बच्चा संस्कार शब्द का अर्थ ही नहीं समझता है। 'संस्कार' एक दिन में बच्चे में डालने की वस्तु नहीं है। वह तो निरन्तर चलनेवाली प्रक्रिया है, जो बचपन से युवावस्था तक बल्कि सम्पूर्ण जीवन चलती रहती है।

माता-पिता की नासमझी और अपने कर्त्तव्यों के प्रति उपेक्षा के कारण बच्चों में बढ़ती संस्कारहीनता ने उनकी सोच और भाषा को कहाँ तक प्रदूषित कर दिया है, एक छोटी-सी घटना से स्पष्ट हो जायगा।

एक दिन की बात है। स्कूल बस की प्रतीक्षा करते चार लड़के सड़क किनारे खड़े आपस में बातें कर रहे थे। उम्र यही कोई दस-बारह वर्ष। आज नेता का कन्सेप्शन राजनीति में ही नहीं स्कूल में भी छात्रों के बीच बदल गया है। आज पहले की तरह पढ़ाई और खेल-कूद में श्रेष्ठ छात्र लीडर नहीं बन पाते। अब तो खाते-पीते घर का, महँगी गाड़ियों में स्कूल आनेवाला दबंग छात्र ही 'हीरो' होता है। ऐसा ही एक 'हीरो' अपने तीन चमचों के साथ खड़ा बातें कर रहा था। विषय था—किसी अनुशासनप्रिय शिक्षक पर अपनी भड़ास निकालना।

लीडर बोल रहा था—

...शर्मा सर, एक मिनट भी लेट हुए बिना कक्षा में आकर पढ़ाते हैं तो क्या हमारे ऊपर अहसान करते हैं? अपनी समय की पाबन्दी का रोब हम पर गाँठने का हक उन्हें किसने दिया? वो हमें मुफ्त में नहीं पढ़ाते। हमारे 'डैडी' ढेरों रुपये फीस देते हैं। इसी से इन्हें तनख्वाह मिलती है। उनकी रोजी-रोटी चलती है तो वह हमारे क्या हुए?

चमचे ने लीडर को खुश करने के लिए झट से जवाब दिया...

... हमारे नौकर।

... और हम क्या हुए?

... उनके मालिक।

... तो कक्षा में लेट आने पर हमें दण्ड देने का उन्हें अधिकार है?

चारों एक-दूसरे की हथेली पर ताली मारते हुए बोल पड़े ...

...नहीं!!!

यह तो बच्चों में फैल रही संस्कारहीनता की बानगी भर है। संस्कारहीनता ने उनके सोच को कितनी दूर तक प्रभावित किया है कि अपने शिक्षक के लिए सरेआम इस प्रकार की भाषा का प्रयोग करते हुए उन्हें संकोच नहीं हो रहा था। इस वैचारिक प्रदूषण का जिम्मेदार कौन है?-क्या माता-पिता और परिवार नहीं?

शरीर में कुछ हरकत हुई और मेरी नींद टूटी। मैं यह क्या सोच रही थी। लगता है, वर्षों बाद मेरे अन्दर का शिक्षक जागृत हो गया है। चालीस वर्षों की आदत जो है सोचने और बोलने की।

छोड़ो, अब क्या करना है। आज मरे कल दूसरा दिन...। और मैं फिर से आँखें बन्द कर लेती हूँ। सामने रील चल रही है।

दृश्य बदल गया है

मैं इलाहाबाद जा रही हूँ। अपने पुराने घर। इलाहाबाद छोड़े यों तो कई वर्ष हो गये। कहना चाहिए, इलाहाबाद रहना छूटा था, परन्तु जाना नहीं। जब ये थे, हम वर्ष में तीन-चार बार, विशेषकर त्योहारों पर इलाहाबाद अवश्य पहुँचते। पहुँचते ही घर की साफ-सफाई करके उसे यथावत् कर देते हैं। यहाँ तक कि बच्चों के फोटोग्राफ भी यथास्थान सजा देते हैं। दूसरे दिन से मिलनेवालों का सिलसिला शुरू हो जाता। हर किसी की जबान पर होता—घर देखकर तो लगता ही नहीं कि आप लोग कभी यहाँ से गये थे। इनके जाने के बाद भी मैं वर्षों तक इस नियम का पालन करती रही। अब बढ़ती उम्र और गिरते स्वास्थ्य के कारण यात्रा कठिन हो रही थी। फिर वहाँ पहुँचकर महीनों से बन्द पड़े मकान की साफ-सफाई, आवश्यक सामान की व्यवस्था करना सब दूभर हो जाता था। शहर की रौनक भी मुझे कम लगने लगी थी। आपके लिए शहर की रौनक लोगों से होती है। अब वे लोग भी नहीं के बराबर रह गये थे, जिनसे आपके आत्मीय सम्बन्ध थे, जिनसे मिलना अच्छा लगता था। पहले भी थे ही कितने? कुछ शहर छोड़कर अपने बच्चों के पास चले गये, कुछ दुनिया छोड़कर। घर भी पुराना गिरा-पड़ा, मेरी ही तरह वृद्ध होता बेनूर हो गया था। लोग मुझे समझाते भी कि इस उम्र में आपके लिए यात्रा खतरनाक हो सकती है। आप तो शिक्षा विभाग से लिखा-पढ़ी करके अपनी पेन्शन, ट्रान्सफर करवा लीजिये।

कैसे किसी को समझाऊँ कि पेन्शन तो केवल एक बहाना है। मैं तो आती हूँ कि ...सचमुच बताना कठिन है कि असुविधा उठाकर असहनीय कष्ट झेलकर इतनी लम्बी यात्रा के बावजूद बिना किसी खास कारण के मैं क्यों आती हूँ? कोई उत्तर नहीं दे सकती। असल में उत्तर कोई है ही नहीं। यह बात कैसे किसी को समझायी जा सकती है कि पाँच-छह महीने बीतते ही इस मकान की पुकार मुझे बेचैन कर देती है। ईंट-गारे से बना निर्जीव मकान आपको कैसे पुकार सकता है? बल्कि पुकारता है। मेरे लिये तो इस निर्जीव-से दिखनेवाले मकान की पुकार में इतनी कशिश होती है कि मैं लोगों की समझाइश के बावजूद यात्रा का कष्ट उठाकर खिंची चली आती हूँ। और इस बार भी दो वर्ष के अन्तराल के बाद अपने इस गिरते-पड़ते मकान से शायद अन्तिम बार मिलने आ पहुँची हूँ।

सामने रील चल रही है...

नीची-सी चारदीवारी से घिरे एक कम्पाउण्ड में एक ओर एक कतार में खड़े तीन नीचे-नीचे-से मकान। तीसरे मकान के आँगन का दरवाजा खोलकर अन्दर जाती हूँ। आँगन से मात्र आठ इंच ऊँचे बरामदे में पैर रखकर कमरे का ताला खोलती हूँ। कमरा खोलते ही सीलनभरी ठण्डी हवा का एक झोंका ऐसा लगा, जैसे कोई दरवाजे

के पीछे सटकर खड़ा मेरी प्रतीक्षा कर रहा था और दरवाजा खुलते ही एक क्षण देरी किये बिना मुझसे लिपट गया हो ...चारों ओर मल्टी बन जाने के कारण उस घर में थोड़ा अँधेरा और सीलन दोनों हो गयी है। उस ठण्डे स्नेहिल आलिंगन में लिपटी-लिपटी अन्दर प्रवेश करती हूँ। कोने में रखी चटाई बिछाकर धम्म से फर्श पर बैठ जाती हूँ। बन्द घर में भी कोई भयावहता नहीं है। कोई घर इतना जीवन्त, इतना मुखर कैसे हो सकता है? कैसी परिचित हँसी, ठहाके, किलकारियाँ, बातचीत के टुकड़े, छोटे-बड़े कदमों की आहटें, शिकायतें, चारों ओर आपके मन-प्राण को कैसी हरियाली दे रहे हैं? जैसे आँगन के गमले में खिले फूल, अचानक आपके अन्दर खिल उठे हों...मैं अभी उस मस्ती में मस्त हो ही रही थी कि अचानक मेरे पैरों के नीचे फर्श की आवाज सुनायी दी।

कहाँ थी इतने दिन? एक तुम्हीं तो हो जो कभी-कभी खबर ले लेती हो वर्ना सबके लिए तो हम मात्र निर्जीव कठोर फर्श हैं जिसका कलेवर जगह-जगह से तड़ककर बदसूरत हो गया है।

मैं कुछ बोलना चाहती हूँ। पर उसे उत्तर कहाँ चाहिए था। शिकायतकर्त्ता को उत्तर कहाँ चाहिए होता है, उसे तो आपसे शिकायत करके अपने मन का गुबार निकालना होता है।

...याद है! मुझ पर रेंगकर ही तो तुम्हारे बच्चों ने चलना सीखा है। मुझ पर ही खेल-कूदकर बड़े हुए हैं और तुम लोग भी इसी चटाई पर यहीं बैठते थे। एक-दो दिन नहीं, वर्षों। तुम्हारे घर में मेज-कुर्सी सोफा वगैरह कहाँ था? आने-जानेवाले लोग भी तो इसी पर बैठते थे। आज के नामी साहित्यकार और प्रकाशकों को स्मरण होगा कि उन्होंने यहीं इसी चटाई पर बैठकर तुम्हारे पति के साथ कितनी साहित्यिक चर्चाएँ की हैं।

मैं बोलने का उपक्रम कर ही रही थी कि सामने की दीवार बोल पड़ी—

यह सब तो ठीक है पर तुम टेक तो मेरी लगाकर बैठती थी। सब्जी साफ करना हो या दाल-चावल बीनना, तुम चटाई खींचकर मुझसे सटकर ही बैठती थी।

दूसरी दीवार तुरन्त बोल उठी—

—मेरा यह कोना तुम कैसे भूल सकती हो, जहाँ एक चौकी पर तुम्हारे ठाकुर जी विराजमान थे। पास ही तुम्हारे लेखक पति अपनी चौकी गोद में रखे, पुराने-कपड़े भरकर बनाया गया गिरा-गिरा-सा एक गावतकिया लगाये मुझसे ही सटकर बैठे या तो लिखते रहते या खिड़की की राह दूर आसमान ताकते होते थे। क्या उनके लेखन में मेरा कोई सहयोग नहीं है? ''हाँ, है न। मुझे कब इन्कार है।'' शायद मेरे शब्द दीवाल के कानों में पड़े ही नहीं। वह तो मुझसे अधिक स्मृतियों में खोयी हुई थी।

मुझे तो अपने इस कोने में सजायी गयी जन्माष्टमी खूब याद आती है। आपको याद है? हाँ-हाँ याद है न। खूब अच्छे से याद है। बच्चे जन्माष्टमी की झाँकी सजाने के लिए इनकी लिखनेवाली चौकी माँग लेते हैं। इनको यह सब ज्यादा तो पसन्द नहीं था, परन्तु बच्चों को कभी मना नहीं किया। बच्चे जब थोड़े बड़े हो गये तो कितने उत्साह से जन्माष्टमी की झाँकी सजाते थे। सप्ताह के पहले से कितनी तैयारी की जाती। पिछले वर्ष के बचे सामान का डिब्बा टाँड से उतारा जाता। मिट्टी के खिलौनों का रंग-रोगन ठीक किया जाता। बाल-कृष्ण को टोकरी में सर पर उठाये नन्द बाबा के पुतले को, कच्चा रंग घोलकर फिर से रँगा जाता है। पीला रंग धोती पर फेरा जाता है तो काले और लाल रंग से आँखें-होंठ ठीक किये जाते। सुनहरे रंग से सब खिलौनों के जेवर चमकाये जाते। सारे खिलौने रँग-पुतकर अजीब तो लगते पर बदरंग नहीं। दफ्ती काटकर जेल बनता तो परात में पानी भरकर यमुना जी। छोटे-बड़े कंकड़-पत्थर से पहाड़ बनाया जाता तो घास और फूलों की पंखुरियाँ बारीक-बारीक काटकर छोटी-छोटी अल्पना से झाँकी सजायी जाती। लकड़ी का बुरादा कई रंग से रँगकर, कंस के महल का फर्श बनाते। सारे दिन बच्चे झाँकी की सजावट में व्यस्त रहते। मेरे बच्चे अकेले ही यह काम नहीं करते थे, कम्पाउण्ड के पाँचों घरों के बच्चे सहयोग के लिए आ जाते। जिसमें दो क्रिश्चियन और एक बंगाली घर था। उन दिनों किसी बच्चे को एक-दूसरे के घर आने-जाने की मनाही नहीं थी। इसीलिए सारे त्योहार हर घर के बच्चे मिलकर मनाते। हमारे बच्चे अपने ईसाई दोस्तों के साथ बड़े दिन पर 'झिंगल-बेल' गाने जाते और रातभर क्रिसमस ट्री सजाते तो दुर्गा-पूजा में सब मिलकर दुर्गाबाड़ी आरती में भी जाते और प्रसाद खाते। चूँकि जन्माष्टमी पर बच्चे पूरे दिन-रात बारह बजे तक हमारे घर रहते इसीलिए सारे बच्चे एक साथ बैठकर साबूदाने की खिचड़ी भी खाते थे। उनमें पाँच लड़के थे। सब एक उम्र और लगभग एक ऊँचाई के। पाँचों को एक साथ लाइन से बैठकर खाते देखती तो बड़ा लालच आता...। काश यह पाँचों मेरे बेटे होते...कितना मजा आता। बड़े होने पर मैं पाँचों को एयर फोर्स में भेज देती। असल में इलाहाबाद के पास ही मनौरी मिलिट्री एरिया था। इसलिए रविवार की शाम एयर फोर्स के जवान सिविल लाइन्स घूमने आते। वे झुण्ड में नहीं चलते थे, न ही अकेले-अकेले। हमेशा चार-पाँच की सीधी कतार में चलते। रोज के अभ्यास के कारण उनके कदम एक साथ पड़ते। सफेद यूनीफार्म में लगभग एक उम्र के और एक ऊँचाई के स्मार्ट जवान लड़कों को देखकर मुझे हमेशा लगता ये सब एक माँ के बेटे होते तो...और अगर वह माँ मैं होती तो...जबकि उस समय तक मेरा विवाह भी नहीं हुआ था।

दो दिन तक कृष्ण जन्माष्टमी का आनन्द नन्द बाबा के घर से होता हुआ हमारे इस छोटे-से घर के कोने-कोने में फैल जाता।

बच्चे तरह-तरह से अपने भजन गाते, डालडा के डिब्बे बजाते हुए। आनन्द और चहल-पहल में हर कोई व्यस्त...तब क्या मालूम था कि एक दिन यह सब उड़ जायगा और इसकी सुगन्ध जीवनपर्यन्त कम-से-कम जन्माष्टमी के दिन आपके मन को, आगे बढ़ते रथ की उलटी दिशा में उड़ते ध्वज की तरह, बार-बार उन दिनों में लौटा ले जायगी, कम-से-कम एक दिन के लिए ही सही उन दिनों को वापस जीने की कामना के साथ...।

तीसरी दीवार कहाँ चुप रहनेवाली थी मौका मिलने पर बोली—

जरा इधर तो देखो। तुम्हारे बच्चे तो मुझसे ही सटकर बैठते थे। उनके स्कूल के बस्ते, खिलौनों के डिब्बे सब मुझसे ही टिककर रखे जाते थे। याद है, तुम शाम को यही लालटेन रखकर बैठती और सब्जी काटते हुए बच्चों को पढ़ाती जाती। उसकी बातें सुन मैं मुग्धभाव से दीवार से सटे बच्चों के बस्ते, खिलौने और किनारे रखे छोटे-छोटे जूते और उनके ऊपर की खूँटी पर टँगी स्कूल यूनिफार्म देख ही रही थी कि चौथी दीवार जोर से हँसी, मैंने चौंककर उसकी ओर देखा।

उसी दीवार से लगा हुआ रसोईघर होने की वजह से सब वहीं आसन बिछाकर भोजन करने बैठते। इसी में रसोईघर का चौड़ा दरवाजा भी था। उससे रोटी परोसने में आसानी होती, लगता सब रसोईघर में ही बैठे हैं। इसी दीवार की आड़ की वजह से शायद कभी किसी बच्चे का हाथ नहीं जला, जबकि जलती अँगीठी के साथ-साथ गरम दूध की पतेली, तेल की कढ़ाई सभी तो फर्श पर रखा हुआ था। मैं मन-ही-मन उस दीवार का आभार मान ही रही थी कि मेरी आँखें उसी दीवार पर गड़ी, एक कील की तरफ उठ गयी और अकेले खड़े-खड़े ही मुझे जोरों की हँसी आ गयी...। उस दीवार पर वर्षों से एक उलटा कैलेण्डर टँगा रहता था। उस पर इन्होंने बड़े-बड़े अक्षरों में लिख रखा था—"जो मिलेगा, जब मिलेगा, जैसा मिलेगा, खाना है।"

बचपन से इस वाक्य को पढ़ते-पढ़ते बच्चे इतने ट्रेन्ड हो गये थे कि हमारे घर में खाने-पीने के नाम पर बच्चों ने कभी कोई नाटक नहीं किया। वैसे अपनी सीमा में हमने सदा अपने बच्चों की रुचि का ध्यान रखा। घर में अनुशासन का वातावरण था पर वह इतना झीना था कि कभी किसी को कोई कुण्ठा नहीं हुई। छोटी-मोटी नोंक-झोंक छोड़ दी जाय तो कभी किसी की तरफ से असन्तोष का विस्फोट नहीं हुआ। कालान्तर में स्थिति थोड़ी ठीक हुई तो हम कई बार बच्चों से कहते कि बचपन में हम उन्हें कोई सुविधा नहीं दे पाये, तो झट से उत्तर मिलता, "हमें तो कभी कोई कमी अनुभव ही नहीं हुई।" हमें तो लगता है कि हम लोगों ने दूसरे बच्चों से ज्यादा मजे किये। खूब खेला और खूब पढ़ा भी। हमें अपने कई मित्रों से अधिक, आगे बढ़ने की, अपना मनचाहा विकास करने की, सुविधा मिली। बस हमें यह याद है कि हमें पढ़ाई के साथ-साथ चाहे संगीत हो, कॉलेज के अन्य कार्यक्रमों में भागीदारी हो, नाटक, वाद-विवाद प्रतियोगिता में भाग लेना हो या खेल-कूद में कुछ करना हो,

सदा आपने बाबा से अधिक हमारे साथ मेहनत की है। इसीलिए हम आपसे अधिक डरते भी थे। आपका रोब हम पर ज्यादा पड़ता था। वर्षों पूर्व कहे गये बच्चों के ये शब्द शायद आज मेरे कानों में पड़ रहे हैं... । उस समय मैं केवल मुस्कुरा दी थी इनकी ओर देखते हुए। परन्तु पता नहीं क्यों, वर्षों बाद बच्चों के इन शब्दों के कान में पड़ते ही अपने अन्दर दूर तक सन्तोष अनुभव करना चाहती हूँ। परन्तु आँखें बन्द होने की बजाय, उस बरसात खायी सीलनभरी दीवार पर टँगे, बदरंग हुए, बच्चों को मिले प्रशस्ति-पत्र और सर्टिफिकेट देखने की चेष्टा करने लगती हैं।

अचानक दूसरे कमरे से आवाज आती है—

—जरा इधर भी आना, हमने वर्षों तक हजारों पुस्तकें अपने सर पर उठाये रखी हैं। तुम्हारे परिवार की प्रगति में हमारा भी हाथ है। 'हाँ, है न। इससे मैंने कब इन्कार किया।' मैं पासवाले कमरे में पहुँचकर कमरे की दीवारों पर स्नेह से हाथ फेरती हूँ। सीलनभरी दीवार से ढेर-सा लोना झड़ जाता है। घर में हजारों पुस्तकें और उनको रखने के लिए एक भी अलमारी नहीं, आश्चर्य होता है। आश्चर्य तो इस बात पर भी होता है कि चार जनों के कपड़े, सब स्कूल जानेवाले, ये भी प्रतिदिन कॉफी हाउस जाते थे, बिना अलमारी के कहाँ रखे जाते थे। इस कमरे में सीलन के कारण कितनी दीमक लगती थी। फलों की दुकान से हम लोग, फलों की पैकिंग के बक्सों की आम की लकड़ी के पटरे ले आते थे। पटरों को लाइन से दीवार से सटाकर रख दिया जाता, उन पर अखबार और पुराने 'धर्मयुग' बिछाकर पुस्तकें एक-पर-एक रख दी जातीं। चार फीट ऊँची पुस्तकों की दीवार बन जाती थी। हर महीने अखबार बदलने पड़ते थे। बीस-पच्चीस दिनों में ही पेपर इतने गीले हो जाते कि मसलकर लोई बना लो। परन्तु पुस्तकों को न कभी सड़ने दिया न धूल से गन्दा होने दिया। ये हमेशा कहा करते थे—पुस्तकों पर धूल जमना याने आपके व्यक्तित्व पर धूल जमना है। पुस्तकों की सफाई हमारे घर में बहुत बड़ा काम था, जो मैं अधिकतर रात में करती।

इसी कमरे में दोनों बच्चे केना और शशांक भी तो सोते और पढ़ते थे। दोनों ने बिना मेज-कुर्सी और अलमारी के यूनिवर्सिटी तक की पढ़ाई पूरी कर ली थी। इस कमरे को, लम्बा परदा डालकर दो भागो में बाँट दिया गया था। आगे के पुस्तकोंवाले हिस्से में बेटे का मुश्किल से तीन फीट चौड़ा और चार फीट लम्बा तख्त बिछा रहता। तख्त के एक कोने में उसकी पुस्तकों का ढेर रहता और पास की खिड़की में लिखने-पढ़ने का सामान रख वह अपनी पढ़ाई करता। रात को उसी तख्त के पैताने दो मोढ़े रखकर उसे लम्बा कर लिया जाता तब भी उसके पैर तख्त के बाहर लटके रहते। कमरे के पीछे के हिस्से में घर के सारे सामान, कपड़े, बिस्तर, अनाज के डिब्बों के बीच, दीवार में बनी एक अलमारी में केना अपनी पुस्तकें रखती थी। पढ़ाई करते समय, एक मोढ़े पर बैठ उसी अलमारी में सिर डालकर लिखती-पढ़ती रहती। रात में बाहर से एक खाट लाकर बिछा लेती। खाट बिछ जाने के बाद ट्रेन के जनरल

कम्पार्टमेण्ट की तरह पैर रखने की जगह भी कमरे में नहीं बचती। सुबह-शाम कमरे का दरवाजा भेड़ते हुए एक उद्घोषणा सुनायी देती-"आना नहीं।" और पूरा घर अलर्ट हो जाता कि केना तैयार हो रही है, कपड़े बदल रही है।

इन दीवारों की शिकायतें इस गिरे-पड़े वर्तमान से खींचकर मुझे कहाँ लिये जा रही हैं...। सामान के बीच चार फीट खाली फर्श पर, बच्चों की भाग-दौड़, सबकी स्कूल की तैयारी, अपनी भी, घर के सारे काम, बीच-बीच में इनकी चाय की फरमाइश, इन सबके बीच भी अन्दर कैसा भरा-भरा लगता था। जो जिन्दगी बढ़ने के साथ पता नहीं क्यों खाली होता चला गया। इन दीवारों की शिकायतें भी तो वाजिब हैं। पर ये यादें ... मन की उड़ान के साथ-साथ मेरे कमजोर पैरों में भी कैसी गजब की फुर्ती महसूस हो रही है।

अब शिकायतें बस भी करो, चाय तो पीने दो, कहती हुई मैं चलकर नहीं लगभग दौड़ती हुई रसोईघर में पहुँचती हूँ। फुर्ती से पर्स से चाय और दूध पाउडर की पुड़िया निकालती हूँ। एक नजर इस पुराने-से रसोईघर पर डालती हूँ। अरे यहाँ तो सारे बर्तन मुँह फुलाये मुझे घूरते-से लग रहे हैं। अब इनकी शिकायतों से निबटना होगा। ठीक तो है। ये न होते तो यह गृहस्थी ही कहाँ होती। सच में देखा जाय तो इस जीवन-यात्रा को आगे बढ़ाने में इन सबका कितना हाथ है। अगर इस घर में बिताये गये दिनों के दुःख-सुख संघर्ष का कोई सच्चा साक्षी है, तो यह घर, इसकी ये दीवारें और यहाँ का टूटा-फूटा सामान ही है।

पिछले पचास वर्षों से एक ही कील पर टँगनेवाले चाय के बर्तन को उतारने के लिए हाथ बढ़ाती हूँ। हाथ में गीलापन अनुभव होता है।

—अरे रो क्यो रहे हो। मैं तो आ ही रही थी। बिना चाय पीये मेरे हाथ-पैर चलेंगे भला और तुम्हारे सहयोग के बिना चाय बनेगी कैसे?

सबसे पहले तुमको मुझसे मिलना चाहिए था। पहले जब तुम अपने पति के साथ यहाँ आती थी, तुम्हारी पहली नजर मुझ पर ही पड़ती थी। उन्हें तो, दरवाजे तक फैल आयी हेज काटकर घर का ताला खोलते ही चाय की तलब जो लगती थी। ...तो क्या तुम भूल गयी कि तुम्हारी गृहस्थी का पहला बर्तन मैं ही हूँ। तुम्हारी गृहस्थी में मेरा महत्त्व सबसे अधिक है। आज तक मुझे वह स्थान मिलता रहा है तो आज क्यों नहीं? भूल गयी क्या! पहली बार इस मकान में सामान रखते ही, तुम्हारे पति मेरी खोज में ठठेरी बाजार तक गये थे। मेरी सुन्दर और मजबूत काठी ने उन्हें मोह लिया था। और पिछले पचास वर्षों से मैं भी अपना वादा निभा रहा हूँ। सारे बर्तन टेढ़े-बाँके, पुराने हो गये पर मैं आज भी वैसा ही स्मार्ट हूँ। मेरा महत्त्व कम नहीं होना चाहिए। तुम्हारा महत्त्व कम करने की जुर्रत मैं कैसे कर सकती हूँ। मैं सहलाते हुए बर्तन साफ करती हूँ। गैस जला चाय चढ़ाती हूँ। चाय का ढक्कन उतारते समय पता नहीं कैसे चिमटा हाथ से गिर जाता है...। यह क्या! इसमें से

धातु गिरने की आवाज़ के स्थान पर पन्नों की फरफराहट क्यों सुनायी दे रही है। जैसे वह आवाज कह रही हो—

—माना कि शिकायतें सुनकर तुम थक गयी हो, तुम मुझे उठाने से पहले मुझे पढ़ लो। पिछले पचास वर्षों में मैं तुम्हारे कितने काम आया हूँ, किस्से के रूप में ही सही जरा सुन लो देखने में तो मैं मात्र लोहे का चिमटा हूँ, जिसे तुमने बारह आने में खरीदा था। पर जरा याद करो क्या मैंने तुम्हारी गृहस्थी के लिए केवल उबलती दाल का ढक्कन उतारने या जलता कोयला उठाने का ही काम किया है? तुमने मुझसे कितने काम लिये हैं। कभी काकरोच पकड़ा है, कभी बरसात में आनेवाला कच्ची घोड़ा जिसे बच्चे राम जी का घोड़ा कहते थे। कभी छिपकली का मरा बच्चा पकड़कर फेंका है, तो कभी केंचुआ। यहाँ तक कि बरसात के दिनों में आँगन में निकलनेवाले छोटे-छोटे सँपोलों के बच्चे मेरे ही मुँह में दबाकर नाले तक फेंके गये हैं। इतना काम आने पर और मेरा कोई अपराध न होने पर भी मुझे शुद्ध करने के लिए हर बार आग में तपाया जाता रहा है, मेरे मुँह को रगड़-रगड़कर माँजा जाता रहा है। जैसे मरा जीव अभी तक मेरे मुँह में चिपका है। मैं इतनी बार रगड़ा गया हूँ कि मेरी काया उजली सफेद हो गयी है। मैं भूल ही गया कि मैं कभी काला था। मैंने तुम्हारे लिये औजार का भी काम किया है। रात में तुम ढीले दरवाजे की हिलती साँकल में मुझे इसलिए पिरो देती थी कि तेज हवा में दरवाजा खुल न जाय। मेरे कारण तुम्हें रात में डर नहीं लगता था, और तुम निश्चिन्त सो जाती थी, और तो और मैं तुम्हारे बच्चों को अनुशासित करने के भी काम आया हूँ। तुम अक्सर बच्चों को डराती—अगर तुम लोगों ने कहना नहीं माना, गलत काम किया, दूसरे का सामान उठाया तो चिमटा गरम करके चिपका दूँगी। गरम चिमटे से बच्चे बहुत डरते थे क्योंकि अनजाने में हलके गरम चिमटे की छुअन का उन्हें पहले से ही अनुभव था।

क्या याददाश्त है! मेरी स्मृति तो इसके सामने कुछ भी नहीं है। कौन विश्वास करेगा कि यह मात्र एक लोहे का चिमटा है, एक निर्जीव पदार्थ...। अगर मैं कहूँ कि मेरे लिये यह घर, यहाँ का सामान कुछ भी निर्जीव नहीं है तो? जब हम यहाँ आये थे, यह मात्र ईंट-गारे का बना निर्जीव मकान था, चारदीवारों और छतवाला। वस्तुएँ भी जब बाजार से खरीदी गयी थीं, निश्चय ही निर्जीव पदार्थ थीं।

हमने पिछले पचास वर्षों से इस मकान की साफ-सफाई, रँगाई-पुताई अपने हाथों से की है। वस्तुओं को भी वे कितनी भी सस्ती और अनगढ़ हों साफ-सुथरा करके, सजाकर रखा है। उन्हें अपनी गृहस्थी की शोभा और आवश्यक वस्तुओं के रूप में सम्मान के साथ वापरा है। घर को भी सदा अपने सुख-दुःख का साक्षी तथा अपने आश्रयदाता का सम्मान दिया है, अपनी जीवन-यात्रा का सहयोगी माना है। इसी अपनत्व की भावना के साथ हमारे निरन्तर स्पर्श से ये सब अपनी पदार्थता से ऊपर उठते चले गये और इनके अन्दर जो भी, जितना भी चैतन्य का अंश था,

जागृत होता चला गया और ये सब मुझसे एक सजीव की भाँति व्यवहार करने लगे... । मेरी भावनाओं को, मेरे सुख-दुःख को समझने लगे। मैं भी इनकी भावना और इनके निश्चल मौन को सुनने-समझने लगी। हालाँकि उसमें शब्दों द्वारा अभिव्यक्ति नहीं थी। तो क्या हुआ? पशु-पक्षियों के पास हमारे जैसी भाषा और शब्द नहीं हैं, फिर भी पालतू पशु-पक्षियों के भाव हमें उनकी भाषा में ही सुनायी-समझायी देने लगते हैं, और यह सम्भव होता है निरन्तर अपनत्वभरे हमारे स्पर्श से। इसीलिए अन्य की अपेक्षा, मालिक अपने 'पालतू' के भावों और हरकतों को अधिक समझते हैं।

स्थान और पदार्थ कैसे जागृत होते हैं, इसके कई उदाहरण हैं—

—तीर्थ क्या है? धरती का एक टुकड़ा ही तो। धरती तो यहाँ से वहाँ तक एक ही है। फिर धरती के एक विशेष टुकड़े को ही तीर्थ की मान्यता क्यों? हमारे पूर्वज तथा ऋषि-मुनियों ने अपनी प्रज्ञा से प्रत्येक पदार्थ में सजीवता अनुभव की और उस चेतना के दर्शन किये, जिसके कि वे स्वयं एक अंश थे, और इसी अनुभव को आगे की पीढ़ी तक पहुँचाने के लिए यज्ञ, पूजा, प्रार्थना आदि का विधान किया। जिस स्थान पर बैठकर उन्होंने वर्षों यज्ञ, पूजा-प्रार्थना, तपस्या और साधना की, धरती के वही टुकड़े अधिक जागृत और पवित्र होकर कालान्तर में तीर्थ कहलाये। इसी प्रकार पुष्टिमार्गीय वैष्णवों के धार्मिक स्थल, मन्दिरों (जो हवेली कहलाते हैं) को छोड़कर 'बैठक जी' पूरे भारत में स्थापित हैं। ये 'बैठक जी' क्या हैं? स्थान ही तो हैं। जिन-जिन स्थानों पर बैठकर वैष्णव सम्प्रदाय के आदि पुरुष महाप्रभु वल्लभाचार्य जी ने प्रवचन किये, 'चौरासी वैष्णवों' की वार्त्ता' सुनायी, भागवत जी का पारायण किया, वे ही स्थान उनके पवित्र स्पर्श और दिव्य विचार तथा तरंगों से जागृत होते गये और कालान्तर में 'बैठक जी' कहलाये, जहाँ आज भी आस्थावान् वैष्णव जन दर्शन हेतु पहुँचते हैं। जहाँ केवल 'गादी-तकियाँ' (गद्दी और तकिया) के ही दर्शन होते हैं। महत्त्व 'गादी-तकिये' का नहीं, उस स्थान का ही है।

और सर्वमान्य 'व्यास-पीठ' क्या है? जिस स्थान और आसन पर 'व्यास' ने (शायद कई व्यास माने गये हैं) वर्षों तक बैठकर महान् ग्रन्थों की रचना की, विचार किया, उनके स्पर्श और विचार-तरंगों से वह स्थान और वह आसन इतने जागृत और पवित्र हो गये कि सदियों के बाद भी आज किसी भी कथावाचक या प्रवचनकर्त्ता की आसन्दी को 'व्यास-पीठ' का सम्मान प्राप्त है।

इसी प्रकार प्रकृति के उपादानों—नदी, पर्वत, पेड़-पौधों में देवत्व का अनुभव कर उसे पूजा-अर्चना के द्वारा पवित्र भाव से जोड़ने के पीछे भी ऋषियों की यही भावना है कि आगे आनेवाली पीढ़ी भी उनके इस ज्ञान और अनुभव का लाभ उठाये। भविष्य में उनमें भी प्रकृति के साथ सह-अस्तित्व की भावना उत्पन्न हो ताकि वे मानव-जीवन को बनाये रखने के लिए प्रकृति के विभिन्न उपकरणों की उपयोगिता, महत्त्व और

सहयोग को समझें। उसका संरक्षण करें, उसे नष्ट होने से बचायें। और जहाँ तक इस भावना को पूजा, अर्चना या धार्मिक भावना से जोड़ने का प्रश्न है तो हमें समझना होगा कि पूजा क्या है? पूजा सामनेवाले के प्रति अपना प्रेम, श्रद्धा और कृतज्ञता ज्ञापित करने, अपना आभार प्रकट करने का तरीका मात्र है।

ऋषि-मुनि यह भी जानते थे कि धार्मिक भावना से जोड़ने पर हमारे द्वारा प्रकृति तथा अन्य प्राणियों का संरक्षण सम्भव और आसान होगा। ऋषि-मुनियों को यह ज्ञान था कि प्रकृति में सजीव और निर्जीव में कोई विभाजक रेखा नहीं है। सब जानते हैं कि एक ही चेतन सत्ता है और पूरी सृष्टि उसी चेतन की अभिव्यक्ति है जिसमें रूप और गुण के आधार पर विभिन्नता दिखायी देती है। चेतना का अंश तो सब में हैं, हाँ चेतना की मात्रा और स्तर में अन्तर हो सकता है। चेतन का गुण-धर्म क्या है? निरन्तर विकास और साथ ही निरन्तर क्षरण। यह प्रक्रिया सजीव और निर्जीव दोनों में पायी जाती है—समय-सीमा के अन्तर के साथ। विकास और क्षरण की प्रक्रिया जहाँ हर क्षण दिखायी देती है वे अपेक्षाकृत सजीव लगते हैं जैसे मनुष्य, पेड़-पौधे तथा अन्य प्राणी। और जहाँ निरन्तर चलनेवाली यह प्रक्रिया इतनी धीमी गति से चलती है कि जिसे देखने-जानने के लिए हमारी आयु कम पड़ जाती है, उसे हम निर्जीव मान लेते हैं जैसे धरती, नदी, पहाड़, आकाशीय ग्रह आदि। परन्तु समय-समय पर होनेवाला विस्फोट और प्राकृतिक विध्वंस, क्षरण की इसी लम्बी प्रक्रिया का परिणाम है।

प्रकृति के विभिन्न उपादानों की उपयोगिता मानव-जीवन है। जिन पंचतत्त्वों से मनुष्य का निर्माण हुआ है उन्हीं तत्त्वों की कमोबेश मात्रा से चल-अचल सभी का निर्माण हुआ है। मनुष्य में ज्ञानेन्द्रियों और कर्मेन्द्रियों का अधिक विकास करके उसे सृष्टि का श्रेष्ठ प्राणी बनाने में उस चेतन सत्ता का बहुत बड़ा प्रयोजन है। इसीलिए हमारा उत्तरदायित्व केवल अपने प्रति न होकर अपने पर्यावरण के प्रति भी है। और हमें छोड़कर हमारे चारों ओर जो कुछ है, पदार्थ जगत् या अपदार्थ जगत्, सब हमारा पर्यावरण है। हमारा मनुष्य बने रहने में उन सबका सहयोग है। इसलिए हमें सबके प्रति कृतज्ञ होना ही है क्योंकि हम अपने पर्यावरण के ऋणी हैं। हम अपने स्पर्श से अपनी संस्पर्शिता से तथा प्रकृति के साथ अपने सम्पर्क और उसके संरक्षण से ही उस ऋण से उऋण हो सकते हैं। आज की भागदौड़ में यह कठिन लग सकता है पर कठिन है नहीं। केवल हमें सचेत रहकर सजगतापूर्वक अपने स्पर्श तथा संवेदनशीलता को अधिक गहराई तथा विस्तार देना होगा।

हमें मानवीय स्पर्श को उसके सही परिपेक्ष्य में समझना होगा। हम अपनी ज्ञानेन्द्रियों का विषय-वस्तु से सम्पर्क स्थापित करके ही उस विषय का ज्ञान प्राप्त कर सकते हैं। आँखों से किसी पदार्थ को देखते हैं यानी अपनी दृष्टि से हम उस व्यक्ति, स्थान या पदार्थ का स्पर्श करते हैं। इसीलिए सुन्दर-से-सुन्दर स्थान भी हमारे

दृष्टि-पथ (रेन्ज) से दूर है तो हम उसका आनन्द नहीं ले पाते। यही बात सुगन्ध के लिए भी है। सुगन्ध का हमारी घ्राणशक्ति से स्पर्श हुए बिना हम सुगन्ध या दुर्गन्ध का अनुभव नहीं कर सकते। आस-पास सुगन्धित पुष्पों का उद्यान होने पर भी जब तक कोई फूल हमारे इतना निकट नहीं होता कि हम उसे सूँघ सकें, हमें सुगन्ध का अनुभव नहीं होता। हाथ द्वारा स्पर्श से तो हम परिचित ही हैं और उसे ही मानवीय स्पर्श के रूप में समझते भी हैं। परन्तु किसी भी प्रकार का सम्बन्ध निर्मित होने के लिए मानवीय स्पर्श का कोई-न-कोई रूप होता ही है। चाहे वह व्यक्ति के व्यक्ति से सम्बन्ध हो चाहे व्यक्ति और प्रकृति के। हाँ सम्बन्धों की आत्मीयता और लगाव के लिए समय का महत्त्व भी है। लम्बे समय तक किसी व्यक्ति या वस्तु के साथ सम्बन्ध ही लगाव और अपनेपन को इतना गहरा कर देते हैं कि वह स्मृति या मोह का रूप धारण का लेता है।

संगीतकारों के उदाहरण से यह बात अधिक स्पष्ट हो जाती है। निर्जीव लकड़ी से बना कोई वाद्य जो किसी कारीगर द्वारा बनाया गया और एक पदार्थ की तरह खरीदा गया है, समय के साथ कैसे उस संगीतकार का एक अंग बन जाता है, उसके अस्तित्व का एक हिस्सा। क्यों? क्योंकि संगीतकार ने लम्बे समय तक अपने स्पर्श से उसे जीवन्त किया है। उसके साथ प्यार किया है, साधना की है। अपने निरन्तर स्पर्श से उसे जागृत किया है। अपनी तरह ही सजीव बनाया है। उस वाद्य के साथ उसका सम्बन्ध इतना आत्मीयता का हो गया है कि समय के साथ उसे विश्वास होने लगता है कि सुर उसके नहीं उसके वाद्य से निकल रहे हैं तभी तो अपना प्रिय वाद्य खो जाने पर बड़ा-से-बड़ा संगीतकार विह्वल हो जाता है जबकि हम सब जानते हैं कि लकड़ी के वाद्य में सुर नहीं होते हैं, अगर होते तो दुकान में रखे-रखे ही वे बज सकते थे। संगीत तो संगीतकार में होता है। इसके बावजूद वही संगीतकार किसी दूसरे वाद्य पर ऐसा संगीत नहीं छेड़ सकता जो उसका या उसके श्रोताओं को मन्त्रमुग्ध कर सके, आत्मिक आनन्द दे सके, जिसके लिए वह जाना जाता है। यही कारण है कि बड़े संगीतकार अपना वाद्य और खिलाड़ी अपना सामान सदा अपने साथ रखते है। जिसके खो जाने पर वे ही दुःखी और विह्वल नहीं होते, समाचारों में भी हलचल मच जाती है।

शायद यही सम्बन्ध मेरा इस घर और यहाँ के सामान से है। इसे मोह की संज्ञा दी जा सकती है। मेरे लिये यह मोह नहीं अपनापन, लगाव है, लम्बे समय के आत्मीय सम्बन्ध के प्रति कृतज्ञता है। और यदि मोह है भी तो क्या। विवेकपूर्ण मोह ही अपनत्व है। सजगतापूर्वक व्यवहार के द्वारा ही हम अपनत्व, मोह और आसक्ति के बारीक अन्तर को समझ सकते हैं। अपनत्व एक मानवीय गुण है। अपनत्व, मोह और आसक्ति के अन्तर को ठीक से समझे बिना तथा निर्लिप्त दिखने के चक्कर में हम इस मूलभूत मानवीय गुण से ही विमुख होते जा रहे हैं।

जिसका दुष्परिणाम हमारे आपसी सम्बन्धों तथा अपने पर्यावरण के साथ सम्बन्धों पर हो रहा है।

परन्तु इस बार मैं इस घर, यहाँ के सामान से कहना चाहती हूँ—अब मेरा यहाँ आना सम्भव नहीं हो सकेगा, शरीर साथ नहीं दे रहा है। ये शिकायतें, कहा-सुनी सब अन्तिम बार ही है। इसके साथ ही मैं यह भी समझाना चाहती हूँ कि भावनाओं के आदान-प्रदान के लिए आमने-सामने की कोई आवश्यकता नहीं है। सृष्टि की रचना ही ऐसी है कि यहाँ सारे भाव, विचार, ज्ञान सब तरंगों में बह रहे हैं। बस हमारी चेतना रूपी एण्टीना जितना विकसित होगा, हम उन विचारों को, भावनाओं को पकड़ सकते हैं? आज विज्ञान के नाना आविष्कार, विचार, आवाज, दृश्य, यहाँ तक कि व्यक्तियों की शकल-सूरत सब-कुछ तरंगों के माध्यम से ही हम तक पहुँचा रहे हैं। हमारे पूर्वज ऋषि-मुनि तो अपनी उन्नत चेतना के द्वारा इन्हीं तरंगों के माध्यम से आकाशवाणी सुनते और ज्ञान प्राप्त करते थे। हमारे वेद, मन्त्र, नाना प्रकार के शास्त्र, सभी कुछ तो इन आकाशीय तरंगों के प्रतिफल हैं। इसलिए आवश्यक नहीं कि हम सदा मिलते रहें। अगर मैं सच्चे मन से इस घर और तुम लोगों के प्रति कृतज्ञ हूँ, अपनापन रखती हूँ, एक सजीव की तरह अपनी आधी से अधिक जीवन-यात्रा में अपने सहयोगी के रूप में तुम्हें स्मरण करती हूँ तो मेरी भावनाएँ निश्चित ही तुम तक सम्प्रेषित होती होंगी और होती रहेंगी।

मैं यह भी समझाना चाहती हूँ कि मेरी तरह अब तुम भी वृद्ध हो गये हो। यहाँ कुछ भी स्थायी नहीं है, चल-अचल सब समय-सीमाबद्ध है। मेरा भी अन्त निकट है और तुम्हारा भी...। तुम्हें जो कोई भी लेगा, पहले तोड़ेगा। नष्ट होकर तुम अपने मूल स्वरूप मिट्टी का प्राप्त हो जाओगे, नवनिर्माण के लिए। नष्ट केवल यह रूप और आकार होता है। तुम्हारा भी आकार नष्ट होगा। तुम्हारे मूल रूप से फिर भवन-निर्माण की सामग्री तैयार होगी और तुम्हारे ही ऊपर एक नये सुन्दर भवन का निर्माण होगा। बर्तन-भाड़े भी जहाँ कहीं जायँगे, नष्ट होकर आग में तपकर अपने मूल स्वरूप धातु में परिवर्तित होंगे, नये और अधिक सुन्दर तथा उपयोगी बर्तनों के पुनर्निर्माण के लिए। मेरी भी यह काया नष्ट होकर अपने मूल स्वरूप आत्मा के रूप में इस सृष्टि-चक्र में आगे की यात्रा हेतु सन्तरित हो जायगी। हम इस सृष्टि के एक हिस्से के रूप में मिले थे, आगे भी इस सृष्टि के किसी हिस्से में रहेंगे, किसी-न-किसी रूप में..., बस आगे-पीछे का प्रश्न है, बाकी तो सब यही है। नष्ट कुछ नहीं होता। केवल रूप और आकार बदलता है। हम अलग हो रहे हैं, नये कलेवर में आगे की यात्रा हेतु, फिर शोक कैसा?

बोलने के लिए होंठ हिले अवश्य, पर शब्द कण्ठ में ही फँसकर रह गये। मैंने स्नेहभरी एक आत्मीय दृष्टि चारों ओर डाली और चाय का प्याला ले बरामदे में

निकल आयी।

बरामदे के एक कोने में इनकी प्रिय बैठक, एक छोटा-सा तख्त और उसके पास रखा मेरा मोढ़ा। पिछले पचास वर्षों से यह तख्त और वह बाँस का मोढ़ा आज भी इसी स्थान पर रखे हैं। कोई व्यक्ति एक ही स्थान पर एक ही दिशा की ओर मुँह किये, गोद में एक छोटी लकड़ी की चौकी रखे, पचास वर्षों तक लेखन कैसे कर सकता है! आज आश्चर्य होता है। तख्त के दूसरे कोने पर लकड़ी की एक पुरानी कुरसी रखी है। कितने लोग, कितने साहित्यकार पिछले वर्षों में इसी कुरसी पर आकर बैठे हैं। इसी कुरसी पर रखी चार इंच मोटी गद्दी, कैसे वर्षों दबते-दबते आधे इंच की रह गयी है...। क्या इसी तरह समय के दबाव तले हमारा शरीर, इच्छाएँ, रुचियाँ, सब दबकर समाप्त नहीं हो जातीं। कुछ तो हो जाती हैं, तभी तो जीवन के आखिरी दिनों में मिलनेवाला यश, सुख-सुविधा कुछ भी आपको वह रस, वह तृप्ति नहीं देते जो एक समय जीवन के अभावों के बीच मिलनेवाली जरा-सी सुविधा दे जाती है...। तभी तो एक समय इस मकान के इस छोटे-से बरामदे में रखी यह कुरसी, यह मोढ़ा जो आनन्द और तृप्ति देता था, वह आज इस आधुनिक ढंग से निर्मित, सारी सुख-सुविधा और आधुनिक साज-सज्जा से सजे उस बड़े-से मकान में नहीं मिलती, जहाँ आजकल मैं रहती हूँ। बड़े-बड़े कमरोंवाला कोठीनुमा वह मकान जिसकी ऊँची-ऊँची दीवारें, ऊँची-सी दीवारों के बीच पसरा सन्नाटा-आपको एकाकीपन का अहसास कराता है। चारों ओर की दीवारें निर्जीव, ठण्डी, मौन, जिनके स्पर्श में कोई अपनत्व नहीं, कोई संलाप नहीं...। सारे समय आपको अनुभव होता है जैसे आप वहाँ रहते नहीं हैं, घिर गये हैं। यह थोड़े समय का आवास-भर है, जहाँ से मौका पाते ही आप-अपने घर के लिए भाग खड़े होंगे...। इतनी गिरी-पड़ी स्थिति में भी यह घर कैसा सुकून देता है...।

चाय का घूँट लेते हुए, दृष्टि सामने के आकाश की ओर उठ गयी। अरे! आकाश कितना छोटा हो गया है। किसी समय यह आकाश कितना फैला हुआ था, यहाँ से वहाँ तक, कहीं दृष्टि-पथ अवरुद्ध ही नहीं होता था। बस, आँगन में आने की देर थी। पैरों के नीचे कच्चा आँगन, सिर पर विस्तृत आकाश...। कितनी आश्वस्ति लगती थी—ये दिन भी कट जायँगे। यह भाग-दौड़, यह संघर्ष, यह मेहनत सब एक दिन रंग लायेंगे, अवश्य...। इस छोटे-से बरामदे में बैठकर कितने सूर्यास्त देखे हैं, कितनी तारों-भरी रातें, कितनी चाँदनी रातें...। कितनी गरमी की रातों में तारों-भरे आसमान की छाँह में, बाल-बच्चों सहित सोये हैं। पूर्णिमा का चाँद कितना बड़ा लगता था, खासतौर से शरद् पूर्णिमा का चाँद तो इतना चमकीला और पास लगता था कि बस हाथ बढ़ाकर पकड़ लो। रातभर बेला महकता था। आँगन में लगी माधवी कितनी छतनार हो गयी थी, रातभर उसके फूल बिस्तरों पर बरसते रहते थे...।

ऊपर से जिन्दगी की भाग-दौड़, इतनी जद्दोजहद, कभी-कभी मन में निराशा भर देती थी, मन बुझ-सा जाता था। परन्तु अन्दर एक शान्ति-सी लगती। पूरे घर में एक प्रकार का आनन्द का, उत्सव का वातावरण लगता, पता नहीं क्यों? शायद बिना एक-दूसरे पर दोषारोपण किये, अपने-अपने हिस्से का संघर्ष करते हुए, साथ-साथ दौड़ने का अहसास अन्दर कहीं सुकून देता था। हमारी आपसी समझ के साथ ही थोड़ा श्रेय इस घर को भी जाता है। हमारे आत्मीय स्पर्श ने इस घर को एक जागृत स्थान बना दिया था। बाहर कितनी भी भाग-दौड़, उठा-पटक हो जाय, इस घर में आते ही एक ठण्डा स्पर्श मन-प्राण को 'रिलैक्स' कर देता था, ऐसी शान्ति का अनुभव होता था, जिसे शब्दों में अभिव्यक्त नहीं किया जा सकता। बाद के जीवन में सब-कुछ की प्राप्ति के बाद भी, उस शान्ति का फिर कभी अनुभव नहीं हुआ।

चाय पीते हुए बरामदे पर एक नजर डालती हूँ। यह बरामदा कमोबेश तो ऐसा ही था। चारों दीवारें आधी-आधी सदा गीली, सीलनभरी रहतीं। इसकी छत और दीवारों से चूना गीला होकर फूल की तरह झरता ही रहता, हर समय फर्श पर चूना बिछा रहता। पढ़ते समय बच्चे अक्सर अपनी पुस्तकें, फट-फट करते रहते, परन्तु ये उसी में बैठकर लेखन मे व्यस्त रहते। इनकी पीठ के पीछे तो इतनी सीलन रहती कि एक बड़ा-सा लकड़ी का पटरा रखा रहता, जिस पर तकिया टिकाकर ये बैठते थे। फिर भी कभी इन सबकी ओर ध्यान ही नहीं जाता। सुबह से यह बरामदा मुखर हो जाता...ये तख्त पर बैठे या तो अखबार पढ़ते या आसमान ताकते बैठे होते। आस-पास हो रहे शोर से निर्लिप्त...बच्चे अपनी तैयारी में हड़बड़ाकर इधर-उधर दौड़ते, कोई तख्त के नीचे घुसकर अन्दर चले गये जूते निकालता तो कोई तख्त पर ही पेन्सिल रबर ढूँढ़ता। अगर बच्चों का कोई सामान इनके तकिये के पीछे दबा होता तो ये बिना बोले, बिना किसी प्रतिक्रिया के जरा उचक जाते, बच्चे हाथ डालकर अपना सामान निकाल लेते। मैं भी अपनी तैयारी में व्यस्त होती। बीच-बीच में इनकी चाय की गुहार अवश्य लगती रहती। थोड़ी देर में ही सब शान्त हो जाता। सब तैयार होकर सारे दिन के लिए अपनी-अपनी दिशाओं में उड़ जाते...साँझ होती, सब अपने नीड़ में लौट आते...। मैं कॉलेज से लौटकर इसी बरामदे में सिर झुकाये लिखते हुए बैठे अपने पति को देखती हूँ। अपना प्याला लेकर इसी मोढ़े पर बैठ जाती हूँ। दूर सूर्यास्त हो रहा है, पक्षी कलरव करते हुए वृक्षों पर लौट रहे हैं। बच्चे कमरों में सामानों के बीच दौड़-भाग कर रहे हैं, किलकारियाँ कर रहे हैं, किसी टूटी पेन्सिल की मिल्कियत पर लड़ भी रहे हैं, छीना-झपटी चल रही है और ये इन सबके

बीच अपने लेखन में व्यस्त हैं।

उस समय अक्सर मैं सोचती मैं निरन्तर दौड़ रही हूँ, नींद में भी। साथ ही बच्चों को भी दौड़ा रही हूँ। इस दौड़-भाग में एक व्यक्ति प्रशान्त भाव से तख्त पर बैठा आसमान कैसे ताक सकता है! आश्चर्य होता, पर इस प्रशान्तता का रहस्य उस समय समझ में नहीं आता था। अब समझ में आता है कि लक्ष्य तक पहुँचने के लिए मेरी शक्ति और सामर्थ्य केवल दौड़ने तक ही सीमित थी जबकि शान्त बैठा व्यक्ति, उस बड़े डैनोंवाले पक्षी की तरह था जो ऊँची मुंडेर पर अपने पंख फैलाये बैठा आकाश देख रहा होता है। ऐसा हमें लगता है। वास्तव में ऊँची उड़ान के लिए वह पक्षी अपने पंखों को तौलता हुआ, अपने पंखों की शक्ति और आकाश के विस्तार का मीजान बैठा रहा होता है और एक ही उड़ान में कितना आकाश घेर लेता है...। क्या मेरे पति भी ऊँची उड़ान के लिए, शान्त भाव से अपने तख्त पर बैठे, अपने रचनाकार की सामर्थ्य और साहित्याकाश की ऊँचाई का मीजान बैठा रहे थे।

चाय पीते मेरी दृष्टि तख्त के ठीक सामने की दीवार के बायें कोने की ओर चली गयी। वर्षों तक इस कोने में एक कैलेण्डर टँगा था, जिसमें जनवरी, सन् 1984 का पृष्ठ सदा खुला रहा। उस कैलेण्डर के बारह पृष्ठों पर बैलगाड़ी, ऊँटगाड़ी, घोड़ागाड़ी आदि की बारह सुन्दर-सुन्दर रंग-बिरंगी पेण्टिंग की तस्वीरें छपी थीं।

कैलेण्डर के जनवरीवाले पृष्ठ पर छपी ऊँटगाड़ी बहुत सुन्दर थी। राजस्थान का दृश्य था। चारों ओर बालू के छोटे-बड़े टीले और उनमें थोड़ी-थोड़ी दूरी पर वहाँ उगनेवाली, छोटी-बड़ी कटीली झाड़ियाँ। ऊँटगाड़ी का ऊँट कई प्रकार की झालरों और जेवरों से सजा था। उसमें बैठी दुल्हन भी राजस्थानी वेश-भूषा और आभूषणों से सजी, तीखे नाक-नक्श और गेहुएँ रंग की एक किशोरवय बालिका थी। गाड़ी के साथ चलनेवाले एक सजे हुए ऊँट पर सवार एक दूल्हा भी राजस्थानी वेश-भूषा, लाल रंग की पगड़ी और आभूषणों से सज्जित सजीला जवान था। चूँकि पेण्टिंग में गहरे और चमकीले रंगों का प्रयोग किया गया था, इसीलिए पूरा चित्र सुन्दर और आकर्षक था। खासतौर से दुल्हन की आँखें तो इतनी सजीव और मोहक थीं कि बरबस आपकी दृष्टि उस पर अटक जाती। मैं जब भी बरामदे में चाय लेकर बैठती, मेरी आँखें इसी कैलेण्डर पर टिक जातीं। शायद इसीलिए एक दिन मेरे पति ने कहा–

तुम्हें कैलेण्डर का यह जनवरीवाला पृष्ठ बहुत पसन्द है तो मैं ऐसा करता हूँ कि अन्य महीनों के पृष्ठ क्लिप से बन्द कर देता हूँ। कैलेण्डर का यही पृष्ठ सदा

खुला रहेगा। हम जनवरी के पृष्ठ को कभी बदलेंगे ही नहीं। ऐसा लगेगा हमने समय को बाँध दिया है। इस घर में समय बीतेगा ही नहीं...कितना मजा आयेगा न! हम लोग जैसे हैं, वैसे ही रह जायँगे। बच्चे भी हम लोगों को छोड़कर कहीं जायँगे ही नहीं। न बेटी का विवाह होगा और न बेटा ही अपने काम-धन्धे के सिलसिले के चक्कर में घर छोड़कर बाहर जायगा।

अपने खिलन्दडेपने में हमने कैलेण्डर के पन्ने तो क्लिप कर दिये, परन्तु क्या समय को बाँध पाये? क्या हमारे घर में समय ठहर गया? क्या समय कभी प्रारम्भ हुआ था, जिसका अन्त होना है और हमने उसे रोक दिया है? क्या प्रथम सूर्योदय का प्रमाण किसी के पास है, जो सूर्यास्त कब होगा, इसे कोई कह सकता है। यह तो हमने एक जगह से गिनना प्रारम्भ किया, गोया वह समय का प्रारम्भ था और गिनते-गिनते एक बिन्दु पर पहुँचकर उदास हो जाते हैं कि एक वर्ष और बीत गया ...जबकि समय हर क्षण बीतते हुए हमें भी ...और हम हमारा परिवेश सब रीतते चले जाते हैं, कितना कुछ बदलते हुए...।

सन् उन्नीस सौ चौरासी के कैलेण्डर का वह जनवरीवाला पृष्ठ अपनी सुन्दर-सी बैलगाड़ी और उसमें बैठी दुल्हन और सजीले दूल्हे के साथ आज तक बरामदे के कोने में लटका है। परन्तु अब मुझे उसकी आँखों से डर लगने लगा है। जैसे वे सुन्दर-मोहक आँखें मुझे घूर रही हैं। उनमें मेरे लिये प्रश्न-ही-प्रश्न हैं—

—तुमने अपने खिलन्दड़पने में कैलेण्डर के अन्य पृष्ठों में क्लिप तो लगा दी पर...क्या हुआ? क्या यह घर, यहाँ का परिवेश वही है। तुम वही हो? हाँ, यह दीवार, इसके कोने में लटका यह कैलेण्डर इसके साथ ही लटकी यह ऊँटगाड़ी, इसमें बैठी मैं, ऊँट पर सवार मेरा दूल्हा सब वैसा ही है, पर वास्तव में क्या सब-कुछ वही है?

तुम, तुम्हारा परिवेश, तुम्हारी जिन्दगी, सब-कुछ तो बदल गया। बस, तुमने हमें रोक लिया, हमें अपने घर तक जाने नहीं दिया...क्या तुम कभी काल की इस गणना और बीतते हुए समय की स्मृति के इस मायावी रूप को कभी नहीं समझ पायी कि व्यतीत झिलमिलाता हुआ दूर, प्रतिक्षण दिखायी तो देता है, पर लाख चाहने पर भी वह घटित हुए रूप में, न हम तक कभी आता है न ही हमें अपने पास आने देता है, बस हमें उसकी प्रतीति भर होती रहती है। खुद तुम्हारे सपने तो नष्ट हुए ही, हमारे भी नयी गृहस्थी बसाकर नये सिरे से जीवन जीने के सपने तुमने पूरा नहीं होने दिये।

इस सब पर मेरा कोई वश था क्या? और बिस्तर में लेटे-लेटे ही मेरे मुँह से एक निःश्वास निकल गयी...। बहरहाल, विचारों का क्या! विचारों का तो काम ही है, आगे-पीछे भटकना...।

चाय समाप्त हो गयी है। खाली प्याला प्लेट में रखने की आवाज से शायद मेरी नींद टूटती है। सामने चल रही रील में

दृश्य बदल गया है।

खाली चाय का प्याला रखने के लिए मोढ़े से उठने का प्रयत्न करती हूँ, अचानक आँखें बरामदे के दरवाजे की ओर उठ जाती हैं। अचानक पैर ठिठक जाते हैं। मैं धम्म से वापस मोढ़े पर बैठ जाती हूँ। बरामदे के दरवाजे पर एक बीस वर्ष की कन्या, पूजा की थाली लिये खड़ी है। साड़ी पहने, सिर पर पल्ला रखे, माथे पर बिन्दी है। लम्बी चोटी झुकने के कारण सामने लटक आयी है। इतनी कम उम्र की बालिका इस प्रकार सजी कैसी कमसिन लग रही है। वह पूजा की थाली हाथों में पकड़े बरामदे की चौखट के बाहर आँगन में खड़ी है, उसका मुँह घर की तरफ है। आस-पास दो-चार महिलाएँ खड़ी हैं, उनमें शायद मैं भी हूँ। अचानक मेरी आँखों में आँसू भर आये हैं। आँसुओं की झिलमिलाहट के कारण और मेरा मोढ़ा दरवाजे से कुछ दूर होने के कारण मुझे कुछ साफ दिखायी नहीं दे रहा है। ध्यान से देखती हूँ। अरे! यह तो मेरी बेटी केना है। हाँ, वही तो है।

केना का विवाह होनेवाला है। विवाह पूर्व बेटी से, पिता के घर की ड्योढ़ी पुजवायी जाती है। इसी को 'देहली-पूजना' बोलते हैं। तो केना से भी देहली पुजवायी जा रही है। एक वृद्ध महिला बेटी को समझा रही है—सिर झुकाकर पिता के घर की ड्योढ़ी को प्रणाम कर लो और प्रभु से प्रार्थना करो कि तुम्हारे इस घर से जाने के बाद भी इस घर की सुख-सम्पन्नता बनी रहे। अब तुम कन्या रूप में इस घर में प्रवेश नहीं करोगी।

कलेजा कैसे मुँह को आ रहा है। पच्चीस वर्ष पूर्व घटित यह कार्यक्रम जैसे अभी-अभी मेरी आँखों के सामने सम्पन्न हो रहा हो। पैर फर्श से चिपक गये हैं। चाहकर भी मैं उठ नहीं पा रही हूँ। हाथ का प्याला, हाथ ही में पकड़े मैं मोढ़े पर बैठी रह जाती हूँ...। अभी कुछ दिन पहले की तो बात है। जब मैं एक तीन दिन की बच्ची को अस्पताल से लेकर आयी थी, और इसी दरवाजे से बरामदे में चढ़ी थी, और चढ़ने के पूर्व मैंने भी बच्ची को गोद में लिये-लिये ही इस ड्योढ़ी को प्रणाम किया था। घर में कोई था नहीं, इसीलिए मैं अकेले ही बरामदे में आ गयी थी और बच्ची को इसी तख्त पर लिटा दिया था। बरामदे से बाहर आँगन में ढेर से पीले रंग के केना के फूल खिले थे। फूलों को देखते हुए मैंने बच्ची को प्यार से पुकारा था—केना।

इसी तख्त के चारों ओर घूम-घूमकर केना ने चलना सीखा था। यहीं बैठकर अपनी गुड़िया के साथ खेला था। अभी कुछ दिन पहले ही तो उसकी गुड़िया का विवाह था। कम्पाउण्ड की लड़कियों की बरामदे में क्या चहल-पहल थी। लड़के बारात लेकर आये थे। वर पक्ष का होने के नाते उनका स्वागत हुआ। पहले उन्हें

भोजन कराया गया। परन्तु जब लड़कों ने इधर-उधर से माँगकर इकट्ठा किया गया खाने का सामान, पूरा-का-पूरा खा डाला, तो कैसा रोना-धोना मचा। आपस में जोरदार झगड़ा हुआ। लड़के जो कि सब लड़कियों के बड़े-छोटे भाई ही थे, गुड्डे को तोड़-मोड़ के भाग गये। सबको डाँट अलग पड़ी। वह कब इतनी बड़ी हो गयी कि आज उसके विवाह की तैयारी हो रही है, पता ही नहीं चला। इसी बरामदे के कोने में बैठकर तो वह सितार बजाती, पढ़ाई-लिखाई करती। इसी बरामदे में घूम-घूमकर उसने कितनी कविताएँ और 'डीबेट' याद किये हैं। पढ़ाई-लिखाई के बीच एन.सी.सी. की भी तैयारी। कभी कैम्प जाने की तैयारी करना है, तो कभी परेड की प्रेक्टिस के लिए जाना है। इतनी व्यस्तता के बीच भी मैं उसे घर-गृहस्थी के काम सीखने के पीछे पड़ी रहती। कभी गेहूँ-चावल बीनो तो कभी खाना बनाना सीखो। कभी धूप में गरम कपड़े सुखाना है तो कभी पुस्तकें साफ करनी हैं। एक-न-एक काम उसके जिम्मे छोड़े ही रहती हूँ। ठीक से न करने पर डाँट-मार अलग से। साथ ही न पढ़ाई में पोजीशन कम होनी है और न वाद-विवाद प्रतियोगिता में हारना है। बेटी को सब-कुछ सिखाने की जिद में मैं सदा कठोर बनी रहती जबकि शिक्षिका होने के नाते मैं अन्य छात्राओं की अनपढ़ माताओं को समझाती रहती थी कि लड़कियों को पाठ्येत्तर कार्यक्रमों में भाग लेने के लिए सदा प्रोत्साहित करते रहना चाहिए। उन्हें तैयारी का पूरा समय भी देना चाहिए। घर-गृहस्थी के काम तो आगे सीख ही जायँगी। अपनी उन्नति करने, कुछ सीखने का अवसर तो विद्यार्थी जीवन में ही प्राप्त होता है। आश्चर्य होता है कि मैं अपनी बेटी के पीछे क्यों पड़ी रहती थी। अपनी बेटी को सर्वगुणसम्पन्न बनाने की जिद में उसे उसका बचपन ही नहीं जीने दिया, न स्वयं ही बच्चों के बचपन का कोई आनन्द उठाया। ये अकसर मुझे समझाते-क्यों बच्ची के पीछे पड़ी रहती हो। अगर ऐसा ही अपनी बेटी को सर्वगुणसम्पन्न बनाना है तो उसकी पढ़ाई पूरी हो जाने के बाद विवाह के पूर्व एकाध वर्ष यही सब सिखाती रहना। अभी जो करना चाहती है चैन से करने दो। खुद भी हलकान होती रहती हो। पर मेरी समझ में नहीं आता था कि मैं इतनी हड़बड़ाहट में क्यों थी...। क्या मेरा अवचेतन यह जानता था कि हम लाड़ में बेटी को बुलबुल पुकारते ही नहीं हैं बहुत जल्दी ही यह घर छोड़कर दूर देश उड़ जानेवाली है। और हुआ भी यही।

एम.ए.फाइनल होते-होते ही उसका विवाह हो गया। बेटा भी पढ़-लिखकर नौकरी पर निकल गया। जो समय एक-एक दिन काटे नहीं कट रहा था, वही जब कटने पर आया तो, मुट्ठी में बन्द रेत की तरह पूरा जीवन कब सरक गया, पता ही नहीं चला।

जब परिस्थिति कुछ अनुकूल हो गयी कितना चाहा था कि एक बार इसी घर में हम चारों आज की सुख-सुविधा में बैठकर अतीत की भाग-दौड़ संघर्ष को कुछ

दिन एक साथ जी लें, पर कभी हो न सका...इतनी छोटी-सी चाहत भी पूरी नहीं हुई क्यों? शायद चाहत कैसी भी हो बड़ी या छोटी केवल चाहने के लिए होती है, पूरी होने के लिए नहीं।

दृश्य बदल गया है।

मन बदलने के खयाल से मैं आँगन में उतरकर बैठ गयी हूँ। आँगन में दो छोटे बच्चे एक बेबी साइकिल पर घूम रहे हैं। पाँच साल का बेटा शशांक साइकिल चला रहा है। पीछे दो साल की केना लाल फ्राक और झालरदार टोपी में बैठी है। मैं मगन भाव से बच्चों को देखती हूँ। उठकर चलने का उपक्रम करती हूँ। शायद पैर से साइकिल टकरायी है। चौंककर देखती हूँ, कहीं कोई नहीं। नहीं, है न! उस कोने में माधवी लता के नीचे बेंत की कुर्सी पर सामने छोटी-सी मेज पर सिर झुकाये पति लेखन में व्यस्त हैं।

तुलसी क्यारे के पीछे एक पुरानी साइकिल बरामदे की दीवार से टिकी रखी है। बेटे शशांक की प्रिय साइकिल, जिस पर बैठकर उसने पूरा शहर नापा है, यूनिवर्सिटी की अपनी पढ़ाई पूरी की है। यहाँ तक कि प्रतिवर्ष होनेवाली 'क्रॉस-कण्ट्री' साइकिल रेस भी इसी साइकिल से जीती है जबकि उसके मित्र, इसे खड़खड़िया साइकिल कहकर चिढ़ाते रहते थे। हमें दुःख था कि हम रेसिंग साइकिल कभी खरीद नहीं पाये। परन्तु वह तो रेसिंग साइकिल की भीड़ में अपनी यह खड़खड़िया लिये तेज स्पीड में भागता, सारे बैरियर्स को पार करता, यहाँ तक कि मिनी गाड़ी पर से साइकिल कुदाता, प्रतापगढ़ तक की क्रॉस-कण्ट्री जीत ही जाता था।

आँगन की तुलसी को अन्तिम बार प्रणाम करने के लिए मैं तुलसी क्यारे की ओर बढ़ती हूँ। पैर रास्ते में रखे गमलों से टकरा जाते हैं। बरामदे से सटे रखे इन चारों गमलों में इस समय शेवन्ती के ढेरों फूल खिले हैं। पत्ती तक दिखायी नहीं दे रही। पहले जब कभी इस तरह गमले शेवन्ती के पीले फूलों से लद जाते थे हर आनेवाला व्यक्ति कह उठता था—इस समय यह कवि का घर लग रहा है। अंग्रेज कवि के 'डाचा' की तरह। गमलों से पैर टकराने के कारण मेरी नींद खुल जाती है। अभी तो बहुत रात बाकी है, कहते हुए कसकर आँखें बन्द कर लेती हूँ। सामने रील चल रही है,

दृश्य बदल गया है—

इसी आँगन के बीचोंबीच एक चौकी पर अस्थि-कलश रखा है। उस पर कुछ फूल-माला चढ़ी है। चौकी को घेरे कुछ लोग बैठे हैं जिसमें अधिकांश मोहल्ले के युवा हैं। मैं ध्यान से देखती हूँ। अरे! यह तो मेरे बेटे शशांक का अस्थि-कलश है... जिसे हम तीनों मैं, ये और सद्यः विवाहिता बहू वन्दिता, संगम में प्रवाहित करने लाये हैं। वहीं इस भीड़ में हम तीनों भी बैठे हैं—निर्विकार, कर्त्तव्य बोध का मुखौटा लगाये...। कानों में निरन्तर लोगों की बातचीत के शब्द टकरा रहे हैं—

—कितना होनहार और सुशील लड़का था।

—देखने में भी कितना सुन्दर था। क्या व्यक्तित्व था।

—खेल-खिलाड़ी होने के साथ-साथ विश्वविद्यालय का टॉपर भी था।

—उदार और मददगार भी कितना था। हम लोगों के साथ मिलकर प्रतिवर्ष बाढ़-पीड़ितों को निकालकर सुरक्षित स्थान पर पहुँचाता, उनके खाने-पीने का प्रबन्ध भी करवाता था।

—अरे, बाँग्ला युद्ध के समय सैनिकों के लिए तथा अयोध्या जानेवाले कारसेवकों के लिए रातभर स्टेशन पर बैठकर, खाने के पैकेट बनाते और गाड़ी रुकते ही जल्दी-जल्दी पैकेट कम्पार्टमेण्ट में फेंकते थे। शशांक तेज धावक था, सो दौड़कर सारी ट्रेन कवर कर लेता और कैसे टूटी-फूटी सिन्धी बोलकर दुकानदारों से पैसे माँगता था। हम सबका लीडर जो था।

—अभी पिछले ही साल तो एक बड़ी कम्पनी में जनरल मैनेजर लगा था।

—सबसे दुःखद बात तो यह है कि अभी उसके विवाह को दस-पन्द्रह दिन भी तो नहीं हुए थे कि सड़क दुर्घटना में...।

अपने-अपने ढंग से चल रहे इस वार्त्तालाप में एक वृद्ध ने ठण्डी साँस लेते हुए कमेण्ट किया—

—भगवान् ऐसा दुःख किसी माँ-बाप को न दें।

अब तक निश्चल बैठी मेरी देह में हरकत हुई। मन हुआ जोर से चिल्लाकर कहूँ—

—चुप!!! यहाँ से बाहर निकलकर इस तरह की बातें करना। परन्तु होंठ चिपके हुए थे। मुँह के अन्दर शायद दाँत भी कसकर बन्द थे।

दृश्य बदलता है

जरा-सी गर्दन घुमाती हूँ तो क्या देखती हूँ कि इसी आँगन में एक बड़ा-सा अस्थि-कलश और रखा है। चौकी पर कुर्सी रखकर उस पर कलश रखा गया है। आँगन में यहाँ-से-वहाँ तक दरी बिछी है। बाहर सड़क तक कुर्सियाँ पड़ी हैं। पूरा आँगन लोगों से भरा है। पूरा मोहल्ला ही टूट पड़ा है। कुछ साहित्यकार और अन्य

लोग भी हैं। पूरा कलश फूल-मालाओं से ढक गया है। अपने-अपने ढंग से सब श्रद्धांजलि अर्पित कर रहे हैं। मेरे पति को उत्तरकाल में ही सही वह सब प्राप्त हुआ जिसके लिए वे जीवनभर निष्ठा से साहित्य-सृजन करते रहे—यश, मान-सम्मान, पुरस्कार और पैसा।

लोगों के कहने पर मैंने भी फूल-मालाएँ अर्पित की थीं। शरीर अवश्य वहाँ था, परन्तु मन...पति के लिए लोगों द्वारा किया जा रहा यश-गान भी कानों में नहीं पड़ रहा था। मैं प्रकृतिस्थ बनी सूनी आँखों से लोगों को देख रही थी। लोग मेरे स्थाम की प्रशंसा कर रहे थे। साथ ही आश्चर्य भी, कि मेरी आँखों से एक भी आँसू नहीं बह रहा है।

कैसे किसी को बतलाती कि मुझे इस अस्थि-कलश के साथ आँगन में ही रखा, एक छोटा अस्थि-कलश और दिखलायी दे रहा है, जो अन्दर-ही-अन्दर मुझे तोड़े डाल रहा है। अभी डेढ़ वर्ष भी तो नहीं हुआ उसे गये और अब यह वज्रपात... ऊपर से स्थिर दिखनेवाली मैं अन्दर-ही-अन्दर पीपल के पत्ते-सी काँप रही हूँ। अन्तर का हाहाकार क्या आँसुओं में बहकर बाहर आ सकता है! क्या मेरी स्थिति मुझे अपना हाहाकार बाहर प्रकट करने की अनुमति देती है! और मेरे पास बैठी यह युवती जिसका जीवन ही लुट गया हो और वह भी हमारे घर आने के बाद और जिसकी पूरी जिम्मेदारी अब मेरी है, उसके दुःख के सामने मेरा दुःख...। कई बार आपके उद्‌गारों पर अचानक ऐसा दबाव आ जाता है कि आपके अन्दर की तरलता जमकर पत्थर की तरह कठोर हो जाती है। जिसका बोझ जीवनभर आपको उठाना होता है। अब यह आपके विवेक और आपकी जीवनभर की तैयारी पर निर्भर करता है कि आप समय के उस बोझ के नीचे अपनी बची-खुची तरलता को दबाकर कठोर बनने देते हैं या यथाशक्ति उस भार को सरकाकर अपनी तरलता को बचाये रखते हैं। जिनके कन्धों पर परिवार का दायित्व था, उन्हें जाने की इतनी जल्दी क्या थी! यह भी नहीं सोचा कि मैं अकेली एक नये शहर में और नये परिवेश में, एक सर्वथा नये सम्बन्ध के साथ, नये सिरे से गृहस्थी कैसे बसा पाऊँगी? और सम्बन्ध भी ऐसा नाजुक, जिस पर सहज ही उँगली उठायी जा सके।

दृश्य बदल गया है।

यहाँ से वापस लौटने की तैयारी कर रही हूँ। बरामदे से बाहर निकलकर ताला बन्द करती हूँ। चलने के पूर्व अचानक नजर घर की ओर उठ जाती है। इस घर के लिए एक ममत्व-सा जाग उठता है और मैं कल्पना में उस घर के सिर और पीठ पर स्नेहिल हाथ फेरने लगती हूँ। शायद बुदबुदाती भी हूँ—

—कितना कुछ सहा है, कितना कुछ देखा है तुमने। एक सुखी संसार को बसते, बनते देखना और फिर उसे ही बिखरते देखना आसान नहीं है। आप स्वयं अन्दर-ही-अन्दर टूटकर बिखर जाते हो। यह क्या! जैसे ही मेरा काँपता हाथ कन्धे से होता हुआ उसकी पीठ पर जाता है, अचानक एक चीत्कार के साथ कोई मुझसे आलिंगनबद्ध हो जाता है... हिचकियों का लम्बा सिलसिला...।

एक पूरा-का-पूरा मकान कैसे मेरे गले लग सकता है, कैसे दहाड़ मारकर मर्मभेदी चीत्कार कर सकता है, कैसे हिचकियों में डूब सकता है...!! कहीं यह मेरी ही चीत्कार तो नहीं है! नहीं-नहीं, मेरी तो हो ही नहीं सकती। मैं तो ऐसी चीत्कार और इतनी लम्बी हिचकियों के लिए तरस गयी हूँ...पीछे से आवाज आती है—

माता जी रिक्शा आ गया है।

स्वस्थ हो मैं एक नजर अपने चारों ओर डालती हूँ। कहीं कोई नहीं है, पूरा मकान उसी तरह स्पन्दनहीन खड़ा है, कहीं कोई जलजला नहीं। आँगन की तुलसी अपनी मंजरियों के साथ हवा में धीरे-धीरे हिल रही है। माधवी लता चिड़ियों की चहचहाहट से गुलजार है। चमेली कैसी खिली पड़ी है। अमरूद के पेड़ पर दो-चार तोते बैठे, कच्चे अमरूदों को कुतर रहे हैं। पेड़ के नीचे गिरे हुए अमरूदों के टुकड़ों पर हक जमाने के लिए गिलहरी-परिवार भाग-दौड़ कर रहा है। क्यारी में ढेरों लाल गुलाब खिले हैं, उन पर पड़ती धूप की तिरछी किरणें उन्हें एक मुस्कुराहट दे रही हैं। गमलों में खिली शेवन्ती तो और जोर से खिलखिला रही है।

आँगन के पिछले हिस्से में लगे केले के पेड़ से लाल फूल झाँक रहा है। एक पत्ते के आवरण के नीचे केले की उँगली बराबर फलियाँ भी निकल आयी हैं। अभी तक मेरा ध्यान उस तरफ गया ही नहीं। मैं अपने ही भावों में डूब-उतरा रही थी। आश्चर्य हो रहा है। मैं अब तक कहाँ थी? यहाँ होते हुए भी यहाँ नहीं थी। यह लहलहाती छोटी-सी बगिया, इधर-उधर उड़ती रंग-बिरंगी तितलियाँ, आँगन में फुदकती चिड़ियाँ। इन सबकी ओर मेरा ध्यान आकर्षित क्यों नहीं हुआ? मुझे चिड़िया के पानी रखने के इस बड़े-से सीमेण्ट के कटोरे का किस्सा क्यों याद नहीं आया। सब मेरी मूर्खता पर कैसे हँसे थे जब मैंने बच्चों की साइकिल की टक्कर से रोज-रोज टूट जानेवाले मिट्टी के कटोरे के स्थान पर मटके पर बालू-सीमेण्ट का मसाला थोपकर एक बड़ा-सा सीमेण्ट का कटोरा बना लिया था...। जब चिड़ियों के साथ-साथ कबूतर भी उसमें पानी पीने के साथ अपने पंख फड़फड़ाकर नहाने लगे, तब सबका मुँह बन्द हो गया था और मुझे अपनी मेहनत सार्थक लगी थी। पिछले पचास वर्षों से यह कटोरा एक ही स्थान पर रखा, गरमियों में भी पक्षियों को भरपूर पानी देता है। उस समय ये छोटी-छोटी खुशियाँ भी कितना आनन्द दे जाती थीं, फिर आज क्यों नहीं?

क्या मैं अपने ही भावों में लीन, अतीत की स्मृतियों के भँवर-जाल में इतना उलझ गयी कि अपने आस-पास फैले इस सौन्दर्य की ओर मेरा ध्यान ही नहीं गया। इसीलिए क्या यह बगिया मुस्कुराकर, खिलखिलाकर, चहचहाकर मेरी इस अतिरिक्त भावुकता की हँसी उड़ा रही है! या प्रकारान्तर से मुझे इस सत्य का साक्षात् करवा रही है कि अपनापन, भावुकता, संस्पर्शिता, स्मृति, मोह सबका जीवन में एक स्थान है। परन्तु जब यही संवेग आपकी सम्पूर्ण मानसिकता को घेर ले तो आप अपने आस-पास फैले सृष्टि के इस सौन्दर्य को कब देखेंगे जो आपके लिए ही है। कब आप अपने से बाहर एक कदम रखकर, अपनी चेतना को इतना विस्तार दे सकेंगे कि सब आपको अपने लगे, आपके सह-यात्री, जो बाँहें फैलाये सदा आपके स्वागत को तैयार हैं। आपके आस-पास का यह मानवेतर संसार आपको यह एहसास दिलाने के लिए ही है, कि इस सृष्टि में आप अकेले नहीं हैं। उनमें से ही एक हैं और वे आपके 'स्व' का ही विस्तार हैं।

अगर आपके जीवन में इन सबका महत्त्व नहीं होता तो आप अपने छोटे-से आँगन में इतने पेड़-पौधे क्यों लगाते। क्या आपको मालूम नहीं था कि इन पर कीड़े-मकोड़े, भुनगे, भँवरे और तितली, पक्षी सभी धीरे-धीरे अपना डेरा जमा लेंगे। आपके लिए आँगन की साफ-सफाई का काम बढ़ जायगा फिर भी आपने अपने आस-पास की थोड़ी-सी भूमि को भी पल्लवित, पुष्पित होने दिया। क्योंकि आप जानते हैं कि आपके आस-पास इस तरह फूल-पौधों का और उन पर बसेरा करनेवाले पक्षियों तथा अन्य नाना प्रकार के जीवों का बस जाना निष्प्रयोजन नहीं है। प्रकृति में होनेवाले प्रत्येक क्रिया-कलाप का प्रयोजन है। वह भी इस सृष्टि के प्राणी मनुष्य के लिए। समय-समय पर आपके मनोभावों को समझना, उन्हें परिष्कृत करना तथा अपनी विराटता के माध्यम से उस 'विराट्' से साक्षात् करवाना, तथा उस सत्य से भी आपको अवगत कराते रहना कि आप ही सृष्टि के केन्द्र नहीं हो। केन्द्र तो केवल वही है जो इस सृष्टि का नियामक है। यहाँ आनन्द का मूल ही सह-अस्तित्व है।

प्रकृति सदा यह याद दिलाती है कि इस विराट् सृष्टि चक्र का हम मात्र एक छोटा-सा हिस्सा है। अपने हिस्से से अधिक भाग आप कैसे घेर सकते हैं। आपके सुख-दुःख और अभाव इतने महत्त्वपूर्ण कैसे हो सकते हैं कि सारी सृष्टि के आनन्द को घेर लें।

यहाँ सब अपनी-अपनी यात्रा पर हैं। इस सृष्टि-चक्र की परीधि के यात्रित, सहयात्री। सब समय-समय पर अपने जीर्ण कलेवर को त्याग नये रूप आकार के साथ आगे की यात्रा पर चल देंगे। अपने चारों ओर हम प्रतिदिन अपनी आँखों के सामने इस चक्र के घटित होते देखते हैं। प्रकृति के इस खेल को समझो कि हमारा-तुम्हारा साथ अनन्त है। जो साथ क्षणिक दिखायी देता है वह इस रूप आकार के कारण है जिसे हम सत्य समझे बैठे हैं। इसलिए यह मिलन और विछोह इस रूप

और आकार का है जो इस समय घटित हो रहा है। तुम्हारे रहने और न रहने का इस सृष्टि-चक्र को कोई अन्तर नहीं पड़ता। यह आवागमन ही सृष्टि की निरन्तरता है। यह समझो कि हमारा-तुम्हारा साथ इतने ही समय का था। यहाँ सब समयबद्ध है। इसलिए यह जानो कि जो गया उसे उस समय जाना ही था, जो हुआ उसे होना ही था और जो होगा उसे भी होना ही है। इसीलिए इस वर्तमान का महत्त्व समझो। इस क्षण का आनन्द लो जो तुम्हारे हाथ में है। अतीत का शोक और भविष्य की चिन्ता इस वर्तमान को भी धूमिल न कर दे। जिन मनोभावों में तुम डूब-उतरा रही हो उसकी निष्कृति का एकमात्र मार्ग यही है।

क्या यह मूक खड़ा मकान और ये पेड़-पौधे मुझे समझा रहे या मैं स्वयं को समझा रही हूँ...।

अरे, यह सब तो मैं भी जानती हूँ। पर जब भावों का ज्वार उमड़ता है और आप सुखद-दुःखद स्मृतियों के भँवर में फँस जाते हो तो दिल भर आता है...। कुछ याद नहीं रहता। सुचित होने पर ही ज्ञान-ध्यान सब काम में आते हैं। मैं साधारण जीव हूँ। सुख-दुःख सब व्यापता है मुझे।

अन्तिम बार अपने साठ वर्षों के सुख-दुःख के साथी उस घर-आँगन, फूल-पौधों, आँगन में फुदकती चिड़ियाँ, उसके पीछे भागती गिलहरी सब पर मुग्ध दृष्टि डालती हूँ...। एक तरफ नजर उठाती हूँ तो दूसरी ओर टिक जाती है, बल्कि फँस जाती है, उलझ जाती है...। वहाँ से निकलने में समय लग रहा है...।

शायद सपने में हेज के काँटों में फँसी अपनी साड़ी का पल्ला निकालने की चेष्टा कर रही थी। झटके से नींद खुलती है। अरे, मैं तो बिस्तर पर लेटी हूँ। यह तो मैं सामने चल रही रील देख रही थी। अभी तो बहुत अँधेरा है। फिर से आँखें बन्द कर लेती हूँ। मेरी आँखें थोड़ी गीली क्यों हैं?

कानों में आवाज पड़ती है—

—माता जी रिक्शा आ गया।

—ठीक है। सामान रखो।

आँगन के गेट में ताला लगाते हुए आँगन के सामनेवाली दीवाल में वर्षों से ठुकी पति की नेमप्लेट पर नजर चली जाती है। अब जो कोई इस मकान को लेगा इस नेमप्लेट को उखाड़कर फेंक देगा। अन्तिम बार ताला बन्द कर कम्पाउण्ड से बाहर जानेवाली पतली गली पर मुड़ जाती हूँ। पैर कितने हलके उठ रहे हैं। पैर ही नहीं, पूरा शरीर भारहीन हो गया है। मुझे कुछ हो क्यों नहीं रहा है? अन्दर इतना हलकापन कैसे है? वर्षों से जमा भारीपन पता नहीं, कहाँ उड़ गया है। अन्दर जैसे कुछ निथर गया है, ऊपर भारहीन हलकी तरलता है, नीचे की तलछट वहीं छूट गयी है। अन्दर कोई भाव ही नहीं है—न अच्छा, न बुरा, न सुख न दुःख। क्या निर्विकार होना यही है! जबकि सोच तो यही रही थी कि लौटते में मन कितना भारी हो जायगा।

एक-एक कदम चलना कठिन हो जायेगा। मन की ऐसी स्थिति हो जायगी जैसे किसी प्रिय को श्मशान में अन्तिम विदा देकर हो जाती है। पर ऐसा कुछ नहीं हो रहा है। पैर इतने हलके पड़ रहे हैं कि धरती की कठोरता का कोई अनुभव ही नहीं, जैसे मैं धरती पर नहीं, धरती से एक बालिश्त ऊपर चल रही हूँ। शायद यहाँ आते समय मैं जो थी, यहाँ से लौटते समय वह नहीं हूँ।

रील अब भी चल रही है। दृश्य अब भी आ रहे हैं, जा रहे हैं। देख मैं पहले भी रही थी, देख अब भी रही हूँ। आँखें पहले भी बन्द थीं, अब भी बन्द हैं। पर शायद अन्तर आ गया है। निश्चल पड़े शरीर में कुछ हरकत आ गयी है। लेटे-लेटे ही हलकापन अनुभव हो रहा है। पहले यही दृश्य देखते हुए कलेजे पर भारी दबाव-सा लग रहा था, जैसे सारे दृश्य मेरे सीने पर से होकर गुजर रहे हैं। पर अब अचानक सब अच्छा लग रहा है। मैं नहीं, मेरे अन्दर कोई है जो सामने बदलते दृश्यों को मात्र आनन्द के लिए देख रहा है। किसी दृश्य या किसी घटना से उसका कोई सम्बन्ध नहीं, कोई लगाव नहीं...।

रिक्शे में बैठ एक नजर गली पर डालती हूँ। करीब एक-डेढ़ फर्लांग लम्बी सुरंग जैसी गली जो दोनों सिरों पर दो बड़ी सड़कों पर खुलती है। यह गली साधारण गलियों से थोड़ी चौड़ी और सड़क से थोड़ी पतली थी। कुछ-कुछ 'बाइ-लेन' जैसी। इसीलिए पूरी गली को एक नजर में यहाँ से वहाँ तक देख सकते थे। गली के दोनों ओर बड़े-बड़े बगीचेवाले मकानों के अहातों की लम्बी दीवारों का सिलसिला। ज्यादातर मकानों के इस गली में पिछवाड़े पड़ते हैं। मुख्य द्वार सीधे जी.टी. रोड पर खुलते हैं। पूरे चालीस वर्ष मैंने इस गली को सुबह-दोपहर-शाम तेज-तेज चलते हुए ही पार किया है, लगभग दौड़ते हुए। कॉलेज पहुँचने का यह 'शार्ट-कट' जो था। वैसे तो कॉलेज बीस-पच्चीस मिनट की दूरी पर था। पर मैं दस मिनट में पहुँच जाया करती थी, इस गली के कारण।

इस गली के बीचोंबीच एक छोटी-सी गली दाहिनी ओर मुड़ जाती थी, जिसके एक सिरे पर वर्षों पहले एक मकान था। उस मकान के छोटे-से भाग में एक अकेली महिला रहती थी। उम्र पचास के आस-पास तो होगी। जब भी मेरी नजर उस पर पड़ी, वह सफेद रंग की ढीली सलवार, पूरी बाँहों का सफेद कुरता और सफेद ही दुपट्टा पहने रहती। वह हमेशा अपने दुपट्टे से अपने सिर, कान, गर्दन सब अच्छे

से ढँके रहती। इसीलिए तो बाल कभी दिखलायी नहीं दिये। अगर दिखलायी देते तो आजकल बालों का रंग देखकर किसी की उम्र का अन्दाजा कहाँ लगाया जा सकता है। लेकिन उसका नाजुक, दुबला शरीर और चाल देखकर सहज ही अनुमान लगाया जा सकता था कि वह उम्र की ढलान पर है। दो-चार बार मेरी नजर उस पर पड़ी अवश्य पर कभी उसके बारे में जानने की कोई उत्सुकता नहीं जागी। उस मकान में कई किरायेदार रहते थे। वैसे भी मैं हमेशा अपनी धुन में रहती थी। कॉलेज आते-जाते समय मुझे इतनी जल्दी रहती थी कि कहीं ध्यान भी नहीं जाता। जाते समय कॉलेज पहुँचने की जल्दी तो लौटते समय घर पहुँचने की जल्दी। उस दिन पता नहीं क्या हुआ कि अपने बरामदे में बैठी उस उदास मुखवाली महिला को देखकर मेरे पैर ठिठक गये। उसकी नजरें भी मुझसे टकरायीं और एक क्षण की देर करे बिना वह दौड़कर गेट पर आ गयी, आँखों-ही-आँखों में एक-दूसरे को पहचानने का प्रयास करते हुए...उसने बिना औपचारिक हुए मेरा हाथ पकड़ा और अपने बरामदे की ओर मुड़ गयी। बरामदे में पहुँचते ही जैसे करेण्ट लग गया हो, अचानक मेरे मुँह से निकला—

—कुदसिया।

—और आप, 'आपा।'

और दोनों समय के लम्बे अन्तराल को लाँघते हुए लिपट गये थे। सामने की दीवार में लगी एक-दूसरे के गले में बाँहें डाले दो सहेलियों की तस्वीर देखते हुए... अठारह साल की कुदसिया और बाईस साल की मैं...। प्रकृतिस्थ हो, मुझे कुर्सी पर बैठा, कुदसिया चाय लेने चली गयी। सन् उन्नीस सौ तिरपन की बात है। ट्रेनिंग कॉलेज से हम कुछ छात्राएँ, लखनऊ एक सेमिनार में भाग लेने गये थे। लखनऊ के एक स्थानीय गर्ल्स कॉलेज में हम लोगों को ठहराया गया था। शाम का समय था। हम लोगों में से कुछ छात्राएँ घूमने चली गयी थीं, और कुछ अपने रिश्तेदारों से मिलने। अकेलेपन की वजह से मैं कमरे से निकलकर बरामदे में आ गयी। बरामदा लम्बा था जिसमें करीब आठ-दस कमरे थे। वहाँ की छात्राएँ कमरों में आ-जा रही थीं। अधिकांश ने गरारे-कमीज पहन रखे थे। उनके दुपट्टे उनके सिर को अच्छी प्रकार ढँके थे। बरामदे की एक ओर की लम्बी दीवार में खिड़कियों के स्थान पर सीमेण्ट की बारीक जालियाँ थीं, जिनमें से पीछे का बड़ा-सा लॉन और खेल का मैदान देखा जा सकता था। मैं अभी आधा बरामदा ही पार कर पायी थी कि एक कमरे से दो छात्राएँ निकलीं। मैं अपनी धुन में आगे बढ़ गयी। पीछे से आवाज सुनायी दी—

—हाय, अल्लाह। कितने सुन्दर बाल हैं। घने और लम्बे।

—मैंने आवाज की ओर घूमकर देखा—दो छात्राएँ मुँह पर हाथ धरे, पीठ पर फैले मेरे बालों को देख रही थीं। उनमें एक कुदसिया थी और दूसरी उसकी 'रूम-पाटनर।'

—आपका नाम क्या है? आप इलाहाबाद ट्रेनिंग कॉलेज से आयी हैं न! आप सबके साथ घूमने नहीं गयीं?

यह कोई प्रश्न तो था नहीं, जिसका उत्तर दिया जाना अनिवार्य था। बातों का सिलसिला था, जो शुरू हो चुका था।

प्रायः प्रतिदिन कुदसिया शाम के समय मौका पाकर मेरे पास आकर बैठ जाती। बातों-ही-बातों में उसने बताया—वह पास के गाँव की रहनेवाली है। वहाँ उसके दादा जी का बड़ा-सा मकान है। काफी जमीन है, मलीहाबादी आम के दो-तीन बाग हैं। अच्छा खाता-पीता सम्पन्न परिवार है। ताऊ, चाचा वगैरह का परिवार साथ ही रहता है। जब तक दादा जी जीवित थे, तब तक तो सब ठीक चलता रहा। उनके जाते ही भाइयों में झगड़े और बँटवारे सब शुरू हो गये। इस बीच पहले मेरे पिता की अकाल मृत्यु हो गयी। कुछ ही समय बाद मेरी माँ और बड़ी बहन भी चल बसीं। बची मैं और मेरी दादी। मेरे पिता के हिस्से के अतिरिक्त, दादी ने अपने लिये अलग हिस्से की माँग की। ताऊ, चाचा इसके लिए तैयार न थे। प्रत्येक ने दादी को अपने साथ रखने की पेशकश की। दादी उनकी नीयत भाँप गयी थी, इसीलिए उन्होंने कानूनी कार्यवाही की धमकी दी। उन लोगों के न मानने पर वर्षों कानूनी लड़ाई लड़ी। अपना हक लिया और मुझे लेकर अलग मकान में रहने लगीं।

यों तो गाँव में सभी मुस्लिम परिवार की महिलाएँ परदा करती थीं। चूँकि हम खानदानी थे इसीलिए हम कुछ ज्यादा ही परदानशीन थे। दादी स्वयं बचपन से आज तक पर्दे में रही थीं। गाँव में अन्य किसी पुरुष ने उनकी शक्ल देखी नहीं थी। उनकी शिक्षा सिर्फ कुरान-शरीफ पढ़ने तक सीमित है। परन्तु उन्होंने सारे बन्धन तोड़कर मुझे स्कूल भेजना शुरू किया। वर्षों वे स्वयं मुझे स्कूल छोड़ने और लेने जाती रहीं। मेरी दादी स्वभाव से दबंग और निडर महिला हैं। वे मुझे भी समझाती हैं कि शिक्षा प्राप्त करना हर इन्सान का हक है, और हक की लड़ाई में कभी डरना नहीं। उन्हीं के कारण मैं यहाँ हॉस्टल में रहकर आगे की पढ़ाई कर रही हूँ। दादी की बातों और उनकी जिन्दगी ने मुझे अन्दर-ही-अन्दर मजबूत और निडर बना दिया है। गाँव के लोगों के ताने और तरह-तरह के लांछन से भी मैं घबराती नहीं। जब जीवनभर परदे में रहनेवाली एक अशिक्षित महिला समाज की कुरीतियों से लड़ सकती हैं तो मैं क्यों नहीं? परन्तु घर में किसी हमउम्र भाई-बहन का न होना, छुट्टियों में भी अकेले रहना अक्सर अखर जाता है। सोचती हूँ-काश! आपा ही होती।

बातों को विराम देते हुए वह अचानक बोल पड़ी थी—

—मैं आपको 'आपा' बुला सकती हूँ?

—क्यों नहीं।

और मैंने उसके मासूम चेहरे को हथेलियों में भर लिया। कितनी निश्छल और जलभरी आँखें हैं इसकी...। आपका सब-कुछ पढ़ती हुई। अपना सब-कुछ बयान

करती हुई। वह गयी और अपनी मित्र को कैमरे सहित बुला लायी। प्रसन्न भाव से उसने मेरे गले में अपनी बाँहें डाल फोटो खिंचवायी। उसी फोटो का 'इनलार्ज' यहाँ दीवाल पर लगा है।

इस संक्षिप्त परिचय के बाद मिलने का तो कोई प्रश्न ही नहीं उठता था। बाद में भी कभी मिलना सम्भव हो न सका। बस समाचार अवश्य मिला था कि ग्रेजुएशन के बाद कुदसिया का विवाह पास के ही गाँव के किसी सम्पन्न परिवार में हो गया था। वर्षों के अन्तराल के बाद आज अचानक हम दोनों एक-दूसरे के सामने थीं।

विचारों को सहसा झटका लगा। कुदसिया चाय की ट्रे रख सामने की कुरसी पर बैठ चुकी थी। अपना प्याला उठा, चाय का एक घूँट भरते हुए मैंने भर आँख उसे देखा-शरीर क्षीण हो गया था। चेहरा और अधिक पतला तथा नाक और अधिक लम्बी लग रही थी। एक-सी दन्त-पंक्ति नकली होने की सूचना दे रही थी। बालों की सफेदी माथे पर पड़े दुपट्टे से मेल खा रही थी। समय के प्रवाह ने किनारे से लौट गये पानी के बाद किनारे की बालू में पड़ी लकीरों की तरह, कुछ झुर्रियों को उसके चेहरे पर छोड़ दिया था जिसके कारण उम्र से पहले ही बुढ़ापा झाँकने लगा था, पर आँखें आज भी उतनी ही निश्छल, तरल थीं। मौन भंग करते हुए मैंने पूछा—

—तुम यहाँ कैसे?

गहरी निःश्वास के बाद उसने इतमीनान से सुनाना शुरू किया—

—दादी ने तो मेरा जीवन सँवारने में कोई कसर नहीं छोड़ी थी। पढ़ाई के साथ घर-गृहस्थी के कामों में निपुण कर दिया था, ताकि जीवन में मुझे कोई कष्ट न हो। अच्छा घर-बार देखकर विवाह भी कर दिया। सब प्रकार से योग्य पति का साथ पाकर मैं भी प्रसन्न थी कि बचपन का कष्ट और एकाकीपन सब भूल जाऊँगी। परन्तु आपका भाग्य कुछ भूलने दे तब न। विवाह के बाद थोड़ा समय अच्छा व्यतीत हुआ पर जल्दी ही हाथ से सरक भी गया...।

जब विवाह के चार-पाँच वर्ष बाद भी कोई सन्तान नहीं हुई तो मैं बाँझ घोषित कर दी गयी। सास-ससुर ने बेटे का दूसरा विवाह कर दिया। घर में एक के बाद एक तीन बेटे खेलने लगे। मैंने भी भाग्य से समझौता कर लिया। उन्हीं बच्चों की देखभाल में सुख-सन्तोष ढूँढ़ने लगी। परन्तु वह स्थिति भी बहुत अधिक समय न चली। कुछ ही वर्षों के अन्तराल में पहले सास-ससुर और फिर पति भी मेरे भविष्य की कोई ठोस व्यवस्था किये बगैर हार्ट-अटैक में चल बसे। मेरे लिये फिर वही पहला दिन शुरू हो गया। सौतेले बेटे जवान हो रहे थे। उनकी माँ ने अपने बेटों और अपने मायकेवालों की सहायता से मकान-जमीन-जायदाद सब हथिया लिया और मुझे घर से निकाल दिया। साथ ही डराया-धमकाया भी कि अगर मैंने आवाज उठायी तो मेरी खैर नहीं। मेरी ओर से बोलनेवाला कोई था नहीं। पर दादी की सीख रात-दिन मेरे

कानों में गूँजती रही—

—बेटा, जिन्दगी में हक की लड़ाई जरूर लड़ना। अल्लाह तुम्हारी मदद जरूर करेगा।

मैंने सोचा, जब गाँव की एक परदानशीन, अशिक्षित महिला अपने हक की लड़ाई लड़ सकती है तो मैं क्यों नहीं, और मैंने कानून का दरवाजा खटखटाया। कुछ समय अवश्य लगा। मुझे मेरा हिस्सा मिल गया। जो मेरी गुजर-बसर के लिए पर्याप्त था।

छोटा सौतेला बेटा मेरे पास आने लगा। मैं भी अपनी सारी ममता उस पर उँड़ेले दे रही थी। उसकी जायज-नाजायज माँगें पूरी करती रही। मेरा सारा पैसा उस पर खर्च हो रहा था, परन्तु मुझे परवाह नहीं थी। सोचती इस दुनिया में कोई तो मेरा होगा। मेरी ममता का प्रतिफल एक दिन अवश्य मिलेगा। बुढ़ापे में एक लावारिस की तरह तो नहीं मरना होगा। उसने डॉक्टरी पढ़ने के लिए यहाँ शहर में रहने की इच्छा की। मैंने अपने हिस्से की जमीन बेचकर यह मकान खरीद लिया। फिर वही नियति का खेल...। डॉक्टर बनकर आगे की पढ़ाई के नाम पर वह विदेश क्या गया, वहीं बस गया। मुझे तो भूलना ही था। मैं उसकी अपनी कोई कब थी। मैं तो केवल उसकी आवश्यकताओं को पूरा करने का माध्यम थी।

एक गहरी निःश्वास के बाद उसने फिर बोलना शुरू किया---वैसे आपा! मैंने जिन्दगी में इतना कुछ देखा, सुन लिया कि सौतेले बेटे के व्यवहार ने मुझे बहुत अधिक दुःखी नहीं किया। लोगों की तो अपनी सन्तानें इस प्रकार का व्यवहार करती हैं। समय की मार ने मुझे पचास वर्ष की उम्र में ही अच्छा खासा बूढ़ा बना दिया, पर मैंने हार नहीं मानी। मुझे भी सुख-शान्ति से जीने का हक है, यह सोचकर मैंने यह मकान किराये पर उठा दिया और गाँव के मकान में एक छोटा-सा स्कूल खोल लिया। गाँव की गरीब बच्चियों को मैं मुफ्त पढ़ाती हूँ। सिलाई-कढ़ाई और दूसरे हुनर भी सिखाती हूँ। साथ ही उन बच्चियों को अपनी और अपनी दादी की, जिन्दगी के अनुभवों से कुछ सीख और कुछ कहानियाँ सुनाकर उनके माध्यम से उन्हें आगे के जीवन के लिए तैयार करती हूँ। सच बताऊँ आपा, अब मुझे अन्दर-ही-अन्दर इतना सुकून मिलता है, जितना पाँच वक्ती नमाज से भी नहीं मिलता था। सारे दिन मेरा घर बच्चियों की हँसी, खेल-कूद, तरह-तरह की आवाजों से गुलजार रहता है। जैसे मेरा वह पुराने किस्म का कच्चा घर, उसका बड़ा-सा आँगन एक बाग है जहाँ हर समय नाना प्रकार के पक्षी, चिड़िया चहचहाते हैं। अन्दर की सुख-शान्ति क्या होती है अब समझ में आने लगा है। बीत गये समय को याद करने का मन ही नहीं करता। अब इस वक्त को भरपूर जी लेने की इच्छा होती है। बस, अब शरीर साथ नहीं देता।

अपने-अपने जीवन को कहने-सुनने में कितना वक्त निकल गया, पता ही नहीं

चला। परन्तु यह छोटा-सा, प्यारा-सा पुनः मिलन फिर कभी न हो सका। कुदसिया ने बताया था कि वह रहती तो गाँव में है परन्तु चार-छह महीने में किराया वसूल करने यहाँ आती अवश्य है। पता चला इस बार जो गाँव गयी तो छोटी-सी बीमारी में ...। चलो अच्छा हुआ। आगे-पीछे वहाँ, तो जाना ही था। थोड़े समय के लिए ही सही मन में शान्ति अनुभव कर, बिना किसी राग-द्वेष के सन्तोष और सुकून के साथ गयी।

शायद रिक्शेवाले ने घण्टी बजायी ...नींद में मुझे घण्टी की आवाज सुनायी दी। सुबह हो गयी क्या? किसी ने दरवाजे की घण्टी बजायी है क्या? नहीं-नहीं यह दरवाजे की घण्टी की आवाज नहीं हैं। मैं इस आवाज से परिचित हूँ। यह साइकिल रिक्शे की घण्टी की आवाज है। घण्टी की आवाज ने मेरी नींद को एक झटका अवश्य दिया। आँखें खोले बिना ही मुझे अन्दाजा हो गया अभी बहुत रात बाकी है।

दृश्य बदल गया है।

मेरे रिक्शे ने तीन-चौथाई गली पार कर ली है। यह कौन गली के बीचोंबीच झूमता चला आ रहा है। गली में दोनों तरफ मकानों की दीवार होने के कारण गली में आवन-जावन अपेक्षाकृत कम है। ऐसे में अगर कोई अकेला व्यक्ति आपके सामने नशे में झूमता चला आ रहा हो तो भय की स्थिति उत्पन्न होना स्वाभाविक है। कहीं यह बब्बन गुण्डा तो नहीं है? नहीं यह तो कोई दूसरा ही हौली (वह स्थान देसी शराब बिकती है) से पीकर चला आ रहा है। बब्बन हो भी कैसे सकता है। वह तो वर्षों पहले...

बब्बन वर्षों पूर्व मोहल्ले का नामी गुण्डा था। मारपीट और कत्ल करना उसके बायें हाथ का काम था। लोग उसके नाम से डरते थे। उसकी जेब में हमेशा एक रामपुरी चाकू होता था। उसे सामने से आता देख लोग रास्ता बदल लेते थे। मोहल्ले की पुलिस तक उससे डरती थी। वह सड़क पर कम ही दिखायी देता था। उसका, आना-जाना अधिकतर इसी गली से होता। 'हौली' से लौटने का यह 'शार्ट कट' जो था। पर आश्चर्य! उसे देखकर मुझे कभी डर नहीं लगा, चाहे वह गली में किसी भी समय मेरे सामने पड़ जाय। वह आँख उठाकर मेरी ओर कभी देखता ही नहीं था। बिना बोले हाथ उठा, सिर झुका सदा मेरा अभिवादन करता और बीच-रास्ता छोड़ गरदन झुकाये-झुकाये ही एक ओर होकर धीरे-धीरे आगे बढ़ जाता।

जब कभी इनके सामने पड़ता तो भी इसी प्रकार व्यवहार करता। चूँकि गली में काफी दूर तक, केवल हमारे घर का दरवाजा पड़ता था, इसलिए बब्बन से अक्सर

हमारा सामना होता रहता था। होली के दिन शाम को सफेद कुर्ता-पाजामा पहने गुलाल का लम्बा टीका लगाये सड़क पर निकलता वरना तो उसका कुर्ता और लुंगी सदा गन्दे ही रहते। होली के दिन शायद वह मार-पीट की मानसिकता में नहीं होता इसलिए दुकानदार निडर होकर उसे होली की बधाई देते, अभिवादन करते। वह भी इच्छानुसार गरदन झुकाकर किसी का अभिवादन स्वीकार कर लेता और किसी का नहीं। परन्तु वही बब्बन इनको देखते ही, बाबू जी पाँव लागी कहते हुए, सड़क पर ही इनके पैरों में लेट जाता। ये भी उसे उठाकर गले लगाते और होली की बधाई देते।

एक दिन अवसर पाकर इन्होंने बब्बन से कहा–

—बब्बन! तुम भले इन्सान लगते हो इस तरह सड़क में लेटकर मुझे पाँव लागी क्यों करते हो?

—बाबू जी, इतना तो हम भी जानते हैं कि बामन का पैर छूने से पुण्य लगता है। आपके आशीर्वाद से हमारे भी कुछ पाप धुल जायँगे।

—अरे, जब तुम पाप-पुण्य सब जानते हो तो यह गलत रास्ता छोड़ क्यों नहीं देते। यह मारपीट, हत्याएँ, गुण्डागर्दी में रखा क्या है। तुम तो कोई भी काम करके अपने परिवार का भरण-पोषण कर सकते थे। सुना है गाँव में तुम्हारे पास जमीन-जायदाद भी है। फिर इस रास्ते पर क्यों आये?

—हम आये कहाँ बाबू जी, लाये गये हैं।

—क्या मतलब?

—आपने लल्लन महाराज का नाम तो सुना होगा?

—हाँ, हाँ सुना है। एक समय उनका बड़ा आतंक था, आस-पास के इलाके में।

—हाँ, वही। उनकी शागिर्दी का प्रसाद है यह सब।

—कैसे? बात कुछ समझ नहीं आयी?

—हुआ यह बाबू जी कि एक बार होली-मिलन के जलसे में हम लल्लन महाराज के सामने पड़ गये। होली-मिलन के नाम पर लल्लन महाराज एक अच्छा खासा जलसा करते थे। खाना-पीना, खेल-तमाशा कई तरह के करतब, तरह-तरह के नाच, सब होते थे। यहाँ बड़े बाग के पीछेवाली फूटी कोठी के मैदान में तम्बू लगाते थे। फूटी कोठी उनका घर कहलाता था। जबकि वे कहाँ रहते थे, उनका परिवार था या नहीं, कोई नहीं जानता। हाँ, फूटी कोठी उनकी अच्छी-बुरी गतिविधियों की केन्द्र अवश्य थी। सो हम भी एक बार इस जलसे में अपने लट्ठ का करतब दिखाने पहुँच गये।

मित्रों के बीच अच्छे लट्ठबाज जो माने जाते थे। उसी समय नये-नये गाँव से टूटकर, कच्चे आम की तरह आये थे। नादान उमर थी। अच्छे-बुरे की पहचान, समझ कहाँ थी। जबान और हाथ, दोनों, तेज तो सदा के थे। मित्रों के बहकावे में आ गये। उसी जलसे में लल्लन महाराज की नजर हम पर पड़ गयी। सामना हुआ तो

एक-दूसरे की नजर अपने-अपने ढंग से एक-दूसरे को देखने लगी—वे शायद हमारे पक्के साँवले रंग, गठीले कसरती शरीर को देखते हुए, मन-ही-मन भाँप रहे थे कि यह तेल पिया हुआ लट्ठ उनके कितने काम आ सकता है। और हमें तो उनके भव्य रूप में अपना भावी कर्णधार ही नजर आने लगा था।

छह फुट लम्बा स्वस्थ ललाई लिये खुलता गोरा रंग, अच्छा नाक-नक्शा, चौड़े ललाट पर अबीर का बड़ा-सा टीका, सिर के बाल गाँव के पण्डितों की तरह छोटे-छोटे मशीन से कटे जिनके बीच गाँठ लगी चुटिया। सफेद छक्क इकलाई की धोती पर मलमल का कुरता, जिसमें तेज प्रकाश से कुछ ज्यादा ही चमकते हुए सोने के बटन। हाथ में चाँदी की मूठ का मोटा डण्डा। पैरों में उन्होंने कौन से जूते-चप्पल पहने थे, नहीं बता सकते। असल में बाबू जी, लल्लन महाराज के चेहरे से नजर हटती तब न उनके पैरों की तरफ देखते। उनकी यह धजा और उनके कपड़ों से आती इत्र की सुगन्ध ने हमको बावला जो कर दिया था। लल्लन महाराज जाति से ब्राह्मण थे। मैं गाँव का था। गाँव में आज भी बामन देवता आदर से देखे जाते हैं, और अमीर-से-अमीर व्यक्ति भी उन्हें पाँव-लागी करता है। सो हमने भी झुककर उनको पाँव-लागी की। उन्होंने बाँहों से उठाते हुए कहा—

—लट्ठ तो बहुत बढ़िया भाँजते हो।

उसी दिन बल्कि उसी क्षण से उन्होंने मुझे अपना शागिर्द और मैंने उन्हें अपना उस्ताद मान लिया। और फिर तो लूट-मार, गुण्डागर्दी, कत्ल-हत्या सबकी ट्रेनिंग और परीक्षण, हाथ मँजता ही चला गया...। जब होश आया तो पता चला कि ऐसे दलदल में फँस चुके हैं, जहाँ और गहरे तो धँस सकते हैं, निकल नहीं सकते। उस कीचड़ से बाहर निकालनेवाले हाथ बहुत दूर जा चुके थे। माता-पिता, कुटुम्ब-परिवार, अपना समाज, सब दूर हो गये। सबकी आँखों में केवल घृणा और साथ ही हमारे आतंक का भय दिखायी देने लगा। हम अपनों से दूर, अपने जीवन की रक्षा के लिए गर्त में गिरते ही चले गये, जहाँ से कोई निष्कृति नहीं थी। दिन बीतने लगे। उमर बढ़ती गयी।

उधर किसी बड़ी हत्या और लूट के सिलसिले में, शायद जीवन में पहली बार, लल्लन महाराज पुलिस के हाथों पड़ गये। कोई अपना ही भेदी हो गया था, जैसा कि अक्सर होता है। आजन्म कारावास की सजा हुई, जहाँ उनकी मृत्यु हो गयी। सुनने में तो यह भी आया कि मृत्यु हुई नहीं, करवायी गयी थी। महाराज के जाते ही उनके शागिर्द बिखर गये। कई छोटे-छोटे ग्रूप बन गये। हर गुण्डे का समूह एक-दूसरे का जानी-दुश्मन।

—आपको पता ही है बाबू जी, कि यह काई-भरा रास्ता है। एक बार पैर पड़ा नहीं, कि आप आगे फिसलते ही चले जाते हैं। वापस लौटना कठिन होता है। और बाबू जी, अब क्या छोड़ें? सब-कुछ तो छूट ही गया है। हम तो स्वयं अपने हाथों

बाबू जी, अब क्या छोड़ें? सब-कुछ तो छूट ही गया है। हम तो स्वयं अपने हाथों से छूट गये हैं। जिन्दगी का क्या ठिकाना। हमारे हाथों इतनी मौतें हुई हैं! परन्तु अपनी मौत सदा हमारे सामने खड़ी हमें घूरती है, भयभीत किये रहती है...।

और सच ही अगले दशहरे पर, यहाँ दशहरे के अवसर पर निकलनेवाली झाँकियों की गिनती के सिलसिले में गुण्डों के दो दलों के बीच झड़प हो गयी और किसी ने बब्बन को गोली मार दी। और इस प्रकार अन्दर से अच्छे और ऊपर से बहुत बुरे व्यक्ति का अन्त हो गया...।

गणित की भाषा में कहें तो शायद कह सकते हैं—जैसे गणित में दो और दो मिलकर चार होते हैं उसी प्रकार जीवन में अच्छे-बुरे मिलकर बब्बन जैसे लोग होते हैं।

दृश्य बदल गया है।

रिक्शा अपनी रफ्तार से आगे बढ़ रहा था। रिक्शा गली पारकर उस छोटी सड़क पर आ गया, जो आगे चलकर मुख्य सड़क से मिल जाती है। गली जहाँ छोटी सड़क से मिलती है, वहाँ दाहिनी ओर एक बड़ा-सा फाटक है। यह काशीप्रसाद कुशवाहा का मकान है। हाँ, मजबूरी में उसे मकान कहना पड़ रहा है क्योंकि उसकी बनावट के कारण उसे बँगला या कोठी कह नहीं सकते। काफी लम्बी-चौड़ी जमीन है, लगभग तीन सड़कों को छूती हुई। उसमें चारों तरफ छोटे-छोटे खेत जैसे लॉन जो मौसमी फूलों और सब्जियों से हमेशा लदे रहते। इन्हीं खेत जैसे लॉनों से घिरा, कई कमरों और आँगनोंवाला, कच्चा-पक्का फैला-फैला-सा मकान। जैसे बिना किसी नक्शे के आवश्यकतानुसार कमरे और बरामदे बढ़ा लिये गये हों। कुशवाहा जी का परिवार भी बहुत बड़ा था, छोटे-मोटे मोहल्ले जैसा। काशीप्रसाद जी स्वयं चार भाई थे, और तीन ताऊ जी के बेटे। इस प्रकार सात भाइयों का परिवार एक साथ उस घर में रहता था, जिनके कुल मिलाकर चालीस बच्चे थे, लगभग सभी उम्र के। परिवार के मुखिया ताऊ जी थे, जो बब्बा कहलाते थे। उनके बड़े बेटे बड़के चाचा और उनकी पत्नी बड़की अम्माँ। सबसे छोटे भाई छोटे चाचा और उनकी पत्नी छोटी चाची कही जाती थीं। बीच के सब भाई उनके नाम के साथ चाचा लगाकर पुकारे जाते चाहे उनमें अपने पिता ही क्यों न हों, परन्तु सबकी पत्नियाँ अम्माँ ही कहलाती थीं। अम्माँ के सामने उनके शहरों के नाम लगाये जाते। चाहे उसमें अपनी माँ ही क्यों न हो, जैसे मथुरावाली, कानपुरवाली आदि, और सब बड़े भाई दाऊ। बस पुकारने से पहले नाम लगा दिया जाता ताकि स्पष्ट हो सके कि किसे पुकारा जा रहा है।

कुशवाहा जी के परिवार का पुश्तैनी धन्धा सब्जी-भाजी और फूलों का थोक व्यापार था। सब्जीमण्डी में सब्जियों के भाव तय करने में उन्हीं लोगों का हाथ होता। मण्डी के बड़े व्यापारी माने जाते थे। सुबह-सुबह दो भाई सब्जियाँ लेकर सब्जीमण्डी जाते, तो दो भाई फूलों का ठेला लेकर फूलमण्डी। बाकी भाई शहर से करीब पन्द्रह-बीस किलोमीटर दूर खेतों पर चले जाते। केवल काशीनाथ जी नेता थे। पहले पार्षद और बाद में एम.एल.ए. हो गये थे। इसके अतिरिक्त उनके जिम्मे परिवार का एक काम और था, परिवार के विवाह योग्य बेटे-बेटियों के लिए योग्य वर और वधू ढूँढ़ना। उनके और उनके परिवार के बारे में सारी जानकारियाँ उपलब्ध करना और विवाह तय करना। कितने बड़े विश्वास और सहयोग पर टिका था कुशवाह परिवार, आश्चर्य होता था।

परिवार की सभी लड़कियाँ हमारे कॉलेज में पढ़ती थीं। जब यूनिफार्म का चलन नहीं था, तब एक ही रंग और एक ही प्रकार के छींट के कपड़ों में वे प्रायः प्रत्येक कक्षा में देखी जा सकती थीं। उनके रंग और चेहरे की बनावट भी करीब-करीब एक जैसी थी। इसीलिए कुशवाहा बहनें आसानी से पहचानी जा सकती थीं। बड़ी बहन अक्सर मेरी कक्षा में होती।

मैं समाजशास्त्र की विद्यार्थी थी। कॉलेज में समाजशास्त्र की प्रवक्ता भी। भारत में संयुक्त परिवार के कारणों और कालान्तर में उसके विघटन के कारणों और परिणामों को भली प्रकार जानती थी। कुशवाहा जी के इतने विशाल परिवार की व्यवस्था और उसकी सफलता को लेकर मेरे मन में कई प्रश्न थे। मैं अपनी जिज्ञासा को उसी परिवार के किसी सदस्य से प्रश्न पूछकर शान्त करना चाह रही थी। एक बार मुझे इसका अवसर मिल ही गया।

एक वर्ष बड़ी बहन लक्ष्मी कुशवाहा मेरे सेक्शन में थी और इत्तिफाक से उसने मेरा विषय भी लिया था। नहीं तो अक्सर कुशवाहा बहनें या तो संगीत या तो गृह-विज्ञान विषय ही लेती थीं। एक दिन अवसर पाकर मैंने लक्ष्मी से पूछ ही लिया—

—लक्ष्मी, तुम्हारे घर में इतने लोग एक साथ रहते हैं तो घर का काम-काज जैसे रसोई वगैरह की व्यवस्था कैसे होती है।

—हमारे यहाँ सब काम घर के लोग ही करते है। केवल बगीचे का काम और बरतन माँजने तथा बाहर की सफाई का काम नौकर करते हैं। कमरों और बरामदे की झाड़ू हम लोग स्वयं लगाते हैं। सबके काम बँटे हुए हैं। काम बाँटने का जिम्मा बड़की अम्माँ का है। रसोईघर में भी जैसे—बड़की अम्माँ केवल दूध और चाय का काम करती हैं। सबको अपना चाय का प्याला और दूध का गिलास स्वयं लाना पड़ता है जिसके लिए चाचा और भाई लोग हम लड़कियों को दौड़ाते रहते हैं। मँझली अम्माँ लोग भोजन की व्यवस्था करती हैं। प्रतिदिन भोजन में क्या बनेगा, कितना बनेगा सब तय करना उन्हीं लोगों का काम है। छोटे चाचा बड़की अम्माँ के दुलारे हैं। वे ही एकमात्र हमारे घर में विश्वविद्यालय की पढ़ाई कर रहे हैं। वे सुबह भोजन के समय मँझली अम्माँ से शाम को अपनी पसन्द का कुछ बनाने की जिद आये दिन करते रहते हैं। वैसे तो अम्माँ लोग खुद ही बदल-बदलकर सब तरह का खाना बनाती रहती हैं। बड़की अम्माँ के छह बेटियाँ हैं, बेटा नहीं हैं न, इसलिए वे छोटे चाचा को अपना बेटा मानती हैं। घर में सबसे ज्यादा जिद उन्हीं की चलती है। नाश्ते का काम तथा बच्चों को टिफिन बनाकर देने का सारा काम छोटी अम्माँ का है।

छोटी अम्माँ थोड़ा पढ़ना-लिखना जानती हैं। वे रोज रात के भोजन के वक्त सब बच्चों से उनकी पसन्द का टिफिन पूछ लेती हैं। इस तरह सबकी पसन्द का नाश्ता एक-एक दिन करके बन जाता है। स्कूल का टिफिन तैयार हो जाने के बाद कोई मुँह नहीं बना सकता। परीक्षा के दिनों में झंझट से बचने के लिए वे, पुराने कैलेण्डर के पीछे हफ्ते-भर के टिफिन की लिस्ट बना लेती हैं। हम बच्चों की भी आदत पड़ गयी है। एक-एक करके सबकी अपनी पसन्द का टिफिन स्कूल ले जाने का अवसर मिल ही जाता है।

शाम के समय सब अम्माँ लोग मिलकर सब्जियाँ साफ कर लेती हैं। कभी रेडियो पर गाना सुनते हुए तो कभी छोटी अम्माँ का गाना सुनते हुए। छोटी अम्माँ और हमारी मँझली दीदी जो उन्हीं की बेटी हैं, बहुत अच्छे भजन गाती हैं। हाँ, मटर के दाने निकालने का काम हम लड़कियों का है। मटर तो दो-चार महीने ही आती है परन्तु फलियों के दाने निकालने का काम हमारे यहाँ सालभर होता है। खेत से सब प्रकार की हरी-सूखी सब्जियाँ बोरा भरकर आती हैं। सूखी सेम, चना, चवला सबके दाने हम लोगों को निकालने पड़ते हैं। इन दानों को सब्जियों में डालते रहते हैं। नहीं तो कितनी सूखी सब्जी बेकार फेंक दी जाय। हम सबको प्रतिदिन एक-एक कटोरी दाना निकालना होता है। छोटी अम्माँ ने उमर के हिसाब से कटोरी तय कर रखी थी। छोटी बहनों की कटोरी छोटी होती है। हमारे लिये यह आवश्यक नहीं था कि सब एक साथ एक स्थान पर बैठकर दानें निकालें।

इसलिए हम लोग शाम को खेलते हुए या रस्सी कूदते समय, अपनी पारी को प्रतीक्षा करते हुए दाने निकाल लेते हैं। कटोरी भर जाय तो छोटी अम्माँ को अपनी-अपनी कटोरी दिखानी होती है। किसी कारण से कटोरी खाली रह गयी तो कारण भी बतलाना होता है। इसलिए कामचोरी की गुंजाइश कम होती है।

लक्ष्मी का उत्साह देखकर मैंने दूसरा प्रश्न किया—

—तुम लोग घर-गृहस्थी का काम कैसे सीखती हो? खाना बनाना वगैरह। सारा काम तो तुम्हारी अम्माँ लोग करती हैं। एकल परिवार में तो माँ अपनी बेटी को शादी के पहले गृहस्थी का सारा काम सिखा देती हैं। तुम्हारा परिवार तो इतना बड़ा है कि एक व्यक्ति कुछ कर ही नहीं सकता।

—हाँ, हमारे परिवार का भोजन तो एक व्यक्ति बना ही नहीं सकता है। हमारे यहाँ की कड़ाही पतीले वगैरह हलवाइयों के घर से भी बड़े होते हैं। हमारे यहाँ चूल्हे पर खाना बनता है लकड़ी-कण्डे गाँव से आ जाते हैं। चूल्हे के ऊपर से बरतन हमेशा दो-तीन लोग मिलकर ही उतारती हैं।

हम लोगों को भी सारे काम सिखाये जाते हैं। यह जिम्मेदारी बड़की अम्माँ की है। वे विवाह योग्य बहनों की ड्यूटी, सुबह-शाम के हिसाब से, रसोईघर में लगा देती हैं। वहाँ सहायता के रूप में अम्माँ लोग सारा काम सिखा देती हैं। गरमी की छुट्टियों

में हम सबसे रसोई-नाश्ते का काम करवाया जाता है। वैसे सुबह-शाम खाना परोसने का काम हम लड़कियों का ही है। बड़की अम्माँ के सामने कोई भाई-बहन चीं-चा नहीं कर सकता। वे सबको बराबर से प्यार जो करती हैं। पर हम लोग सब भाई-बहन डरते भी उन्हीं से हैं। हमें घर के बाहर कहीं जाना हो, बड़की अम्माँ की आज्ञा लेना आवश्यक है। समय-सीमा से अधिक बाहर रहने पर वे हमें ही नहीं, छोटे चाचा और भाइयों को भी डाँटती हैं। वे भाइयों पर भी नजर रखती हैं। बच्चे तो एक-दूसरे की शिकायत भी उन्हीं से करते हैं। दिनभर वे हमारे झगड़े निपटाती रहती हैं। उनके न्याय पर सबको विश्वास है। इसलिए हम सब उन्हीं को खुश करने में लगे रहते हैं।

—बड़की अम्माँ घर-गृहस्थी के काम में ही हम लोगों की ड्यूटी नहीं लगातीं। शाम को ठाकुर जी की आरती के समय भी सब बच्चों को और खास तौर पर लड़कियों को उपस्थित रहना होता है। वे छोटे बच्चों को आरती के बाद भजन, श्लोक सब सिखाती हैं। हमारे घर के चार-पाँच वर्ष के, बच्चे भी 'शान्ताकारम्', 'शुभम् करोति', 'गुरु ब्रह्मा', 'कर्पूर गौरम्' जैसे प्रतिदिन बोले जानेवाले श्लोक अच्छे से बोल लेते हैं। जो अच्छी प्रकार बोलकर श्लोक सुनाता है, बड़की अम्माँ प्रसाद का एक बताशा उसे अधिक देती हैं। आरती के बाद वे बच्चों से गिनती-पहाड़ा, बाराखड़ी भी बुलवाती हैं। धार्मिक कहानियाँ सुनाती हैं—ध्रुव, प्रह्लाद, श्रवणकुमार, सत्यवादी हरिश्चन्द्र। कहानी के बाद उससे क्या शिक्षा मिलती है बताती हैं। मुझे भी बचपन में उनसे कहानी सुनना, उनकी बातें सुनना बहुत अच्छा लगता था।

बड़की अम्माँ का बोलने का ढंग इतना अच्छा है कि बस। बड़ी-से-बड़ी बात जैसे ईश्वर में विश्वास करना, अपनी मेहनत का फल आज नहीं तो कल अवश्य मिलता है, दूसरे की अच्छी वस्तु देखकर ईर्ष्या नहीं करना, सब समझाती रहती हैं।

हमारे यहाँ गाँव में आमों की पाल पड़ती है। रोज घर में बहुत आम आता है। बड़की अम्माँ एक बड़े-से मटके में आम भिगो देती हैं और सारे बच्चों को मटके के आस-पास बैठा लेती हैं। एक-एक बच्चे को मटके में हाथ डालकर अपने लिये आम निकालने को कहती हैं। बस शर्त यह होती है कि एक बार हाथ डालो और जो आम-हाथ में आ जावे, उसे निकाल लो। मटके में हाथ घुमाकर आम छाँट नहीं सकते। इस प्रक्रिया में कभी किसी के हाथ में छोटा आम आ जाता है और किसी के हाथ में बड़ा। जिसके हाथ में छोटा आम आता है स्वाभाविक रूप से वह दुःखी और जिसे बड़ा आम मिल जाता है वह खुश हो जाता है। बड़की अम्माँ तुरन्त समझाती हैं कि आज तुम्हारे भाग्य में छोटा आम था तो कल बड़ा मिल जायगा। प्रतिदिन एक जैसे आम आपके हिस्से में कैसे आ सकते हैं। सभी के

जीवन में कभी सुख मिलता है तो कभी दुःख। इसलिए जब जैसा समय आये प्रसन्न रहना चाहिए और दूसरे की सुख-सुविधा से तो कभी ईर्ष्या करनी ही नहीं चाहिए। जब दूसरे दिन उस बच्चे को बड़ा आम मिल जाता है तो उसके मन में यह बात बैठ जाती है कि अपना प्रयत्न करते रहो। अच्छा-बुरा फल समय-समय पर मिलता रहता है।

बड़की अम्माँ हम लोगों को यह भी समझाती रहती हैं कि भगवान् में भरोसा करना चाहिए, दुःख में घबराना नहीं चाहिए। वह सब जगह हैं और सब देखते हैं। छिपकर भी अच्छे-बुरे काम करो, कोई देखे या न देखे ऊपरवाला सब देख लेता है फिर वैसा ही फल भी देता है। ईश्वर सब जगह हैं, सबके अन्दर हैं। जिस तरह हमारे अन्दर ईश्वर हैं उसी तरह पेड़-पौधे, पशु-पक्षी सभी में विद्यमान हैं। तभी तो जानवर को पत्थर मारने से या पौधों से फूल-पत्ती नोचने पर उन्हें वैसा ही दर्द होता है जैसा हमें होता है।

बड़की अम्माँ जब सवेरे पूजा के फूल चुनने बगीचे में जाती हैं न, दो-चार बच्चे उनके साथ होते ही हैं। बड़की अम्माँ फूल कैसे तोड़ना चाहिए यह भी बताती हैं। वे कहती हैं—फूल हमेशा आहिस्ते से तोड़ो झटके से या पौधों को झकझोरकर नहीं। ऊपर-ऊपर के सारे फूल एक साथ नहीं तोड़ने चाहिए। बीच-बीच से छाँटकर फूल तोड़ने से पौधा खाली-खाली उजाड़ नहीं लगता। अगर कोई बच्चा तितली या भौंरे को उड़ाकर फूल तोड़ता तो तुरन्त मना करतीं। कहतीं-रस पीकर यह तितली स्वय उड़ जायगी फिर हम लोग यह फूल तोड़ लेंगे। रस पीते हुए तितली या भौंरे को उड़ाने पर वह प्यासा रह जाता है। पानी पीते समय कोई तुम्हारे हाथ में गिलास छीन ले तो तुम्हें बुरा लगेगा न। बड़की अम्माँ हम लोगों को बहुत अच्छी लगती हैं। बचपन में हम लोग भी उनके आस-पास ही मँडराते रहते थे। अभी भी कोई-न-कोई बच्चा उनकी उँगली या साड़ी पकड़े ही रहता है।

मुझे लक्ष्मी के परिवार के बारे में जानने की जितनी उत्सुकता थी, उससे अधिक उत्सुकता और उत्साह उसे अपने परिवार के बारे में बतलाने का भी हो रहा था। आज तक किसी ने उसके परिवार के बारे में इस तरह जानकारी लेने की आवश्यकता न समझी होगी। फिर जो टीचर उसे परिवार के बारे में पढ़ातीं-समझातीं हों वही आज उसके परिवार की व्यवस्था जानना चाहती हैं तो अवश्य उसमें परिवार की कोई विशिष्टता होगी। इसका गर्व और उत्साह लक्ष्मी को होना स्वाभाविक था। मैं भी अवसर का पूरा लाभ उठा लेना चाह रही थी। जितनी सहजता से लक्ष्मी उत्तर दे रही थी, उतनी ही सहजता से मैंने पूछा—

—अच्छा यह बताओ लक्ष्मी, तुम लोगों को मालूम रहता है कि कौन तुम्हारा सगा भाई-बहन है?

—हाँ मालूम रहता है न। सबके कमरे जो अलग हैं। पर कोई कहीं भी रह सकता है। बच्चे तो अधिकतर बड़की अम्माँ के पास ही रहना पसन्द करते हैं। छोटे-बड़े सब भाई-बहन हर समय उन्हीं के कमरे में घुसे रहते हैं। गरमियों में छत पर सोते समय तो भाई-बहनों में अक्सर झगड़ा होता है कि कौन किस अम्माँ के पास सोयेगा। वैसे सच्ची बताऊँ टीचर जी, अपने सगे भाई-बहनों को जानने की आवश्यकता ही नहीं होती है। बड़की दीदियाँ सबको प्यार करती हैं और बड़के भैय्या सबको डाँटते-मारते रहते हैं। सब बच्चे उनकी शिकायत बड़की अम्माँ से ही करते हैं। सब जानते हैं चाचा लोग भी, बड़की अम्माँ को खुश कर लिया मानो जग जीत लिया।

—अच्छा यह बताओ तुम्हारे परिवार में प्रतिवर्ष एक विवाह सम्पन्न होता है तो विवाह की व्यवस्था कैसे होती है जैसे देना-लेना वगैरह-वगैरह। सब अपने-अपने बच्चों का करते हैं उसकी भी कोई व्यवस्था है?

—अरे जिनके बेटे-बेटियों का विवाह होना होता है न, उन्हें तो कुछ पता ही नहीं रहता। उन्हें कोई घबराहट नहीं। वे चैन से इधर-उधर घूमते रहते हैं। जो काम उन्हें सौंपा जाता है, अन्य सदस्यों की तरह पूरा कर देते हैं सहयोग की तरह। सारी दौड़-धूप, सारी परेशानी, सारी व्यवस्था सबको काम सौंपना, फिर उसका निरीक्षण भी करना सब बड़के चाचा और बड़की अम्माँ के जिम्मे होता है। ऐसे अवसरों पर दोनों ही जोर-जोर से चिल्लाते और डाँटते रहते हैं। वरना तो शान्त ही रहते हैं। बेटी के दहेज और बहू के चढ़ावे तथा सम्बन्धियों के देन-लेन का काम सब मिलकर करते हैं।

असल में रात को भोजनोपरान्त सब चाचा और अम्माँ लोग बब्बा के पास इकट्ठे होते हैं वहीं सब निर्णय होते हैं। अम्माँ लोगों को भी अपनी राय देने का पूरा हक है, चाहे अपने पद के अनुसार घूँघट के पीछे से ही बोलें। सबकी बात सुनी जाती है। परन्तु अन्तिम निर्णय बड़के चाचा और बड़की अम्माँ का ही होता है। औरों की बात तो छोड़िये बब्बा तक उन दोनों को बड़के चाचा और बड़की अम्माँ कहकर ही पुकारते हैं और उनके निर्णय को महत्त्व भी देते हैं जबकि वे लोग उनके ही बेटे-बहू हैं। दहेज और चढ़ावा तय होने के बाद भी अगर कोई चाहे तो विवाह के बाद अपनी बेटी को अपने कमरे में इच्छानुसार उपहार दे सकते हैं। विवाह के निमन्त्रण-पत्र पर विनीत के स्थान पर बब्बा का नाम ही रहता है। दर्शनाभिलाषी में सबके नाम होते हैं। इसलिए शादी-ब्याह के अवसर पर होनेवाले झगड़े या मनमुटाव की हमारे यहाँ गुंजाइश नहीं रहती और गैर-जिम्मेदार चाचाओं के बेटे-बेटियों की शादी भी धूम-धाम से हो जाती है।

यहाँ तक कि कोई उत्सव या त्योहार भी हमारे परिवार में सबकी इच्छा और निर्णय से ही मनाये जाते। बड़की अम्माँ मथुरा तरफ की हैं इसलिए कृष्ण-जन्माष्टमी

की रौनक पूरे छह दिन रहती है, रोज तरह-तरह से झूला सजता है। बड़की अम्माँ के कहने पर ही तो हम लोग बड़े भाई को 'दाऊ' कहते हैं। उनके मायके में यही रिवाज है।

मैं चकित भाव से लक्ष्मी की बातें सुन रही थी और वह सहज भाव से, बल्कि निश्छल भाव से कहे जा रही थी। कुशवाहा जी के इस विशाल परिवार की तीन पीढ़ियाँ आसानी से एक साथ रह रही थीं। पुश्तैनी धन्धे के साथ-साथ छोटे भाई तथा बेटे अपने अलग-अलग धन्धे भी करने लगे थे। कोई वकील था तो किसी ने यात्रियों के ठहरने लायक छोटा-मोटा होटल खोल लिया था। सबसे छोटे दो भाई खेती की बढ़ती समस्या और शहर के बढ़ते विस्तार को देखते हुए, पुश्तैनी खेत पर प्लाट काटकर बेचने लगे थे। फिर भी मोहल्ले में कभी किसी ने उस घर से लड़ाई-झगड़े, चीख-चिल्लाहट की आवाज या मारपीट नहीं सुनी जबकि उस घर की चारों दिशाओं में चार बड़े-बड़े लोहे के छड़वाले फाटक थे, जिनमें से उनका पूरा घर, बरामदों में आते-जाते लोग, पेड़-पौधे, खेत, कुआँ, शिवालय सब साफ दिखायी देता था। मकान की चहारदीवारी भी काफी नीची थी। सड़क चलते, साफ दिखायी देता कि बब्बा हर समय बरामदे में खाट पर लेटे रहते या तकिये के सहारे पेपर पढ़ते रहते और अक्सर जाती हुई धूप में अपनी खटिया सरकाने के लिए नौकर को जोर-जोर से आवाज लगाते रहते।

भारतीय परिवारों की कुटुम्ब व्यवस्था का यह जीता-जागता उदाहरण था जिसे देख-समझकर यह विश्वास हो जाता था कि सदियों से हमारी सामाजिक व्यवस्था, परम्परा, धर्म, संस्कृति, कुछ भी किसी भी प्रकार की सामाजिक, राजनैतिक, धार्मिक उठापटक के बावजूद पूरी तरह से नष्ट क्यों नहीं हुई! इसका मूल कारण संयुक्त परिवारों की लोकतान्त्रिक-व्यवस्था ही रही होगी क्योंकि धर्म, संस्कृति और परम्परा की नींव दृढ़ है तो आपका व्यक्तित्व और चरित्र सुसंस्कृत, सहनशील और दृढ़ होगा ही और बिना किसी विशेष प्रयत्न के आपका सामाजिक व्यक्तित्व भी परिष्कृत होता जायगा। अनुशासित व्यक्तित्व ही प्रेमी, उदार, अपनत्व से पूर्ण एक सन्तुलित व्यक्तित्व होता है, जो देश और समाज के उत्थान में अपना योगदान दे सकता है। और आज से कुछ वर्ष पूर्व तक हमें समाज में ऐसे व्यक्तित्व दिखायी भी दे जाते थे। मेरी समझ में सामाजिक विघटन और संस्कारों के क्षरण के अन्य कारणों में से एक महत्त्वपूर्ण कारण पारिवारिक विघटन और एकल परिवारों की अवधारण भी है। मैं, मेरा परिवार, मेरे बच्चे जैसी सोच सम्मिलित परिवार में कहाँ सम्भव थी। सबका साथ, सबकी उन्नति जैसे विचार ही परिवार और प्रकारान्तर से समाज तथा देश की उन्नति कर सकते हैं जिसका प्रशिक्षण परिवार में सहज ही होता रहता है। अक्सर

मेरा ध्यान इस ओर जाता कि कुशवाहा बहनें देखने में साधारण शकल-सूरत की हैं रंग भी सबका गहरा साँवला है। पढ़ाई-लिखाई में भी बस किसी तरह पास हो जाती हैं परन्तु बड़ी-छोटी सारी बहनें बहुत शिष्ट और सौम्य लगती हैं। उनके व्यवहार में एक प्रकार की धार्मिकता, जिसे नैतिकता भी कहा जा सकता है, की छौंक लगी होती है। लक्ष्मी की बातें सुनकर अब सब स्पष्ट हो गया कि धार्मिकता की छौंक लगाकर, शिष्टाचार की जो घुट्टी उन्हें बचपन से ही पिलायी गयी है उसने उनके पूरे व्यक्तित्व को ही प्रभावित कर दिया है।

काश! अन्य माता-पिता भी अपने बच्चों को इस प्रकार सहज-रूप से ही शिष्ट और नैतिक बना पाते तो आज समाज में फैली अराजकता और उद्दण्डता अपने-आप कम हो जाती।

कुशवाहा जी के कम्पाउण्ड से लगा एक छोटा-सा खुला अहाता है अब तो उसकी चहारदीवारी पक्की और ऊँची बन गयी है, परन्तु कभी वह अहाता बाँस के टट्टर से घिरा था। किसी के मकान का खाली प्लाट था वह, जहाँ कुछ गाँव से आये रिक्शेवालों ने अपनी उठाऊ झुग्गियाँ बना ली थीं। गाँव में अनाज की कटाई के बाद कुछ दिनों खेतों में कोई काम नहीं मिलता है। ऐसे समय कुछ खेतिहर मजदूर पास के शहरों में साइकिल रिक्शा चलाने आ जाते हैं। उनके परिवार गाँव में ही रहते हैं। ऐसे ही रिक्शेवालों ने उस अहाते में अपनी छोटी-छोटी झुग्गियाँ बना ली थीं। उनमें एक मदन नाम का रिक्शावाला था जो अपनी पत्नी के साथ रहता था। अन्य रिक्शेवाले उसे भौजी कहकर पुकारते थे। वैसे उसका नाम सुन्दरी था। इसलिए आस-पास के लोग उसे अहाते की सुन्दरी कहते थे। माता-पिता ने क्या सोचकर अपनी बेटी का नाम सुन्दरी रखा था यह तो मालूम नहीं, परन्तु उसे देखकर दिन में नहीं तो कम-से-कम रात में किसी को भी डर लग सकता है।

उलटे तवे को भी मात करता हुआ उसका चिकना काला रंग था। लम्बाई लगभग पाँच फीट चार इंच, स्वयं के पति से भी डेढ़ बालिश्त ऊँची। सिर के बाल-बीच पीले सिन्दूर से पुती हुई लम्बी जी.टी. रोड, जिसके ठीक नीचे चौकोर कपाल के बीचोंबीच बड़ी-सी लाल चमकदार टिकुली डूबते सूरज का स्मरण कराती। नाक और ओंठ देखकर ऐसा लगता, जैसे 'ऊपरवाले' ने अन्य पुतलों को गढ़ने के बाद बची बचायी मिट्टी सुन्दरी के चेहरे पर थोप दी और उसे तराशना भूल गया। उसके आगे के दाँत करीब तीन-चार सेण्टीमीटर लम्बे, सदा मुँह से बाहर इस तरह ओंठों पर टिके रहते मानो भगवान् ने, बड़े अनगढ़ ओंठों की सुरक्षा के लिए लाल ईंटों के दो टेके लगा दिये हों। अत्यधिक पान खाने के कारण उसके ओंठों के साथ-साथ दाँत भी सदा लाल ही रहते। अगर सुन्दरी के चेहरे पर ऐसा कोई अंग

था जिसके कारण थोड़ी देर के लिए आपकी दृष्टि उसके चेहरे पर टिक सके तो वे थीं उसकी बड़ी-बड़ी काली भँवरों जैसी आँखें, जो सदा ही नाचती रहतीं। सुन्दरी हाथ हिलाकर सदा आँखें नचाकर ही बात करती थी।

एक-न-एक रिक्शेवाला अपना रिक्शा अहाते के सामने रोककर, अपना एक पैर रिक्शे के पायदान पर धरे और दूसरा जमीन पर टिकाये, खड़े-खड़े ही अपनी इस भौजी से दुनिया जहान की बातें कर रहा होता और सुन्दरी भी सड़क किनारे खड़ी, जोर-जोर से हँसती, आँखें नचाती घण्टों उससे बातें करती। वह अपने घर में किस समय होती यह तो नहीं कहा जा सकता परन्तु वह अक्सर चाय की दुकान पर खड़ी चाय पीती या पान की दुकान पर पान खाती दिखायी दे जाती। दुकानदार भी अपनी इस 'भौजी' से हँसी-ठिठोली करते और वह भी बिन्दास हँसती रहती। परन्तु कभी किसी दुकानदार या रिक्शेवाले को उसके साथ बेअदबी करते नहीं देखा गया। सभी उससे हँसी-मजाक करते, अच्छी-बुरी बातें भी करते, पर उसे सदा 'भौजी' का सम्मान ही देते। वह भी देर-सबेर होने पर पति के साथी रिक्शेवालों के लिए कभी खाना बना देती तो कभी बर्तन-चौका भी कर देती थी।

कई वर्षों के अन्तराल के बाद चार-पाँच वर्ष पूर्व मैं अपने घर आयी थी। उस दिन तुलसी एक्सप्रेस समय पूर्व ही इलाहाबाद पहुँच गयी थी। स्टेशन से घर पहुँचने में करीब आधे घण्टे का समय लगता था। जिस समय मेरे रिक्शे ने इस गलीनुमा सड़क में प्रवेश किया, सुबह के साढ़े आठ बज रहे थे। सड़क पर तब तक काफी चहल-पहल शुरू हो गयी थी। चाय की दुकान पर दो-चार लोग खड़े चाय पी रहे थे। पान की दुकान भी सज चुकी थी। रिक्शेवाले सुबह की सवारियों के लिए रिक्शे की झाड़-पोंछ कर रहे थे। सुबह-सुबह काम पर जानेवाले बाबू लोग भी अपने बैग और टिफिन लटकाये नैनी जानेवाली बस की प्रतीक्षा में खड़े थे। ब्रेड-बिस्किट और दूध के पैकेट बेचनेवाले की छोटी दुकान पर भी आवन-जावन धी।

मेरा रिक्शा अहाते की ओर बढ़ा ही था कि सड़क पार के सरकारी नल से नहाकर, सड़क पारकर अहाते की ओर जाती हुई अहाते की सुन्दरी पर मेरी नजर पडी... उसकी हुलिया देख मेरी आँख फटी-की-फटी रह गयी। उसने अपने धुले गीले बालों को अँगोछे से लपेटकर सिर के ऊपर, शंकर जी की जटा की तरह जूड़ा बना रखा था। शरीर पर मात्र एक गन्दा-सा पेटीकोट गले से थोड़ा नीचे, दोनों बाँहों के नीचे से लेकर कलेजे पर बाँध रखा था। वह बायें हाथ में पानी की भरी बाल्टी लटकाये थी तथा दाहिने हाथ में पकड़े मोबाइल को कान से लगाये, बातों में मगन, धीरे-धीरे सड़क पारकर अहाते की ओर जा रही थी। वह इतने इतमीनान से सड़क पारकर रही थी, जैसे सड़क पर केवल वह अकेली चल रही हो, बाकी आस-पास सब निर्जन हो। सुन्दरी को इस हुलिया में देखकर उस समय तुलसीदास की ये पंक्तियाँ कितनी सार्थक लगी थीं—

''मूँदहुँ आँख, कतहुँ कोहु नाहीं।''

साथ ही एक विचार और मन में आया था, काश! मेरे पास कैमरा होता तो मैं सुन्दरी का इस रूप में एक फोटो खींचकर किसी फैशन-पत्रिका के कवर-पेज के लिए भेज देती, नीचे लिखे इस टाइटिल के साथ 'आधुनिक भारत के बढ़ते कदम।'

सुन्दरी के अहाते के पीछे अहाते की दीवार से लगी हुई एक छोटी बस्ती थी। असल में दोनों सड़कों के बीच की थोड़ी-सी जमीन पर दस-बारह आधे कच्चे, आधे पक्के, छोटे-छोटे मकान थे। पुराने लोग बताते हैं कि यहाँ कभी 'बम्पुलीस' (पब्लिक शौचालय) हुआ करती थी। बसाहट बढ़ती गयी तो म्यूनिसिपैलिटी ने वहाँ से 'बम्पुलीस' हटा दिया था। उस स्थान पर, एक छोटा-सा मैदान निकल आया और आठ-दस परिवारों ने उस स्थान पर अपने छोटे-छोटे झोपड़ीनुमा घर बना लिये। सब मकानों की छत कच्ची थी। कहीं खपरैल थे तो कहीं टीन। अधिकांश पर तो चोर-बाजार में बिकनेवाले मिलटरी के टेण्टों के खाकी कपड़े बाँधे गये थे। उस समय प्लास्टिकशीट का चलन तो था नहीं।

उस बस्ती के अधिकांश पुरुष किराये के रिक्शे चलाते थे। कुछ मजदूरी, पुताई वगैरह का काम करते थे, और उनकी स्त्रियाँ घरों में बर्तन-चौके वगैरह। इस तरह पुरुष कमाते तो थे परन्तु अपनी सारी कमाई शराब और जुए में उड़ा देते। घर का खर्च अधिकतर महिलाओं की कमाई से चलता था। उनके शराबी पति अपनी पत्नियों से मारपीट करके उनकी कमाई भी छीनकर शराब पी जाते। इसीलिए दिनभर वहाँ चीखना-चिल्लाना, गाली-गलौज, मारपीट, किसी-न-किसी घर में चलता ही रहता था।

उस बस्ती में ऐसी ही एक झुग्गीनुमा कोठरी में एक अधेड़ महिला अकेली रहती थी जो घरों में चौका-बर्तन करके अपना गुजारा करती थी। बस्ती के लोग उसे श्यामा माँ कहकर पुकारते थे। मुझे आश्चर्य होता था कि इस निःसन्तान महिला को बस्ती वासी श्यामा माँ कहकर क्यों पुकारते हैं? उस बस्ती में कोई-न-कोई शराबी नशे में धुत दिन में भी ऊटपटाँग ढंग से रास्ते में पड़ा रहता था, इसलिए पास के मोहल्ले का कोई भी व्यक्ति उस बस्ती से होकर सड़क पर जाना पसन्द नहीं करता। परन्तु जब बरसात के दिनों में हमारी गली में पानी भर जाता और कीचड़ के कारण फिसलन हो जाती तो मुझे मजबूरन उस बस्ती से होकर अपने स्कूल आना-जाना पड़ता था।

आते-जाते मैं अक्सर श्यामा माँ को रोती-बिलखती, चोट खायी महिलाओं की सेवा करते और काम पर गयी हुई महिलाओं के गली में घूमते बच्चों की देखभाल करते देखती तो मुझे आश्चर्य होता कि ऐसे लोगों के बीच रहकर भी यह महिला इतनी सेवा करती कैसे है? पूछने पर मालूम हुआ कि जब श्यामा माँ गाँव से अपने पति के साथ यहाँ आयी थी तब उनकी स्थिति भी इन स्त्रियों जैसी ही थी। दिनभर

घर के काम के साथ-साथ बाहर भी लोगों के यहाँ काम करके, पैसा कमाने के बाद भी उन्हें कभी भरपेट भोजन नसीब नहीं हुआ। उनका शराबी पति छेदी दिनभर रिक्शा चलाकर जो कुछ कमाता दारू में उड़ाकर घर लौटता और शराब के नशे में जरा-जरा-सी बात पर मारपीट करता और पत्नी की सारी कमाई छीन लेता जबकि उनकी शादी को केवल तीन-चार वर्ष ही हुए थे। अक्खड़ और क्रोधी स्वभाव के कारण छेदी की ग्राहकों से भी कहा-सुनी हो जाती। कभी-कभी तो वह गाली-गलौज और मार-पीट पर भी उतर आता। धीरे-धीरे रिक्शामालिकों ने उसे रिक्शा देना भी बन्द कर दिया। कई बार तो वह रिक्शे का पूरा किराया भी मालिकों को नहीं दे पाता था। श्यामा माँ (उस समय तक वे केवल श्यामा थीं, हालाँकि छोटे बच्चे उन्हें श्यामा काकी भी कहने लगे थे) इसी बात से सन्तुष्ट थी कि छेदी कुछ समय घर से बाहर रहता था। बेचारी श्यामा माँ की यह स्थिति भी बहुत समय नहीं रह पायी। एक बार किसी दुर्घटना में छेदी के दोनों पैर कुचल गये और वह हमेशा के लिए लँगड़ा-अपाहिज हो गया। परन्तु न तो उसकी शराब की लत ही कम हुई न पत्नी पर जुल्मों का ही अन्त हुआ, बल्कि दिनभर बैठा-बैठा अकसर लड़कों के साथ जुआ खेलना और सीख गया। अब तो घर के बर्तन भाँड़े की गायब होने लगे। वैसे श्यामा माँ ने पति की दवा-दारू, देखभाल, सेवा में कोई कमी नहीं की। फिर पैरों के घाव सड़ने लगे और टाँगें काट दी जाने पर भी उसके पूरे शरीर में जहर फैल गया। इस प्रकार दुर्भाग्य या सौभाग्य से श्यामा का पति उसके जीवन से विदा हो गया।

बस्तीवालों पर इस घटना का कोई खास असर नहीं हुआ क्योंकि इस तरह की घटनाएँ तो उस बस्ती में आये दिन होती ही रहती थीं। अधिक नशे के कारण पुरुष अक्सर या तो किसी दुर्घटना में कुचलकर मर जाते या हाथ-पैर तुड़वाकर, गली में गाली बकते इधर-उधर रेंगते-रेंगते अन्त में मृत्यु को प्राप्त हो जाते। उनकी औरतें अगर जवान होतीं तो झट अपने बच्चों सहित दूसरे मर्द को बैठ जातीं (पुनर्विवाह) और पति के बच्चों तथा अपने बच्चों का लालन-पालन करने लगतीं। उनके पति उसी तरह शराब पीकर घर लौटते पत्नियों की कमाई पर छीना-झपटी, मार-पीट, गाली-गलौज करते रहते और जिन्दगियाँ चलती रहतीं। इस परम्परा में कोई अन्तर नहीं आता था। और अगर पत्नियाँ वृद्ध होतीं तो काम पर से लौटकर अपने दरवाजे पर बैठी-बैठी झुग्गी की अन्य महिलाओं खासतौर से जवान महिलाओं की आलोचना करतीं, व्यंग्यबाण छोड़तीं अपने मरे पति की अच्छी-बुरी आदतों को याद करतीं, कभी हँसती और कभी सिसकती रहती थी और अपनी जिन्दगी के बचे दिन इसी प्रकार व्यतीत कर देतीं।

इसके विपरीत अपने पति की मृत्यु के बाद तेरह दिन का शोक मनाकर श्यामा माँ अपनी कोठरी से जब बाहर निकली लोग उनके निखरे रूप दीपित चेहरे को देखकर दंग रह गये। मानो वर्षों से रखे गन्दे बर्तन को किसी ने माँजकर उजाल दिया

हो। एक नये अवतार में अब वह सब बस्तीवालों के सामने थी। गोल-मटोल, पक्के गेहुँए रंग की श्यामा देखने में आकर्षक तो पहले ही थी, परन्तु गाँव में बाँझ के लांछन को सहन करते तथा सास के निरन्तर अत्याचारों को सहते और पति के पाशविक व्यवहार ने मानो उस पर मायूसी की कल छौंदी चादर डालकर उसके आकर्षण को ढाँक दिया था। पति की मृत्यु ने वह चादर एकबारगी उसके ऊपर से सरका दी हो जैसे, ऐसा उसका व्यक्तित्व और रूप निखर आया था। एक जैसी सफेद दन्त पंक्तियों को दिखाती हुई जब वह बात-बात पर खिलखिलाकर हँसती तो कई शरबियों के मुँह से लार टपकने लगती... देखो, श्यामा किसके घर बैठने को तैयार होती है। बस्तीवालों को विश्वास था कि जवान श्यामा गाँव तो अब जायगी नहीं तो किसी-न-किसी के घर तो उसे बैठना ही पड़ेगा।

परन्तु श्यामा माँ ने किसी भी प्रकार के समझौते से साफ इन्कार कर दिया। अपने पैरों पर तो वह पहले से ही खड़ी थी। अब उसने इस प्रकार की अन्य दुःखी और शराबी पतियों द्वारा सतायी गयी स्त्रियों को समझाना शुरू किया। उसने सबसे पहले विधवा हुई उन स्त्रियों को समझाना प्रारम्भ किया जो उनके समाज के चलन या सुरक्षा की दृष्टि से दूसरा पति कर लेती हैं। श्यामा ने उन स्त्रियों को समझाया कि वे स्वयं घरों में काम करके अपना और अपने बच्चों का गुजारा कर सकती हैं तो उन्हें दुबारा किसी पर विश्वास करके घर बसाने का लालच नहीं करना चाहिए। जिस नारकीय जीवन से वे किसी तरह, ऊपरवाले की कृपा से ही सही मुक्त हुई हैं तो वैसे ही जीवन में फिर से प्रवेश करने का क्या लाभ? मनुष्य-जीवन बार-बार नहीं मिलता, मेहनत करके भी जानवरों जैसा जीवन जीने से क्या लाभ। बच्चे भी गली-कूचों में भटक-भटककर बड़े होते हैं इन्हीं पिता लोगों के संस्कारों के साथ। अपनी मेहनत की कमाई किसी शराबी पति पर लुटाने और बदले में उसके अत्याचार सहने से तो अच्छा है कि वे अपनी कमाई अपने बच्चों की अच्छी शिक्षा और लालन-पालन पर खर्च कर, उन्हें एक अच्छा इन्सान बना इस कीचड़ से निकालने का प्रयत्न करें।

श्यामा के पास थोड़ा-बहुत जो अक्षर ज्ञान था वह भी उन स्त्रियों को देने लगी। जब वे लोग काम पर जातीं तो वह उनके आवारा बच्चों को एक स्थान पर बिठाकर अच्छी-अच्छी कहानियाँ और बातें बताती, अपनी सामर्थ्य भर बच्चों की देखभाल भी करती। धीरे-धीरे श्यामा की बातों और उसके व्यवहार का असर बस्ती की महिलाओं पर होने लगा और वह श्यामा से श्यामा काकी और श्यामा काकी से श्यामा माँ बनती चली गयी।

श्यामा माँ जिस भी झुग्गी में मार-पीट होते देखती निडरता से पहुँच जाती जबकि लोग उन्हें समझाते कि पति-पत्नी के मामलों में पड़ना अच्छी बात नहीं है। परन्तु वे किसी की बात नहीं मानती थीं। वे शराबी पुरुषों से भिड़कर उनकी

रोती-चीखती पत्नियों को तथा उनके रोते-बिलखते बच्चों को बचाकर अपने घर ले आती, उनकी दवा-दारू करती, खिलाती-पिलाती। धीरे-धीरे श्यामा माँ झुग्गीवासियों के बीच आदर की पात्र हो गयी।

जहाँ कुछ लोग उनकी इज्जत करने लगे थे वहीं कुछ शराबी रिक्शेवाले उनसे जलने भी लगे थे। उनके लिए अशोभनीय भाषा का प्रयोग करते और बात-बात पर उनका अपमान भी करते। उनका कहना था कि उनके घरेलू मामलों में दखल देने और उनकी पत्नियों को उनके विरुद्ध भड़काने का श्यामा माँ को क्या हक है? कई लोग तो उनसे बदला लेने की भी योजना बनाने लगे। इनमें श्यामा माँ का पड़ोसी छेदी नाम का रिक्शेवाला भी था। छेदी का विवाह दो वर्ष पूर्व ही हुआ था और वह अभी-अभी अपनी घरवाली को गाँव से लेकर आया था। वह एक नम्बर का पियक्कड़ तो था ही, स्वभाव से भी जल्लाद था। चौबीसों घण्टे नशे में धुत्त रहता और अपनी नवविवाहिता पत्नी को जानवरों की तरह पीटता था।

पड़ोसियों के मना करने पर भी कि छेदी बहुत बुरा आदमी है, श्यामा माँ आये दिन छेदी के घर में घुसकर उसकी पत्नी को, जिसे अभी सब लोग बहुरिया ही कहते थे, पति की मार और अत्याचारों से बचाने पहुँच जाती। वह मार खाती बहुरिया को जबरदस्ती जल्लाद पति के चंगुल से छुड़ाकर बाहर खींच लाती, पानी वगैरह पिलाती। लोगों को श्यामा माँ की चिन्ता रहती थी इसलिए वे उन्हें समझाते कि इस बस्ती में तो यह सब रोज ही होता रहता है वे किस-किस की मदद करेंगी। उन्हें अपने काम-से-काम रखना चाहिए। पति-पत्नी की मारपीट में कभी उन्हें गहरी चोट लग सकती है। परन्तु श्यामा माँ को अपनी सुरक्षा की परवाह तो थी नहीं। उन्होंने तो दुःखी महिलाओं का साथ देना और उसके लिए सभी प्रकार का अपमान और कष्ट सहन करना अपने जीवन का लक्ष्य मान लिया था।

एक दिन छेदी इतने अधिक नशे में था कि उसने मारते-मारते, क्रोध में अपनी पत्नी के कपड़ों पर मिट्टी का तेल डालकर आग लगा दी। जब श्यामा माँ ने यह सुना तो आव देखा न ताव वह उनके घर में घुस गयी और जलती बहुरिया को बचाने का प्रयत्न करने लगी। छेदी एकदम से उठा और उसने जलती बहुरिया के साथ श्यामा माँ को भी कोठरी में बन्द कर दिया। अपनी समझ में तो वह श्यामा माँ से बदला ले रहा था। होश में तो वह था नहीं जो इसका परिणाम सोच पाता। शराब के नशे और क्रोध ने उसे पागल जो कर दिया था।

जलती झुग्गी को देख चारों ओर से लोग दौड़ पड़े। छेदी को मारपीट कर वहाँ से हटाया और आग बुझाने का प्रयत्न करने लगे। बहुरिया की आग बुझाने के चक्कर में श्यामा माँ बुरी तरह जल गयी थीं। बहुरिया तो पूरी तरह जल चुकी थी, शायद उसके प्राण पखेरू भी उड़ चुके हों, परन्तु श्यामा माँ की साँसें चल रही थीं।

जब झुग्गी तोड़ी गयी तब श्यामा माँ की आधी जली देह बहुरिया की मृत जली देह को सीने से लगाये धरती पर बेहोश पड़ी थी।

अस्पताल में श्यामा माँ को थोड़ा होश आने पर पुलिस 'डाइंग डिक्लेरेशन' लेने पहुँची। मैं वहाँ उपस्थित थी। मैं बार-बार श्यामा माँ के कान में बोलकर याद दिला रही थी कि इस समय उन्हें छेदी के अत्याचारों के बारे में साफ-साफ पुलिस को बता देना चाहिए। उन्हें अपने बयान में पुलिस को बता देना चाहिए कि छेदी ने किस तरह उनसे बदला लेने की नीयत से उन्हें जान-बूझकर जलती कोठरी में धकेलकर बन्द कर दिया था। परन्तु श्यामा माँ के ऊपर मेरी सीख का कोई असर नहीं हुआ। पुलिस के बार-बार पूछने पर कि सच क्या है, उन्होंने मुँह नहीं खोला। झुग्गीवाले अपने-अपने ढंग से घटना का वर्णन करते रहे। बहुत समझाने के बाद जब श्यामा माँ ने मुँह खोला भी तो यही कहा—इस दुर्घटना में किसी का कोई हाथ नहीं है। पता नहीं कैसे सब अपने-आप हो गया। मेरे आश्चर्य की सीमा नहीं थी पर उस समय सिवा चुप रहने के मैं कर भी क्या सकती थी। छेदी को कठोर दण्ड दिलाने की इच्छा तो पूरी हुई नहीं।

छेदी तो अपनी पत्नी का क्रिया-कर्म कर अपना सारा सामान समेट गाँव चला गया। झुग्गीवासियों की जिन्दगी जस-की-तस चलती रही...। परन्तु मेरे मन में घुमड़ते इस प्रश्न ने मुझे चैन से नहीं बैठने दिया। जब श्यामा माँ कुछ ठीक होकर बातचीत करने लगी तो मैंने मौका पाकर उनके सामने अपना प्रश्न रखा कि उन्होंने छेदी के विरुद्ध अपना बयान क्यों नहीं दिया?

श्यामा माँ का उत्तर सुनकर मैं चकित रह गयी। उन्होंने उलटकर मुझसे ही प्रश्न किया—

—आप यह बताओ बहन जी अकेले छेदी को सजा दिलवाकर क्या लाभ होता? क्या छेदी के जेल जाने से पूरी बस्ती के शराबी सुधर सकते हैं। आप नहीं सोचतीं कि अन्दर से छेदी भी एक अच्छा इन्सान हो सकता है। अगर शराब के नशे ने उसकी बुद्धि को इतना भ्रष्ट न किया होता तो वह भी अपनी पत्नी के साथ प्रेमपूर्वक रहकर एक सुखी संसार बसा सकता था। क्या आप यह नहीं सोचतीं कि बस्ती के सारे लोग शराब पीकर इस प्रकार अपनी मेहनत की कमाई के साथ-साथ अपना शारीरिक और मानसिक स्वास्थ्य नष्ट न करते तो बस्ती का यही नारकीय जीवन इस गरीबी में भी स्वर्ग-सा सुखी हो सकता था। तो आप ही सोचिये कि उनके इस असामाजिक आचरण के पीछे व्यक्ति है या शराब? क्यों नहीं समाज-सेवी संस्थाएँ और सरकार जिसके हाथ में सारी शक्ति है, मिलकर समाज से नशाखोरी बन्द करवाते। क्या सरकारी लाइसेन्स के बिना शहर में शराब के ठेके चल सकते हैं? अगर प्रत्येक मोहल्ले में 'हौली' की सुविधा होगी तो क्या होगा? किसी शहर में शराब या नशीले पदार्थ की सारी दूकानें बन्द हो जायँ तो

पचास प्रतिशत अपराध तो अपने-आप कम हो जायँगे। मैं पढ़ी-लिखी तो हूँ नहीं बहन जी, परन्तु मेरा ऐसा मानना है।

दूसरा कारण—मैंने सोचा बहुरिया तो अपनी जान से गयी। मेरा भी कुछ ठीक नहीं है। अब छेदी को जेल भेजकर उसके गरीब माँ-बाप को क्यों दौड़ाया जाय। शराबी बेटे को बचाने में उनकी मेहनत की कमाई क्यों नष्ट की जाय। हो सकता है इस घटना से छेदी के अन्दर का इन्सान जाग जाय और वह शराब की लत छोड़कर वापस गाँव चला जाय और एक नये सिरे से अपना जीवन प्रारम्भ करे। दूसरे लोग भी जीवन से कुछ सीख ले सकें। हो सकता है यह सब मेरा भ्रम हो, पर सकारात्मक भ्रम भी क्या बुरा है।

श्यामा माँ बोलते-बोलते थक चुकी थी। वह शान्तभाव से अपनी आँखें बन्द कर विश्राम करने लगी और मैं चुपचाप उठकर अस्पताल से बाहर निकल गयी थी—यह सोचते हुए कि इस अपढ़ महिला को कितने बड़े सत्य का साक्षात्कार हो गया है...

कई वर्ष पूर्व की घटना है। आज अचानक अपनी गली का दृश्य देखते-देखते याद आ गयी... जीवन अपनी गति से चलता रहा, समाज अपनी गति से...और शायद मेरा रिक्शा भी अपनी गति से आगे बढ़ रहा है।

दृश्य बदल गया है।

रिक्शा आगे सरक चुका था। रिक्शा अहाते के सामने से होता हुआ एक फाटक के सामने से गुजरा, जिसके पीछे मेरी एक बहुत पुरानी मित्र का घर हुआ करता था जो बड़े-से लॉन के किनारे बनी एक छोटी-सी कॉटेजनुमा था। आज उस लॉन के फाटक पर बोर्ड टँगा दिखायी दे रहा था— शिशु शिक्षा मन्दिर। पहले ही वह मकान सड़क से थोड़ा हटकर अन्दर की ओर सरका हुआ था। आते-जाते आसानी से उस पर नजर नहीं पड़ती थी। अब तो उसके सामने छोटी-मोटी दुकानें खुल गयी थीं इसलिए सहसा उस पर नजर नहीं जाती थी।

मैंने रिक्शे को थोड़ा धीमा करने को कहा। रिक्शा धीमा होते ही मैं लगभग कूदकर उतरी और फाटक के निकट जाकर, वहाँ खड़े चौकीदार से पूछा—

—इस स्कूल की 'हेड' शान्ता जी इस समय स्कूल में हैं क्या? इतना तो मुझे मालूम हो चुका था कि इस बँगले में स्कूल खुलने के बाद शान्ता अपने परिवार के साथ किसी फ्लैट में रहने चली गयी थी। धीरे-धीरे वह भी वृद्ध और कमजोर होती गयी और मैं भी। इलाहाबाद से गये मुझे लगभग बीस-बाईस वर्ष हो चुके थे। दो-चार दिनों के लिए मैं आती तो भी, कमजोर पैरों के कारण रिक्शे में चढ़ना दूभर हो गया

था, इसलिए कहीं आने-जाने का प्रश्न ही नहीं उठता था। मेरे प्रश्न पर चौकीदार ने कहा–

–आपको शायद मालूम नहीं है मैडम स्कूल की हेड साहिबा को गुजरे तो दो साल हो गये। अब तो स्कूल की हेड माधवी जी हैं उनकी बेटी। वह आ रही हैं।

मैंने चौकीदार की उठी हुई उँगली की दिशा में देखा ह्वीलचेयर पर बैठी एक महिला माली को कुछ आदेश देती हुई चली आ रही है। वर्षों बाद माधवी को इस प्रकार ह्वीलचेयर चलाकर लॉन में घूमते देख मुझे लाड़ हो आया। परन्तु यह सम्भव न हो सका, कारण मेरा मन तो वर्षों पूर्व की माधवी के जन्म और उसकी माँ की समस्याओं में उलझ गया था।

मेरी आँखों के सामने चल रही रील का दृश्य बदल चुका था–

मैं शाम को सब्जी खरीदने सब्जीमण्डी जाते समय इस मकान के सामने से गुजरती थी। एक दिन एक महिला इसी मकान के फाटक पर खड़ी किसी की प्रतीक्षा कर रही थी। मुझे देखते ही वह आगे बढ़ी और बोली–

–आप प्रतिदिन सब्जी खरीदने जाती हैं?

–हाँ, मण्डी तक चली जाती हूँ। रास्ते में अन्य आवश्यक सामान भी ले लेती हूँ।

–मेरा नाम शान्ता है। कल से मैं भी आपके साथ चला करूँगी। थोड़ा चलना हो जायगा और ताजी सब्जी भी मिल जाया करेगी। कल से आपको मैं यहीं खड़ी मिलूँगी।

–ठीक है। एक से दो भले।

और यह सिलसिला चल पड़ा। हम दोनों में से किसी ने कभी एक-दूसरे के घर जाने या बैठने-उठने की आवश्यकता नहीं समझी। शायद वह अपनी घर-गृहस्थी में व्यस्त होगी और मैं तो सदा ही 'काम कौड़ी का नहीं फुर्सत घड़ी की नहीं' वाली स्थिति में रहती थी।

आते-जाते बातों के टुकड़ों से मुझे यह तो पता चल गया कि वह निःसन्तान थी। उसने बतलाया था कि वह सात बार माँ बन चुकी है, कभी अधूरे तो कभी पूरे बच्चे की, बहुत इलाज करवाने पर भी कोई लाभ नहीं हुआ। इस बार भी वह गर्भवती है। इस बात को लेकर वह बहुत परेशान है और सोच नहीं पा रही कि क्या करें। मैंने उसे आश्वस्त करने के खयाल से कहा–

–शान्ता, मैंने सुना है, आठवाँ बच्चा भाग्यवान् होता है। हो सकता हैं इस बार भगवान् तुम्हारी सुन ले, इसलिए तुम कुछ ऐसा-वैसा करने की मत सोचो।

और सच ही उचित समय पर शान्ता ने एक स्वस्थ सुन्दर बच्ची को जन्म दिया। वर्षों बाद एक जीवित बच्चा गोद में पाकर वह मगन थी। उसका मातृत्व सफल हो गया था।

दो-तीन वर्ष तक तो बच्ची माधवी अन्य बच्चों की तरह बड़ी होती रही। एक बार माधवी को तेज बुखार हुआ। इलाज से बुखार तो उतर गया, परन्तु बच्ची के हाथ-पैरों ने काम करना बन्द कर दिया। काफी इलाज के बाद आखिर एक दिन डॉक्टरों ने एलान कर दिया—

—बच्ची की 'स्पाइन' 'डैमेज' हो रही है इसलिए धीरे-धीरे बच्ची के सभी अंग निष्क्रिय होते जायँगे।

—गरदन केवल सामने देख सकेगी इधर-उधर घूम नहीं सकती। कमर और कमर के नीचे के अंग तो पूरी तरह निष्क्रिय हो सकते हैं। हाथ भी टेढ़े हो सकते हैं लेकिन हाथ और उँगलियों की निरन्तर कसरत से वह थोड़ा-बहुत काम कर सकेगी। बच्ची की अपंगता को रोकने का हम लोग प्रयास तो कर रहे हैं, परन्तु आप लोगों को अँधेरे में नहीं रखना चाहते। हाँ, इतना आश्वासन दिया जा सकता है कि बच्ची के शरीर का विकास होता रहेगा। कई अविकसित बच्चों की तरह झूले में नहीं पड़ी रहेगी, ह्वीलचेयर में बैठ सकती है। 'थेरेपी' द्वारा कुछ-कुछ बोलना और सुनना भी सम्भव है। थोड़ी बहुत स्कूली शिक्षा भी ग्रहण कर सकती है। हम डॉक्टर तो प्रयत्न करेंगे ही, आपको भी बच्ची के साथ मेहनत करनी होगी।

सुननेवालों के पैरों के नीचे की जमीन खिसक गयी तो माता-पिता की स्थिति को क्या कहा जाय। शान्ता ने हिम्मत से काम लिया और तन-मन-धन से बेटी की सेवा में लग गयी। दवाएँ और सेवा से माधवी को अधिक लाभ तो नहीं हुआ परन्तु थोड़े समय में उसने थोड़ा-थोड़ा बोलना और सुनना प्रारम्भ कर दिया। हाथों में भी उसके थोड़ी-थोड़ी शक्ति आने लगी। इस तरह माधवी का जीवन तो चल निकला। रहना उसे जीवनभर ह्वीलचेयर पर ही था।

बच्वी-समझदार और आकर्षक थी। बातें भी बड़ी प्यारी करती। उसका स्कूल जाना तो सम्भव नहीं हुआ, हाँ घर में थोड़ी पढ़ाई-लिखाई शुरू हो गयी। अपने टेढ़े हाथों में कॉपी थामे वह अक्सर अपनी ड्राइंग मुझे दिखलाती तो मैं उसे शाबाशी देने के साथ-साथ प्रभु से प्रार्थना करती—हे प्रभु, इस बच्ची और इसके माता-पिता को शक्ति देना। परन्तु जब वह खेलते हुए बच्चों को हसरतभरी निगाह से देखती या बात करते समय मुझे टोककर याद दिलाती—

—आण्टी मेरे सामने आकर बात कीजिये, मेरी गर्दन इधर-उधर घूमती नहीं है, मैं पीछे नहीं देख सकती। तो कलेजा मुँह को आ जाता था।

एक दिन शान्ता ने बातों-बातों में बताया था कि चूँकि उसके पति सेवानिवृत्त होनेवाले हैं, इसलिए उन लोगों ने निर्णय किया है कि यह मकान अभी किराये पर

उठाकर, कहीं फ्लैट ले लेंगे और धीरे-धीरे पैसों का प्रबन्ध होने पर, इस घर में एक छोटा-सा स्कूल डाल लेंगे। माधवी के भविष्य के लिए कुछ तो सोचना होगा। शान्ता का निर्णय सुनकर मुझे अच्छा लगा। सोचा, चलो शान्ता ने परिस्थिति से पूरी तरह समझौता कर लिया है।

परन्तु दुर्भाग्य ने शान्ता का पीछा कब छोड़ा था। माधवी को फिर तेज बुखार हुआ। बुखार तो दवा वगैरह से कुछ दिनों में उतर गया परन्तु बच्ची की स्थिति और दयनीय हो गयी...। शान्ता ऊपर से शान्त बनी रही, परन्तु उसके दिल-दिमाग में जैसे कुछ घुमड़ रहा था...।

प्रतिवर्ष की भाँति, उस वर्ष भी दुर्गा अष्टमी के दिन हम दोनों पूजा के लिए अष्टभुजा देवी के मन्दिर गये। अपनी आदत के विपरीत शान्ता, रास्तेभर एकदम चुप रही। मैंने उसे छेड़ा तो नहीं पर मुझे कुछ अटपटा-सा अवश्य लग रहा था।

पूजा-अर्चना के बाद शान्ता, देवी के आगे हाथ जोड़ सिर झुका, प्रार्थना में कुछ बुदबुदा रही थी...अष्टमी के कारण मन्दिर में भीड़ बहुत थी। शान्ता मुझसे सटकर खड़ी थी, शायद इसलिए मुझे उसकी बुदबुदाहट सुनायी दे रही थी। वह कह रही थी...

मैंने चौंककर उसकी ओर देखा "माँ आप तो सब जानती हैं। माधवी का इस लाचार अवस्था में जीवित रहना किस काम का। आप उसको एक स्वस्थ, सुखी जीवन न दे सकें, तो न दें, उसे मृत्यु तो दे ही सकती हैं। मैं आज उसके लिए तुमसे मृत्यु माँगती हूँ।" शान्ता का चेहरा एकदम निर्विकार शान्त था। क्या मैंने कुछ गलत सुना है।

मन्दिर से निकलकर हम दोनों मौन घर की ओर चल पड़े। रास्ते में एक लम्बा ओवर ब्रिज पड़ता था। चुपचाप चलते-चलते लगभग आधा पुल समाप्त होने को आ रहा था। शान्ता जितनी शान्त थी, मेरी बेचैनी उतनी ही बढ़ती जा रही थी। पुल उतार पर था। थोड़ी देर में तो घर आ जायगा। मैंने कुछ विचार न कर एकदम से उसका हाथ पकड़ा और पुल के एक छायादार कोने में उसको बैठा दिया और हाथ पकड़े-पकड़े ही मैं भी उससे सटकर बैठ गयी। शान्ता तो अपने होंठों को भींचे ही थी, मैं भी थोड़ी देर चुपचाप बैठी रही, जैसे थकान मिटाने के उद्देश्य से बैठी हूँ। मैंने मन-ही-मन निर्णय लिया कि यही समय है, जिसका सदुपयोग कर मैं इसके अन्दर उठ रहे तूफान का बाँध तोड़ने के लिए...क्या करूँ, कहाँ से आखिर शुरू? एक-एक क्षण भारी हो रहा था। मैंने ही हिम्मत की और बातों का सिलसिला, जितना हो सकता था, सहजता से शुरू किया---

—शान्ता, आज तो तुम बहुत देर प्रार्थना करती रही। माधवी के स्वास्थ्य के अलावा देवी से और क्या माँगा?

एक क्षण की देर करे बगैर उसने उत्तर दिया लगभग चिल्लाते हुए, जैसे शरीर की पूरी शक्ति लगाकर बोल रही हो--

—मृत्यु!

—क्या!!

—हाँ, आज मैंने देवी से माधवी की मृत्यु माँगी। साथ ही अपने लिये शक्ति भी कि आज उस माँ का प्रसाद खिलाते हुए उसके सिर पर हाथ रखकर उसे मृत्यु का आशीर्वाद दे सकूँ।

कुछ क्षणों तक एक गहरा सन्नाटा हम दोनों के बीच पसरा रहा... मैं इस समय का एक क्षण भी व्यर्थ नहीं गँवाना चाह रही थी। इसलिए बिना यह सोचे कि मेरी बात का कोई असर होगा भी कि नहीं मैंने मौन तोड़ा—

—तो क्या तुम माधवी के सिर पर हाथ रखकर उसे मृत्यु का आशीर्वाद दे सकोगी? अपने मातृत्व पर इतना बड़ा कलंक लगा सकोगी?

—मैंने निर्णय ले लिया है।

शान्ता ने निर्विकार भाव से कहा। मैंने उसके इस वाक्य को गम्भीरता से न लेते हुए अपना बोलना चालू रखा—

—देखो शान्ता मैं तुम्हें कुछ अधिक तो नहीं कह सकती। तुम स्वयं समझदार हो। फिर भी तुम मेरी बात को, एक मित्र की सदाशयता से दी गयी सीख या प्रार्थना कुछ भी समझकर सुन अवश्य लेना।

उसने अपना झुका सिर उठाया और अपनी आँखें मेरी आँखों में नहीं बल्कि पूरे मुँह पर जैसे चिपका दी और तब तक नहीं हटायी जब तक मेरा बोलना बन्द नहीं हो गया। मैं भी उसकी आँखों में उभर आयी हताशा का सामना नहीं करना चाहती थी क्योंकि मैं उसकी मनोदशा समझ रही थी... मैंने शून्य में देखते हुए बोलना चालू रखा—

तुमने कुम्हार को सुन्दर-सुन्दर पुतले बनाते देखा होगा। चतुर-से-चतुर कुम्हार से कई बार कुछ टेढे-बाँके पुतले बन ही जाते हैं, परन्तु वह उन्हें तोड़ता नहीं, रंग-रोगन करके अच्छे खिलौने के साथ बेच देता है क्योंकि टेढ़ा-बाँका खिलौना भी उसकी रचना है। उस खिलौने को खरीदनेवाला भी उसे घर ले जाकर तोड़ता नहीं। बच्चों को खेलने के लिए दे देता है। यह सोचकर कि मिट्टी का खिलौना है, कुछ समय बाद अपने-आप टूट जायगा। इसी तरह से 'ऊपरवाले' से भी कभी टेढ़ी-बाँकी रचना हो जाती है। वह उसे अपने हाथों नष्ट नहीं कर अपने किसी योग्य बन्दे के पास भेज देता है। अपने बन्दे पर 'उसे' पूर्ण विश्वास होता है। अपने सबसे प्रिय बन्दे को ही तो वह अपनी बिगड़ी रचना देता है इस विश्वास के साथ कि वह ही उसकी रचना को सँभालकर रखेगा और उसके साथ अपने कर्त्तव्य का भरसक पालन करेगा। शक्ति देनेवाला तो 'वह' है। 'वह' उसे औरों से अधिक शक्ति और सहयोग भी देता रहता है। 'वह' जानता है कि सुन्दर रचना की देखभाल तो कोई भी कर सकता है, इसलिए अपनी विशेष रचना की देखभाल के लिए विशिष्ट व्यक्ति ही चुनता है। हो सकता है तुम 'उसकी' प्रिय और विशिष्ट 'बन्दी' हो और 'उसने' अपनी बिगड़ी रचना-माधवी के रूप में तुम्हें सौंपी हो। क्या तुम अपने 'प्रभु' के इस विश्वास को तोड़ सकोगी, तोड़ सकती हो? आज उसकी रचना को 'उसी' का प्रसाद खिलाकर उसे शीघ्र मृत्यु का आशीर्वाद दे सकोगी?

पता नहीं मेरी बात का शान्ता पर क्या असर हुआ पर उसने अपना चेहरा फिर झुका लिया और थोड़ी देर निश्चल बैठी रही। मैं कुछ सोचूँ उसके पहले ही वह झटके से उठी और मेरा हाथ पकड़, मुझे लगभग घसीटते हुए पुल उतर गयी...। उस समय तक हम लोग यह शहर करीब-करीब छोड़ चुके थे। सो इस घटना के बाद मुझे शान्ता की कोई खबर नहीं हुई और न ही मैंने जानने का प्रयत्न किया, शायद अब मैं कुछ जानना ही नहीं चाह रही थी क्योंकि मुझे मालूम था, बोलना आसान है, भोगना कठिन। शान्ता के घर का फाटक भी प्रायः बन्द ही रहता था।

वर्षों बाद एक बार स्टेशन से घर जाते हुए मेरी दृष्टि शान्ता के खुले फाटक की ओर मुड़ी थी। देखा, वृद्ध और कमजोर होती हुई शान्ता ह्वीलचेयर पर बैठी माधवी

को लॉन में घुमा रही थी। रिक्शा रोक मैं उतरी। फाटक तक पहुँची ही थी कि शान्ता की दृष्टि भी मुझ पर पड़ी। फाटक के पास आ उसने प्रणाम किया। मैंने बिना बोले ही उसके कन्धे पर अपना हाथ रख दिया। मेरी आँखें ह्वीलचेयर पर बैठी, मुस्कराती माधवी को अपलक देखे जा रही थीं।

आज चौकीदार के मुँह से यह सुनकर कि अब स्कूल की हेड़ माधवी जी हैं, एक गहरा सन्तोष हुआ। अपने उस दिन कहे हुए शब्दों का प्रतिफल सामने था...। उसके प्रति श्रद्धा से मेरा सिर झुक गया ...।

सामने चल रही रील का दृश्य बदल गया है।

मेरा रिक्शा अपनी गति से आगे बढ़ रहा है...। रिक्शा स्टेशन जानेवाली सड़क पर मुड़ रहा है। जहाँ छोटी सड़क बड़ी सड़क पर मिलती है, बायीं ओर के कोने में एक दुमंजिला मकान है। इस मकान में कभी हमारे विद्यालय की जूनियर शिफ्ट में पढ़ानेवाली दो अध्यापिकाएँ रहती थीं। नीचे की मंजिल में श्रीमती बीना राव और ऊपरी मंजिल में श्रीमती कुसुम अग्रवाल। श्रीमती राव पिछले कई वर्षों से हमारे विद्यालय की सभी जूनियर कक्षाओं में अंग्रेजी और गणित विषय पढ़ाती थीं। सुहाना साँवला रंग, साधारण नाक नक्श, बाल सदा जूड़े में बँधे, कानों में पाँच मोतियोंवाले छोटे टॉप्स, गले में सोने की मोटी-सी चेन, एक हाथ में कलाई घड़ी, दूसरे में दो सोने की चूड़ियाँ, शरीर की लम्बाई न अधिक न कम, गठीला शरीर, सदा गहरे रंग की सूती बार्डरदार साड़ी में कसा हुआ, साँवले चेहरे पर दक्षिण भारतीय सौम्यता। आवाज में कड़कपन, हिन्दी हो या अंग्रेजी, उच्चारण शुद्ध और साफ। कुल मिलाकर उनका व्यक्तित्व आकर्षक ही कहा जायगा।

श्रीमती राव विधवा थीं। एक बेटा था। उन्होंने प्रारम्भ में काफी कष्ट उठाकर बेटे को उच्च शिक्षा दिलवायी थी। बेटा भी मेहनती और तीक्ष्णबुद्धि था। माँ के संघर्ष को समझता था। माँ के प्रति उसका इतना अधिक आदर था कि लोग उसे मातृभक्त तक कहने लगे थे। अभी दो वर्ष पूर्व अपने ऑफिस की तरफ से वह तीन वर्ष विदेश में रहकर भी माँ से बराबर सम्पर्क बनाये रखता था, ताकि माँ को अकेलापन अनुभव न हो। अभी दो वर्ष पूर्व ही श्रीमती राव ने दक्षिण भारत के ही किसी परिचित परिवार की रमा नामक कन्या से अपने बेटे का विवाह करा दिया था। उचित समय पर एक पौत्र ने भी जन्म ले लिया था।

अब श्रीमती राव विद्यालय से लौटकर अपने बरामदे में बैठी, दो वर्ष के पौत्र से खेलती दिखायी दे जातीं। इसके पहले तो उन्हें अपनी तरह ही घर से विद्यालय, विद्यालय से घर दौड़ते-भागते ही देखा है निरन्तर घर-बाहर के सारे काम करते हुए।

इसलिए अब उन्हें निश्चिन्तता से बैठे देख अच्छा लगता। एक तरह से देखा जाय तो श्रीमती राव की जिन्दगी अब पटरी पर आ गयी थी और सहजता से चल भी रही थी। पर क्या होता है न, जब जीवन इस प्रकार सरल सीधी रेखा पर चलने लगता है तो हम जीवनभर के संघर्ष से विश्राम की मानसिकता में पहुँच जाते हैं। जिस विश्राम की जीवनपर्यन्त हम कल्पना और प्रतीक्षा करते रहते हैं जब वह हमें एकबारगी प्राप्त हो जाता है तो हम भूल जाते हैं कि ऊपर से सपाट हरी-भरी, उपजाऊ, ग्राम-शहर की बसाहट से गुलजार धरती में भी भूकम्प आ सकते हैं, आ जाते हैं।

इसलिए कहा गया है कि विश्राम की प्रतीक्षा मत करो। एक दिन यह भाग-दौड़, जीवन का यह संघर्ष जब समाप्त हो जायगा तो जीवन में शान्ति का अनुभव कर विश्राम करेंगे, ऐसी कल्पना दुःखदायी हो सकती है। जीवन में जिस प्रकार प्रत्येक क्षण कुछ-न-कुछ करने, अपने-आपसे या अपने आस-पास से लड़कर अपने लिये रास्ता बनाने का होता है, आगे बढ़ने का होता है, उसी प्रकार प्रत्येक क्षण विश्राम का भी होता है। हमें केवल सजगतापूर्वक उस क्षण का सदुपयोग करना है। हमें याद रखना है कि विश्राम न तो कभी आता है, न कभी मिलता है। विश्राम करना पड़ता है। उसे महसूस करना, सीखना पड़ता है। अपने सारे उत्तरदायित्व समाप्त कर निश्चिन्त हो शान्ति से बैठकर विश्राम करेंगे यह इच्छा कभी पूरी नहीं होती और तब जो शारीरिक और मानसिक स्थिति होती है, उसको अभिव्यक्त करने के लिए कोई शब्द नहीं हैं।

ऐसा ही कुछ बीना राव की जिन्दगी में भी हुआ। बेटे के विवाह के बाद कुछ दिन तो ओढ़ी गयी सुख-शान्ति में व्यतीत हो गये। लेकिन श्रीमती राव अन्दर-ही-अन्दर अनुभव कर रही थीं कि कहीं कुछ हो रहा है, जिससे वे समझ तो रही हैं पर बोल नहीं पा रही हैं। बेटे के लालन-पालन तथा उसकी उच्च शिक्षा के लिए उनके द्वारा उठाये गये घर-परिवार के लांछन, दुःख और कष्टों के प्रति बेटे के मन में जो आदर भाव एवं प्यार था और जो अब बहू से भी अपेक्षित था वह उन्हें नहीं मिल रहा था। जो बेटा उनके चेहरे की एक-एक लकीर को पढ़ लेता था वह अब उनके चेहरे के भावों को समझ ही नहीं रहा है या जानकर भी अनजान बना हुआ था। वे अन्दर घुटन अनुभव करती थीं पर यह सोचकर प्रसन्न रहने का प्रयत्न करती थीं कि बेटा अपने परिवार में खुश है।

बीना जी एक समझदार और प्रखर-बुद्धि महिला थीं। उन्होंने दुनिया देखी थी। स्वयं कई प्रकार की अच्छी-बुरी परिस्थितियों से समझौता किया था। अकेले के दम पर गृहस्थी को यहाँ तक लायी थीं और समाज में सम्मानजनक स्थिति भी अर्जित की थी। अब उम्र के इस पड़ाव पर वे किसी को उँगली उठाने या हँसने का अवसर देना नहीं चाहती थीं। इसलिए उन्होंने धीरे-धीरे करके गृहस्थी के अपने सारे अधिकार

छोड़ दिये थे। जब गृहस्थी पर बहू का एकच्छत्र राज्य हो तो सास के विरुद्ध शिकायत का कोई कारण ढूँढ़ना होता है। बहू रमा को सास के विरुद्ध ऐसा कोई कारण ही नहीं मिल रहा था, जिसको लेकर वह अपने मातृ-भक्त पति के कान, उसकी माँ के विरुद्ध भर सके। पति भी सब-कुछ जानते हुए स्थिति को नजरअन्दाज कर रहा था। लेकिन कब तक! चालाक बहू ने आखिर कारण ढूँढ़ ही लिया।

अब वह आये दिन बात-बात पर पति से झगड़ा-कलह करने लगी और बिना वजह, बिना किसी कारण अपने नासमझ बेटे की पिटाई कर अपना क्रोध व्यक्त करने लगी। दिन-पर-दिन घर की शान्ति भंग हो रही थी। बहुत सोचने पर भी श्रीमती राव को बहू के इस व्यवहार का कारण समझ नहीं आया तो उन्होंने बेटे से सीधे-सीधे बहू के इस रवैये का कारण पूछा। बेटा माँ से बहुत प्यार करता था। उनके संघर्ष को समझता था, उनका आदर करता था। इसलिए संकोच के कारण वह माँ से कुछ बोल नहीं पा रहा था। घर के वातावरण को अधिक बिगड़ता देख उन्होंने बेटे को समझाया---।

देखो बेटा, मैं अपने प्रति तुम्हारी भावनाओं को समझती हूँ। इस समय अपने प्रति तुम्हारे बदलते व्यवहार के कारण को भी समझती हूँ, इसलिए तुमको दुःखी और अशान्त नहीं देख सकती। बहू को मुझसे जो भी शिकायत है, मुझे साफ-साफ बता दो। मुझे बिलकुल बुरा नहीं लगेगा, बल्कि मैं समस्या का हल निकालने का प्रत्यन्न करूँगी।

माँ के आश्वासन पर बेटे ने अन्ततः अपना मुँह खोला—असल में माँ रमा इस घर से अलग होकर अपनी नयी गृहस्थी बसाना चाहती है। उसका कहना है कि उसे इसमें कई असुविधाएँ हैं।

—तो यहाँ भी तो उसे अपनी इच्छानुसार गृहस्थी में परिवर्तन की पूरी स्वतन्त्रता है। फिर असुविधा कैसी? इसके बाद भी अगर कोई असुविधा हैं तो हन सब मिलकर उसे दूर कर सकते हैं।

बेटा क्या उत्तर देता। झूठ बोलने से बात कुछ बन नहीं रही थी। आखिर हिम्मत कर, माँ से नजरें चुराते हुए वह बोला—रमा का मानना है कि आपके साथ रहकर उसका बेटा बण्टी बिगड़ रहा है। आपके प्यार में वह जिद्दी और उद्दण्ड हो रहा है। उसका यह भी कहना है कि बण्टी केवल दादी की बात सुनता है, माता-पिता की अवहेलना करने लगा है। इसलिए वह बण्टी को आपसे दूर रखकर अपनी इच्छानुसार उसे पालना चाहती है। क्षणान्त में श्रीमती राव के सामने सारी स्थिति स्पष्ट हो गयी। उन्होंने बेटे के संकोच को दूर करते हुए शान्त भाव से कहा-----

—ठीक तो है। मुझे बहू का प्रस्ताव स्वीकार है। मैं तुम्हारी और तुम्हारे परिवार की सुख-शान्ति चाहती हूँ। वह जहाँ मिले ठीक है। घर में नित्यप्रति का कलह और अशान्ति भी ठीक नहीं, छोटे बच्चे पर इसका गलत असर होता है। तुम शीघ्र ही

मकान का प्रबन्ध करके अपना सामान और अपने परिवार को ले जाओ। इसके अलावा इस घर से भी तुम्हें जो कुछ चाहिए ले जा सकते हो। अब मुझे कोई हीला-हवाला या सफाई नहीं चाहिए। मेरा मानना है कि जिन सम्बन्धों में अपनत्व की भावना न हो उन्हें खींचने से कोई लाभ नहीं। मन टूटे इसके पहले घर टूटना श्रेयस् है।

बेटा माँ के निर्णय से अवाक् था। उसने सपने में भी नहीं सोचा था कि माँ अपने कलेजे के टुकड़े याने कि बेटे को इतनी आसानी से अपने से अलग कर सकती हैं। वह तो इसी उधेड़बुन में था कि उसकी बातें सुनकर माँ रोयेगी, झींकेगी, अपने दुःखों का हवाला देगी, बेटे को बड़ा करने और पढ़ाने-लिखाने में उठायी गयी कठिनाइयों का बखान करेगी, परिवार के अन्य सदस्यों के दुर्व्यवहार से मुझे कब और कैसे-कैसे बचाया है इसका ब्यौरा देगी और वह फिर किस प्रकार माँ को समझायेगा, उसे बहू के निर्णय के लिए राजी करेगा। परन्तु माँ के इन वाक्यों से तो उसकी कल्पना धरी-की-धरी रह गयी। वह अवाक् माँ के शान्त चेहरे को देखे जा रहा था। माँ के इस निर्विकार व्यवहार से बेटे का संकोच बढ़ता जा रहा था। शायद कहीं हिम्मत भी ...।

सहसा माँ की आवाज कान में पड़ी—बेटा घर ढूँढ़ने में फुर्ती करना। अभी अच्छा मुहूर्त्त है। दो दिन के अन्दर ही यह घर छोड़ देना।

बेटे ने सकपकाते हुए धीरे से कहा—।

—माँ, रमा ने तो फ्लैट ढूँढ़ लिया है। श्रीमती राव ने कोई प्रतिक्रिया नहीं की, केवल मुस्करा दी।

इसके बाद वे शीघ्रता से उठीं और स्वयं ही बेटे का सामान आँगन में एकत्रित करने लगीं। बहू तो मन-ही-मन प्रसन्न थी पर बेटे को काटो तो खून नहीं। बड़ी आजी जी से बोला—माँ ऐसी भी क्या जल्दी है। धीरे-धीरे चले जायँगे।

नहीं बेटा! जैसा कल वैसा आज। दो मानसिकताओं में झूलने से क्या लाभ। तुम्हारे घर छोड़ने की समय-सीमा निर्धारण कर मैं अपना क्रोध व्यक्त नहीं कर रही, न ही तुम्हें मानसिक क्लेश देकर तुमसे कोई बदला ले रही हूँ। इसके पीछे मेरी सोच है—या तो बेटा प्रारम्भ से ही माँ और पत्नी दोनों से ही विवेकपूर्ण व्यवहार करे। किसी एक को अधिक प्रसन्न करने की चेष्टा में उसका अपना व्यवहार सन्तुलित नहीं रह पाता। यह बेटे का काम है कि माँ और अभी-अभी घर में आयी पत्नी को अपने व्यवहार और बातों से यह अवगत करता रहे कि उसके जीवन में दोनों का महत्त्वपूर्ण स्थान है। केवल हदें अलग हैं। दोनों को एक-दूसरे का स्थान न दिया जा सकता है, न लिया जा सकता है। भूल कहीं-न-कहीं बेटे से ही होती है जब वह स्वयं अपनी भावना और विचारों में स्पष्ट नहीं होता है, और अपनी भावनाओं से न भी सही, अपने इस व्यवहार से अनजान ही एक को दूसरे से अधिक महत्त्व देने लगता है। अगर

बेटे से प्रारम्भ में ही विवेकपूर्ण व्यवहार में चूक हो गयी है तो फिर ऐसे अवसर पर जब माँ और पत्नी में से किसी एक का चुनाव करना हो तो उसे कठोर निर्णय लेना ही होगा।

मेरा मानना है कि ऐसे समय बेटे को भावुक होकर नहीं, अपने और अपने परिवार के भविष्य को ध्यान में रखकर निर्णय लेना चहिए, मेरे विचार से उसे माँ का नहीं, पत्नी का चुनाव करना चाहिए, बशर्ते कि पत्नी उसके मनोनुकूल है। इसके दो कारण हैं एक तो माँ सदा माँ ही रहती है। बेटे के पास रहे या दूर उसके प्यार में कभी कोई अन्तर नहीं आता। दूसरे माँ कैसी भी हो वह सदा बेटे के जीवन में सुःख-शान्ति चाहती है। वह कभी उसके परिवार को उजाड़ना नहीं चाहती। जो माँ बेटे के बचपन में उसके टूटे-फूटे खिलौनों को (जो उस समय बेटे का संसार है) सँभालकर उठाती धरती है, वह बेटे के सचमुच के संसार को कैसे उजाड़ सकती है। अपने प्यार के कारण बेटे के घर-संसार को कैसे नष्ट होने दे सकती है! फिर माँ की उम्र इतनी तो बची नहीं है कि वह जीवनभर बेटे का साथ दे सके।

—जहाँ तक पत्नी का सवाल है, उसे आप स्वयं धर्म की साक्षी में अपने जीवन में लाये हैं। उसे प्रेम और सुरक्षा देना आपका कर्त्तव्य हो जाता है। दूसरा, आप उम्र के जिस मोड़ पर हैं वहाँ आपको अपने जीवन में जो प्यार, सुरक्षा और निश्चिन्तता चाहिए वह केवल आपको अपने परिवार, पत्नी और बच्चों के बीच ही प्राप्त हो सकती है, क्योंकि वह आपकी स्वयं की रचना है। माँ की गोद में प्यार और सुरक्षा प्राप्त करने का समय निकल चुका है, इस कटु सत्य को याद रखना ही पड़ेगा। तुम बाहर रहकर भी मेरा ध्यान रख सकते हो, मुझे प्यार कर सकते हो।

माँ की बात सुन बेटा कुछ निश्चिन्त हुआ। जो अपराध भाव उसे घेरे था वह तिरोहित हो चुका था। जिस शान्तभाव से श्रीमती राव ने सारी बातें कही थीं उतने ही शान्तभाव से वे सामान लदे ट्रक और बेटे के परिवार को घर से जाते देखती रहीं ... जब तक ट्रक आँख से ओझल नहीं हो गया।

उनके लिए जिन्दगी पूर्ववत् शुरू हो गयी थी। पर क्या सब-कुछ पहले जैसा ही था! विद्यालय जाने, घर और बाहर के छोटे-मोटे काम करने में क्या पहले जैसा ही उत्साह रहता था! भोजन बनाने से लेकर घर की पूरी व्यवस्था, रात को पूरा घर बन्द कर गेट पर ताला लगाने तक, सब-कुछ करते हुए भी उन्हें अपनी जिन्दगी बेमानी नहीं लगने लगी थी! वे बार-बार अपने मन को समझातीं कि यह भाग-दौड़ बस थोड़े दिन की है। दो-चार महीने में वे रिटायर होने हीवाली हैं। फिर आराम से बैठकर भगवद् भजन करेंगी। परन्तु बेटे के परिवार को दूर जाते देखकर उनके मन में जो 'हौल' उठी थी वह कुछ भी करके शान्त नहीं हो रही थी।

मैं उस समय भी उनकी मनोदशा बूझ रही थी, पर जीवन में कुछ परिस्थितियाँ ऐसी आ जाती हैं जब मौन ही श्रेयस्कर होता है। मुझे अनायास ही एक डॉक्टर का

स्मरण हो आया। टी.वी के किसी कार्यक्रम में मनोचिकित्सक का महत्त्व समझाते हुए वह बता रहे थे कि जिस प्रकार छोटी-मोटी चोट से शरीर के किसी अंग में मोच आ जाती है और हलके इलाज से वह ठीक हो जाती है उसी प्रकार मन में भी साधारण आघात से पहले मोच आती है। उसी समय मनोचिकित्सक के पास जाने से उसका इलाज सम्भव हो जाता है और रोगी डिप्रेशन आदि से बच सकता है। कई बार जब बड़ी चोट से हड्डियों का फ्रैक्चर हो जाता है और समय पर इलाज न कराया जाय तो उसका पूरा इलाज सही नहीं हो पाता और वह अंग टेढ़ा-बाँका हो सकता है या कई बार अपंग भी हो जाता है। ऐसे ही कुछ आघातों से मन में भी फ्रैक्चर हो जाता है। अगर समय पर मनोचिकित्सक की सलाह न ली जाय, उसका ठीक-ठीक इलाज न कराया जाय तो परिणाम भयानक होते हैं—भयानक डिप्रेशन, आत्महत्या, बेहोशी आदि।

उस समय भी मेरे मन में यह प्रश्न उठा था कि जैसे हड्डियों में हुए कम्पाउण्ड फ्रैक्चर तक योग्य डॉक्टर किसी प्रकार ठीक कर देते हैं पर आस्टियों के रोगी की हड्डियाँ जब स्वतः टूटने लगती हैं तब योग्य डॉक्टर भी उन्हें जोड़ सकता है क्या?

शायद श्रीमती राव को भी अपने बेटे का जाना...नहीं, बल्कि यह कहकर जाना कि उसका बेटा, याने कि उनका पौत्र, उनका वंशधर उनके साथ रहकर बिगड़ रहा है, उनके मन में भी उसी प्रकार का फ्रैक्चर कर गया है। उनका सारा जीवन, सारा संघर्ष बेमानी हो गया। जिस बेटे को एक-एक दिन करके सँवारा है, इतना योग्य बनाया है, उसी बेटे को वे बिगाड़ रही हैं...यह बात उनके मन से कैसे निकले? उनका मन भी आस्टियों के रोगी की हड्डियों की तरह उनके हाथ से निकल गया है, और टूटता ही जा रहा है, किसी भी प्रकार की समझाइश से क्या उस टूटन को रोका जा सकता है?

विद्यालय से अवकाश-प्राप्त होते ही बीना जी की रोजमर्रा की जिन्दगी की भाग-दौड़ भी ठप हो गयी और उन्होंने बिस्तर पकड़ लिया। कठोर संघर्ष से टूटे शरीर और असहनीय आघात से टूटे मन ने उन्हें बहुत दिनों बिस्तर पर आराम नहीं करने दिया और पूरी तरह टूटने के पहले ही वे इस असार संसार को छोड़कर चली गयीं।

एक कर्मठ व्यक्तित्व का ऐसा अवसान...मन भारी हो गया।

ऐसा तो होता नहीं है कि आप किसी मकान की नीचे की मंजिल देख रहे हों और आपकी दृष्टि ऊपर की मंजिल की ओर न उठे। सो मेरी भी दृष्टि, रिक्शे में बैठे-बैठे ही ऊपर की मंजिल की ओर चली गयी। जो शायद अभी खाली थी, खाली तो शायद पूरा घर ही था।

ऊपर की मंजिल देखते ही कई वर्ष पुरानी स्मृति ताजी हो गयी है। तो इस मकान की ऊपरी मंजिल में कभी हमारे विद्यालय की जूनियर शिफ्ट की ही एक अध्यापिका श्रीमती कुसुम अग्रवाल रहती थीं। उनकी याद आते ही उनके जीवन से जुड़ा एक सन्दर्भ स्मरण हो रहा है। उसे किस्सा भी कहा जा सकता है। आखिर समाज क्या है? भिन्न-भिन्न तरह के लोगों के जीवन की तरह-तरह की कहानियों और किस्सों का समुच्चय ही तो है। साहित्यिक भाषा में हम उन्हें जीवन-प्रसंग कह सकते हैं।

प्रकृति ही नाना-विध पशु-पक्षियों और नानावर्णी फूल-पत्ती, पौधों-वृक्षों और पतिंगों से भरी है। हमारा समाज भी नाना रूप-रंग और स्वभाव के व्यक्तियों और उनके जीवन के प्रसंगों से भरा पड़ा है। अपने सम्पर्क में आये हुए या देखे गये लोगों के जीवन से जुड़ी कुछ विशेष घटनाएँ, आपके मन-मस्तिष्क में घर कर लेती हैं। और जब कभी भी आपको उनकी याद आती है वह प्रसंग भी अनायास याद आ जाता है। केवल आपके ही नहीं दूसरों के जीवनानुभव भी कई बार आपकी सोच और दृष्टि को विस्तार देते हैं। समाज तथा लोगों को समझने में सहायता भी करते हैं। समाज के प्रति आपकी संवेदना को गहराई भी देते हैं।

सो, मुझे भी कुसुम अग्रवाल की स्मृति होते ही उनसे जुड़ी एक घटना याद आ रही है जिसे आपसे साझा करने के लोभ को मैं संवरण नहीं कर सकती।

हाँ, तो इस मकान की ऊपरी मंजिल में रहनेवाली श्रीमती अग्रवाल हमारे विद्यालय में अध्यापिका थीं। वे शान्त, सीधी, अपने काम-से-काम रखनेवाली थीं पर कुछ-कुछ मूर्ख-सी भी थीं। उनकी मूर्खता के कारण ही अक्सर टीचर्स मीटिंग में उनका अपमान होता पर वे उसका भी प्रतिकार नहीं करतीं। मेरा तो उनसे कोई विशेष सम्पर्क था नहीं। मैंने अन्य अध्यापिकाओं के मुँह से उड़ते-उड़ते सुना था कि बेचारी श्रीमती अग्रवाल बहुत दुःखी हैं। धोखे से उनकी शादी एक पागल लड़के से हो गयी थी। ससुरालवालों ने भी उन्हें बहुत सताया इसलिए अपने दो छोटे-छोटे बच्चो को लेकर वे मायके आ गयी हैं। यहाँ भी उन्हें चैन नहीं मिला। भाई-भाभियों के तानों से परेशान होकर वे अब श्रीमती राव के घर में किराये से रहने लगी हैं। इससे अधिक मैं उनके बारे में कुछ जानती भी नहीं थी और मैंने अधिक जानने की कभी चेष्टा नहीं की। परन्तु जब मैं उन्हें सड़क पर चलते देखती, मुझे अजीब-सा लगता। वे हमेशा सड़क पर अजीब ढंग से सिर झुकाये, एक ही दिशा में देखती हुई, चलती रहतीं कुछ-कुछ भेड़ों जैसी। हर दस-बारह कदम के बाद चौंककर अपने आस-पास और पीछे देख लेतीं और फिर यथावत् चलने लगतीं। मैंने इसका भी कारण जानने की आवश्यकता नहीं समझी। समय निकलता चला गया।

एक दिन श्रीमती अग्रवाल अपने हाथ में एक पोस्टकार्ड पकड़े आयीं और शायद पहली बार एकदम मेरे पास आकर धीरे से मुस्कराते हुए बोलीं—दीदी, मुझे आपसे

एक मदद चाहिए। अचानक श्रीमती अग्रवाल को अपने सामने देखकर मेरा हतप्रभ होना स्वाभाविक था। उनकी-मेरी शिफ्ट अलग होने के कारण उनसे आमना-सामना होने का प्रश्न ही नहीं था। उन्हें इस प्रकार अपने सामने अनायास देख मैंने स्थिति की गम्भीरता को समझा और हाथ पकड़कर उनको अपने पास बैठाते हुए बोली-अच्छा हुआ। यह मेरा फ्री पीरियड भी है। इतमीनान से बैठकर बातें करते हैं।

सुचित्त होकर बैठने के बाद मैंने पूछा–

—आपको मुझसे मदद...

हाथ का पोस्टकार्ड मेरी ओर बढ़ाते हुए कुसुम जी बोलीं–

—मेरी ससुराल से यह पत्र आया है। मेरी ननद की शादी है। मेरी सास ने मुझे बच्चों सहित बुलाया है।

—तो उसमें क्या समस्या है?

—आप तो जानती हैं मैं अपने मायके में रहती हूँ। ससुराल छोड़े तो मुये दस वर्ष हो गये। इस बीच मेरे तीनों देवरों के विवाह भी हो गये, किसी ने मुझे याद नहीं किया। इतने वर्षों में न सास न ससुर किसी ने मेरी या मेरे बच्चों की खोज-खबर नहीं ली।

और आपके पति ने?

मेरे प्रश्न का उत्तर दिये बगैर उन्होंने अपनी बात जारी रखी।

—मैं आपसे यह राय लेने आयी हूँ कि इस समय मुझे अपनी ससुराल जाना चाहिए या नहीं। इस पोस्टकार्ड का क्या उत्तर दूँ?

थोड़ी देर चुप रहने के बाद मैंने कहा–

—ऐसा है कुसुम जी कि मैं आपकी ससुराल के बारे में कुछ भी नहीं जानती हूँ। इधर-उधर से सुनी बातों पर कोई निर्णय भी तो नहीं लिया जा सकता। अगर आप वास्तव में मेरी सहायता चाहती हैं तो आपको थोड़ा-बहुत तो अपनी ससुराल और अपने बारे में बतलाना होगा। मेरी बात सुनकर उन्हें थोड़ा इतमीनान हुआ और वे शान्त भाव से मेरे पास बैठकर बतलाने लगीं-आपको तो पता है कि बड़ी फील्ड के सामने मेरे पिता का बड़ा-सा मकान है।-हाँ, हाँ वह बड़े-बड़े लॉनवाला सुन्दर-सा बँगला आप लोगों का है। बहुत भव्य लगता है वह मकान तो आपके लॉन में कितने बड़े-बड़े सुन्दर गुलाब खिलते हैं न। फाटक और उसके आस-पास के खम्भे कितने सुन्दर और भारी हैं...

हम जब भी टहलने जाते उस बँगले की तरफ नजर उठ जाती। उस पूरी सड़क पर उतना सुन्दर बँगला दूसरा नहीं था। उसकी भव्यता और लॉन मुझे सदा ही मोहते थे इसलिए अवसर मिलते ही उसका वर्णन करने में लीन हो गयी। मेरी बात को काटते हुए कुसुम जी बोलीं---हाँ, मकान भी भव्य है। लॉन भी सुन्दर है। उसमें रहनेवाले लोग बहुत ही छोटे दिल के, कमीने और कलहप्रिय हैं। मेरे दोनों भाई

एक-दूसरे के जानी दुश्मन और दोनों भाभियाँ सब मिलकर एक-दूसरे को इतनी और ऐसी-ऐसी गालियाँ बकते हैं कि सड़क-छाप लोग भी मात खा जायँ। उस घर में हर समय, रोना-धोना, लड़ाई-झगड़े चलते रहते हैं। उस घर के सारे बच्चे आवारा और बदतमीज हैं। कहने को सब नामी स्कूलों में पढ़ते हैं। मेरी माँ भी कभी एक भाई का पक्ष लेकर रोती-चिल्लाती है तो कभी दूसरे भाई का पक्ष लेकर, जबकि दोनों उनकी इज्जत नहीं करते। सबका खाना अलग-अलग बनता है। आपको विश्वास नहीं होगा कि अकेले मेरी माँ का खाना, पुरानी महाराजिन उनके स्टोर से राशन निकालकर बना जाती है। इसी कलह के कारण मेरे पिता जी घर छोड़कर चले गये हैं। वहाँ उन्होंने अपना दूसरा परिवार बसा लिया है। वहाँ अपनी पत्नी और बच्चों के साथ प्रसन्न हैं। यहाँ कभी आते नहीं हैं। यहाँ की सारी प्रापर्टी भाइयों के लिए छोड़ गये हैं, परन्तु माँ के लिए अभी भी खर्चा भेजते हैं।

—आपके भाई सगे हैं न!

—हाँ, हाँ, सब सगे हैं।

कुसुम जी की बातें सुनते हुए मुझे उस घर से सम्बन्धित एक पुरानी घटना याद आ गयी। वर्षों पूर्व मैं किसी के साथ उस घर में गयी थी। उस व्यक्ति को कोई अति आवश्यक फोन करना था और उन दिनों केवल 'अग्रवाल विला' में फोन था। वे सज्जन हम लोगों के परिचित थे, इसलिए मुझे उनके साथ जाना पड़ा। हमने 'अग्रवाल विला' पहुँचकर फाटक पर खड़े चौकीदार से अपने आने का कारण बताया। चौकीदार हमें अन्दर ले जाकर एक सजे हुए ड्राइंग-रूम में बैठा गया, जिसके अन्दर के दरवाजे पर एक भारी-सा परदा लटक रहा था। परदे के दूसरी ओर एक कमरा था। घर का कोई सदस्य हमें दिखायी नहीं दे रहा था। बस पासवाले कमरे से एक अधेड़ महिला के फोन पर रोने और रोते हुए ही कलपते-कलपते किसी से बात करते सुनायी दे रही थी। वह महिला फोन पर इतनी जोर-जोर से रो रही थी और साथ ही किसी से बिना रुके शिकायत भी कर रही थी। जोर की आवाज के बावजूद स्पष्ट नहीं हो रहा था कि उन्हें क्या कष्ट है। बस असुविधा हो रही थी। करीब बीस-मिनट उसी स्थिति में बैठे रहने पर भी जब हमें फोन उपलब्ध नहीं हुआ तो हम लोग वितृष्ण हो, बाहर निकल आये। न आते समय किसी ने हमसे कुछ पूछा था, न निकलते समय किसी ने ध्यान दिया, जबकि चौड़े-से बरामदे में लोगों की आवन-जावन निरन्तर दिखायी दे रही थी। एक अजीब-सा मातमी सन्नाटा उस घर के बड़े-से आँगन जिसके बीच सुन्दर-सा संगमरमर का फव्वारा शोभायमान् था और सुन्दर-सुन्दर भारी झुलते परदों के पीछे के कमरे पर पसरा हुआ था। उस दिन आश्चर्य अवश्य हुआ था कि बाहर से इतना शान्त-सुन्दर बँगला अन्दर से इतना अशान्त ओर भुतहा हो सकता है!! इसके बाद से मैंने फिर कभी उस बँगले की ओर प्रशंसात्मक दृष्टि से नहीं देखा।

धीरे-धीरे मैं इस घटना को भूल गयी। किन्तु आज उस घर की बेटी के मुँह से उस बँगले के बारे में सुनकर मेरी उस दिन की धारणा पर जैसे मुहर लग गयी। फिर भी मैं बिना कुछ बोले, उनकी मूल समस्या जानने की उत्सुकता लिये उनकी ओर देखती रही। कुसुम जी तो आज मुझे सब-कुछ बतलाने के मूड में आयी ही थीं, इसलिए अपनी बात को जारी रखते हुए बोली---यह मकान मेरे दादा जी ने बनवाया था। वे सोने-चाँदी के बड़े व्यापारी थे। चौक में उनकी बड़ी-सी दुकान थी।'' नगर सेठ तो अब होते नहीं हैं पर उनकी स्थिति करीब-करीब वैसी ही थी। उनके दिलफेंक स्वभाव के कारण ही तो उनकी मृत्यु के बाद सब बरबाद होता गया, व्यापार, दुकान, घर सब...। मेरा जीवन भी तो, अनजाने ही सही, उनके कारण ही तो नष्ट हुआ।-----कैसे? मैंने उनकी बातों में व्यवधान डालते हुए पूछा।

-मैंने अभी दसवाँ ही पास किया था कि दादा जी अपनी इकलौती पौत्री के लिए वर ढूँढ़ने लगे। बहुत चाहने पर भी मेरी आगे की पढ़ाई बन्द हो गयी। मेरे पिता जी भी प्रतिवाद न कर सके। उन्होंने अपने ही जैसे एक बड़े व्यापारी से मेरा विवाह तय कर दिया। दादा जी ने भरा-पूरा परिवार देखा, पैसा और शान-शौकत पढ़ाई-लिखाई, बेटे का रूप-रंग देखा बस। लड़के के काम-काज के बारे में जानने की आवश्यकता ही नहीं समझी। उन्होंने सोचा होगा, घर का बड़ा बेटा है, पिता के व्यापार में हाथ बँटाता ही होगा। अपनी एकमात्र पौत्री के दहेज में तराजू से तौलकर सोना-चाँदी देकर, समाज में वाहवाही भी लूट ली और जल्दी गंगा नहाकर वैकुण्ठ भी सिधार गये। दादा जी सोच भी नहीं पाये कि वे मुझे कैसे नरक के दलदल में फँसा गये हैं।

—वह कैसे? मैंने जिज्ञासा प्रकट की।---अरे, उनका दामाद, याने कि मेरा पति तो शुरू से ही नार्मल नहीं था। बल्कि विक्षिप्त की तरह ही व्यवहार करता था। न कुछ पढ़ा-लिखा था, न ही दुकान में बैठता था। आवारा लड़कों की संगत में इधर-उधर घूमता रहता था। माता-पिता को बेटे की सारी हरकतें पता थीं। शायद चोरी-छिपे बेटे का इलाज भी करवा रहे थे। हाँ बेटा रंग-रूप से बहुत सुन्दर था, पर आँखों में वहशीपन सदा झलकता रहता था। बड़ा बेटा था इसलिए माँ चुपचाप पैसे देती, उसकी जिद पूरी करती और उसकी हरकतों को उसका बचपना कहकर छिपाती भी थीं। उन्होंने मेरे दादा जी को भी भ्रम में रखा। ससुर ने भी कुछ तो अपनी सामाजिकता बनाये रखने के लिए और कुछ दहेज के लालच में बेटे के पागलपन को छिपाकर विवाह हो जाने दिया। इस प्रकार मेरा विवाह हो गया।

मैंने उनकी बात काटते हुए पूछा ...फिर?

... फिर क्या? समय व्यतीत होता जा रहा था। वहीं पति की हरकतें बढ़ती जा रही थीं।... विक्षिप्तता में नोचने-खसोटने भी लगे थे। मैं कुछ समझ ही नहीं पा रही थी। किसी के सामने मुँह भी नहीं खोल पा रही थी। कहूँ तो क्या कहूँ, किससे कहूँ? देवर-ननद सब छोटे थे और माता-पिता के सामने पति एक तो पड़ते ही नहीं

थे और अगर सामना हो भी गया, विशेषकर पिता से तो डर के मारे शान्त बने रहते थे। सारा जुल्म तो मुझ पर हो रहा था, जिसकी उन्हें पूरी छूट भी थी। अपने माता-पिता से कुछ बोलने का प्रश्न ही नहीं उठता था। उनके बीच वैसे ही अनबन चल रही थी। भाई छोटे भी थे और किसी काम के भी नहीं थे। ऐसे ही समय बीता जा रहा था। इस बीच मेरे बेटे ने जन्म ले लिया। दिखावे के लिए घर में खुशी मनायी गयी परन्तु मुझे मन-ही-मन लग रहा था कि सास पौत्र होने से प्रसन्न नहीं थीं। शायद उन्हें मालूम था कि उनका बेटा विक्षिप्त है और भविष्य में यह पागलपन भी बढ़ सकता है और पागल बेटे की सन्तान ... पर मुझसे खुलकर भी कुछ कहती भी नहीं थीं और चाहती भी नहीं थीं कि मैं बाहर किसी से कुछ कहूँ। मेरी इतनी उम्र नहीं थीं कि मैं उनका संकेत समझ पाती। बेटा दो वर्ष का होते न होते, गोद में एक बेटी भी आ गयी। सास की बेरुखी दिन-पर-दिन बढ़ती जा रही थी। पति का व्यवहार भी इतना उग्र हो गया था कि मैं कमरे में जाने से डरने लगी। बच्चों को उठा-उठाकर पटकने लगे थे। अगर मेरी गर्दन भी किसी दिन दबा दी तो मैं क्या करूँगी। मैंने मन-ही-मन इस स्थिति से बाहर निकलने का निर्णय लिया। शीघ्र ही अवसर मिल गया। दोनों भाइयों के विवाह में मैं जब मायके गयी, मैंने मन पक्का कर लिया था कि अब मैं ससुराल लौटकर कभी नहीं आऊँगी। दादा जी तो स्वर्ग सिधार ही चुके थे, जिनके डर से अब तक मुँह नहीं खोल पा रही थी। माँ पर तो नहीं पर पिता पर मुझे पूरा विश्वास था।

एक दिन मौका पाकर मैंने पिता से अपने ससुराल और पति के हाल कह सुनाये। पिता का निर्णय जानने के लिए मन में धुकधुकी तो अवश्य थी क्योंकि मैं वापस न जाने का निर्णय सुना चुकी थी। पिता इतने वर्षों में मेरे गिरते स्वास्थ्य और चेहरे के उड़े रंग से शायद अन्दर-ही-अन्दर मेरी स्थिति भाँप रहे होंगे इसलिए मेरे निर्णय पर कोई प्रतिक्रिया न करते हुए चुप रहे। मेहमानों के जाते ही उन्होंने किसी से कोई बात किये बिना चुपचाप मेरा नाम कॉलेज में लिखवा दिया और घर में मेरे बच्चों की देखभाल के लिए एक आया भी रख दी। इस प्रकार पिता ने मेरा साथ दिया और मेरी पढ़ाई फिर से चालू हो गयी। हो सकता है पिता ने यह सोचा होगा कि जब ससुराल से मुझे कोई लिवाने आयेगा तो उन्हें जो कुछ कहना-सुनना होगा, कह लेंगे लेकिन आश्चर्य न तो कभी कोई मुझे लिवाने आया न किसी ने आज तक मुझसे या मेरे पिता से पूछा कि मैं मायके में क्यों हूँ, ससुराल क्यों नहीं आयी? इसका अर्थ तो यही हुआ कि वे लोग चाहते ही थे कि हींग लगे न फिटकरी रंग चोखा हो जाय। उन्हें कुछ करना भी न पड़े और मैं उनके घर से बिना कुछ कहे चुपचाप अलग हो जाऊँ। अगर समाज ने कभी कोई उँगली उठायी भी तो घड़ा मेरे सिर या मेरे मायकेवालों के सिर फोड़ देंगे, पर ऐसा कुछ हुआ ही नहीं। समाजवालों के सामने उनके बेटे की हरकतें छिपी तो थीं नहीं।

इस बीच मेरी माँ की मृत्यु हो चुकी थी। पिता ने पहले ही घर से सम्बन्ध तोड़ लिये थे। पढ़-लिखकर मैं नौकरी करने लगी थी, मेरे बच्चे भी बड़े हो गये थे। पिता मुझे घर में हिस्सा तो नहीं दिलवा पाये थे पर मेरा और मेरे बच्चों की शिक्षा का पूरा प्रबन्ध कर गये थे। भाइयों के रोज-रोज के झगड़ों से परेशान होकर मैं घर से अलग होकर किराये का मकान ले रहने लगी हूँ। उधर मेरे ससुराल में भी ससुर की तो मृत्यु हो गयी। तीनों देवरों की शादी हो गयी। पूरे पन्द्रह वर्ष बाद मेरी एकमात्र ननद की शादी पर मेरी सास ने पत्र भेजकर मुझे बच्चों सहित बुलाया है। समझ नहीं पा रही हूँ क्या करूँ? जाऊँ या नहीं। एक मन कर रहा है, पत्र फाड़कर फेंक दूँ, एक मन कर रहा है...

और पति के बारे में आपको कभी कुछ पता नहीं चला?

—बस यही पता चला है कि उनकी हालत दिन-पर-दिन खराब होती चली गयी। कई वर्ष पागलखाने में भरती थे। वहाँ कोई सुधार होते न देख सास ही उन्हें घर ले आयी। घर में ही ऊपर अकेले कमरे में साँकल से बाँधकर रखा गया है। खाना-पानी सींखचों से दे दिया जाता है। कोई तो ऊपर जाता नहीं है। माँ ही कभी-कभी उनकी और कमरे की सफाई वगैरह कर देती है बस। मेरा दिमाग तो काम नहीं कर रहा है। बच्चों को जाने-आने में कोई दिलचस्पी नहीं है। इसीलिए तो आपसे राय लेने आयी हूँ। क्या करूँ?

मैं समझ गयी थी कि मुझे कुछ-न-कुछ राय तो देनी होगी। चुप रहने से काम नहीं चलेगा इसीलिए मुझे बोलना था ही, सो मैंने कहा—

—देखिये कुसुम जी, मेरे विचार से तो अगर आपको पत्र भेजकर बुलाया गया है तो एक बार आपको वहाँ जाना चाहिए। बच्चे एक बार अपने पिता को देख लेंगे। दादी भी वृद्ध हो रही हैं। अपने बड़े बेटे के बच्चों से मिल लेंगी। आप भी एक बार तो अपने पति से मिलना या देखना चाहती ही होंगी। अवसर हाथ में आया है इसका लाभ उठा लीजिये। बाद की बाद में देखी जायगी।

ससुराल से लौटकर श्रीमती अग्रवाल ने अपने पति के बारे में जो कुछ बताया सुनकर रोंगटे खड़े हो गये। उन्होंने बताया कि ससुराल में उनका और उनके बच्चों का तो अच्छा स्वागत हुआ। बच्चे अपनी दादी, चाचा, चाची और चचेरे भाई-बहनों से मिलकर प्रसन्न थे। घर में शादी की धूमधाम थी, सब प्रसन्न थे। बस उनके पति के बारे में कोई कुछ बात नहीं कर रहा था। आखिर उन्होंने स्वयं नौकरानी से पूछा तब उसने बताया-बड़े भैया तो छत के ऊपरवाले कमरे में बन्द हैं। छत पर जाने के रास्ते में भी ताला बन्द है। चाभी माँ जी के पास है। मैं ही जब छत की सफाई करने जाती हूँ, उनसे चाभी माँग लेती हूँ। कल ऊपर जाते समय मैं आपको बुला लूँगी।

दूसरे दिन घर में मण्डप था। आँगन में स्त्रियों की भीड़भाड़ थी। गाना-बजाना हो रहा था। सभी व्यस्त थे। मौका पाकर कुसुम जी नौकरानी के साथ छत पर पहुँचीं वहाँ उन्होंने जो दृश्य और जिस पागल व्यक्ति को देखा, अगर नौकरानी न बतलाती तो उनके लिए यह पहचानना कठिन था कि सीलन-भरे कमरे की गन्दगी में लिपटा जंजीरों में जकड़ा व्यक्ति उसका पति है। एक बीमार-सा अधेड़, गन्दा, अधनंगा, नुचे बालोंवाला पागल, फटी-फटी आँखों से कुसुम जी को घूर रहा था जो कि उसकी पत्नी थी, चेहरे पर पहचान का कोई भाव नहीं था। ये काँपते पैरों, सीढ़ियों की रेलिंग पकड़े, अपने कभी सुदर्शन, गोरे-चिट्टे पति के इस रूप को एकटक देख रही थी कि पीछे सीढ़ियाँ चढ़ती सास की आवाज कानों में पड़ी...

बड़ी बहू, नीचे तुम्हारी ढुँढ़ाई हो रही है और तुम यहाँ खड़ी हो। मण्डप (विवाह पूर्व होनेवाली रस्म) का समय हो रहा है। तुमको पता नहीं, वहाँ पाँच सुहागिनों की आवश्यकता है। जल्दी से तैयार होकर नीचे आओ।

...'सुहागिन'! मैं 'सुहागिन' हूँ यह तो मैं इन वर्षों में लगभग भूल ही चुकी थी। सास की डाँट के उत्तर में मैं भी शायद यह बड़बड़ायी थी पर शब्द उन तक पहुँचे या नहीं मुझे कभी मालूम ही नहीं हुआ, क्योंकि वे तो बड़बड़ाती हुई कब की नीचे उतर चुकी थीं। मैं थोड़ी देर छत पर खड़ी रही ... धीरे-धीरे नीचे उतर गयी।

बहरहाल दो दिनों में ननद का विवाह सम्पन्न हुआ। ननद की विदा के बाद मैंने ही देवर से कहकर अपना रिजर्वेशन करवा लिया और बच्चों को लेकर यहाँ चली भी आयी। न तो मुझसे किसी ने कुछ कहा, न मुझे या बच्चों को रोकने का प्रयत्न किया। मैं स्वयं भी उस घर में एक मिनट भी रुकना नहीं चाह रही थी। सच कहूँ तो मुझे उस समय अपने लिये 'सुहागिन' शब्द अपमानजनक और गाली लगा था। ...और मेरे लिये इस शब्द का प्रयोग करके अन्य लोगों के सामने मुझे भला-बुरा कहना तो और भी अपमानजनक लगा था। उसी समय सास को बहुत-कुछ सुनाने की इच्छा भी हुई परन्तु मैं यह सोचकर चुप हो गयी कि आखिर तो यह मेरे पति की माँ हैं। अपने बेटे की हालत से दुःखी तो होंगी। मुझे बस इस बात पर क्रोध आ रहा था कि सब-कुछ जानते हुए इन्होंने मेरा जीवन क्यों बरबाद किया?

मैंने कुसुम जी की सारी बातें शान्तभाव से सुनीं पर उस समय कोई प्रतिक्रिया नहीं की कि उस समय उन्हें सुहागिन कहा जाना बुरा लगना चाहिए था या नहीं?

परन्तु जब अन्य अध्यापिकाओं ने कुसुम जी का यह किस्सा सुना तो उनमें इस बात को लेकर बहस छिड़ गयी कि क्या कुसुम जी को सुहागिन शब्द पर इस प्रकार की प्रतिक्रिया करनी चाहिए थी या नहीं। कुछ का कहना था कि चूँकि कुसुम जी का पति जीवित है इसलिए सास का उन्हें सुहागिन कहना किसी भी दृष्टि से गलत नहीं है। और इस शब्द को गाली मानना तो अन्य सुहागिनों का अपमान है। कुछ अध्यापिकाओं की इसके विपरीत राय भी थी। बात घूम-फिरकर मेरे पास आयी।

सबने इस विषय पर मेरे विचार जानने चाहे कि क्या कुसुम जी को 'सुहागिन' शब्द को गाली मानना उचित था। प्रश्न सुनकर मैं कुछ क्षण तो मौन रही। परन्तु अपनी ओर उठी उत्सुक आँखों को देखते हुए मैंने उत्तर के स्थान पर प्रतिप्रश्न किया ...

...सुहागिन माने क्या? स्पष्ट था कि यह प्रश्न पूछा नहीं गया था, इसलिए कहीं से कोई उत्तर भी नहीं आया। मैंने ही बोलना प्रारम्भ किया--

—मेरे विचार से 'सुहागिन' शब्द, विवाहिता महिलाओं के विशेषण के रूप में प्रयोग किया जानेवाला एक शब्द है जो हिन्दी भाषा की सर्वमान्य शब्दावली का हिस्सा है। जिस पर कोई बहस नहीं की जा सकती। भाषा एक व्यक्ति द्वारा न तो निर्मित की जा सकती है न बिगाड़ी जा सकती है। किसी भी भाषा के शब्द भाषाविज्ञों द्वारा या लोकजीवन के अनुभवों से निर्मित होते हैं और इसके पीछे एक लम्बी परम्परा भी होती है इसलिए उस पर बहस बेकार है। अब केवल प्रश्न उठता है कि किसके द्वारा, किस परिस्थिति में, किसके लिए, इस शब्द का प्रयोग किया गया है। चूँकि कुसुम जी में पहले से ही अपने सास-ससुर के प्रति आक्रोश था कि अपने बेटे के बारे में सब-कुछ जानते-बूझते उन्होंने उसके दादा जी से यह बात छिपायी कि उनका बेटा विक्षिप्त है और उसका विवाह कर एक लड़की का जीवन बरबाद किया। दूसरे इतने वर्षों बाद अगर उन्हें ससुराल बुलाया गया था तो उन्हें उनके पति से क्यों नहीं मिलवाया गया। घर के प्रत्येक सदस्य ने उससे उनके ही पति की और बच्चों से उनके पिता की ऐसी भयानक स्थिति क्यों छिपायी? क्या अपने पति को मिलना या बच्चों का अपने पिता को देखना, मिलना उनका अधिकार नहीं था। ऊपर से आप बहू को इस बात के लिए डाँट रही हैं, कि सुहागिन होते हुए भी वह समय पर तैयार होकर घर की अन्य महिलाओं के साथ ननद के विवाह के 'मण्डप' कार्यक्रम में उपस्थित क्यों नहीं हुई और उनकी अनुमति के बिना अपने पति को ढूँढ़ती हुई ऊपर क्यों पहुँची? ऐसी स्थिति में उनको 'सुहागिन' बुलाया जाना अगर उन्हें गाली या अपमानजनक लगा तो क्या व्यक्तिगत रूप से ऐसा मानना भी उनका अधिकार नहीं है?

स्पष्ट था कि यह प्रश्न था ही नहीं जिसका उत्तर आता। आवश्यक नहीं कि प्रत्येक प्रश्न का उत्तर हो ही। कुछ प्रश्न उनके सम्बन्ध में विचार करने के लिए भी होते हैं। अध्यापिकाओं की बहस तो समाप्त हो गयी। परन्तु मेरे अन्दर जो बहस छिड़ गयी थी वह.......... मन में निरन्तर प्रश्न उठता रहा कि जब बदलते समय के साथ कई सामाजिक और नैतिक मान्यताओं में परिवर्तन हो गया है तो क्या कुछ पारम्परिक मान्य शब्दावली में बदलाव नहीं आ सकता? आखिर सुहागिन शब्द किस महिला के लिए प्रयोग किया जाना चाहिए जिसका पति दुनिया के किसी कोने में जीवित तो है, पर उसे पति से, विवाह नामक संस्था या कानून के द्वारा निर्धारित अधिकार जैसे सामाजिक और आर्थिक सुरक्षा, सम्मान, प्रेम कुछ भी प्राप्त नहीं है या

उस महिला के लिए जिसका पति उससे घर से दूर तो है पर उसे पत्नी होने के सारे अधिकार प्राप्त हैं?

इसी प्रकार विधवा शब्द का प्रयोग किसके लिए प्रयोग होना चाहिए? जिस महिला का पति दुनिया से जा चुका है या उसके जीवन से जा चुका है।

बहरहाल, कुसुम जी के प्रति अध्यापिकाओं का रवैया बदल गया था। मेरे लिये इतना ही बहुत था। वर्षों बाद अभी दो वर्ष पूर्व, वृद्ध, थकी हुई कुसुम जी मुझे पेन्शन ऑफिस में मिलीं। बातों-बातों में उन्होंने बतलाया कि वे अब अजमेर में रहती हैं। दोनों बच्चे अपने घर-परिवार में सुखी-सम्पन्न हैं। बेटे-बहू उनकी अच्छी देखभाल करते हैं। उन्हें किसी बात की कमी नहीं है इसलिए वे बहुत सन्तुष्ट हैं। अभी कुछ वर्ष पूर्व उनके पति की भी मृत्यु हो गयी। जब मेरी सास की मृत्यु हो गयी तब देवर का पत्र आया था। जब तक माँ थीं वे किसी तरह भाई की देखभाल कर लेती थीं अब उनकी देख-रेख और सेवा करनेवाला कोई नहीं। भाई भी वृद्ध हो गये हैं और बीमार भी रहने लगे हैं। परन्तु शरीर कमजोर होने के कारण पागलपन के बावजूद उनकी उग्रता काफी कम हो गयी है। चीखना-चिल्लाना, चोट पहुँचाना सब कम हो गया है। निढाल-से चुपचाप पड़े रहते हैं। किसी को चोट नहीं पहुँचाते। बस फटी-फटी, वहशी आँखों से शून्य में एकटक देखते हुएं, बड़बड़ाते रहते हैं, कभी-कभी गाली भी बकते हैं।

मैं देवर द्वारा भेजे गये अपने पति के समाचारों की अनसुनी करने का प्रयत्न करती रही...बहुत समय तक प्रयत्न करने पर भी मुझे अन्दर-अन्दर कुछ कचोटता रहता...सदा अशान्ति-सी बनी रहती...। मैं रिटायर हो चुकी थी। अपने घर में बहुत आराम से थी। मुझे कोई अभाव नहीं था, फिर भी ...मैं आपकी सीख भूली तो नहीं थी पर उस सीख का मेरे ऊपर कोई असर नहीं पड़ा था, परन्तु इस समय न चाहते हुए भी आपकी सीख मुझे बार-बार स्मरण आ रही थी बल्कि परेशान कर रही थी।

आपको याद है एक दिन आपने मुझसे कहा था—

—कुसुम जी अगर आप कभी भी अपने जीवन में शान्ति से रहना चाहती हैं तो जब भी आपको अवसर मिले, जो कि मिलेगा अवश्य स्वयं जाकर अपने वृद्ध-बीमार पति को अपने पास लाकर कुछ दिन उनकी देखभाल सेवा अवश्य करना। ऐसा करने से चाहे किसी को लाभ न हो आपके अन्दर का आक्रोश अवश्य शान्त होगा। जिस किसी की भी असावधानी से आपका जीवन बरबाद हुआ हो आप अपनी परिस्थिति के लिए किसी को दोषी न ठहराते हुए, अपने उस पति नामक प्राणी के लिए पत्नी का कर्त्तव्य समझकर, वितृष्णा या प्रतिशोध के भाव से नहीं केवल करुणा के भाव से देखभाल अवश्य करना।

मैंने देवर के पत्र को 'ऊपरवाले' के द्वारा भेजा गया एक अवसर समझा और स्वयं जाकर अपने वृद्ध, बीमार, विक्षिप्त, दयनीय पति को, जिसके लिए मेरे मन में

सिवा दया के कोई भाव शेष नहीं था, अपने यहाँ लेकर आयी और पूरे चार वर्ष उनकी सेवा की। पति से मुझे जीवन में चाहे कुछ प्राप्त न हुआ हो परन्तु आपके शब्दों में अपने बच्चों का पिता समझकर पति की मरणासन्न स्थिति में सेवा कर मुझे जीवन में जो शान्ति प्राप्त हुई वह सब-कुछ मिलने के बाद भी अनुभव नहीं हुई थी। आपकी सीख ने उस समय तो मुझ पर कोई प्रभाव नहीं डाला था पर उस सीख ने आज जीवन के इस उत्तरकाल में मुझे असीम सुख और शान्ति प्रदान की है। इस अनुभव के लिए में आपकी आभारी हूँ।

दो वृद्ध पनीली आँखें कृतज्ञता से लबालब भरी, मेरे चेहरे पर टिकी थीं। दो वृद्ध हाथ मेरे दो सूखे सफेद, वृद्ध हाथों को थामे, मुझे अन्दर तक सन्तोष दे रहे थे।

दृश्य बदल गया था

मेरा रिक्शा स्टेशन जाने के मार्ग में पड़नेवाले ओवर ब्रिज की ओर बढ़ रहा था। पुल पर चढ़ने के पहले मेरी दृष्टि, पुल के बायीं ओर दिखायी देनेवाले मैदान की ओर चली गयी। यह एक अच्छा खासा चारों ओर से घिरा मैदान था जो बड़ी फील्ड के नाम से जाना जाता था। शाम को मोहल्ले के ढेरों बच्चे वहाँ खेलते थे। अक्सर बड़े बच्चों के फुटबॉल और क्रिकेट के मैच भी वहाँ होते थे।

इसके अतिरिक्त इस मैदान के एक कोने में प्रतिदिन सुबह-शाम शाखा लगती थीं। जहाँ एक भगवा रंग का झण्डा गड़ा रहता और बच्चे उसके आस-पास खेलते, कसरत करते और दण्ड वगैरह चलाते।

हम लोगों को शहर में आये मुश्किल से एक वर्ष हुआ था। सन्तान कोई थी नहीं। सो हम लोग रोज शाम को घूमते हुए, इस फील्ड के किनारे बनी हुई पुलिया पर बैठ जाते और खेलते हुए बच्चों को देखते रहते थे। पास के ही एक विद्यालय के अध्यापक श्री रमेश अग्रवाल वहाँ प्रतिदिन शाखा लगाने आते और बच्चों को कसरत वगैरह सिखाते थे। धीरे-धीरे उनसे थोड़ी जान-पहचान हो गयी। उन्होंने ही बतलाया था कि राष्ट्रीय स्वयं सेवक संघ की इस प्रकार की शाखा प्रत्येक मोहल्ले में लगती है जिसमें सुबह बड़े लोग और शाम को बच्चे आते हैं। इसमें कोई भी बच्चा आ सकता है। चाहे वह स्कूल का विद्यार्थी हो चाहे न हो। इसका उद्‌देश्य ही है कि बच्चे शाम को इधर-उधर भटकने, आपस में लड़ने और गाली-गलौज आदि करने के स्थान पर एक स्थान पर एकत्रित हो, एक साथ मिलकर प्यार से खेलना सीखें। बच्चे अधिकतर उसी मोहल्ले के तथा आपस में परिचित होते थे और दिनभर गलियों में गाली-गलौज करते भी रहते परन्तु शाम को सचमुच साथ मिलकर एक साथ खेलते दिखायी देते थे। जो भी हो। 'शाखा' में खेलते बच्चों की जो बात मुझे मोहती

थी वह थी उनका बोलने का ढंग और अनुशासन। खेल-कूद के समय बच्चे शोर मचाते अवश्य परन्तु वह शोर आपके कानों में चुभता नहीं था। वहाँ खेल-खेल में प्राणायाम, कुछ आसन और दण्ड चलाना भी सिखाया जाता। रविवार को सुबह बच्चे सूर्य नमस्कार भी करते। मुझे सबसे अच्छी उनकी बौद्धिकी लगती। गली-मोहल्ले के बच्चे अखबार के प्रमुख समाचार या किसी महापुरुष की जीवनी से कुछ पंक्तियाँ याद करके आते और वहाँ खड़े होकर सुनाते। अन्य बच्चे एक कतार में पालथी मारकर सीधे बैठे होते। बच्चों को बोलते सुनकर ऐसा लगता ही नहीं कि यह बात-बात पर गाली बकनेवाला अपनी ही गली का सब्जीवाले या रिक्शेवाले का बच्चा है। कभी-कभी उनके 'पथ-संचलन' भी होते। छोटे-बड़े बच्चे हाफ पैण्ट और सफेद कमीज में एक कतार में अनुशासित, शान्त चलते, छोटी-मोटी सेना की टुकड़ी लगते।

बाद में हमारा बेटा भी छह-सात साल की उम्र में 'शाखा' जाने लगा था। शायद इसलिए पढ़ाई के साथ-साथ खेल-कूद और वाद-विवाद प्रतियोगिता में भी सदा प्रथम आया। साथ ही पूरे मोहल्ले में एक शिष्ट, आज्ञाकारी और मददगार बालक के रूप में जाना गया। उसके सर्वांगीण विकास का पचास प्रतिशत श्रेय तो 'शाखा' को जाता ही है।

इसके अतिरिक्त 'बड़ी फील्ड' में प्रतिवर्ष दुर्गा-पूजा का भव्य आयोजन भी होता। इतनी भव्य और साँगोपांग दुर्गा-पूजा मैंने फिर कभी नहीं देखी। पूरे पाँच दिन उत्सव का वातावरण रहता। सुबह की पूजा के अतिरिक्त, 'सन्ध्या आरती' और भी भव्य होती। पहले ढोल-नगाड़ों के साथ दीपक से देवी की आरती होती पश्चात् दो-तीन व्यक्ति मिट्टी के धूप-पात्र (जो देखने में उलटी-सुराही जैसे होते, जिनका पेंदा कटा हुआ होता) हाथ में ले, ढोल की थाप पर नृत्य करते हुए आरती करते। धूप का सुगन्धित धुआँ, पूरे पण्डाल में भर जाता। देवी की प्रतिमा के सामने धुएँ का एक भीना परदा तन जाता...।

धुएँ के उस भीने परदे से देवी के दर्शन करते हुए मुझे, एक बार जो अनुभूति हुई, उसकी अभिव्यक्ति शायद शब्दों में सम्भव नहीं है। अपने शब्दों में कहूँ तो मुझे लगा-मैं सचमुच देवी का अवतरण देख रही हूँ। उस समय मुझे पूरे पण्डाल में धुएँ के परदे के अतिरिक्त न कुछ दिखायी दे रहा था न सुनायी। देवी-अवतरण का दिव्य दृश्य मैं एकटक देख रही थी... कुछ समय बाद जब देवी शेर पर सवार मुझे नियत स्थान पर दिखायी दी, मुझे लगा मैं ही एकटक देवी को नहीं देख रही हूँ, देवी के विशाल नेत्र भी मुझे एकटक देखे जा रहे हैं... मुझे आश्वस्त करते हुए-"मा भैः" (डरो नहीं) और वहीं खड़े-खड़े मेरे पैर पण्डाल के कच्चे फर्श में गड़ते चले गये... यहाँ तक कि आरती समाप्त हो गयी। ढोल-नगाड़ों की आवाज बन्द हो गयी, भीड़ भी छँटने लगी, मैं ज्यों-की-त्यों खड़ी रही। भीड़ की धक्का-मुक्की से भी मेरे पैर उखड़े

नहीं... आखिर साथ आये बेटे ने हाथ खींचा...माँ घर चलो। आरती समाप्त हो गयी। प्रसाद भी सारा बँट जायगा।

मैं इस अनुभव की पुनरावृत्ति के लिए वर्षों, चारों दिन दुर्गाबाड़ी 'सन्ध्या' आरती में जाती रही। वह दिव्य अनुभव जीवन में दुबारा कभी नहीं हुआ। हाँ, यह कहने में कोई संकोच नहीं कि आज जब भी, मैं दुर्गा-सप्तशती का पाठ करती हूँ, वे ही 'विशाल नेत्र' मेरी दृष्टि के साथ-साथ प्रत्येक अक्षर पर घूमते दिखायी देते हैं और मैं-, कुछ समझ में आये न आये, प्रतिवर्ष दुर्गा-सप्तशती का पाठ कर लेती हूँ। यह मेरा भ्रम हो सकता है...। भ्रम ही सही, परन्तु है।

देखते-ही-देखते बड़ी फील्ड की दुर्गापूजा श्रीहीन होती चली गयी। दुर्गापूजा तो प्रतिवर्ष होती पर अब उसमें वह भव्यता नहीं रही। वहाँ का वातावरण भी किसी भी पूजा-स्थल की तरह साधारण लगने लगा। वहाँ के वातावरण की वह गरिमा जब सम्भ्रान्त बँगाली परिवार के पुरुष धोती-कुरतों में तथा उनकी पत्नियाँ चौड़े लाल पाड़ की सफेद बँगाली ढंग से पहनी गयी साड़ियों में, खुले बाल, आलता लगे पैरों और जेवरों से लदी तथा उनके छोटे-छोटे बच्चे धोती-कुरते और बच्चियाँ बंगाली साड़ियों में पण्डाल में एकत्रित हो, पुष्पांजलि देते होते, पता नहीं कहाँ चला गया। उस वातावरण का इतना प्रभाव होता कि हमारे जैसे अबंगाली भी उन्हीं के जैसे कपड़ों में वहाँ पुष्पांजलि में उपस्थित होते थे। अब तो पूरे पण्डाल में बंगाली पुरुष पैण्ट-शर्ट में और लड़के-लड़कियाँ जिन्स, टी-शर्ट और शलवार-कुरते में दिखायी देने लगे। शाम को होनेवाले थियेटर में भी वह बात नहीं रही। पण्डाल के लाउड स्पीकर पर धीमी आवाज में बजनेवाले भजन और गीत के स्थान पर कान फोड़ू संगीत बजने लगे। लोगों की आवन-जावन भी कम हो गयी। सब जैसे बेरौनक हो गया।

वैसे अगर मैं अपने बारे में कहूँ तो इस शहर से जाने के बाद जब भी मैं पूजा के अवसर पर आती, पूजा में जाती। पर अब मुझे कहीं वैसी भव्यता, वैसा आनन्द नहीं आता जिसकी मैं कल्पना करती थी। सच कहूँ तो मुझे अब यहाँ सब बेरौनक लगने लगा था। शहर, अपनी गली, अपना मोहल्ला यहाँ के लोग भी...। शायद मेरा अपना जीवन ही बेरौनक हो गया था।

मानव-स्वभाव की यह कमजोरी होती है कि हम अपने सुखद अनुभवों को उसी-उसी रूप में बार-बार अनुभव करना चाहते हैं, जो सम्भव नहीं है। होना यह चाहिए कि सुख और आनन्द के जो क्षण हमें अपने जीवन में मिलते हैं, जो कि मिलते अवश्य हैं, उनका भरपूर आनन्द उठाना चाहिए और बचा हुआ सुख अपनी मुट्ठी में कसकर बाँध लेना चाहिए, ताकि जीवनभर पाथेय के रूप में आवश्यकतानुसार उसे खर्च किया जा सके क्योंकि कुछ भी करके आपको वह अनुभव दुबारा हो ही नहीं सकता उससे कम या अधिक हो सकता है जबकि हम उसी अनुभव की वैसी ही कामना करते हैं। हमारे दुःख और निराशा का यही कारण है। परन्तु जिन्दगी में

इतनी सजगता और समझ आते-आते बहुत देर हो चुकी होती है। अपना जीवन ही अपने हाथ से फिसल चुका होता है...।

रिक्शा आगे बढ़ चुका था। रिक्शा करीब-करीब ओवर ब्रिज के मध्य पहुँच चुका था। मेरी निगाहें यूँ ही पुल के नीचे बिछी रेलवे लाइन पर चली गयीं...आँखों के सामने चल रही रील में एक दृश्य चल रहा है।

मेरी जिद के कारण ये नये पुल पर मेरे साथ घूमने जाने लगे। सर्दियों के दिन थे। इस शहर में सर्दी भी बहुत पड़ती है और दो बड़ी-बड़ी नदियों के कारण कोहरा भी बहुत घना होता है। सुबह, आठ-नौ बजे तक सूर्य के दर्शन नहीं होते! लम्बे कोट और मफलर में हम दोनों घूमते-घूमते पुल पर जाकर बैठ जाते।

उस कोहरे में पुल पर से, एक ओर लाउदर-रोड की लम्बी सड़क, उस पर बनी लीडर प्रेस की बड़ी-सी पुरानी इमारत, इमारत पर बिजली के प्रकाश में थोड़ा चमकता, आज का प्रमुख समाचार, उसके चारों ओर खुला-खुला-सा मैदान, खूब लम्बा-चौड़ा पर बेतरतीब, उसके पीछे ही हिन्दी के एक प्रसिद्ध साहित्यकार का बँगला उसके फाटक पर चमकता उनके प्रकाशन-गृह का बोर्ड, दूसरी ओर लूकरगंज जानेवाली सड़क, उस पर बने बड़े-बड़े बँगले उनके लॉन के ऊँचे-ऊँचे वृक्ष, पास ही बने रेलवे क्वार्टर्स, दूर हाईकोर्ट का गुम्बद, सब कोहरे में डूबे अस्पष्ट, स्वप्न-से लगते। बिलकुल हमारे भविष्य की तरह, जो स्वप्निल के साथ-साथ अस्पष्ट भी था। हम उस ठण्डक और कोहरे में अपने सिर और कानों को मफलर से अच्छी तरह लपेटे, अपने उसी स्वप्निल अस्पष्ट भविष्य को, ठण्डी पुलिया पर बैठे-बैठे देखते हुए, उसमें अपनी मनपसन्द के रंग भरते रहते...।

आज पचासी साल की उम्र में अकेले, बिस्तर पर पड़े, सामने चल रही रीत में, इसी नये बने पुल पर, अच्छी खासी ठण्ड और कोहरे में, अभी दो वर्ष पूर्व के विवाहित जोड़े को बैठे, अपने अनिश्चित भविष्य के सपने देखते, देखना, कितना अजीब लग रहा है न। फिर भी इस दृश्य के प्रति कितना मोह हो रहा है...। काश, एक बार यह दृश्य वास्तविकता बन जाय। मनुष्य बुद्धिमान् प्राणी माना गया है, परन्तु देखा जाय तो वह कितना मूर्ख होता है न!

चलो, इस दृश्य को देखते हुए इतना तो सोचा ही जा सकता है इस जोड़े के कितने सपने पूरे हुए! आज पचपन वर्ष बाद याद ही नहीं आ रहा कि क्या-क्या सपने बुने थे। निश्चय ही इनमें कई मूर्खतापूर्ण रहे होंगे। कहने को कहा जा सकता है कि जीवन में किया गया संघर्ष, पुरुषार्थ, सब बेकार गया, परन्तु ऐसा होता नहीं है। 'ऊपरवाले' के प्रति इतना कृतघ्न भी नहीं हुआ जा सकता! कई सपने पूरे हुए।

जीवन में दो प्यारे बच्चे आये, इच्छानुसार साहित्य-सृजन भी हुआ, थोड़ा-बहुत यश भी प्राप्त हुआ साथ में सुख-सुविधा भी। यही तो चाहा था न! बाकी तो सुख-दुःख, हारी-बीमारी, अच्छा-बुरा, वगैरह तो जीवन के आवश्यक अंग हैं। इनके बिना जीवन 'मुकम्मल' (सम्पूर्ण) कहाँ होता है!

इसी पुल पर खड़े होकर मैंने अपने बेटे की साइकिल रेस देखी है और दो विशिष्ट व्यक्तियों के अस्थि-कलश की यात्राएँ भी देखी हैं। अरे! सामने चल रही रील में वह यात्रा दिखायी भी जा रही है...

पण्डित नेहरू के अस्थि-कलश का लम्बा जुलूस पुल के नीचे से धीरे-धीरे गुजर रहा है। फूलों से सजे एक ट्रक पर बड़ा-सा फूलों से ढँका 'अस्थि-कलश' रखा है। 'अस्थि-कलश' के दोनों ओर बैठे, सफेद कुर्ते-पायजामे में गोरे-गोरे दो बालक राजीव और संजय, लव-कुश-से लग रहे हैं। अस्थि-कलश के आगे विजय लक्ष्मी पण्डित बैठी हैं। ट्रक के साथ-साथ कुछ गाड़ियाँ भी चल रही हैं। एक में इन्दिरा गाँधी हैं तो दूसरी में नेहरू जी की चाची श्रीमती एस. एस. नेहरू बैठी हैं, जो इलाहाबाद में रहती थीं। अन्य गाड़ियों में शायद फिरोज गाँधी के परिवार के सदस्य हैं। जुलूस पहले 'आनन्द भवन' की ओर जा रहा है। वहाँ कुछ समय के लिए रखा जायगा, तत्पश्चात् संगम की ओर बढ़ेगा।

एक 'अस्थि-कलश' की यात्रा और जा रही है। यह 'अस्थि-कलश' श्रीमती इन्दिरा गाँधी का है। इन्दिरा जी की हत्या से उस समय पूरा राष्ट्र क्षुब्ध था। 'अस्थि-कलश' की यात्रा में चाहे भीड़ कम हो, परन्तु जो है, दुःखी अधिक है, कइयों की तो आँखें भी नम हैं।

इसी पुल के नीचे थोड़ी दूरी पर एक अस्थायी प्लेटफार्म था, जहाँ विशेष गाड़ियाँ रुकती थीं। उस समय यह जगह 'गदहा लाइन' कहलाती थी। इसी प्लेटफार्म पर मैं सन्त विनोबा भावे के दर्शन के लिए अपनी कुछ छात्राओं के साथ आयी थी। मैंने अपने विद्यालय में, बड़ी कक्षाओं की कुछ पन्द्रह-बीस छात्राओं को लेकर एक 'शान्ति सेना' बनायी थी। जो छोटी कक्षाओं के बच्चों की मारपीट, एक-दूसरे को दाँत काट लेना, कापी-पेन्सिल चुरा लेना, देर से स्कूल आना आदि समस्याओं को प्यार से समझाकर निपटाती थी। इसी 'शान्ति सेना' को लेकर मैं विनोबा जी के दर्शन को गयी थी।

मुझे अच्छी तरह याद है, उस दिन विनोबा जी की ट्रेन करीब दो घण्टा लेट थी। मैं और मेरी छात्राएँ उस खुले प्लेटफार्म पर करीब दो घण्टे खड़े रहे थे। आखिर ट्रेन आयी। विनोबा जी अधोवस्त्र पहने, सिर पर हरे खद्दर की पीकैप लगाये जो गले में बँधी थी ट्रेन से उतरे। शायद उन्होंने अपने कम्पार्टमेण्ट से ही हम लोगों को धूप में प्रतीक्षा करते देख लिया था। इसलिए जैसे ही वे ट्रेन से उतरे, अन्य लोग तो, फूल-मालाएँ लिये उनकी ओर दौड़े परन्तु वे तेज-तेज चलते हुए सीधे हम लोगों के

पास आये और पहले छात्राओं को छाया में ले गये। तत्पश्चात् मुझसे और छात्राओं से करीब पाँच मिनट बात करते रहे। शान्ति सेना की छात्राओं से भी पूछा कि शान्ति सेना का उद्देश्य क्या है? कैसे वे छोटी कक्षा की छात्राओं की समस्याएँ निपटाती हैं, वगैरह, वगैरह। इसके बाद ही कार्यकर्त्ताओं से बातचीत की। उस दिन अनुभव हुआ कि संसार से निर्लिप्त सन्त ही सच्चे अर्थों में सांसारिक या संसार के प्रत्येक प्राणी के प्रति संवेदनशील हो सकते हैं।

इस घटना के कुछ दिनों बाद ही गुरु गोलवलकर का अस्थि-कलश भी इसी प्लेटफार्म पर आया था। मैं तब भी 'शान्ति सेना' की छात्राओं को लेकर वहाँ पहुँची थी। मैं आज तक समझ नहीं पायी कि किसी भी सन्त-महात्मा या महापुरुषों के दर्शनों का अवसर मैं छोड़ क्यों नहीं पाती। इस आदत के कारण ही शायद मुझे अधिकांश राजनेताओं, महापुरुषों, महात्माओं और साहित्यकारों के दर्शनों का सौभाग्य मिला है, चाहे मैं किसी का प्रवचन या सत्संग न कर पायी न सुन पायी। मैं सोचती हूँ कि जब यह मान्यता है कि मन्दिर जाकर ठाकुर जी के दर्शन का अवसर न मिले तो केवल मन्दिर के शिखर दर्शन का भी उतना ही महत्त्व है, जितना ठाकुर जी के दर्शन का, तो फिर सन्त-महात्माओं के साथ सत्संग न करके केवल उनके दर्शनों का कुछ तो लाभ होता ही होगा। तभी तो तीर्थ-दर्शन, देव-दर्शन के साथ-साथ साधु-दर्शन का भी माहात्म्य माना गया है।

महात्माओं के दर्शनों का सन्दर्भ आया है तो एक प्रसंग याद आ रहा है जो आज भी मन को कचोटता है। तीन नदियों का संगम होने के कारण यह शहर तीर्थराज प्रयाग कहलाता है। यहाँ प्रतिवर्ष बारह वर्ष में कुम्भ, छह वर्ष में अर्द्ध कुम्भ पड़ता है। इसके साथ ही प्रतिवर्ष माघ स्नान का आयोजन भी होता है। गंगा-यमुना द्वारा छोड़े गये बड़े-से बालू के मैदान में एक अल्पकालिक नगर बसा दिया जाता है। जहाँ कल्पवासी पूरे एक महीने वहीं टेण्टों, झोंपड़ियों और तम्बुओं में रहकर गंगा स्नान करते हैं। इस कुम्भ नगर में तीर्थयात्रियों और कल्पवासियों के लिए सब प्रकार की सरकारी सुविधाएँ उपलब्ध होती हैं। खाने-पीने की दुकानों के साथ-साथ राशन की दुकानें भी होती हैं, जहाँ कल्पवासी एक माह के लिए राशनकार्ड बनवाकर अनाज के साथ-साथ मिट्टी का तेल भी प्राप्त करते हैं। ताजी सब्जियाँ, दूध, शुद्ध पेय जल, शौचालय के साथ-साथ पोस्ट ऑफिस, बैंक, टिकट घर, सरकारी डॉक्टर सभी सुविधाएँ होती हैं। इसके अलावा स्वयंसेवी संस्थाएँ भी अपना काम करती रहती हैं। पूरा मेला-क्षेत्र चार चौड़ी-चौड़ी लम्बी सड़कों में विभाजित होता है।

अगर आप पूरे मेला-क्षेत्र का भ्रमण कर लें तो आपको पूरा भारत दर्शन हो जाय। प्रायः सभी प्रान्तों के लोग अपने पहनावे और बोलियों के साथ पूरे मेला क्षेत्र में घूमते दिखायी दे जाते हैं। इसके अतिरिक्त सभी तीर्थ-स्थानों से देवी-देवता सभी सम्प्रदायों के महात्मा यहाँ पधारते हैं। धार्मिक प्रवचनों और भजनों से पूरा मेला क्षेत्र गुंजायमान

रहता है। मेला-क्षेत्र में सारे दिन धर्म, अध्यात्म के साथ-साथ अन्न क्षेत्रों और भण्डारों की त्रिवेणी यहाँ बहती रहती है। सुबह-सुबह तन से गंगा स्नान के बाद आप यहाँ के आनन्द में सारे दिन मन से गोता लगा सकते हैं। भारत में जितने भी प्रकार के साधु और उनके अखाड़े हैं सब यहाँ देखे जा सकते हैं। नागा और कनफटे साधुओं से लेकर काँटों की सेज पर लेटे, पंच अग्नि तापते, वर्षों एक पैर पर खड़े गले तक जल में डूबे, गीली बालू में गले तक गड़े हुए कई साधु बाड़ों में बिखरे दिखायी देते हैं। इनकी नाना जीवन-शैलियों और करतबों के कारण, इनके लिए एक विशेष क्षेत्र आवण्टित होता है जो कल्पवासियों के क्षेत्र से थोड़ा दूर होता है।

मेला-क्षेत्र की व्यवस्था के लिए बनायी गयी चौड़ी सड़कों में से एक का नाम शायद काली सड़क होता था। इस सड़क के दोनों ओर प्रसिद्ध और नामी महात्माओं के आश्रम और पण्डाल होते थे ताकि यात्रियों को महात्माओं के दर्शन या प्रवचन के लिए इधर-उधर भटकना न पड़े।

मैं जब भी मेला-क्षेत्र जाती इस सड़क से अवश्य गुजरती। प्रत्येक पण्डाल में भीड़ तो बहुत होती परन्तु सड़क पर खड़े होकर किसी तरह प्रवचनकर्त्ता महात्मा के मंच तक दृष्टि पहुँच ही जाती और उचककर महात्मा के दर्शन भी हो जाते। मेरे पति मेरे साथ उस सड़क से गुजरते अवश्य पर कहीं खड़े होकर अन्दर ताक-झाँक का प्रयत्न नहीं करते। मैं ही कई बार इनको सड़क पर छोड़कर पण्डाल की भीड़ में घुसकर कुछ भी करके पास से महात्मा जी के दर्शन कर लेती पर कभी भी वहाँ बैठकर प्रवचन सुनने का अवसर नहीं मिला। ये न तो अन्दर आते न ही वहाँ रुकना चाहते। इस प्रकार मैंने दूर से ही सही, उस समय के सभी प्रसिद्ध महात्माओं के दर्शन कर लिये थे।

एक बार एक ऐसे सज्जन से सम्पर्क हो गया जो बिजली बोर्ड में ऑफिसर थे और मेला-क्षेत्र की बिजली व्यवस्था भी उनके जिम्मे थी। महात्माओं के आश्रमों में भी चूँकि वे ही बिजली की व्यवस्था करते इसलिए उनका आना-जाना सभी आश्रमों में था और इस प्रकार वहाँ के व्यवस्थापकों से भी अच्छा सम्पर्क हो गया था। मेरे पति की बातों से वे बहुत प्रभावित थे। प्रायः सभी महात्मा तीसरे प्रहर कुछ विशिष्ट भक्तो से वार्त्तालाप या प्रश्न-उत्तर करते थे। उस समय प्रवचन और भजन तो नहीं होते परन्तु व्यक्तिगत वार्त्तालाप अवश्य होते।

वे सज्जन कई बार हमें भी इस प्रकार की गोष्ठी में विशिष्ट जनों की अग्रिम पंक्ति में बैठा दिया करते ताकि हमें भी अपने बारे में कुछ पूछने का अवसर मिल जाय। हर बार ये वहाँ से हाथ जोड़कर बाहर निकल आते। कई बार तो ऐसा अवसर आया कि महात्मा जी ने पूछ लिया, "आपका कोई प्रश्न है? आपको कुछ पूछना है।" प्रत्येक बार ये हाथ जोड़, न में सिर हिला देते और अवसर मिलते ही वहाँ से सरक लेते जबकि वहाँ भी प्रश्न पूछनेवालों में मारा-मारी मची रहती थी। लोग अपने प्रश्न

कागज पर लिखकर लाते थे और कार्यकर्त्ताओं से बड़ी आजिजी करके अपने प्रश्न वहाँ तक पहुँचाते थे। इनके साथ-साथ मुझे भी बाहर निकल जाना पड़ता। हाथ आया अवसर खो देने का मुझे बहुत दुःख होता, पर कोई रास्ता नहीं था।

एक बार तो उस समय के प्रसिद्ध सन्त देवरहा बाबा जो सदा मचान पर रहते और उनके निकट मन्त्री, वाइस चान्सलर, प्रमुख न्यायाधीश जैसे रुतबेवाले लोग ही पहुँच पाते थे, हमें उन सज्जन की सदाशयता के कारण पहुँचने का अवसर मिल गया। घण्टों ठण्डी बालू में बैठे प्रतीक्षा करते, अँधेरा हो गया, तब जाकर बाबा के निकट पहुँचने का अवसर मिला। जब अवसर मिला तो ये हमेशा की तरह हाथ जोड़ सिर झुका उठ गये। मैंने कुछ बोलना भी चाहा तो तुरन्त घुड़कते हुए बोले-"इतने बड़े सन्त के दर्शन कर लिये और क्या चाहिए! यहाँ से निकलो दूसरों को भी अवसर मिलना चाहिए।"

एक बार माँ आनन्दमयी के बिलकुल निकट जाने का अवसर मिला। उस दिन पता नहीं कौन-से पुण्य उदय हुए थे कि स्वयं माँ ने हाथ के संकेत से मेरे पति को अपने पास बुलाया। आस-पास बैठ प्रतीक्षा करते गणमान्य भक्तगण स्तब्ध थे। उन्होंने तो यही सोचा होगा कि यह व्यक्ति माँ के अधिक निकट होगा। निकट पहुँचकर भी जब ये मौन खड़े रहे तो माँ ने स्वयं बँगला में पूछा, "तोमाके किछु ...?" इसके आगे कुछ स्पष्ट सुनायी नहीं दिया, किन्तु अर्थ स्पष्ट था, "तुमको कुछ कहना है।" हमेशा की तरह इन्होंने हाथ जोड़कर सिर हिलाया और प्रणाम करके बाहर निकल गये। मुझे भी निकलना ही था। उस दिन मुझे इतना क्रोध आया कि मैं घर पहुँचते ही रोते हुए जोर-जोर से चिल्लाने लगी। इनकी किसी बात का प्रतिवाद न करने की अपनी आदत उस दिन क्रोध बनकर फट पड़ रही थी—वर्षों से कलम घिस रहे हैं, कहीं कुछ होता दिखायी नहीं दे रहा। मैं भी वर्षों से चप्पल घसीटते-घसीटते आज तक डेढ़ सौ रुपल्ली के लिए दौड़ रही हूँ। कहीं आर-पार दिखायी नहीं दे रहा। और जब अपने बारे में कुछ जानने का अवसर आता है तो न में गर्दन हिला दी। मुझे ही पूछने देते। किसी को जन्मपत्री नहीं दिखलाते, हाथ नहीं दिखलाते यह तो समझ में आता है परन्तु इतने पहुँचे हुए महात्माओं के सामने पहुँचकर भी अवसर गँवा देते हैं, कुछ पूछते ही नहीं, न ही पूछने देते हैं। थोड़ी देर चुप रहने के बाद शान्तभाव से बोले—

—अच्छा बताओ क्या पूछना था? अगर तुम्हें अवसर मिलता तो क्या पूछनेवाली थीं?

—अपने भाग्य के बारें में, अपने भविष्य के बारे में पूछ लेती। और क्या? जोर का ठहाका लगाकर हँसते हुए बोले—

—अरे भाग्य भी पूछने की वस्तु है। और क्या भविष्य जाना जा सकता है। अगर जान ही गये तो वह भविष्य कहाँ रहा। अरे यार! ये सब भी इसी धरती के जीव हैं।

ठीक श्रेष्ठ हैं, सन्त हैं, महापुरुष हैं तो दर्शन तो कर लिये न! सब जानते हैं कि राष्ट्रपति दिल्ली में रहता है। अब दिल्ली जाने के कई मार्ग हैं। चाहो मेरठ होकर जाओ, चाहे आगरा-मथुरा होकर, चाहे कानपुर-अलीगढ़ होकर। किसी भी मार्ग से जाओ। पहुँचना दिल्ली राष्ट्रपति के पास ही है, क्योंकि अन्तिम याचिका वहीं दायर की जाती है।

भाग्य ही जानना होगा तो भाग्य लिखनेवाले से नहीं जानेंगे? एक बात याद रखो समय से पहले कुछ नहीं होता। जब तक आपका परिश्रम और संघर्ष ऊपरवाले की दृष्टि में 'अप टू दी मार्क' नहीं होगा दुनिया की कोई ताकत आपको कुछ नहीं दिलवा सकती और जिस दिन आपका परिश्रम और संघर्ष 'उसकी' दृष्टि में 'अप टू दी मार्क' होगा न, उस दिन आपको वह सब-कुछ मिल जायगा जो आपका है। कोई रोक नहीं सकेगा।

—धैर्य रखो, एक दिन तुम्हें भी वह सब मिलेगा, जो तुम्हारा है। बस अब रोना-धोना बन्द करो और एक अच्छी-सी चाय बना दो। इतना सुनने पर भी मेरी बहस करने की इच्छा शान्त नहीं हुई, पर कर नहीं पायी। पता नहीं क्यों मैं कभी अपने पति से बहस कर ही नहीं पायी क्योंकि समय उनके विश्वास को सिद्ध भी तो कर देता था। परन्तु उस दिन की कसक आज तक मन में है।

कुम्भ मेले में वैसे तो निरन्तर कई प्रकार की उद्घोषणाएँ होती रहती थीं। शाम को होनेवाले किसी विशेष कार्यक्रम, प्रवचन, कथा आदि के बारे में स्वास्थ्य और सफाई सम्बन्धी नियमों के बारे में, खोये हुए बच्चों या महिलाओं के बारे में अथवा किसी विशेष शिक्षाप्रद प्रदर्शनी के बारे में। परन्तु एक उद्घोषणा मैं कभी नहीं भूल सकती। किसी विशेष पर्व या नहान पर मेला क्षेत्र में वाहन ले जाना प्रतिबन्धित हो जाता है। कई कि.मी. पैदल चलकर मेला क्षेत्र पहुँचना होता। जो लोग इतना नहीं चल सकते वे रात में ही मेला-क्षेत्र पहुँच जाते हैं। मैं भी एक नहान के अवसर पर रात में वहीं माँ के पास रुक गयी। वे पूरे एक महीने कल्पवास करती थीं। सुबह करीब चार बजे एक उद्घोषणा से नींद खुली। कोई व्यक्ति लाउड स्पीकर पर सफाई कर्मियों को जगा रहा था। निश्चय ही वह उनका इन्चार्ज होगा। वह घोषणा मुझे आज तक इसलिए याद है कि लग ही नहीं रहा था कि वह व्यक्ति सफाईकर्मियों को नींद से जगा रहा है वह भी तीर्थयात्रियों और कल्पवासियों की गन्दगी साफ करने के लिए बल्कि ऐसा लग रहा था मानों कोई सन्त-महात्मा अपने भक्तों को सांसारिक मोह-माया की निद्रा से जगाकर, धर्म के मार्ग पर चलने का आह्वान कर रहा हो।

घोषणा इस प्रकार हो रही थी—

—मेरे पुण्यात्मा भाई-बहनो उठो, नींद से जागो। इस धर्मक्षेत्र में तुम भी पुण्य-लाभ करने आये हो। आलस्य त्यागो, उठो अपने-अपने कर्म में लग जाओ। यह धर्मक्षेत्र ही तुम्हारा कर्मक्षेत्र है। तुम कितने सौभाग्यशाली हो कि तुम्हें इस क्षेत्र में

धर्म-कर्म करने आये तीर्थयात्रियों और कल्पवासियों की गन्दगी साफ करने का पुण्य कर्म मिला है। जागो, पुण्य कमाने के इस सुनहरे अवसर को हाथ से मत जाने दो। सूर्योदय होते ही स्नानार्थियों की भीड़ बढ़ जायगी और तुम्हें कर्त्तव्यपालन में कष्ट होगा। उठो, नींद का त्यागकर कर्म-क्षेत्र में डट जाओ। ...और देखते-ही-देखते पचासों सफाई-कर्मचारी स्त्री और पुरुष अपने टोकरे और फावड़े लेकर हँसते हुए पूरे मेला-क्षेत्र में बने शौचालयों और घिरे हुए मैदानों की ओर बढ़ने लगे। याद रखने लायक उद्घोषणा है न!

एक बार के माघ-मेला से सम्बन्धित एक अविश्वसनीय घटना और याद आ रही है। अविश्वसनीय घटना इसलिए कि अगर मैंने अपनी आँखों से घटना को न देखा होता तो मैं कानों से सुनकर इस घटना पर कभी विश्वास नहीं करती।

माघी पूर्णिमा का दिन था। माघ के पाँच महत्त्वपूर्ण नहानों में से अन्तिम और महत्त्वपूर्ण नहान। किसी भी पर्व और नहान के अवसर पर मेला-क्षेत्र में वाहन ले जाना प्रतिबन्धित तो होता ही है। जो स्नानार्थी पैदल नहीं चल सकते और जिन्हें मेला-क्षेत्र में रात्रि-विश्राम की सुविधा भी नहीं होती, वे बलुआघाट की ओर से, नाव में यमुना तरफ से संगम पहुँचकर, संगम-स्नान का पुण्य प्राप्त कर लेते हैं, और उसी रास्ते वापस भी हो जाते हैं। अधिकतर शहर के स्नानार्थी इसी मार्ग से संगम पहुँचते हैं।

एक बार इनके एक मित्र सपरिवार बनारस से, माघी पूर्णिमा पर संगम-स्नान के लिए आ गये। हम लोगों ने नाव से ही संगम पहुँचने का निर्णय लिया। सुबह चार बजे उठकर ही यमुना के घाट पर पहुँचे। माघ की कटघाव ठण्ड में सुबह चार बजे भी घाट पर लोग-ही-लोग थे। माघ का अन्तिम 'नहान' होने के कारण सभी नावें खचाखच-भरी थीं। काफी प्रतीक्षा के बाद एक नाव में जगह मिली। पाँच मिनट के अन्दर नाव पूरी भर गयी। सभी यात्री सूर्योदय के पूर्व संगम पहुँचने को उत्सुक थे। धुन्ध और कोहरे के कारण, मौसम भी बहुत खराब हो रहा था। माघ की तेज ठण्डी, सरसराती हवा कान के रास्ते सिर में घुसी जा रही थी। हाथ-पैर के साथ-साथ सिर भी ठिठुरा जा रहा था। गंगा-स्नान के लिए जाते समय आप अधिक गरम कपड़े न तो पहन सकते हैं और न ही ले जा सकते हैं। पर्व की भीड़ में कपड़े रखने या बदलने की जगह कहाँ होती है। कई बार तो चोरी जाने के भय से लोगों को कपड़े का झोला सिर पर रखकर गंगा में उतरना पड़ता है। गाँव से आये यात्री तो एक-एक कपड़े में ठिठुरते बैठे थे। नाव भर जाने पर यात्रियों ने नाव चलाने के लिए शोर मचाना शुरू किया, परन्तु मल्लाह नाव खोल ही नहीं रहा था। यात्रियों को तो रोज ही जल्दी रहती है, पर आज तो उसकी कमाई का दिन है। नाव की एक खेप में करीब ढाई घण्टे लग जाते हैं। आज तो उलटी हवा चल रही है, और देर लग सकती है।

नाव में यात्रियों को हिलते-डुलते देख मल्लाह सोच रहा था, अभी नाव में दो यात्रियों के लिए स्थान है, वरना तो आज के दिन नाव में हिलना तो दूर कोई अपना हाथ भी नहीं हिला सकता। सौभाग्य से एक ग्रामीण परिवार हड़बड़ाता आया और यात्रियों के प्रतिरोध के बावजूद मल्लाह ने उन्हें अपनी नाव में चढ़ाकर नाव खोल दी। वे यात्री भी किसी तरह नाव में जगह बनाकर बैठ ही गये। उन्हें बैठते देख मल्लाह के सन्तुष्ट चेहरे पर साफ लिखा था, "देखो, दो लोगों के बैठने की जगह थी या नहीं?"

तेज हवा के कारण यमुना की शान्त उर्मियाँ उत्ताल तरंगों का रूप ले रही थीं। यमुना की गोद में हिलोरें खाती सैकड़ों नावें संगम की ओर बढ़ रही थीं। अगर कोई 'नैनी ब्रिज' पर खड़े होकर यह दृश्य देखे तो उसे लग सकता है कि यमुना नावों को गोद में लेकर, धीरे-धीरे घुटना हिला रही है। नावों में यात्रियों के द्वारा गाये जानेवाले भजन-कीर्त्तन के स्वर लोरी का आभास भी दे सकते हैं। सभी नावें ठसाठस भरी थीं। तेज लहरों के कारण अन्य नावों की तरह हमारी नाव भी इतना डगमगा रही थी कि कलेजा मुँह को आ रहा था। हर क्षण लगता था, नाव अब पलटी तब पलटी। कुशल मल्लाह बड़ी निश्चिन्तता से नाव को धार में डाल, धीरे-धीरे नावों की भीड़ में स्थान बनाता हुआ आगे बढ़ रहा था। साथ ही यात्रियों को अधिक हिलने-डुलने या झुककर अंजलि में जल भरने के लिए लगातार बरजता जा रहा था। ट्रैफिक पुलिस की नाव भी सीटी बजा-बजाकर पानी में भी नावों को भीड़ को नियन्त्रित कर रही थी!

इतनी ठण्ड और डर के वातावरण में भी प्रत्येक नाव से भजन की स्वरलहरी के साथ-साथ, 'जय गंगा मैया' का जयकारा सुनायी दे रहा था। सभी को मालूम था कि नाव यमुना नदी से होकर ही संगम की ओर जा रही है, परन्तु नाव में बैठते और नाव खुलते ही 'जय गंगा मैया' के ही नारे सुनायी देते हैं। भारतीय जनमानस के लिए तो जलमात्र ही गंगा हैं। तभी तो तालाब, कुआँ या घर में बाल्टी से स्नान करते हुए भी मुहँ से 'हर-हर गंगे' या 'गंगे च यमुने च', गोदावरी, सरस्वती आदि बोलकर तो गंगा का ही आवाहन किया जाता है। तो फिर यमुना तो गंगा है ही।

अन्त में चढ़नेवाले परिवार में पति-पत्नी और दो-ढाई वर्ष का एक बच्चा था। महिला मात्र एक साड़ी पहने थी। परन्तु बच्चे को शॉल के एक फटे-चिथड़े में अच्छी तरह लपेट अपने सीने से चिपकाये थी। बच्चे के साँवले-सूते चेहरे पर चौड़ा काजल-अँजी-दो फटी-फटी-सी आँखों में बच्चोंवाली चंचलता के स्थान पर एक प्रकार का डूबापन था। सिर के छोटे-छोटे बालों में चमकता सरसों का तेल और चौड़े कपाल के कोने में लगा काजल का बड़ा-सा डिठौना चेहरे को आकर्षक के स्थान पर दयनीय बना रहा था। उस समय तो यही लगा था कि अत्यधिक ठण्ड में ठिठुरने के कारण बच्चा ऐसा लग रहा है। बच्चे का पिता ठण्ड में ठिठुरती पत्नी और उसके सीने से

चिपके बच्चे को लगातार गुस्से से घूरे जा रहा था। शायद उसे इस ठण्ड में गाँव से यहाँ तक की बस-यात्रा और गंगा-स्नान के नाम पर सरसराती ठण्डी हवा में उस डगमगाती नाव में सिकुड़ना बैठना कतई पसन्द नहीं आ रहा था। इस बीच नाव के अन्य यात्री आपस में 'एडजस्ट' होकर बातों में लग चुके थे। विभिन्न भाषा-भूषा और चेहरेवाले लोगों का एक संसार ही नाव में बस चुका था। जो एक ही उद्देश्य से विभिन्न परिस्थितियों और स्थानों से कष्ट उठाकर यहाँ पहुँचे हैं। ऐसी स्थिति में जितनी शीघ्रता से बहस और झगड़े हो जाते हैं, उतनी ही आसानी से अपनापन और मित्रता भी हो जाती है। इसलिए अवसर मिलते ही घर-परिवार, दुनिया-जहान की बातें होने लगती हैं।

कुछ महिलाओं ने उस महिला से भी बातचीत शुरू कर दी। बातों-बातों में उसने बताया कि उसके बच्चे होते ही मर जाते हैं, बड़ी मान-मनौती के बाद यह बेटा बच तो गया पर कभी भी ठीक नहीं रहता है। बचपन से ही इसके लीवर में सूजन है। बहुत इलाज करवाया परन्तु कोई लाभ होता दिखायी नहीं देता। मेरे सास-ससुर और पति कोई नहीं चाह रहा था कि मैं इतनी ठण्ड में बीमार बच्चे को लेकर गंगा-स्नान के लिए आऊँ और मैं बच्चे के जीवन के लिए मानी गयी मानता जल्दी-जल्दी पूरी करना चाह रही थीं। मेरा आदमी इसलिए तो गुस्सा है। एक तो वह इतनी ठण्ड में घर से निकलना ही नहीं चाह रहा था और दूसरे उसका कहना है कि कहीं गंगा-स्नान से भी बच्चे ठीक होते हैं? मेरा मानना है कि जब डॉक्टरों ने जवाब दे दिया है कि बच्चे का लीवर बढ़ता ही जा रहा है। बच्चे के अधिक दिन जीने की जब आशा ही नहीं है तो मैंने जो 'मानता' मानी है वह तो उसके जीते जी पूरी कर लूँ। गंगा मैया ने चाहा तो मेरा बच्चा ठीक भी हो सकता है।

पति के लगातार गुस्से से बड़बड़ाने और उसे घूरे जाने के बावजूद वह जिस निश्चिन्तता और उन्मुक्तता से उस हिचकोले खाती नाव में जहाँ सब डर के मारे ओंठ भींचे बैठे थे शान्त और प्रसन्न भाव से बैठी यमुना की उठती-गिरती लहरों को देख रही थी, वह आश्चर्यजनक था। उसे एकटक लहरें देखते देखकर लग रहा था जैसे वह लहरों को गिनते हुए कुछ सोच रही है।

उस बीच भजन गाती एक महिला ने उससे भी एक गीत सुनाने का आग्रह किया। एक क्षण की देर किये बगैर उसने अपने नाक-नक्श की तरह ही तीखी और टकसाली आवाज में गीत प्रारम्भ किया—"ए गंगा मैया तोहे पियरी चढ़ैबों ..." गीत क्या था उसके रोम-रोम से निकलती पुकार थी "हे गंगा माँ, मेरे बच्चे की रक्षा करना... ।"

सूर्योदय करीब-करीब हो चुका था। धुन्ध के कारण उसका वह आनन्द नहीं था जो सर्दियों में होना चाहिए। पुल के नीचे से नाव निकलते समय पुल को छाया सब यात्रियों पर से फिसलती हुई, गीत गाती उस महिला पर पड़ी, उसका रंग और निखर

आया था। इस समय अपने बच्चे को सीने से सटाये, वह निर्भीक ही नहीं उन्मुक्त लग रही थी। पक्षी की तरह खुले आसमान में उड़ने का आनन्द उसकी आवाज से ही नहीं उसके रोम-रोम से झर रहा था। ऐसा लग रहा था मानो वह मन से इतना डूब चुकी है कि तन के स्नान की अब उसे कोई आवश्यकता ही नहीं रह गयी है।

गीत समाप्त करते ही उसने अपने बच्चे को सीने से अलग कर, हाथों में झुलाया और यह कहते हुए गंगा(यमुना नदी) में फेंक दिया, "हे गंगा मैया मैं अपना बच्चा तुम्हें सौंप रही हूँ। अगर यह मेरा है तो अपने प्रसादस्वरूप एक स्वस्थ बच्चा मेरी गोद में वापस डाल देना। अगर मेरा नहीं है तो सदा के लिए अपने पास रख लेना।"

बच्चे को लहरों में फेंककर वह महिला भक्तिभाव से आँखें बन्द किये, अपनी बाँहें फैलाये, उसी दिशा की ओर मुँह किये बैठी रही... पूरी नाव में हड़कम्प मच गयी। मल्लाह और उसमें सवार लोग कुछ समझें, सोचें, तब तक उतनी चिल्ल-पों मच गयी कि किसी को कुछ सुनायी-समझायी नहीं दे रहा था। अन्य नावों से भी गोताखोरों को पुकारने की आवाजें आने लगी थीं।

आश्चर्य, कुछ दूर तक यमुना की लहरें एकदम शान्त थीं। जैसे वह भी इस सहसा घटित हुई घटना से हतप्रभ हो ...। बच्चा शायद नीचे चला गया था...। सबने देखा अचानक लहरें तेज हुईं और क्षणान्त में एक ऊँची लहर ने एक हँसते हुए बच्चे को नाव के बिलकुल पास फेंक दिया ...जहाँ एक क्षण पहले केवल जल था, वहाँ एक बच्चा हाथ-पैर पटक रहा था...माँ ने आँखें खोल, झुककर बच्चे को दोनों हाथों से उठा लिया...। माँ की गोद में चिपका बच्चा, सबको देखकर पहली बार मुस्कुरा रहा था...आँखों का चौड़ा काजल यथावत् था। डिठौना भी गीले माथे पर वैसा ही सजा था।

क्षणान्त में घटित हुई यह घटना आँखों से देखने पर भी, उस समय अविश्वसनीय लग रही थी और आज भी लग रही है। परन्तु उस महिला की आस्था पर तब भी विश्वास था और आज भी है।

मेरी बन्द आँखों के सामने रील यथावत् चल रही है। केवल दृश्य बदल गया है। लगता है रिक्शे में बैठी महिला शायद मैं ही हूँ जिसे स्टेशन पहुँचने की कोई जल्दी नहीं है वरना पुल से उतरकर सीधे नवाब यूसुफ रोड की ओर मुड़ते तो पन्द्रह मिनट में स्टेशन पहुँचा जा सकता है। हाईकोर्टवाली सड़क पर जाने की कोई आवश्यकता ही नहीं है।

चलो मान लेते हैं स्टेशन पहुँचने की जल्दी नहीं है। गाड़ी छूटने में अभी दो ढाई घण्टे की देर है वह तो घर छोड़ने की जल्दी थी। कहीं मन कच्चा न पड़ जाय...।

हाँ तो रिक्शा पुल से उतर रहा है। पुल उतरने के लिए थोड़ा मोड़ ले रहा था इस मोड़ पर रिक्शे में थोड़ा सँभलकर बैठना पड़ता है। ट्रक की टक्कर से पुल की रेलिंग जो टूटी हुई हैं। रिक्शा एक प्रसिद्ध कैफे के सामने से निकल रहा है। बायीं ओर देखने पर हाईकोर्ट की पूरी-पूरी बिल्डिंग एकबारगी दिख जाती है। सुना है प्रमुख जज इसी गुम्बद के नीचे बैठते हैं।

यही सड़क आगे बढ़कर सिविल लाइन्स होती हुई प्रसिद्ध हनुमान मन्दिर पहुँचती है। अच्छा है जाते-जाते मन्दिर में दर्शन ही कर लेंगे। सामने चल रही रील में रिक्शा सिविल लाइन्स से होकर जा रहा है। शाम होने लगी है। सिविल लाइन्स से निकलते समय तो आँख और कान दोनों बन्द करने की इच्छा हो रही है, और सच में मेरी आँख बन्द हो गयी है क्योंकि आज का सिविल लाइन्स देखकर तो लगता है, इसका नाम अब तक बदलकर कोई बाजार हो जाना चाहिए था। इतना अधिक चकाचौंध करता प्रकाश वाहनों की निरन्तर आवाजाही का शोर। सड़क तक चली आयी छोटी-छोटी दुकानें, चाट और जूस की गुमटियाँ, ठेले, लोग ही लोग ...। पत्थर गिरजे पर भी प्रकाश की अच्छी व्यवस्था हो गयी है, चौराहा भी प्रकाश से सुसज्जित है, परन्तु यह सब तो किसी भी शहर में देखा जा सकता है। यहाँ आँखें खोलकर यह सब देखने की क्या आवश्यकता है।

आँखों में तो स्वप्नलोक-सा वह सिविल लाइन्स बसा है जो हलके प्रकाश में नहाया, शान्त-शान्त लगता था। चाँदनी में नहाया पत्थर गिरजा, अपनी मटकी से निरन्तर जल गिराती चौराहे पर खड़ी पनिहारिन, आज प्रकाश की इतनी अच्छी व्यवस्था के बावजूद वह स्वप्नलोक नहीं रच सकते जो आपकी आँखों में बसा है। बल्कि आज के सिविल लाइन्स से गुजरते हुए तो ऐसा लग रहा है, मानो आज की इस भीड़भाड़ में पुराना सिविल लाइन्स कहीं कुचलकर गिर पड़ा है जैसे मेले में लोग कुचलकर गिर पड़ते हैं और उठ नहीं पाते, तथा दूसरे लोग उन्हीं पर पैर रखकर आगे जाते हैं, उसी प्रकार कुचलकर गिरे पड़े सिविल लाइन्स पर आज का सिविल लाइन्स दौड़ा जा रहा है। बड़ी-बड़ी दुकानें, होटल, रेस्टोरेण्ट सब वहीं उसी स्थान पर हैं। परन्तु वैसे नहीं हैं। नया रूप-रंग, नयी बनावट, नयी साज-सज्जा और बदले हुए नामों के कारण सब बदला-ही-बदला लग रहा है, जिनकी आँखों में पचास वर्ष पूर्व का सिविल लाइन्स बसा है, और जो वर्षों बाद भी वही वैसा ही सब-कुछ चाहते हैं जो कि सम्भव नहीं है। आज की पीढ़ी के लिए तो यही सिविल लाइन्स उतना ही सुन्दर है।

तो हमारे लिये यह भी तो आवश्यक नहीं है कि हम आँखें फाड़-फाड़कर चारों ओर देखें भी और पुराने को याद कर बिसुरें भी।

चलो, सिविल लाइन्स की सड़क तो पार हो गयी। आगे जरा-सा घूमने पर इसी सड़क पर कई कॉलेज संगीत-समिति, हिन्दुस्तानी एकेडमी है जहाँ

साहित्यिक कार्यक्रम होते हैं। इसी के आगे कई कॉलेज, कम्पनी बाग, म्यूजियम वगैरह हैं।

रिक्शा सीधी सड़क पर तेजी से बढ़ रहा है। इसी सड़क पर आगे चलकर इलाहाबाद विश्वविद्यालय की भव्य इमारत है। विश्वविद्यालय आज भी अपने गुम्बद के साथ उसी भव्यता से खड़ा है, जब उत्तर प्रदेश के अधिकतर मुख्यमन्त्री तथा पूरे देश के आधे से अधिक आई. ए. एस यहीं के छात्र हुआ करते थे। आज तक वह हॉस्टल और उसका वह कमरा प्रसिद्ध है जिसमें रहकर पढ़नेवाले छात्र कद्दावर राजनेता या आई.ए.एस. बनते थे। विश्वविद्यालय की इमारत तो आज भी अपने स्थापत्य की गरिमा के साथ वैसी ही खड़ी है पर... अध्ययन-अध्यापन का वह रुतबा नहीं है। अब तो छात्र आन्दोलन, दलबन्दी, गुण्डागर्दी का ही साम्राज्य है।

इसी के आगे थोड़ा घूमकर वह घर है जहाँ कभी हिन्दी के प्रसिद्ध कहानीकार रहा करते थे। उनके यहाँ अक्सर जाना होता था। उनके बारे में बहुत लोग बहुत-कुछ जानते और कहते हैं। परन्तु मुझे उनके यहाँ, उन्हें चलते-फिरते-बैठते, बात करते साहित्य और भाषा पर चर्चा करते, भोजन बनाते, परोसते, पत्नी के व्यंग्य बाण सुनते, अपने बच्चों से बातें करते देखना अच्छा लगता यह तो नहीं कह सकती। परन्तु इतना अवश्य है कि मुझे हर बार आश्चर्य होता कैसे एक साधारण व्यक्ति, सांसारिक और पारिवारिक हाहाकार के बीच, अपने ही परिवार से, विशेषकर पत्नी से निरन्तर व्यंग्य-बाण सुनते हुए, सन्तत्व की सीमा तक शान्त, अटल खड़ा, अपनी रचनाधर्मिता के प्रति प्रतिबद्ध हैं। लगता था कि 'अटल' शब्द मैंने अब तक सिर्फ एक शब्द के रूप में ही पढ़ा और प्रयोग किया है। वास्तव में 'अटल' होना क्या होता है, यह उस रचनाधर्मी को देखकर ही समझा जा सकता है।

वैसे तो यह शहर धार्मिक और सांस्कृतिक ही नहीं, साहित्यिक तीर्थ भी रहा है। इन्हीं सब सड़कों के आस-पास कभी हिन्दी साहित्य के स्तम्भ रहा करते थे। एक-दो नहीं, कई।

रील देखते हुए जिन सड़कों का लेखा-जोखा मैं बता रही हूँ न, वह सब बस अन्दाज भर है। मेरी 'टोपोग्राफी' पर मत जाइयेगा। मेरा रोड सेन्स बहुत ही अविश्वसनीय है। मैं दसियों बार एक सड़क से जाकर रास्ता भूल सकती हूँ, भटक सकती हूँ। जब कभी भी मैंने रास्ता याद रखने के लिए कोई पेड़ या दुकान का निशान बनाया और इस बीच पेड़ कट गया या दूकान का बोर्ड बदल गया तो बस भगवान् ही मालिक हैं। मेरा जीवन तो उन लोगों के भरोसे चल गया, जो सड़क पर चलते समय मेरे साथ होते थे। किशोरावस्था में छोटी बहन, जिसे सड़कों और गलियों

का ज्ञान छह वर्ष की आयु में भी मुझसे अधिक था। मेरी मित्र का घर किस सड़क की किस गली में है, मुझसे अधिक उसे याद रहता था। बाद में मेरे पति का 'रोडसेन्स' तो इतना अच्छा था कि वे नये शहर में भी रास्ता नहीं भटक सकते थे। बाद में बेटी का सहारा था जिसका सड़कों के बारे में ज्ञान, मुझसे बहुत अच्छा था और अब बहू का सहारा है जो रास्ते कभी नहीं भूलती। सबसे अधिक तो परिचित रिक्शेवालों का सहारा था। नया रिक्शा लेने से मैं सदा बचती हूँ। सो मेरी जिन्दगी की सड़क तो अज्ञानता में भी ठीक-ठाक ही पार हो गयी।

यों जब भी अकेले निकलना हुआ मैं रास्ता भूली अवश्य। बात पुरानी नहीं है। मैं शौकिया संस्कृत विषय में बी.ए. कर रही थी। उस समय मेरी उमर अच्छी खासी थी और मैं कॉलेज में पढ़ा भी रही थी। संस्कृत के तीन प्रश्न-पत्रों में से दो हो चुके थे। परीक्षा-केन्द्र मेरे घर से काफी दूर महिला कॉलेज में था। तीसरे पेपर के दिन पुराना रिक्शा न आने पर मुझे नया रिक्शा लेना पड़ा। मैं सवा छह बजे रिक्शे में बैठ गयी थी। जब सात बजने में दस मिनट बाकी रह गया, तब मुझे होश आया कि रिक्शे में बैठे हुए बहुत देर हो चुकी है। दूर जब इलाहबाद विश्वविद्यालय के मेयो हॉल का गुम्बद दिखायी दिया तब मेरा माथा ठनका। मैंने रिक्शा रुकवाकर पूछा—

—महिला कॉलेज तो बहुत पीछे रह गया, वह यहाँ तक कैसे आ गया? रिक्शेवाले ने बड़े भोलेपन से उत्तर दिया-रास्ते में तो इतने कॉलेज मिले, आपने रुकने को तो कहा ही नहीं।

तब समझ में आ गया कि यह तो नया रिक्शावाला है, इसे क्या पता मुझे कहाँ जाना है। रिक्शा रोककर मैं नीचे उतरी, इधर-उधर नजर दौड़ायी, तो रास्ता ही समझ में नहीं आ रहा था। लोगों से पूछकर मैंने सही रास्ता पकड़ा और तब, जाकर परीक्षा केन्द्र पहुँची। अब तो आपको मेरे 'मार्ग ज्ञान' पर विश्वास हो गया होगा।

मेरे सामने चल रहे दृश्य में रिक्शा स्टेशन जानेवाली सड़क पर मुड़ रहा है। थोड़ी देर में रिक्शा उसी स्थान पर आ गया जहाँ से चला था। नहीं-नहीं, इसमें रिक्शेवाले की कोई भूल नहीं हैं। मैं ही उसे घूमा रही हूँ ताकि स्टेशन जल्दी न पहुँच जाऊँ।

जब मैं अपने घर से निकली थी अपनी गली पार करके बायें घूमने के स्थान पर रिक्शा दाहिनी ओर मुड़ता तो थोड़ी दूर चलकर यह जी.टी. रोड आ जाती यह सड़क बहुत लम्बी है। इस सड़क पर निकलकर अगर दाहिने जाओ तो थोड़ी दूर चलकर मेरा कॉलेज, बैंक, कन्या डिग्री कॉलेज है। थोड़ा आगे चलकर वह पुल पड़ता है, जिसका नाम 'नरेश सेतु' है। पत्थर लगा होने के बावजूद रिक्शेवाले उसे नया पुल ही कहते है।

बायें मुड़ने पर इसी लम्बी सड़क पर खुल्दाबाद, खलीफामण्डी चौक, बताशामण्डी, बहादुरगंज, मुट्ठीगंज, कीडगंज ऐसे कई मोहल्ले पड़ते हैं। मुट्ठीगंज का स्मरण आते ही मन वही रुक गया है।

यहीं दाहिने मुड़ने पर, थोड़ी दूरी पर एक गली में मेरे माता-पिता एक किराये के मकान में रहते थे। उस घर की यह विशेषता थी कि वह सर्दियों में खूब ठण्डा और गर्मियों में खूब गरम रहता था। पानी का कष्ट अलग से। पूरे पैंतालीस वर्ष वे लोग उस घर में रहे थे। मेरा विवाह भी उसी घर से हुआ था।

हम तीन भाई-बहनों में से बड़े भाई काम के सिलसिले में दिल्ली चले गये थे। बहन कानपुर में अध्यापिका थीं। शादी के बाद गयी तो दिल्ली थी पर दो वर्ष भटकने के बाद अपने पति की साहित्य-साधना की इच्छा पूर्ति के उद्देश्य से इस शहर में वापस आ गयी थी। इस तरह माता-पिता वर्षों यहाँ अकेले ही रहे थे। माँ अध्यापिका की नौकरी से अवकाश-प्राप्त थी। पिता सप्ताह के सातों दिन, वर्षों तक अपने काम पर जाते रहते थे, इसलिए पता ही नहीं चला कि वे कभी रिटायर भी हुए थे या नहीं।

इस सड़क से गुजरते हुए याद आ रहा है कि पिछले पैंतीस वर्षों में मैंने लूकरगंज से मुट्ठीगंज और मुट्ठीगंज से लूकरगंज तक इस सड़क के हजारों चक्कर लगाये होंगे। कभी रिक्शे से तो कभी पैदल। असल में मेरे घर से यहाँ तक के रिक्शेवाला उन दिनों बारह आने लेता था, जो बढ़ते-बढ़ते दस रुपये तक हो गया था। अगर चौक या खलीफामण्डी तक का रास्ता पैदल पार कर लो तो पचास पैसे में भी काम चल जाता था।

मैं जाड़ा, गरमी, बरसात प्रत्येक रविवार माँ के यहाँ जाती थी। क्यों जाती थी, वहाँ क्या करती थी, इसका उत्तर इतना साधारण है कि आज आश्चर्य होता है। इतने से काम के लिए मैं रविवार को भी सुबह-सुबह उठकर सप्ताह भर के कपड़े, बच्चों की ड्रेस, इनके कपड़े चादरें वगैरह धोती और कलफ लगाती, उस समय धोबी के यहाँ तो कोई कपड़ा जाता नहीं था। अपने और बेटी के लम्बे-घने बालों को धोना, सुलझाना, दोपहर का भोजन तैयार करना इसके बाद सबको सारे दिन की आवश्यक हिदायत देती, थकी-हारी, घर के सदस्यों को नाराज कर, दौड़ती-भागती, रिक्शा पकड़, इतनी दूर आती। वह भी दस-ग्यारह बजे तक क्योंकि शाम चार बजे मुझे वापस भागना होता था। रास्ता भी तो बहुत लम्बा था।

बच्चे इसलिए गुस्सा होते कि छुट्टी के दिन भी जल्दी उठकर उन्हें भी मेरे साथ दौड़ना पड़ता। पति का बुरा मानना तो स्वाभाविक था ही। पूरे सप्ताह की तरह, छुट्टी के दिन भी घर में भाग-दौड़, दोपहर में रखा खाना खाओ, चैन नहीं। रविवार के दिन भी पत्नी दोपहर के समय घर में नहीं, प्रतिदिन की तरह भाग-दौड़ करती, भागी जा रही हैं, इतमीनान नहीं। और मैं, क्या कहूँ, किससे कहूँ? कहना ही तो नहीं हो सका। अपराधी की तरह सब-कुछ सुनते-समझते चली जाती। वहाँ जाकर करती क्या थी! कभी गेहूँ बीनना, कभी चावल चालना, कभी बर्तन चौके में मदद करना तो कभी पानी भरना। हाँ, प्रत्येक रविवार माँ के बालों और पीठ तथा हाथ-पैर में तेल अवश्य लगाती थी। यह काम मैं दस-बारह वर्ष की आयु से करती आ रही थी, जब माँ के बाल इतने घने और लम्बे थे कि चोटी गूँथते समय खड़े होकर पीछे सरकते जाना पड़ता था।

यह भी कोई काम है जिसे बताया जा सके या समझाया जा सके कि इसी के लिए इस शहर की भयानक ठण्ड में भी गीले बाल लिये, रिक्शे में इतना लम्बा रास्ता पार करते हुए रिक्शे में लगती तेज ठण्डी हवा में दाँत कटकटाते पहुँचा जाय। दाँत भी इतनी जोर से कटकटाते कि रिक्शेवाले को सुनायी दे जाय। और मजा यह कि अपने घर की बढ़िया गुनगुनी धूप छोड़कर ऐसे घर जाया जाय जो सर्दियों में 'कोल्ड

स्टोरेज' बना रहता है। असल में इसके पीछे मेरी अतिरिक्त भावुकता और कभी किसी से न कही गयी यह भावना थी कि मैं अपनी दुखियारी माँ का दुःख कैसे कम करूँ? जबकि यह कभी सम्भव हो ही नहीं पाया क्योंकि इतनी पढ़ाई-लिखाई और नौकरी के बाद भी माँ अपने दुःखद अनुभवों के चक्रव्यूह से कभी बाहर निकल ही नहीं पायी। इसके लिए कहीं-न-कहीं मेरे पिता की अत्यधिक सहनशीलता और भीरु प्रकृति भी उत्तरदायी है।

वास्तव में दादा जी द्वारा घर से निकाले जाने के बाद परदेस में तीन बच्चों की गृहस्थी के साथ एकदम से नौकरी और जीवनयापन का जुगाड़ वह भी बम्बई जैसे शहर में आसान तो नहीं था। परन्तु माँ ने जितनी हिम्मत और कर्मठता का परिचय देकर परिस्थिति की विभीषिका का सामना किया, पिता जी नहीं कर पाये। इसके लिए शायद उनकी तथाकथित कुलीनता और उनके संस्कार जिम्मेदार रहे होंगे। कमाऊ और दबंग पिता तथा मातृहीन परिवार में केवल लाड़ और भय के वातावरण में बड़े होने के कारण उनके व्यक्तित्व का विकास हो ही नहीं पाया। प्रत्येक सम्बन्धी से 'बेचारा बिना माँ का है', सुनते-सुनते वे और उनसे दस वर्ष छोटा भाई बड़े हुए थे। जवान विधुर पिता ने दूसरा विवाह न करके उन दो छोटे बच्चों पर एहसान किया था। जिसकी धौंस वे यदा-कदा बच्चों पर ही निकालते। छोटा भाई एक तो नासमझ था, दूसरा बड़े भाई का साया उसके सिर पर था। इस सुरक्षा के कारण छोटा भाई उद्दण्ड और स्वार्थी हो रहा था। उधर पिता जी के अन्दर एक प्रकार का भीरुपन और बेचारगी घर करती चली गयी। इस बात को उनके आस-पास के लोग तो क्या वे स्वयं भी नहीं समझ पाये। जिसे वे अपनी सादगी और वीतरागिता समझते रहे, वास्तव में वह उनकी कायरता और यथार्थ से पलायन की प्रवृत्ति थी। इसी प्रवृत्ति ने उनकी सारी अच्छाइयों के बावजूद उन्हें अनुत्तरदायी बना दिया। जीवन-संघर्ष के लिए, अपने उखड़े परिवार को फिर से जमाने के लिए, किये जानेवाले जद्दोजहद के समय, पति-पत्नी के बीच जो समरसता और आपसी समझ होनी चाहिए, उसका विकास ही नहीं हुआ। केवल दोषारोषण...वह भी केवल माँ की ओर से। पिता न तो कभी प्रतिवाद कर पाये, न ही अपनी सोच और स्थिति स्पष्ट कर पाये।

ऐसा नहीं कि उन्होंने कोई काम ही नहीं किया। प्रेस का जो काम उन्हें आता था, वह उन्होंने कुछ वर्षों को छोड़कर जीवनभर किया। परन्तु पारिवारिक जिम्मेदारियों में साझेदारी के अभाव में वे गैर-जिम्मेदार ही माने गये, जो कि शायद वे थे भी। इस तरह अकेली माँ का संघर्ष बढ़ता गया। तीन बच्चों के साथ स्वयं को शिक्षित करना, साथ ही परिवार के भरण-पोषण के लिए भी संघर्ष ने उन्हें अधिक कर्मठ, जुझारू बना दिया, परिणामस्वरूप उनका स्वभाव कठोर, रूखा होता गया, अन्दर की तरलता सूखती गयी...और इस सबके लिए उन्होंने परिस्थितियों को नहीं, पिता जी के उत्तरदायित्वहीन स्वभाव और व्यवहार तथा उनके भीरु व्यक्तित्व को ही जिम्मेदार

ठहराया और इसके लिए उन्होंने पिता जी को कभी क्षमा भी नहीं किया। फलस्वरूप परिवार में उनका वर्चस्व फैलता गया, पिता जी का सिकुड़ता गया...।

पति के कारण उठाये गये दुःखों और कष्टों को माँ कभी भूल नहीं पायीं। वे जीवनभर सुबह से शाम तक अपने दुःखों का वर्णन कर, पिता जी को अपराधी ठहराती रहीं, उन्हें कभी कटघरे से बाहर आने ही नहीं दिया। वे सदा उन्हें अपने वाग्बाणों से एक नाकारा और स्वत्वहीन व्यक्ति ही सिद्ध करती रहीं जिसके फलस्वरूप वे स्वयं भी दुःखी रहीं और घर का वातावरण भी भारी रहा।

मैं दस वर्ष की उम्र से उनके दुःखों को सुनती आ रही थी और आज भी वही सब सुनती जाती हूँ। मुझे लगता है हफ्ते के छह दिन तो वे सारे दिन अकेले मन-ही-मन अपनी व्यथा-कथा दोहराती आँसू बहाती होंगी। कम-से-कम सप्ताह में एक दिन तो वे सैकड़ों बार दोहरायी गयी व्यथा-कथा एक बार और मुझे सुनाकर मन हलका कर लेती हैं। इसलिए एक ही शहर में रहने के कारण मेरा यह दायित्व हो जाता है, कि मैं कुछ भी करके वहाँ पहुँचकर उनके दुःखों की 'पराच' (सन्ध्या-आरती के पहले बच्चों से जो ककहरा और गिनती-पहाड़े दोहरवाये जाते हैं उसे 'पराच' कहते हैं।) सुनूँ पर क्या यह सब प्रत्येक रविवार गुस्सा करते, शिकायत से मुँह फुलाये पति और बच्चों को या किसी और को भी कभी बतायी जा सकती है! आज तो न कोई कहनेवाला रहा न सुननेवाला...।

मैं कैसे भागते-दौड़ते मुट्ठीगंज पहुँचती और वहाँ पहुँचते ही व्यथा-कथा प्रारम्भ हो जाती। सैकड़ों बार सुनायी दुःख गाथा सुनाते-सुनाते माँ रोती-कलपती रहती... मेरी आँखों से भी हर बार की तरह, आँसू बहते रहते...। और मैं माँ के सिर और पीठ पर तेल लगाती या दाल-चावल बीनती रहती। बिना रुके शाम चार बजे तक यही सब चलता रहता। अपने बारे में तो मैं कभी बोल ही नहीं पायी और बहुत चाहते हुए कभी पिता जी का पक्ष में ही रख पायी, उन्हें अपराधी के कटघरे में खड़े देखती, बहुत-कुछ कहना चाहती, समझाना चाहती, पर पता नहीं क्या था कि मैं कभी कुछ बोल नहीं पायी। उन दोनों का पूरा जीवन मेरे सामने जो था। कुछ भी बोलना या समझाना, मुझे विपक्ष में खड़ा कर सकता था। शाम चार बजते ही मुझे घर भागने की जल्दी होती। समय पर चाय न मिलने पर पति का पारा सातवें आसमान पर चढ़ सकता था। घर पहुँचने की अफरातफरी में मैं अक्सर मुँह धोना भूल जाती और आँसुओं की सूखी लकीरें गालों पर चिपकी रह जातीं।

इस शहर में शाम चार बजे प्रत्येक हलवाई की कढ़ाई से समोसे तलने की खुशबू आने लगती है। जब मैं घर पहुँचनेवाली होती, हमारी गली के नुक्कड़ पर एक प्रसिद्ध समोसेवाला समोसे तल रहा होता। मैं अक्सर पैसे बचाने के चक्कर में सड़क पर ही उतरकर, पैदल दस मिनट का रास्ता पारकर पहुँचती। कई बार देर होती देख, सबको खुश करने के खयाल से रिक्शे के बचे पैसों से समोसे खरीद लेती।

मुझे घर आते देख बच्चे खुशी से माँ आ गयी-माँ आ गयी कहकर कूदने लगते। ये भन्नाये हुए अपनी चौकी पर से सिर उठा मुझे देखते और तुरन्त बोलते—

—हाँ, आ गयी आपकी माता जी पिटी-पिटायी शक्ल लेकर।

—पिटी-पिटायी से क्या मतलब? मेरी आवाज भर्रा जाती।

—जरा शकल देखो अपनी। मैंने तो मायके से लौटी किसी महिला की ऐसी पिटी शक्ल कभी नहीं देखी।

और मुझे समझते देर नहीं लगी कि मैं मुँह धोना भूल गयी हूँ। मैं बात बदलकर सबको खुश करने के चक्कर में समोसे का पैकेट आगे करती ...यह तो नहीं कहते कि मैं सबके लिए गरम समोसे लायी हूँ।

बच्चे समोसे पाकर प्रसन्न हो जाते। अपने प्रिय तो नहीं पर गरम समोसे की खुशबू से मुँह में आयी लार में, इनका भी दिनभर का गुस्सा बह जाता...। मैं चाय बनाने चली जाती।

आज अपने इस टूटे-फूटे शरीर के साथ बिस्तर में पड़े-पड़े आश्चर्य होता है, कि कैसे कोई इन्हीं पैरों पर पैंतीस वर्ष निरन्तर दौड़ सकता है...।

रिक्शा की चाल के साथ-साथ मन जो अब तक जाने किन सड़कों और गलियों में भटक रहा था, रिक्शा रुकते ही, उसे झटका लगा...। और मैंने अपने-आपको बिस्तर पर पड़ा पाया। रिक्शावाला कई घण्टे से रिक्शा चला रहा था। वह रिक्शा रोककर हाँफते हुए उतरा,...माता जी, स्टेशन आ गया। क्या!

चौंककर देखती हूँ। रील में एक रिक्शा स्टेशन पर आकर रुक गया है। आँख खोलकर देखती हूँ। सामने बड़े-बड़े अक्षरों में लिखा है—इलाहाबाद स्टेशन। तो! इतना लम्बा रास्ता लेने पर भी आखिर स्टेशन आ ही गया। चलो, अच्छा हुआ। कभी तो आना ही था। वह कहते हैं न, 'बकरे की माँ कब तक खैर मनायेगी।' आखिर तो ये सड़कें हैं, इनकी सीमा है। शुरू होती हैं, तो समाप्त तो होंगी ही। कोई स्मृतियों का रेला तो है नहीं कि बहता ही चला जाय...। बैरियर के पास रिक्शा रुका था। रिक्शेवाले ने सामान उतारा। मैंने उसे भरपूर पैसे दिये। अपनी समझ में तो अपने रिक्शेवाले मँगरू को आखिरी बार पैसे दे रही थी। वह प्रसन्न भाव से 'जय राम जी' कहता हुआ स्टेशन से बाहर हो गया।

सामान के पास खड़े-खड़े मैंने लाल वर्दीधारी कुलियों की ओर नजरें घुमायीं। कुली एक लाइन में बैठे थे। दो कुली एक साथ उठे और आपस में बहस करते हुए, गाली-गलौज पर उतर आये। गालियों का स्थान जब मारपीट ने ले लिया, तब एक वृद्ध कुली उठकर आया और बीच-बचाव करने लगा...क्यों लड़ाई-झगड़ा कर रहे हो? बेकार हलकान हो रहे हो। सवारी के सामने गाली बकते शरम नहीं आती। जिसका नम्बर है वह सामान उठा लो, सीधी-सी बात हैं। अपने नम्बर का ध्यान क्यों नहीं रखते। चलो आपस में समझौता करो और एक व्यक्ति माता जी का सामान उठा

लो। उस कुली का हाथ पकड़ अलग करते हुए वृद्ध बोला, ...कितनी बार समझाया कि सब अपने-अपने भाग का खाते हैं। वृद्ध के समझाने का असर हुआ। एक ने आगे बढ़ सामान उठाते हुए पूछा...कौन गाड़ी माता जी?

...तुलसी एक्सप्रेस।

...चार नम्बर पर।

चलते-चलते मैंने कुली से पूछा ...।

एक बात बताओ, जब तुम सब अपने-अपने नम्बर से मुसाफिर पकड़ते हो, तो फिर झगड़ा किस बात पर कर रहे थे?

...असल में आपका सामान उठाने का नम्बर तो उसी का था। मेरे नम्बर पर मैं चाय पीने चला गया। मुसाफिर को जल्दी थी, उसने उनका सामान उठा लिया। तो फिर यह नम्बर मेरा हुआ न!

दिनभर तो गाड़ियाँ आती रहती हैं। कितनी तो गाड़ियाँ हो गयी हैं। कितने तो यात्री उतरते हैं। अगर एकाध आगे-पीछे हो जाय तो क्या अन्तर पड़ता है।

...अरे माता जी, आजकल कुलियों की भी बड़ी मारामारी है। गाड़ियाँ बहुत हो गयी हैं, सवारियाँ भी बहुत चढ़ती-उतरती हैं, परन्तु प्रत्येक डिब्बे में मुश्किल से दस यात्रियों के पास उठाने लायक सामान रहता है। अब वह जमाना तो रहा नहीं कि प्रत्येक सवारी के पास कम-से-कम एक लोहे की पेटी और एक अदद होल्डाल, एक टोकरी, एक सुराही या वाटर कूलर होता ही था। आजकल तो ऐसा सामान चल पड़ा है, माता जी, कि सवारियाँ, बड़े-बड़े सूटकेस, बैग, सब पहियों पर लुढ़काते चले जाते हैं। प्लेटफार्म भी चिकने हो गये हैं। बच्चे तक अपने बैग टाँगे रहते हैं या प्लास्टिक के झोले उठाये रहते हैं। आजकल तो सवारियों को लेने आनेवाले परिवार-जन उनके सूटकेसों को लुढ़काते हुए बाहर ले जाते हैं। अब कुली की क्या आवश्यकता है! फिर आजकल 'सीजन' भी नहीं है।

...'सीजन' से क्या मतलब?

...जब मेला या नहान चलता है न, तब 'सीजन' बोला जाता है।

तो, ऊपरी स्तर पर ही नहीं, निचले स्तर पर भी आर्थिक मन्दी आती रहती है, सोचते हुए मैं अपनी सीट पर सामान व्यवस्थित करने लगी।

अभी ट्रेन चलने में देर थी। कम्पार्टमेण्ट में यात्रियों की आवाजाही बढ़ रही थी। यात्री अपना-अपना सामान व्यवस्थित करने में लगे थे।

मैं भी अपनी सीट पर रखा 'बेड रोल' फैलाकर बैठ गयी। एक अजीब प्रकार की शिथिलता पूरे शरीर में रेंगती-सी लगी। शरीर में अचानक ऐसी थकान अनुभव हो रही थी जैसे मैं अब तक स्वयं सामान उठाये-उठाये शहर की सड़कें नाप रही थी।

नहीं, यह शरीर की नहीं मन की थकान है जो...। अन्ततः यह शहर छूट ही गया ...शरीर में शिथिलता अनुभव करते हुए मैंने खिड़की से सिर टिका दिया।

सिर टेकते ही एक निःश्वास के साथ प्रश्न उठ रहा है...क्या शहर वास्तव में छूट गया। सब-कुछ छूट जाना किसे कहते हैं? इस प्रश्न पर विचार करने की आवश्यकता भी क्या है? यह तो एक सतत प्रक्रिया है। निरन्तर हमसे, हमारा कुछ-न-कुछ छूटता ही तो रहता है... हमारे जाने-अनजाने। इस प्रक्रिया पर हमारा कोई वश भी नहीं होता। हाँ, यह प्रश्न हो सकता है, कि क्या उत्तम है? अपने-आप छूट जाना या स्वयं छोड़ते जाना। वैसे इस उलझन में माथा खपाने की भी कोई आवश्यकता नहीं। जब यह एक सतत प्रक्रिया है और इसमें आप अधिक दखलअन्दाजी नहीं कर सकते तो उसे छोड़ देना ही ठीक है। जैसे, हम जो कुछ खाते हैं, उसे हजम करने, आवश्यक रखने, अनावश्यक निकालने की हमारे शरीर में एक प्रक्रिया है जो सतत चलती रहती है। चाहकर भी हम नहीं कह सकते कि फलाँ भोज्य-पदार्थ हमने बड़े परिश्रम से प्राप्त किया है, इसलिए इसे हमारे शरीर में रहना ही चाहिए।

बस इसी तरह कुछ निरन्तर चलनेवाली प्रक्रियाएँ हैं, जो हमारे वश में नहीं हैं। क्या बात है!! मन और मस्तिष्क का संघर्ष तो कभी समाप्त होता ही नहीं है। मन है कि सामने चल रही रील के दृश्यों का आनन्द बिस्तर पर पड़े-पड़े लेना चाह रहा है और मस्तिष्क है कि बेकार का 'दर्शन' छाँटे जा रहा है।

ट्रेन धीरे-धीरे स्टेशन से सरकने लगी है। प्लेटफार्म भी शाम के धुँधलके में डूब रहा है। ए.सी. की खिड़की से तो छूटता प्लेटफार्म भी ठीक से दिखायी नहीं दे रहा। मान लो प्लेटफार्म दिखलायी भी देता, तो कौन वहाँ आपके लिए हाथ हिलाता खड़ा है? कोई होता भी तो इस बन्द खिड़की से जब वह आपके चेहरे पर, आये भावों का उतार-चढ़ाव नहीं देख पा रहा है, तो उस हिलते हाथ से आपको क्या सम्प्रेषित हो ही सकता था...। पहले जब कभी, किसी को ट्रेन में बैठालने जाते थे और गाड़ी धीरे-धीरे प्लेटफार्म से सरकने लगती थी, तब खुली खिड़कियों की रेलिंग से टिकी दो जोड़ी उदास आँखें, प्रसन्न आँखें, बच्चों-सी निश्छल आँखें, उत्साहित आँखें, भावुक आँखें, भावहीन-पथरीली आँखें, वियोग से व्याकुल आँखें, भविष्य के सपनों से सजी आँखें, भविष्य की अनिश्चितता से डरी-डरी-सी आँखें चंचल आँखें, अपने में डूबी शान्त स्थिर आँखें, नव-विवाहिता की, दो-चार दिन पति के साथ रहकर वापस पीहर जाते समय, प्लेटफार्म पर खड़े, हाथ हिलाते पति को देखती नये-नये अनुभव और नयें भावों से भरी आँखें, और कभी कुछ न कह पाने की विवशता में मौन डबडबायी आँखें, जिन्हें देख ये काव्य पंक्तियाँ स्मरण हो जातीं..."दो बड़े नयन, दो भरे नयन," ...। पूरी ट्रेन की खिड़कियों में बस आँखें-ही-आँखें ...और उन आँखों के प्रति उत्तर में प्लेटफार्म पर खड़े हिलते, पचासों हाथ... जैसे जो अब तक कहा-सुना नहीं गया सब

अभी पूरा हो रहा है...। अधिकतर तो स्टेशन से घर आते-आते आप सब-कुछ भूल जाते हैं। फिर भी दो-एक आँखें बहुत दिनों तक आपकी पीठ पर चिपकी रह जाती हैं ...

खिड़की से आँखें सटा बाहर देखने का प्रयत्न करती हूँ। इन खिड़कियों से तो बाहर कुछ दिखलायी ही नहीं देता, सिवा कम्पार्टमेण्ट में जलती लाइट के प्रतिबिम्ब के। ट्रेन से यात्रा करते हुए पहले, इस वाक्य को सार्थक करते हुए—"यात्रा हमें अनुभवसम्पन्न बनाती है"—कितना कुछ दिखायी दे जाता। खेत, खलिहान, तरह-तरह के पेड़-पौधे, छोटी-बड़ी अमराइयाँ, नदियाँ, तालाब, पोखर, छोटी-बड़ी पहाड़ियाँ, टीले उन पर चरती बकरियाँ। छोटी-सी डण्डी हाथ में पकड़े गाय-भैसों को चराते छोटे-छोटे ग्रामीण बच्चे! छोटे-बड़े गाँव में होता सवेरा, दोपहर, शाम...। जिस प्रान्त से ट्रेन गुजरती वहाँ की प्रकृति। वहाँ के गाँव, लोग, झोंपड़ियों की बनावट, सब कितनी आसानी से दिख जाता था। इसके साथ ही स्थान और समय के साथ बदलती प्रकृति, सभ्यता, मानसिकता और इन सबसे सामंजस्य करता व्यक्ति, सब एकबारगी दिखायी दे जाते। खेत की पगडण्डी पर, काँधे पर हल उठाये चलते किसान और बैलों की सहायता से रहट चलाकर खेतों की सिंचाई करते किसानों के साथ-साथ, गाँव की कच्ची-पक्की सड़कों पर कहीं साइकिल, तो कहीं मोटर साइकिल पर जाते किसान और कहीं 'ट्यूब वेल' और मोटे-मोटे पाइपों की सहायता से सिंचाई करते किसान दिखलायी दे जाते। सुबह-सुबह कहीं पानी भरती महिलाएँ तो कहीं 'हैण्डपम्प' चलाकर पानी भरती महिलाएँ, किसी के सिर पर रखी कपड़े में बँधी रोटियों की पोटली तो किसी की साइकिल पर लटका पीतल या स्टील का टिफिन-कैरियर, कहीं कच्ची परसाल या पेड़ नीचे लगी कक्षाओं में पढ़ते बच्चे तो कहीं छोटे-बड़े, पक्के प्राइमरी स्कूल ...कितना कुछ एकबारगी, ट्रेन से यात्रा करते हुए दिखलायी दे जाता था, जो इतने विस्तृत फलक पर एक साथ देखना सम्भव नहीं है। हाँ, कभी-कभी खुली खिड़कियों से कई प्रकार की दुर्घटना हो जाया करती थी, तो उनसे बचने के लिए खिड़कियों में ऐसे शीशे लगाये जा सकते हैं जिनसे यदा-कदा होनेवाली दुर्घटना से भी बचा जा सके और बाहर के दृश्यों का आनन्द भी लिया जा सके। यह कहा जा सकता है कि 'टूरिज्म' का विकास ही भिन्न-भिन्न स्थानों के भ्रमण और वहाँ के जन-जीवन के साक्षात् अनुभवों के लिए ही हुआ है। परन्तु मेरी समझ में यह उस स्थान-विशेष का अनुभव है, यात्रा का नहीं। और कम्पार्टमेण्ट के अन्दर का वातावरण भी तो कितना बदल गया है। पहले कम्पार्टमेण्ट के अन्दर भी कितना कुछ अनुभव हो जाता था। तरह-तरह की वेश-भूषा, भाषा, रूप-रंग और गन्ध के यात्री। लोगों की गन्ध के साथ-साथ सामानों और तरह-तरह के खाद्य-पदार्थों का गन्ध से महकता रेल का डिब्बा। ढपली बजाकर गाते भीख माँगते

बच्चों की आवाजों के साथ-साथ, चना-चुरमुरा बेचनेवालों और पुतली के हाथ में बँधे मँजीरे बजाकर खिलौने बेचनेवाले तथा गले में तरह-तरह के मसाले का चौखटा लटकाये पानवाले की आवाज। साथ ही यात्रियों के आपसी झगड़े और कहा-सुनी की आवाजें, पूरा डिब्बा तरह-तरह की आवाजों से भर जाता। थोड़ी देर में सब शान्त। आपस के झगड़े, सामान और स्थान को लेकर की गयी बहसें, आपस में समझौते और मेल-मिलाप में बदल जाते। बातचीत का सिलसिला, घर-परिवार से होता हुआ धर्म से लेकर राजनीति तक की बात में बदल जाता। अपने-अपने जीवनानुभव और सुख-दुःख में साझेदारी के साथ ही अपनापन, सह-यात्रियों के बीच पनपने लगता... परन्तु अपना-अपना गन्तव्य आते ही, हाथ हिलाकर,'नमस्ते' या 'राम-राम' कहकर उतर जाना, फिर कभी न मिलने के लिए। कुछ ही घण्टों की यात्रा में कितने-कितने अनुभव ...स्लीपर या अन्य डिब्बों में थोड़ी-बहुत मनसायन हो सकती है, पर अब वह बात कहाँ। थोड़े से मेल-मिलाप होते ही अपनेपन की भावना अब उत्पन्न ही नहीं हो पाती। अब तो यात्रा करते समय शंका, अविश्वास और डर के अतिरिक्त कोई अन्य भाव ही उत्पन्न नहीं होता। सहयात्री से अपनत्व तो दूर की बात है। ए.सी. कम्पार्टमेण्ट में तो प्रत्येक यात्री अपना-अपना घर का कमरा ही साथ लिये चलते हैं। परदा खींचा, कमरा तैयार। वहीं सुख-सुविधा, वहीं खाना, वहीं 'पीना', कान में खोंसे वैसे ही थिरकते हुए गाना सुनना, मोबाइल पर वहीं बातचीत। बहुत हुआ तो सिरहाने की लाइट जला कोई हलकी-फुलकी पत्रिका के पन्ने पलटना। उनका संसार उनके साथ-साथ चल रहा है। 'सहयात्री' शब्द उनके शब्दकोश से गायब है। ऐसा लगता है, कि कुछ शब्द, वाक्य और मुहावरे, कितने भी सागरर्भित हों, आपकी जीवन-शैली में परिवर्तन आते ही, अनुपयोगी-से हो जाते हैं। जैसे अब इस उदाहरण का भी क्या महत्त्व है, जिसका प्रयोग एक साधारण व्यक्ति से लेकर सन्त-महात्मा तक करते रहे हैं—जिस प्रकार ट्रेन से यात्रा करते समय अपने सहयात्रियों से धीरे-धीरे अपनत्व हो जाता है। उनके सुख-दुःख आपको अपने लगने लगते हैं, उनकी किसी बीमारी के निदान या समस्या के निराकरण में आप सहभागी बन जाते हैं। उन्हें उचित राय देने के साथ-साथ उनकी बीमारी के इलाज के लिए अपने परिचित शहर या डॉक्टर के लिए हर सम्भव सहायता का प्रयत्न भी करने को तत्पर होते हैं। सात-आठ घण्टे की यात्रा में कितना अपनत्व होने लगता है। परन्तु अपना-अपना गन्तव्य आते ही सब कैसे हाथ हिलाते ट्रेन से उतर जाते हैं। न कोई राग-द्वेष न कोई मोह-आसक्ति, न विछोह का कोई दुःख ...उसी प्रकार यह जीवन-यात्रा भी है। यहाँ भी प्रत्येक जीव अपनी 'यात्रा' पर है। इसी यात्रा के दौरान सब एक-दूसरे से मिलते हैं। कुटुम्ब, परिवार, समाज निर्मित होते हैं। अपने-बिराने, राग-द्वेष, प्रेम-प्यार, अपनापन, घृणा, सब अनुभव होता है। सुख-दुःख, कष्ट, समस्याएँ, संघर्ष इनसे उबरने में साझेदारी, सहभागिता सब अनुभव होता है, सब-कुछ। मनुष्य के नाते होना भी चाहिए। परन्तु

समय आने पर जब सब अपने-अपने गन्तव्य पर उतर जाते हैं, तब मोह क्यों? विछोह का दुःख क्यों? वे तो मात्र आपकी जीवन-यात्रा के सहयात्री थे। रेल-यात्रा में मिले सहयात्री की भाँति...। यही सब सोचते हुए मुझे झपकी आ गयी। मेरी ट्रेन भी नदी-नाले, गाँव-शहर, रास्ते में पड़नेवाले रेलवे क्रासिंग को फँलागती भागी जा रही है, मेरी इस यात्रा के गन्तव्य की ओर ...। अचानक डिब्बे में धीमी-तेज आवाजें आने लगी हैं—"अरे ट्रेन तो 'आउटर' पर रुक गयी। ट्रेन की चाल धीमी हो गयी है। तो मेरा स्टेशन भी आनेवाला है, जहाँ मुझे उतरना है। एक यात्रा सम्पन्न हो जायगी. ..याद आ रहा है। बचपन में यात्रा पर निबन्ध लिखते समय वाक्य लिखना मैं कभी नहीं भूलती थी। 'यात्रा हमें अनुभवसम्पन्न बनाती है। सोचती हूँ आज की मेरी यह यात्रा क्या अनुभवसम्पन्नता की यात्रा है! नहीं! यह तो मेरी पचासी वर्ष की जीवन-यात्रा के अनुभवों से मुक्ति की यात्रा है!! अनुभवों से मुक्त तो फिर भी हुआ जा सकता है। क्या स्मृतियों से मुक्त होना सम्भव है? ट्रेन मन्थर गति से सरकने लगी है—जैसे सारे यात्री उसे धक्का देकर स्टेशन तक ले जा रहे हों। स्टेशन आ गया...।

(मैं आँखें बन्द कर लेती हूँ। सहसा मधुर संगीत की धुन कानों में पड़ती है। सामने रील चल रही हैं।)

दृश्य बदल गया था।

अरे, यह तो इन्दौर है, जहाँ मेरे दादा जी का घर था, यहीं मेरा बचपन बीता है। प्यारा, साफ-सुथरा, ठण्डा-ठण्डा-सा शहर। बचपन का इन्दौर...इन्दौर के राजबाड़े से बड़े गणपति तक जानेवाली लम्बी सड़क। उस सड़क पर चले जा रहे दो बच्चे। भाई की उम्र आठ वर्ष और बहन की लगभग छह वर्ष। दोनों के कन्धों पर हाथ के सिले, कपड़े के झोलेनुमा बस्ते लटके हैं। भाई के बायें हाथ में स्याही की दवात है। दोनों सड़क में बायीं ओर फुटपाथ पर चले जा रहे हैं। घर से स्कूल काफी दूर है। रास्ते में दो बड़े-बड़े बाजार और अनाज की मण्डी पड़ती है। बहन ज्यादा समझदार है। वह हर बार बीच सड़क पर भागते भाई को हाथ पकड़कर बायीं पटरी पर करती है क्योंकि उसके स्कूल में पढ़ाया गया है, कि हमेशा सड़क पर बायीं ओर चलना चाहिए। अपने शरारती भाई की देख-रेख करते-करते वह छोटी बहन (जो कि शायद मैं ही हूँ। रील में चेहरा अभी साफ दिखायी नहीं दे रहा है।) अचानक कब बड़ी बहन बन जाती है, उसे स्वयं पता नहीं चलता, बस उसे लगने लगा कि भाई कहीं उसकी जिम्मेदारी है। जब भी भाई कोई शरारत करता वह छोटी-सी बच्ची उसे हाथ पकड़कर अलग करती और इस तरह के काम करने के लिए बरजती रहती जिसके कारण घर

में पिटाई हो सकती है। फिर भी भाई की शरारत कम नहीं होती। स्कूल जाते समय जब उसका भाई अपनी दवात उसको पकड़ाकर मण्डी जाती हुई अनाज की गाड़ियों पर बस्ता टाँगकर भूल जाता और कहता...'डरपोक कहीं की। देखो मैं बिना चले ही मुफ्त में स्कूल जा रहा हूँ।' जब बरफ की गाड़ी में से बिना पैसे दिये, बरफ का बचा हुआ टुकड़ा लेकर भागता और बहन को भी खिलाने का प्रयत्न करता तो भी वह इन शरारतों में भाई का साथ नहीं दे पाती और मार के डर से थर-थर काँपती रहती, जबकि उसे कभी मार नहीं पड़ती, भाई को ही पड़ती रहती है।

रोज-रोज की मार का चाहे भाई पर कोई असर न पड़े परन्तु वह भाई को पिटते देख थर-थर काँपने लगती। जब भाई आधी छुट्टी में ही स्कूल से भागकर, करीब दो-तीन फर्लांग दूर बहन के स्कूल पहुँचकर, वहाँ स्कूल के सामने पड़ी हुई गिट्टियों पर इमली के घने पेड़ की छाया में बस्ता सिर के नीचे रखे लेटे हुए उसकी छुट्टी होने की प्रतीक्षा करते दिख जाता तो स्कूल की फील्ड में, ड्रिल करते हुए उसके हाथ, अचानक कँपकँपी के कारण झुक जाते, जो ड्रिल टीचर मिस गोखले की कड़कती आवाज से ही सीधे होते। अक्सर उसका मन कक्षा से उचट जाता, वह सोचने लगती, भाई आज फिर अपने स्कूल से भागकर आया होगा और तपती गिट्टियों पर लेटा, उसकी छुट्टी की प्रतीक्षा कर रहा होगा, आज फिर भाई को मार पड़ेगी। वह भाई को बहुत-कुछ कहना चाहती, समझाना चाहती है, स्कूल में मन लगाकर पढ़ा करो, स्कूल से आधी छुट्टी में भागना अच्छी बात नहीं है। पर छुट्टी होने पर वह जैसे ही स्कूल के फाटक से बाहर आती और तपती गिट्टियों पर लेटे भाई का मुरझाया मुँह देखती, उसके बाल-मन में लाड़ उमड़ आता...। भाई को उठाते हुए उसके मुँह से केवल इतना निकलता...आज तुम, फिर स्कूल से भाग आये, घर में मार पड़ेगी तो? भाई अपने बड़े होने के गर्व में कहता, 'तुम तो एकदम डरपोक हो, लो इमली खाओ। चलो, रास्ते में कबीट (कैथा) तोड़ेंगे और यहाँ से थोडी दूर पील्याखाल की तरफ एक बरफखाना है। चलो, तुमको दिखायें बरफ कैसे बनती है। ढलती शाम में इमलियों के वृक्षों की घनी छाया में दूर तक गयी निर्जन सड़क को देखकर वह डर जाती और कहती नहीं-नहीं घर चलो, देर हो जायगी। भाई समझाते हुए कहता—'अरे, मैं साथ हूँ न डरती क्यों हो। मेरे मित्र ने बतलाया है कि हनुमान चालीसा बोलते रहने से कभी डर नहीं लगता। परन्तु हम लोगों को तो हनुमान चालीसा आता नहीं है। चलो, हम लोग 'श्री कृष्ण शरणं मम्' बोलते हुए चलते हैं, और निडर भाई उसका हाथ पकड़कर निर्जन सड़क पर खींचते ले जाता। बरफखाने में बच्चों को भला कौन घुसने देता। इसलिए फाटक के बाहर खड़े-खड़े ही थोड़ी देर लोहे के पाइपों में से झरते पानी को देखते और वापस लौटते। बहन को तो कोई अन्तर नहीं पड़ता बस, घर पहुँचने की जल्दी में उसके कदम तेज हो जाते। परन्तु भाई अपने प्रथम अभियान में असफल होने के कारण मायूस कम, क्रोधित अधिक, सारे रास्ते लड़कों से बिना कारण

लड़ाई-झगड़ा करता और गाली बकता रहता। बहन निरन्तर भाई को बरजती रहती-'ऐसा मत करो, गाली मत बको। ये लड़के घर जाकर तुम्हारी शिकायत करेंगे और माँ तुम्हारे मुँह में मिर्च भर देगी। निडर भाई प्रेम से गालियों की बौछार करता घर पहुँचता। घर पहुँचकर वह बालिका अर्थात् मैं तो डर के मारे, नीचे के कमरे के बीचोंबीच लगे, काले लकड़ी के खम्भे से चिपक जाती। ऊपर भाई की पिटाई प्रारम्भ हो जाती।

इस बीच पड़ोस के लड़कों ने तीन बजे ही, घर आकर माँ को भाई के स्कूल से भागकर गली में गोली खेलने, मारपीट करने और गाली बकने का आँखों देखा हाल कह सुनाया था। मैं ऊपर जाकर कहना चाहती कि लड़के झूठ बोलते हैं। यह गली में नहीं खेल रहा था, न ही गाली बक रहा था। यह तो मुझे लेने मेरे स्कूल गया था। मेरे लिये इमली बीन रहा था और मुझे बरफखाना दिखलाने ले गया था। परन्तु खम्भे को कसकर पकड़े मेरी हथेलियाँ पसीने के कारण चिपचिपाकर और अधिक खम्भे से चिपक जातीं और मैं वहीं वैसे ही खड़ी रह जाती। कई बार भाई की शरारतें गम्भीर रूप भी ले लेती थीं। एक बार दशहरे के मेले से उसने एक धनुष खरीदा था। धनुष के साथ दो बाँस के खूब नुकीले बाण भी मिले थे जिससे भाई दिनभर निशाना लगाता रहता था। एक बार उसे क्या शरारत सूझी कि उसने तीन साल की बहन को पेट खोलकर दूर खड़ा कर दिया। बच्ची भी खेल समझ फ्राक उठा पेट खोल सामने खड़ी हो गयी। भाई ने यह बोलते हुए कि देखो मेरा तीर कैसे पेट भी फोड़ सकता है, तीर चला दिया। तीर सीधे छोटी बहन के पेट में घुस गया। अब तक खेल समझनेवाली बच्ची, तीर लगते ही जोर से चीखी। मैं तो डर के मारे दुबक गयी, परन्तु भाई की वह पिटाई हुई कि बस। मैं बराबर सोचती रही कि माँ यह क्यों नहीं सोच पाती कि आठ साल का बच्चा भी नासमझ ही होता है। जान-बूझकर पेट में तीर थोड़े मारेगा। जब मैं यह बात सोच सकती हूँ कि अगर प्यार से समझाया जाय तो भाई भी समझ जायगा और इस तरह की हरकतें नहीं करेगा तो ये बड़े लोग क्यों नहीं सोच पाते। भाई तो मार खाकर थोड़ी देर बाद सहज हो फिर खेलने लगता पर मैं वैसी ही किंकर्त्तव्य बनी रहती। मेरी घबराहट में कोई अन्तर न आता। मैं वैसे ही डरे-डरे बस्ता खोलकर पढ़ने बैठ जाती। न मुझसे कोई बोलता और न मैं ही किसी से बात करती। ऐसी सारी परिस्थितियों ने मुझे चुप्पा और भीरु बना दिया। यहाँ तक कि मैंने कभी अपने पिता से भी बात नहीं की। मैं उनकी ओर आँख उठाकर देखती भी नहीं थी। उन्हें देखते ही मेरा सिर झुक जाता और मैं दिवाल से चिपक जाती। सिर नीचा किये ही, मैं दिवाल से चिपकी, धीरे से सरकते हुए कमरे से बाहर हो जाती। मुझे याद नहीं पड़ता कि पिता ने भी कभी मुझे बुलाकर अपने पास बैठाया हो या कभी बात भी की हो, जबकि दो-तीन वर्ष की बहन को कई

बार उनके कन्धे पर चढ़े देखा था। उस समय यह कहाँ पता था कि उस जमाने में, परिवार में अपने पिता के सामने लड़कों का अपने पहले बच्चों को गोद में उठाना या बात करना असभ्यता माना जाता था।

स्कूल से लौटकर मैं अक्सर माँ के साथ मन्दिर चली जाती। हम लोग पुष्टिमार्गी वैष्णव-सम्प्रदाय के थे, और दादा जी गोवर्द्धननाथ जी के मन्दिर, जो 'हवेली' कहलाते थे, के बड़े मुखिया जी थे, इसलिए मन्दिर में सब लोग हमें पहचानते थे।

सड़क के फाटक से एक छोटा-सा सीधा रास्ता मन्दिर के प्रमुख द्वार तक पहुँचता। वहीं पर एक छोटी परसाल में जूते-चप्पल उतारने का स्थान था। इसी परसाल में दो-एक तोता-मैना बिना पिंजरे के, पीतल की छोटी-छोटी छड़ों पर टँगे, बैठे रहते। इनमें एक बड़ा-सा सफेद पहाड़ी तोता था। वह बहुत समझदार था, उससे बातें करने में बड़ा आनन्द आता था। आपकी बातें सुनते हुए उसकी गोल-गोल आँखें ऐसे मटकतीं जैसे वह आपकी बात सुनने के साथ-साथ समझ भी रहा है। वह सारे समय 'जय श्रीकृष्ण' बोलते हुए दर्शनार्थियों का स्वागत करता रहता।

मन्दिर के अन्दर प्रवेश करने पर बड़ा-सा आँगन पड़ता था जिसमें लकड़ी का एक ऊँचा-सा दीपाधार रखा रहता। आँगन के चारों ओर तीन-चार सीढ़ियों की ऊँचाईवाले, चौड़े-चौड़े बरामदे थे। एक बरामदे में निरन्तर, बिना माइक के भागवत-कथा होती रहती। थोड़े-से भक्तगण व्यास-पीठ के चारों ओर बैठे शान्तभाव से कथा सुन रहे होते। महिलाएँ अक्सर रुई की बत्तियाँ बटती रहतीं, साथ ही कथा भी सुनती होतीं। चारों ओर शब्दहीन शान्ति होती। सिवा एक बरामदे के जिसमें दर्शनार्थियों की भीड़ जमा होती। महिलाएँ घर-गृहस्थी की और पुरुष दुकान, व्यापार आदि की बात करते।

मन्दिर पहुँचकर माँ तो थोड़ी देर के लिए कथा सुनने बैठ जातीं। और मैं कभी खजांची बा के साथ तो कभी 'भीतरिया जी' या 'जलघड़िया जी' के साथ एक द्वार से होती हुई, अन्दर के आँगन में प्रवेश कर जाती, 'दर्शन' खुलने पर ही बाहर प्रतीक्षा करते दर्शनार्थी प्रवेश कर सकते थे। मैं केवल खजांची बा का ही हाथ पकड़ सकती थी, 'जलघड़िया जी' या 'भीतरिया जी' के नहीं, क्योंकि वे अपरस (अस्पर्श) में होते थे।

अन्दर का प्रांगण संगमरमर के काले सफेद पत्थरों से जड़ा चिकना ठण्डा रहता था। बाहर के प्रांगण से यह अपेक्षाकृत छोटा था। इसमें दोनों ओर ही चौड़ी परसाल थी जिसमें 'सेवा कार्य' होते रहते थे। इस आँगन के एक ओर लकड़ी की जालीवाले काले चिकने तीन दरवाजों के पार लाल बड़ा-सा परदा झूलता होता जो 'दर्शन' खुलने पर हटाया जाता।

इस आँगन की एक परसाल में 'पान फूल' की सेवा करनेवाले जन, मुँह पर कपड़ा बाँधे जगह-जगह सेवा कार्य में रत रहते। एक कोने में रखी तिपाई पर एक

ताँबे का करबा (टोंटीदार लोटा) पानी भरा रखा रहता, जिससे हाथ धोकर सब अपनी-अपनी जगह बैठ जाते। कुछ स्त्रियाँ पीतल की बड़ी-बड़ी चौकियों पर दाल-चावल बीनतीं कोई शाक-भाजी साफ करतीं, सँवारतीं (काटतीं)। दूसरी ओर बेले की कलियों और फूलों के टोकरे रखे रहते। यहाँ भी वैष्णव भक्तजन, मुँह पर कपड़ा लपेटे, फूलों का हिंडोला तैयार कर रहे होते या ठाकुर जी के शृंगार के लिए फूलों की मालाएँ या आभूषण, बना रहे होते। उस निःशब्दता में केवल मैं, कभी किसी के निकट, तो कभी किसी के निकट पहुँच ध्यान से उन्हें, चुपचाप अपना-अपना काम करते देखती। पहले मुझे बहुत आश्चर्य होता कि इतनी देर बिना बोले यह लोग कैसे रहते हैं? बिना बोले ही एक-दूसरे से सामान का लेना-देना भी कैसे करते रहते हैं? यह तो बाद में मालूम हुआ कि बोलते समय थूक और अशुद्ध वायु उड़ने से 'सेवा' 'अनसकरी' (अशुद्ध) हो जाती है।

फूलों से बनते हिंडोले को देखना मुझे मोहता। मैं आश्चर्य से देखती कि कैसे पहले दफ्ती पर गहरे रंग का कपड़ा सिला जाता फिर उसके ऊपर बेले की कलियों से तरह-तरह के बेल-बूटे, जाली आदि सूई-धागे की सहायता से सिलकर बनायी जाती, फिर उनको आपस में जोड़कर हिंडोले को आकार दिया जाता। इस प्रकार एक-एक कली पिरोकर बड़ा-सा फूलों का हिंडोला तैयार किया जाता। अक्सर मेरे बाल मन में जिज्ञासा होती कि हिंडोले के दर्शन तो केवल पन्द्रह-बीस मिनट को खुलते हैं। गुलाब की पंखुड़ियाँ लगा-लगाकर उसके लिए ये वैष्णव जन लाखों कलियाँ को नगीने की तरह जड़ते हैं जबकि कोने में रखे कल के बासी हिंडोले की तरह यह भी कल बासी हो जायगा...। मेरी बाल-बुद्धि में यह बात वर्षों बाद समझ में आयी कि ये भक्तजन हिंडोले में मात्र कलियाँ ही नहीं पिरो रहे हैं, बल्कि एक-एक कली के माध्यम से ठाकुर जी का नाम स्मरण करते हुए सेवा कर रहे हैं। उनके लिए केवल 'सेवा' का महत्त्व है और किसी बात का नहीं।

टिकोरे की आवाज के साथ दर्शनों के लिए धीरे-धीरे लाल परदा सरकाया जाता और बाहर बरामदे के लकड़ी के बड़े-बड़े दरवाजे खोल दिये जाते। बाहर प्रतीक्षा करती भक्तों की भीड़ 'बोल गिरिराजधरण की जय' बोलते हुए, अन्दर के आँगन में उमड़ पड़ती। आँगन के बीचोंबीच ठाकुर जी के सामने 'कीर्त्तनिया जी' तानपूरे पर सूरसागर का पद गाने लगते, उनके सहायक मृदंग पर थाप देते। भीड़ से बचाने के लिए 'कापड़िया जी' मुझे अपने कन्धे पर उठा लेते। उनके हाथ में मोटी रुई की रस्सी होती जिस पर लाल कपड़ा चढ़ा रहता। इसी से वे भीड़ को धीरे-धीरे मारते हुए (रुई के कारण भक्तों को चोट नहीं लगती थी।) एक जगह एकत्रित होने से रोकते। वे दौड़-दौड़कर भीड़ को हटाते और मैं उनके कन्धे पर उछलती रहती।

थोड़ी देर में गुसाईं जी आरती के लिए पधारते। चित्रलिखित महाप्रभु वल्लभाचार्य के समान ही कानों तक खींचे विशाल अर्द्ध निमीलित नेत्र लम्बी तीखी नाक और

चौड़ा ललाट, सफेद धोती, बगलबण्डी और लकड़ी की खूँटीदार खड़ाऊँ पहने, आकर्षक व्यक्तित्ववाले गुसाईं जी, ठाकुर जी की आरती करने हेतु पधारते। उनके पधारते ही मुखिया जी झारी से थोड़ा-सा जल उनके हाथों पर डालते। फिर उन्हें पीला गोटे की किनारीवाला दुकूल देते जिसे वे चादर की तरह ओढ़ लेते। हाथ में पहनने के लिए दो सोने के कड़े दिये जाते जिसे पहन वे बड़ी-सी आरती से ठाकुर जी की आरती करते। (कृष्ण के बाल स्वरूप की आराधना के कारण वे यशोदा भाव से, दुकूल और कड़े धारण कर ही आरती करते)। आरती मुखिया जी को वापस कर शान्त भाव से अन्दर के द्वार से ही लौट जाते। यह सारा कार्य प्रतिदिन निःशब्द होता परन्तु इसमें एक सेकेण्ड का भी व्यवधान नहीं पड़ता।

मन्दिर में अक्सर उत्सव होते रहते थे। इन उत्सवों में वैष्णवों की भीड़-भाड़ तो बढ़ जाती परन्तु आनन्द बहुत आता था। श्रावण मास में जल-यात्रा के दर्शन होते। कमल-सरोवर में कमर तक जल होता। एक छोटी-सी फूलों से सजी नाव में ठाकुर जी विराजते होते। गुसाईं जी कमर तक पानी में खड़े, ठाकुर जी की नाव को हाथ से धीरे-धीरे पानी में ठेलते...। बाहर रिमझिम पानी बरसता होता और पानी में भीगती भक्तों की भीड़, जल-यात्रा के दर्शन कर अपनी आँखों को तृप्त करती...। कई बार मेरी इच्छा होती कि काश! कोई थोड़ी देर के लिए मुझे भी पानी में खड़े होकर ठाकुर जी की नाव ठेलने देता... मैं कल्पना में उस आनन्द को अनुभव कर रोमांचित हो जाती। अन्दर से पता नहीं क्या उछल-उछल पड़ता...। परन्तु मैं अधिक समय कल्पना में भी यह आनन्द नहीं ले पाती। अँधेरा देखते ही अन्दर धक-धक करने लगता। भाई अवसर पाकर घर से बाहर गोली खेल रहा होगा। घर के अन्दर न पहुँचा होगा। मन्दिर से लौटते समय माँ उसे देख लेगी और उसकी पिटाई होगी। क्या करूँ कि उसे सूचना दे सकूँ कि माँ मन्दिर से लौटनेवाली हैं, वह भागकर घर पहुँच जाय। पर माँ का हाथ पकड़कर ही मन्दिर से वापस होना पड़ता।

जन्माष्टमी का उत्सव तो दो दिनों तक धूम-धाम से मनाया जाता। चाँदी के सुन्दर-से पलने में, जिसमें रेशम की डोर लगी होती, ठाकुर जी बिराजते होते। बनारसी लहँगा-दुपट्टा पहने सिर से पैर तक जड़ाऊ सोने के आभूषणों से लदी यशोदा जी धीरे-धीरे रेशम की डोरी खींचकर ठाकुर जी को झुलाती और भक्त समुदाय कृष्ण-जन्मोत्सव के दर्शन कर आनन्दित होते।

जन्मोत्सव के दूसरे दिन-सुबह नन्द-उत्सव होता। नन्द-उत्सव में तो बहुत ही आनन्द आता। सफेद दाढ़ी-मूँछवाले नन्दबाबा सफेद रेशमी धोती, सफेद रेशमी दुकूल और नया यज्ञोपवीत धारण किये रहते। उनके हाथ में सोने के कड़े, कान में बालें और गले में बड़े-बड़े मोतियों का कण्ठा होता। पीले रंग की ही बगलबण्डी पहने, सिर पर लाल कपड़े की बँधी पट्टी में मोरपंख या फूल-पत्ते खोंसे कुछ बच्चे ग्वाल बाल बने, 'कीर्त्तनिया जी' के चारों ओर गोला बनाकर नाचते। नन्दबाबा भीतर ठाकुर

जी की सेवा में रहते।

दर्शन खुलते और दर्शनार्थियों की भीड़ उमड़ पड़ती। नन्द जी थोड़ी देर में ही दूध-दही के कुण्डे उठा-उठाकर दर्शनार्थियों पर फेंकने लगते। दूध-दही की जैसे बौछार होने लगती। परन्तु मेरे आश्चर्य का ठिकाना न रहता जब मैं देखती कि बगुले के पंख जैसे सफेद अँगरखे, कुरते-धोती और रंगीन पगड़ियाँ पहने सेठ और गोटे-किनारी लगे कीमती ओढ़ने ओढ़े सेठानियाँ तथा सुन्दर-सुन्दर छापे की सूती साड़ियाँ पहने गुजराती महिलाएँ; दूध-दही की बौछार से बचने के स्थान पर उसमें भीगतीं और मुँह, सिर या वस्त्रों पर दूध-दही गिरते ही प्रसन्नता से नाचते हुए, बोलने लगते-'नन्द के घर आनन्द भयो है।' बच्चे भी दूध-दही में नहाते हुए नाचते रहते। संगमरमर का आँगन दूध-दही के कीचड़ से सन जाता। जो भक्त देर से पहुँचते और जिनके ऊपर नन्दबाबा का फेंका हुआ दूध-दही नहीं 'गिरता वे भी भक्तों के पैरों से सना हुआ दही उठाकर अपने वस्त्रों पर लगा लेते और आनन्द से बोलंते 'नन्द के घर आनन्द भयो है।' चारों और आनन्द-ही-आनन्द छा जाता।

परन्तु मैं आज तक नहीं सोच पायी कि यह कैसी आस्था है जिसमें प्रभु की भक्ति के सन्दर्भ में सब सम्बन्ध, इतने जीवन्त रूप से बदल जाते हैं कि व्यक्ति वर्षों का अन्तराल लाँघकर वर्तमान से अतीत में पहुँच जाता है और हजारों वर्ष पूर्व कृष्ण जन्म पर नन्द के घर हुए आनन्द को आज भी मन्दिर के प्रांगण में साकार कर लेता है।

मेरे लिये आनन्द केवल मन्दिर तक ही सीमित था। घर का वातावरण सदा एक-सा रहता, चुप्पा घुटनभरा ... परिवार की एकरसता में जरा-सी हलचल भी मुझे अच्छी लगती। मुझ स्वयं को लगता जैसे थोड़ी देर के लिए मैं अपनी खोल से बाहर आ गयी हूँ। त्योहार तो हमारे यहाँ अन्य परिवारों की तरह उत्साह से कभी मनाये नहीं जाते थे। सारे त्योहार उत्सव सब मन्दिर में ही होते। अगर आपको त्योहार मनाने का शौक है तो मन्दिर चले जाइये, यहाँ पिता जी तो कभी जाते नहीं थे। माँ भी त्योहार पर गुस्से के मारे नहीं जाती थी। हम बच्चे ही इधर-उधर डोलते रहते थे। सुनकर आश्चर्य होगा कि हमारे जैसे खाते-पीते परिवार के बच्चे, पड़ोस के बच्चो को दीपावली के दिन फूलझड़ी जलाते लालच से देखते रहते थे।

बस दो-तीन अवसरों पर हमारे घर में हलचल होती थी। एक तो किसी के विवाह में देवास उज्जैन तक जाना, दूसरे धर्मशाला में जीमने जाना। धर्मशाला में तीन-चार घण्टों का आनन्द रहता था। वहाँ भोजन तो घर के पुरुष बनाते परन्तु पूरी बेलने का काम महिलाओं का था। छुआछूत होने के कारण बाहर का कोई व्यक्ति किसी भी काम के लिए धर्मशाला में प्रवेश नहीं कर सकता था। लड्डू मोहनथाल, शीरा, सेव तथा अन्य मिठाइयाँ भी जैसे श्रीखण्ड, खीर, बामुदी (रबड़ी), लापसी सब घर के पुरुष ही रातभर धर्मशाला में रहकर बनाते थे। महिलाओं की सहायता भी नहीं

ली जाती थी। घर में एक गिलास पानी भी अपने हाथ से लेकर न पीनेवाले पुरुष धर्मशाला में काम कैसे कर लेते थे देखकर आश्चर्य होता था। यहाँ तक कि 'सेल' (पिकनिक) में भी पुरुष ही भोजन बनाते थे। (बेटे के विवाह के बाद नयी बहू को लेकर देवदर्शन के साथ 'सेल' करने का भी रिवाज था, जिसको 'दातनपानी' बोलते थे।) हाँ, भोजन परोसने का काम लड़कों का था।

हम लोग माँ के साथ समय के कुछ पूर्व धर्मशाला पहुँचते। माँ तो पूरी के काम में सहायता करने बैठ जाती। वृद्ध महिलाएँ या तो झुण्ड बनाकर बातें करतीं या गीत गातीं और बच्चे खेलने में लग जाते। धर्मशाला में सब बच्चों के साथ खेलने की छूट होती। एक तो सब जातिबन्धु होते दूसरे सम्बन्धी। अपने छोटे-छोटे घरों से निकलकर इतनी बड़ी धर्मशाला में पहुँच बच्चे पागलों की तरह शोर मचाते और ऊपर-नीचे दौड़ते होते। भोजन के समय सब सूती वस्त्र उतारकर रेशमी वस्त्र पहनते। एक ओर पुरुषों की पंगत लगती, दूसरी ओर बच्चों की। महिलाओं का नम्बर बाद में आता। धर्मशाला में रंगोली भी, जो पंगतों के सामने बनती, अधिकतर पुरुष ही बनाते, कन्याएँ सहायता कर सकती थीं। रंग-बिरंगे 'सोलो' में सजी पंगत बहुत अच्छी लगती। रेशमी वस्त्रों के साथ-साथ अपने लोटे-गिलास भी घर से ले जाने पड़ते थे इसलिए तरह-तरह के लोटे-गिलास की भी एक लाइन-सी लग जाती थी।

इसके अलावा ग्रहणवाले दिन भी हमारे घर में बहुत हलचल होती थी। ग्रहण लगनेवाला है। इसलिए सारे काम जल्दी निपटाये जाते थे। दादा जी भी मन्दिर से आ जाते। भोजन भी ग्रहण का सूतक लगने के पहले ही सम्पन्न हो जाता। वैसे दादा जी भोजन के बाद तुरन्त ही मन्दिर वापस चले जाते और सारी रात वहीं रहते थे।

ग्रहण लगने के थोड़ी देर पहले से ही हम लोगों को अपने-अपने ओटले पर छोटी-छोटी टोकरी में अनाज और काचली (नारियल की सख्त खोल का आधा हिस्सा जो नपने का काम करता था।) देकर बैठा दिया जाता। ग्रहण लगते ही माँगनेवाले अपनी झोली फैलाये-फैलाये ओटलों के सामने "गरन लगी गयो, दान करो अनाज वस्त्र दान करो, सोना-चाँदी नो दान करो" (ग्रहण लग गया है अनाज-कपड़े सोना-चाँदी जो कुछ हो दान करो) चिल्लाते हुए दौड़ने से लगते। उनके भागने का कारण यह होता कि ग्रहण-काल में ही दान देने का नियम था। ग्रहण समाप्त तो दान भी समाप्त। प्रतिदिन आनेवाली सफाई कर्मचारी का हिस्सा ग्रहण-काल में निकालकर अलग रख दिया जाता, जिसे बाद में कोई छूता नहीं था। ग्रहण-काल में वे भी इसी तरह भागते-दौड़ते अन्य मोहल्लों से दान लेते। ग्रहण समाप्त होने पर वे कभी भी आकर अपना हिस्सा उठा सकते थे। बच्चों में एक प्रकार की प्रतियोगिता होती कि किसने कितनी झोलियों में अनाज डाला और कितने छूट गये। यह सामने चल रही रील के दृश्य में जो बालिका पूरे समय झुके-झुके ही एक साँस में झोलियों

में अनाज डाल रही है न, वह मैं ही हूँ। आज दृश्य को देखकर मुझे स्वयं आश्चर्य हो रहा है कि सदा सिनी-विनी (ठण्डे तवे की रोटी जैसी) रहनेवाली यह बच्ची आज कितनी चंचल है! एक बार भी बैठे बिना लगातार उत्साह से सामने फैली झोलियों में बिना एक दाना गिराये अनाज डाल रही है, साथ ही दूसरे ओटलेवाले बच्चों को भी देखती जा रही है कि किसी अन्य की झोलियों की संख्या उसकी झोलियों से अधिक तो नहीं हो रही है।

ग्रहण समाप्ति की घोषणा होते ही टोकरी का सारा अनाज अन्तिम झोली में डाल दिया जाता क्योंकि ग्रहण में दान के लिए निकाला गया अनाज अगर बच गया तो वह गाय तक के खाने योग्य नहीं माना जाता था।

ग्रहण के पश्चात् थोड़ा कष्ट अवश्य होता था जब जाड़ा गरमी बरसात कोई मौसम हो, रखे हुए जल को सिर पर डालकर नहलाया जाता। पूरे ग्रहण काल में मौन रहकर मन में श्रीकृष्णशरणं बोलते रहना पड़ता, और वह तब तक, जब तक स्नान के बाद आपके गले की कण्ठी न बदल दी जाय। चूँकि माँ तीनों के स्नान तथा अपने भी स्नान के बाद कण्ठी बदलने का कार्यक्रम प्रारम्भ करती, इतनी देर ठण्ड में ठिठुरते हुए चुपचाप गीले बैठे रहना पड़ता था। रसोईघर की सफाई वगैरह के बाद ही कुछ खाने-पीने को मिलता था।

मैं उस उत्साही बच्ची को देखते-देखते इतनी मगन हो गयी कि मुझे झपकी आ गयी।

कुछ लोगों के जोर-जोर से बोलने और हँसने की आवाज से मेरी झपकी टूटी।

सामने रील तो चल रही थी, पर दृश्य बदल गया था।

यह तो मेरे दादा जी की बैठक है। दादा जी की बैठक में सदा ही दो-चार लोग होते थे जो दादा जी को घेरे रहते और आपस में जोर-जोर से बहस करते रहते थे। दादा जी, विश्राम के अतिरिक्त कभी अकेले नहीं होते। मन्दिर से लौटते हुए भी उनके साथ दो-तीन वैष्णव तो होते ही थे। घर में पहला कमरा उनका ही था। चूँकि भोजन करने तक वे 'अपरस' (अस्पर्श) में रहते इसलिए उनकी बैठक में टाट से बनी, रेशम की खोल चढ़ी एक छोटी गद्दी और ऐसा ही एक गावतकिया दीवाल से टिका रखा रहता। वे आते और उस गद्दी पर बैठ जाते। सामने बिछी गादी पर साथ आये व्यक्ति बैठ जाते।

सड़क से ही उनकी तेज आवाज सुनकर माँ पहले ही नीचे जाकर द्वार खोल देतीं। अगर कभी समय पर द्वार खुला नहीं मिलता तो दादा जी आगबबूला हो जाते।

उनके बैठक में पहुँचने के दस-पन्द्रह मिनट बाद ही माँ रसोईघर के किवाड़ की साँकल एक खास ढंग से बजातीं जिसका अर्थ होता भोजन तैयार है। उन दिनों ससुर से बोलने का चलन नहीं था।

दादा जी कभी अकेले भोजन नहीं करते। दो-एक व्यक्ति सुबह-शाम उनके साथ अवश्य होते, जिनकी सूचना माँ को देना वे आवश्यक नहीं समझते थे। माँ चढ़ाव (सीढ़ी) चढ़ते कदमों से पता लगा लेती थी कि आज कितने व्यक्ति भोजन के लिए आ रहे हैं, और उतनी ही पत्तल लगा दी जाती। (दादा जी के यहाँ थाली-कटोरी में नहीं पत्तल-दोनों में ही भोजन किया जाता था। पानी पीने के लिए भी ताँबे की घण्टी होती थी जिसका आकार लोटे और गिलास के बीच का होता था। बड़े लोग कभी बर्तन मुँह से लगाकर पानी नहीं पीते थे बल्कि ऊपर से सीधे गले में डालकर पानी पीने का चलन था। पानी पीते समय दादा जी का गला एक खास क्रम से ऊपर-नीचे होता, जिसे मैं बड़े ध्यान से देखती। भोजन कभी पहले से नहीं परोसा जाता। दादा जी के बैठने के बाद माँ घूँघट में ही सबको भोजन परोसती। भोज्य सामग्री न मुँह से माँगी जाती थी और न ही मुँह से बोलकर मना किया जाता था। पत्तल में जो भोज्य सामग्री समाप्त हो जाती, बहू उसे लगातार परोसती रहती। न चाहने पर हाथ के संकेत से मना कर दिया जाता। दादा जी भोजन के बारे में कोई टिप्पणी करे बिना, चुपचाप भोजन करते। हाँ, साथ में भोजन करनेवाले, अवश्य इतने स्वादिष्ट भोजन की प्रशंसा करते। दादा जी बिना किसी टिप्पणी के भोजन करते और समाप्त करके करवे से हाथ धो साथियों से बातें करते हुए नीचे उतर जाते। भोजन करते समय उन्होंने कभी नहीं पूछा कि बच्चे कहाँ हैं? बच्चों ने भोजन किया या नहीं। बेटों के बारे में पूछने का तो कोई प्रश्न ही नहीं उठता।

सन्ध्या भोजन के समय भी यही क्रम दोहराया जाता। हाँ, इसमें एक अन्तर था। सन्ध्या भोजन सात-साढ़े सात बजे तक समाप्त हो जाता। इसके पश्चात् सब लोग बैठक में शान्ति से बैठ जाते। इतने में 'बालकिसनबा' एक समाचार-पत्र रोल किया हुआ, और जिस रोल से सड़क में खेलते बच्चों की पीठ पर और धौल जमाकर घर लौटने के लिए कहते हुए, आते और लालटेन के प्रकाश में करीब घण्टाभर बैठकर सबको समाचार-पत्र पढ़कर सुनाते जिसमें दुनिया जहान की बातें होतीं। मुझे तरह-तरह के समाचार सुनने में आनन्द आता और शायद माँ को भी। मैं चौखण्डी में बैठ जाती और वे चुपचाप सीढ़ी में आकर बैठ जातीं। कभी-कभी पिता जी भी आकर बैठते थे। वे भी दादा जी की बैठक में नहीं चौखण्ड़ी में एक किनारे ही बैठते और पता नहीं ''कब चुपचाप उठकर चले जाते। किसी भी बात में उनकी कोई भागीदारी नही'' थी। पता नहीं वे पिता से इतना डरते क्यों थे। प्रतिदिन समाचार-पत्र सुनते रहने से यह लाभ हुआ कि छोटी-सी उम्र में ही मैंने गाँधी, नेहरू, पटेल,

सत्याग्रह, असहयोग, स्वतन्त्रता आन्दोलन, धरना, स्त्री-शिक्षा, विधवा-विवाह, सामाजिक कुरीतियाँ, द्वितीय विश्वयुद्ध, चर्चिल, पंचम जार्ज, जर्मनी, निराला, बालकृष्ण शर्मा 'नवीन' आदि शब्द से परिचित हो गयी थी। समाचार सामग्री पर थोड़ी देर आपस में बहस भी होती। कोई गाँधी की सत्य-अहिंसा और स्वतन्त्रता आन्दोलन के पक्ष में बोलते तो कोई बम-पिस्तौल की राजनीति के पक्ष में। बाजारभाव और सट्टेबाजी पर भी बहस होती। माँ तो थोड़ी देर में रसोईघर का काम निपटाने चली जाती, पिता जी पता नहीं कब उठकर चले जाते परन्तु मैं तब तक बैठी रहती जब तक नींद के झोंके नहीं आते। ऐसा लगता कि जिस दुनिया में रहती हूँ, इसके अतिरिक्त एक दुनिया और है, जहाँ एकरसता नहीं हलचल-ही-हलचल है। पता नहीं मुझे कुछ समझ में आता भी था या नही, परन्तु मैं कई बार बिना पूछे ही सटीक टिप्पणी कर देती और ऐसा इतनी बार हो जाता कि, लोग कहने लगे कि यह बच्ची बड़ी होकर बैरिस्टर बनेगी। शायद उस समय बैरिस्टरी ही सबसे ऊँची पढ़ाई समझी जाती थी। गाँधी-नेहरू के सन्दर्भ में लोग समझने लगे थे कि बैरिस्टरी पढ़ने इग्लैण्ड जाना होता है।

मेरी प्रत्युत्पन्नमति से प्रभावित होकर एक वाक्य दादा जी के मुँह से भी निकल गया था ''हमारी बेबी तो बैरिस्टर बनेगी।'' यही एकमात्र वाक्य जो मैंने अपने पूरे जीवन में अपने लिये दादा जी के मुँह से सुना था। इसलिए शायद हमेशा मेरे मानस पटल पर खुद गया।

सामने चल रही रील में ऊपर के कमरे की खिड़की से पीछे की ओर जो लहरदार सफेद पतरों की छाजन दिखायी दे रही है न, वह अधिकतर घरों के पीछे है। उन दिनों ये पतरे ही छत का काम करते थे। इसी पर स्त्रियाँ कपड़े पापड़-बड़िया सब सुखाती थीं। सर्दी के दिनों में धूप में बैठने और गर्मियों की रात में सोने के लिए भी ये पतरे की छतें काम में लायी जातीं। चूँकि छतें ढलवाँ होती थीं और सामने कोई आड़ भी नहीं थी इसलिए कई बार बच्चे रात में लुढ़कते हुए नीचे गिर भी जाते। फर्श कच्चे होते थे इसलिए अधिक चोट तो नहीं लगती, फिर भी गर्मियों के दिनों में एकाध बार तो हो-हल्ला सुनायी दे ही जाता।

मनोहर काका के पिता पुराणिक बा हमारे पड़ोस में रहते थे। वे जजमानी करते और जन्मपत्री वगैरह भी बनाते थे। जब वे पीछे पतरे पर धूप में बैठे होते, माँ कमरे की खिड़की से निकलकर पीछे पतरों पर चली जाती और उनसे पंचांग देखना सीखती। मनोहर काका स्कूल मास्टर थे। वे लाइब्रेरी से पुस्तकें लाकर पढ़ते थे। उनके कारण माँ का धार्मिक पुस्तकों के अतिरिक्त अन्य पुस्तकों से भी परिचय हो गया। अक्षरज्ञान तो माँ को था ही। अब वे मनोहर काका से माँगकर कहानी,

उपन्यास तथा अन्य पुस्तकें भी पढ़ने लगीं। एक नया संसार उनके सामने खुलने लगा, जिसमें उन्हें आनन्द के साथ-साथ ज्ञान भी प्राप्त होने लगा, उनकी बुद्धि और अधिक धारदार होती गयी।

वैसे उस समय प्रायः सभी परिवारों में स्त्रियों की स्थिति चतुर्थ श्रेणी कर्मचारी से भी अधिक नीची और दयनीय थी। स्त्री-शिक्षा के अभाव में परिवार में उनकी कोई आवाज नहीं थी। पिता जी की बेचारगी के कारण हमारे यहाँ माँ की स्थिति शायद अधिक दयनीय थी। अन्तर केवल इतना था कि जहाँ अन्य स्त्रियाँ अपनी तथाकथित स्थिति को अपनी नियति मान, परिस्थिति से समझौता कर, मजे से जी रही थीं, वहीं माँ स्थिति से समझौता करने के बावजूद अपनी बेटियों के भविष्य की भयावहता को बूझ रही थीं। उनके अन्दर एक प्रकार का विद्रोह पैदा हो रहा था, परन्तु कोई रास्ता नहीं मिल रहा था।

पुस्तकों और समाचार-पत्रों से प्राप्त ज्ञान के कारण उन्हें 'रास्ता' कुछ-कुछ समझ में आने लगा कि अगर बेटियों को शिक्षित कर आत्मनिर्भर बना दिया जाय तो इन्हें भविष्य में ऐसी गलीज परिस्थिति का सामना न करना पड़े। और उन्होंने मुझे स्कूल भेजने का निर्णय ले लिया पर कैसे? दादा जी तो लड़कियों को स्कूल भेजने के पक्ष में बिलकुल नहीं थे। भाई का नाम तो एक वर्ष पूर्व ही लिखवा दिया गया था। उस समय माँ ने आवाज उठायी भी पर अनसुनी कर दी गयी।

माँ ने हिम्मत कर पिता जी से बात की। उन्हें कई प्रकार से ऊँच-नीच समझाया परन्तु उनके ठण्डे व्यक्तित्व में कोई उबाल नहीं आया। अपनी जिम्मेदारी को समझते हुए किसी समस्या का सामना करने की, उनकी फितरत ही नहीं थी। उनका भीरु व्यक्तित्व 'सदा दिवाली सन्त की बारहमास बसन्त' की खोल ओढ़े रहता और अपनी कमजोरी वे इसी खोल के नीचे, दूसरों से नहीं, स्वयं अपने से भी छिपाये रहते। असल में विवाह के बाद तथा अपना परिवार बढ़ते ही एक प्रकार की पारिवारिकता और पत्नी-बच्चों के प्रति उत्तरदायित्व जो युवकों में स्वतः सहज ही विकसित होने लगता है वह, जिस किसी कारण से, पिता जी में पैदा ही नहीं हुआ। और दादा जी के लिए तो मन्दिर ही घर-परिवार सब-कुछ था।

परन्तु माँ चुप नहीं बैठीं। उनका विद्रोह, विस्फोट की हद तक उबल रहा था। उन्होंने किसी की परवाह (दादा जी की भी नहीं) न करते हुए, मनोहर काका से कहकर बड़े गणपति के पास, कन्या विद्यालय में मेरा नाम लिखवा दिया। मल्हारगंज से वही पास पड़ता था। मेरी उम्र उस समय सात वर्ष की थी। माँ ने मुझे घर में ही मात्राओं सहित अक्षर ज्ञान और गिनती-पहाड़े पढ़ा दिये थे कि मुझे 'अ' 'ब' में (आज की नर्सरी कक्षा) नहीं, पहली कक्षा में प्रवेश मिल गया। चार महीने बाद ही मुझे दूसरी कक्षा में कर दिया गया। पढ़ाई में मैं प्रारम्भ से ही तेज थी।

स्कूल जाते समय मेरी ड्रेस होती बिना बनियाइन (शमीज) का हाथ का सिला

जामदानी का कलीदार कुरता, घुटने तक लम्बा जाँघिया, जिसमें हमेशा लाल रंग का नाड़ा लटकता होता। बिना माँग निकाले सीधे कंघी करे बाल और कसकर बाँधी गयी एक मोटी-सी चोटी-और नंगे पैर। जूते तो लड़के पहनते थे। लड़कियों को जूते-चप्पल कौन पहनाता! स्कूल से लौटकर अपना झोलेनुमा बस्ता बाहर गरम पानी के चूल्हे के पीछे छिपाना होता और स्कूल के कपड़ों सहित स्नान करने पर ही घर में प्रवेश मिलता। स्कूल जाने से कुछ समझ तो बढ़ रही थी पर कुछ भी साफ नहीं था। हमेशा डर बना रहता। दादा जी को मालूम नहीं होना चाहिए कि पोती स्कूल जाने लगी है। अगर उसकी किसी गलती से पता चल गया तो घर में कैसा कोहराम मचेगा! मैं उस कोहराम की कल्पना से ही काँपती रहती। आखिर आगे-पीछे उन्हें पता चल ही गया। ऐसी बातें कहीं छिपती हैं। आशा के विपरीत दादा जी एकदम चुप रहे। उन्होंने अपना व्यवहार और अधिक ठण्डा कर लिया। शायद वे मन-ही-मन पिता जी को सपरिवार घर से निकालने और उन्हें अपनी सम्पति से बेदखल करने की योजना बना रहे थे। वे बस बहाने ढूँढ़ रहे थे। सबसे बड़ा कारण तो पिता जी का सुराजी होना और 'बिटल जाना' (गाँधी जी के प्रभाव से छूआछूत और समाज में चली आती हुई ऊँची-नीची जातियों के भेद को न मानना) था ही, अब बहू का लड़की को स्कूल भेजने का मनमाना निर्णय भी था।

परन्तु यह सब तो बहुत बाद समझ में आया। उस समय तो बस परिवार के प्रत्येक व्यक्ति से केवल डर और दूरी लगती। कोई अपना लगता ही न था। माँ के साथ भी प्यार या सहजता के सम्बन्ध नहीं थे। कितना चाहती कि मैं माँ को स्कूल के हाल-चाल बताऊँ। उन्हें बताऊँ कि कैसे मेरे सारे सवाल सही होते। मेरे शुद्ध लेख, श्रुतलेख में एक भी त्रुटि नहीं होती। प्रतिदिन के पाठ वाचन में भी मुझे शाबाशी मिलती है, मेरा उच्चारण सबसे शुद्ध होता है। परन्तु घर लौटते ही मेरे ओंठ चिपक जाते। घर का वातावरण सहज लगता ही नहीं! उस घुटनभरे वातावरण में मेरी छोटी-छोटी इच्छाएँ दबते-दबते कैसे मेरे संवेदनशील व्यक्तित्व को कुण्ठित बनाये दे रही थीं, यह समझने की मेरी उम्र तो थी ही नहीं। माँ बेचारी स्वयं ही स्वत्वहीन एक लाचार नौकरानी का जीवन जी रही थी। ऐसे में बेटी की मनःस्थिति समझने की कितनी शक्ति और समझ उसमें हो सकती थी...।

एक घटना याद आ रही है। स्कूल में एक बार जादू दिखाया जा रहा था। टिकट था, होल्कर स्टेट का ताँबे का बड़ा-सा मात्र एक पैसा। मैं बहुत चाहकर भी घर में किसी से जादू देखने के लिए पैसा नहीं माँग पायी। शायद मैं अन्दर-ही-अन्दर यह जान गयी कि मैं केवल माँ की जिद से स्कूल जा रही हूँ, वह भी सारे नियमों का पालन करते हुए। स्कूल में कुछ खाना तो दूर हम पानी भी नहीं पी सकते थे। सुबह के स्कूल में खाली पेट, बिना कुछ खाये-पीये पाँच घण्टे पढ़ना और बिना चप्पल-जूतें के जलती सड़क पर चलकर घर आना असहनीय हो जाता था। परन्तु स्कूल जाना

है, पढ़ना है तो यह सब तो सहन करना ही होगा। माँ के अनुसार तो लड़की को दुःख सहने की आदत होनी चाहिए। ऐसे में स्कूल में जादू देखने के लिए पैसा माँगना अनहोनी घटना हो सकती है। यह सोच मैं चुप रही।

स्कूल के मैदान में जादूवाले ने अपना सामान रखा। काला परदा टाँगा और जैसे ही कुरसी पर चढ़कर वह जादू दिखलाने की तैयारी करने लगा, मिस गोखले ने उन छात्राओं को लाइन से छाँट दिया जिन्होंने पैसा नहीं दिया था। उन छात्राओं में मैं भी थी। हमें घर जाने के लिए कह दिया गया। अन्य छात्राओं की लाइन से अलग कर दिये जाने का अपमान और जादू न देख पाने का दुःख, दोनों ही पहली बार व्यक्तिगत अनुभव लगे। सहसा मुझे लगा मेरे अन्दर कोई बैठा है जो इस व्यक्तिगत दुःख और अपमान से विचलित नहीं हुआ है। न उसकी आँख में आँसू आ रहा है न अन्दर से वह, काँप ही रहा है... तो दुःख ऐसा भी होता है, जिससे आँख में आँसू नहीं आते, ओंठ चिपकते नहीं, बल्कि कुछ बोलने जोर से चिल्लाकर बोलने की इच्छा हो रही है, कि गोखले टीचर को पैसा न लाने का कारण पूछना चाहिए था। इस तरह सबके सामने लाइन से बाहर नहीं करना चाहिए था।

स्कूल के फाटक से बाहर होते ही जो पहला विचार मेरे मन में आया था, वह आज अस्सी वर्ष बाद भी मुझे याद है। मैं सोचने लगी कि अगर मैं कभी टीचर बनी और स्कूल में जादू का तमाशा हुआ तो पहले मैं पैसा न लानेवाली छात्राओं से इसका कारण पता करूँगी फिर उन छात्राओं को घर न भेजकर सबके पीछे बैठा दूँगी।

स्कूल से लौटते समय प्रतिदिन मैं अपने पैरों को जलन से बचाने के लिए पेड़ों की छाँह ढूँढ़ती थी। पर उस दिन जब घर के ठण्डे फर्श ने पैरों को छुआ तो पता चला कि मैं पूरे रास्ते तपती सड़क पर यही सब सोचते हुए चलती रही थी। रास्ते में गीत गाती हुई स्त्रियों को देखकर क्रोध अवश्य आया था जो जलती सड़क पर नंगे पैर जल्दी-जल्दी चल रही थीं। वे स्त्रियाँ गोटे-किनारी लगे सुन्दर वस्त्र पहने और आभूषणों से लदी थीं, परन्तु उनके पैरों में चप्पल नहीं थी। उन्हें इस तरह चलते देख मेरे पैर और अधिक जलने लगे, यह सोचकर कि क्या मुझे भी जीवनभर इसी तरह नंगे पैरों जलती सड़क पर चलना पड़ेगा! मुझे कल्पना में उन स्त्रियों के शरीर पर गहनों के स्थान पर चप्पलें-ही-चप्पलें दिखायी देने लगीं। परन्तु बहुत चाहने पर भी हाथ में इतनी ताकत ही नहीं आयी कि मैं उनके लुगड़ों में उग आयी चप्पलों को नोचकर उन्हें पहना सकती या स्वयं अपने जलते पैरों में पहन पाती ...।

घर के द्वार पर पहुँचते ही, दुःख और अपमान से उत्पन्न क्षणिक तेजी पता नहीं कैसे तिरोहित हो गयी ...। और जैसे ही माँ ने स्कूल से समय पूर्व आने का कारण पूछा, मेरे अन्दर सोया बचपन अचानक जाग गया। मैंने आँखों में आँसू भर बड़े ही करुणापूर्ण ढंग से जादू देखने के लिए पैसा न देने और अन्य छात्राओं की लाइन से अलग कर दिये जाने की घटना आद्योपान्त यह सोचकर सुना दी कि माँ मुझे

कलेजे से लगाकर प्यार करेंगी और कहेंगी—'मुझसे पैसा माँग लिया होता।' मेरी चाहत के विपरीत माँ ने विवशता से मेरी ओर देखा, शायद मेरे दुःख को बूझा भी, परन्तु प्यार या सहानुभूति का एक शब्द भी कहे बिना, धीरे से बोली-अच्छा, बस्ता रख दो और लोटे-गिलास माँज लो, दादा जी मन्दिर से आते होंगे।

स्कूल में लाइन से अलग किये जाने का अपमान और दुःख, सड़क में जलते पैरों गीत गाती हुई स्त्रियों को देखकर आया हुआ क्रोध सब, माँ की उदासीनता के कारण, एकबारगी आँसू बनकर मँजते हुए गिलासों पर टपकने लगे।

दृश्य बदल गया है।

हम लोग सैलाना जा रहे हैं। सैलाना की रील कुछ धुँधली दिख रही है। रील धुँधली नहीं है शायद मैं ही इतनी छोटी हूँ कि उस यात्रा की याद ही धुँधली पड़ गयी है। कुछ याद आ रहा है कुछ नहीं। यहाँ कौन-सा किसी स्थान-विशेष का इतिहास, भूगोल वर्णन किया जा रहा है। रील में देखने का आनन्द तो आ ही रहा है। रील में जो यात्रा चल रही है वह बहुत बचपन की है तब मेरी उम्र मुश्किल से पाँच वर्ष रही होगी। भाई साढ़े छह-सात वर्ष का और छोटी बहन मात्र डेढ़ वर्ष की।

सैलाना मेरा ननिहाल था। मेरे नाना जी सैलाना स्टेट में 'गिरदावर' थे। माँ रक्षाबन्धन के आस-पास ही, वर्ष में एक बार हम तीनों भाई-बहनों को लेकर सैलाना जाती थी। उस बार किसी कारण से उतरते भादों के दिन थे, जब हम तीनों भाई-बहनों को माँ साथ लेकर बस से नाना जी के यहाँ जा रही थी। यही यात्रा मुझे थोड़ी-थोड़ी याद है। सावन-भादों के आकाश में कहीं घने बादल तो कहीं खुलापन। पूरे रास्ते, सड़क के दोनों किनारों पर विन्ध्याचल के कद्दावर पेड़, बीच-बीच में कई छोटे-बड़े जंगलों के बड़े-बड़े नदी-नाले। पठारी नदियों में पूर आयी थी। जिन रपटों पर ऊपर तक पानी आ गया था, वहाँ बस थोड़ी देर के लिए रुक जाती, पानी उतरते ही फिर चल पड़ती। आस-पास बसे छोटे-छोटे गाँवों के लिए कई कच्चे रास्ते, प्रमुख सड़क से फूटते, जिन पर बैलगाड़ियाँ चली जा रही थीं जिनमें मालवी ग्रामीण किसान परिवार बैठे होते। किसान मोटी सूती धोती और सिर पर सफेद या रंगीन पगड़ी लपेटे होते। उनकी स्त्रियाँ लाल गहरे तूल के घाघरे और ओढ़ने ओढ़े रहतीं, बच्चे भी इसी प्रकार के वस्त्र पहने रहते।

बरसाती नालों और पथरीली धरती के कारण हमारी बस धीरे चल रही थी। एक बैलगाड़ी बस के साथ-साथ चल रही थी। उस गाड़ी में बैठे परिवार में एक चार-पाँच साल की बच्ची बैठी थी। खुलता साँवला रंग, मालवी आकर्षक गोल चेहरा, माथे पर चाँदी का छोटा-सा बोर, बालों की बथलियों (पहले मालवी गाँव में बच्चियों के सिर में छोटी-छोटी कई चोटियाँ बनाकर, उन्हें समेटकर एक बड़ी चोटी बनायी जाती थी,

उसी को बथलियाँ गूँथना बोलते थे।) में गूँथा था। पहले मुँह पर बाल लटकना शायद अच्छा नहीं माना जाता था, इसलिए आगे के छोटे बालों को इसी प्रकार गूँथते थे। आज तो इस प्रकार बाल गूँथना फैशन में शुमार हो गया है। उस समय प्रायः लड़कियों का मुण्डन भी नहीं होता था इसलिए छोटी-छोटी बालिकाओं के बाल भी अच्छे लम्बे और मोटे हुआ करते थे। मैंने स्वयं दस-ग्यारह वर्ष की उम्र में, जब मैं बनारस में थी, किसी लड़की के कटे बाल देखे थे। वह भी अखबार में। समाचार में एक फोटो छपी थी, जिसमें महात्मा गाँधी लेटे हुए हैं और उनके पास खाट पर बच्ची इन्दिरा गाँधी बैठी हैं जिनके बाल कानों को ढँकते हुए, गरदन तक कटे थे। बाद में तो मेरी छोटी बहन के बाल भी, लम्बे बालों की किल्लत से बचने के लिए, इसी ढंग से कटाये गये थे।

बैलगाड़ी में बैठी वह ग्रामीण बालिका, गहरे लाल तूल पर सफेद छोटे-छोटे फूलों के छापेवाले मोटे कपड़े की छोटी-सी ओढ़नी माथे पर ऐसे ही डाले, लगातार मेरी ओर देखे जा रही थी। उसकी बालसुलभ आँखों में क्या भाव था मुझे पता नहीं। परन्तु उसे देखते हुए मेरे मन में क्या भाव उठ रहे थे, मुझे अच्छी तरह याद है। मैं उससे अपनी तुलना कर रही थी और मुझे अपने शहरी और अच्छे खाते-पीते, सम्भ्रान्त परिवार से होने पर गर्व हो रहा था। उस समय फ्राक का चलन नहीं हुआ था इसलिए घाघरी और पोलका तो मैंने भी पहन रखा था, परन्तु मेरी घाघरी चमकीले टाफटा की और पोलका रेशमी था, जिस पर सलमा-सितारे से कढ़ाई की हुई थी। माथे पर 'बोर' भी नहीं गूँथा था। मेरे सारे बाल पीछे समेटकर मराठी ढंग का जूड़ा बना था, जिसमें से आधे बाल निकालकर लम्बी-सी चोटी गूँथी हुई थी। मेरी माँ भी उसकी माँ की तरह घाघरा-ओढ़नी पहने थी। परन्तु उनका घाघरा कीमती कपड़े का था जिसमें गोटे लगी किनारी थी। और ओढ़ना भी छोटा नहीं चार हाथ का लम्बा-चौड़ा, गोटे के फूलों से सजा था। पूरा माथा ढँका होने पर भी, जिससे पीठ-कमर कुछ खुला नहीं रहता था। मैं इन्दौर शहर में रहती थी और बस में बैठी हुई थी जबकि वह सादाखेड़ी जैसे किसी छोटे-से गाँव से होगी और इस समय बैलगाड़ी में बैठी थी।

ऐसा सब सोचते हुए भी मैं मन-ही-मन उसका नाम पूछना चाह रही थी, मित्रता करना चाह रही थी। जैसे ही मैंने उससे बात करने की इच्छा से मुँह खोला, अचानक उसकी बैलगाड़ी, दाहिनी ओर जानेवाली पगडण्डी पर मुड़ गयी...। वह गर्दन घुमाकर भी मुझे लगातार देखे जा रही थी...। बस सीधी सड़क पर आगे बढ़ गयी। आज मुझे इस उम्र में भी वह चेहरा, वे आँखें याद हैं। कई बार सोचती हूँ, वह भी जीवन के सुख-दुःख झेलती हुई मेरी तरह ही वृद्ध हो गयी होगी। क्या उसे भी मेरी याद आती होगी, जैसे मुझे कभी-कभी उसकी याद आ जाती है। क्या वह भी मेरी तरह ही बीमार ...और मैं अपने ओंठों पर हाथ रख लेती हूँ। नहीं-नहीं, वह पूरी तरह स्वस्थ, सुखी,

सम्पन्न होगी, अपने भरे-पूरे परिवार में प्रसन्न होगी...।

इन्दौर से सैलाना के बीच की बस-यात्रा में मुझे दो बातें बहुत मोहती थीं। एक तो नाचते हुए मोर और दूसरे वह पतली-सी पठारी नदी, जिसके किनारे थोड़ी देर को बस रुकती थी। सावन-भादों का महीना होता। आसमान में घने बादल छाये होते। सड़क के दोनों किनारों पर देर तक फैले जंगल में मोर अपने बड़े-से पंखों को फैलाये थिरकते होते, कई-कई मोर एक साथ। रास्ते में जिस नदी के किनारे बस रुकती थी वह एक पठारी नदी थी जो गर्मियों में सूख जाती होगी। बस रुकते ही सारे यात्री उतर जाते। नदी इतनी उथली थी कि लोग उसमें उतरकर मुँह-हाथ धोते। नदी का पानी इतना साफ कि नीचे तले के कंकड़ साफ दिखायी देते। कंकड़ लाल रंग के होते। भैंस चरानेवाली कोई ग्रामीण बालिका नदी किनारे बैठी किनारे पड़े, बड़े-से पत्थर पर, नदी के उन छोटे-छोटे लाल पत्थरों को घिसकर अपने हाथ-पैर में मेंहदी लगा रही होती। यात्री नदी में उतर मुँह-हाथ धोते और किनारे बैठकर 'दशमी' (दूध में आटा सानकर बनाये गये पूरी-पराठे) और आम का सूखा अचार खाते। कुछ घी में सिंके आटे में गुड़ मिलाकर बनाया 'कंसार' भी खाते। हम बच्चे भी मन्दिर के प्रसादी लड्डू खाते और हाथों की ओक बनाकर नदी का पानी पी लेते। पानी कितना साफ और मीठा था! आज तो इतना साफ और स्वादिष्ट पानी पीने को तरस गये हैं।

उस समय सैलाना एक स्टेट था। इन्दौर इतना बड़ा तो नहीं, परन्तु गाँव भी नहीं था। आज से अस्सी वर्ष पूर्व मुझे तो अपना सैलाना, एक बार बड़े नाना जी के साथ देखे गये जावरा (जहाँ उस समय नवाब का राज था) से अच्छा लगता था। उस समय भी सैलाना एक उन्नत कस्बा अवश्य था। वहाँ एक राजमहल था जहाँ सैलाना के महाराज रहते। एक कच्ची-पक्की सड़क थी, जिसके दोनों किनारों पर ईंटों के बने मकान थे। प्रत्येक मकान के सामने एक चबूतरा-सा होता था, जो ओटला कहलाता था। बच्चे अधिकतर अपने-अपने ओटले पर ही खेलते। गली या सड़क पर उतरकर किसी भी बच्चे के साथ खेलना निम्न सामाजिक स्तर का द्योतक जो था।

सैलाना में शिवजी का एक प्रसिद्ध मन्दिर था जहाँ सावन में मेला लगता था। श्रावणी सोमवार को बहुत भीड़ होती थी। आस-पास के गाँव से भी लोग आते। हलकी-हलकी सावनी फुहारों में भी महिलाएँ रंग-बिरंगे ओढ़ने में, एक बच्चे को गोद में उठाये, एक का हाथ पकड़े, झुण्ड-की-झुण्ड चल रही होतीं। सावन की लगातार गिरती फुहारों में भीगने पर भी उनके आनन्द में कोई कमी नहीं आती।

एक ओर हलकी तेज सावनी फुहारें मालवी धरती को सींचती होतीं और धरती भी अपनी काली माटी की सुगन्ध फैलाते हुए अपनी कृतज्ञता का प्रदर्शन कर रही होतीं और दूसरी ओर उन बौछारों में भीगती महिलाएँ अपनी दाहिनी कमर पर एक

बच्चा उठाये और दूसरे को अपने ओढ़ने का एक छोर पकड़ाये, साथ-साथ चलने की हिदायत देती हुईं, दूसरे हाथ में पूजा की थाली लिये, मेले में सजी दुकानों और तरह-तरह के सामानों को मुग्ध भाव से देखती मन्दिर की ओर बढ़ती होतीं।

उन महिलाओं के शरीर पर अच्छे खासे आभूषण होते। कान में सोने के कर्णफूल या झुमके होते और जिनके सम्बन्ध इन्दौर-उज्जैन से होते, उनके कानों में इयरिंग होती जो उस समय आधुनिकता की पर्याय थी। गले में मंगलसूत्र के साथ बजट्टी या गलसरी, हाथ में बाजरी या साँकला, कमर में घाघरे पर लटकता एक लड़ का चाँदी का कन्दोरा (करधनी), पैरो में साँकले, कड़े झाँझर छड़े, कुछ भी। पैरों की पाँचों उँगलियों में पूरी-पूरी मच्छियाँ (बिछुआ), इतना आभूषण तो खाते-पीते घरों की महिलाएँ पहनती ही थीं।

गाँव से आयीं महिलाएँ भी गले में चाँदी की हँसुली, हाथ में बिना डिजाइन के गोल कड़े, पैरों में कसी हुई चाँदी की कड़ियाँ, माथे पर चाँदी का 'बोर' पहने रहतीं। किसी-किसी के गले में चाँदी की दो-तीन लड़ की जंजीर भी होती थी।

इतना सब पहन-ओढ़कर महिलाएँ मेले में जातीं और मेले की प्रत्येक दुकान के सामने ठहरकर, उसमें सजी एक-एक वस्तु को देखतीं—मस्त भाव से धीरे-धीरे टहलतीं, जैसे हजारों की शापिंग करनेवाली हैं। जबकि पूँजी के नाम पर ओढ़ने की खूँट में, चार-पाँच ताँबे के पैसे ही बँधे होते थे। वे भी 'गोणनी जीमने' में दक्षिणा स्वरूप मिले होते और सास की नजरों से बचाकर अपने पास रखे होते थे। (उन दिनों परिवार में शुभकार्य जैसे विवाह आदि प्रारम्भ करने के पहले, एक, तीन या पाँच सुहागिनों को भोजन अवश्य कराते थे, उसी को 'गोणनी जीमना' बोलते थे) भोजन के बाद दी गयी दक्षिणा के पैसे महिला की निजी मिल्कियत होती थी, जो अक्सर सास को देनी पड़ती थी। घर की बहुएँ उन्हीं पैसों को सावन मेले में खर्च करने के लिए रख लेती थीं।

इन्हीं पैसों से वे नाना प्रकार का सामान खरीदती होतीं। जैसे काँच की चूड़ियाँ, गन्द की शीशी, चोटी में बाँधने का फुलना, मुँह देखने का छोटा-सा शीशा, लकड़ी की काँगसी (कंघी), ऐसी बहुत-सी वस्तुएँ उस समय दो-चार पैसे में मिल जाती थीं। एक पैसे में बारह रंगीन रेशमी चूड़ियाँ जो मिलती थीं। उस समय काँच की चूड़ियाँ पहनना, माथे पर गन्द (लाल कुमकुम से तैयार किया गया चिकना तरल पदार्थ) का टीका लगाना, आधुनिकता थी। वरना तो घर में माथे की बिन्दी के लिए मोम और कुमकुम की डिबिया सदा भरी रहती थी। और हाथों में पहनी लाख की चूड़ियाँ भी सूतक या ग्रहण के बाद बदलकर नयी पहनी ही जाती थीं।

मेले में घूमते समय तो वर्षा में भीगने का कुछ पता ही नहीं चलता, परन्तु मेले से लौटते समय पानी में भीगने से उनके ओढ़नी के कच्चे लाल, पीले, नीले रंग पानी में गलकर, लम्बी धाराओं के रूप में उनके माथे से चेहरे तक बहते हुए, चेहरे को

चित्रित कर देते तो वे सजी-धजी महिलाएँ देखते ही बनतीं।

एक सावन के मेले की मुझे भी याद है। हम दोनों भाई-बहन नाना जी के साथ मेले में घूम रहे थे। शहर में रहने के कारण अन्य वस्तुएँ तो नहीं, परन्तु एक छोटी-सी दुकान मुझे बार-बार आकर्षित कर रही थी। उस दुकान पर घेवर सजे हुए थे। हमें तो बाजार का बना सामान खाने की मनाही थी, इसलिए खरीदने का कोई प्रश्न नहीं था। परन्तु मैं यह सोचकर उस दुकान के सामने खड़ी हो गयी कि नाना जी के आने तक घेवर देखने का आनन्द ले लेती हूँ और जब वे पूछेंगे तो पास की दुकान में लटकती गुड़िया की ओर इशारा कर दूँगी। परन्तु नाना जी ने कुछ पूछा ही नहीं, बल्कि आगे-आगे चलने के लिए डाँट अलग से मिली! शायद उस समय लड़कियों की इतनी कदर थी ही नहीं कि वे अपनी पसन्द की वस्तु माँग सकें या उन्हें दिलायी जायँ! शायद बचपन से ही लड़कियों को मन मारना सिखाया जाता रहा हो! तभी तो बड़ों का ऐसा व्यवहार मन को दुःखी अवश्य करता था, परन्तु कभी रोने-धोने या जिद का रूप नहीं ले पाता था जबकि साथ आये भाई को नाना जी ने एक रबर की गेंद दिलायी थी और मुझे कुछ नहीं। आपको मेले में लाया गया है, आपके सन्तोष के लिए वही पर्याप्त है।

वहाँ घर के पास ही साप्ताहिक हाट भी लगता था, जिसमें साग-सब्जी, मौसमी फल, अनाज, गुड़, नमक, मसाले आदि के अतिरिक्त अन्य आवश्यक सामान की छोटी-छोटी दुकानें सजतीं। अधिकतर सामान जमीन पर कपड़ा बिछाकर ही बेचा जाता था। हाट में आस-पास के ग्रामीण ही अधिक आते। मैंने पहली बार भीलों को हाट में ही देखा था। वे जंगल से जड़ी-बूटी, शहद, मोम, लाख, गोंद जैसी वस्तुएँ लाकर हाट में बेचते और बदले में नमक, गुड़, मसाले, छोटे-मोटे कपड़े आदि खरीदते। उनकी पत्नियों को जब मैं, लाल खड़ी मिर्च पूरी-की-पूरी चखकर खरीदते देखती तो आश्चर्य होता कि इतनी दुकानों पर मिर्च चखने पर भी इनका मुँह जलता क्यों नहीं!

हम लोग हाट में तो जाते नहीं थे परन्तु अपने ओटले पर से भी किसी भील को देखकर मैं डरकर अन्दर भाग जाती। किसी भी भील को देखते ही मुझे नानी के मुँह से सुनी 'मोग्या भील' की कहानी याद आ जाती। नानी बताती किसी जमाने में एक मोग्या डाकू था जो जंगलों में रहता था। उसके दो पत्नियाँ थीं। जब वह सोता, वे दोनों बन्दूक लेकर टापरे पर बैठ जातीं और उसकी निगरानी करतीं। आस-पास कई कोस तक के गाँव उसके आतंक से भयभीत रहते। उसका पेशा ही डाके डालना था, परन्तु वह कभी गरीब परिवारों के यहाँ डाका नहीं डालता। गाँव के खाते-पीते किसान, बनिये, सेठ-साहूकार, सब उसके नाम से काँपते रहते। रात में ही नहीं वह दिन दहाड़े भी उनके यहाँ डाका डाल सकता था। उसके पास डाकुओं का अच्छा खासा गिरोह था। डर के मारे कोई उसका

सामना करने की हिम्मत नहीं करता।

उसका पेशा डाका डालना और सेठ-साहूकारों को लूटना अवश्य था परन्तु उसके बारे में यह प्रवाद भी था कि वह जान-बूझकर कभी किसी की हत्या नहीं करता। लोगों के हाथ-पैर बाँधकर उनके घर में एकत्रित अनाज, रुपया-पैसा सोना-चाँदी लूट ले जाता परन्तु महिलाओं के पूरे आभूषण कभी नहीं उतरवाता। विशेषकर सुहाग के चिह्न। लूट का अधिकांश गरीबों में बाँट भी देता।

गाँव में 'मोग्या डाकू' से सम्बन्धित कई किस्से प्रचलित थे। एक किस्सा मुझे बहुत मजेदार लगता था, उसका प्रभाव आज तक मेरे मन पर है। नानी किस्से को अपनी ओर से दिलचस्प बनाते हुए सुनातीं। एक बार मोग्या अपने गिरोह के साथ किसी सेठ के यहाँ डाका डालने गया। उसके पहुँचने के पहले ही उसके डाके की खबर गाँव में पहुँच गयी। सेठ व्यापार के सिलसिले में गाँव के बाहर गया हुआ था। उसकी दो सेठानियों ने अपना और अपने आभूषणों की रक्षा का नया तरीका निकाला। पहले तो उन्होंने घर के सारे आभूषणों को पहन लिया। वस्त्र-आभूषणों से भली प्रकार लद जाने के बाद उन्होंने घर में रखी राब को अपने सिर पर डालना शुरू किया। थोड़ी देर में ही राब की धाराएँ उन सेठानियों के पूरे शरीर पर बह चलीं और उन पर मक्खियाँ चिपकने लगीं। इसके बाद वे दोनों बन्दूकें लेकर घर के सबसे ऊँचे टापरे पर बैठ गयीं और नीचे आँगन में मूँग की बोरियाँ खुलवा दीं। डाकुओं को सेठानियों तक पहुँचने के लिए आँगन पार करना आवश्यक था। जैसे ही डाकू आँगन पार करने का प्रयत्न करते मूँग के कारण फिसलकर गिर पड़ते। इसी तरह सुबह का उजाला फैल गया और हारकर डाकू वापस चले गये। सेठानियों ने इस प्रकार अपनी सूझ-बूझ से अपने माल और अपनी रक्षा की। पाँच वर्ष की उम्र में नानी के मुँह से सुनी उन वीर सेठानियों की यह कहानी मुझे अक्सर याद आती रही। सूझ-बूझ और बुद्धिमानी से किसी भी समस्या का सामना किया जा सकता है।

उन दिनों सैलाना के राजमहल में एक वार्षिक उत्सव होता था। उत्सव किस माह में और किस अवसर पर होता था यह तो ठीक से याद नहीं है परन्तु एक बार हम भाई-बहन नाना जी के साथ उस उत्सव में गये अवश्य थे। अधिक तो कुछ याद नहीं पर महल के बड़े-से आँगन में होनेवाला झूमर नृत्य अच्छी तरह याद हैं। चारों ओर सफेद चाँदनी बिछी थी, जिस पर अपने पद के अनुरूप लोग बैठे थे। दूर ऊपर बाल्कनीनुमा महल के छज्जे पर राजा और राजपरिवार विराजमान था। दूरी के कारण वे लोग मुझे स्पष्ट दिखायी नहीं दे रहे थे या मेरा ध्यान उनसे अधिक आँगन के बीचोंबीच बनी अल्पना और उसमें खड़े बड़े-से प्रकाशस्तम्भ पर थी। नाना प्रकार के दीपकों और हण्डों का मद्धिम प्रकाश चारों ओर फैला था। बिजली के बल्बों की चकाचौंध तो थी नहीं इसलिए प्रकाश भी शान्त-शान्त लग रहा था। हलके प्रकाश में भी रंग-बिरंगी पोशाकों और साफों के कारण एक प्रकार की जगमगाहट अवश्य

थी और था उत्सव का वातावरण।

थोड़ी देर में ही एक ही रंग के घाघरे-ओढ़नों में, लम्बे-लम्बे घूँघट निकाले दस-बारह नृत्यकार उपस्थित हुईं। उनके कपड़ों पर गोटे-किनारी का इतना अधिक काम था कि उसकी जगमगाहट में उनके आभूषणों पर ध्यान नहीं जा रहा था। फिर भी उनके ओढ़नी के कपड़े इतने पतले थे कि नृत्यकारों के माथे के 'बोर', नाक की नथ, कान के झुमके स्पष्ट दिखायी दे रहे थे। नृत्य प्रारम्भ हुआ, नृत्य के साथ-साथ संगीत भी चल रहा था। इतनी कम उम्र बालिका की समझ में क्या आना था परन्तु इतने बड़े आँगन में गोल-गोल घूमते रंग-बिरंगे घाघरे एक अजीब सम्मोहन उत्पन्न कर रहे थे। उसी समय किसी के वाक्य कानों में पड़े—"ये झूमर महारानी साहब स्वयं सिखलाती हैं और नृत्यकारों के कपड़े, उनके रंग, आभूषण आदि, उनकी निगरानी में ही तैयार होते हैं।" महीनों मुझे नींद में गोल-गोल घूमते रंग-बिरंगे घाघरे दिखते रहे।

इतना तो कहा ही जा सकता है कि इन राजे-रजवाड़ों ने चाहे जो भी किया हो, या न किया हो, एक काम तो अवश्य किया, अपनी सांस्कृतिक धरोहर को यथाशक्ति नष्ट होने से बचाया है और परम्परा के रूप में आगे भी बढ़ाया है।

सम्पन्न लोगों की बात छोड़ भी दी जाय तो साधारण-से-साधारण परिवारों ने भी अपने धर्म, वार-त्योहार, शिक्षा, अपनी परम्परा को नष्ट होने से बचाया है। मेरा ननिहाल एक साधारण पूजा-पाठी परिवार था। तथाकथित शिक्षा जैसा कुछ नहीं था। हाँ, मामा जी स्कूल जाने लगे थे। कन्या-शिक्षा का तो प्रश्न था ही नहीं, फिर भी दस-बारह वर्ष की दोनों मासियों को अक्षर-ज्ञान करवा दिया गया था। वे सुख-सागर वगैरह बाँच लेती थीं। नाना जी प्रतिदिन गीता जी का एक श्लोक अवश्य याद करवाते थे। घर में गाय थी। दोपहर गाय को चराने के लिए जंगल ले ही जाना पड़ता था। मामा जी तो पाठशाला चले जाते थे इसलिए मासियाँ गाय चराने ले जातीं। मैं भी कभी-कभी साथ हो लेती। मासी के एक हाथ में गाय हाँकने की डण्डी और दूसरे हाथ में एक पोथी होती जिसमें से एक श्लोक याद करके सन्ध्या समय नाना जी को सुनाना पड़ता। यह अलग बात है कि अर्थ जाने बगैर वे लोग कई दिन तक एक श्लोक रटती रहती थी। प्रतिदिन श्लोक याद करने का एक सिलसिला तो था। सुनते-सुनते मुझे भी एक श्लोक पूरा याद हो गया था। चूँकि पाँच-छह वर्ष की उम्र तक मेरी जबान साफ नहीं हुई थी। मैं तुतलाकर बोलती थी। किसी के कहने पर तोतली बोली में ही झट श्लोक सुनाने लगती—

' धरम छेत्रे कुरूछेत्रे, झमवेता युयुत्सवा...।' यह तो बहुत बाद में मालूम हुआ कि यह श्रीमद्भगवद्गीता का प्रथम श्लोक है। हमारी ज्ञानगंगा कितनी छोटी-छोटी अनजान धाराओं से होकर यहाँ तक आयी है, अन्दाजा लगाना कठिन है।

मैं लीन भाव से रील देखते हुए बचपन की स्मृतियों में खोयी थी कि दृश्य बदल

दृश्य बदल गया है।

हम लोग एक विवाह उत्सव में सम्मिलित होन उज्जैन जा रहे हैं। उज्जैन हम लोगों का ददिहाल था और पिता जी का ननिहाल। यही कारण था कि पुराने उज्जैन के प्रत्येक गली-मोहल्ले में हमारे किसी-न-किसी सम्बन्धी का घर था। परन्तु हम लोग पिता जी के मामा जी के यहाँ ही ठहरते थे। मुझे उनके घर में बहुत अच्छा लगता था। कारण उनके केवल एक बेटा था इसलिए वे मुझे बहुत प्यार करते थे।

माँगीलाल मामा जी का घर कच्चा तो था पर छोटे-बड़े कई कमरे-कोठरियाँ थीं और था एक बड़ा-सा बाड़ा, इसलिए चोर-चोर खेलने में आनन्द आता था। असल में दादा जी के घर के घुटनभरे वातावरण से बाहर निकलते ही डर और सहमापन अपने-आप कम हो जाते। अन्य बच्चों के साथ दौड़ने-भागने और गुल्ली खेलने में आनन्द आता। घर के पीछे एक छोटा तालाब था। तालाब में कंकड़ मारकर छोटी-छोटी लहरें बनते देखना भी अच्छा लगता था।

मामा जी यों तो वे पिता जी के मामा जी थे परन्तु वे जगत् मामा थे और उनकी पत्नी मामी। मामा जी पूजा-पाठी और सीधे-सादे थे। परन्तु अधिक भाँग पीने के कारण वे क्रोधी और आलसी हो गये थे। उनके यहाँ 'गामोठी' (जजमानी) का काम होता था। बँटवारे के बाद दो-चार गाँव उनके हिस्से में आये थे जहाँ उनके बीस-पच्चीस जजमान थे। उनके यहाँ होनेवाले सूरज पूजा, नामकरण, मुण्डन, विवाह आदि संस्कार करवाना, पंचांग देखकर मुहूर्त्त निकालना, समय-समय पर कथा बाँचने जाना आदि काम ही उनकी जीविका का साधन था।

मामा जी की उम्र तो अधिक नहीं थी परन्तु भाँग पीकर दिन में भी पड़े रहने के कारण वे इतने आलसी हो गये थे कि यजमानों के बुलावे पर अक्सर बहाना बना देते। चूँकि गामोठी से ही उनके परिवार का भरण-पोषण होता था, इसलिए घर में दारिद्र्य ने पैर पसारने शुरू कर दिये। भाई-बन्दों से मामा जी के क्रोधी स्वभाव के कारण पहले ही कोई बहुत अच्छे सम्बन्ध नहीं थे। अब तो सारे सगे-सम्बन्धी उनके यहाँ आने-जाने में भी कन्नी काटने लगे, कहीं कुछ देना-लेना न पड़े।

इसके बरक्स मामी कर्मठ, बुद्धिमान् और स्वाभिमानी महिला थी। कुछ दिनों तक तो वे मामा जी से झगड़ा करतीं, रोतीं और अतिशय गरीबी में दिन काटती रहीं। परन्तु जब उन्हें अपने इकलौते बेटे को अपने मायके भेजना पड़ा ताकि वह भरपेट दोनों समय भोजन कर सके तो स्वाभिमान के साथ-साथ उनमें आत्मविश्वास जागृत हो गया और उन्होंने स्वयं कुछ करने का निर्णय ले लिया।

कथा-वार्त्ता पढ़ सकें इतना शब्द ज्ञान उन्हें था। वे ज्योतिषी की बेटी थीं इसलिए पंचांग देखना भी आता था। किसी भी प्रकार की स्कूली शिक्षा के अभाव में भी स्त्रियों

में विपरीत परिस्थितियों का सामना करने की जो सहज मेधा होती है उसके दर्शन आज से अस्सी-सौ वर्ष पूर्व भी, समाज और परिवार के द्वारा सतायी गयी स्त्रियों में हो जाया करते थे। शायद इसी सहज मेधा के कारण ही मामी ने भी गाँव जाकर स्वयं जजमानी करने का निर्णय ले लिया।

एक बार जब गाँव से कथा बाँचने का बुलावा आया और मामा जी ने तबीयत खराब का बहाना बना दिया तो मामी जी ने मन-ही-मन गाँव जाकर कथा बाँचने का निर्णय लिया। किसी से बिना कुछ कहे उन्होंने घोड़ा तैयार किया। (गाँव आने-जाने के लिए घर में घोड़ा तो था ही)। उसके ऊपर 'खड़िया' लटकाया। (खड़िया एक प्रकार का लम्बा झोला होता था, जो घोड़े पर डालते ही दो भागों में लटक जाता, जिनमें आवश्यक सामान रखा जाता और घोड़े पर बैठने में भी सुविधा होती। सामान सँभालने की समस्या नहीं होती थी। स्वयं मामा जी की जूतियाँ पहनीं। अपने पहने हुए घाघरे का एक छोर पकड़, लाँग लगायी और घोड़े पर बैठकर गाँव यजमान के यहाँ पहुँच गयीं।

पहले तो ग्रामीणों को थोड़ा आश्चर्य हुआ। परन्तु उन लोगों ने महाराज का टीका कर फूलमालाओं से स्वागत कर, कथावाचक के स्थान पर उनको सम्मान सहित बैठा दिया। मामी ने भी नियमानुसार पूजन कर कथा प्रारम्भ की। मामी की सुरीली आवाज में कथा सुन और बीच-बीच में भजनों का आनन्द ले रहे श्रोता मन्त्रमुग्ध हो गये, विशेषकर स्त्रियाँ। कथा समाप्त कर, दूसरे यजमान के यहाँ कुछ विशेष मुहूर्त्त बता मामी अँधेरा होने के पहले ही घर लौट आयीं।

जब मामी घर लौटीं तो उनके ललाट पर लम्बा टीका और गले में फूलों की माला थी। खड़िये में बताशे, मिठाई और सीधे की सामग्री के अतिरिक्त शाक-सब्जी और ढेरों मौसमी फल थे। भला पुरुष समाज स्त्री का यह रूप कैसे स्वीकार कर सकता था! देवरों और अन्य सम्बन्धियों के अतिरिक्त मामा जी ने भी जितने 'सुभाषित' हो सकते थे, उन्हें सुनाने में कोई कसर नहीं छोड़ी। परन्तु मामी अपने निर्णय पर दृढ़ता से टिकी रहीं। कालान्तर में जब घर में खाने-पीने का सामान इफरात से आने लगा और मामी आस-पास के सभी बच्चों को बताशे और मौसमी फल बाँटने लगीं, तो एकबारगी सबके मुँह बन्द हो गये। ग्रामीण यजमान भी 'महाराज'-'महाराज' कहकर मामी को ही कथा-बाँचने ले जाने लगे। मामा जी की चलताऊ कथा के आगे मामी की सुरीली और भजनोंवाली कथा, उन्हें अधिक आनन्द देने लगी थी। शीघ्र ही मामी आस-पास के गाँवों में कथावाचक महाराज के नाम से प्रसिद्ध हो गयीं। घर की आर्थिक स्थिति सुधरते ही उन्होंने अपने बेटे को पास बुलवाया और उसे संस्कृत पाठशाला में भरती करवाया। ताकि

वह शुद्ध उच्चारण के साथ श्लोक बोलकर संस्कार वगैरह करवा सके।

उस समय मेरी जो उम्र थी, उस उम्र में इस प्रकार की घटनाओं की ओर ध्यान देना ही कठिन है, फिर उन्हें समझना और उससे निष्कर्ष निकालने का तो कोई प्रश्न ही नहीं था। परन्तु पता नहीं क्या बात थी कि इस प्रकार की स्वत्ववान् स्त्रियों को देखकर मेरा बाल-मन यह समझने लगा था कि दयनीय बनकर ही नहीं, कुछ अलग प्रकार का जीवन भी जीया जा सकता है पर क्यों? और कैसे? यह स्पष्ट समझने की उम्र तो नहीं थी बस अस्पष्ट-सा आभास होता कि स्त्री चाहे तो रोने-धोने के अतिरिक्त कुछ अलग भी कर सकती है। इस सोच ने मुझे जीवन में कई बार प्रभावित किया।

हम लोग महाकाल के दर्शन करने गये। बर-वधू के साथ क्षिप्रा-पूजन तो एक दिन पहले ही हो गया था। साथ ही हरसिद्धी के दर्शन भी। उनके इकलौते बेटे का विवाह था इसलिए वर-वधू हाथी पर बैठकर क्षिप्रा-पूजन के लिए गये थे। वर-वधू के बीच में मुझे बैठा दिया गया...। डर के मारे मेरा दिल धड़धड़ा रहा था। हाथी जब भी हिलता-डुलता, कलेजा मुँह को आ जाता। हाथी की सवारी का मैं कोई आनन्द नहीं ले पा रही थी, जबकि सारे बच्चे ललचायी नजरों से मुझे देख रहे थे। और मैं सोच रही थी कि किसी को मुझ पर दया आ जाय और वह मुझे हाथी पर से उतार ले तो कितना अच्छा हो। किसी से कह नहीं पायी कि मुझे डर लग रहा है, मैं हाथी पर बैठना नहीं चाहती...।

महाकाल के दर्शन के लिए जाते समय मुझे यद्यपि बहुत आनन्द आ रहा था। भीड़-भाड़ नहीं थी। बस हम लोग-माँ हम तीनों भाई-बहन और मामी। उस समय मुझे समझ तो नहीं थी परन्तु शायद भीड़-भाड़ मुझे रास नहीं आती थी। भीड़ में मैं बोल ही नहीं पाती। बस चुप्पी और घुन्नी हो जाती।

पैदल-पैदल कई गलियाँ पार करके जब मन्दिर पहुँचे, अँधेरा होने लगा था। मन्दिर की कई टेढ़ी-बाँकी, कच्ची-पक्की सीढ़ियाँ पार करके हम एक आँगन में पहुँचे। आँगन की दो-चार सीढ़ियाँ उतरने पर कच्चा-सा दालान आया। वहाँ से कई कच्ची सीढ़ियाँ पार करने पर बावड़ीनुमा बड़ा-सा कुण्ड आया। उस समय वह कुण्ड मुझे एक चौकोर छोटा तालाब-सा लगा, जिसका कुछ हिस्सा गिरती हुई कच्ची धर्मशाला से घिरा था। एक ओर कच्चा घाट था और दूसरी ओर थोड़ी ऊँचाई पर महाकाल का गर्भगृह।

बाहरी प्रकाश का कोई विशेष प्रबन्ध न होने के कारण उस घिरते अँधेरे में सब-कुछ रहस्यमय लग रहा था, कुछ-कुछ डरावना-सा...। पहले नीचे कुण्ड में उतरकर हाथ-मुँह धोया, महाकाल के अभिषेक के लिए लोटे में जल भरा। किनारे की टूटती, लटकी धर्मशाला की गहरी छाया कुण्ड के जल में पड़ रही थी। झिलमिल प्रकाश में कुण्ड में हाथ डालते हुए मैं भय से काँप रही थी कि कहीं पाताल लोक

का कोई राक्षस मेरा हाथ पकड़कर मुझे जल में घसीट न ले...।

माँ का हाथ कसकर पकड़े हुए गर्भगृह में प्रवेश किया...। अब तक के शिव मन्दिरों में देखे गये शिवलिंग से बहुत बड़ा शिवलिंग चाँदी की बड़ी-सी जलाधारी में जैसे खड़ा (अवस्थित नहीं)-सा लगा। (शायद उस उम्र में मुझे महाकाल का शिवलिंग बहुत बड़ा लगा हो। क्योंकि बचपन में ही एक बार काशी-विश्वनाथ के दर्शन का सौभाग्य मिला था। उस समय काशी-विश्वनाथ के दर्शन करने पर ऐसा आभास हुआ था जैसे जलाधारी में शिवलिंग बैठा हुआ है।) गर्भगृह के एक कोने में, तेल पी हुई मोटी-सी काली लकड़ी के दीपाधार में मिट्टी का बड़ा-सा दीपक जल रहा था। दीपक की मोटी-सी बत्ती की काँपती लौ का हिलता प्रकाश सीधे लिंग पर पड़ रहा था...। मेरा छोटा-सा दिल जोर-जोर से धड़क रहा था, जलाधारी से लिंग कहीं बाहर न निकल आय...। दीपक के कारण गर्भगृह में फैला हलका प्रकाश और उसमें बैठा, लाल रेशमी धोती पहने, गले में रुद्राक्ष की माला और कन्धे पर जनेऊ पहने, लाल अँगोछा कन्धे पर डाले, वह गोरा-सा पण्डा-पुजारी और उसकी बड़ी-बड़ी लाल आँखें, उस रहस्यमय वातावरण को और गहरा रहे थे। वह तो माँ को उस पण्ड़े से बातें करते देख कुछ आश्वस्ति हुई थी, क्योंकि वे हमारे दूर के सम्बन्धी ही थे। बाद के वर्षों में कुछ समय उज्जैन में रहने के कारण, कई बार अलग-अलग समय में, भस्म आरती से लेकर, संझा आरती तक महाकाल के दर्शनों का सौभाग्य मिला परन्तु पाँच-छह वर्ष की उम्र में किया गया उस दिन का महाकाल-दर्शन आज भी दिव्यता से भर देता है।

उज्जैन से लौटते हुए ट्रेन में एक आश्चर्यजनक घटना घटी। मीटर गेज के दियासलाई की डिबिया जैसे छोटे-से डिब्बे में काफी भीड़ थी। अधिकांश पुरुष थे। दो-चार स्त्रियाँ भी थीं जो लम्बे-लम्बे घूँघट निकाले, कोने में गठरी बनी बैठी थीं। डिब्बे के सण्डास का दरवाजा कुछ ढीला था जो गाड़ी चलने पर बार-बार खुल जाता और डिब्बे में दुर्गन्ध की एक लहर-सी फैल जाती। सभी लोग चुपचाप नाक पर कपड़ा रखे बैठे थे। तभी एक महिला ने कम्पार्टमेण्ट में प्रवेश किया। खद्दर की चौड़े किनारे की साड़ी और खद्दर का ही ब्लाउज पहने थी। पैरों में चप्पल, नाटा कद, गेहुँआ रंग ठीक से सँवरे हुए बालों का जूड़ा और आँखों पर गोल फ्रेम का चश्मा था। चेहरा साधारण होते भी अच्छा लग रहा था। चेहरे पर वैसा दयनीय भाव नहीं था जो मैं अपनी माँ, नानी या अन्य स्त्रियों के चेहरे पर देखती आयी थी। वह महिला डिब्बे में चढ़ने के बाद कुछ समय तक तो नाक पर रूमाल रखे खड़ी रही पर स्टेशन आते ही उतरकर सीधे स्टेशन मास्टर के कक्ष में पहुँची। उन्हें अपने साथ लाकर सण्डास का दरवाजा दिखाया और उसे इस बात पर मजबूर किया कि जब तक सण्डास का दरवाजा ठीक नहीं होता, गाड़ी नहीं चलेगी। स्टेशन मास्टर को मजबूरन पहले दरवाजा ठीक करवाना पड़ा तब जाकर कहीं गाड़ी चल सकी। हालाँकि वे उसी स्टेशन पर

उतरकर चली गयीं। मैं लगातार उस महिला को देखती रही ...। जैसे मैं एक नये प्रकार का जीव देख रही हूँ जो अब तक की देखी गयी स्त्रियों से भिन्न है। उनके उतरने के बाद लोग उनके बारे में आदर से बात कर रहे थे। वह कस्बे की कन्या पाठशाला में पढ़ाती हैं, गाँधी जी की भक्त हैं, सब इन्हें समाजसेविका कहते हैं। गाँव-गाँव जाकर खादी और स्त्री-शिक्षा का प्रचार करती हैं। नारी-जागरण के काम में लगी हुई हैं।

अनजाने ही मुझे जैसे प्रकाश के दर्शन हो रहे थे। उन समाजसेविका को देखकर और उनके बारे में सुनकर मुझे जो कुछ हो रहा था उस भाव को भाषा तो मैं अभी दे पा रही हूँ, परन्तु ऐसा ही कुछ हो अवश्य रहा था। मैं सोच रही थी, पढ़-लिखकर और अपने पैरों पर खड़े होकर स्त्री का यह रूप हो जाता है! उसमें इतना आत्मविश्वास आ जाता है कि जो काम पुरुष नहीं कर सकते, वह काम भी वह कर लेती है तो ...मैं उनके जैसी बन सकती हूँ, शिक्षा प्राप्त कर अपने अन्दर आत्म-विश्वास पैदा कर सकती हूँ।

घर में काका का विवाह है। विवाह की तैयारी में पूरे घर में हलचल है। घर में पापड़-बड़ी बन रहे हैं, गेहूँ बीने जा रहे हैं, दाल दली जा रही है। साथ ही कपड़े गोटे-किनारे से सजाय जा रहे हैं। बहू को चढ़ाने के लिए आभूषण तैयार हो रहे हैं। धर्मशाला में बदलाव देख कुछ अच्छा लग रहा है। विवाह के लिए मन में एक प्रकार का लालच उत्पन्न हो रहा है कि अपना भी विवाह हो जाय तो अच्छा हो दूसरे घर में रहने को मिलेगा! कम-से-कम इस घर की मनहूसियत से तो छुट्टी मिलेगी।

तभी एक दिन होनेवाली काकी के पिता को अपने दादा जी के सामने यूँ गिड़गिड़ाते देखा। वे हाथ जोड़कर कह रहे थे—वे बहुत गरीब हैं। इतना दहेज नहीं दे सकते हैं, केवल कुमकुम और कन्या दे सकते हैं। अगर वे गरीब ब्राह्मण की कन्या को शरण दे दें तो उसका जीवन बन जायगा। मैंने अपने होनेवाली काकी को देखा था। वे तीखे नाक-नक्श, सलोनी आँखोंवाली गोरे रंग की एक तेरह-चौदह वर्ष की कन्या थी। मैं सोचने लगी इतनी सुन्दर नाजुक-सी कन्या भी अपने पिता को इतनी भारी पड़ सकती है कि उसका पिता एक आवारा लड़के से उसका विवाह करने के लिए लड़के के पिता के सामने यूँ गिड़गिड़ाये!

और जब विवाह के बाद मैं अपनी सुन्दर-सी काकी को घर में तीसरे दिन अपने आवारा काका के हाथों मार खाते देखती तो मेरा अन्तर मन काँप जाता...। प्रतिदिन स्वप्न में अपना विवाह होता देखती और साथ ही ससुराल में मार खाता हुआ देखती तो डर के मारे पसीने-पसीने हो जाती। सपने में ही चीत्कार कर उठती "नहीं-नहीं मुझे विवाह नहीं करना है।"

एक बार जब बहुत मार खाने पर काकी अपने कपड़ों की गठरी लेकर अपने पीहर भाग गयीं, तब मैंने राहत की साँस ली कि चलो अब बेचारी को रोज-रोज मार

नहीं खानी पड़ेगी। परन्तु मेरे आश्चर्य का ठिकाना नहीं रहा जब मैंने दूसरे ही दिन काकी की माँ को मय गठरी के अपनी बेटी को लाकर मेरे दादा जी के पैरों में गिरते देखा। वे अपनी बेटी के इस प्रकार ससुराल से भाग जाने के लिए बार-बार क्षमा माँग रही थीं और अपनी बेटी को बहू के रूप में पुनः स्वीकार करने की प्रार्थना भी कर रही थीं।

उस समय मुझे काकी के स्थान पर सामने की गौशाला में खूँटे से बँधी वह गाय दिखायी दे रही थी जिसे पता नहीं क्यों ग्वाला रोज मारता और खूँटे से बाँध देता था। ... और विवाह करने का मेरा सारा उत्साह, डर में बदल गया। अब तो किसी लड़की के विवाह की बात सुनकर ही मेरे शरीर पर भय से काँटे खड़े हो जाते।

मेरे छोटे-से मन-मस्तिष्क में अक्सर यह विचार उठता कि अगर मैं विवाह नहीं करूँगी तो बड़ी होकर मैं और क्या कर सकती हूँ? बड़े होने पर सबका विवाह होता है, इसके अलावा तो कभी किसी को देखा नहीं। पढ़-लिखकर नौकरी की जाती है यह तो मैं जान चुकी थी परन्तु साथ ही मैं यह भी जानती थी कि विधवा हो जाने पर या ससुराल से निकाल दिये जाने पर ही महिलाएँ मिडिल पास करके स्कूल में मास्टरनी बनती हैं। और बिना विवाह किये विधवा बनना सम्भव नहीं फिर क्या उपाय किया जा सकता है! इस तरह के ऊटपटाँग विचार मेरे दिमाग में चलते रहते ...किसी से कुछ पूछने या अपनी समस्या बतलाने का तो कोई प्रश्न ही नहीं था।

काका के विवाहोपरान्त जिस सुखद पारिवारिक वातावरण की मैंने कल्पना की थी वह तो हुआ नहीं उसके बदले आये दिन घर में लड़ाई-झगड़े होने लगे तथा कोहराम मचने लगा। काका की आवारगी बढ़ती जा रही थी। काका पिता जी से दस वर्ष छोटे थे। पिता जी पहली सन्तान थे और काका अन्तिम। बीच के बच्चे या तो मर चुके थे या हुए नहीं थे, पता नहीं? काका जब दो वर्ष के थे तभी दादी का देहान्त हो गया था इसलिए दादा जी को काका के लिए कुछ अतिरिक्त लाड़ था। वे उनके बारे में अच्छा-बुरा सुनना ही नहीं चाहते थे। पता नहीं क्यों दादा जी काका की प्रत्येक भूल के लिए पिता जी और माँ को जिम्मेदार मानते और उनके बारे में कोई बात शुरू होते ही, क्रोध में जोर-जोर से चिल्लाते और पिता जी को डाँटने लगते कि बिना माँ का बच्चा है, घर में कोई उसकी देखभाल नहीं करता है, प्यार नहीं करता है। वह दिन भर घर से बाहर खेलता रहता है कोई उसे स्कूल नहीं भेजता न गलत काम करने से टोकता है, मैं सारे दिन मन्दिर में रहता हूँ। तुम तो अपने परिवार में व्यस्त हो गये, इतना भी नहीं सोचते कि छोटा भाई बिना माँ का है। उसे अभी अच्छे-बुरे की समझ नहीं है। दादा जी यह सोच ही नहीं पाते थे या सोचना ही नहीं चाहते थे कि जो बेटा अपने पिता से नहीं डरता वह भाई से कैसे डर सकता है।

दादा जी की गालियाँ और डाँट सुनकर पिता जी और सहम जाते। वे चाहकर भी पिता को नहीं बता पाते कि जिसे वे छोटा और बिना माँ का बच्चा कह रहे हैं,

वह अब बच्चा नहीं रहा, बड़ा हो गया है। उसकी नादान हरकतों में अब गम्भीर अपराध जुड़ गये हैं। वह गलत संगत में पड़कर चोरी करने लगा है। बीड़ी तो पहले ही पीता था। अब ताश-जुआ खेलने के साथ-साथ गलत जगहों पर भी जाने लगा है। आपका छोटा बिना माँ का बच्चा अब पूरी तरह आवारा हो गया है। टोकने या समझाने पर आँखें दिखाता हुआ, हाथापाई पर उतर आता है।

जब पिता जी ही कुछ नहीं बोल पा रहे थे, तो माँ क्या और कैसे बतलाती कि देवर जब छोटा था तभी से भाभी से चिल्लाकर बोलना और उनकी बातों की अवहेलना करना उसकी आदत बन गयी थी, तब तो सब देख-सुनकर भी न पिता ने कभी टोका, न बड़े भाई ने। बड़ा होकर तो ज्यादा ही बदतमीज हो गया है। चौदह वर्ष की उम्र से तो गन्दी हरकतें करने लगा है। इसीलिए उन्होंने उससे बोलना और उसका अपने कमरे में आना बन्द कर दिया है। जब वे उसके सामने पड़ने से ही बचती हैं, तब उससे क्या और कैसे कुछ बोल सकती हैं। सुधारना तो दूर की बात है। वे जानती थीं कि घर में न कोई उनकी बात सुनने-समझनेवाला है, न उनका पक्ष लेनेवाला, इसीलिए वे चुप रहतीं।

जब बड़ों का यह हाल था तो हम बच्चे तो दादा जी को बतला ही नहीं सकते थे कि हमने कई बार काका को बावड़ी में बैठकर मित्रों के साथ बीड़ी पीते और ताश खेलते देखा है। काका वैसे ही किसी-न-किसी बात का बहाना लेकर भाई को मारते रहते थे। थोड़ा नहीं बहुत मारते थे और मुझे आँखें निकालकर डराते रहते थे। हम लोगों को उस समय तो कुछ समझ आता नहीं था। सोचते थे भाई तो वैसे ही घर में मार खाता रहता है, काका भी बड़े हैं, मारते होंगे। यह समझने की तो हमारी उम्र भी नहीं थी कि काका हमें डरा-धमकाकर इसीलिए रखते हैं कि हम कहीं दादा जी के सामने बोल न दें कि हमने काका को बावड़ी में दोस्तों के साथ बैठकर बीड़ी पीते और ताश खेलते देखा है। वे खा-पीकर घर से स्कूल जाने के लिए निकलते अवश्य हैं, परन्तु स्कूल जाते नहीं हैं। इधर-उधर घूमते रहते हैं, और शाम को दादा जी के मन्दिर से लौटने के थोड़ी देर पहले ही घर में घुसते हैं।

जब से काका का विवाह हुआ था, वे निर्द्वन्द्व हो गये थे। वे अपने प्रति पिता के अतिरिक्त लाड़ का पूरा लाभ उठा रहे थे। स्वयं काकी की पिटाई करते और काकी के शरीर पर लगी चोटों के लिए माँ को ही जिम्मेदार ठहराते। बाहर सब जगह कहते-फिरते देवरानी छोटी है, उसे घर का काम नहीं आता तो जेठानी मार-मारकर उससे घर का काम करवाती है। इसीलिए तो घर से भागकर मायके जाती है।

प्रतिदिन के कलह ने घर के वातावरण को और अधिक बोझिल और असहनीय बना दिया था। दादा जी वैसे ही पिता जी के 'सुराजी' बन जाने, खद्दर पहनने, धोती के स्थान पर पाजामा पहनकर भोजन करने तथा छुआछूत का विचार न करने से दुःखी

कम, क्रोधित अधिक थे। लोग बातें बनाने लगे थे कि मुखिया जी बड़ी नाक लगाते थे, अब अपना ही बेटा 'बिटल' गया है। अपने सामाजिक सम्मान में ठेस लगते देख दादा जी मन-ही-मन पिता जी से छुटकारा पाने का कारण ढूँढ़ रहे थे। काका ने अवसर का लाभ उठाकर पिता के कान भरने प्रारम्भ कर दिये, और एक दिन दादा जी ने अपनी सामाजिक प्रतिष्ठा का बहाना बनाकर पिता जी को अपनी सम्पत्ति से बेदखल कर घर से निकालने का निर्णय ले लिया...।

स्कूल से लौटते समय भाई ने समाचार दिया कि हम लोग यहाँ से जा रहे हैं। सदा के लिए, यह घर और इन्दौर छोड़ रहे हैं। अब कभी यहाँ वापस नहीं आयेंगे।

कुछ समझ में आया, कुछ नहीं। अधिक जानने की इच्छा भी नहीं हुई। जिज्ञासा भी नहीं कि कहाँ जा रहे हैं, क्यों जा रहे हैं, उसको किसने बतलाया वगैरह-वगैरह। मेरा मन तो बस इस समाचार से बाँसों उछलने लगा कि यहाँ से जा रहे हैं, इस घर से कहीं और जा रहे हैं, और सबसे बड़ी बात कि वापस यहाँ नहीं लौटना है। मेरा मन यात्रा के आनन्द में खो गया। मैं कल्पना में यात्रा की तैयारी भी करने लगी। परन्तु जैसे ही मन स्थिर हुआ तो ध्यान आया कि यह घर और घर का यह दमघोटू वातावरण छूट जायगा, यह सब तो ठीक है, परन्तु इसके साथ बहुत-कुछ दूसरा भी तो छूट जायगा।

यह प्रतिदिन का मन्दिर जाना, सब लोगों से लाड़ पाना, 'झापड़िया जी' के कन्धे पर बैठकर भीड़ में भी आराम से 'दर्शन' करना, मन्दिर के सारे उत्सवों का आनन्द लेना और वह फूल घर की सेवा, इतने सारे फूलों के बीच बैठना, वैष्णवों को फूलों और कलियों से तरह-तरह 'की पिछवाई' हिडौले, हार-माला बनाते देखना। कितनी शान्ति होती थी न वहाँ पर। बस केवल सुगन्ध। भौंरे और फूलों के ढेरों पर उड़ती रंगीन तितलियाँ। मन करता बस इन्हीं के बीच में बैठे रहें...। और वह चरणामृत के नाम से, 'जलघड़िया जी' के 'करवे' से सुगन्धित जल पीना। कितना सुगन्धित और ठण्डा होता था न वह जल! परन्तु बार-बार माँगने पर भी 'जलघड़िया जी' कितना कम अंजलि में देते थे, और समझाते भी थे—चरणामृत है बेटा, यह कोई पीने का पानी थोड़े है, इसकी एक बूँद भी 'नीचे' नहीं गिरनी चाहिए। तुम्हारे हाथ छोटे हैं, इसीलिए चरणामृत कम देना पड़ता है, अगर पानी पीना है तो पीछे कुएँ पर चली जाओ, कोई भी पानी पिला देगा, यहाँ सब वैष्णव ही हैं। मुझे प्यास थोड़े ही लगी रहती थी। वह तो सुगन्धित जल के लालच में बार-बार चरणामृत लेने जाती थी। और वह मन्दिर के पीछे कितनी बड़ी गौशाला थी। कितनी सारी काली और सफेद गायें और उनके बछड़े, कितने प्यारे लगते थे। वहाँ सूखे घास के पूले उठाकर जब गाय के मुँह में देती, वह अपनी बड़ी-बड़ी काली आँखों से कैसे देखती थी न, जैसे पहचान रही हो, बल्कि मेरी प्रतीक्षा कर रही हो। तभी तो मैं प्रतिदिन इसी गाय के पास आती हूँ, जिसका नाम मैंने अपनी कक्षा की एक सहेली के नाम पर 'गुलाब'

रखा है। चारा खिलाती हूँ, इसे देखती रहती हूँ। अगर यह बोल पाती तो कितना आनन्द आता। इसी को अपनी सहेली बना लेती। इससे खूब बातें करती। इससे सबकी शिकायत करती। इसको बतलाती कि कौन-कौन-सी बात मुझे बुरी लगती है। मैं क्या चाहती हूँ। इसके तो कान इतने बड़े हैं, चुपके से कान में बता सकती थी। यह तो किसी से कुछ कहती नहीं। कितना मजा आता। इसकी आँखों में इतना सुन्दर काजल कौन लगाता है? शायद ठाकुर जी ही लगाते हैं। मैंने सुना है कि 'ग्वाल' के दर्शनों के बाद जब 'टेरा' बन्द रहता है, ठाकुर जी गाय चराने जाते हैं। लगता है उसी समय ठाकुर जी इनका हाथ-मुँह धुलाकर पोंछ-पाँछकर, काजल लगाकर घुमाने ले जाते होंगे। गन्दा तो कोई घर से बाहर जाता नहीं है। कई बार मैं 'गुलाब' से पूछना चाहती हूँ कि तुम्हारी आँखों में जब काजल लगाया जाता है तो क्या मेरी तरह तुम्हारी आँखों में भी पानी आ जाता है? शायद मेरी माँ उस समय काम करती रहती हैं, तो उनके हाथ में मिर्ची लगी रह जाती होगी इसीलिए मेरी आँखों में पानी आ जाता होगा। ठाकुर जी तो ऐसा कोई काम करते नहीं हैं, इसीलिए हो सकता है, तुम्हारी आँखों में पानी न आता हो। प्रतिदिन काजल लगवाने में आनाकानी करने पर क्या ठाकुर जी मेरी माँ की तरह तुमसे भी कहते हैं—'काजल लगाने से आँखें बड़ी और सुन्दर हो जाती हैं।

मैं अपनी 'गुलाब' से कितना कुछ कहना-सुनना चाहती पर...। एक तो आस-पास दूसरे लोग भी आते-जाते। दूसरे यह भी तो ठीक से मालूम नहीं कि जैसे यह बोल नहीं सकती, वैसे ही सुन भी पाती या नहीं! उसे तो यह भी नहीं मालूम होगा कि अपनी कक्षा की सबसे गोरी सुन्दर लड़की के नाम पर मैंने उसका नाम 'गुलाब' रखा है, जो आस-पास किसी के न होने पर झट से उसके कान के पास मुँह ले जाकर बता देती।

गौशाला के पास का वह छोटा-सा सरोवर, उसमें कितने कमल खिले होते। उन पर मँडराते भौरें, उड़ती तितलियाँ देर तक देखते रहने पर भी मन नहीं भरता, और उस सफेद पहाड़ी तोते का, गर्दन मटका-मटकाकर प्रत्येक वैष्णव से 'जय श्रीकृष्ण' कहना..., सब-कुछ छूट जायगा, कभी इनसे मिलना, इनको देखना, इनके पास आना नहीं हो पायेगा।

और घर के सामने मैदान के एक छोर पर बावड़ी के पास ही डॉ. मोघे का यह छोटा-सा अस्पताल। जहाँ कान धुलवाने में क्या आनन्द आता था। मन्दिर जाते समय जो मैदान पार करना होता, वहीं एक छोटा-सा अस्पताल था, जो डॉ. मोघे का अस्पताल कहलाता था। हम लोगों को उस अस्पताल में जाना अच्छा लगता। वहाँ लकड़ी के एक ऊँचे से 'रेक' पर बड़ी-बड़ी काँच की बोतलों में दो-तीन रँगों का मिक्स्चर भरा रहता, जो देखने में सुन्दर लगता। जरा-सी सर्दी-खाँसी होते ही वैद्य जी की दवा से बचने के लिए हम वहाँ पहुँच जाते। पहले एक पीली पर्ची बनवानी

पड़ती जिसे लेकर कम्पाउण्डर काका के पास पहुँचते। वे काँच की छोटी शीशी में मिक्स्चर भर देते, उस पर ठीक से काक लगाते। फिर कागज की एक पतली-सी पट्टी को जिग-जेग आकार में काटकर शीशी पर चिपकाते। वे दवा की मात्रा के निशान होते, जिसे दिखाते हुए वे हिदायत देते, तीन दिन-दिन में तीन बार शीशी हिलाकर दवा पीनी है। शीशी लेकर दूसरी फरमाइश करते—'काका कान में खुजली हो रही है, कान धुलवाना है।' और झट से 'किडनी ट्रे' कान से लगा बैठ जाते। कम्पाउण्डर काका पहचानते तो थे ही। अस्पताल मन्दिर के सामने जो था। कम्पाउण्डर काका जब पानी की पिचकारी दो उँगलियों में पकड़कर, हमारे कान से लगा, अँगूठे से दबाते, हम सतर्क हो जाते, कान में पानी की घुर्र-घुर्र आवाज का आनन्द लेने के लिए।

भाई अपनी छोटी-मोटी चोट या कोई फुन्सी दिखलाकर मलहम की माँग करने पहुँच जाता। वे बोर्ड के एक छोटे-से टुकड़े पर एक लम्बे से चाकू से पीले और केसरिया दो रंग के मलहम अच्छी तरह फेंटकर आपस में मिलाते, जिसे खड़े-खड़े देखना बहुत अच्छा लगता। कम्पाउण्डर काका थोड़ा-सा मलहम चाकू से उठाकर कागज के पीले टुकड़े पर रख कागज मोड़ भाई के हाथ में पकड़ा देते। मलहम लेकर भाई तुरन्त भागकर जाता और एक कोने में बैठकर मलहम से अपनी फटी पतंग चिपकाने लगता।

और घर की रसोई की खिड़की से दिखायी देनेवाला दूर के किसी मन्दिर का शिखर, जिस पर शाम को ढेरों कबूतर आकर बैठते। कबूतर इतने अधिक होते कि मुझे सबसे ऊपर के सुनहरे शिखर के अतिरिक्त पूरा शिखर काला दिखायी देता। शिखर शायद ऊँचा था, इसीलिए नीले आकाश में केवल शिखर और उस पर बैठे ढेरों कबूतर दिखायी देते, आस-पास और कुछ नहीं। मैं शाम को लोटे-गिलास माँजते-माँजते ध्यान से कबूतर देख रही होती कि अचानक सारे कबूतर एक साथ उड़कर दूर आकाश में जाते दिखलायी देते। हाँ, वे अकेले नहीं जाते, वे दूर खिड़की से उन्हें देख रहीं उस छोटी-सी बच्ची को, जो शायद मैं थी, अपने साथ-साथ दूर आकाश में उड़ाये लिये जाते, अन्दर कुछ उत्फुल्ल-सा उनके साथ उड़ता चला जाता...। मैं खिड़की से देखते हुए सोचती इतने सारे कबूतर आपस में भाई-बहन हैं क्या? सगे-सम्बन्धी हैं। अगर भाई-बहन हैं, तो इनके माता-पिता कितने बड़े होंगे। कहाँ रहते होंगे? इतने सारे बच्चों के लिए दाना-पानी कहाँ से लाते होंगे? कोई इस प्रश्न का उत्तर दे देता तो कितनी निश्चिन्तता हो जाती...। और मैं माँ की आवाज, बल्कि डाँट सुनते ही अचानक आसमान से गिरकर यहाँ 'मोरी' पर लोटे-गिलास के बीच बैठ जाती और कान में एक ही आवाज आने लगती, ढिलग्गी कहीं की, दो-चार लोटे-गिलास माँजने के लिए घण्टा भर तक 'मोरी' पर बैठी रहती है। इतने सारे कबूतर और इतना बड़ा आसमान सब हवा हो जाते..., पर अन्दर कुछ

देर तक उड़ता रहता...।

और घर के टापरे से पीछे दिखायी देनेवाला वह ग्यारह पंचों का नौरा। उसमें कितने छोटे-छोटे घर हैं। उसके बड़े-से आँगन में बना वह पानी का टंकीनुमा बड़ा-सा बन्द हौज, जिसमें ढेरों नल लगे हैं और जिनके नीचे हर समय दो-चार बच्चे नहाते ही रहते हैं। उन्हें देखना भी कितना अच्छा लगता है। मेरा मन भी उनके साथ उस छोटे-से घिरे मैदान में दौड़ने लगता है, उनके साथ 'पकड़ा-पकड़ी' खेलने लगता है, किसी के दौड़ते-दौड़ते गिर पड़ने पर पेट पकड़ हँसते-हँसते लोट-पोट होने लगता है।

और इसी 'नौरे' के कोनेवाला वह मकान जिसकी खिड़की सड़क की ओर है। और जहाँ स्कूल जाते समय एक बड़ी-सी महाराष्ट्रियन लड़की संगीत का अभ्यास करती हुई प्रतिदिन मुझे देखती, मुस्कुराती है। मैं भी उसे देखती जाती हूँ। मैं भी यूँ, मुस्कुराने का प्रयत्न भी करती हूँ। पूछना चाहती हूँ, गाना कैसे गाया जाता है। मैं भी संगीत सीखना चाहती हूँ। किन्तु बिना बोले आगे बढ़ जाती। परन्तु उसके भजन की आवाज स्कूल पहुँचने तक मेरे कानों में गूँजती रहती। उस भजन की दो पंक्तियाँ मुझे आज तक याद हैं—"मेरो तो गिरधर गोपाल, दूसरो न कोई...।"

तो...यह सब मेरे आस-पास था। मैं इसमें थी, यह सब मुझमें था। यही आनन्द था, यही उल्लास था, जिसमें मैं श्वास ले रही थी, जिसमें मैं जी रही थी...तो फिर यह सब मुझे सन्तोष क्यों नहीं दे रहा था? अपना क्यों नहीं लग रहा था? मेरे अन्दर क्यों नहीं उतर रहा था? मेरे अन्दर का कुछ खोलने की चाह, खुलकर बोलने की ललक, परिवार का आपसी कलह, घर का घुटन-भरा वातावरण, यही सब क्यों अनुभव होता था? और मैं हर समय इसी सब में क्यों डूबती-उतराती रहती थी? इसके बाहर सब-कुछ देखते-सुनते भी समझ क्यों नहीं पा रही थी? आज जब पता चला है कि यहाँ से दूर, यहाँ कभी न लौटने के लिए जा रहे हैं, यहाँ सब-कुछ सदा के लिए छूट रहा है तो सब कैसे घिर रहा है! याद आ रहा है, समझ में आ रहा है कि मेरे पास इतना कुछ था और यही आनन्द था। तभी तो यह छूट जाने की कल्पना से अन्दर-ही-अन्दर कुछ कचोट रहा है। टूट रहा है।

तो यहाँ से जाते ही यह सारा आनन्द समाप्त हो जायगा! यह सुबह-शाम, लड्डू, मोहनथाल, ठोड़ खाना, रात के भोजन में केवल मलाई और पूरी खाना तथा गोटे-किनारे लगे अच्छे-अच्छे कपड़े पहनकर प्रतिदिन मन्दिर में खेलने जाना सब छूट जायगा...। पर यात्रा का आनन्द, इस घर से जाने का सुकून मुझे अधिक आकर्षित कर रहा था। अपने किशोर होते मन को उड़ान भरने से मैं रोक नहीं पा रही थी।

उस समय क्या मालूम था कि मलाई-पूरी तो दूर भरपेट रोटी के लाले पड़नेवाले हैं। बचपन में नाना जी के यहाँ भोजन में रोटी देखकर-'ममी आयो-ममी आयो' (भोजन कर लिया-भोजन कर लिया) कहते हुए रसोईघर से भागनेवाली बच्ची को

पूरी खाना तो दूर, देखना भी नसीब होनेवाली नहीं है। इस घर से निकलना माने चूल्हे से निकलकर कड़ाही में गिरना है। फिर भी...। परन्तु जब सप्ताह भर हो गया औरं घर में यात्रा की तैयारी दिखायी नहीं दी तो मैंने भाई से पूछने की सोची.क्योंकि घर में अगर कभी मुझे कोई जिज्ञासा होती तो भाई से ही पूछती। उसके पास नेरे प्रत्येक प्रश्न का उत्तर होता, जिससे मैं सन्तुष्ट भी हो जाती।

मैंने स्कूल जाते समय भाई से पूछा—तुम तो कुछ कह रहे थे कि हम लोग यहाँ से जा रहे हैं। मेरी तो यात्रा की कोई तैयारी ही नहीं है। मेरे सामने के मैदान में जो नया बस स्टैण्ड बना है। वहाँ मैं प्रतिदिन यात्रियों को आते-जाते देखती हूँ। ओटले पर ही तो प्रतीक्षा करते परिवार बैठते हैं। मुझे पता है यात्रा में जाते समय सबके पास क्या-क्या सामान होता है। सबके पास नयी दरी में डोरी से बँधा एक बिस्तर, एक लोहे की पेटी और एक सफेद चद्दर का चमकता कनस्तर होता है जिसमें ताला लटकता रहता है। आस प्रास खेलते उनके बच्चे जब खाने का सामान माँगते हैं तो माँ कनस्तर का ताला खोल उन्हें खाने का कुछ पकड़ा देती। बच्चे माँ के चारों ओर कूदते रहते। माता-पिता देर होती देख बार-बार उठकर अपने गांव जानेवाली गाड़ी को ढूँढ़ते रहते परन्तु बच्चे बस की प्रतीक्षा में बेचैन माता-पिता के चारों ओर मस्ती करते रहते। कोई-कोई तो कागज की चरखी खरीदकर उसे हवा के रुख की ओर कर, गोल-गोल घूमते देख, उसका आनन्द लेने के स्थान पर, उसकी चरखी को ललचायी निगाह से देखनेवाले बच्चों को देख, घमण्ड से फूला नहीं समाता। मुझे पता है यात्रा में कितना आनन्द है। मेरे आनन्द को धूल-धूसरित करते हुए भाई ने उत्तर दिया—

—अरे मूर्ख, हम लोग किसी के यहाँ विवाह आदि में सम्मिलित होने के लिए यात्रा पर नहीं जा रहे हैं। हमें तो दादा जी घर से निकाल रहे हैं। कोई सामान भी नहीं देंगे।

—तुम्हे कैसे मालूम?

—सुबह जब लड़ाई हो रही थी न तब मैंने सुना था।

—हम लोग कहाँ जा रहे हैं?

—शायद बम्बई जा रहे हैं। वहाँ पिता जी के कोई बाल-सखा रहते हैं। तुमको पता है बम्बई में समुद्र है। मैंने पढ़ा है।

—अच्छा!! वही समुद्र, जहाँ से बादल वर्षा के लिए अपने घड़े भरते हैं।

और मुझे याद आया कि एक बार स्कूल से लौटते समय खूब पानी बरस रहा था। हम लोग बोरे की 'गोमती' ओढ़े तो थे पर तेज वर्षा के कारण सामने से हमारे कपड़े और बस्ता भीग रहा था। उस दिन मैंने भाई से पूछा था कि वर्षा कैसे होती है? भगवान् के पास इतना पानी कहाँ से आता है? और भाई ने अपनी बुद्धि का रोब दिखाते हुए बड़े विश्वसनीय ढंग से बताया था कि भगवान् के पास बड़े-बड़े घड़े हैं, जिन्हें लेकर बादल चुपचाप नीचे उतरते हैं और समुद्र से पानी भरते हैं। चूँकि

भगवान् के घड़े बहुत बड़े हैं, पानी भर जाने से और भारी हो जाते हैं, इसीलिए बादल उनको घसीटकर ले जाते हैं। तभी तो पानी बरसने के पहले आसमान में गड़गड़ाहट की आवाज होती है, इसके बाद बादल घड़ों से पानी नीचे गिराते हैं। हम कहते हैं, वर्षा हो रही है।

मैं भी तो भाई की ही बहन थी, आसानी से मूर्ख नहीं बन सकती थी। मैंने तुरन्त भाई से दूसरा प्रश्न किया–

–जब हम लोग घड़े से पानी उड़ेलते हैं, तो एक जगह मोटी धार में पानी गिरता है। बादल जो पानी बरसाते हैं, वह कई धाराओं में गिरता है, ऐसा कैसे?

भाई ने बड़े विश्वास से उत्तर दिया था कि अरे मूर्ख, भगवान् के पास बड़ी-सी चलनी है। रात में उसमें छेद कितने साफ दिखायी देते हैं, हम उसे तारे कहते हैं। बादल उसी चलनी में से पानी गिराते हैं, इसीलिए वर्षा पतली-पतली धाराओं में हो जाती है। और मैं इस उत्तर से सन्तुष्ट ही नहीं हुई, भाई की बुद्धिमानी पर विश्वास और गहरा हो गया।

तो, हम लोग बम्बई जा रहे हैं, जहाँ समुद्र है। बादलों को बड़े-बड़े घड़ों में समुद्र से पानी भरते देख कितना आनन्द आयेगा!

और मेरा मन कभी न देखे गये समुद्र के विस्तार और बादलों के घड़ों के आकार की कल्पना में खो गया...।

रील देखते-देखते मेरी आँखें थक गयी थीं। आँखें बन्द करते ही मुझे हलकी-सी झपकी आ गयी...।

आँखें खुलीं तो देखा रील तो चल रही थी।

दृश्य बदल गया था।

हमारा परिवार, माता-पिता और हम तीनों बच्चे सचमुच खाली हाथ बिना सामान के बम्बई जा रहे हैं। पिता जी हम तीनों बच्चों को, जो जिस स्थिति में, जो कपड़े पहने थे, उसी हालत में, दादा जी के सामने से ले जाकर कमरे के बाहर ओटले पर खड़ा कर रहे हैं। दादा जी कमरे में अपने आसन पर पालथी मारे, यथावत् तकिये के सहारे बैठे हैं, निश्चल, शान्त। माँ को भी हाथ पकड़कर उनके सामने से ही ले जाकर सड़क में खड़ा कर दिया है, और स्वयं ताँगा लेने चले गये।

माँ को इस घटना की पहले से कुछ जानकारी थी या नहीं, पता नहीं क्योंकि वे भी घर के साधारण कपड़े ही पहने हुए थीं। पिता जी के जाते ही माँ वापस बैठक

में आयीं। उन्होंने दादा जी को प्रणाम किया और बिना कुछ बोले ही बाहर निकल गयीं। और हम तीनों भाई-बहनों को एक-एक करके अन्दर भेजा। भाई ने कमरे की निःशब्दता भंग करते हुए दादा जी को प्रणाम किया और कहा—

—हम लोग जा रहे हैं। वापस कभी नहीं आयेंगे।

आश्चर्य! अपने उस समय के एकमात्र वंशधर, जो कि छोटा बच्चा है, के मुँह से यह वाक्य सुनकर भी दादा जी की सुडौल लम्बी भुजाएँ और लम्बी उँगलियोंवाली चौड़ी हथेलीवाला हाथ, अपने पौत्र को आशीर्वाद देने के लिए भी नहीं उठा, गले लगाकर प्यार करने की बात तो दूर। दादा जी के पैर तो हम दोनों बहनों ने भी छुए। हमारा तो कोई प्रश्न नहीं उठता। हम तो सिर्फ 'घेलुआ' थीं, जिसे दुकानदार सामान तौलने के बाद पुड़िया बनाते समय चार दानों के रूप में सामान में डाल देता है। अब 'घेलुआ' में डाले गये चार दानों का क्या! हैं तो ठीक, नहीं हैं तो ठीक।

पिता जी ताँगा लेकर आ गये हैं। माँ हम तीनों भाई-बहनों को लेकर ताँगें में चढ़ गयी हैं। पिता जी भी ताँगें में बैठकर ताँगे का छोटा-सा दरवाजा बन्द कर रहे हैं। इन्दौरी ताँगे चौकोर होते हैं न! उसमें बैठने के बाद उसमें लगा छोटा दरवाजा बन्द कर डोरी फँसा दी जाती है। दादा जी अपने आसन पर यथावत् बैठे बैठक के दरवाजे से बाहर, टकटकी लगाकर ताँगे को देख रहे हैं। शायद उन्हें यह निःशब्द निष्कासन पसन्द न आ रहा हो...।

यह कैसा 'निष्कासन' है! क्या यह एक अलग प्रकार का महाभिनिष्क्रमण है!! जब एक परिवार कहीं बसने नहीं, पुनः निर्मित होने जा रहा है...। और जहाँ, ले जानेवाले और जानेवाले का गन्तव्य अलग-अलग है। ताँगे का गन्तव्य केवल स्टेशन है जबकि उसमें बैठी सवारी का अनाम भविष्य...।

बम्बई जानेवाली ट्रेन में तीसरे क्लास के डिब्बे में, लकड़ी की बर्थ पर हम पाँचों चुपचाप बैठे थे। भाई, डिब्बे की खिड़की से मुँह सटा, प्रत्येक आने-जानेवाले को मुँह चिढ़ा रहा था। और मैं बाहर देखते हुए भी बम्बई की कल्पना में नहीं, इन्दौर की यादों में भटक रही थी...। वैसे मेरी समझ में कुछ नहीं आ रहा था कि ऐसा क्यों हो रहा था। नौ-दस वर्ष की उम्र कुछ सोचने-समझने की होती है क्या।

मन के जिस छोर को मैं जानती थी वह तो निश्चित रूप से अभी इन्दौर में ही था। मैं अभी भी सोच रही थी—क्या भाई वहाँ भी इसी प्रकार की शरारत करेगा? लड़कों से गाली-गलौज, मार-पीट करेगा, स्कूल से भागकर मुझे मेरे स्कूल से लेने आ जायगा, कभी पील्याखाल तो कभी बड़े गणपति तक घुमायेगा। स्कूल जाते समय रास्ते में पड़नेवाली अनाजमण्डी में बड़े-बड़े तराजू में अनाज तुलते हुए दिखायेगा और मैं भी उनके 'एक' के स्थान पर 'रामो-राम' सुनकर सोचती रहूँगी कि जब तौलनेवालों को दो, तीन, चार पूरी गिनती बोलना जानते थे, तो पहली तौल के समय एक न गिनकर 'रामो-राम' क्यों बोलते हैं, किसी से पूछूँ क्या? और क्या वहाँ भी भाई बरफ

की गाड़ी से बरफ का टुकड़ा लेकर भागेगा?

पता नहीं कब और कैसे मेरा अन्तर्मन मानने लगा था कि बड़ा भाई मेरी पूरी जिम्मेदारी है। यात्रा का आनन्द तो कुछ आ नहीं रहा था, सो मेरा मन इस समस्या में उलझ गया कि नये शहर में पता नहीं कैसी स्थिति हो! वहाँ दोनों के स्कूल के रास्ते अलग हुए तो मैं कैसे उसे गलत काम के लिए टोक सकूँगी। अब तो वह बड़ा भी हो गया है। उसकी 'जनेऊ' हो गयी है। अब वह यज्ञोपवीत पहनने लगा है, थोड़ी बहुत सन्ध्या भी करता है, अब अपने को मुझसे बड़ा समझने लगा है, क्या मेरी बात मानेगा? पता नहीं कब तक यह उधेड़बुन चलती, परन्तु एक घटना का स्मरण आते ही, मन ने अपने ढंग से इस समस्या से निष्कृति पा ली।

मैंने मन को समझाया, कुछ भी हो भाई मुझसे डरता तो है। अभी चार-छह दिन पहले की ही तो बात है, उसने मेरी आँख बचाकर कैसे पहले पैसा धूल में फेंका और बाद में मुझे दिखाते हुए अँगूठे से रगड़कर धूल से पैसा उठाकर मुझे दिखलाते हुए बोला—'देखो, आज मुझे धूल में पड़ा पैसा मिला।' जबकि मैं जान गयी थी कि उसने यह पैसा दादा जी की बैठक से उठाया है। दादा जी के बैठक में आनेवाले लोगों की लटकती जेबों से अक्सर पैसे गिर जाते जिसे जाते समय वे स्वयं उठा लेते या हम लोग उठाकर दे देते। भाई ने उसी में से यह पैसा छिपाकर अपने पास रख लिया होगा और मेरे डर से यह नाटक कर रहा है। और पता नहीं कैसे मेरे अन्दर एक बड़प्पन का भाव आ गया, मेरा मन भी बड़े भाई के गालों पर हाथ फेरकर, प्यार करने को हो आया..., जैसे वह मुझे बचपन में, भगवान् कृष्ण की फोटो में उनके मुख पर लटकी घुँघराली लटों की तरह मेरे मुँह पर भी लटकी, लटों को हटाकर मेरे मोटे-मोटे गालों पर हाथ फेरकर 'गोविन्दा, मेरा गोविन्दा' कहकर प्यार करता था। परन्तु यह तो उस समय की बात है जब मैं घुटनों चलती थी। सब कहते हैं मैं बचपन में बहुत मोटी थी, खड़े होते ही लद से गिर जाती, इसीलिए बहुत दिनों तक घुटनों चलती रही, शायद मेरे पैर उसी समय से कमजोर रहे होंगे।

यह सब तो मैं उस दिन सोच रही थी चाह भी रही थी, पर कर कुछ नहीं पायी। न तो भाई के प्रति मन में उठा लाड़ ही दिखा पायी, न ही पैसा उठाने के लिए भला-बुरा कह पायी, बस चुप रही। और भाई ने कैसे सफाई देते हुए कहा था—'यह पैसा तो मुझे धूल में मिला है, भगवान् ने दिया है, इसे मैं माँ को नहीं बतानेवाला, चलो तुमको आज सराफे में मीठा पान खिलाते हैं।'

भाई ने मेरा हाथ पकड़ दौड़ना शुरू किया। गोराकुण्ड की गली पार होते ही मेरा जी डरने लगा। इसके आगे तो मैं कभी गयी ही नहीं। अकेले मैं केवल एक बार यहाँ तक गोराकुण्डवाली बुआ जी को बुलाने आयी थी, जिनकी कोठरी में इतना अँधेरा था कि दिन में भी चिमनी जली हुई थी। कितना डर लग रहा था उस दिन। उस गली को पार करने के बाद, भाई मुझे एक गली में खड़ा कर दौड़ता हुआ गया

और दो बड़े-बड़े वरक लगे मीठे पान ले आया। एक स्वयं खाया और एक मुझे देते हुए बोला-'जल्दी-जल्दी खाओ नहीं तो कोई देख लेगा', और मेरा हाथ पकड़कर दौड़ता हुआ वापस घर ले आया।

ट्रेन में बैठे बाहर देखते हुए भी मैं यह सब क्यों सोच रही हूँ। मैं तो यहाँ से बाहर जाने की कल्पना से ही प्रसन्न थी। अन्दर कहीं से आवाज आयी, शायद मन के छोर से (यह तो बाद में पता चला कि इसे अन्तर मन कहते हैं) 'अरे मूर्ख! तुम यह शहर थोड़े ही छोड़ना चाह रही थी, तुम तो उस घर के घुटनभरे वातावरण से मुक्त होना चाह रही थी, परन्तु वह तो साथ जा रहा है।'

मैंने आँख उठाकर देखा, डिब्बे में सारे लोग आपस में बातें कर रहे थे। सिर्फ हम लोग चुपचाप बैठे थे, मायूस, उजड़े-से...। छोटी बहन सो गयी थी।

बाम्बे के बड़े-से स्टेशन पर ट्रेन रुकी। 'विक्टोरिया टर्मिनल।' स्टेशन के सामने की लम्बी-चौड़ी सड़क पर चिकनी, काले रंग की गाड़ियाँ, एक के पीछे एक दौड़ रही हैं। इतनी सारी कारें एक सड़क पर...और ये सब एक ही दिशा में, एक-दूसरे के पीछे दौड़ती हुई कहाँ जा रही हैं? कोई गाड़ी लौट क्यों नहीं रही है? लोग उन भागती गाड़ियों के बीच से सड़क पारकर रहे हैं! कैसे कर पा रहे हैं! क्या हमें भी इसी तरह कारों के बीच से तेज-तेज चलकर सड़क पार करना सीखना होगा, नहीं सीख पाये तो...। इनके बीच में कुचल सकते हैं। आँखों के सामने अपने शहर से सर्वथा भिन्न एक नया शहर, नहीं, एक नया संसार खुल रहा था..., अपना शहर, अपना घर, वहाँ के लोग, वहाँ की यादें, सचमुच छूट गया... सब-कुछ नया-नया है। धरती ही नहीं आसमान भी नया, दूसरी तरह का लग रहा है। क्या शहर बदलते ही धरती और आसमान भी बदल जाता है? सूरज, चाँद, तारे तो वही होंगे न! या वे भी वहीं छूट गये हैं?

उस समय क्या मालूम था कि शहर और घर ही नहीं छूटा है, बहुत-कुछ छूट गया है—बचपन छूट गया है, खाने-पीने की निश्चिन्तता छूट गयी है, एक अदद घर की सुरक्षा भी छूट गयी है...। धरती-आसमान ही नहीं, पूरा जीवन बदल गया है...।

मैं सहज हुई थी एक गन्दे-से 'माले' की दूसरी मंजिल के कमरे के चिकने फर्श पर आटा गूँधकर और उसी फर्श पर कच्चे कोयले जलाकर रोटी सेंकती हुई अपनी माँ को देखकर। तो यही एक गन्दा-सा कमरा हम लोगों का घर है, और जमीन पर सिंकी रोटी हमारा भोजन।

नये किरायेदार से मिलने और उनकी हैसियत जानने की उत्सुकता में आयी एक पड़ोसन ने कमरे की स्थिति को भाँपते हुए पूछ ही लिया—

—आपके बरतन-भाँड़े कहाँ हैं? और भी कोई सामान दिखलायी नहीं दे रहा।

पड़ोसन के प्रश्न को सुनकर मेरा चेहरा फक्क हो गया परन्तु माँ के चेहरे पर

उद्विग्नता का कोई भाव नहीं, उन्होंने सहज ही उत्तर दिया—

—सामान बहुत था इसीलिए बुक करा दिया, आता होगा।

माँ का उत्तर सुनकर पता नहीं मुझे घरेलू, व्यक्तिगत व्यवहार और सामाजिक व्यवहार की भिन्नता का, अनजाने ही कौन-सा ज्ञान प्राप्त हो गया कि मेरा किशोर मन अचानक युवा नहीं, प्रौढ़ और समझदार हो गया..., समझ आने पर यह ज्ञान मुझे जीवन में बहुत काम आया कि व्यक्तिगत स्थिति चाहे जो हो, आपका सामाजिक व्यवहार सदा सहज और शिष्ट ही होना चाहिए। साथ ही यह भी समझ में आया कि अब हमें एक नये प्रकार का संघर्ष करना है। नयी प्रकार की समस्याओं का सामना करना है। यह तो बाद में मालूम हुआ कि इस संघर्ष को आर्थिक संघर्ष कहते हैं। माँ हम लोगों को कमरा अन्दर से बन्द करने, बाहर न निकलने के लिए कहकर किसी काम से बाहर चली गयी। नयी जगह पर घबरायी छोटी बहन, माँ को कमरे का दरवाजा बन्द कर बाहर जाते देख, जोर से रोने लगी। बहन को चुप कराते-कराते मैंने पूरे कमरे पर नजर डाली।

चौदह बाई बारह का कमरा जिसकी दीवारें, पुताई के अभाव में, सीलनभरी गन्दी थीं। फर्श अवश्य चिकना एक जैसा था। कमरे की तीन दीवारें तो पक्की थीं और आधी में लोहे की चौड़ी जाली थी। शायद प्रकाश और हवा के लिए। इसी दीवार में एक लम्बी खिड़की भी थी। भाई इसी खिड़की पर चढ़ने-उतरने में व्यस्त था। कमरे में एक ओर दीवार से लगा आठ फीट लम्बा, चार फीट चौड़ा तथा एक फीट ऊँचा एक प्लेटफार्म बना हुआ था। इस प्लेटफार्म का विभाजन एक तीन फीट ऊँची दीवार से किया गया था जो थोड़ी चौड़ी थी ताकि उस पर पानी वगैरह रखा जा सके। करीब तीन फीट का स्थान बरतन माँजने तथा बाकी का प्लेटफार्म रसोई बनाने का स्थान था। ऊपर जानेवाली सीढ़ी के नीचे एक छोटा-सा भण्डार था। बचा हुआ कमरा ही हमारे सोने-बैठने का स्थान था। रोशनी के लिए कमरे में एक बल्ब लगा था। जिसे देख मैं अन्दर-ही-अन्दर प्रसन्न हो रही थी कि अब दीया-बत्ती के समय लालटेन की चिमनी साफ नहीं करनी पड़ेगी।

भाई के खिड़की से हटते ही मैंने खिड़की से झाँका, गली काफी नीची और अँधेरी लग रही थी। खिड़की के सामने जो माला दिखायी दे रहा था, उसकी छोटी-सी बालकनी में खड़ा एक लड़का ब्रश कर रहा था और नीचे गली में थूक रहा था। मैं आश्चर्य से उसे देख रही थी। एक तो यह मंजन का समय नहीं था, दूसरे वह लड़का भी मुझे निरन्तर देखे जा रहा था और सफेद झाग थूके जा रहा था। मेरी समझ में नहीं आ रहा था कि वह किस चीज से मंजन कर रहा है, और एक हाथ से कैसे कर रहा है। मंजन तो एक हाथ की हथेली में लेकर दूसरे हाथ की उँगली से किया जाता है। यह लड़का तो हाथ में कुछ पकड़कर, एक हाथ से ही मुँह में कुछ घुमा रहा है, जिससे सफेद साबुन जैसे झाग निकल रहा है। हम लोग तो काली मिट्टी

का टुकड़ा हाथ में लेकर उस पर थोड़ा पानी डालते हैं। पानी डालते ही मिट्टी के छोटे-छोटे कण सूजी की तरह बिखर जाते हैं, उसी से मंजन करते हैं। कभी-कभी कच्चा कोयला घिसकर भी मंजन कर लेते हैं। हाँ, पिता जी को अवश्य एक डिबिया से जिस पर 'विटको' लिखा रहता है, काला-सा पाउडर निकालकर मंजन करते देखा है। परन्तु साबुन से मंजन करते तो किसी को नहीं देखा।

हमारा 'माला' गली के मुहाने पर ही था। खिड़की से बायीं ओर देखने पर सड़क दिखायी देती थी। सड़क का नाम शायद 'दादी इग्यारी लेन' था। सड़क पर सामने ही पारसियों का पूजा घर था। शाम झुकने को आयी थी। बम्बई की सड़कों पर शाम की हलकी परछाईं उतरने लगी थी। काली चमचमाती गाड़ियों में पारसी परिवार 'इग्यारी' में आ-जा रहे थे।

एक काली गाड़ी से सटी एक पारसी बच्ची अपनी आया का हाथ पकड़े खड़ी थी। खूब फूला-फूला घेरदार सफेद फ्राक, सफेद मोजे, काले पालिश से चमकते हुए जूते, बालों में नगदार बड़ी-सी पिन, एकदम जापानी गुड़िया लग रही थी। उसके एक हाथ में गुलाबी रंग का एक बड़ा-सा गोल गुब्बारा था। मुझे अच्छी तरह याद है कि मैं बहुत देर तक उस बच्ची को देखती रही थी। मेरी आँखों के सामने ही वह गुब्बारा बड़ा होते-होते इतना बड़ा हो गया कि वह लड़की, मैं और आस-पास का सारा वातावरण उसके अन्दर समा गये। कितनी देर मैं उस स्थिति में थी, पता नहीं। अचानक गुब्बारे के फूटने की 'फटाक' आवाज कान में पड़ी और मैं पंजों के बल उचकी हुई, खिड़की में खड़ी थी...।

मैं सोचने लगी, यह शहर ही नया नहीं है, यहाँ सब-कुछ नया है, सब-कुछ अद्भुत है। इतनी सुन्दर चिकनी एक जैसी सड़कें, उस पर दौड़ती चमचमाती मोटर-कार, सुन्दर फूली-फूली फ्राक पहने लड़कियाँ, इतने बड़े गुब्बारे और वह स्टेशन से आते समय सड़क पर चलनेवाली ट्रेनें और दो मंजिला बसें। जिन्हें 'ट्राम' और 'डबल-डेकर' बस कहते हैं, और साबुन (उस समय तक टूथपेस्ट का सान कहाँ था) से मंजन करना। समुद्र तो अभी देखा ही नहीं, वह कैसा होगा। सब-कुछ कितना अलग, आश्चर्यचकित करनेवाला...। फिर भी अन्दर कुछ अच्छा क्यों नहीं लग रहा है?

माँ कुछ आवश्यक सामान के साथ लौट आयी थी। माँ का उतरा चेहरा और सूखे ओंठ देखकर, एक अलग प्रकार का भाव मेरे मन में उठ रहा था...। मेरे अवचेतन में क्या हो रहा था पता नहीं। बस इतना समझ में आ रहा था मैं और बड़ी हो गयी हूँ, माँ से भी बड़ी...। अब मुझे माँ का ध्यान रखना है, उनकी देखभाल करनी है...। मेरा अन्तर्मन सहसा परिपक्व हो गया था...। उसे माँ की भाग-दौड़, संघर्ष,

परेशानी, पिता जी में सहयोग की भावना के अभाव से उत्पन्न हुई असुरक्षा, सब समझ में आ रही थी...। अब मुझे माँ से लाड़-प्यार की अपेक्षा करनेवाली बेटी नहीं, उनकी सहयोगी बनना है, उन्हें ढाँढस बँधाना है कि मैं अब बड़ी हो गयी हूँ, उनका साथ दूँगी, एक दिन सब ठीक हो जायगा...। पर यह सब तो मैं आज कह रही हूँ। उस समय तो कुछ भी स्पष्ट नहीं था, जिसे मैं भाषा दे सकती, आखिर थी तो मैं दस वर्ष की बच्ची ही। बस मुझे लग रहा था कि मेरी जो ऊर्जा अब तक भाई की संरक्षिका बने रहने, उसे डाँट-मार से बचाने की योजनाओं में खर्च हो रही थी, वह अचानक बहकर माँ की ओर जा रही थी। इसीलिए शायद मेरा मन अब भाई को शरारत करते देख बरजने के स्थान पर क्रोधित होने लगा था। लगता था यह भी तो बड़ा है, घर की स्थिति को, माता-पिता की परेशानी को क्यों नहीं समझता!

माँ के थके चेहरे को देख, एकदम से इतने भाव मन में उठ रहे थे कि मैं बिना हिले-डुले एकदम माँ को देखती खड़ी रह गयी...। अचानक माँ की रूखी झुँझलायी आवाज कान में पड़ी–

–इतनी बड़ी लड़की खड़ी-खड़ी मुँह ताक रही है। यह नहीं कि एक गिलास पानी दे दे। एक गिलास पानी का भी सहारा नहीं है।

मुझे सम्बोधित अन्तिम वाक्य, शायद कमरे में प्रवेश कर चुके पिता जी को सुनाकर था। परन्तु मेरा नन्हा मन-मस्तिष्क इतना सब समझने लायक कहाँ था! मैं जो कल्पना में माँ की संरक्षिका एवं सहयोगी के सिंहासन पर बैठ चुकी थी, यह वाक्य सुनते ही धड़ाम से गिर पड़ी, और चुपचाप माँ के लिए पानी लेने चली गयी।

रोज-रोज के बरसाती मौसम ने पिता जी को बीमार कर दिया था। कई दिनों बाद जब बुखार उतरा, काम पर पहुँचे तो ठेकेदार ने हरी झण्डी दिखा दी। दिहाड़ी, 'डेली वेजेस' में इतनी लम्बी छुट्टी नहीं चलती। तबीयत खराब हो या न हो, यहाँ कोई किसी की प्रतीक्षा नहीं करता। इतने लोग काम माँगने आते हैं कि किसी की प्रतीक्षा करने का कोई प्रश्न ही नहीं उठता। हाँ, यह हो सकता है कि वे प्रतिदिन आकर मालूम कर सकते हैं। जिस दिन कोई दूसरा व्यक्ति नहीं आयेगा, उन्हें काम करने का अवसर मिल सकता है। पिता जी प्रेस के काम के अतिरिक्त कोई अन्य काम तो जानते नहीं थे। यहाँ उन्हें मित्र के प्रयत्न से एक प्रेस में 'मशीन मैन' का काम, दैनिक भत्ते पर मिला था। पिता जी ने सोचा होगा, कुछ दिन काम करने के बाद उनकी नौकरी पक्की हो जायगी। वे सोच भी नहीं सके कि इस शहर में प्रेस का काम भी नये व्यक्ति से दिहाड़ी के रूप में महीनों कराया जाता है, और वह भी आपकी योग्यता पर नहीं, ठेकेदार की कृपा पर निर्भर है। मित्र को यह स्थिति पता चली, पर वे स्वयं इस शहर में वर्षों से सिनेमा के पोस्टर बनाकर अपने परिवार का भरण-पोषण कर रहे थे, उनकी भी सीमा थी।

एक तो बुखार से टूटा शरीर, दूसरे प्रतिदिन इतनी दूर, काम की स्थिति का पता

लगाना और बदले में ठेकेदार की 'ना' सुनकर खाली हाथ घर वापस लौटना...। पिता जी की सम्भ्रान्तता को रास नहीं आ रहा था। वे अपने को अपमानित अनुभव कर रहे थे। साथ ही वे अपने पिता के अचानक लिये गये फैसले से भी टूट चुके थे। पिता जी ने कभी सपने में भी नहीं सोचा होगा कि जिस घर और पिता के लिए उन्होंने, माँ के न रहने पर रसोई बनाने से लेकर घर का झाड़ू-बरतन तक किया छोटे भाई को पिता के क्रोध से बचाते हुए बड़ा किया, उसके लिए पिता की डाँट-मार तक सहन की, दौड़ते हुए ही पढ़ने के लिए संस्कृत पाठशाला गये और दौड़ते हुए ही लौटे कि कहीं घर के काम में देर न हो जाय, और जिस पिता की हथेली पर वे पिछले बारह वर्षो से, प्रतिमाह अपनी बीस रुपये की पूरी-की-पूरी तनख्वाह रखते आये हैं, कभी अपने और अपने परिवार के लिए एक रुपया भी नहीं माँगा, पिता के अपनी ओर से कुछ न दिये जाने पर पत्नी के ताने सुने, बच्चों को छोटी-छोटी चीजों के लिए तरसाया परन्तु पिता से एक शब्द भी नहीं कहा, उस पिता ने, उस घर से उसके अपने परिवार के सामने, दूध की मक्खी की तरह निकाल फेंका हमेशा के लिए... पिता जी ने अपने को कितना अपमानित, कुचला हुआ, शक्तिहीन अनुभव किया होगा. .. इसकी कल्पना भी कठिन है...। हताशा के इन क्षणों में उनके मन-मस्तिष्क में क्या कुछ न घुमड़ रहा होगा...। इस समय तो उन्हें वर्षों पूर्व की घटना भी कचोट रही होगी कि जिस माँ की लम्बी बीमारी में उन्होंने रात-दिन सेवा की उस माँ ने भी मरते समय उनके माथे पर हाथ रख प्यार करने के बजाय, छोटे भाई का हाथ पकड़कर कहा था—'छोटे का ध्यान रखना।'

माना कि इस समय वे अपने शहर से बहुत दूर आ गये हैं, कभी न लौटने के लिए, उनका यह अपनों से अपमानित मुख कोई कभी न देख सकेगा, न मित्र न परिजन, पर क्या पीठ पीछे किसी ने कुछ कहा-सुना न होगा। उस समय वे अपने-आपको कैसा हतभाग्य अनुभव कर रहे होंगे, जिसे न अपनों का प्यार-आश्वासन मिला न परायों का। इसके साथ ही किशोरावस्था से जो सत्य, अहिंसा, परोपकार का आदर्श उनके मन-मस्तिष्क में बैठ चुका था, वह भी सबको प्रसन्न करने के चक्कर में दो नावों पर पैर रखने तथा अपनी स्वयं की संकल्प शक्ति की कमी के कारण बिखर चुका था...। इस पर मजा यह कि अपने ये जख्म कें घाव, यह टूटन वे कभी किसी को दिखा न पाये, बता नहीं पाये...। जो नासूर बन जीवनभर टीसता रहा...।

पिता जी मूलतः कायर और भीरु प्रकृति के थे। किसी 'चैलेन्ज' को स्वीकार करने की क्षमता उनमें नहीं थी, जो माँ में थी। कभी न देखी, न सुनी, न अनुभव की गयी विपरीत परिस्थिति का सामना करने की सामर्थ्य और समझ न होते हुए भी, माँ उसका सामना करने, उससे लड़ने के लिए तैयार थी, जो पिता जी नहीं कर सके। अगर पिता जी ने माँ की इस जुझारू प्रकृति को अपने पुरुषत्व का अपमान

न समझ, सकारात्मक दृष्टि से देखा होता, उनकी इस भागदौड़ और आर्थिक संघर्ष को सम्मान दिया होता तो निश्चित ही स्थिति इतनी भयावह न होती। न तो माँ के अन्दर की आर्द्रता हमेशा के लिए सूखती, न उनका व्यवहार इतना कठोर और रूखा होता। हम लोगों का बचपन भी कुछ मीठा हो सकता था। अगर दोनों में संलाप की स्थिति होती, दोनों अपनी सोच और मनोभावों को एक-दूसरे के सामने खुलकर स्पष्ट करते तो इस अचानक उपस्थित हुई दुरूह परिस्थिति में, चाहे जितना कष्ट होता एक-दूसरे के प्रति कटुता और अविश्वास तो नहीं ही पैदा होता, जो जीवनभर लांछन, उलाहने और व्यंग्य के रूप में निकलता रहा।

कुछ कर न सकने की ग्लानि के कारण पिता जी और अधिक उदास, हताश और कमजोर होते गये तथा माँ अधिक दबंग, मुखर और परिवार पर हावी होती गयीं क्योंकि वे केवल अपनी दृढ़ इच्छाशक्ति के बल पर, परिवार को इस दयनीय स्थिति से उबारने के लिए जी तोड़ मेहनत कर रही थीं। वरना उनके लिए तो बम्बई जैसे शहर में जीवनयापन का संघर्ष, सचमुच कठिन था क्योंकि वे अशिक्षित, सब प्रकार से दबायी गयी, घूँघट में रहनेवाली मात्र एक बहू थीं।

पति से कोई अपेक्षा न कर अपनी नियति से समझौता करते हुए माँ ने अपना रास्ता चुन लिया। मेरे अपने नादान मन में उठी माँ की सहयोगी बनने की भावना मेरे मन से उठकर हवा में बहती हुई, कब माँ के हृदय में स्पन्दित होने लगी पता ही नहीं चला। परन्तु जब माँ ने बिना एक शब्द बोले, एक सहयोगी की तरह मेरा छोटा-सा कोमल हाथ अपने मजबूत हाथों में पकड़ा और काम की तलाश में घर से बाहर कदम रखा तो लगा ऐसा भी होता है!

कई अनजान गलियों को पारकर और कई 'मालों' में 'ना' सुनने के बाद आखिर शाम होते-होते माँ ने एक 'माले' में दो सेठानियों के घर रसोई बनाने का काम प्राप्त कर लिया। माँ अपने प्रथम अभियान की सफलता से प्रसन्न, आत्मविश्वास से भरी, जल्दी-जल्दी गलियाँ पार करती हुई घर पहुँचने की जल्दी में थी। मैं उनका हाथ पकड़े घिसटती चली जा रही थी, दिन भर की भूखी-प्यासी...। मेरी कोमल टाँगें आवश्यकता से अधिक थकी, घिसट रही थीं।

संघर्ष यात्रा प्रारम्भ हो चुकी थी ... अब केवल माँ का हाथ पकड़, सड़कें, गलियाँ पार करनी थीं। तब मेरे किशोर मन को कहाँ पता था कि मुझे ये एक-दो सड़कें और दो-चार गलियाँ ही नहीं, जिन्दगी की अनगिनत सड़कें-गलियाँ पार करनी

हैं... वह भी दौड़ते हुए।

माले की प्रत्येक मंजिल में छह घरों के बीच केवल दो नल, दो स्नानघर थे। माँ जल्दी उठकर पानी भरती तो मुझे भी जल्दी उठकर पानी भरवाने में सहायता करनी होती। माँ स्नान आदि से निवृत्त हो रसोई तैयार करने लगती। बिस्तर उठाना, कमरे की झाड़ू, रात के बरतन माँजना सब मेरे जिम्मे होता। अपनी समझ में तो मैं जल्दी ही करती पर माँ बराबर जल्दी-जल्दी हाथ चलाने को टोकती जाती। कई बार मुझे रोटी भी बेलनी पड़ती ताकि काम शीघ्रता से समाप्त हो सके। अब रसोई बनाने जाना है तो समय पर तो पहुँचना ही होगा। सभी को दस-ग्यारह बजे तक रसोई तैयार चाहिए, यह तो मैं समझ ही चुकी थी।

कई बार देर होती देख माँ भाई को बिस्तर उठाने को कहकर नहाने चली जाती। भाई माँ को न तो नहीं कह पाता, परन्तु बेमन से उठता और पहले कुछ भी करके छोटी बहन को रुला देता फिर गोल-गोल करके बिस्तर लपेटने लगता। अगर मैं उससे कहती भी कि माँ ने बताया है न कि बिस्तर बिछाते समय भी झाड़ना चाहिए और उठाते समय भी, तो तुम इस तरह गोल-गोल लपेटकर बिस्तर क्यों रख रहे हो? पहले इस तरह गलत काम करने पर टोकने से जो भाव भाई के मुँह पर आते थे, वे अब नदारद थे। अब तो झट मुझे डाँटते हुए कहता—'चुप करो माँ की चमची।' माँ ने यह कहा, वह कहा ऐसा करने को मना किया वैसा करने को मना किया। मैं चुप तो हो जाती। सोचती रहती, चमची माने क्या! इस शब्द का प्रयोग तो इसने पहले कभी नहीं किया क्या बम्बई आकर सीखा है। छोटे-बड़े सब तरह के चम्मच तो काम की चीज है। सामान निकालने का काम करते हैं, बल्कि सामान को बिखरने से बचाते हैं। वैसे मैं मन-ही-मन समझ तो रही थी कि भाई बड़ा हो रहा है, मेरी बातों का उस पर अब कोई असर नहीं होगा। फिर भी उसे मनमानी करते देख, मुझे अन्दर-ही-अन्दर दुःख भी होता और बुरा भी लगता कि अगर यह बड़ा हो गया होता इसे भी मेरी तरह माँ की भाग-दौड़ परेशानी समझनी चाहिए थी। ऐसा कोई काम नहीं करना चाहिए, जिससे माँ क्रोधित होकर सबको डाँटना-बकना शुरू कर दे। क्या इसे दिखायी नहीं देता कि मैं, माँ को प्रसन्न रखने के चक्कर में सुबह से भाग-भागकर कितना काम कर रही हूँ। आखिर माँ की यह भाग-दौड़ हम सबके लिए ही तो है। पता नहीं क्यों, भाई जैसे-जैसे बड़ा हो रहा था, वह निडर और उद्दण्ड भी हो रहा था। पिता जी तो कुछ बोलते नहीं थे, अब उसे माँ का भी डर नहीं रहा जबकि उसका नाम आते ही स्कूल में लिखवा दिया गया था। बस... दस वर्ष की उम्र में भी मुझे चैन नहीं था, न तन से न मन से...।

घर का काम निपटा माँ मेरा हाथ पकड़ लगभग दौड़ते हुए, माले की चौथी मंजिल पर रहनेवाली सेठानी के यहाँ पहुँची। उस समय पुराने मालों में लिफ्ट कहाँ होती थी। सेठानी मुश्किल से तीस-पैंतीस वर्ष की रही होगी, उनके बच्चे भी छोटे

थे। उनका स्वास्थ्य ठीक नहीं रहता इसलिए वे बहुत दिनों से रसोई के लिए एक साफ-सुथरी ब्राह्मणी ढूँढ़ रही थीं। हमें देखते ही प्रसन्न हो गयी। उनकी माँ से जो भी बात हुई हो, मुझे तो माँ का केवल एक वाक्य सुनायी दिया। वे सेठानी से कह रही थीं कि वे समय से पूरा भोजन तैयार तो कर देंगी परन्तु सेठ जी को भोजन परोसेगी नहीं। यह सुनकर सेठानी ने मुस्कराकर जिस आत्मीय दृष्टि से माँ की ओर देखा, मुझे कुछ समझ में तो आया नहीं था, पर अच्छा लगा। वे मुस्कराते हुए बोलीं—ठीक है, मैं समझती हूँ। अभी तुम्हारी उम्र कम है। मैं यह भी जानती हूँ कि तुम अच्छे घर की बहू हो। अच्छे-बुरे दिन सब पर आते हैं। डरो मत मैं तुम्हारा पूरा ध्यान रखूँगी। सन्ध्या भोजन के लिए भी तुम्हें थोड़े दिन ही आना है। मेरा स्वास्थ्य ठीक होते ही मैं सँभाल लूँगी। वैसे भी हमारे यहाँ शाम को पक्की रसोई बनती है तो मुझे कोई समस्या नहीं होगी। ये बातें मेरी समझ में आयी हों या नहीं परन्तु सेठानी मुझे बहुत अच्छी और समझदार लगी। अनायास ही मुझे उस प्रश्न का उत्तर भी मिल गया, जो मेरे मन में बार-बार उठ रहा था कि जब मुझे सेठानी के रसोईघर के बाहर ही बैठे रहना है, रसोई के काम में कोई सहायता नहीं करनी है तो माँ मुझे सुबह-सुबह घसीटते हुए यहाँ तक क्यों लाती है? अब समझ आ गया कि नया शहर है, माँ सड़क में अकेले चलने से डरती है इसलिए मुझे साथ लाती है।

इसके विपरीत नीचे की मंजिल में रहनेवाली सेठानी उम्रवाली, बहुत मोटी और देखने में अच्छी नहीं थीं। उनकी दो बेटियाँ मेरी उम्र की थी। उनके यहाँ भोजन सिर्फ तैयार करके रख देना था। सेठ जी दोपहर में भोजन के लिए आते हैं। सेठानी स्वभाव की अच्छी नहीं थीं। बहुत घमण्डी थी और कर्कश आवाज में नौकरों पर चिल्ला रही थी। पूरी मंजिल के सारे कमरे उनके ही थे। दो-एक नौकर भी दिखायी दे रहे थे, जिन्हें वे डाँट रही थीं। उनकी दोनों बेटियाँ भी घमण्डी और अशिष्ट लग रही थीं। सेठानी, माँ से भी अन्य नौकरों की तरह ही बात कर रही थी। बेटियाँ घमण्ड से मुझे देखे जा रही थीं। मुझे यह सब अच्छा नहीं लग रहा था परन्तु वहाँ भी मुझे रसोईघर के बाहर बैठना तो था ही। बस अच्छी बात यही थी कि उनकी पुरानी महराजिन गाँव गयी है। उसके लौटते ही, दस-पन्द्रह दिनों में माँ को यहाँ से छुट्टी मिल जानी थी।

छोटी सेठानी दयालु भी थीं। उन्होंने माँ को घर में ही करने योग्य काम भी दिलवाने का प्रयत्न किया। एक पापड़वाले का पता दिया, जिसके यहाँ कुछ महिलाएँ पापड़ बेलने का काम करती थीं। अपने घर में बैठकर भी यह काम किया जा सकता है। सुबह दस बजे उसके यहाँ से पापड़ की एक सौ लोई गिनकर ले आओ और दूसरे दिन सौ पापड़ बेलकर उसके यहाँ पहुँचा दो। इसी तरह एक गोटे-किनारी का काम करनेवाली से भी परिचय करवा दिया। वह भी मोल से गोटे किनारी के फूल, बेल आदि बनवाती थी। माँ धीरे-धीरे दोनों के यहाँ से काम लाने लगी। उन्हें सिर्फ

कपड़ों पर तरह-तरह से गोटा टाँकना आता था। फूल, बेल आदि तैयार करना सेठानी ने सिखला भी दिया।

माँ का काम थोड़ा चल निकला परन्तु दौड़-भाग में कमी नहीं हुई। सुबह सेठानी के यहाँ रसोई बनाने पहुँचना। वहाँ से छुट्टी पाते ही कभी पापड़वाले के यहाँ तो कभी गोटे-किनारीवाली के यहाँ, सामान लाने या तैयार माल पहुँचाने जाना होता। तैय्रार माल समय पर न पहुँचाने पर वे लोग धमकी देते कि ठीक समय पर तैयार माल नहीं पहुँचा तो वे कच्चा माल नहीं दे सकेंगे क्योंकि वहाँ भी तो काम माँगनेवालों की कमी नहीं थी। बड़ा शहर होने के वजह से वहाँ भी काम की मारामारी चलती रहती थी। मुझे लगता है कि आदिकाल से पूरे देश से लोग काम की तलाश में घर से भागकर बम्बई ही आते रहे होंगे।

प्रतिदिन मुझे रसोईघर के बाहर दो घण्टे तक चुपचाप मुँह लटकाये बैठा देख, एक दिन सेठानी ने माँ से कहा—'अब तुमको अकेले आने-जाने की आदत पड़ गयी होगी। अपनी बेटी का स्कूल में नाम लिखवा दो। बेकार यहाँ बैठी रहती है।'

माँ की तो जैसे मन की मुराद पूरी हो गयी थी। हम लोगों को पढ़ाने के लिए ही तो वे इतना संघर्ष कर रही थीं। जीवन में उनका एक ही तो लक्ष्य था, दोनों बेटियों को पढ़ा लिखाकर अपने पैरों पर खड़ा करना ताकि उन्हें जीवन में ऐसा अपमान न सहना पड़े, ऐसा कष्ट न उठाना पड़े। बम्बई में बहुत चाहने पर भी उन्हें कोई रास्ता दिखायी नहीं दे रहा था। यहाँ ऐसा कोई व्यक्ति नहीं था जो इस बारे में उनकी सहायता कर सकता था। वे स्वयं तो कभी स्कूल गयी नहीं थीं। हम लोगों की पढ़ाई छूटने और घर में खाली बैठे रहने से, उन्हें कितनी मर्मान्तक पीड़ा हो रही थी यह उस दिन समझ में आया।

सेठानी की बात सुनते ही माँ के आँसू बह निकले। उस दिन मैंने पहली बार माँ को सेठानी के सामने इस तरह रोते और अपनी रामकहानी सुनाते देखा। सेठानी को जब पता चला कि माँ स्वयं बेटियों को पढ़ाना चाहती है। यहाँ आने के पहले मैं दूसरी कक्षा में पढ़ती थी। लड़कियों के स्कूल के बारे में कुछ मालूम न होने के कारण अभी तक मेरा नाम नहीं लिख पाया है। लड़कों का स्कूल पास ही है इसलिए भैया स्कूल जाने लगा है। सेठानी दयालु तो थी ही। उन्होंने माँ को आश्वस्त किया और बताया कि उनके ट्रस्ट के द्वारा एक कन्या विद्यालय चलता है। उसमें वे मुझे भर्ती करवा देंगी और फीस भी माफ करवा देंगी।

इस प्रकार सेठानी के प्रयत्न से हम लोगों का स्कूल में नाम लिख गया और हम स्कूल जाने लगीं। मैं बहुत प्रसन्न थी। मुझे स्कूल जाना और पढ़ाई करना अच्छा लगता था। मैं पढ़ाई में तेज भी थी। कक्षा में हमेशा मुझे शाबाशी ही मिलती रही है। ऐसी स्थिति में इस शहर में आना, पढ़ाई बन्द होना और माँ के साथ घर-घर जाकर काम माँगना और उनके यहाँ रसोईघर के बाहर बैठे रहना मुझे कितना

अपमानजनक लग रहा था, इसका अन्दाजा लगाना कठिन है। अब स्कूल जाना है, पढ़ाई करना है, सोच-सोचकर पुराने दिनों की कल्पना में खोने लगी...। मैं यह भूल गयी कि यहाँ की स्थिति वहाँ से भिन्न है। वहाँ की स्थिति सामान्य थी। माँ रसोई से लेकर घर के सारे काम करती थी, जबकि मैं केवल स्कूल जाती और पढ़ाई करती थी। जैसा कि अन्य घरों के बच्चे करते हैं। यहाँ मैं केवल माँ की बेटी नहीं, सहयोगी भी थी। वह भी संघर्ष की सहयोगी...।

अब मुझे माँ के साथ कहीं जाना तो नहीं था, परन्तु माँ को जल्दी निकलना पड़ता, इसलिए सुबह की भाग-दौड़ तो वही थी। मुझे दस बजे निकलना होता अतः माँ के जाने के बाद बचे सारे काम मुझे निपटाने होते। कई बार माँ सुबह से अपने अधूरे काम पूरे करने बैठ जाती, कभी पापड़ बेलने तो कभी गोटे के फूल पूरे करने। फलतः मुझ पर घर के काम का बोझ बढ़ना ही था। फिर भी पढ़ाई शुरू हो जाने के कारण मैं प्रसन्न थी। स्कूल से लौटकर भी मैं जल्दी-जल्दी सारे काम निपटाकर पढ़ने बैठ जाती। बार-बार पुस्तक से हटकर मेरी दृष्टि पापड़ बेलती माँ पर चली जाती। घर चलाने के लिए, हम लोगों के लिए माँ कितनी मेहनत करती हैं न! मुझे भी मद्द करनी चाहिए और मैं पुस्तक बन्द कर पापड़ों के लिए टिकड़ी बेलने बैठ जाती ताकि माँ को आधा पापड़ बेला हुआ मिले और कम मेहनत में पापड़ बड़ा हो जाय। कभी गोटे की बेल बनाने में मदद करती, कभी सलमा-सितारा टाँकने में। इसका एक लाभ यह हुआ कि इतनी छोटी उम्र में ही मुझे सलमा-सितारा का बहुत काम आ गया था।

नींद से बोझिल आँखें लिये जब मैं गोटे के फूल बनाती तब मुझे गोटे के छोटे-से चमकते टुकड़ों में एक पूरा संसार उसी प्रकार दिखायी देता जैसे जादूगर की अँगूठी में सब-कुछ दिखलायी देता है। मुझे एक ऐसा सुन्दर संसार दिखायी देता जहाँ आनन्द-ही-आनन्द है। सब खूब बातें कर रहे हैं, हँस रहे हैं, खेल रहे हैं, खा रहे हैं। जहाँ कोई दुःख कोई अभाव नहीं है...।

फिर भी स्कूल जाना अच्छा लगता। कक्षा में मन लगाकर पढ़ती और प्रश्नों के सही उत्तर देती। गणित में पहले से अच्छी थी। मेरा कोई भी सवाल गलत नहीं होता था। हिन्दी भी अच्छी थी। प्रश्नों के उत्तर सही और शुद्ध लिखती। धीरे-धीरे टीचर मुझे पसन्द करने लगी, छात्राओं से मित्रता हो गयी। परन्तु वह कहते हैं न कि मनुष्य का भाग्य उसके आगे-आगे चलता है, सो मेरा भाग्य भी मुझसे आगे चल रहा था। कुछ ही दिनों में सब-कुछ गड़बड़ हो गया।

एक दिन जब मैं स्कूल पहुँची, मोटी सेठानी की बदतमीज लड़की शीला मेरी कक्षा में टीचर की टेबल पर मजे से बैठी थी, अन्य छात्राएँ उसे घेरे हुए थीं। वह अपने हाथ और आँखें नचा-नचाकर, लड़कियों को कोई किस्सा सुना रही थी, जिसे सुन लड़कियाँ जोर-जोर से हँस रही थीं। कक्षा में शोर भी हो रहा था परन्तु वह निडरता

से अपना किस्सा सुनाये जा रही थी। बाद में पता चला शीला इसी कक्षा में पढ़ती है, लम्बी छुट्टी पर अपने परिवार के साथ कहीं घूमने गयी थी। वहीं का किस्सा सुना रही थीं। वह इस विद्यालय के ट्रस्टी की बेटी है। पढ़ाई में बहुत कमजोर है और बदतमीज भी है परन्तु अध्यापिकाएँ न कभी उसे डाँटती हैं न सजा देती हैं। छात्राएँ भी उससे डरती हैं उसकी हाँ में हाँ मिलाती रहती हैं। इसी का लाभ उठाकर वह सब पर रोब गाँठती है कि वह प्रधानाचार्य से किसी की भी शिकायत करके उसे स्कूल से निकलवा सकती है।

जैसे ही शीला ने मुझे बस्ता लेकर कक्षा में प्रवेश करते देखा, थोड़ी देर तो देखती रह गयी। कुछ ही क्षणों में उसके चेहरे का भाव बदल गया। आँखों में नयी प्रकार की चमक आ गयी जैसे कोई नया शिकार मिल गया हो। लड़कियाँ उसे बता रही थीं कि जिस लड़की को वह आश्चर्य से देख रही है वह इसी कक्षा की छात्रा है। अभी कुछ समय पूर्व ही यह आयी है। यह बहुत सीधी और अच्छी लड़की है, पढ़ने में बहुत तेज है। सब टीचर इसको प्यार करती हैं। लगता है इस बार यही मॉनीटर बनेगी।

मुझे विश्वास है कि उसके कान तक कोई बात नहीं पहुँच रही थी। वह तो मुझे नीचा दिखाने का कोई अवसर ढूँढ़ रही थी। उसी दिन कक्षा में टीचर के पूछने पर जिस प्रश्न का उत्तर वह नहीं दे पायी मैंने उस प्रश्न का उत्तर दे दिया। टीचर ने मुझे शाबाशी दी और उसे मन लगाकर पढ़ने की हिदायत भी दी। बस उसे मेरा अपमान करने का अवसर मिल गया। आधी छुट्टी के समय उसने सब लड़कियों के सामने मेरा मजाक बनाना शुरू किया—इसकी माँ हमारे यहाँ खाना बनाती है। यह हमारी नौकरानी की बेटी है। यह लोग बहुत गरीब हैं। इसने जो फ्राक पहनी है, मेरी माँ ने इसे दी है। यह रोज हमारे घर आती है। हम लोग इसे अपने कमरे में नहीं आने देते। जब तक इसकी माँ काम करती है यह रसोईघर के बाहर बैठी रहती है। इसकी माँ, पापड़ बेलने का काम भी करती है, वगैरह-वगैरह।

आश्चर्य! जो छात्राएँ अब तक मेरी प्रशंसा कर रही थीं वे भी मुझ पर हँसने लगीं और नौकरानी की बेटी हमारे साथ पढ़ने आयी है, कहकर चिढ़ाने लगी। तरह-तरह से मेरे कपड़े देख हँसने लगी। अब तक उन्होंने मेरे कपड़ों के बारे में कुछ नहीं कहा था। उस समय तक स्कूलों में यूनीफार्म का चलन नहीं हुआ था, इसलिए कपड़ों से आपके आर्थिक स्तर का पता सहज ही हो जाता था।

वैसे यह कोई बड़ी बात नहीं थी। स्कूल में यह सब होता रहता है, कक्षा में कई बार एक ग्रूप के बच्चे दूसरे ग्रूप का मजाक बनाते हैं। परन्तु मेरे लिये यह बहुत बड़ी बात थी। यह मजाक मेरी माँ के लोगों के घर काम करने को लेकर था। मैं जानती थी कि मैं यह सब 'डिजर्व' नहीं करती हूँ, कम-से-कम उस कक्षा में, उन छात्राओं द्वारा जो कल तक बल्कि आज अभी तक, मेरे स्वभाव, व्यवहार और पढ़ाई

को लेकर मेरी प्रशंसा कर रही थीं। यह सब सुन-देख, मुझे आश्चर्य के साथ-साथ, अपमान भी अनुभव हो रहा था। मेरे अन्दर कुछ सहज सिकुड़ रहा था, लज्जा का अनुभव हो रहा था, जैसे मैं कोई अपराध करते पकड़ी गयी हूँ। बिना हिले-डुले मैं जैसे खड़ी थी, स्थिर खड़ी रही...अन्दर अनुभव हो रहा था, अपने बस्ते सहित, खड़ी-की-खड़ी धरती में गड़ी जा रही हूँ...डर भी लग रहा था कि गड़ते-गड़ते मैं पूरी तरह धरती के अन्दर चली गयी तो...और मेरी टाँगों से पसीना बहने लगा, पैर और अधिक धरती से चिपक गये...जबकि मैं इस स्थिति से उबरना चाह रही थी। चाह रही थी कि मैं शीला के मुँह पर एक जोर का तमाचा मारकर कहूँ—'हाँ मेरी माँ लोगों के यहाँ काम करती है, पापड़ बेलती हैं तो क्या? क्या काम करना गलत है?

हाँ, हम गरीब हैं तो क्या? स्कूल पढ़ाई करने आते हैं कि किसी की गरीबी-अमीरी...। मेरी माँ परिश्रम करके कमाती हैं, किसी की चोरी करके नहीं, परन्तु मेरा भीरु अन्तर्मन आड़े आ गया, एक शब्द मुँह से नहीं निकला, मुँह सूख गया, जीभ तालु से चिपक गयी, ओंठ भींच गये..., जबकि मैं बराबर चाहती रही कि कोई मेरी ओर से उसे डाँटे-मारे और यह सब कहे जो मैं कहना चाह रही थी।

उस समय तो प्रार्थना की घण्टी बजते ही सब शान्त हो गया, परन्तु यह सब तो प्रतिदिन का सिलसिला बन गया। टीचर के कक्षा से जाते ही, शीला तरह-तरह से मुझे परेशान करने लगती। कभी मेरा बस्ता फेंक देती, कभी पुस्तकें बिखेर देती, कभी झूठ-मूठ झगड़ा शुरू कर देती। अन्य छात्राएँ भी उसकी हाँ-में-हाँ मिलातीं। मौका पाते ही सब नौकरानी की बेटी, पुराने माँगे हुए कपड़े पहन हमारे स्कूल में पढ़ने आयी है, कहकर चिढ़ाने लगतीं। मारवाड़ी सेठों का तो स्कूल था ही, बच्चे भी अधिकतर उन्हीं के थे, सब बस से आती-जाती थीं। फीस माफ करवाकर पढ़नेवाली, गरीब घर की बच्ची शायद मैं ही थी।

प्रतिदिन मैं अपने मन को मजबूत करती कि आज तो टीचर से शिकायत अवश्य करूँगी। पर मेरे अन्दर का संकोच मुझे बोलने ही नहीं देता। सचमुच मेरी माँ रोटी बनाने और पापड़ बेलने का काम करती है, यह बात अभी तक सिर्फ कक्षा की छात्राएँ जानती हैं, टीचर से शिकायत करने पर वे भी जान जायगी, धीरे-धीरे पूरे स्कूल में यह बात फैल जायगी, मैं सबकी आँखों का सामना कैसे कर पाऊँगी जबकि अन्दर-ही-अन्दर मैं समझ रही थी कि न तो मैंने न मेरी माँ ने कोई अपराध किया है, फिर भी...।

मैं यह तो सोच ही नहीं पायी कि शीला के अन्दर का शैतान मुझे चिढ़ाकर ही शान्त नहीं हुआ, वह मुझे और अधिक नीचा दिखाने की योजना बना सकती है। मैं अक्सर उसे अपनी मित्रों के सामने बड़बड़ाते तो सुनती थी,—'बड़ी अध्यापिकाओं की चहेती बनी हुई है। जब देखो तब कक्षा में प्रशंसा, अच्छी पढ़ती है, शुद्ध लिखती है, अच्छा बोलती है, टीचर की बात ध्यान से सुनती है।' ऐसा कुछ करूँगी कि सारी

प्रशंसा धरी-की-धरी रह जायगी। मेरी फिर से वाहवाही होने लगेगी और वह मुँह दिखाने लायक भी नहीं रहेगी। और उसे अवसर मिल भी गया...।

एक दिन उसकी प्रिय मित्र का रबर खो गया। रबर साधारण नहीं था। उसके पिता विदेश से उसके लिए लेकर आये थे। रबर दो इंच लम्बा और दो इंच चौड़ा, गुलाबी रंग का था, उसके ऊपर फूल-पत्ती और नाचती हुई गुड़िया बनी थी। रबर में सुगन्ध भी थी। वह लड़की बड़ी शान से अपनी रबर सबको दिखा रही थी और सूँघा भी रही थी। बस मुझे छोड़ दिया। वे लोग जान चुकी थीं मैं उनके स्तर की नहीं हूँ, इसीलिए सबने मुझे अपान्तेय कर रखा था। मैं भी अपनी स्थिति को समझते हुए सारे अपमान को पीकर अपनी पढ़ाई पर ध्यान दे रही थी और पहले की ही तरह सबसे तेज छात्रा के स्थान पर बनी हुई थी। हाँ, उस समय मैं ललचायी नजरों से रबर को दूर से देख अवश्य रही थी, मैंने ऐसा सुन्दर रबर इसके पहले कभी देखा नहीं था।

मैं सोच भी नहीं पायी कि मेरे आत्म-सम्मान को पूरी तरह कुचलने के लिए शीला और उसकी मित्र यह सब खेल रच रही हैं। उन लोगों ने कब और कैसे सबकी आँख बचाकर वह रबर मेरे बस्ते में डाल दिया। मुझे कुछ मालूम ही नहीं हुआ। टीचर के कक्षा में आते ही उस लड़की ने अपना रबर चोरी होने की शिकायत की। टीचर ने सदा की तरह सब छात्राओं को आधी छुट्टी के समय कक्षा से बाहर जाने को मना किया और मॉनीटर जो शीला थी, को सबका बस्ता चेक करने के लिए कह दिया। दो-तीन छात्राओं के बस्ते देखने के बाद मॉनीटर ने मेरा बस्ता चेक करने के लिए माँगा। मैं निश्चिन्त थी कि जब मैंने रबर छुआ ही नहीं है तो बस्ते में कैसे आ सकता है। मैंने निर्भयता से सबके सामने अपना बस्ता पलट दिया। बस्ते की कापी-किताबें टीचर के टेबल पर फैल गयीं, उनमें रबर नहीं था। मैं प्रसन्नता अनुभव कर रही थी कि शीला ने मेरे बस्ते का कोना पकड़कर जोर से झाड़ा। कोने में फँसा रबर सबके सामने धरती पर गिर पड़ा था। मैं हतप्रभ थी...! मुझे आशा थी कि टीचर की दृष्टि में मैं एक अच्छी विद्यार्थी हूँ, वे मुझसे पूछेंगी अवश्य कि मेरे बस्ते में रबर कैसे आया? क्या मैंने चुराया है? और मुझे सारी राम कहानी सुनाने का अच्छा अवसर मिल जायगा..., टीचर को मेरी बातों पर विश्वास होगा। शीला को उसकी हरकतों के लिए डाँट तो पड़ेगी ही, हो सकता है दण्ड भी मिले। पर यह क्या!! ऐसा कुछ हुआ ही नहीं। टीचर ने न कुछ कहा न सुना। मुझे मॉनीटर के साथ प्रधानाचार्या के ऑफिस में भेज दिया। पता नहीं शीला ने प्रधानाचार्या से क्या कहा कि उन्होंने भी मुझसे कुछ पूछे बिना ही अपने पास बुलाकर एक चाँटा मारा और ऑफिस के एक कोने में घर की छुट्टी तक खड़े रहने का दण्ड दे दिया...।

मैं बिना कुछ बोले चुपचाप कोने में जाकर खड़ी हो गयी। मुझमें कोई प्रतिक्रिया नहीं हुई। मुझे तो स्वयं पर आश्चर्य हो रहा था कि मुझे कुछ क्यों नहीं हो रहा, न

दुःख न अपमान, न किसी तरह की शर्मिन्दगी। प्रधानाचार्या की दृष्टि में तो मैं पक्की चोर ही साबित हो रही थी जो न तो आँसू बहा रही थी, न अपनी सफाई में कुछ बोल रही थी, न शर्मिन्दगी अनुभव कर रही थी, न क्षमा माँग रही थी...। मैं तो अवाक् बनी सूनी आँखों से बस देख रही थी, कुछ भी सोच नहीं पा रही थी...अन्दर 'कुछ' टूटा ही नहीं था जो आँसू बहते, बस 'कुछ' जम गया था। पता नहीं क्या...। अचानक मेरे अन्तर्मन ने ही मेरी सहायता की, नहीं तो मैं उस दिन, जमते-जमते पूरी पत्थर ही बन जाती। मुझे सहसा एक कहानी याद आ गयी, जिसने मुझे पत्थर होने से बचाया...। नानी की सुनायी नल-दमयन्ती की कहानी। किसी देवता के शाप से राजा नल और रानी दमयन्ती के बुरे दिन आ गये थे। उनका राजपाट सब चला गया था। जंगल में भटकते-भटकते थक गये थे। रानी को प्यास भी लगी थी। एक घर देख, वहाँ ठहरकर पानी माँगा और रात्रि विश्राम की याचना की। गृह-स्वामी ने उनकी दयनीय दशा देख एक कमरे में रात्रि-विश्राम की अनुमति दे दी। उस कमरे में एक खूँटी पर गृह-स्वामी का हार टँगा था। राजा तो सो गया परन्तु रानी की आँखों में नींद नहीं थी। अचानक उसकी दृष्टि खूँटी पर पड़ी। क्या देखती है कि खूँटी उस पर टँगा हार धीरे-धीरे निगल रही है। सुबह खूँटी पर हार न देख गृह-स्वामी ने राजा-रानी को ही चोर समझा और वहाँ के राजा के पास न्याय के लिए ले जाने लगा। नानी पूरी कहानी सुनाना चाह रही थी परन्तु मैंने ही नानी को रोककर पूछा था—

—नानी लकड़ी की खूँटी हार कैसे निगल सकती है? और अगर रानी ने देखा था तो सुबह बताया क्यों नहीं कि उसने हार नहीं चुराया है, खूँटी निगल गयी है, और नानी ने बड़े प्यार से समझाया था—

—बेटा, राजा-रानी के बुरे दिन आये थे। उस समय उनकी बात पर कोई विश्वास नहीं करता। कहीं लकड़ी की खूँटी भी हार निगल सकती है। इसीलिए वह चुप रही। तो ...हमारे परिवार के भी तो बुरे दिन चल रहे हैं। शायद इसीलिए रबर अपने-आप मेरे बस्ते में आ गया। उस समय भी मेरा सरल मन सोच ही नहीं पाया कि मेरे आत्मविश्वास को कुचलने के लिए जान-बूझकर यह सब किया गया है।

उस समय तो नानी की सीख ने बहुत तसल्ली दी कि जब बुरे दिन चल रहे हों, तो चुप रहना चाहिए। आपकी सच बात पर भी कोई विश्वास नहीं करता है। सजा में तो मैं अपने इस ज्ञान के बल पर चुपचाप खड़ी रही। परन्तु घर की छुट्टी होते ही मैं जैसे ही अपना बस्ता उठा स्कूल से बाहर निकली, मेरी आँखों से झरझर आँसू बह रहे थे। अन्दर बहुत-कुछ टूट गया था...। भारी कदमों से चलते हुए बड़ी देर बाद मैं चौड़ी सड़क तक पहुँची। सड़क पर रोज जैसी ही चहल-पहल थी। दुकानों में तरह-तरह का सामान सजा था। रोज की तरह ही सीधे पल्ले की साड़ी पहने हाथ में लकड़ी के हैण्डिल के झोले लिये गुजराती महिलाएँ खरीदारी में व्यस्त, आ-जा रही थीं। मैं देर तक उन्हें देखती खड़ी रही। घर जाने की इच्छा ही नहीं हो रही थी। इतने

में एक महिला ने शायद यह सोचकर मेरा हाथ पकड़ा कि मैं सड़क पार नहीं कर पा रही हूँ। उन्होंने अपने साथ मुझे सड़क पार करवाकर दूसरी तरफ पहुँच, उसी सहजता से मेरा हाथ छोड़ दिया जिस सहजता से पकड़ा था। परन्तु मैं तो इतनी देर में एक पूरा सपना जी चुकी थी...। मैं सोच रही थी—इतनी सुन्दर प्यारी महिला ने मेरा हाथ पकड़ा है, अब यह इसे छोड़ेगी नहीं, बल्कि अपने साथ बाजार में घुमायेगी और मुझसे पूछेगीं कि मुझे क्या चाहिए और मैं निःसंकोच बता दूँगी कि मुझे बहुत-से सुन्दर-सुन्दर रबर खरीदने हैं। कल सारे रबर बस्ते में भरकर मैं स्कूल ले जाऊँगी और उस लड़की के मुँह पर दे मारूँगी। सबको अपने-आप विश्वास हो जायगा कि मैंने रबर नहीं चुराया था।

परन्तु उन्होंने तो इतनी आसानी से हाथ छोड़ दिया जैसे कुछ हुआ ही नहीं, और स्वयं एक दुकान में सामान खरीदने चली गयीं। मैं उसी स्थान पर खड़ी रह गयी परन्तु मुझे अनुभव हो रहा था कि मैं अभी तक एक ही स्थान पर खड़ी चल रही हूँ, जैसे हाथ से लट्टू नचाकर फेंक देने पर वह एक स्थान पर अकेले ही थोड़ी देर तक नाचता रहता है। काफी देर बाद पैर आगे बढ़े। मैं धीरे-धीरे चलती हुई, गली पारकर घर पहुँची। रास्ते में मैंने दृढ़ निश्चय किया कि आज मैं स्कूल की सारी घटना माँ को बतलाकर अपना मन हलका अवश्य करूँगी। कमरे में पहुँची तो भाई की पिटाई हो रही थी। माँ उसे डाँटते हुए रोये जा रही थी और बहन यह सब देख डर के मारे चीखे जा रही थी। शायद भाई ने आज फिर माँ के पैसे चुराकर पानी पुरी खायी थी। वही कलह, वही रोना-धोना, वही चीख-चिल्लाहट, वही कुछ न बोल सकने की मजबूरी ...। मैं दुबकी-सी अन्दर घुसी और कोने में बस्ता रख, काम में लग गयी।

सिर दर्द का बहाना बना मैं जल्दी सो गयी। असल में मैं अपने मुँह पर चादर ओढ़कर अपने उस मन को ढूँढ़ना चाह रही थी, जो स्कूल जाने के नाम से उत्साहित हो मेरे हाथ-पैर में भी फुर्ती भर देता था। सारे दिन जो उल्लसित रहता और मुझे भी खिला-खिला रखता...जैसे गुनगुनी धूप में, सरदी से ठिठुरते अंगों को खूब-सा फैला लिया हो। अगर वह आज की घटना से इतना सहम गया हो, संकोच में ऐसी जगह जाकर छुप गया हो जहाँ मैं उसे ढूँढ़ न पायी तो...मैं किसके भरोसे स्कूल जाऊँगी, वही तो मेरा अच्छा मित्र था...।

वास्तव में जब से मैं स्कूल जाने लगी थी मैंने अपने 'मनस्' को दो गोलार्द्धों में विभाजित साफ-साफ अनुभव किया था। तब मैं यह नहीं सोच पायी थी कि जैसे धरती, दुनिया एक, दो गोलार्द्धों में स्पष्ट विभाजित है, ऐसा ही भविष्य में मेरा व्यक्तित्व भी विभाजित होनेवाला है—ऊपर से संकोची, चुप्पा। बिना किसी प्रतिवाद के सब-कुछ, अच्छा-बुरा स्वीकार करनेवाला मायूस-सा, और अन्दर से समझदार, अपने हक को समझनेवाला, अवसर मिले तो बोलकर अपनी स्थिति को स्पष्ट

करनेवाला पर यह सब तो बाद की बात है। जिसे अपना पक्ष रखने का कभी अवसर ही नहीं मिला..।

अभी दस वर्ष की उम्र में तो मन के दोनों गोलार्द्ध स्पष्ट अनुभव होने लगे थे। एक वह जो घर में निरन्तर कार्यरत, सहमा, डरा-सा माँ के कठोर अनुशासन में कार्य करता, जहाँ अपना कुछ अनुभव नहीं होता। दूसरा वह जिसका काम तो समझ में नहीं आता पर वह समय-समय पर आनन्दित होता, उल्लसित होता, दुःखी होता परन्तु सब-कुछ अपने हिसाब से करता। उस पर किसी का कोई नियन्त्रण, दबाव नहीं था। वह प्रसन्न होता उस समय जब मैं बाहर के नल से पानी भरकर लाते समय रास्ते में थोड़ा ठहरकर नीचे झाँकती। नीचे एक बड़ा-सा आँगन दिखायी देता जहाँ दिन के समय भी अँधेरा रहता। वहाँ खूब-सारे बर्तनों के कई छोटे-छोटे ढेर पड़े रहते और घाटिये स्त्री-पुरुष भाँड़े (बर्तन) घिसते रहते। बाद में पता चला था कि वे बर्तन माँजने का काम करते हैं। सब घरों से जूठे बर्तन नीचे ले जाते और वहीं से साफ करके ऊपर चौथी मंजिल तक सबके बर्तन पहुँचाते रहते हैं। पैसेवाले लोग उन्हींसे अपने बर्तन मँजवाते हैं। मैं जब भी नीचे देखती वे बर्तन माँजते होते परन्तु चुपचाप मुँह लटकाकर नहीं। वे आपस में जोर-जोर से बातें करते खूब हँसते एक-दूसरे से ठिठौली करते गाना गाते रहते। उनकी चहल-पहल देखकर लगता जैसे यहाँ किसी की बरात उतरी है।

उन्हें देखते ही मेरा अन्तर्मन उल्लसित हो उठता। मोल का काम करते हुए भी इतना प्रसन्न रहा जा सकता है! कैसे? क्या बात है जो इन्हें इतना प्रसन्न करती है? क्या इनके पास जीवन की सारी सुख-सुविधा है? अगर है तो ये लोग दूसरों के बर्तन क्यों माँजते हैं? वह भी बर्तन का टोकरा लेकर ऊपर-नीचे दौड़ते हुए! क्या हमारे घर में यह आनन्द नहीं हो सकता? हम लोग भी पापड़ बेलते, गोटे-किनारी का काम करते, इस तरह हँस-बोल नहीं सकते! क्यों सब-कुछ ऐसा सहमा-सहमा, डरा-डरा-सा, मायूस-सा रहता है...

यह सब भाव तभी तक मुझ पर हावी रहते जब तक मैं उन्हें बर्तन माँजते देखती, जो अधिक देर सम्भव भी नहीं था। माँ का डर तो बना ही रहता। थोड़ा इधर-उधर होते ही उनकी डाँट सुनायी देती—'ठिलग्गी कहीं की, एक काम में घण्टों लगा देती है। समझ में नहीं आता कि देर हो रही है, मुझे भी काम पर निकलना है। और मेरा बाहरी मनस सतर्क हो जाता और अन्तर्मन और अधिक सहम जाता।

स्कूल जाते समय मैं अपने बाहरी मन को शाम तक के लिए थपथपाकर सुला देती। अन्तर्मन पूरी तरह चैतन्य हो, फैल जाता। वही वास्तव में मेरा मित्र था। गली पार करते ही मैं उसे सड़क पर दौड़ती गाड़ियाँ दिखलाती, तरह-तरह की वस्तुओं से सजी दुकानों के बीच घूमती, दुकानों में खरीद-फरोख्त करती, फुर्तीली, छोटे-छोटे

फूलोंवाली सूती साड़ियाँ पहने, पैरों में चप्पल डाल, हाथ में झोला लिये गुजराती महिलाएँ दिखलाती, स्कूल पहुँचती। स्कूल पहुँचकर भी वह उल्लसित ही रहता क्योंकि वहाँ भी वह मेरी तरह ही पूर्णरूप से स्वतः होता, बिना किसी दबाव के। न माँ का दबाव होता न काम का। जहाँ मेरी तरह वह भी प्रार्थना में जोर-जोर से गा सकता था। टीचर के कहने पर पूरे स्कूल के सामने कोई कविता, गीत या याद किया हुआ कोई पैरोग्राफ निर्भय होकर सुना सकता था। ड्रिल के पीरियड में अच्छी तरह हाथ-पैर फैला सकता था। कक्षा में पूछे गये सभी प्रश्नों के सही उत्तर देकर टीचर का प्रिय और कक्षा में सबका मित्र हो सकता था...किसी का कोई बन्धन नहीं, न उस पर न मुझ पर...। कहीं वह सचमुच खो गया तो ...वापस नहीं लौटा तो मेरा क्या होगा!

जो हो स्कूल तो जाना है और पढ़ना भी है। मेरे मित्र को मालूम है कि कितनी कठिनाई से सेठानी के प्रयत्न से स्कूल में नाम लिखा गया है और वह भी फीस माफ सहित। थोड़ा इधर-उधर हो जाना चलता है परन्तु सदा के लिए वह कहाँ जा सकता है। वह मेरा अभिन्न भाग है, वह है तो मैं हूँ और मैं हूँ, तभी तो उसका अस्तित्व है। इस समय तो मैं चादर ओढ़े हूँ चलो, उस अपने मित्र का मन बदलने के लिए कुछ अच्छा सोचती हूँ।

उस समय उस नासमझ बालिका के लिए अच्छा सोचना याने छूट गये शहर और बचपन की स्मृतियाँ थीं ...उसे क्या मालूम कि यही उसके सम्पूर्ण जीवन का राजयोग था, जो कभी वापस नहीं आनेवाला...।

इन्दौर में कितना अच्छा लगता था! घर में नहीं बाकी सब जगह। स्कूल से लौटकर लड्डू और सेव खाना, अच्छे कपड़े पहनकर मन्दिर जाना। इतने बड़े मन्दिर में जहाँ चाहो घूमो, बाग-बगीचा कमल-सरोवर कहीं भी जाओ। गौशाला पहुँच 'गुलाब' की काजल लगी आँखों में देखते हुए खूब बातें करो और वह गर्दन हिला-हिलाकर कैसे सारी बातें सुनती-समझती थी। 'गुलाब' की कितनी याद आती है। पता नहीं उसे मेरी याद आती भी होगी या नहीं!

अचानक सामने चल रही रील में बम्बई की जगह इन्दौर दिखायी देने लगा। दादा जी आठ-दस दिनों के लिए तीर्थयात्रा पर गये थे। तब पड़ोस के मनोहर काका ने हम लोगों को कितना घुमाया था। काँच मन्दिर दिखाया था। पूरा मन्दिर काँच के छोटे-छोटे टुकड़ों से बना था। बिजासन माता की टेकरी ले गये थे। एक प्रदर्शनी दिखलाने भी गये थे। एक बड़े-से मैदान में मोमजामे का एक तम्बू जैसा था अन्दर दुकानें और भी कुछ था। अन्दर जाकर तो ऐसा लग रहा था जैसे कपड़े के एक बड़े-से मकान में आये हैं। प्रदर्शनी के दरवाजे पर एक पुतला एक हाथ कमर पर रखे एक

हाथ मुँह तक लाता और पैसा गटक जाता। लोग उसका गटकना देखने के लिए उसके हाथ पर पैसा रख रहे थे। कई बच्चे उसे घेरकर खड़े थे। मनोहर काका ने हम लोगों को भी उसके हाथ में रखने के लिए एक-एक पैसा दिया था। वहाँ दो जुड़ी हुई बहनें भी देखी थीं जो एक ही फ्राक पहने थीं। फ्राक के ऊपर उनकी गर्दन और मुह दो थे और नीचे टाँगें भी अलग-अलग थीं, धड़ जुड़ा हुआ था। उन्हें देख बार-बार मन में प्रश्न उठ रहा था—ये खाना किस मुँह से खाती होंगी? चलती कैसे हैं, सोती कैसे हैं? वहाँ एक चितकबरा घोड़ा भी देखा था। माँ ने पहली बार प्रदर्शनी से भाई के लिए चमड़े का बेल्ट और हमारे लिये सिर में लगाने की एक-एक पिन खरीदी थी। मैंने पहली बार इतनी सुन्दर 'काँगसी' (कंघी) देखी थी। वरना तो लकड़ी या सींग की काँगसी से ही बाल सँवारते थे।

काका ने हमें एक बड़ा-सा अस्पताल भी दिखाया था। नया-नया बना था। लोग उसको देखने जाते थे। उसका नाम शायद महाराजा यशवन्तराव अस्पताल जैसा कुछ था। वहाँ क्या-क्या देखा था यह तो ठीक से याद नहीं, परन्तु बच्चों का वार्ड, आज पचहत्तर वर्ष बाद भी आँखों में बसा है। वार्ड में दस-दस पलँग की दो पंक्तियाँ आमने-सामने लगी थीं। पलँग छोटे और प्यारे थे, उन पर सफेद झक्क चादरोंवाले बिस्तर बिछे थे। प्रत्येक पलँग पर सफेद जाली की मसहरी कायदे से लकड़ी के चौकोर फ्रेम में कसी हुई थी। दो-चार रोगी बच्चे मसहरी में सोये हुए थे। सफेद फ्राक पहने नर्सें, सफेद टोपी लगाये इधर-उधर जा रही थीं। पूरा वातावरण इतना आकर्षक लग रहा था कि इच्छा हुई, काश मैं बीमार हो जाऊँ ताकि यहाँ भरती हो सकूँ। घर के वातावरण से छुट्टी मिले...। इस बात पर मुझे अपने अन्दर एक हलकी-सी हँसी सुनायी दी, तो मेरा अन्तर्मन यहीं था, सब-कुछ देख-सुन रहा था...।

मैंने उसे प्यार से सहलाया और ढाँढ़स भी बँधाया कि जरा-सा इधर-उधर होने पर कोने में दुबक जाने से कैसे काम चलेगा। परिस्थिति से थोड़ा समझौता करना तो सीखना पड़ेगा। वह सुना नहीं—'सब दिन जात न एक समान' और मैंने उसे एक लोकोक्ति भी कह सुनायी, जो नानी जी अक्सर बोलती रहती थी, चाहे उन्हें कोई परेशानी हो, चाहे किसी और को 'घर की दाजी (जली) वन मा भागी, वन मा लागी आग। वन बिचारा क्या करे, तेरे करम (भाग्य) में लगी आग' और इसे बोलते हुए नानीजी अपना हाथ अपने कपाल पर दे मारती। सुनते-सुनते मुझे भी 'करम' थोड़ा समझ में आने लगा था।

मैंने उसे एक किस्सा और सुनाया कि कैसे मनोहर काका हम लोगों को सिनेमा दिखाने भी ले गये थे। पर्दे पर तस्वीरों को चलते-फिरते, बोलते देख आश्चर्य हो रहा था। मैंने सिनेमा में ही पहली बार दीवार घड़ी देखी थी जिसका पेण्डुलम लगातार हिल रहा था और जिसका ढक्कन खोलकर कोई उसकी सुइयों को इधर-उधर कर रहा था। बाद में पता चला था कि वह अशोक कुमार और लीला चिटनीस की कोई

फिल्म थी। मुझे कुछ अधिक तो नहीं पर एक घटना याद है कि नायिका को अपने लम्बे बालों को कंघे से सँवारते देख मैं जोर से बोल पड़ी थी—'मेरी माँ के बाल इससे भी लम्बे और सुन्दर हैं। वे ऐसे ही कंघी से बाल सँवारती भी हैं', ...और उसे सुन सारे लोग पीछे घूमकर मुझे देखने लगे थे।

इस तरह कई बातें सुना-सुनाकर मैंने उसे बहुत हँसाया और मैं निश्चिन्त हो गहरी नींद में सो गयी। सुबह मेरा सारा अपमान, क्षोभ सब शान्त हो चुका था। प्रतिदिन की तरह ही दिन प्रारम्भ हुआ था। मैं स्कूल जाने के निर्णय के साथ उठी। माँ को सुबह-सुबह तैयार होते देख, अचानक मुझे याद आया, आज तो माह का प्रथम दिन है। आज स्कूल जाने के पहले एक काम और करना है। माँ के साथ अग्यारी जाना है, गेहूँ लेने। मैं झटपट उठ, अपने काम निपटा झोला ले, माँ के साथ अग्यारी जाने को तैयार हो गयी।

हमारे घर के पास ही जो अग्यारी (पारसियों का पूजा-स्थल) थी, वहाँ प्रतिमाह पहली तारीख को किसी पारसी सेठ की ओर से, गरीबों को गेहूँ दान किया जाता था। अग्यारी के एक कमरे में दो जगह गेहूँ बँटता था। एक ओर पुरुषों की लाइन लगती, दूसरी ओर स्त्रियों की। माँ मुझे दो-तीन स्त्रियों के आगे खड़ा करती और स्वयं पीछे खड़ी होती ताकि यह पता न चले कि हम लोगों में कोई सम्बन्ध है क्योंकि एक घर से एक ही व्यक्ति को पाँच सेर गेहूँ दिया जा सकता था। गेहूँ देनेवाले के पास एक नाप का डिब्बा होता था जिसमें गेहूँ भरकर वह एक लोहे के स्केल से बराबर करता, ताकि किसी को एक मुट्ठी अनाज अधिक न जाने पाये। मैं पंक्ति में खड़े-खड़े सोचती कि जब भगवान् सबको बराबर नहीं देता, किसी को कम तो किसी को अधिक देता रहता है तो फिर यह व्यक्ति सबको बराबर अनाज मिले, इसका इतना ध्यान क्यों रख रहा है? अगर इसे अन्याय करने का पाप लग सकता है तो भगवान् को क्यों नहीं लगता? वह भी तो अन्याय करता है। नम्बर आते ही मैं अपना झोला फैलाती गेहूँ लेती और अग्यारी से बाहर हो जाती और वहाँ की सोच वहीं छूट जाती।

माँ के काम पर जाने के बाद मैं घर के काम निपटा स्कूल के लिए तैयार होने लगी। पर... मुझे लगा मैं गलत थी। स्कूल जाने का मेरा वह उत्साह समाप्त हो चुका था...। समय से स्कूल पहुँचने की अब मुझे कोई जल्दी नहीं थी। मैं आराम से तैयार हो घर से निकली। रास्ते में भी इधर दुकानों को देखते हुए देर से स्कूल पहुँची। प्रार्थना के बाद स्कूल पहुँचने के कारण मैं भी देर से आनेवाली छात्राओं की कतार में ऑफिस के सामने खड़ी कर दी गयी। मैं आराम से एक घण्टे तक खड़ी रही। न मुझे शर्म आयी न दुःख हुआ। कक्षा में पहुँचकर भी मैं इधर-उधर देखती रही।

पढ़ाई से मेरा मन उचट चुका था। टीचर की कोई बात मुझे न तो सुनायी देती थी और न ही समझ में आती थी। इसलिए प्रश्न पूछने पर मैं उत्तर ही नहीं दे पाती, चुपचाप खड़ी हो जाती। गृहकार्य भी पूरा नहीं करती। कक्षा से बाहर निकालने पर चुपचाप बाहर निकलकर खड़ी हो जाती।

कक्षा की सबसे तेज छात्रा मैं, सबसे पीछे कमजोर छात्राओं की बेंच पर बैठाल दी गयी। मुझे अब किसी बात की चिन्ता नहीं थी। किसी भी अपमान का मुझ पर असर नहीं होता। बात-बात पर शर्म से गर्दन झुका लेनेवाली मैं खड़े-खड़े सबको देखती रहती थी। अब मेरे लिये घर से निकलकर स्कूल जाना आवश्यक था और कुछ नहीं ...।

एक शिष्ट और तेज छात्रा के व्यवहार में आये इस बदलाव का किसी अध्यापिका पर कोई असर नहीं पड़ा। अब सोचती हूँ तो लगता है आज से पचहत्तर वर्ष पूर्व शायद बाल-मनोविज्ञान का ज्ञान अध्यापिकाओं को इतना न होता हो जितना आज है। अध्यापिकाओं की शैक्षिक योग्यता भी कहीं चौथी पास तो कहीं लोअर मिडिल या अपर मिडिल पास करके एकाध ट्रेनिंग करके पूरी हो जाती थी। इसके आगे की शिक्षा बहुत कम अध्यापिकाओं की हो पाती होगी। अध्यापिकाएँ स्वयं भी तो विधवा, परित्यक्ता या समाज द्वारा सतायी महिलाएँ होती थीं, अपनी समस्याओं में उलझीं...।

अपनी थकी आँखों को सहलाने के लिए मैंने अपना हाथ आँखों पर रखा। यह क्या! मेरी आँखें गीली क्यों हैं? क्या मैं उस बालिका की मानसिकता के साथ एकाकार हो गयी थी? क्या उसका दर्द, मेरा अपना दर्द बन गया था? अरे मूर्ख, यह तो मैं सामने चला रही रील का एक दृश्य देख रही थी। उस बालिका से मेरा क्या सम्बन्ध है? है भी, नहीं भी। बालिका के साथ कोई सम्बन्ध हो न हो उसके मन पर लगे आघात और उसके फलस्वरूप गड़बड़ायी उसकी मानसिकता के साथ गहरा सम्बन्ध है। ... और-यह मेरे ठठरी शरीर में कम्पन क्यों हो रहा है? मेरे अन्दर बैठी अध्यापिका यह तो नहीं सोच रही कि काश! मेरे टूटे पैरों में कुछ शक्ति आ जाय तो मैं इस बालिका के स्कूल जाकर सारी स्थिति स्पष्ट कर दूँ कि किस प्रकार दो शैतान पर नादान छात्राओं की ईर्ष्या के कारण एक और तीव्र बुद्धि (होनहार) साथ ही संवेदनशील छात्रा की मानसिकता पर कितना गहरा असर हुआ है, जो उसके भविष्य और व्यक्तित्व दोनो के लिए हानिकारक हो सकता है।...सोचते-सोचते मुझे झपकी आ गयी।

आँख खुली तो,

दृश्य बदल चुका था।

माँ के साथ हम तीनों भाई-बहन घूमने जा रहे हैं। बेचारी माँ... पहले बच्चों के लिए पैसे कमाओ, फिर खाने-पीने का प्रबन्ध करो, उनकी शिक्षा के लिए भाग-दौड़ करो, साथ ही उनके घूमने-फिरने और मनोरंजन का भी ध्यान रखो। एक माँ ही एक साथ इतना सब-कुछ कर सकती है। हमारी माँ कर रही थी। उन्होंने सेठानी से पूछकर बसों के नम्बर, ट्राम के स्टेशन, घूमने के स्थान संबकी जानकारी ली और हम लोगों को बम्बई घुमाने का निर्णय किया।

हम लोग पहले ट्राम में बैठे। शहर के अन्दर से ट्रेन चल रही थी। आते-जाते लोग, दुकानें सब दिखायी दे रहे थे। डबल डेकर में ऊपर की मंजिल से नीचे झाँकने पर डर भी लग रहा था। बस बहुत तेज तो नहीं चल रही थी फिर भी। हम लोगों ने सिद्धि विनायक के दर्शन भी किये थे।

घूमते-घूमते हम लोग समुद्र किनारे पहुँचे। बम्बई में समुद्र किनारे एक बहुत बड़ा मैदान है चौपाटी। शाम को वहाँ घूमनेवालों की अच्छी खासी भीड़ हो जाती थी। सड़क के एक ओर समुद्र बहुत विशाल और गहरा लग रहा था। उसमें ऊँची लहरें उठ रही थीं जो किनारे के बड़े-बड़े पत्थरों पर जोर से गिरती थीं, जिससे तेज आवाज हो रही थी। जैसे समुद्र गर्जना कर रहा हो। समुद्र को लगातार देखने पर डर लगने लगता था। अगर उसे बहुत क्रोध आ गया तो वह मुझे भी पकड़कर धोबी के कपड़े की तरह पत्थरों पर पछाड़ देगा। मैंने समुद्र इतना बड़ा और इतना भयानक होता है, सोचा नहीं था। मेरी आँखें बराबर बादलों के बड़े-बड़े घड़े ढूँढ़ने में लगी थीं। मैं लगातार देखे जा रही थी कि अब बादल घड़े भरने आयेंगे, अब आयेंगे। परन्तु मुझे एक भी बादल घड़ा भरते दिखायी नहीं दिया। मुझे कल्पना लोक में घुमानेवाला भाई तो आराम से बालू में खेल रहा था। न उसे बादलों की परवाह न उनके घड़ों की...मुझे आश्चर्य हो रहा था कि मुझे समुद्र की विशालता का ज्ञान देनेवाला, परीलोक में घूमनेवाला भाई एकदम से इतना मेच्योर कब और कैसे हो गया कि बादलों के घड़ों की बातें करना उसे बचपना लगने लगा...!

साँझ होने को आयी थी। समुद्र में ऊँची-ऊँची लहरें उठ रही थीं। उस दिन मछुआरों का कोई पर्व था। अपने परिवार सहित वे समुद्र-पूजन करने आये थे। थोड़ी देर में ही दस-पन्द्रह मछुआरिनें रंग-बिरंगी साड़ियों में, सिर में फूल लगाये, नाक में नथ और गले में बजट्टी और मंगलसूत्र पहने, हाथ में पूजा की थाली लिये समुद्र के बिलकुल किनारे, पानी के पास तक पहुँचीं। सबने समुद्र का पूजन कर अन्य सामग्री के साथ एक-एक नारियल भी समुद्र को अर्पित किया। उन्हें समुद्र में उठनेवाली ऊँची लहरों का पूरा ज्ञान रहा होगा, तभी वे जल्दी से पूजन समाप्त कर किनारें की ओर दौड़ने लगीं। उनके पीछे-पीछे एक बड़ी-सी लहर आयी और नारियल सहित पूजन-सामग्री को बहा ले गयी। वे महिलाएँ दूर पहुँच, हाथ जोड़, समुद्र को

देखती खड़ी रहीं। इतने में ही दूसरी बड़ी-सी लहर आयी और सारे नारियल लाइन से गीली बालू पर रखकर वापस चली गयी। महिलाएँ दौड़कर आयीं और एक-एक नारियल उठा, सिर से लगा, वापस लौट गयीं। यह दृश्य देखकर मुझे लगा, समुद्र और मछुआरे, एक-दूसरे को कितनी अच्छी तरह समझते हैं न!

शाम को इसी चौपाटी पर रंगीनी बिखर गयी। भेलपुरी और चाटवालों के ठेलों के साथ-साथ कच्चे नारियल के ठेलों से तथा शाम को घूमने आनेवाले लोगों की भीड़ से चौपाटी पर मेला-सा लग गया। माँ शायद समझ गयी थी कि यहाँ सब लोगों को ठेलों के चारों ओर खड़े होकर खाते देखकर हम लोगों के मन में भी कुछ खाने की इच्छा जागृत हो सकती है, इसलिए घर से ही नमकीन और मीठे पराठे बनाकर ले गयी थी।

हम लोग समुद्र के खुले किनारे की ओर पड़े हुए पत्थरों में से एक बड़े-से पत्थर पर बैठकर घर से लाये पराठे खाने लगे। परन्तु मेरी आँखें दूर कच्चे नारियल के ठेले पर लगी थी। मैं कच्चा नारियल पीते हुए लोगों के गले की ऊपर-नीचे होती गाँठ से अन्दाजा लगा रही थी कि इनके नारियल में अब कितना पानी बचा होगा और कितनी देर बाद यह व्यक्ति वापस ठेलेवाले के पास जाकर अपना खाली नारियल देगा और नारियलवाला अपने तेज चाकू से नारियल के पेंदे में लगी झिल्ली निकालकर उसे वापस देगा। सभी नारियल का पानी पीनेवालों को मैं ऐसा करते देख रही थी। मैं इतने ध्यान से यह सारा दृश्य देख रही थी कि थोड़ी ही देर में, बिना नारियल पिये ही मुझे अन्दाजा हो गया कि एक नारियल में कितने घूँट पानी होता है।

एक बार मैं माँ के साथ समुद्र-स्नान को भी गयी थी। समुद्र में नदी की तरह नहीं नहाया जाता। समुद्र के किनारे, दीवार की ओर, कुछ सीढ़ियाँ नीचे तक चली गयी थीं। सीढ़ी में पकड़ने के लिए रेलिंग लगी थी। अन्तिम सीढ़ी के पास, दीवार में थोड़ी-थोड़ी दूर पर मोटे-मोटे लोहे के साँकल थे। उन सांकलों को पकड़कर बैठ जाओ। समुद्र अपने-आप आकर आपको नहला जायगा। मैं भी साँकल पकड़ चुपचाप बैठ गयी। थोड़ी देर में समुद्र की एक बड़ी-सी लहर आयी और मुझे सर से पैर तक नहला गयी। थोड़ी देर में फिर एक लहर आयी और नहला गयी। जब लहर वापस लौट जाती तो पैरों के नीचे से सरकती ठण्डी बालू की सरसराहट पूरे शरीर में महसूस होती ...बल्कि वह सरसराहट आज भी कभी-कभी अनुभव होती है।

उस समुद्र-स्नान में आनन्द तो बहुत आया परन्तु बाद में अच्छा नहीं लगा। पूरा शरीर अच्छी तरह पोंछ लेने पर भी नमकीन चिपचिपाहट बहुत देर तक बनी रही।

माँ ने सेठानी से सुना था कि यहाँ लोग हवाई जहाज और पानी का जहाज भी देखने जाते हैं। हम लोग भी एक दिन माँ के साथ पानी का जहाज देखने गये।

किनारे से दूर एक बड़ा-सा दो मंजिला मकान जिसमें ऊपर छत भी थी, समुद्र में खड़ा था। यही पानी का जहाज था। जहाज का एक हिस्सा पानी के अन्दर डूबा था, जिसके सिर्फ गोल-ग़ोल शीशे लगे रोशनदान पानी के ऊपर दिखायी दे रहे थे, जो लहरों के थपेड़ों से गीले भी हो रहे थे। यहाँ लहरें बहुत ऊँची नहीं थीं, परन्तु कुछ तो थीं ही। यह हिस्सा काला था। इसके ऊपर की मंजिल सफेद चमकदार थी। इसमें भी कई छोटी-छोटी शीशे की बन्द खिड़कियाँ दिखायी दे रही थीं। खिड़कियों के शीशों से आते-जाते लोग भी दिखायी दे रहे थे। यही शायद रहने की जगह थी। इसी में शायद छोटे-छोटे कमरे थे, जिसे लोग केबिन बोल रहे थे। इसी के ऊपर रेलिंग लगी छत थी, जिसे डेक कहा जा रहा था।

थोड़ी देर में एक सायरन बजा। जहाज पानी में तैरता हुआ एक बड़ी-सी नाव के पास आकर रुक गया। नाव किनारे से थोड़ी दूर पानी में खड़ी थी जिसे कुछ लोग मोटे रस्से से खींचकर किनारे के पास किये थे। वहाँ लहरें बहुत कम थीं। नाव लगते ही लोग लाइन से एक-दूसरे का हाथ पकड़कर पहले नाव पर चढ़ रहे थे। नाव के दूसरे किनारे पर एक लकड़ी का पुल जहाज तक़ चला गया था। जहाज बहुत बड़ा था, इसीलिए गहरे पानी में खड़ा था। नाव पर चढ़े लोग धीरे-धीरे उस पुल पर से होते हुए जहाज में प्रवेश कर रहे थ। सब लोगों के चढ़ जाने के बाद नाव और लकड़ी का पुल धीरे-धीरे हटाया जा रहा था।

मेरा अन्तर्मन उछलकर उस पुल पर पहुँच गया। लोगों के पीछे-पीछे जहाज के अन्दर घुसने का प्रयत्न करने लगा। जैसे ही उसने अन्दर झाँका, उसे सिवा अन्धकार के कुछ दिखायी नहीं दिया। इतने सारे लोग जो अभी-अभी जहाज पर चढ़े थे, कहाँ चले गये! उसे क्या पता कि सारे लोग ऊपर डेक पर चढ़ गये हैं, किनारे खड़े अपने प्रियजनों को देखने उनसे विदा लेने...। वह तो डर के मारे लकड़ी के पुल से वापस नीचे भागा। अगर थोड़ी-सी भी देर हो जाती और पुल हट जाता तो...। हाँ, अगर मैं उसके साथ होती तो मैं न तो स्वयं उतरती, न उसे उतरने देती। मैं उसे समझाती कि डरने की क्या बात है, इतने लोग तो हैं। पानी में तैरते इस मकान में रहने को मिलेगा। कमरे की खिड़की से इतना सारा पानी, उसमें तैरती मछलियाँ देखेंगे, ऊपर छत पर जाकर खूब खेलेंगे। वहाँ न स्कूल जाना है न कोई काम करना है। वहाँ कोई टोकनेवाला ही नहीं होगा...।

अचानक तेज सायरन बजा। जहाज तैरता हुआ किनारे से दूर समुद्र में जा रहा था। डेक पर खड़े लोगों ने सफेद रूमाल हिलाने शुरू कर दिये। किनारे खड़े प्रियजन भी हाथ हिलाकर उन्हें विदा कर रहे थे, कुछ की आँखों में आँसू थे। मेरे पास ही एक छह-सात वर्ष का बालक अपने पिता की उँगली पकड़े खड़ा रो रहा था, और

हाथ फैलाये, अपने किसी प्रिय के साथ जाने के लिए मचल रहा था। पिता उसे समझा रहे थे—जहाज में बहुत कष्ट होता है। कमरे बहुत छोटे होते हैं। जहाज में खाने-पीने और खेलने की कोई सुविधा नहीं होती। चारों ओर सिर्फ पानी-पानी और कुछ नहीं। बच्चे डेक पर जा नहीं सकते, गिरने का डर रहता है। डेढ़-दो महीने इसी तरह जहाज पर रहना पड़ता है, कहीं जमीन दिखायी ही नहीं देती। उतरकर कहीं जा नहीं सकते। कुछ लोग तो जहाज में बीमार हो जाते, चक्कर और उलटी आती है। रात में चारों ओर अँधेरा और उसमें समुद्र का गर्जन, बहुत डर लगता है। मैं ध्यान से बच्चे के पिता की बातें सुन रही थी। रात और अँधेरा सुनते ही एकदम से चौंक गयी...। मैंने यह तो सोचा ही नहीं कि जहाज पर रात भी होगी...।

शाम धरती पर उतर रही थी, पानी में उतर चुकी थी। समुद्र का पानी काला दिखलायी देने लगा था। जहाज अँधेरे में दूर जा रहा था। हिलते रूमाल भी दिखायी नहीं दे रहे थे। थोड़ी देर में जहाज अँधेरे में डूब जायेगा। अन्दर-बाहर अन्धकार-ही-अन्धकार, जहाज चलेगा कैसे! रास्ते की पहचान कैसे होगी! और अँधेरे में कहीं वह शहर निकल गया जहाँ उतरना है तो! तारों भरी रात में जलपरियाँ निकलकर पानी में नृत्य करने लगेंगी परन्तु अन्धकार में दिखलायी कैसे देगा? और परियों के साथ-साथ पाताल लोक के राक्षस भी निकल आये तो! जहाज के लोगों को पकड़कर खा नहीं जायँगे? चिल्लाने पर वहाँ कोई सुन भी तो नहीं सकता...। और जहाज पर चढ़ न पाने का दुःख तसल्ली में बदल गया। समुद्र मुझे कल्पना में जितना रोमांचक लगा था, उसे देखकर पता नहीं क्यों वैसा कुछ नहीं हुआ जबकि समुद्र-स्नान के समय समुद्र को पास से देखा था। समुद्र जल का स्पर्श किया था, समुद्र की लहरों को अपने शरीर पर अनुभव भी किया था। फिर भी समुद्र के जल में उतना अच्छा नहीं लगा था, जितना नदी में उतरकर लगता था।

समुद्र देखने के बाद मुझे डरावने सपने भी आने लगे थे। नानी से सुनी पाताल लोक की कहानियाँ, वहाँ रहनेवाले राक्षसों की कहानियाँ, पानी में रहनेवाली जलपरियों, मत्स्य कन्याओं की कहानियाँ भी जिनका आधा धड़ मनुष्य का और आधा मछली का होता है। सपने में मुझे समुद्र से निकलकर सब चलते-फिरते, नाचते दिखायी देते। नानी ने बताया था, तीन लोक होते हैं—स्वर्ग लोक, पृथ्वी लोक, पाताल लोक। स्वर्ग में देवता, धरती पर मनुष्य, और पाताल में राक्षस निवास करते हैं। बड़े-बड़े दाँतों और सींगवाले राक्षस सबसे अधिक शक्तिशाली होते हैं। वे कई रूप धर सकते हैं। कालिया राक्षस ही तो था जो कई फनोंवाले नाग का रूप धरकर कृष्ण को डसने आया था। लंका के राजा रावण का भाई अहिरावण पाताल लोक का राजा है। उसने अपनी शक्ति से राम-लक्ष्मण तक को बन्दी बना लिया था।

जब से समुद्र देखा था। मुझे इन कहानियों के पात्र बड़े-बड़े दाँतोंवाले राक्षस, नाग कन्याएँ, मत्स्य कन्याएँ, जलपरियाँ सब सपने में दिखायी देने लगे थे। समुद्र

की दीवालों जैसी खड़ी और ऊँची-ऊँची लहरें मुझे राक्षसों के घरों की दीवारें लगतीं और जब वे दौड़ती हुई किनारे की चट्टानों पर पछाड़ खातीं तो लगता राक्षस अपने घरों की दीवारें टूटने के कारण क्रोधित हो किनारे की ओर दौड़े चले आ रहे हैं और रास्ते में चट्टानों से टकराने के कारण जोर से गर्जना कर सबको डरा रहे हैं...पानी का जहाज देखकर तो मेरे सपनों में इजाफा हो गया था। अब तो मुझे देखे गये जहाज के सपने आने लगे थे। काली अँधेरी रात में जहाज समुद्र के बीच पहुँच गया है। जलपरियाँ, मत्स्यकन्याओं के साथ समुद्र की सतह पर निकलकर नृत्य करने लगी हैं। लोग उनका नृत्य देखने के लिए केबिन से बाहर निकल आये हैं, राक्षस लोगों को खींचकर पाताल लोक ले जा रहे हैं, बच्चों को पकड़-पकड़कर खा भी रहे हैं,...मैं भय के मारे पसीने-पसीने हो जाती।

एक बार हम लोग हवाई जहाज देखने भी गये। आकाश में उड़नेवाली चीलगाड़ी को धरती पर रखा देख सकेंगे, छू सकेंगे, सोच-सोचकर, सान्ताक्रुज तक का रास्ता कितना लम्बा लग रहा था। अन्ततः हम लोग उस मैदान में पहुँचे जहाँ एक बड़ा-सा सचमुच का हवाई जहाज जमीन पर खड़ा था। लोग उसे आस-पास घेरे खड़े देख रहे थे। कुछ लोग अपने बच्चों को उसके चारों ओर घुमाकर उसका मुँह, पूँछ और पंख आदि दिखला रहे थे। आसमान में उड़ती चील जैसा दिखलायी देनेवाला जहाज वास्तव में इतना बड़ा होता है, विश्वास ही नहीं हो रहा था। हवाई जहाज में शीशा लगी बन्द कई खिड़कियाँ थीं। प्रत्येक खिड़की के पास दो-दो कुर्सियाँ लगी थीं। जिस पर बैठकर लोग शीशों के बन्द झरोखों से उड़ते हुए बादल, चाँद-सितारे सब देख सकते होंगे। लोग बता रहे थे कि इस जहाज में पचास-साठ लोग बैठ सकते हैं। इसमें खाने-पीने का सारा सामान और तकिया, कम्बल भी मिलता है। किसी तरह का कोई कष्ट नहीं होता। मुझे हवाई जहाज छूने की इच्छा हो रही थी, परन्तु वह अपने पैरों पर खड़ा था, इसीलिए धरती से काफी ऊँचा था।

उस मैदान से थोड़ी दूर ही असली हवाई अड्डा था। वहाँ भी मैदान में एक हवाई जहाज अपने पैरों पर खड़ा था। वहाँ तक हम लोग जा तो नहीं सकते थे, परन्तु एक ऊँची जगह खड़े होकर, दूर से उसे देख सकते थे। इन दोनों मैदानों के बीच में एक बड़े-बड़े कमरोंवाली इकहरी बिल्डिंग थी जिसमें शीशे के तीन बड़े-बड़े दरवाजे लगे थे। दरवाजों के सामने एक चौड़ा-सा लम्बा बरामदा था। हवाई जहाज से यात्रा करनेवाले यात्री आने लगे थे। कोई काली गाड़ी में बैठकर आ रहा था तो कोई विक्टोरिया में। एक भी यात्री पैदल अपना सामान उठाये नहीं आया था। जैसे ही गाड़ी रुकती और उसमें से कोई यात्री उतरता, हाल का दरवाजा खुलता वैसे ही एक व्यक्ति हाथगाड़ी लेकर दौड़ता हुआ कार के पास पहुँचता। यात्री का सामान अपनी हाथगाड़ी में रखकर वह सवारी के साथ-साथ अन्दर चला जाता और दरवाजा बन्द

हो जाता। ट्रेन के स्टेशन की तरह यहाँ न तो कुली को आवाज देनी होती न सामान उठाने को कहना होता। बिना बोले ही यात्री और उसका सामान अन्दर चला जा रहा था। प्रत्येक यात्री के आने पर यही प्रक्रिया दोहरायी जा रहा थी। दो-चार पारसी परिवारों को छोड़कर सभी यात्री साहब, मेम साहब थे, जबकि पानी के जहाज पर चढ़नेवाले यात्री, सभी प्रकार के लोग थे।

यह भी हो सकता है कि सन् उन्तालीस तक साधारण लोग अभी तक ट्रेन की यात्रा भी ठीक तरह से नहीं कर पा रहे थे तो हवाई जहाज की यात्रा कैसे कर सकते थे! शायद लोगों का डर कम करने के लिए ही बाहर के मैदान में जहाज रखा हो ताकि लोग उसे पास से देख सकें, छू सकें। थोड़ी देर प्रतीक्षा करने के बाद यात्री अन्दर के मैदान में रखे हवाई जहाज की ओर बढ़ रहे थे। सब खाली हाथ थे। पता नहीं उनका सारा सामान कहाँ चला गया! हवाई जहाज अपने पैरों पर खड़ा था, इसलिए धरती से ऊँचा था। कुछ ही क्षणों में एक सुन्दर-सी लाल रेलिंगवाली एक सीढ़ी अपने पहियों पर लुढ़कती आयी और हवाई जहाज के दरवाजे से टिककर खड़ी हो गयी। हवाई जहाज का दरवाजा दूर से बहुत छोटा लग रहा था। मैं सोच रही थी इसमें से सवारियाँ अन्दर कैसे जायेंगी। परन्तु लोग सीढ़ी चढ़कर उसी दरवाजे से जहाज में प्रवेश कर रहे थे। दरवाजे के पास खड़ी एक महिला प्रत्येक यात्री के सामने सिर झुकाकर कुछ बोल रही थी। यात्रियों के चढ़ने के बाद सीढ़ी हटा ली गयी। जहाज अपने बड़े-बड़े पहियेनुमा पैरों पर मैदान में तेजी से दौड़ने लगा। देखते-ही-देखते हवाई जहाज जमीन से ऊपर उठा और उसके पैर अपने-आप अन्दर चले गये और जहाज अपने बड़े-बड़े पंखों से उड़ने लगा। उड़ते-उड़ते वह दूर आकाश में पहुँचकर सचमुच उड़ती चील-सा दिखायी देने लगा। जहाज देखते हुए मैं भी हवाई जहाज में बैठी आकाश मार्ग से यात्रा करने लगी...। उड़ते हुए मेरी दृष्टि लगातार आकाश मार्ग से यात्रा करनेवाले देवताओं को ढूँढ़ रही थी।

नानी ने बतलाया था कि देवता कभी धरती पर नहीं उतरते, इसलिए एक स्थान से दूसरे स्थान पर आकाश मार्ग से आते-जाते हैं। मैं अक्सर सोचती कि अगर मैं कभी पक्षियों की तरह आकाश में उड़ सकी तो आकाशचारी देवताओं के दर्शन अवश्य कर सकूँगी। आज जब अवसर आया है कि मैं आकाश में उड़ रही हूँ तो मुझे एक भी देवता आकाश मार्ग से यात्रा करता दिखायी नहीं दे रहा। मेरा मन उदास हो गया। इतनी दूर की यात्रा व्यर्थ गयी...।

माँ की आवाज से मैं चौंकी। हवाई जहाज जा चुका था। लोग वापस घर जा रहे थे, मैदान खाली हो गया था। तो ...अब तक मैं धरती पर ही खड़ी थी फिर मुझे आकाशमार्गी देवता कैसे दिखायी दे सकते थे। परन्तु कल्पना में की गयी हवाई यात्रा से भी मेरा पूरा शरीर देर तक रोमांचित होता रहा था...। आज इतनी हवाई यात्राएँ कर लेने पर भी वह रोमांच दुबारा कभी अनुभव नहीं हुआ।

इतना सब होने पर भी बम्बई में अच्छा नहीं लग रहा था। काम-धाम, दिन-रात, स्कूल आना-जाना सब यथावत् चल रहा था। फिर भी लगता अन्दर कुछ गड़बड़ हो गया...। रोज-रोज की भाग-दौड़ और अत्यधिक मेहनत ने माँ को थका दिया था। शरीर कमजोर हो रहा था। न तो भाग-दौड़ हो पा रही थी न समय पर लोगों के काम ही पूरे हो पा रहे थे। पिता जी को भी काम ही नहीं मिल पा रहा था, स्वास्थ्य भी साथ नहीं दे रहा था। ऐसे समय में पिता जी के एक सुराजी मित्र ने समाचार दिया कि बनारस में एक प्रेस में उन्हें 'फोरमैन' की पक्की नौकरी मिल सकती है और छोटा शहर है, किराये का मकान आसानी से मिल सकता है। पिता जी ने तत्काल बम्बई छोड़ने का निर्णय कर लिया। भगवान् को हम लोगों की स्थिति पर शायद दया आ गयी थी...।

दृश्य बदल गया था।

मेरे न चाहने पर भी रील के दृश्य बदल रहे थे और उसके साथ-साथ मेरे विचार भी दौड़ रहे थे...हम लोग बम्बई छोड़कर जा रहे थे। बम्बई का वही स्टेशन, जिससे हम लोगों ने बम्बई जैसे शहर में प्रवेश किया। आज उसी स्टेशन से बम्बई के बाहर भी जा रहे थे, शायद सदा के लिए। स्टेशन पर वैसी ही चहल-पहल थी। ट्रेनें आ-जा रही थीं। लोग उतर-चढ़ रहे थे...। यात्रियों की इस भीड़ और मारामारी को देखकर, क्या सोचा जा सकता है कि इनमें से कौन किस मानसिकता में अपना घर-द्वार छोड़कर बम्बई आया है और यहाँ आकर सफल भी हुआ है। और कौन अपना सब-कुछ खोकर, पिटा-पिटाया-सा वापस जा रहा है...। कुछ हमारे परिवार की तरह भी होंगे, जो न तो कुछ लेकर आये थे, न कुछ खोकर ही जा रहे थे... और बेचारा स्टेशन... कितने निर्लिप्त भाव से प्रत्येक आगन्तुक का स्वागत कर रहा था और उसी भाव से जानेवाले को विदा भी दे रहा था और कुली भी निर्लिप्त भाव से दौड़कर सबका सामान उठाकर ले जा रहे थे और उसी प्रकार उठाकर वापस भी ला रहे थे...।

काशी जानेवाली ट्रेन में हम लोग अपना थोड़ा-सा सामान और बम्बई की बहुत-सी यादों के साथ चढ़ गये। ट्रेन के चलते ही मेरा मन बनारस की कल्पना में कम और बम्बई की यादों में अधिक भटक रहा था जबकि वहाँ की एक भी याद ऐसी नहीं थी कि मन मिठास से भर जाय, मुँह सदा कड़वा ही हो जाता है, यादें घर की हों या बाहर की। सहसा मुझे छोटी सेठानी याद आ गयी-बम्बई से चलने के पहले माँ सेठानी से मिलने गयीं, मैं साथ थी। सेठानी ने पहली बार हम लोगों को अपने कमरे में दरी बिछाकर बैठाया और पीतल के दो छोटे गिलासों में चाय भी दी। हम

लोग बाहर का कुछ खाते-पीते नहीं हैं, कहकर माँ ने चाय वापस कर दी। चाय वापस तो हो गयी परन्तु छोटे-छोटे पीतल के गिलासों, जिसमें हैण्डिल भी लगे थे, में भरी सुनहरे रंग की चाय, मेरी आँखों में देर तक लहराती रही। मैं करीब पाँच-छह वर्ष की उम्र से चाय के नाम और रंग से परिचित थी। उन दिनों घरों में चाय न तो बनायी जाती थी न पी जाती थी। परन्तु मेरे एक मामा जी थे जो सफेद पैण्ट-शर्ट पहनते थे मोटर के कारखाने में काम करते थे और चाय तथा सिगरेट पीते थे, इसीलिए जाति से बहिष्कृत भी थे। वे जब भी आते, चाय बनाने का सामान साथ लाते और स्वयं ही बनाते। (मैंने उन्हें सदा छोटी किनारदार थाली में चाय डालकर पीते देखा था)। उस दिन सेठानी के यहाँ हैण्डिल लगे गिलासों में वैसी ही चाय देखकर लालच हो आया था कि आज चाय चखकर देखी जायगी कि कैसी होती है।

परन्तु मेरे विचार मेरे इस लालच का अतिक्रमण कर रहे थे। मैं सोच रही थी, माँ पिछले तीन महीनों से इनके यहाँ रसोई बनाने आ रही थी, मैं भी माँ के साथ आती रही हूँ, तब तो सेठानी ने कभी हमें अपने कमरे में इस तरह बैठाया नहीं, चाय भी नहीं दी, तो आज क्या हो गया! सेठानी वही है, हम लोग वही हैं!! क्या हम लोग सदा के लिए बम्बई से जा रहे हैं, इसीलिए, या अब उनके यहाँ माँ काम नहीं करती इसीलिए...। क्या कारण हो सकता है?

सेठानी मुझे सदा ही अच्छी लगती रही हैं। अगर माँ का इन सेठानी से सम्पर्क न हुआ होता तो इतने बड़े शहर में माँ काम कैसे ढूँढ़ पाती, मेरा स्कूल में नाम कैसे लिख पाता, और तो और हम लोग बम्बई कैसे घूमते?

मुझे सेठानी को आज यह बतलाने की कितनी इच्छा हो रही है, कि वे बहुत दयालु हैं। मुझे अच्छी लगती हैं, नीचेवाली सेठानी से बहुत अच्छी। परन्तु कैसे? हम लोग चलने को हुए तो पता नहीं क्या सोचकर सेठानी ने मेरी पीठ पर हाथ रखा और प्यार से देखते हुए बोली—'वहाँ भी स्कूल जाकर खूब पढ़ना।' यहाँ स्कूल जाकर अच्छा लगा था न!' और पता नहीं क्या हुआ कि मैं उनके पल्लू में मुँह छिपा जोर से रो पड़ी। वे मुझे चुप कराती रहीं पर मेरी सिसकियाँ थमने का नाम ही नहीं ले रही थीं। मन में जो कुछ जमा हुआ था, मान-अपमान, दुःख-क्षोभ, सब पिघलकर आँखों की राह बह रहा था। मैंने रोते-रोते ही स्कूल की सारी घटना उनको कह सुनायी। माँ आश्चर्यचकित सब सुन रही थी, देख रही थी, पर कुछ बोली नहीं। सेठानी भी चुप थी। मेरा रोना थमने पर, मेरी पीठ पर हाथ फेरते हुए केवल इतना बोली—"मुझे मालूम है, शीला और उसकी माँ कितनी घमण्डी हैं। असल में यह बहुत बड़े-सेठ हैं और स्कूल के ट्रस्टी भी हैं। अब काशी में ऐसा कुछ नहीं होगा, खूब मन लगाकर पढ़ना।"

इस समय ट्रेन में बैठे हुए मुझे सेठानी की स्नेहिल दृष्टि के साथ-साथ अपनी पीठ पर फिरता हुआ उनका हाथ भी अनुभव हो रहा था। उन्होंने शीला और उसकी माँ को भले ही भला-बुरा न कहा हो, खुल्लम-खुल्ला मेरा पक्ष न लिया हो, परन्तु प्रकारान्तर से उन्होंने मेरा बहुत भला किया। अपना अपमान और दुःख सुनाकर मेरा मन हलका हुआ। ट्रेन में बैठी मैं अजीब हलकापन अनुभव कर रही थी, समझ में आ रहा था कि स्कूल में घटी घटनाओं का मेरे मन पर कितना बोझ था...। अच्छा हुआ बम्बई छोड़ने के पहले वहाँ का बोझ वहीं छूट गया, और मैंने पहली बार अपने चारों ओर देखा। किसी स्टेशन पर गाड़ी रुकी थी। डिब्बे में चना-चुरमुरा और मूँगफली बेचनेवालों की आवाजें आ रही थीं। एक छोटी बच्ची अपनी अन्धी दादी का हाथ पकड़े, कुछ गाते हुए भीख माँग रही थी। सवारियाँ चढ़-उतर रही थीं। सहसा मैंने नोट किया कि इस स्टेशन पर चढ़नेवालों की बोली और पहनावा, अब तक देखे-सुने से सर्वथा अलग था। पुरुष बगलबण्डी और अँगरखे के स्थान पर धोती कुरता या पाजामा-कुरता पहने थे। अधिकांश के कन्धे पर लाल रंग का अँगोछा था। स्त्रियाँ सीधे पल्ले की सूती साड़ियाँ पहने तो थीं परन्तु पल्ला खोंसने के स्थान पर बगल में खोंसे थी। उनके ब्लाउज काफी नीचे थे। कुछ ग्रामीण स्त्रियाँ केवल साड़ी में थीं, ब्लाउज पहना ही नहीं था। हाँ सिर सबका ढका हुआ था। किसी के गले में मंगलसूत्र नहीं था। माँग में चौड़ा-चौड़ा सिन्दूर भरा था। नथ किसी की नाक में नहीं थी। दो-चार ने नाक में बुलाक पहन रखी थी। उनकी बोली ठीक से समझ में नहीं आ रही थी। यह तो बाद में पता चला कि वे बनारसी और भोजपुरी बोल रहे थे। हम लोग मालवा से निकलकर बम्बई पहुँचे थे जहाँ मराठी, गुजराती और मारवाड़ी बोली जाती थी। अब उत्तर प्रदेश, बनारस जा रहे थे जहाँ हिन्दी के अतिरिक्त भोजपुरी बोली जाती थी। क्या हम लोगों को भी इस तरह बोलना, बात करना सीखना होगा! माँ ने जब डिब्बे में सबको कुछ-कुछ खाते-पीते देखा तो हमें भी 'गोलपापड़ी' (आटे और गुड़ की पट्टी) और चना-मुरमुरा खाने को दिया। तो...माँ भी बम्बई छूटने से 'सुकून' अनुभव कर रही हैं...। माँ इस समय कुछ शान्ति अनुभव कर रही हैं, इस विचार मात्र से मेरे किशोर मन को भी एक नये प्रकार की शान्ति का अनुभव हुआ...। समझ में नहीं आ रहा था कि कब और कैसे मेरी यह खेलने-खाने की उम्रवाला मन, पूरी तरह से समझ में न आनेवाले माँ के दुःख और संघर्ष से अपने को इतना एकाकार अनुभव करने लगा था।

अनजाने ही सही कहीं-न-कहीं मेरा किशोर मन भी प्रशिक्षित हो रहा था। वैसे उस समय कुछ स्पष्ट नहीं था, क्योंकि मैं बहुत छोटी थी। परन्तु अन्तर्मन! वह तो ज्ञानी होता ही है। तभी न जब मुझे झूठी चोरी के अपराध में, ऑफिस में सबके

सामने, खड़ा रखा गया, देर से स्कूल पहुँचने के कारण, बाहर ऐसी जगह खड़ा किया गया, जहाँ से प्रार्थना के बाद पूरे स्कूल की छात्राएँ अपनी-अपनी कक्षाओं में जाती थीं। कक्षा-कार्य और गृह-कार्य ठीक से पूरा न करने के कारण कक्षा में सबसे पीछे बेंच पर बैठा दिया गया था, जैसा मेरे विद्यार्थी-जीवन में कभी नहीं हुआ था, और कभी हो भी नहीं सकता था, क्योंकि मैं एक प्रखर बुद्धिवाली मेहनती छात्रा थी। परन्तु हुआ था। और मुझ पर इस सबका क्या असर हुआ? अधिक शर्म महसूस करने के स्थान पर मैं बेशर्म, बिन्दास और उद्दण्ड बनती गयी, जैसे मुझे किसी बात से कोई फरक नहीं पड़ता..., क्या ऐसा था? क्या मैं पूरी तरह बेशर्म और उद्दण्ड बन पायी? नहीं!

क्यों? क्योंकि यह सब मेरी प्रकृति के विरुद्ध था। शायद मेरे आत्मज्ञानी मन ने उसी समय समझ लिया था कि कुछ दुःख और अपमान ऐसे होते हैं जिनसे अचानक साक्षात् होने पर, आप भावुक नहीं होते, आपकी आँखों से आँसू भी नहीं बहते और आप किसी से सहानुभूति की अपेक्षा भी नहीं करते...बस, वह दुःख, वह अपमान आपके अन्दर जमता जाता है, जमता ही चला जाता है...। जब उसकी अभिव्यक्ति होती है, अक्सर गलत ही होती है, जैसे मेरा दुःख-अपमान, उद्दण्डता में अभिव्यक्त हो रहा था...और मेरा ज्ञानी अन्तर्मन इस बात को समझ भी रहा था।

अच्छा ही हुआ जो मैं सेठानी के सामने इतना रोयी। रोने से मेरे अन्दर जमा दुःख और अपमान सदा के लिए बह गया। केवल दुःख और अपमान ही नहीं, उसकी गलत अभिव्यक्तिस्वरूप की गयी उद्दण्डता भी आँसुओं के साथ बह गयी। नहीं तो, शायद मैं अपनी प्रकृति के विरुद्ध सदा के लिए उद्दण्ड ही बन जाती...। तो, क्या माँ का रूखा और कठोर स्वभाव उनके अन्दर जमे हुए दुःख, क्षोभ और अपमान की अभिव्यक्ति ही था। पर यह अभिव्यक्ति इसलिए भी गलत थी कि जिस आन्तरिक शान्ति के लिए वे निरन्तर, जीवन पर्यन्त रोती-कलपती रहीं, उलाहना देती रहीं सामनेवाले को व्यंग्य बाणों से घायल करती रहीं, वह अन्ततः उन्हें प्राप्त नहीं ही हुई। अन्तिम समय तक उनकी शिकायतों का अन्त नहीं हुआ...। वह यह सोच ही नहीं पायीं कि समस्याओं का अन्त हो सकता है, शिकायतों का कभी नहीं। क्योंकि वह समय बीत चुका होता है, जिसमें किसी भी कारण से शिकायतों ने जन्म लिया होता है चाहे वह कारण परिस्थिति रही हो या व्यक्ति...।

इसलिए यह बात आज भी मन को कचोटती है कि इतना कर्मठ और जुझारू व्यक्ति, जिसने सिर्फ अपनी मेहनत और अपने संकल्प के बल पर अपने परिवार को कहाँ से कहाँ पहुँचा दिया... और जिसको ऊपरवाले ने यह अवसर भी दिया, जब वह अपने संघर्ष का प्रतिफल अपनी आँखों के सामने देख पा रहा था। जितना उसने चाहा था उससे अधिक उसे प्राप्त हो रहा था। सभी बच्चे पढ़-लिखकर अपने परिवारों के साथ कमा-खा ही नहीं रहे थे, समाज में प्रतिष्ठा भी प्राप्त कर चुके थे।

तीसरी पीढ़ी तो दो कदम आगे थी। परन्तु ऐसा कुछ हो न सका, वह सन्तोष और आनन्द प्राप्त न हो सका जो अपेक्षित था।

वास्तव में जिस व्यक्ति से उन्हें अपनी कर्मठता और संघर्ष की स्वीकारोक्ति की अपेक्षा थी, वह तो 'भावातीत' था। उसे भावशून्य कहना, उसके प्रति अन्याय होगा, उसे अभिव्यक्तिशून्य कहा जा सकता है क्योंकि परिवार में उसका स्थान शीर्ष पर था, अगर वह चाहता तो स्वयं कुछ किया न हो, करने भी नहीं दे सकता था। अक्सर लोग ऐसा करते हैं—न खाते हैं, न खाने देते हैं। उसके स्वभाव की उदारता के कारण ही आपको संघर्ष करने, अपनी तथा अपने परिवार की उन्नति करने का अनुकूल वातावरण प्राप्त हुआ था। इतना 'क्रेडिट' तों उसे दिया ही जा सकता है।

यह भी तो हो सकता है कि अपने जीवन में, अपने घर-परिवार, समाज और देश के लिए वह जो करना चाह रहा हो, वह किसी कारण से न कर सका हो, उन आदर्शों पर नहीं चल सका, जिस पर चलने का उसने स्वप्न देखा हो, और उसने अपनी इस अयोग्यता को अपना अपराध मान लिया हो और जीवनपर्यन्त इस अपराध भाव से मुक्त न हो सका हो...। आपने होने भी नहीं दिया। परिस्थितियाँ तो उसके प्रतिकूल थीं ही, फलस्वरूप उसकी अभिव्यक्तिक्षमता जमकर पत्थर हो गयी हो...।

•

यह सब तो मैं आज कह रही हूँ, उस समय तो ...हाँ, उस समय मैं नादान बच्ची थी, इसलिए कुछ स्पष्ट न रहा हो परन्तु इस बात से इन्कार भी नहीं किया जा सकता कि उस नादान उम्र में भी हमारा अन्तर्मन सब-कुछ समझ रहा था, अस्पष्ट रूप से ही सहीं क्योंकि 'समझ' (जो ज्ञान लेकर पैदा होते हैं) न तो पैदा की जाती है, न समाप्त की जा सकती है, वह तो बस होती है, कई जन्मों के पुण्यस्वरूप। हाँ, उम्र, शिक्षा और अनुभव से उस 'समझ' को भाषा दी जा सकती है, स्पष्ट और परिमार्जित किया जा सकता है एक प्रकार से हम अपने अर्जित ज्ञान द्वारा, अपनी उसी 'समझ' को जीवन पर्यन्त 'डी-साइफर' करते रहते हैं

हाँ, मैं मानती हूँ कि अपनी उस 'समझ' को अभिव्यक्त करने की जब स्थिति बनी भी, मैं कुछ कर न सकी कारण तब तक मैं 'ब्रेकेट' हो चुकी थी-'बिलकुल अपने बाप जैसी-सीनीवीनी, दब्बू और घुन्नी।' उस समय अपनी समझदारी से स्थिति को स्पष्ट करना...यानी अपने को दूसरों से हमेशा श्रेष्ठ समझने के लांछन को मजबूत करना था...

क्या सामने चल रहे दृश्य को देखते-देखते मैं कहीं विचारों में बह गयी थी... अब आप जब वृद्ध और अशक्त हो चुके हैं तो सामने चल रही रील को देखिये और

उसका आनन्द लीजिये अब न वह स्थिति रही न वे लोग... पर वृद्ध और अशक्त तो शरीर होता है, विचार कभी वृद्ध होते हैं क्या? वे तो अवसर मिलते ही उछल-कूद करने लगते हैं...

सामने चल रहे दृश्य में बालिका ने अपने विचारों को विश्राम दे, ट्रेन से बाहर देखा-एक बड़े-से पत्थर के स्टैण्ड पर लिखा था काशी। ट्रेन धीरे-धीरे प्लेटफार्म की ओर सरक रही थी।

दृश्य बदल गया था।

सामान उठा, सब लोग स्टेशन से बाहर निकले। सवारी के नाम पर कई 'इक्के' और दो-एक हाथ रिक्शे खड़े थे। यहाँ के ताँगों को 'इक्का' कहा जा रहा था। मुझे इक्के की बनावट बिलकुल रथ जैसी लगी। अन्तर इतना था कि उसमें एक के स्थान पर कई सवारियाँ टेढ़े-बाँके ठुँसी जा रही थीं। मैं सोच रही थी वह ताँगा, वही लोगों के बैठने का स्थान और उसे खींचनेवाला वही घोड़ा, परन्तु स्थान और थोड़ी बनावट बदलने के साथ कैसे नाम बदल जाते हैं, इन्दौर में यही ताँगा 'इन्दौरी ताँगा', बम्बई में 'विक्टोरिया' और बग्घी और काशी में 'इक्का' और 'गहरेबाज' (खुला इक्का) हो गया था।

हम लोग भी एक इक्के में बैठकर स्टेशन से गोदौलिया जानेवाली एक लम्बी सड़क पार कर, एक मोहल्ले के चौराहे पर एक मकान के सामने उतर गये। वह एक अच्छा-खासा दो मंजिला मकान था, जो 'सुराजी' मित्र की सदाशयता से प्राप्त हुआ था। इस किराये के घर में अब हमें रहना था। नीचे के दुकानदार से चाबी ले हमने घर खोलकर उसमें प्रवेश किया।

फुटपाथ से लगी, तीन सीढ़ियाँ पारकर एक चौखण्डी बनी थी जिसमें एक ओर बनी बारह-तेरह सीढ़ियाँ ऊपर चली गयी थीं। जहाँ बड़ी-सी छत पर एक ओर खपरैल की छतवाले दो छोटे कमरे थे और नीचे दो पक्के कमरे हैं। एक रसोईघर और दूसरा उठने-बैठने का कमरा। कमरे की एक दीवार में एक बड़ी और लम्बी खिड़की थी, जिससे नीचे झाँकने पर दूर तक की सड़क और चौराहा साफ दिखायी देता था। सामने मकानों की छतें और ऊपर आसमान का बड़ा-सा टुकड़ा दिखायी दे रहा था। बाकी छत के एक कोने में नल लगा था और उस तरफ की बाउण्ड्री थोड़ी ऊँची थी ताकि नल पर काम करनेवाला व्यक्ति सड़क से दिखायी न दे। बाकी की छत और सीढ़ी की ओर की बाउण्ड्री तो कठिनाई से तीन फीट ऊँची होगी। आप छत पर चलते-फिरते या सीढ़ी चढ़ते-उतरते सड़क देख सकते थे और सड़क से आपके शरीर का आधा हिस्सा तो देखा ही जा सकता था।

छत का कमरा चौड़ाई में तो मुश्किल से चार-पाँच फीट था परन्तु लम्बाई में दस-बारह फीट होगा। पास ही छोटा-सा रसोईघर था, दोनों के बीच की दीवार में एक दरवाजा था। पता नहीं क्या सोचकर, कमरे की लम्बी खिड़की देखकर या खपरैल की नीची ढलवाँ छत देखकर मैंने उस कमरे को ''बँगला' नाम दे दिया। उस दिन से वह इसी नाम से जाना गया। हम लोगों ने बँगले में अपना सामान रखा। लकड़ी की खूँटियों पर अपना झोला ओर कपड़े टाँगे, माँ ने बँगले की दीवार में बनी एक छोटी-सी अलमारी में कुछ सामान व्यवस्थित किया। इस बार बम्बईवाली स्थिति तो थी नहीं कि अपने हाथ-पैर के अतिरिक्त कुछ भी सामान साथ न हो इस बार हम लोग पाँच-छह माह बम्बई रहकर आ रहे थे। माँ अपनी गृहस्थी से, चाहे जैसी भी गृहस्थी रही हो, तो भी कुछ आवश्यक सामान साथ लायी थी।

घर अच्छा लग रहा था, खुला-खुला। रसोईघर से बाहर निकलते ही कितनी बड़ी छत! बड़ा-सा आसमान, हर समय आँखों के सामने होगा। रात में तारों-भरा आकाश कैसा लगेगा। भाई से पूछूँगी क्या वह सप्तर्षि और ध्रुवतारा पहचानता है? एक कमरे में इतने दिन रहने के बाद, तीन कमरे और छतवाला मकान देखकर सब प्रसन्न थे, अपने-अपने मन में। घर के वातावरण में कोई प्रसन्नता नहीं थी, वह तो वैसा ही था, मायूस। छोटी बहन प्रसन्न थी कि इतनी बड़ी छत खेलने को मिलेगी, भाई प्रसन्न था कि नीचे के एक कमरे में वह अकेला अपना सामान फैला सकता है, पिता जी के लिए दूसरा कमरा है ही हम माँ-बेटियों का कमरा तो बँगला था ही, वह रसोईघर से मिला था और दोनों के बीच में एक दरवाजा था। बँगले से छत पर जाने के लिए कोई दरवाजा नहीं था, परन्तु रसोईघर के दरवाजे से बाहर पैर रखते ही बड़ी-सी छत, ऊपर खुला आसमान, मेरी प्रसन्नता के लिए इतना पर्याप्त था। पिता जी की समझ में तो कुछ आ नहीं रहा होगा कि नये घर और नयी परिस्थिति में क्या-कैसे करना है, सो वे थकान का बहाना बना नीचे जा ओढ़कर सो गये। वैसे वे इस बात से अवश्य प्रसन्न होंगे कि यहाँ उन्हें बीस रुपये माह की पक्की नौकरी मिल गयी है कल से उन्हें सुबह से शाम प्रेस में रहना है...। और बेचारी माँ, उनके मन की थाह जानना तो कठिन था...। उन्होंने तो आते ही सामान रखा, अपनी साड़ी कमर में खोंसी और घर की सफाई में लग गयी, मुझे भी साथ में लगा लिया। मैं उनकी 'असिस्टेण्ट' हर समय उनके साथ, जिसे वे किसी भी काम में लगा सकती थी उन्हें किसी और की तरफ देखने का समय कहाँ था!

उस कच्चे-पक्के मकान की सफाई कर माँ घर से निकल गयी। ताक-झाँक करनेवाले पड़ोसी से उन्होंने मालूम कर लिया था कि यहाँ सुबह दो घण्टे और शाम को एक घण्टे पानी आता है। माँ जब लौटी उनके हाथ में कुछ सामान था– एक बाल्टी-लोटा, पानी रखने के दो मटके और थोड़ा-सा पूजा का सामान। माँ के लौटने तक नल में पानी टपकने लगा था। उन्होंने बाल्टी-लोटा साफ कर नल के नीचे रखा।

जैसे ही मटके धोने लगीं, सहसा मेरे मुँह से निकला-'यह कैसे मटके हैं!' माँ ने बताया यहाँ ऐसे ही मटके अधिक मिलते हैं, इन्हें सुराही कहते हैं। मैंने इस प्रकार के मटके पहले कभी देखे नहीं थे उनका नीचे का आकार तो मटके जैसा था पर गरदन लम्बी-पतली थी। मैं सोचती रही, इनमें पानी भरना तो आसान है परन्तु इनमें से पानी निकालेंगे कैसे? उलचेंगे उलेचना तो इनके मुँह में जायेगा नहीं।

माँ ने दो कमरों के पक्के फर्श पर पोंछा लगाया तथा रसोईघर और बँगले के कच्चे फर्श पर पानी छींटकर हाथ से यों ही लीप दिया। मुझे प्रत्येक कमरे की ड्योढ़ी में कुमकुम-अक्षत डालने को कह, पड़ोसी से चार ईंटें माँग, मिट्टी लगा एक छोटा-सा चूल्हा बना सूखने के लिए रख नहाने चली गयी। शाम हो रही थी इसलिए माँ ने जल्दी में एक मुँह का ही चूल्हा बनाया था, नहीं तो वे सदा दो मुँह का चूल्हा ही बनाती थीं। उनका कहना था दोहरे चूल्हे पर कम ईंधन में एक साथ दो सामान पक जाता है। नहाकर माँ ने रसोई की एकमात्र छोटी-सी खुली अलमारी के एक खाने में अपने ठाकुर जी पधरायें उनके सामने एक मुट्ठी चावल रख उस पर जल भरा लोटा रखा। लोटे में पाँच आम्रपत्र रख उस पर चावल भरी एक कटोरी रखी और कटोरी में दीपक रख जलाया। आरती कर पूजा समाप्त कर उन्होंने ठाकुर जी के सामने हाथ जोड़ सिर नवाया। मैं भी माँ के साथ ही थी। पता नहीं उस दिन उन्होंने भगवान् से क्या माँगा होगा!

पता नहीं कब मैंने नानी को ठाकुर जी के सामने ऐसे ही सिर झुकाते देख पूछा था—

—नानी भगवान् से क्या माँगते हैं?

—भगवान् से अलग-अलग कुछ नहीं माँगते बेटा।

—हम लोगों को इतना कुछ चाहिए होता है कि अगर भगवान् हमारी पूरी बात नहीं सुन पाये तो, अन्य लोग भी तो उन्हें पुकारते रहते हैं। माँगते-माँगते हम ही एकाध चीज भूल गये तो! भगवान् के आगे सिर नवाकर केवल इतना बोलना—

—'भगवान् कृपा करना, मुझे सुबुद्धि देना। मेरी बुद्धि को सदा ठीक रखनां' बस बुद्धि ठीक रहेगी तो सारे काम ठीक से होते जायँगे।

क्या यह मेरा पहला गुरुमन्त्र था!! आज अस्सी वर्ष बाद भी मेरी प्रार्थना में एक शब्द भी अतिरिक्त नहीं जुड़ा। उस दिन भी मैंने ठाकुर जी को सिर झुका यही वाक्य बोल दिया। माँ ने चूल्हे पर कुमकुम-अक्षत डाला और उसको जलाया, पूजा के लिए लाया गया थोड़ा-सा दूध गरमकर उसमें शक्कर डाल अग्नि जीमायी और कटोरी में रख, ठाकुर जी को भोग लगाया दो-दो चम्मच दूध सबकी अंजलि में रख, अपनी रसोई का श्रीगणेश कर लिया। उजड़ी गृहस्थी के पुनः बसने का पहला दिन प्रारम्भ हो चुका था...।

नये शहर के नये घर की पहली रात। बँगले में हम तीनों माँ-बेटी अपने-अपने बिस्तर पर। माँ छोटी बहन के साथ निश्चिन्त गहरी नींद में थी। मुझे विश्वास है कि उस रात केवल मेरी आँखों में नींद नहीं थी। मैं अपने बिस्तर पर लेटी, खिड़की के बाहर दिखायी दे रहे आसमान में छिटके तारों को गिनने में व्यस्त थी, और मेरे विचार, मेरी पिछली घटनाओं से डरे हुए मन पर हावी हो रहे थे। इस घर में थोड़ा 'अच्छा' लग रहा है न! इस अच्छे लगने का क्या कारण हो सकता है? घर बड़ा है इसलिए? पिता जी को नौकरी मिल गयी है या कल से नये स्कूल में जाने का अवसर मिलनेवाला है इसलिए या कुछ और है? मेरी बाल-बुद्धि किसी निर्णय पर पहुँच नहीं पा रही थी! परन्तु अन्दर धुकधुकी क्यों हो रही है? इस शहर और इस घर में कितने दिन रहना है? यह अच्छा लगना कितने दिनों का है? क्या उस समय मैं सोच पा रही थी कि 'अच्छा-बुरा' तो भविष्य बतायेगा, परन्तु रहना इस घर में बहुत दिनों बल्कि बहुत वर्षों तक है। इसी घर में रहते हुए अपनी स्कूली शिक्षा पूरी करनी है, बहुत-कुछ सीखना है, जिन्दगी के बहुत-से उतार-चढ़ाव देखने हैं, नये प्रकार के संघर्ष झेलने हैं। इस घर में रहते हुए ही ऐसे-ऐसे अनुभव प्राप्त करने हैं, जिसकी कल्पना भी इस उम्र में असम्भव है। अपनी इस नारी-देह का महत्त्व समझना है, इसकी सुरक्षा करना सीखना है, बालिका से युवती बनना है ...। यह शहर और यह घर छूटने तक आन्तरिक और बाह्य दोनों प्रकार के व्यक्तित्व बन चुकेंगे। कम-से-कम नींव तो मजबूत हो ही जायेगी। पता नहीं कब गहरी नींद ने विचारों को विश्राम दे दिया था।

सुबह आँख खुली तो माँ का सफाई अभियान चालू हो चुका था। माँ कभी भी रात्रि नौ बजे के बाद जाग नहीं सकती थी और सुबह चार बजे के बाद सो नहीं सकती थी। जीवनभर उनके सारे बासी काम मुँह-अँधेरे ही सम्पन्न हुए हैं। नये घर का प्रातः देखने के लिए जैसे ही मैंने रसोईघर के बाहर पैर रखा, चीखकर वापस अन्दर कर लिया। एक मोटा बन्दर अपने परिवार सहित छत की दीवार से होता हुआ खपरैल पर चढ़ रहा था। मोटा बन्दर आगे, उसके पीछे एक छोटा बन्दर और उसके पीछे उसकी बँदरिया एक छोटा बन्दर अपनी छाती से चिपकाये, एक कतार में, इतनी मस्ती से धीरे-धीरे छत पारकर रहे थे, जैसे सपरिवार प्रातः भ्रमण पर निकले हों। हाव-भाव ऐसे जैसे यह 'पब्लिक-प्लेस' हो, यहाँ टहलने का सबको बराबर हक हैं। बाद में पता चला कि यह दृश्य तो प्रातः प्रतिदिन ही देखना है, इस तरफ बन्दर बहुत हैं। अगर इन्हें छेड़ो नहीं तो वे आपको कोई हानि नहीं पहुँचायेंगे, चुपचाप निकल जाते हैं। हाँ, अगर इन्हें आपकी कोई वस्तु पसन्द आ गयी या कोई भोज्य सामग्री दिखायी दे गयी तो फिर ये छोड़ते भी नहीं। बस, आपके सामान का जो कुछ करना है वही करते हैं। आपका कपड़ा या पुस्तक फाड़ना है या चश्मा तोड़ना है या

रोटी खानी है तो आपकी खपरैल पर बैठकर आपके सामने ही करेंगे, बचा-खुचा वहीं पटककर, खाली हाथ आगे बढ़ जाते हैं। एक घर का सामान दूसरे घर में नहीं ले जाते हैं। इसका अर्थ यह हुआ कि प्रतिदिन बन्दरों का खतरा बना रहेगा। सुबह-सुबह उनके दर्शन भी करने होंगे। मैंने तो सुना है कि प्रातः काल बन्दर का मुँह देख लेने पर दिनभर भोजन नहीं मिलता है, तो ...।

बन्दर परिवार का मुखिया चलते हुए इधर-उधर देख अवश्य रहा था, हो सकता है उसे मानुष-गन्ध आ रही हो। आज वह चुपचाप इसलिए भी निकल सकता हो कि उसे समझ में आ गया होगा कि अब इस घर में उनका एकच्छत्र राज्य नहीं रहा। हो सकता है वह भविष्य में हम लोगों से व्यवहार करने की 'स्ट्रेटेजी' बना रहा हो! सामने की छतों पर बन्दर आराम से चहलकदमी कर रहे थे, हम लोग भी आ-जा रहे थे। आराम से अपना काम कर रहे थे। तो, इनसे अधिक डरने की आवश्यकता नहीं है। मैंने ऊपर की ओर देखा। नानी ने बतलाया था कि हम भगवान् को नहीं देख सकते, वह आकाश से हमें देखता रहता है। अवश्य ही कुछ सहायता तो करेगा, इनसे व्यवहार करना सिखला देगा...। अपने-आपको तसल्ली दे मैं नीचे उतर गयी।

माँ ने मालूम कर लिया कि यहाँ से पन्द्रह मिनट की दूरी पर एक सरकारी मिडिल स्कूल है। वहाँ फीस नहीं लगती और प्रवेश भी आसानी से हो जाता है। करीब दस बजे हम लोग स्कूल जाने के लिए तैयार हुए। मैंने अपनी घाघरी-पोलका पहना, बहन ने बिना घेर की झबलानुमा फ्राक और माँ ने एक गुलाबी साड़ी पहनी, जिसमें सिर की ओर मुश्किल से दो हाथ गोटा टँका था। (आज से करीब अस्सी वर्ष पूर्व मालवा में सधवा स्त्रियाँ कोरी साड़ी नहीं पहनती थीं। अभाव की स्थिति में भी हाथ-दो हाथ गोटा सिर की ओर अवश्य लगाया जाता था। यह बात दूसरी है कि वही गोटा उधेड़-उधेड़कर बार-बार नये कपड़े पर टाँक लेते थे। बार्डरवाली साड़ियों का चलन अभी हुआ नहीं था। मराठी और मारवाड़ी महिलाएँ अपनी विशेष भूषा पहनती थीं।)

स्कूल पहुँचे तो फाटक पर बैठी एक आया हमें देखते ही उठी और आश्चर्य से हमें ऊपर से नीचे तक देखने लगी। उसे बतलाया कि हम लोग स्कूल में भर्ती होने आये हैं। वह कुछ बोलती इसके पहले ही किसी ने उसे आवाज दी—'कंचन दाई' तो... यहाँ स्त्रियों के नाम के पीछे 'दाई' लगाया जाता है। इन्दौर में तो स्त्रियों के नाम के पीछे 'बाई' लगाया जाता है! कंचन दाई ने पास आकर कहा—'आप लोग बैठो, बड़ी गुरु जी तो एक घण्टा बाद अईहैं। चलो, अच्छा हुआ मालूम हो गया कि यहाँ टीचर को गुरु जी कहते हैं, नहीं तो मैं शायद टीचर के नाम के पीछे भी 'दाई' लगा देतीं। मैं तो 'दाई' को भी 'बाई' की तरह आदरसूचक शब्द ही समझ रही थी।

कंचन दाई के साथ चलते हुए हमने कच्चा मैदान पारकर एक छोटे दरवाजे से अन्दर प्रवेश किया। एक पक्के आँगन के चारों ओर बरामदे में कक्षाएँ लगी थीं।

एक ओर दो कमरे थे। एक बड़ी गुरु जी का ऑफिस था और दूसरे में बड़ी कक्षा की छात्राएँ बैठी थीं। प्रत्येक कक्षा में पन्द्रह-बीस से अधिक छात्राएँ नहीं थीं। अध्यापिकाएँ भी पाँच-छह ही थीं। सभी हमें देख रहे थे। इतनी देर में दो छात्राओं की आवाज कानं में पड़ी—'अरे देखो, पेटीकोट पहनकर स्कूल आयी हैं, और इसकी चोटी कितनी लम्बी है।' तब मेरा ध्यान भी उनकी ओर गया। सबके छोटे और पतले बाल थे और किसी ने इस तरह के कपड़े भी नहीं पहने थे। छोटी बालिकाओं ने फ्राक और बड़ी ने साड़ी पहन रखी थी। मेरे बराबर की छात्राओं ने तो सचमुच साड़ी ही पहने थीं। 'अ' 'ब' कक्षा की एकाध ग्रामीण बालिका ने 'भगई' भी पहन रखी थीं। इसी तरह की कमर में साड़ी लपेटे छोटी-छोटी बालिकाओं को मैंने सड़क पर देखा था, जिसे लोग 'भगई' कह रहे थे।

आँगन के एक कोने में दो-चार छोटे बच्चे खेल रहे थे। बहन उत्सुकता में उनके पास चली गयीं। बहन के बाल भी लम्बे और घने थे, इसलिए माँ सारे बालों को समेटकर ऊँची-सी चोटी बना उसे एक प्रकार के जूड़े के आकार में समेट देती थी ताकि चार साल की बच्ची को इतनी लम्बी चोटी से असुविधा न हो अपनी जैसी बच्ची के सिर में इतना बड़ा जूड़ा देख बच्चों को खेल सूझा होगा और एक बच्चे ने अपना बस्ता बहन के जूड़े में टाँगकर कहना शुरू किया—इसके सिर में तो बस्ता टाँगने की खूँटी बनी है। बहन ने घबराकर रोना शुरू किया तब सबका ध्यान उस ओर गया। मैं तो आँखें बन्द कर भगवान् को याद करने लगी—हे भगवान्! यहाँ भी बम्बईवाली सेठानी की तरह कोई दयालु महिला भेज देना। इस स्कूल में इस तरह का कोई मजाक नहीं बनना चाहिए। कपड़ों के साथ-साथ हमारी बोली का भी मजाक बन रहा था, विशेषकर माँ की बोली का। इस बीच एक अधेड़ अध्यापिका कक्षा से निकलीं उन्हें देख कंचन दाई ने बताया—'चुन्नी गुरु जी आ रही हैं, आप उनसे बात कर लें।'

हम लोग चुन्नी गुरु जी के पास पहुँचें उन्होंने भी हमें ऊपर से नीचे तक देखा अवश्य परन्तु आने का कारण जानते ही बैठने को कहा। माँ को अपने लिये काम ढूँढ़ने भी जाना था अतः उन्होंने उनसे कहा—'गुरु जी, आज इनके, बैठाली लो, मैं कल फिर आऊँगा और नाम लिखा दूँगा।' चुन्नी गुरु जी ने माँ को भर आँख देखा। उनके ओंठों से बाहर झाँकते दो लम्बे दाँतों पर किंचित् मुस्कान फैल गयी। साथ ही आँखों में एक प्रकार का आत्मीय भाव भी तैर गया ...। कुछ सोचकर उन्होंने हाथ पकड़ माँ को बैठाया और प्यार से पूछा—

—तुम्हारा नाम क्या है?

—गोपी बाई।

—तुम लोग कहाँ के रहनेवाले हो?

—मालवा के इन्दौर से आये हैं।

चुन्नी गुरु जी को समझते देर नहीं लगी। कारण वे कई बार अपने पिता जी के साथ उज्जैन तक अपने किसी सम्बन्धी के यहाँ जा चुकी थीं। वे हमारे कपड़े और भाषा का रहस्य समझ ही चुकी थीं। गुरु जी थी तो चौथी पास, बाल-विधवा परन्तु जीवन के कटु अनुभवों ने उन्हें समझदार बना दिया था। उन्होंने बड़े प्यार से माँ से कहा-मैं तुम्हारी परेशानी समझ रही हूँ। अब तुम मेरी एक बात ध्यान से सुनो 'अगर तुम्हें इस शहर में रहना है तो तुम्हें यहाँ का रहन-सहन सीखना होगा और घर के बाहर हिन्दी बोलने का अभ्यास भी करना होगा। मैं जानती हूँ जहाँ से तुम आ रही हो वहाँ ऐसी ही वेशभूषा पहनी जाती है और बोलते भी करीब-करीब ऐसे ही हैं। यह बिलकुल अलग प्रान्त है। यहाँ का सब-कुछ अलग है। घबराओ मत धीरे-धीरे सब सीख जाओगी। एक तो अपनी बड़ी बेटी को यह घाघरिया पहनाकर कभी स्कूल मत भेजना, बाजार भी नहीं इसे यहाँ पेटीकोट कहते हैं और इसके ऊपर साड़ी पहनी जाती है। तुम्हारी छोटी बेटी के बाल भी लम्बे हैं इसीलिए इतना ऊँचा करके बाँधती हो। दूसरे बच्चे देखो, उसे कितना चिढ़ा रहे हैं, उन्होंने भी तो ऐसे बाल कभी किसी बच्चे के देखे नहीं हैं। उनके लिए भी तो सब नया है। तुम तो अपनी छोटी बेटी के बाल कान तक कटवा दो। बाल सँभालना आसान हो जायगा। उस पर अभी वह बहुत छोटी है, बड़ी होगी तो उसके बाल फिर से बड़ी बहन की तरह लम्बे हो जायँगे और तुम जो पेटीकोट पर गाँठ बाँधकर साड़ी पहने हो, हाँ अच्छी नहीं लगती। पेटीकोट में खोंसकर साड़ी पहनना सीखो। साड़ी गिरने के डर से ऐसा करती हो न! आदत पड़ जायगी तो पेटीकोट में खुँसी हुई साड़ी गिरेगी नहीं अच्छा, एक बात और, आज के बाद किसी को बाई मत कहना और किसी के नाम के आगे 'बाई' लगाना भी मत यहाँ 'बाई' या 'बाई जी' नाचने-गानेवाली बाजारू औरतों को कहते हैं। यह अपने नाम के आगे भी 'बाई' शब्द मत लगना और 'आऊँगा, जाऊँगा' देखूँगा, इस तरह नहीं बोलना। मुझे मालूम है बोलियों में अक्सर क्रिया में स्त्रीलिंग का प्रयोग कम होता है। कई भाषाओं में भी ऐसा है, परन्तु हिन्दी भाषा में स्त्रीलिंग पुल्लिग का ध्यान रखा जाता है। आगे से ध्यान रखना! धीरे-धीरे सब सीख जाओगी। मैं माँ के साथ खड़ी चुन्नी गुरु जी की बातें ध्यान से सुन रही थी और सोच रही थी, नानी की बातें कितनी सच होती हैं न। एक बार किसी कहानी के सन्दर्भ में नानी ने बताया था... सब मनुष्यों में भगवान् का अंश होता है। और मैंने पूछा था,...।

...नानी, हमारे इतने बड़े शरीर में भगवान् कहाँ रहता है?

...हमारे मन में।

मैं चुप रहनेवाली तो थी नहीं, मैंने तुरन्त दूसरा प्रश्न किया...

...और मन कहाँ होता है?

नानी ने मुझे समझाने के लिए तुरन्त बालिश्त से नापकर बताया—

...देखो, गले की घण्टी से एक बालिश्त नीचे और नाभि से एक बालिश्त ऊपर, छाती के बीचोंबीच जो गड्डा होता है न, वहाँ मन है, वहीं भगवान् रहते हैं।

पाँच वर्ष की बच्ची को समझाने के लिए नानी के पास इससे आसान तरीका और क्या हो सकता था! मैं सन्तुष्ट भी हो गयी थी। नानी ने बातों-बातों में यह भी बतलाया था– कि कुछ लोग दयालु होते हैं, मीठा बोलते हैं और सदा दूसरों की सहायता करते हैं। ऐसे लोग सब जगह होते हैं और कभी भी कहीं भी मिल जाते हैं। सच तो है। पहले सेठानी और आज चुन्नी गुरु जी को देखकर नानी की बात पर पक्का विश्वास हो गया। अच्छे लोग सब जगह होते हैं और आपकी सहायता के लिए तैयार रहते हैं। मैं भी बड़ी होकर दयालु और परोपकारी बन सकती हूँ। मेरे अन्दर भी भगवान् का अंश अधिक हो जायगा...।

लड़कियों को हँसते और मजाक करते देख मेरे अन्दर का डर सिर उठाने लगा था। यहाँ भी बम्बई जैसा हाल हो गया तो! नये स्कूल में फिर से मन लगाकर पढ़ने का उत्साह कम हो रहा था परन्तु चुन्नी गुरु जी की बातें सुन विश्वास लौट आया। निश्चय ही इनके अन्दर भगवान् का अंश अधिक है, तभी तो बिना जान-पहचान के माँ को इतनी अच्छी तरह समझा रही थीं। मुझे भी अगर कोई कठिनाई हुई तो इनसे बात कर सकती हूँ। अपने-आपको आश्वस्त कर मैं निश्चिन्त हो गयी।

चुन्नी गुरु जी को बताया गया कि मैं कक्षा दो में पढ़ती थी। उन्होंने दो-एक प्रश्न पूछकर कक्षा तीन में भर्ती कर लिया, जबकि एक माह बाद ही छमाही परीक्षा होनेवाली थी।

एक नया अध्याय प्रारम्भ हो चुका था। स्कूल जाना अच्छा लगने लगा। पढ़ाई में मन लगने लगा, कक्षा में तेज साबित होने की इच्छा पुनः जागृत हो गयी। शीघ्र ही कक्षा की मॉनीटर भी बना दी गयी। उस दिन माँ को दी गयी चुन्नी गुरु जी की सीख अनजाने ही मेरे मन में बैठ गयी थी। मैंने भी हिन्दी के साथ-साथ सहेलियों से भोजपुरी बोलना सीख लिया। बच्चे वैसे भी भाषा जल्दी सीखते हैं। मेरी भाषा की समस्या हल हो गयी थी नहीं तो मुझे प्रारम्भ में बहुत असुविधा होती थी। मैं ठीक से बोल ही नहीं पाती, इशारे से सामान खरीदती। अब मैं जान चुकी थी कि हमारे लिये जो गिलकी थी, वह यहाँ निनवा, भटा बैगन, वालोर सेम, आल लौकी, तुअर दाल अरहर की दाल बोली जाती है।

यहाँ माँ को बम्बई जैसा काम तो मिला नहीं, क्योंकि एक तो दोनों शहरों की

प्रकृति भिन्न थी, दूसरे जिस मोहल्ले में हमें मकान मिला था, उधर सब साधारण लोगों की बस्ती थी। जिनके घर की स्त्रियाँ न कहीं काम करने जाती थीं न किसी को अपने घर में काम करने के लिए रखती थीं। अपने घर के काम स्वयं ही कर लेती थीं। अपने घर में महाराजिन रखने योग्य रईसों की बस्ती वहाँ से काफी दूर थी। माँ को काम तो करना था। बीस रुपये में पाँच लोगों की गृहस्थी, मकान का किराया, भाई की फीस की व्यवस्था वगैरह कठिन थी। बहुत दौड़-धूप के बाद जो काम मिले वे निम्न स्तर के थे। वैसे कोई भी काम निम्न स्तर का नहीं माना जा सकता, परन्तु व्यक्ति-विशेष के सन्दर्भ में तो होता ही है और वह भी सवर्ण, उच्चकुल की पुत्रवधू के लिए...समय की मार तो सबको बराबर झेलनी पड़ती है...माँ को इस तरह के काम भी करना पड़े।

काम मिले जैसे अगरबत्ती बनाना, बीड़ी बनाना, पुस्तकों के फर्में लाकर उनकी सिलाई करना, फिर जिल्द बनाना। इनमें से कोई काम माँ का देखा-सुना नहीं था। माँ की दौड़ के साथ मेरी भी दौड़ शुरू हो जाती, जो रात तक चलती रहती। अन्य बच्चों की तरह निश्चिन्त स्कूल की तैयारी करना, स्कूल जाकर पढ़ना, लौटकर माँ को स्कूल के किस्से सुनाना, खाना, खेलना-पढ़ना, बचपन को बचपन की तरह जीना ...नियति ने यह तो मेरे भाग्य में लिखा ही नहीं था। माँ की सहायता करते-करते मैं कई प्रकार के काम करना सीख गयी। किसी भी काम की प्रारम्भिक तैयारी मुझे करनी होती। काम पूरे करके समय पर पहुँचना आवश्यक होता है।

अगरबत्ती बनाने के लिए दुकानदार सुगन्धित मसाले की पिण्डी और बाँस की पतली-पतली एक नाप की रंगीन तीलियाँ देता था। तीलियों की संख्या के हिसाब से ही मसाला मिलता था। मैं पहले तीलियाँ गिनकर मसाले के उतने ही हिस्से कर लेती। इसके बाद एक-एक तीली पर मसाला चुपड़ती। यह काम फुर्ती से करना पड़ता। मसाला सूख जाने पर अगरबत्ती बटना कठिन होता। माँ तुरन्त उस तीली को लेकर लकड़ी के एक लम्बे विशेष प्रकार के पटरे पर रख दोनों हथेलियों से गोल-गोल घुमातीं, जैसे घर में सेवईं बनायी जाती है। इस तरह मसाला पूरी तीली पर एक बराबर फैलता जाता। तैयार अगरबत्ती सूखने के लिए फैला दी जाती। तैयार अगरबत्तियों को दुकानदार की इच्छानुसार दस, बीस, तीस की संख्या में एकत्रित कर तागे से लपेटकर छोटे-छोटे बण्डल बनाने होते। बण्डलों को रंगीन कागजों में लपेटने का काम दुकानदार स्वयं करता। दुकानदार एक-एक अगरबत्ती चेक करता। जरा-सी मोटी-पतली होने पर छाँट देता और उसके पैसे काट लेता था। एक-जैसी अगरबत्ती बनाना कठिन काम था, मोटी-पतली तो हो ही जाती थी।

बीड़ी बनाने का काम बहुत ही कठिन था। दुकानदार के यहाँ से तेंदू पत्ता, तम्बाकू का चूरा, नापने की लोहे की पत्ती, धागा और लोहे की लम्बी पतली नखुनी आदि आवश्यक सामान मिलता था। पहले बड़े पत्तों को पानी में भिगोकर मुलायम

करना होता। फिर एक-एक पत्ते पर नाप की पत्ती रखकर कैंची से सफाई से काटना होता, ताकि एक आकार के पत्ते कटे और बीड़ी भी एक आकार की ही तैयार हों। पत्ता काटते समय ध्यान रखना होता कि एक पत्ते में दो-तीन टुकड़े निकल सकें, पत्ता बिलकुल भी व्यर्थ न जाय क्योंकि कचरा भी दुकानदार को दिखलाना पड़ता था। पत्ते सुबह सूर्योदय के पहले काटकर गीले कपड़े में लपेटने होते और पानी छींटकर गीला भी रखना पड़ता ताकि पत्ता सूख न पाये। सूखे पत्ते से बीड़ी बनाना कठिन होता है। पत्ता कट जाने पर उसमें सीधी तरफ अन्दाज से तम्बाकू रखकर गोल लपेटना होता ताकि पत्ते का उलटा हिस्सा ऊपर रहे। बीड़ी का पत्ता न तो पूरा चौकोर होता है न आयताकार, बल्कि कुछ तिरछा काटा जाता है। जब बीड़ी लपटते हैं तब पत्ते की नोक नीचे की ओर रहती हैं। बीड़ी बन जाने पर धागा लपेटते हैं और लोहे की नखुनी से नोंक को अन्दर डाल दबा देते है। वही पतला दबा हिस्सा ओंठों में दबाकर बीड़ी पी जाती हैं। सबसे बाद में बीड़ी का मुँह नखूनी से थोड़ा-थोड़ा दबाना पड़ता ताकि मुँह पर सुन्दर-सा फूल बन जाय और अन्दर डाली गयी एक भी पत्ती बाहर दिखायी न दे। बीड़ी बनाने में निपुणता की आवश्यकता होती है, जिसके लिए लम्बा अभ्यास चाहिए, जो माँ के लिए सम्भव न हो सका और बीड़ी बनाने का काम बन्द हो गया। हाँ, नाप से पत्ते काटने और सुबह गीले पत्ते ही दुकान पहुँचाने का काम थोड़ा-बहुत मिलता रहा। इस काम में मेरा पूरा सहयोग होता। मैं गीले पत्ते पर घुमा-घुमाकर पत्ती रखकर माँ को पकड़ाती जाती और माँ कैंची से काटती जातीं। करीब सौ पत्ते प्रतिदिन काट लेते थे।

मुझे सबसे अच्छा काम पुस्तकें सिलने और उनकी जिल्द बनाने का लगता था। घर के पीछे गली में एक पुस्तकों की जिल्द बनानेवाला रहता था। वह प्रेस से पुस्तकों के फर्मे लाता, उन्हें सिलता और बाद में जिल्द बनाता था। माँ ने दो-चार दिन में उससे काम सीख लिया। हम लोग घर में ही पुस्तकें सिलने का काम करने लगे। दुकानदार हमें पुस्तक के फर्मों के साथ बड़ी-सी सुई, मोटा धागा और लकड़ी का एक फ्रेम देता जिसमें काफी मोटे धागे जैसी सफेद डोरी कसी होतीं एक-एक फर्मा उस फ्रेम पर रख उस मोटी डोरी के साथ उसे सिलना होता। एक पुस्तक समाप्त होने पर करीब एक इंच जगह छोड़कर दूसरी पुस्तक शुरू करते। फ्रेम पूरा भर जाने पर छोड़े गये धागे काट-काटकर सारी पुस्तकें अलग करते और छोटी डोरी को पुस्तक के दोनों ओर सिरे से चिपका देते, इसके बाद जिल्द का काम होता। पुस्तकों का काम करना अच्छा तो लगता, परन्तु वह कभी-कभी ही मिलता था। पुरुष लोग वहीं दुकान में बैठकर यह काम करते थे। फर्मे लेने अकसर मुझे जाना होता और वे लोग मुझे डाँटकर भगा देते। मुझे बुरा लगता। आँखों में आँसू भी आ जाते। इतनी भाग-दौड़ और मेहनत के बाद भी परिवार की आर्थिक स्थिति भयावह होती जा रही थी। इन कामों में बारीकी के साथ-साथ समय और मेहनत भी अधिक लगती और

पैसे बहुत कम मिलते थे। ऊपर से दुकानदार कोई-न-कोई नुक्स निकालकर चिल्लाता और पैसे काट लेता था। शायद दुकानदार यह समझ चुके थे, कि हम लोग इस तरह का काम करनेवाले नहीं हैं, किसी कारण से कर रहे हैं और हम उन्हींमें से एक हैं, ऐसा तो उन्हें कभी लगा ही नहीं, इसलिए हमें काम देने में उन्हें कोई दिलचस्पी नहीं थी। वे अपने लोगों को काम दे देते और हमें अकसर 'काम नहीं है' का बहाना कर वापस कर देते।

इस समय बाहरी स्थिति भी अनुकूल नहीं थी। हमारी तरह कई परिवारों, बल्कि पूरे देश की अर्थिक, राजनैतिक और सामाजिक स्थितियाँ दैवीय और राजनैतिक आघातों से चरमरा रही थीं। इसके मूल कारण थे...।

दृश्य बदल गया था

सामने चल रही रील में तो कुछ दूसरा ही दृश्य चल रहा है...। पहले उसका आनन्द तो ले लिया जाय। बाकी तो 'हरि अनन्त हरिकथा अनन्ता है ही। इस समय एक आश्चर्यजनक घटना घटी। मेरे लिये तो नहीं, अपितु माँ के लिए यह घटना सौभाग्यशाली सिद्ध हुई कही जा सकती है, उनके जीवन का महत्त्वपूर्ण मोड़ साबित हुईं। 'ऊपरवाले' ने उन्हें लोगों के पापड़ बेलने, अगरबत्ती बनाने या अन्य इधर-उधर के काम करने के लिए पैदा नहीं किया था। उनके व्यक्तित्व को और अधिक निखारने के लिए शायद इस तरह के काम उनसे करवाये गये हों और 'उसे' लगे हाथ शायद मुझे भी भविष्य के लिए तैयार करना था। माँ के साथ-साथ मैं भी दौड़ती रही, परिस्थितियों की भट्‌टी में तपती रही ...निखरती रही। चलो अच्छा हुआ ऊपरवाले को अलग-अलग मेहनत नहीं करनी पड़ी...।

स्कूल में छमाही परीक्षा थी। टीचर ने परीक्षा में लिखने के लिए प्रतिदिन बारह पेज की कॉपी लाने को कहा। पहले दिन तो माँ ने पेज सिलकर बारह पेज की कॉपी बनायी और मुझे दे दी। प्रश्न-पत्र हल करने के बाद कॉपी ले ली गयी। दूसरे दिन जब मैंने माँ से कॉपी माँगी तो उन्होंने कहा कि रोज-रोज नयी कॉपी कहाँ से आयेगी, कलवाली कॉपी माँगकर उसी में लिख लेना। मैं कॉपी लिये बगैर स्कूल पहुँची और प्रश्नपत्र हल करने के लिए चुन्नी गुरु जी से कलवाली कॉपी माँगी। आज कॉपी न लाने का कारण पूछने पर माँ का उत्तर कह सुनाया। उस दिन तो उन्होंने कॉपी का प्रबन्ध कर दिया। साथ ही दूसरे दिन माँ को अपने साथ स्कूल लाने के लिए कहा माँ ने स्कूल पहुँचकर चुन्नी गुरु जी को सारी स्थिति स्पष्ट कर दी। स्थिति को भाँपते हुए उन्होंने माँ को समझाया—' देखो, इस तरह की आकाशवृत्ति से कुछ होनेवाला

नहीं है। समय बड़ा विकट आनेवाला है। युद्ध के समय वैसे भी देश की आर्थिक स्थिति खराब हो जाती है। युद्ध समाप्ति पर, समाज पर इसका प्रभाव पड़ता है। महँगाई बढ़नेवाली है। अभी तुम्हारी समझ में कुछ नहीं आयेगा। तुम तो मेरी बात मानकर कल से स्कूल आना शुरू करो। दो साल का कष्ट उठा लोगी, जीवनभर का आराम हो जायगा। थोड़ी मेहनत कर मिडिल पास कर लेना। इसके बाद 'नार्मल' का प्रशिक्षण लेकर किसी भी मिडिल स्कूल में तुम्हें नौकरी मिल सकती है। स्वयं पढ़ लोगी तभी तो अपनी बेटियों को पढ़ा पाओगी।' माँ के गले बात उतर गयी। चुन्नी गुरु जी, वह तो माँ के लिए देवदूत बनकर आयी ही थी।

मेरे लिये पहला दिन वापस शुरू हो चुका था...। एक बच्चे के लिए सुबह उठकर स्कूल के लिए तैयार होना, माँ के हाथ का परोसा भोजन कर स्कूल जाना, अपने ढंग से पढ़ना, आधी छुट्टी में सहेलियों से बात करना, उनके साथ खेलना, स्कूल से वापस लौट माँ का दिया नाश्ता करना, उनको स्कूल की सहेलियों के किस्से सुनाना, हँसना, घर के छोटे-मोटे काम कर पढ़ना और निश्चिन्त सो जाना, किसी बात का कोई बोझ नहीं, ऐसा अनुभव मेरे पूरे जीवन में केवल ढाई माह के लिए ही लिखा गया था..., वरना तो वही दौड़-धूप। एक संरक्षिका की पूरी जिम्मेदारी। बराबरी से माँ का सहयोग करना, चाहे घर-बाहर के काम हों, चाहे पढ़ाई। सुबह माँ के साथ ही उठना। झाड़ू-बुहारन से लेकर रोटी बेलने तक सभी कामों में सहायता करना। काम समय से समाप्त करने का ध्यान रखना, स्कूल पहुँचने में देर हो सकती है क्योंकि अब माँ को भी सब काम निपटा, तैयार होकर समय से स्कूल पहुँचना है। उनका भी टेस्ट है, उनकी भी परीक्षा है, उन्हें भी अपना गृहकार्य पूरा करना है। आप नहीं समझोगी तो कौन समझेगा! आप ही की कक्षा में तो वे भी पढ़ रही हैं। समझ में नहीं आता था, कौन माँ है, कौन बेटी? एक प्रकार की बराबरी हो गयी। वह भी अगर पूरी तरह से हो जाती तो शायद...बराबरी केवल काम और पढ़ाई में हुई थी, बाकी समय वे संघर्ष करती, रूखे स्वभाव की, कठोर अनुशासन रखनेवाली माँ ही थी।

मेरे साथ ही तीसरी कक्षा में माँ का नाम लिखा गया। अब हम तीन बस्ता लेकर सुबह स्कूल जाने के लिए निकलते और शाम को तीनों साथ लौटते। सड़क के दुकानदार कुछ दिनों तक तो हम लोगों को घूरते रहे। स्कूल से लौटने पर शाम के कुछ काम मेरे निश्चित थे जैसे सब्जी लाना, भड़भूजे की भाड़ से दाना भुनवाना, कभी-कभी आटा पिसवाने चक्की जाना आदि। परन्तु आश्चर्य किसी भी दुकानदार ने कभी मुझसे नहीं पूछा कि माँ मेरे साथ बस्ता लेकर स्कूल क्यों जाती हैं? कभी किसी ने कमेण्ट भी नहीं किया, जबकि उसी स्कूल में उनकी बेटियाँ भी पढ़ती थीं।

सबको मालूम हो ही गया था कि मेरी माँ स्कूल पढ़ने जाती हैं। इसका कारण एक ही हो सकता है कि उस मोहल्ले और उस घर में दस वर्ष रहने के बावजूद वहाँ के निवासियों ने हमें अपनाया नहीं था। उनके लिए हम लोग हमेशा अजूबे, विप्रान्तीय ही बने रहें। कोई भी न तो हमारे घर आया, न हम कभी उनके घर गये। यहाँ तक कि हमारे निकटस्थ दोनों पड़ोसियों ने भी कभी हमें अपने किसी मांगलिक कार्य में आमन्त्रित नहीं किया।

माँ मेरी ही कक्षा में टाट-पट्टी पर बैठ गोद में स्लेट-बस्ता रख पढ़ाई करने लगी। हाँ, चुन्नी गुरु जी उन्हें अलग से पहली और दूसरी कक्षा की हिन्दी तथा गणित पढ़ाती रही। अक्षर ज्ञान तो माँ को था ही, बुद्धिमान् भी थी, शीघ्र ही तीसरी कक्षा के योग्य हो गयी। तीसरी कक्षा की पढ़ाई करवाना मेरे जिम्मे था। मेरे कामों की श्रृंखला में यह अगली कड़ी थी, जो वर्षों चली। काम के साथ पढ़ाई करवाने का बन्धन भी बढ़ गया। मेरे लिये तो घर के अतिरिक्त दो आँखों का अनुशासन स्कूल में भी था। मेरा भीरु मन और अधिक दुबक गया...। अब हर समय माँ के साथ-साथ ही रहना होता। कक्षा में भी साथ बैठती, जो उनकी समझ में नहीं आता, समझाती जाती। आधी छुट्टी में भी माँ कक्षा में बैठी अपना अभ्यास करती, मैं उनसे पास बैठी उन्हें बताती, समझाती रहती। वे भी चाहती थी कि मैं एक मिनट इधर-उधर बर्बाद न कर अपनी पढ़ाई करती रहूँ। गृहकार्य भी स्कूल में समाप्त कर लूँ ताकि घर जाकर अन्य काम करने का अधिक से अधिक समय मिले। मेरा सहेलियों से बात करना, आधी छुट्टी में खेलना, अपने मन से कुछ की करना बन्द हो गया। बस हर समय माँ के साथ रहना, उनका 'मूड' देखना, समझना और उनके कहे अनुसार रहना, स्वयं पढ़ते रहना या उन्हें पढ़ाते रहना...दिनचर्या का क्रम बन गया।

स्वतः जीने, स्वतः कुछ करने की लालसा, कब कहाँ तिरोहित हो गयी, पता ही नहीं चला। मैं परिस्थितियों को अपने अनुरूप करने के स्थान पर परिस्थितियों के अनुरूप अपने को ढालने में निपुण होती गयी..., सदा नानी का यह वाक्य स्मरण रहा 'बेटा, स्त्री को पानी जैसा होना चाहिए। पानी तेरा रंग कैसा, जिसमें मिलाओ वैसा।' वैसे यह निपुणता जीवन में बहुत काम आयी, परन्तु...अन्दर बहुत-कुछ दब गया।

अपने प्रश्न-उत्तर, गणित सब कर लेने के बाद, वही सब माँ को पढ़ाना, समझाना होता। वे पाठ पढ़ लेतीं, शायद समझ भी लेतीं, परन्तु प्रश्न-उत्तर लिखना और विशेषकर गणित उन्हें बहुत कठिन लगते। उन्हें तरह-तरह से समझाते मैं पढ़ाई में तेज होती गयी। मेरा सबक अपने-आप पक्का हो जाता। घर लौटकर भी, सारे काम निपटा माँ जब रसोई बनाती, मैं वहीं बैठकर जोर-जोर से पढ़ती और उन्हें समझाती जाती। प्रश्नों के पूरे-पूरे उत्तर बोलकर समझाती। शब्दार्थ वगैरह याद करने का कुछ होता तो स्लेटों पर लिखती एक माँ के पास रख देती और दूसरी किसी टोकरी

में रख अपने पास रख लेती। बर्तन माँजते या अन्य काम करते याद करती रहती। टोकरी मेरे साथ-साथ घूमती रहती। यह जानना सुखद होगा कि मैंने अपनी सारी पढ़ाई इसी प्रकार रास्ते में चलते, काम करते ही की है। बैठकर पढ़ने का अवसर मुझे बहुत कम मिला। शायद इसीलिए अपने साथ पढ़ने का कुछ रखने की ऐसी आदत पड़ गयी कि आज भी मेरे पर्स में रखी कोई पुस्तक या पत्रिका मिल जायगी।

माँ को पढ़ाते-पढ़ाते मेरे अन्दर एक कुशल अध्यापिका ने कब जन्म ले लिया, पता ही नहीं चला। वह तो भला हो उन लेडी सुपरिण्टेण्डेण्ट का, जो उन दिनों म्यूनिसिपल स्कूलों में मुआयना करने आती थीं। मॉनीटर होने के नाते शिक्षिका की अनुपस्थिति में मुझे कक्षा में अनुशासन रखना होता। छात्राओं को बिना किसी कार्य के चुपचाप शान्त रखना कठिन होता है, इसलिए मैं उन्हें कोई भी विषय पढ़ाने लगती। माँ को तरह-तरह से समझाने के कारण मेरी अभिव्यक्ति क्षमता भी बढ़ रही थी। अनजाने ही विकसित ये गुण भविष्य में मेरे खूब काम आये। मैं सदा एक योग्य और सफल अध्यापिका मानी गयी, पुरस्कार और सम्मान भी मिले। मैं किसी भी पढ़ी या सुनी घटना का इस प्रकार वर्णन कर सकती थी, जैसे आँखों देखा हाल सुना रही हूँ। श्रोता को भी द्रष्टव्य का आनन्द प्राप्त हो जाता था।

एक बार जब मैं चौथी कक्षा में थी, इन्स्पेक्शन के दिन पाँचवीं कक्षा की शिक्षिका अनुपस्थित थी। कक्षा में शोर न हो, सोचकर चुन्नी गुरु जी ने मुझे कक्षा पाँच में भेज दिया। मैं यह तो जान ही चुकी थी कि किसी भी कक्षा की छात्राएँ चुपचाप शान्त बैठी नहीं रह सकतीं, कुछ-न-कुछ शोर तो करेंगी। मैंने पाँचवीं कक्षा में पहुँच नया पाठ पढ़ाना प्रारम्भ कर दिया, बाकायदा श्यामपट का प्रयोग करते हुए। इस बीच कक्षाओं का निरीक्षण करते हुए 'लेडी सुपरिण्टेण्डेण्ट' पाँचवीं कक्षा की ओर पहुँचीं। उन्हें बताया गया कि मैं चौथी कक्षा की मॉनीटर हूँ। मुझे केवल कक्षा में अनुशासन के लिए यहाँ खड़ा किया गया है। मुझमें यह समझ तो थी नहीं कि इस समय मुझे चुपचाप खड़े रह जाना चाहिए। मैं जिस तरह श्यामपट पर कठिन शब्द लिखते हुए पाठ समझा रही थी, प्रश्न-उत्तर कर रही थी, उसी प्रकार निःसंकोच करती रही। सुपरिण्टेण्डेण्ट साहिबा मुझे मुग्ध भाव से देखती रही। बाद में उन्होंने प्रधानाचार्या, जो नेपाली थीं और अधिकतर ऑफिस का काम करती थी, स्कूल-प्रबन्ध तो चुन्नी गुरु जी करती थीं, से कहा—'आज तो आपके स्कूल में सबसे अच्छी रिपोर्ट आपकी सबसे छोटी गुरु जी की रही' (उस दिन से मैं स्कूल में छोटी गुरु जी के नाम से विख्यात हो गयी)। इस तरह की घटनाओं से शायद मेरा आत्मविश्वास बढ़ तो रहा था, पर अभी यह सब समझने की मेरी उम्र भी नहीं थी। हाँ, मेरा दब्बू अन्तर्मन वैसा ही डरपोक था। उसमें कोई सुधार नहीं हो रहा था।

मैं एक साधारण विद्यार्थी की तरह ही स्कूल में पढ़ रही थी। वार्षिक परीक्षा के बाद ही आगे की कक्षा में बैठती। चुन्नी गुरु जी की वजह से माँ की पढ़ाई जल्दी

हो रही थी। वे किसी भी कक्षा की वार्षिक परीक्षा देती ही नहीं थीं। चुन्नी गुरु जी उन्हें अपने हिसाब से दो-तीन महीने बाद ही आगे की कक्षा में बैठा देतीं। परिणाम यह हुआ कि जिस वर्ष मैं कक्षा चार का बोर्ड दे रही थी, वे लोअर मिडिल का बोर्ड दे रही थीं। माँ किसी भी कक्षा में होतीं, उनको मेरी सहायता अनिवार्य थी। अपरोक्ष रूप से ही सही मेरी योग्यता बढ़ रही थी। यह तो बाद में मालूम हुआ कि किसी भी कक्षा में उनका नाम लिखा ही नहीं गया था। सीधे छठी कक्षा में नाम लिखकर बोर्ड परीक्षा दिलवा दी गयी और माँ ने लोअर मिडिल उत्तीर्ण भी कर लिया।

स्कूल लोअर मिडिल तक ही था। माँ के लिए अभी आगे की पढ़ाई के द्वार खुले नहीं थे। चुन्नी गुरु जी की सीमा समाप्त हो गयी थी... यह सच है कि वह माँ के जीवन में 'देवदूत' बनकर आयी थीं परन्तु थी तो दूत ही न, 'देव' तो नहीं! 'उसकी' कोई सीमा होती है क्या?

इस बीच स्कूल में एक नयी प्रधानाचार्या का आगमन हुआ। अच्छी खासी लम्बी-चौड़ी काया, गोल भारी चेहरे पर कुछ बड़ी निकली-सी आँखें, कन्धे तक कटे खुले बाल, उलटे पल्ले की साड़ी के साथ बिना बाँहोंवाला ब्लाउज, जिसके गले में एक काला पेन खुँसा हुआ और कन्धे पर लटकता पर्स, उनके व्यक्तित्व को काफी रोबदार बना रहा था। एक म्यूनिसिपल टाट-पट्टीवाले मिडिल स्कूल की प्रधानाचार्या तो वे कहीं से नहीं लग रही थीं। जहाँ कक्षा की अध्यापिकाएँ, कुछ भी लटर-पटर पहने स्कूल चली आतीं और एक वाक्य भी बिना 'अयली-गयली' लगाये शुद्ध हिन्दी बोल नहीं सकती थी। पता नहीं क्यों उनके आते ही उनके बारे में कई प्रवाद सुनायी देने लगे। शिक्षिकाएँ काना-फूसी करने लगीं—इनकी दो बेटियाँ हैं। दोनों बेटियाँ दो अलग-अलग पतियों से हैं। तीसरे पति से भी अलग हो गयी हैं। (अब अकेली ही दोनों बेटियों को पाल रही हैं। यहाँ अधिक दिन टिकनेवाली नहीं हैं, वगैरह-वगैरह)।

बड़ी गुरु जी ने जिनका नाम गायत्री देवी पाण्डे था, किसी कानाफूसी की परवाह न करते हुए, स्कूल की स्थिति को सुधारना प्रारम्भ कर दिया। सबसे पहले उन्होंने स्कूल का अनुशासन ठीक किया। वे स्वयं स्कूल समय पर आतीं, इसलिए सबका समय से स्कूल आना अनिवार्य हो गया। बेसुरी प्रार्थना सुर में होने लगी। उन्होंने चार-पाँच बड़ी कक्षाओं की छात्राओं को पहले प्रार्थना सुर में गाना सिखाया। फिर वे छात्राएँ प्रार्थना के समय अन्य छात्राओं के सामने खड़ी होकर प्रार्थना की एक पंक्ति गातीं, जिसे पूरे स्कूल की छात्राएँ दोहरातीं। प्रार्थना के बाद वे प्रतिदिन छात्राओं से पाँच मिनट अनुशासन, सफाई और स्वास्थ्य, नैतिकता या साधारण ज्ञान सम्बन्धी, किसी-न-किसी विषय पर बात अवश्य करतीं, जिसे छात्राएँ शान्ति से सुनती भी थीं।

अध्यापिकाओं की मनमानी को भी अनुशासित करने का प्रयत्न किया गया। जैसे

एक अध्यापिका तो अपने दो माह के बच्चे को प्रतिदिन कन्धे पर लादकर स्कूल लाती और स्कूल में ही उसकी तेल-मालिश वगैरह सब करती। उनकी कक्षा की एक-न-एक छात्रा हर समय बच्चे को लिये रहती। पानी पिलानेवाली दाई तो उनके बच्चे के कपड़े ही धोती रहती। आधी छुट्टी में कई बार वे दाई से अपने सिर के जूँ भी निकलवातीं। बड़ी गुरु जी ने यह सब बन्द करवाया।

संगीत शिक्षिका सप्ताह में एक दिन स्कूल आती थीं। उस दिन प्रत्येक कक्षा का संगीत का पीरियड होता। सप्ताह के अन्य दिनों वे अन्य स्कूलों में जाती थीं। स्कूल की बड़ी-सी छत के एक कोने में संगीत-कक्ष था, जिसमें एक हारमोनियम रखा रहता था, इसीलिए संगीत-शिक्षिका बाजेवाली गुरु जी कहलाती थीं। संगीत की गुरु जी हमेशा अपनी पाँच साल की पोती को साथ लेकर आतीं। पोती क्या थी, एक अजूबा थी। प्रदर्शनी में देखी गयी, जुड़वाँ बहनों से भी अधिक चौड़ा उसका शरीर था, उतना ही लम्बा और मोटा भी करीब तीन फीट लम्बा-चौड़ा झबला वह पहने रहती। उसका सिर इतना बड़ा था कि उसका टोपा फुटबाल की बाल को आसानी से पहनाया जा सकता था। देखने में वह एक बड़ा-सा फूला गुब्बारा लगती, जिसके हाथ-पैर, आँख-कान-नाक सब थे। ऊपर से सोने में सुहागे की तरह उसके हाथ-पैरों में पाँच की जगह छह, कुल चौबीस उँगलियाँ थीं, जो उसे एक अजूबा बनाती थी। बच्ची का रंग गोरा, चेहरा सुन्दर-प्यारा और बाल काले घुँघराले थे। उसका नाम संकटादेवी था। माँ संकटा की कृपा से उसका जन्म हुआ था इसलिए माँ के पेट में भी वह ग्यारह माह दस दिन थीं। उसे देख मुझे हमेशा इन्दौर के मोटे सेठ जी याद आते जो बहुत मोटे थे। उनके पास बहुत पैसा था। लोग कहते थे कि उनकी मोटर में भी चाँदी लगी होती। उनकी कोठी महल जैसी थी। इन्दौर के अधिकतर पुतलीघर उन्हीं के थे। उनकी मिल में बने कपड़ों पर उनका लाल पगड़ी और गले में हरे पन्ने के मोटे-मोटे दानों का कण्ठा पहने फोटो चिपका रहता था, जिसको निकालकर हम लोग नीचे के कमरे की एक दीवार पर चिपकाते रहते थे। जब मैं वह फोटो देखती तो सोचती सेठ जी बचपन में कैसे लगते होंगे। बाजेवाली गुरु जी की पोती को देखकर मुझे इस प्रश्न का उत्तर मिल गया था।

बच्ची अपनी दादी के साथ संगीत-कक्ष में खेलती रहती। बच्चे जब ऊपर संगीत-कक्ष में जाते, गुलीवर के बौनों की तरह उसे चारों ओर से घेरकर उसे देखने लगते। कोई उसे धीरे से छूता, कोई उसके गालों में, शरीर पर उँगली गड़ाते, कोई उसके हाथ-पैर की उँगलियाँ गिनता। तरह-तरह से उसे सताते भी और खेलते भी। गुरु जी आराम से बैठी अपना पनडब्बा खोल पान खाती रहतीं और संगीत का पीरियड खत्म हो जाता। बड़ी गुरु जी ने यह सब बन्द करवाया। अब सप्ताह में एक दिन ही सही, संगीत-कक्ष से सारे दिन-सा रे ग म प की आवाजें सुनायी देने लगीं।

इसके अतिरिक्त बड़ी गुरु जी ने स्कूल के वार्षिक उत्सव में होनेवाले नाटकों का स्तर भी सुधारा। नाटक तो चुन्नी गुरु जी भी करवाती थीं परन्तु समझ में नहीं आता था कि नाटक किस भाषा में हो रहा है। हिन्दी और बनारसी मिली रहती थीं। नाटक हो या नृत्य, मुझे हर कहीं लिया जाता। उस समय मैं इतनी छुई-मुई और झेंपू थी कि सीधे खड़े होकर हाथ-पैर हिलाने में मुझे संकोच होता। अध्यापिकाओं का अवश्य यह मानना था कि मैं संवाद भी ठीक से बोल लेती हूँ और अभिनय भी अच्छा करती हूँ।

एक बार चुन्नी गुरु जी स्वयं का लिखा नाटक करवा रही थीं। उसमें मुझे जो वाक्य बोलना था, पचास बार बोलने पर भी मैं उसका सही उच्चारण नहीं कर पायी थी। आज पचहत्तर वर्ष बाद भी वह वाक्य मुझे याद है। नाटक इस प्रकार था— गाँव का लड़का शहर पढ़ने जाता है और वहीं की लड़की से विवाह कर बहू को गाँव ले आता है। बहू के पास क्रीम, पाउडर, लाली वगैरह है जिसे वह अक्सर अपने मुँह पर लगाती रहती है। उसकी एक ननद है जो भाभी से अपने लिये पाउडर माँगती है। ननद का अभिनय मुझे करना था, वाक्य था—'ए भभिया, तू जौन पिसना मतिन मुहिया पर पोतत हो, रचके हमहुँ के देओ।' (तुम जो आटे जैसा मुँह पर लगाती हो वह थोड़ा मुझे भी दे दो।) इस एक वाक्य को बोलना मेरे लिये कठिन हो रहा था।

पाण्डे गुरु जी के आने के बाद स्थिति बदल गयी थी। शुद्ध खड़ीबोली में अच्छे नाटक होने लगे थे। अभिनय बड़ी गुरु जी स्वयं सिखलाती थीं। वार्षिक उत्सव का प्रबन्ध भी ठीक-ठाक होने लगा। नाटक के लिए तख्त लगाकर छोटा-सा स्टेज बनता, परदे टाँगे जाते, स्टेज पर प्रकाश की व्यवस्था के लिए दो पेट्रोमेक्स भी मँगाये जाते। रामलीलावालों से आवश्यक कपड़े किराये पर आते। अतिथियों के बैठने के लिए आँगन में कुर्सियों का प्रबन्ध होता, कक्षा पाँच और छह की छात्राओं के अभिभावक भी बुलाये जाते। लेडी सुपरिण्टेण्डेण्ट मुख्य अतिथि होतीं, जो सबसे आगे बैठतीं और अच्छा अभिनय करनेवाली छात्रा को पुरस्कार भी देती। इसी सन्दर्भ में मुझे एक किस्सा याद आ रहा है।

जब मैं कक्षा छह में थी, बड़ी गुरु जी ने शकुन्तला नाटक करवाया। मुझे दुष्यन्त बनाया गया था। छात्राएँ तो वही दस-बारह होती थीं, जो सभी कार्यक्रमों में भाग लेती थीं। कार्यक्रम प्रार्थना से प्रारम्भ होता था। प्रार्थना के लिए छात्राओं को अर्द्ध-चन्द्राकार आकार में खड़ा किया गया। उस दिन तो दो तख्त लगाकर छोटा-सा स्टेज बनाया गया था, उस पर किसी दिन प्रैक्टिस तो हुई नहीं थी। तख्त के दोनों ओर परदे टँगे थे, सामने तो परदा था ही। लम्बाई के कारण मुझे किनारे खड़ा किया गया था। मेरे पास खड़ी लड़की मुझे थोड़ा और, थोड़ा और कहकर किनारे सरकाये जा रही थी। जैसे ही परदा खुलने को हुआ, उसने इतनी जोर से मुझे धक्का दिया कि मैं स्टेज

से नीचे गिर गयी, परदा खुल चुका था। संगीत शिक्षिका फुर्ती से आयी और सामने बैठे अतिथियों के सामने ही, कान पकड़कर मुझे उठाया और पुनः स्टेज पर लाकर खड़ा कर दिया। अचानक गिरने की वजह से मेरा पैर थोड़ा मुड़ भी गया था, परन्तु इसकी परवाह किसी को नहीं थी। प्रार्थना समाप्त हुई। दूसरा नम्बर नृत्य का था। प्रार्थनावाली छात्राओं को नृत्य भी करना था। नृत्य क्या था गरबा का एक ही स्टेप करते हुए कभी कमर पर हाथ रखते हुए और कभी सिर पर दोनों हाथों से मुकुट बनाकर गोलाकार घूमना था। गीत की एक ही पंक्ति बार-बार दोहरायी जाती थी। आधी पंक्ति तो मुझे आज तक याद है। पंक्ति थी-'हाँ रे मुकुट पर हाँरे मुकुट पर' बस इसी पंक्ति को गाते हुए गोलाकर घूमना था। तब मुड़ा हुआ पैर अतिशय कष्ट दे रहा था। नृत्य समाप्त होते ही मुझे भागकर जाना था और राजा दुष्यन्त के कपड़े पहनने थे इसी के बाद नाटक होनेवाला था। बड़ी गुरु जी पाँच मिनट के लिए अतिथियों को सम्बोधित कर रही थी। इसी बीच हम लोगों को तैयार होना था।

बड़ी गुरु जी के छोटे-से ऑफिस में सबके कपड़े रखे थे, वहाँ एक छोटी-सी लालटेन जल रही थी। मन्त्री बनी लड़की दौड़कर आयी और अपने कपड़े पहनने लगी। मैं लंगड़ाते-लंगड़ाते मन्त्री रही थी, मुझे थोड़ा समय लगा। जैसे ही मैंने राजा का अँगरखा पहना, लालटेन फफककर बुझ गयी। मन्त्री का पायजामा इधर-उधर हो गया तो उसने झट से मेरा पायजामा पहना और बाहर भाग गयी। अँधेरे में मुझे पायजामा कहाँ मिलना था। मेरे हाथ एक पेटीकोट लगा। मैं अँगरखे के नीचे उसी को पहनकर सीधे स्टेज के पास मुकुट और तलवार लेकर चुन्नी गुरु जी के पास पहुँची और अपना पेटीकोट उन्हें दिखाया। बोलकर कुछ कहना सम्भव नहीं था। परदे के बाहर बड़ी गुरु जी का भाषण समाप्त होनेवाला था। उन्होंने मुझे चुप रहने का संकेत कर तलवार मेरी कमर में बाँधी, मुकुट सिर पर बाँधा, सिंहासन पर बैठा दिया और पेटीकोट सफाई से टाँगों के बीच फँसा दिया। परदा उठा, राजा दुष्यन्त का दरबार सजा हुआ था। मन्त्री बनी लड़की मेरा पायजामा पहने आराम से बैठी थी। दरबार में पहले नृत्य हुआ। तत्पश्चात् कण्व ऋषि के दो शिष्यों के साथ शकुन्तला ने दरबार में प्रवेश किया। जब तक शकुन्तला और दुष्यन्त का वार्त्तालाप चला, तब तक सब ठीक रहा। शकुन्तला के बार-बार कहने पर भी दुष्यन्त शकुन्तला के साथ अपने विवाह को स्मरण नहीं कर पा रहे थे। शकुन्तला ने अपने गन्धर्व-विवाह के प्रमाणस्वरूप राजा द्वारा दी गयी मुद्रिका दिखलाने के लिए अपना हाथ आगे किया, मुद्रिका उसकी अनामिका में थी ही नहीं। जिस समय शकुन्तला मुद्रिका खोने के बारे में अपनी अनभिज्ञता प्रकट कर रही थी, दुष्यन्त को क्रोधित हो, सिंहासन से उठकर अपनी तर्जनी दिखाते हुए शकुन्तला को दरबार से बाहर जाने के लिए कहना था। मुझे सब याद था, प्रैक्टिस के समय

रह गयी। जैसे ही बड़ी गुरु जी की घूरती आँखों पर मेरी दृष्टि पड़ी मैं पेटीकोट भूल झटके से उठी और अपने दाहिने हाथ की तर्जनी दिखाते हुए, शकुन्तला को दरबार से बाहर निकल जाने की आज्ञा देने लगी...। परदा गिरते ही आँगन तालियों की गड़गड़ाहट से गूँजने लगा...। पता नहीं तालियाँ मेरे अभिनय पर बज रही थीं या राजा दुष्यन्त के पायजामे के स्थान पर पहने मेरे पेटीकोट पर...।

मैं स्टेज से उतर ही रही थी कि बड़ी गुरु जी का एक जोरदार चाँटा मेरे मुँह पर पड़ा...। मैं अवाक् देखती रही, चाहकर भी अपनी स्थिति स्पष्ट नहीं कर पायी क्योंकि उन्होंने मुझसे कुछ पूछा ही नहीं। मैं निरपराध रोते हुए अन्दर जाकर अपने कपड़े बदल रही थी, जबकि बदमाशी करनेवाली मन्त्री बनी लड़की आराम से हँसते हुए अपने कपड़े बदल रही थी। मैं सोच रही थी—हर बार मेरे ही साथ ऐसा क्यों होता है! मुझे सफाई देने का अवसर ही नहीं मिलता। प्रार्थना के समय भी धक्का देकर मुझे गिराया गया था, परन्तु कान मेरे पकड़े गये। पैर में मोच के बावजूद मैंने प्रोग्राम में भाग लिया, अभिनय भी अच्छा किया, चाँटा मुझे मारा गया ...जबकि प्रैक्टिस के समय यही गुरु जी सबके सामने मेरी प्रशंसा करती थी। मैं दुःखी हो ही रही थी कि मुझे स्टेज पर बुलाया गया। लेडी सुपरिण्टेण्डेण्ट ने मेरी प्रशंसा करते हुए मुझे श्रेष्ठ अभिनय का पुरस्कार दिया। अचानक अपने प्रति हुए न्याय और प्रशंसा से मैं उनके प्रति कृतज्ञता से भर गयी। मुझे लगा इनके अन्दर निश्चय ही भगवान् का अंश अधिक है, नहीं तो पेटीकोट तो इन्हें भी दिखायी दिया होगा, परन्तु उन्होंने केवल मेरा अभिनय देखा...। अभिनय की प्रशंसा भी की।

उसी दिन बड़ी गुरु जी से माँ की भी मुलाकात हुई। मुझे आश्चर्य तो तब हुआ जब मुझे बिना कारण जाने चाँटा मारनेवाली बड़ी गुरु जी ने माँ से मेरे अभिनय के साथ-साथ मेरी कुशाग्र बुद्धि, पढ़ाई-लिखाई और अनुशासन की प्रशंसा की। दूसरे दिन उन्हें स्कूल आने के लिए भी कहा। माँ जब स्कूल पहुँची मिडिल बोर्ड के फार्म भरे जा रहे थे। उन्होंने माँ से कुछ पूछा नहीं केवल सूचना दी कि वे मुझसे फार्म में अतिरिक्त विषय के स्थान पर अंग्रेजी विषय भरवा रही हैं। उन दिनों बोर्ड परीक्षा में अतिरिक्त विषय के स्थान पर हिन्दी या अंग्रेजी विषय था। वैकल्पिक हिन्दी में सप्त सरोज सप्ताह में एक दिन पढ़ाई जाती थी परन्तु अंग्रेजी पढ़ाने की व्यवस्था स्कूल में नहीं थी। आज तक इस स्कूल से किसी छात्रा ने अंग्रेजी विषय लिया भी नहीं है। वे कुछ सोचकर मुझसे बोर्ड परीक्षा में वैकल्पिक विषय के स्थान पर अंग्रेजी भरवा रही हैं। डरने की बात नहीं है वह स्वयं मुझे पढ़ायेगी और इस विषय के साथ भी लोअर मिडिल अच्छे नम्बर से पास कर सकती हूँ। इससे मुझे आगे की पढ़ाई में बहुत लाभ होगा।

इस अयाचित सदाशयता से माँ को भावुक होना ही था। उस दिन बड़ी गुरु जी की माँ से पता नहीं क्या बात हुई कि उन्होंने रविवार को हमें अपने घर बुलाया।

जब हम लोग गुरु जी के घर पहुँचे, उनके पड़ोसी अजीब नजरों से हमें देख रहे थे...। दो कमरों का साधारण-सा घर था उनका सामान भी साधारण थोड़ा ही था, कोई तामझाम नहीं। जैसा कि स्कूल में उनकी हुलिया को देखकर लगता था कि पता नहीं इनका घर कैसा होगा, रहन-सहन का स्तर क्या होगा, वहाँ ऐसा कुछ नहीं था। गुरु जी साधारण से कपड़ों में अपने घर का काम कर रही थीं। शायद घर का छोटा-सा आँगन धो रही थीं, बड़ी बेटी रसोई में कुछ कर रही थी। हम लोगों को देखते ही गुरु जी वैसे ही आकर चटाई बिछाकर स्वयं बैठीं और माँ को भी पास ही बैठा लिया। बहुत देर तक बातचीत करती रहीं। जैसे उन्हें किसी बात की जल्दी नहीं है। माँ की रामकहानी सुनी, साथ ही अपनी संघर्षगाथा भी बताती रहीं। वे स्वयं अच्छे-बुरे दिन झेल चुकी थीं, उन्हें माँ की स्थिति समझने में देर नहीं लगी। वे समझ गयीं कि माँ कर्मठ है, उन्हें केवल रास्ता दिखलाने की आवश्यकता है। उन्होंने माँ को आश्वासन दिया कि वे अपने एक मित्र के स्कूल में उन्हें जुलाई से ही नौकरी दिलवा देंगी। इसके साथ ही उन्होंने जो महत्त्वपूर्ण सलाह दी, वह भविष्य में बहुत काम आयी। उन्होंने माँ को समझाया कि अभी ट्रेनिंग के लिए भाग-दौड़ करना छोड़ दें। मिडिल के बाद की 'नार्मल' ट्रेनिंग से कोई लाभ नहीं। किसी तरह दसवाँ पास कर लें और फिर ट्रेनिंग करने का प्रयत्न करें तो आगे लाभ हो सकता है। उन्होंने माँ को यह भी समझाया कि अगर मुझे भी मिडिल के बाद किसी बड़े स्कूल में फीस देकर न पढ़ा सकें तो दो वर्ष रुककर प्राइवेट 'अपर मिडिल' अंग्रेजी विषय के साथ करवा लें। इसके बाद सीधे नवीं कक्षा में नाम लिखवाकर आगे की पढ़ाई हो सकती है। अभी थोड़ा कष्ट उठा लेने से भविष्य में लाभ हो सकता है।

चलने के लिए इतना रास्ता पर्याप्त था...। आगे बढ़ना आपकी सामर्थ्य और परिश्रम पर निर्भर है...। शायद 'ऊपरवाला' आपके घर की गिरती छत को इसी प्रकार 'टेका' देता रहता है ताकि वह भरभराकर गिर न जाय और अवसर मिलने पर आप उसकी उचित मरम्मत करवा सकें।

पाण्डे गुरु जी के घर से निकलकर जैसे ही गली के मोड़ पर पहुँचे, एक प्रौढ़ महिला ने माँ को रोककर जो कुछ कहा, उसको सुनकर पैरों के नीचे की जमीन सरक सकती थी, परन्तु माँ इन मामलों की पक्की थीं। वह यह समझ चुकी थी कि अकेली संघर्ष करती महिला को क्या कुछ नहीं सुनना पड़ता है। इसके साथ ही अगर आप अपने स्थान पर पैर गड़ाकर खड़े हैं तो कोई आपको हिला नहीं सकता और अगर आपको अपने परिश्रम और जुझारू स्वभाव पर विश्वास है तो कैसा भी प्रलोभन आपको डिगा नहीं सकता...। समय के साथ लोगों का दृष्टिकोण आपके प्रति अपने-आप बदलने लगता है। यह तो दुनिया है, मछली देख कोई भी जाल बिछायेगा, यह आपके विवेक पर निर्भर करता है कि आप 'चारा' भी उठा लें और जाल में फँसे

अपने-आप बदलने लगता है। यह तो दुनिया है, मछली देख कोई भी जाल बिछायेगा, यह आपके विवेक पर निर्भर करता है कि आप 'चारा' भी उठा लें और जाल में फँसे भी नहीं। बात तब बिगड़ती है जब आप ढुलमुल प्रकृति के होते हैं। पाण्डे गुरु जी जिस पाइण्ट पर कमजोर थीं, उस पर माँ बहुत मजबूत थीं। वे गुरु जी से कितना भी सम्पर्क रखें उनका कुछ नहीं बिगड़ सकता।

उस उम्र में भी मुझे यह बात समझ में आ गयी थी कि अगर रोज का बकना-झकना, रोना-धोना छोड़ दिया जाय तो माँ एक पारम्परिक आस्थावान् पतिव्रता नारी थीं। उन्होंने कभी सामाजिक रूप से पति का अपमान नहीं किया न किसी को करने दिया। हमें कभी पिता से ऊँची आवाज में बात नहीं करने दी न उनके मुँह पर उन्हें कोई ऐसी-वैसी बात बोलने दी। उन्होंने स्वयं कभी उनकी सेवा में, उनके लिए गरम-ठण्डा करने में कभी कोई कोताही नहीं की। पति के नाम पर रखे जानेवाले व्रत-उपवास भी नियमित करती रहीं। उन्हें पिता जी को दिये बगैर कोई चीज खाते नहीं देखा। मैंने उन्हें चौथाई टुकड़ा केला या एक-आधी फाँक खरबूजा, आम, जो भी जितना भी उनके हिस्से में आया हो, पिता जी की थाली में रखते हमेशा देखा। पिता जी की भोजन के बाद मीठी वस्तु खाने की आदत को वे सदा उनकी थाली में पहले से थोड़ा-सा गुड़ रखकर पूरा कर देतीं। गाँधीवादी होने के कारण पिता जी सदा अपने कपड़े स्वयं धोते। अशक्त हो जाने पर भी वे इस नियम का पालन करते रहे। माँ उनके जाने के बाद उनके धुले गन्दे कपड़े दोबारा गरम पानी साबुन से साफ कर रख देतीं। गरमी के दिनों में पिता जी के लिए पानी ठण्डा करने का उनका एक अलग तरीका था। वे एक लोटा जल लेकर उसके मुँह पर मोटा खद्दर का कपड़ा कसकर बाँधती और लोटे को एक छींके में एकदम से उलटा करके खिड़की में लटका देतीं। दिनभर खिड़की की हवा से लोटे का पानी ठण्डा होता रहता। शाम को पिता जी के आने से पहले थोड़ी देर छींके के नीचे खड़े होकर लोटे को पंखे से हवा करके और ठण्डा करतीं। प्रेस से लौटकर पिता जी वही ठण्डा पानी पीते। चूँकि वे अभी भी बाहर का पानी नहीं पीते थे, इसलिए लौटने पर एक बार में ही पूरा एक लोटा पानी पी जाते। असल में माँ दाम्पत्य की जिस मजबूत नींव पर खड़ी थीं, वहाँ से उन्हें कोई भी हिला नहीं सकता था। शायद वह जानती थीं कि पत्नीधर्म से च्युत होने पर पति की कोई हानि नहीं है, आपकी मर्यादा भंग होती है। आपकी स्थिति समाज में बिना फाटक के महल जैसी हो जायगी। झोपड़ी में भी दरवाजा हो तो लोग खटखटाकर ही प्रवेश कर सकेंगे और बिना कपाट के महल में कोई भी बेरोकटोक आ जा सकता है। और यही संस्कार उन्होंने मुझे भी दिये थे जो आगे चलकर मेरे जीवन में बहुत...बहुत काम आये।

वह समझ चुकी थीं, कि पाण्डे गुरु जी की कमजोरी उनकी अतिरिक्त 'स्मार्टनेस' थी। वे तो पढ़ी-लिखी हैं, बहुत-कुछ जानती समझती हैं। अपनी बेटियों

को पढ़ाने-लिखाने, योग्य बनाने के लिए ही स्वयं संघर्ष कर रही हैं, तो फिर हर बार नये पुरुष का कन्धा ढूँढ़ने की उन्हें क्या आवश्यकता है? उस महिला ने गुरु जी के बारे में यही तो बताया कि वे तीन तीन पति छोड़कर अब चौथे के चक्कर में हैं, चरित्रहीन हैं, उनके घर अपनी बेटी के साथ आने से माँ की बदनामी हो सकती है, वगैरह-वगैरह। माँ जानती थी, कि उन्हें गुरु जी के चरित्र से कोई लेना-देना है नहीं। वे उनकी सहायता कर रही हैं, उन्हें आगे का रास्ता दिखा रही हैं, बस उनके लिए इतना ही पर्याप्त था। माँ ने गुरु जी के यहाँ आना-जाना बन्द नहीं किया। स्वयं उनके यहाँ जाने का समय तो हमारे पास था नहीं, परन्तु उन्होंने जब भी बुलाया, उनके यहाँ अवश्य जाते। हाँ बुलाने पर भी, मुझे अकेले कभी नहीं जाने दिया। हमेशा हम दोनों ही साथ जाते रहे। यह दूसरी बात है, कि पाण्डे गुरु जी ने स्वयं उस मोहल्ले को छोड़ दूसरे मोहल्ले में घर ले लिया।

ग्यारह-बारह वर्ष की उम्र में मुझे दुनियादारी की अधिक समझ तो थी नहीं, फिर भी पाण्डे गुरु जी के हाव-भाव, बातें करते समय आँखों के भाव, चेहरे के रंगों का उतार-चढ़ाव देखकर लगता अवश्य था कि वह अन्दर से सहज-सरल नहीं हैं। वह एक परोपकारी और दयालु महिला, योग्य और अनुशासनप्रिय प्रधानाचार्या होने के साथ बहुत चतुर और कहीं चालाक महिला भी हैं। चुन्नी गुरु जी की तरह परोपकार करके छोड़ देनेवाले में से नहीं हैं। वह अपनी सहायता की कीमत वसूल अवश्य करेगी और उन्होंने की। उनके घरेलू काम बहुत करने पड़े। उन्हें जब आवश्यकता होती बुलवा लेतीं। उन्होंने माँ को बारह रुपये माह की नौकरी दिलवायी थी और मेरे लिये भी आश्वासन दिया था। उनको घरेलू काम करने के लिए यह एहसान बहुत था। छुट्टी के दिन उनके घर के मसाले कूटने के साथ अचार, पापड़, बड़ी, सब बनवाना पड़ता। वार त्योहार घर की सफाई में भी सहायता करनी होती। उन्होंने अपने दो पेटीकोट और दो तकिया गिलाफ कढ़ाई करने को भी दे दिये। कढ़ाई के लिए रेशम की लच्छियाँ खरीदने में तो उन्होंने खर्चा नहीं किया। इसके लिए पुरानी साड़ियों के रंग-बिरंगे बार्डर दे दिये। बार्डर में से रंगीन तागे निकालना अतिरिक्त मेहनत थी। पूरी गरमी की छुट्टियाँ उनके कपड़ों पर कढ़ाई करते व्यतीत हुईं। इसका एक लाभ यह हुआ कि मुझे कढ़ाई करना आ गया। उनके कपड़ों पर कढ़ाई करते-करते मेरे हाथ सुन्दर और बारीक कढ़ाई करना सीख गये और मन कल्पना की ऊँची-ऊँची उड़ाने भरने लगा...।

पाण्डे गुरु जी को अपने घर का कोई काम करवाने में कभी झिझक नहीं होती। अकसर वह माँ से खाना भी बनवाती। हाँ जब भी उन्होंने माँ से खाना बनवाया, हम लोगों को खाना खाये बगैर कभी नहीं आने दिया। शायद उनके कुछ नियम थे। साफ-सफाई या अन्य कार्यों में सारा दिन निकल जाता, वह एक गिलास पानी भी नहीं पूछती, परन्तु खाना बनवाती तो भोजन का आग्रह अवश्य करती। शायद मेरे

बाल-मन में इसीलिए उनके लिए चालाक विशेषण आया हो। इस तरह का अनुभव तो मुझे बाद में हुआ जब उन्होंने घर बदला और हम लोगों को सहायता के लिए बुलाया। इन्होंने पहले पुराना घर खाली करवा लेने पर सारा सामान लदवाया और मुझे ठेले के साथ चलने को कहकर माँ को नये घर की साफ-सफाई के लिए अपने साथ ले गयीं। भयानक गरमी के दिन थे। सिर पर दोपहर की तेज धूप चलते पैरों के नीचे डामर की जलती सड़कों पर करीब डेढ़ घण्टे ठेले के साथ धीरे-धीरे चलते, पसीने से तर भूखी-प्यासी उनके घर पहुँची, मेरी उम्र की दो बेटियों की माँ, सोच भी नहीं पायी कि मुझे प्यास भी लग सकती है...। मेरे झेंपू स्वभाव ने मुझे पानी भी नहीं माँगने दिया। भला एक गरीब छात्रा बड़ी गुरु जी से पानी माँग सकती है! उन्होंने तुरन्त ठेले से सामान उतारने को कहा और मेरी माँ की सहायता से घर में सामान व्यवस्थित करने लगीं। माँ स्वयं सारे दिन से परेशान हो रही थीं। जल्दी-जल्दी सामान व्यवस्थित करवाया और शाम होते-होते हम दोनों भूखे-प्यासे ही घर लौटे।

हम लोग बिना बुलाये तो कभी उनके यहाँ जाते ही नहीं थे। अंग्रेजी पढ़ने भी नहीं। माँ समझ चुकी थीं कि अपना कोई काम लेकर पाण्डे गुरु जी के यहाँ जाना, उनके अहसानों की लिस्ट लम्बी करना था। अंग्रेजी मैंने भाई से पढ़ी थी। उनका स्कूल घर से बहुत दूर था। आने-जाने में उन्हें कम-से-कम डेढ़ घण्टा लगता था। छोटे बच्चे को बस्ता उठाये इतनी दूर स्कूल आते-जाते देख माँ की आत्मा निश्चय ही कचोटती होगी। वह साइकिल की व्यवस्था चाहकर भी नहीं कर पा रही थीं। अब उन्होंने अपनी पहली तनख्वाह से भाई को साइकिल दिलाने का वादा किया और बदले में मुझे अंग्रेजी पढ़ाने को कहा।

भाई उस समय आठवीं कक्षा के विद्यार्थी थे। अच्छे स्कूल में पढ़ते थे। स्कूल के मेधावी छात्रों में उनकी गिनती होने लगी थी। उनके लिखे निबन्ध बड़ी कक्षाओं में पढ़कर सुनाये जाते थे। रामायण की परीक्षा हो या निबन्ध प्रतियोगिता, उन्हें प्रथम पुरस्कार मिलता। पहले स्कूलों में पुरस्कारस्वरूप पुस्तकें दी जाती थीं। उनके पास हिन्दी-अंग्रेजी की डिक्शनरी के अतिरिक्त कई पुस्तकें एकत्रित हो गयी थीं। पाठ्य-पुस्तकों के अलावा अन्य पुस्तकें पढ़ने का उनमें शौक पैदा हो गया था। पहले के शिक्षक छात्रों की क्षमता को पहचानते थे। भाई भी अपने हिन्दी शिक्षक के प्रोत्साहन से लाइब्रेरी से पुस्तकें लाकर पढ़ने लगे, फलस्वरूप विचारों में परिपक्वता आने लगी। उस समय तक उन्होंने आधी डिक्शनरी के शब्द याद कर लिये थे। शब्द भण्डार तो बढ़ना ही था। वैसे अभी उम्र चौदह वर्ष ही थी, परन्तु उन्हें देखकर लगने लगा था कि उनका स्वतन्त्र व्यक्तित्व बनने लगा है। वैसे भी वे माता-पिता के नियन्त्रण में कम ही थे। अब शायद उन्हें किसी अभिभावक की भी कोई आवश्यकता नहीं थी। मेरी टोका-टाकी को मजाक में लेनेवाला भाई अब सचमुच बड़े भाई साहब बन गये थे। परिवार की जिम्मेदारियों के लिए नहीं, अपने

स्वयं के निर्णयों के लिए... । बहरहाल, उन्होंने मुझे छठे में ही इतनी अंग्रेजी पढ़ा दी कि मैं हाईस्कूल तक गणित के साथ-साथ अंग्रेजी में भी विशेष योग्यता प्राप्त करती रही। ग्रामर की पुस्तक रटवाने के साथ-साथ उन्होंने मुझे डिक्शनरी देखना भी सिखा दिया था।

मैंने लोअर मिडिल पास कर लिया था। अपर मिडिल का कोई स्कूल घर के आस-पास था नहीं और फीस देकर किसी अच्छे स्कूल में पढ़ना अभी सम्भव नहीं था, सो दो वर्ष प्राइवेट पढ़कर ही अपर मिडिल पास करना था। पाण्डे गुरु जी की कृपा से मुझे उसी स्कूल में काम मिल गया। माँ की पदोन्नति हो गयी। वह तीसरी-चौथी कक्षा की अध्यापिका हो गयीं और मैं पहली-दूसरी की। मुझे बारह रुपये मिलते और माँ को चौदह। दूर तो बहुत जाना पड़ता परन्तु तेरह वर्ष की उम्र में बारह रुपये प्रतिमाह की नौकरी कुछ बुरी नहीं थी। परिवार के छब्बीस रुपये माह की अतिरिक्त आमदनी से प्रसन्न होने का समय ही नहीं मिला और सब गड़बड़ हो गया... । इस बार घात बाहरी था... ।

जिस जिन्दगी में उठा-पटक न हो, वह शायद 'ऊपरवाले' को भी रास नहीं आती... । समतल-सपाट रास्ते किस काम के! कई जन्मों तक चलनेवाली 'जीव' की इस अनन्त यात्रा पर पड़नेवाले ये छोटे-छोटे पड़ाव जैसी जिन्दगियाँ, सुख-दुःख झेलते, जीते-मरते, पुनः-पुनः जन्म लेते, पुनः-पुनः मरते-कटते रहते हैं... । मोक्ष तक पहुँचने की 'जीव' की इस अनन्त यात्रा में, टेढ़े-मेढ़े के साथ-साथ समतल रास्ते भी मिलते रहे होंगे, परन्तु हम तो जो जिन्दगी काट रहे होते रहते हैं, उसी का लेखा-जोखा रखते हैं और दुःखी होते हैं कि हमें सदा ऊबड़-खाबड़ रास्ते ही मिलते रहे हैं...शायद मेरे साथ भी ऐसा ही हुआ हो।

परन्तु मेरी परिपक्व होती बुद्धि को जैसे ही अपने से बाहर देखने का अवसर मिला या अपने चारों और देखने की समझ पैदा हुई, अचानक मेरी मानसिकता में अन्तर आने लगा... । मुझे अनुभव हुआ कि व्यक्तिगत दुःख से बड़ा दुःख होता है, सामूहिक दुःख, जिसका दूरगामी प्रभाव एक व्यक्ति या एक परिवार पर न होकर समस्त मानवता पर होता है... । उस समय चारों ओर जो कुछ घटित हो रहा था उसने मेरी समझ को विस्तार के साथ-साथ गहराई भी दी।

दृश्य बदल गया था।

वे द्वितीय विश्व-युद्ध की समाप्ति के दिन थे। आये दिन बनारस की सड़कों पर सैनिक टुकड़ियों की गश्त होती। गंगा पार मिलिटरी का 'बेस कैम्प' था। वहाँ

से सर्चलाइट पूरे शहर पर डाली जाती। शहर में अक्सर 'ब्लैक आउट' होता। चारों ओर अन्धकार, घरों का प्रकाश भी बाहर नहीं आ सकता। ऐसे में 'सर्चलाइट' का घूमता प्रकाश दहशत पैदा करता। दिन हो या रात अचानक 'सायरन' बज उठता, जो जहाँ होता, धरती पर उलटा लेट जाता। देशी पुलिस के साथ गोरे भी ड्यूटी पर होते, जिनके डर से सभी इन नियमों का पालन करते। हवाई जहाज की आवाज़ सुनते ही लोग घरों में दुबक जाते।

उस छोटे-से स्कूल के मैनेजर मिश्रा जी की टेबल पर प्रतिदिन समाचार-पत्र रखा रहता, जिसे मिश्रा जी पढ़ते रहते। उनसे पुराना अखबार लेकर मैं भी पढ़ने लगी। ऐसे-ऐसे समाचार पढ़ने को मिलते, जिनको कभी देखा-सुना नहीं था। अधिकतर विश्व-युद्ध के समाचार होते। विन्सेण्ट चर्चिल का सिर पर हैट लगाये ओंठों में मोटा-सा सिगार दबाये और उठा हुआ दाहिना हाथ, जिसकी तर्जनी और मध्यमा, अंग्रेजी के 'व्ही' अक्षर का निशान बनाये हुए समाचार-पत्र के बीचोंबीच छपी होती। बाद में मालूम हुआ कि 'व्ही' की मुद्रा 'विक्ट्री' याने जीत की सूचक है। इसका यह अर्थ हुआ कि इस युद्ध में ब्रिटेन की जीत निश्चित है। चर्चिल ही नहीं, द्वितीय विश्व-युद्ध में भाग लेनेवाले अन्य राष्ट्राध्यक्षों के नाम भी समाचार-पत्र में पढ़कर मालूम हुए। इटली के मुसोलिनी, जर्मनी के हिटलर, अमेरिका के रूजवेल्ट तथा रूस के स्टालिन, सभी द्वितीय विश्व-युद्ध के 'हीरो' कहलाते थे। हिटलर के द्वारा यहूदियों पर किये गये अत्याचार के समाचार भी कभी-कभी छपते।

इस बीच यह समाचार भी पढ़ा कि युद्ध के कारण सभी देशों की आर्थिक स्थिति गिर रही है। जर्मनी में तो डबलरोटी भी राशन से मिलने लगी है और वहाँ लोगों को बोलने की स्वतन्त्र और विचार व्यक्त करने की अनुमति नहीं है। बात कुछ समझ में आयी नहीं। अक्सर सोचती चादर ओढ़कर सो जाने के बाद आप कुछ भी सोच सकते हैं, जैसे मैं सोचती रहती हूँ, तो फिर सोचने-विचारने पर प्रतिबन्ध कैसे लग सकता है! उस समय इतनी समझ तो थी नहीं कि चादर ओढ़कर सोचे गये विचार और प्रतिबन्धित विचारों में अन्तर होता है। अन्तर कुछ स्पष्ट न होने पर भी युद्ध और युद्ध-समाप्ति के बाद की भयावहता दिमाग में घूमने लगी थी। तब क्या मालूम था कि जानकारी प्राप्त करना और उस विभीषिका को झेलना, अनुभव करना सर्वथा अलग होता है।

इस बीच ये समाचार भी आने लगे कि युद्ध के कारण अपने देश की आर्थिक स्थिति भी गिर रही है, जिसे सँभालने के लिए अंग्रेज सरकार ने आवश्यक वस्तुओं की राशनिंग कर दी है। अब गेहूँ, चावल, चीनी, कपड़ा, मिट्टी का तेल सभी आवश्यक वस्तुएँ राशन में मिलेंगी। सरकार की ओर से राशन की दुकानें खुलने लगीं। बाजार में वस्तुओं के दाम अचानक बढ़ गये। दुकानदार मनमानी कीमतें वसूलने लगे। चारों ओर एक ही आवाज सुनायी देने लगी—'महँगाई आ गयी है,

महँगाई आ गयी हैं।' मन में प्रश्न उठता, अचानक यह महँगाई आती कैसे है? और अचानक एक नया शब्द उछला 'काला बाजार' (ब्लैक)। दुकानों से सामान गायब होने लगा! कोई भी वस्तु खरीदने जाओ सुनायी देता, अब यह वस्तु 'ब्लैक' में मिलेगी। दुकानों से गेहूँ जैसा आवश्यक अनाज गायब हो गया। पूछने पर वही उत्तर, 'अब गेहूँ ब्लैक में मिलेगा। दूसरी ओर राजनैतिक स्थिति भी स्थिर नहीं थी। सत्याग्रह-असहयोग आन्दोलन खादी प्रचार, गाँधी, नेहरू, पटेल, जिन्ना, सरोजिनी नायडू आदि नाम तो वर्षों से सुन रहे थे। अब उसमें तेजी आ गयी। 'भारत छोड़ो आन्दोलन तेजी पर था। आये दिन टाउन हॉल में सभी नेताओं के भाषण होते। उन्हीं दिनों मैंने नेहरू जी के मुँह से पहली बार 'पाकिस्तान' शब्द सुना। गलत या सही, उस उम्र की समझ के अनुसार इस सन्दर्भ में बोला गया उनका वाक्य आज भी याद है। वह अपने भाषण में बार-बार कह रहे थे 'यह पाकिस्तान क्या बला है, यह पाकिस्तान क्या बला है।' लोग तालियाँ तो अवश्य बजा रहे थे, पर मुझे कुछ समझ में नहीं आया, न मैंने किसी से कुछ पूछा। वह तो सन् सैंतालीस में जब मैंने हाईस्कूल कर लिया था, इस वाक्य का अर्थ पाकिस्तान बनते ही स्वतः समझ में आ गया था। सत्याग्रहियों और आन्दोलनकारियों पर सरकार के अत्याचार बढ़ने लगे थे। आये दिन पुलिस द्वारा जनता पर किये जा रहे अत्याचारों के पोस्टर दीवारों पर चिपके रहते।

इसी समय कुछ मोहल्लों में दंगे भड़क उठे। अकसर सड़कों में कर्फ्यू लग जाता। हम लोगों को स्कूल जाते समय दो मोहल्ले ऐसे पार करने होते जहाँ से दंगा भड़कने की खबरें आतीं। किसी तरह डरते-डराते सतर्कता से गली-मोहल्ले पार करते हुए आते-जाते। सड़क पर डर के वातावरण में चलने का यह पहला अनुभव था। वरना तो पूरे कार्तिक माह हम लोग सुबह चार बजे ही गंगा स्नान को चल देते। सन्नाटी सड़कों पर हलका टिमटिमाता प्रकाश होता, एक-दूसरे का हाथ पकड़े जल्दी-जल्दी चलते हुए, करीब आधे घण्टे का रास्ता पारकर गंगा जी पहुँचने पर कभी भी ऐसा डर नहीं लगा जैसा इस समय लगने लगा था। सुबह होते-होते हम लोग स्नान कर बाबा विश्वनाथ एवं माँ अन्नपूर्णा के दर्शन कर घर भी लौट आते। लौटकर पूरे घर का काम निपटा समय से स्कूल जो पहुँचना होता। अब तो सड़कों में भीड़ भी अधिक दिखायी देती। लोग झुण्ड में खड़े होकर बातें करते और अखबार पढ़ते। अकेले आने-जाने की कोई हिम्मत नहीं करता। हाँ, बाजार में जब दफा एक सौ चवालीस लग जाता, लोग घरों में दुबक जाते। अचानक शहर में इतनी हलचल मच गयी थी कि लगता पानी में उबाल आ गया...। अचानक सोचने-समझने की कई दिशाएँ खुल रही थीं। परन्तु मेरा किशोर मन उसके साथ कुछ तालमेल नहीं बैठा पा रहा था...।

स्कूल के मैनेजर मिश्रा जी, तीस-पैंतीस वर्ष के युवा थे। गाँव में अपनी अनपढ़

पत्नी को छोड़ शहर आ गये थे। पढ़-लिखकर यहीं नौकरी ढूँढ़ रहे थे। एक जमींदार की माता जी ने अपनी कोठी की एक मंजिल में सेवा की दृष्टि से यह स्कूल खोला था जिसमें मिश्रा जी हेडमास्टर, क्लर्क, मैनेजर, शिक्षक सब-कुछ थे। मेरे और माँ के आ जाने से अब स्कूल में तीन शिक्षक हो गये थे। मिश्रा जी अधिकतर अपने कमरे में बैठे रहते। आँगन के आस-पास के बरामदों में कक्षाएँ लगती थीं। मिश्रा जी ने अपने कमरे के ठीक सामने के बरामदे में मेरी कक्षाएँ लगवायी थीं। उनके कमरे का परदा न पूरा खुला रहता न बन्द रहता, सदा थोड़ा सिमटा रहता। कमरे में बैठे-बैठे ही कक्षाओं का अनुशासन देखने के बहाने वे मुझे घूरते रहते। जब भी मेरी दृष्टि उनके कमरे की ओर जाती, उनकी आँखों से मेरी आँखें टकरा जातीं। मैं जान-बूझकर तो देखती नहीं थी, फिर भी अगर कोई आपको लगातार घूरता रहे तो आपकी नजरें भी उठ ही जातीं। रजिस्टर देखने का बहाना बना मुझे अपने कमरे में बुलाते। वे अपनी कुरसी पर बैठे होते। मैं टेबल के इस तरफ ही होती, कभी निकट आते या स्पर्श का कोई बहाना उन्होंने कभी नहीं बनाया। फिर भी जब भी वे मुझे देखते मेरे पूरे शरीर में झुरझुरी-सी हो जाती, समझ में नहीं आता ऐसा क्यों हो रहा है। बस उनका अजीब निगाहों से घूरना अच्छा नहीं लगता, थोड़ा डर भी लगता। मैंने कहीं पढ़ा था कि अगर जंगली जानवर से कभी सामना हो जाय तो भागने के स्थान पर सीधे उसकी आँखों में देखना चाहिए। जानवर स्वयं डरकर बिना आपको नुकसान पहुँचाये आगे बढ़ जाता है। सो मैं भी मिश्रा जी से डरने के स्थान पर उनकी घूरती आँखों में आँखें डाल उन्हें घूरने लगती और वे अपनी आँखें नीची कर लेते।

मेरी यह टेकनीक आगे जीवन में भी काम आयी। बीस-बाईस की उम्र में ही मैं ट्रेनिंग कर सीधे इण्टर कॉलेज में लेक्चरर नियुक्त हो गयी और एक वर्ष बाद ही प्रयोगात्मक परीक्षा की परीक्षक भी बन गयी। मुझे फरवरी-मार्च के महीनों में उत्तर प्रदेश के कई शहरों और गाँवों में जाकर परीक्षा लेनी होती। उन दिनों दैनिक भत्ते के अतिरिक्त प्रथम श्रेणी का किराया मिलता था। शुरू-शुरू में तो मैं प्रथम श्रेणी का टिकट लेकर भी तृतीय श्रेणी के डिब्बे में ही बैठती। कारण प्रथम श्रेणी में केवल दो सीट होती थी। एक पर कोई युवा सरकारी अफसर तहसीलदार या बी.डी.ओ. टाइप का बैठा रहता। हर बार मैंने युवा अफसर को ही प्रथम श्रेणी में बैठे देखा। इसका कारण शायद यह हो कि युवा अवस्था, नयी-नयी नौकरी में, घर-गृहस्थीवाले ऑफिसरों की तरह प्रथम श्रेणी का किराया लेकर तृतीय श्रेणी में यात्रा कर पैसा बचाने का लालच तो होता नहीं, वे अपना प्रथम श्रेणी में यात्रा करने का शौक ही पूरा करते हैं। और मेरी जैसी महिलाएँ प्रथम श्रेणी का टिकट लेकर पुरुष के साथ अकेले यात्रा के डर से तृतीय श्रेणी में यात्रा करतीं। परन्तु जब स्कूल के टीचर मुझे लेने आते, विशेषकर छोटी जगहों के टीचर, और मुझे तृतीय श्रेणी के डिब्बे से उतरते

देखते तो उनके चेहरे की रंगत बदल जाती। मुझे बहुत बुरा लगता। हाथों में पकड़ा प्रथम श्रेणी का टिकट तो हर किसी को दिखाना सम्भव नहीं था। एक बार मैंने अपनी पुरानी टेकनीक याद की और प्रथम श्रेणी के डिब्बे में चढ़ गयी। मैंने सोच लिया था कि डिब्बे में पहले से बैठा व्यक्ति अगर मुझे घूरेगा तो मैं भी उसे घूरती रहूँगी। परन्तु अगर ऐसा नहीं हुआ तो अपनी ओर से उससे नाम वगैरह पूछकर वातावरण सहज करने का प्रयत्न करूँगी।

जिस समय मैं डिब्बे में चढ़ी एक व्यक्ति खिड़की के पास बैठा पत्रिका पढ़ रहा था। मैंने अपना सामान व्यवस्थित किया और सीट के एक कोने में बैठने लगी। उसने पत्रिका से सिर उठा मेरी ओर देखा और बोला, 'यह सीट आपकी है, मेरी तो ऊपर है, आप यहाँ आकर बैठ जाइये।' मैंने हाथ के संकेत से उसे बैठे रहने को कहा और स्वयं बैठ गयी। तो इस व्यक्ति को घूरने की आवश्यकता नहीं है! अन्दर धुकधुकी चल रही थी परन्तु मैंने यथाशक्ति सहज रहने का प्रयत्न किया। बातों का सिलसिला अपनी ओर से प्रारम्भ करते हुए उसका परिचय प्राप्त किया, अपना दिया। शाम होती देख दिल धड़कने लगा-मैंने इस डिब्बे में आकर भूल तो नहीं की। नहीं आज तो मैं अपनी टेकनीक का पूरा प्रयोग करूँगी। स्टेशन आया, मैंने तुरन्त कहा-'नीचे जाकर एक धर्मयुग और दो कुल्हड़ चाय ले आना' जबकि उन दिनों मैं चाय बिलकुल नहीं पीती थी। सहज वातावरण के कारण रात भी आसानी से कट गयी। प्रयोगात्मक परीक्षा के सिलसिले में कई शहरों और गाँवों की यात्रा करती रही और अपनी यही टेकनीक काम में लाती रही। मुझे कभी किसी असुविधा या दुर्घटना का सामना नहीं करना पड़ा। आज सोचती हूँ कि इसका क्या कारण हो सकता है! क्या आज के वातावरण में इस टेकनीक को काम में लाया जा सकता है!! असम्भव लगता है। हमें मानना होगा कि उस समय तक मर्यादा की सीमा इतनी सँकरी नहीं हुई थी। व्यक्ति में नैतिकता संस्कारगत ही होती थी। आज की इस संस्कारहीनता के लिए कौन जिम्मेदार है?

अपने को हारते देख मिश्रा जी ने लम्बा पाँसा फेंका...एक दिन उनकी माँ ने हम लोगों को अपने घर बुलाया, जो कोठी के पीछे ही था। जब हम लोग पहुँचे कमरे में अँधेरा था। उन्होंने लालटेन जलायी और माँ से बातें करने लगीं। बातों-बातों में मिश्रा जी की शिक्षा, उनके स्वभाव, गाँव के घर जमीन की चर्चा की। हम लोगों के सामने मिठाई और नमकीन रख, निःसंकोच मुझसे दुगनी उम्र के अपने बेटे मिश्रा जी के लिए माँ से मेरा हाथ माँगा। माँ शायद पहले ही कुछ भाँप चुकी थी। उन्होंने मुझे उनके घर कुछ भी खाने-पीने को मना कर दिया था। एक तो सारे दिन की भूखी-प्यासी, सामने इतना सुन्दर जलपान रखा, मेरे मुँह में पानी आ रहा था, परन्तु माँ के डर से कुछ

खाना-पीना भी सम्भव नहीं था। जब माँ ने उपवास का झूठा बहाना बना कुछ भी खाने-पीने से इन्कार किया, मुझे इतना खराब लगा कि बस...कैसी कठोर माँ है। सामने रखा पानी भी नहीं पीने देती...। तब क्या मालूम था कि युवा होती बेटी की माँ को कितना सतर्क रहना पड़ता है। स्वयं बेटी की माँ बनने पर ही अपनी माँ की अतिरिक्त सतर्कता समझ में आती है।

माँ ने मन-ही-मन वहाँ से काम छोड़ने का निर्णय लिया परन्तु अपनी स्थिति देख सम्भव भी नहीं हो रहा था। कुछ ही दिन पूर्व सरकार विरोधी पर्चे छापने के कारण प्रेस बन्द हो गया था और कांग्रेसियों की धर-पकड़ के सिलसिले में पिता जी अचानक घर से गायब हो गये थे। पता नहीं भूमिगत हुए थे या जेल गये थे, कभी पता ही नहीं चला। बहरहाल, घर की आमदनी वही छब्बीस रुपये माह पर रह गयी थी और महँगाई बढ़ती जा रही थी। ऐसी स्थिति में नौकरी छोड़ना कहाँ सम्भव था।

अनिर्णय की स्थिति में ऊपरवाले ने सहायता की। पता चला उस कोठी और स्कूल की मालकिन रानी माँ आयी हुई हैं। विधवा होने के बाद रानी माँ ने अपने काशीवास के लिए यह कोठी बनवायी थी, जहाँ आकर वह अक्सर ठहरती और दान-धरम करके चली जाती। हम लोग ऊपर पहुँचे। प्रौढ़ रानी माँ अपने कमरे में एक छोटे-से आसन पर बैठी थी। दो नौकरानियाँ दूर खड़ी, ताड़ के बड़े-बड़े पंखों से धीरे-धीरे उन्हें हवा कर रही थी। हम लोगों के कमरे में पहुँचते ही उन्होंने मुस्कराकर, हमारा स्वागत किया और संकेत से बैठने को कहा। प्रणाम कर हम लोग उनके सामने बिछी दरी पर बैठ गये। इकहरी देहयष्टि, गोरा रंग, सूता हुआ चेहरा, लम्बी सुन्दर नाक में दमकता पन्ना रानी माँ के सौम्य चेहरे को, हलकी हरी कान्ति प्रदान कर रहा था। इतना शान्त और निर्विकार चेहरा भी किसी का हो सकता है! पूरे कमरे की प्रशान्तता में बैठे मुझे पहली बार एक नयी प्रकार की शान्ति का अनुभव हो रहा था। इसका क्या रहस्य हो सकता है? क्या इतनी बड़ी कोठी, धन-दौलत या रानी माँ का रूतबा और नाक का चमकता पन्ना, क्या कारण हो सकता है? इन सबके अतिरिक्त कोई और भी कारण हो सकता है क्या? रानी माँ मुस्कराते हुए माँ से बाते कर रही थीं। वह इस बात से प्रसन्न थीं कि ब्राह्मण शिक्षिकाएँ, उनके स्कूल में बच्चों को पढ़ा रही हैं। जब उन्होंने प्यार से मेरे सिर पर हाथ रखा, माँ ने अवसर देख, प्रतिदिन इतनी दूर आने की बात उनसे कही। सुनते ही उन्होंने अपनी उज्ज्वल दन्त-पंक्तियों को जरा-सा दिखाते हुए, अपने दूसरे स्कूल का पता दिया जो आठवीं तक था और हमारे घर के पास भी। कल से ही वहाँ जाने को कहकर वह उठ खड़ी हुईं। प्रणाम कर हम भी कमरे से बाहर हो गये।

बिना किसी विशेष प्रयत्न के उस स्कूल और मिश्रा जी से मुक्ति मिल गयी। परन्तु...इस दुनिया में मिश्रा जी अकेले तो नहीं थे न! उनकी घूरती नजरों ने मुझे

एहसास करा दिया था कि मेरी उम्र ही नही, शरीर भी बढ़ रहा है। अब मुझे अपनी रक्षा करना सीखना होगा...। राशन और मिट्टी के तेल की दुकानों के सामने लगनेवाली लम्बी कतारों में होनेवाले धक्कम-धक्के को समझना होगा।

राशन में अक्सर लाल और फटा गेहूँ मिलता, वह भी कभी-कभी। ब्लैक में गेहूँ मिलता तो था परन्तु बहुत महँगा और आसानी से मिलता भी नहीं था। इसलिए खुले बाजार में मिलनेवाला मक्का, जौ, चना वगैरह खरीदना पड़ता। बहन छोटी थी। मोटा धान खा नहीं पाती थी। सामनेवाले साहू जी, जिनकी दुकान से वर्षों से अनाज खरीदा जा रहा था, उन्होंने ब्लैक में रुपये का दो सेर गेहूँ देने का वादा किया। कुछ महीनों पूर्व एक रुपये का नौ-दस सेर मिलनेवाला गेहूँ, एक रुपये में दो सेर खरीदने की हिम्मत नहीं हो रही थी।

जब बहन का पेट खराब रहने लगा, माँ ने मुझे काला बाजार का गेहूँ लाने साहू जी की दुकान पर भेजा। साहू जी ने हाथ बढ़ा रुपया लिया और मुझे अपने पीछे आने को कहा। वह अन्दर एक कोठरी से दूसरी कोठरी में जाते रहे, मैं उनके पीछे-पीछे चलती रही। कोठरियों में अँधेरा बढ़ता जा रहा था। मुझे डर लगने लगा। मैं अपने को समझा रही थी कि जब 'काला बाजार' है तो अँधेरा तो होगा ही और मैं किसी तरह साहू जी के पीछे-पीछे चलती रही। साहू जी अँधेरे का लाभ उठा जब मुझसे टकराते तो भी मैं यही सोचती रही कि अँधेरे में जब मुझे ही साफ दिखायी नहीं दे रहा है तो हो सकता है साहू जी को भी दिखायी न दे रहा हो और वे गलती से मुझसे टकरा जाते हों। परन्तु जब उन्होंने मुझे कसकर पकड़ लिया और गलत तरह से छूने लगे तो मैं घबराकर गिरती-पड़ती बाहर भागी। साहू जी गेहूँ ले मेरे पीछे-पीछे आये और मुस्कराकर बोले-'अँधेरे में ऐसा हो जाता है बेटा।' गेहूँ ले घर लौटी, दिल अभी भी धड़क रहा था। किससे कहूँ, किससे पूछूँ, साहू जी जो कह रहे थे वह सत्य है या जो कर रहे थे वह सच है!

उस समय इस प्रकार की शिक्षा घर-बाहर कहीं होती ही नहीं थी। लड़की की बारह-तेरह वर्ष की उम्र होते-न-होते माँ का अनुशासन बढ़ अवश्य जाता था। यह भी अनुभव होने लगता था कि माँ की दृष्टि अब आपके प्रति अधिक पैनी हो गयी है। अब आपके आने-जाने के साथ-साथ आपके उठने-बैठने पर भी ध्यान दिया जा रहा है। जिस खिड़की से आप घण्टों सड़क और पड़ोसी की छतें निहार सकते थे, जिस छत पर रस्सी कूद सकते थे उसी छत पर खड़े होकर बाल सुखाने और उसी खिड़की में खड़े होने से अब आपको डाँट पड़ने लगी है। ऐसा क्यों हो रहा है, इसका उत्तर आपको तब तक नहीं मिलता था, जब तक प्रकृति या परिस्थिति आपको स्वयं न समझा दे। शायद उस समय तक 'सो काल्ड, सेक्स एजुकेशन' थाली में परसकर युवा होती बेटी के सामने रखना, अमर्यादित होता था। हाँ,

संयुक्त परिवार में रहनेवाली लड़कियों को, जहाँ भाभी-चाची या विवाहित बहन होती थी, इसका ज्ञान स्वतः हो जाता था। जैसा कि मेरी एक मित्र को हो गया था।

बढ़ती महँगाई और बाहर के हाहाकार का प्रभाव अन्य परिवारों की तरह हमारे परिवार पर भी पड़ रहा था। बहुत बुरे दिन थे। इन्दौर से निकलने के बाद बुरे ही दिन चल रहे थे परन्तु इतने बुरे कभी न थे। दोनों समय भरपेट भोजन कठिन हो रहा था। अनाज और सब्जी ही नहीं तेल, साबुन तक खरीदना कठिन हो रहा था। सिर के लम्बे-लम्बे बाल, कपड़े धोने के साबुन सोड़े से धो लेने के बाद भी तैल की समस्या तो होती ही थी। एक साड़ी-ब्लाउज पूरे सप्ताह पहनने के बाद तो धोना आवश्यक होता है! जरा-सा मिट्टी का तेल पूरे महीने चलाना है। केवल पढ़ने के लिए एक लालटेन जलती चारों उसके आस-पास बैठकर पढ़ते जबकि सिर्फ छोटी बहन कक्षा तीन में थी। भाई दसवीं कक्षा में और मैं तथा माँ अपर मिडिल के साथ सम्मेलन की प्रथमा, विशारद भी कर रहे थे।

यह प्रश्न मन में उठ सकता है, जो उस समय मेरे मन में उठा था कि इतनी मारामारी में, प्रथमा, विशारद करने की क्या आवश्यकता थी? असल में जब आप अपने लिये रास्ता ढूँढ़ रहे होते हैं और कोई सदाशयी व्यक्ति आपको एक रास्ता दिखलाता है तो आप कष्ट उठाकर भी उस पर चलने को तैयार हो जाते हैं। हमारे 'केस' में भी यही हुआ। एक शुक्ला जी नाम के व्यक्ति से माँ की अचानक भेंट हो गयी। शुक्ला जी किसी कॉलेज में हिन्दी अध्यापक थे। साथ ही हिन्दी साहित्य सम्मेलन की परीक्षाओं के लिए परीक्षा केन्द्र भी चलाते थे और साहित्य सेवा के नाम पर प्रतिदिन शाम को निःशुल्क पढ़ाते भी थे। उन्होंने माँ को राय दी कि अगर वह अपर मिडिल नहीं कर पाती हैं तो भी विशारद के बाद हाईस्कूल कर सकती हैं। विशारद के पहले प्रथमा परीक्षा पास करना आवश्यक है। अकेले पढ़ाई करने का तो माँ सोच भी नहीं सकती थी, सो मैंने भी प्रथमा का फार्म भर दिया।

मेरे लिये तेरह-चौदह वर्ष की उम्र में सुबह दस से चार तक नौकरी, अपरमिडिल की पढ़ाई, प्रथमा, विशारद की ढेरों पुस्तकें, ऊपर से सुबह-शाम घर के काम में सहायता बहुत हो रहा था...व्यस्तता का यहीं अन्त नहीं था, एक काम और बढ़ गया था। सुबह-शाम चक्की पीसना। अनाज इतना महँगा हो गया था कि चक्की में आटा पिसवाना कठिन हो रहा था। एक तो पिसाई के चार पैसे बचते थे, दूसरा चक्कीवाला जलन भी काटता। सबसे बड़ी बात कण्ट्रोल के लाल गेहूँ से आपका अनाज बदल भी सकता है। आज सोचकर आश्चर्य होता है कि कोई समय ऐसा भी था जब एक ओर टीचर बन पढ़ाने जाना, घर लौट घर के अन्य कार्यों के साथ चक्की पीसना, ऊपर से शाम को हाथ में लालटेन पकड़ किसी के घर पढ़ने जाना। पढ़ाई भी ऐसी

जिसका आर-पार नहीं, जिसके बारे में कुछ नहीं जानते उसे पढ़ना, समझना। माँ को पढ़ाना-समझाना। साहित्य क्या है यह भी न जानने की उम्र में हिन्दी साहित्य का इतिहास, काल-विभाजन पढ़ना। ऊपर से रस, अलंकार, छन्द भी समझना, याद करना। 'पद्मावत' से लेकर 'साकेत' तक काव्य का विकास। इंशाअल्लाह खाँ से लेकर हजारीप्रसाद द्विवेदी तक के लेखकों का गद्य पढ़ना-समझना, सब-कुछ आज के इस टूटे-फूटे शरीर ने, तेरह-चौदह वर्ष की उम्र में कैसे किया होगा!!

इसके साथ ही यह जानना दिलचस्प होगा कि यह सब मैंने अकेले नहीं किया। 'कोई' निरन्तर मेरे साथ होता था। सुबह चार बजे ही उठकर नीचे चक्की पीसने जाना होता। चारों ओर घुप्प अँधेरा। सीढ़ी उतरते नीचे सायँ-सायँ करती सड़कें, सामने के मकानों की सफेद दीवारों में काली खिड़कियाँ दहशत पैदा करतीं। डर के मारे सीढ़ी पर पैर काँपने लगते, कसकर दीवार पकड़ती, कहीं सड़क में गिर न जाऊँ। माँ तो रसोई में लग जातीं, चूल्हे के प्रकाश में ही तो भोजन तैयार करना होता। झाड़ू-बुहारी, बरतन सब अन्दाज से ही करने पड़ते। बच्चों की शिफ्ट सुबह लगती थी, इसलिए साढ़े छह बजे ही काम निपटा स्कूल के लिए निकलना होता। आटा तो माँ ही पीसती, मुझे केवल हाथ लगाना होता, परन्तु मक्के और जौ का आटा पीसने में मेहनत बहुत लगती थी। इसलिए हम लोग अधिकतर दलिया और उबला चना ही खाते थे। मैं दलिया दल लेती थी इसलिए मुझे ही अँधेरे में नीचे उतर दलिया दलनी पड़ती थी।

डर के समय अन्य बच्चों की तरह मैं भी भगवान् को याद करती ...। एक दिन मुझे अचानक लगा कि कल्याण पत्रिका से काटकर मैंने जो तस्वीर दिवाल पर चिपकायी थी और जिस चित्र की आँखें सदा मुझे ही देखती-सी लगतीं 'वह' तस्वीर से निकल, मेरा हाथ पकड़ मेरे साथ-साथ सीढ़ी उतर रहा है...। चक्की भी हलकी चल रही हैं, नहीं तो प्रारम्भ में चक्की कितनी भारी चलती है। 'उसने' हत्था जो पकड़ रखा है...। वह दिन है कि आज का दिन, न 'उसने' मुझे कभी छोड़ा, न मैंने। प्रत्येक दुःख, परेशानी, संघर्ष, समस्या में उसने मेरी सहायता की, आसमान में बैठकर नहीं, बाकायदा मेरा हाथ पकड़, मेरे साथ चलकर ... नहीं तो क्या तेरह वर्ष की उम्र में नायिका का नख-शिख वर्णन, बिहारी, केशव की कविता समझी जा सकती थी। आलोचना क्या होती है, यह भी न जानने की उम्र में लेखकों पर आलोचनात्मक निबन्ध लिखा जा सकता था, मुझे उस समय कुछ समझ में आता था या नहीं पता नहीं परन्तु उस समय का पढ़ा मुझे आज तक मय उदाहरण से याद हैं। परीक्षा में तो मेरे सामने पुस्तक के पृष्ठ-पर-पृष्ठ खुलते जाते। 'कोई' पृष्ठ पलटता जाता, मैं लिखती जाती। आज के इस वैज्ञानिक युग

में यह सब कपोल-कल्पना और अविश्वसनीय लग सकता है। अविश्वसनीय भी तो इसी संसार में घटित होता रहता है! बचपन की कठिनाइयों में 'उसके' प्रति उत्पन्न हुआ मेरे अबोध मन का विश्वास, कालान्तर मं दृढ़ आस्था का रूप लेता गया। यह जानते हुए भी कि 'वह' जो कोई है निराकार है, एक विराट्-चेतना मात्र है, या कि केवल विश्वास है, मेरे लिये आज भी साकार है, अपनी उपस्थिति और स्पर्श का आभास करवाता हुआ...और मुझे तो 'बून इन डिसगाइज' की तरह दुःख और परेशानियों में ही सब-कुछ प्राप्त होता रहा है...।

द्वितीय विश्व-युद्ध के परिणामस्वरूप आयी महँगाई और 'भारत छोड़ो' आन्दोलन से उत्पन्न हुई राजनैतिक हलचल चल ही रही थी कि बंगाल के दुर्भिक्ष ने आस-पास के प्रान्तों को प्रभावित करना प्रारम्भ कर दिया। मैंने नाना जी के मुँह से सन् छप्पन के अकाल के कई किस्से सुने थे। पूरे मालवा की धरती पानी के अभाव में तड़क गयी थी। धरती का सारा पानी सूख गया था। अनाज की कौन कहे, जानवरों के लिए चारा तक पैदा नहीं हो रहा था। नदी-तालाबों के साथ-साथ कुओं का पानी भी सूख गया था। लोग कुओं में नीचे उतर उसकी दिवाल की सन्धि में पीपल का पत्ता फँसा देते। सन्धियों से रिसता बूँद-बूँद पानी पत्ते की नोक से होता हुआ लोटे में एकत्रित होता, तब जाकर घर-भर की प्यास बुझती।

बंगाल के अकाल ने तो किशोरावस्था में ही भूख और जिजीविषा के साक्षात् दर्शन ही करवा दिये। अचानक लम्बे खुले बालों, काजल लगी लम्बी बड़ी आँखें और माथे पर सिन्दूर के बड़े-से टीके के साथ ही हाथ में कटोरा लिये बंगाली बालाएँ बनारस की गलियों में रेंगने लगीं ... मैंने विश्वनाथ गली में मन्दिर की दिवाल से सटी बैठी बंगाली वृद्धाओं को सुबह चार बजे से दोपहर दो बजे तक, एक अँगोछा बिछाये, तेज धूप, ठण्ड, बरसात प्रत्येक मौसम में भीख माँगते देखा था। उन्हें देखकर दया आती थी कि पतली-सी गली में बहते पानी और कीचड़ के बीच इतनी वृद्धा महिलाएँ बैठी भीख माँग रही हैं। परन्तु अकाल के समय अचानक गलियों में घूमनेवाली इन युवा भिखारिनों को देख-समझ में नहीं आता था कि यह इस तरह तैयार होकर क्यों भीख माँग रही हैं? उस उम्र में यह बात समझ में आना कठिन था कि 'बुभुक्षितं किं न करोति पापम्' उक्ति को सिद्ध करती ये अच्छे खासे परिवार की महिलाएँ कटोरे के साथ स्वयं को भी लेकर घूम रही हैं!

इसी समय जिजीविषा की भयानकता को सिद्ध करती एक ऐसी घटना से साक्षात् हुआ जो मेरी स्मृति में अमिट हो गयी। आज भी उस घटना की याद आते मुँह चिकना हो जाता हैं। माँ अन्नपूर्णा के मन्दिर के एक छोटे बरामदे में दस-बारह गरीब ब्राह्मण अपना अँगोछा बिछाये बैठे, कुछ पूजा-पाठ करते रहते। वैसे तो वे लोग

किसी से कुछ माँगते नहीं, परन्तु बैठते वे इसी उद्देश्य से थे। दानदाता स्वयं उनके बिछे अँगोछे में अनाज, फल, पैसा कुछ भी डाल देते। एक दिन एक क्षीणकाय वृद्ध वहाँ आकर अपना अँगोछा बिछाने लगा। सारे पूजा-पाठी एक साथ उसका विरोध करने लगे। ऐसे स्थानों पर भी गुटबाजी चलती ही है। विश्वनाथ गली की वृद्धाओं को भी मैंने अक्सर बुरी तरह झगड़ते, गाली-गलौज करते देखा है। उस वृद्ध ने उन ब्राह्मणों की बहुत मिन्नतें कीं, कि वह अकाल का मारा कई दिनों से भूखा है, उसे वहाँ बैठने दिया जाय। वहाँ बैठने की शर्त के अनुसार तो बाना बनाकर वह आया ही था। कमर में एक गन्दी-सी धोती, नंगे बदन पर एक गन्दी यज्ञोपवीत, गले में मनकों की माला, कन्धे पर एक फटा लाल अँगोछा। ब्राह्मणों को उस पर दया आ गयी और एक कोने में उसे स्थान प्राप्त हो गया। अपना अँगोछा बिछा वह बैठा गया। गले से माला उतार आँख बन्द कर फेरने लगा। मन्दिर के बड़े-से प्रांगण की तेरह परिक्रमा लगाने में माँ को समय लगता था, इसलिए मैं खड़े-खड़े ध्यान से इस दृश्य को देखती रही। बीच-बीच में वह वृद्ध आँख खोल दानदाताओं को भी देख रहा था और अपने अँगोछे पर डाले गये सामान को भी। इतनी देर में एक सेठानी बाल्टी में घी लेकर उपस्थित हुईं। एक बड़े-से कड़छुल से वह सबको घी देने लगीं। कोई अपने लोटे में तो कोई पीतल के कमण्डल में और कोई पंचपात्र में ही डलवाने लगा। जब वह महिला उस वृद्ध के पास पहुँची उसने इधर-उधर देखा, उसके आस-पास ऐसा कोई बर्तन नहीं था, जिसमें वह घी ले सकता। उसने अपने हाथों की अंजलि ओंठ से लगायी और ओक से पानी पीने की मुद्रा में बैठ गया। सेठानी उसकी अंजलि में घी डालती गयी, वह पीता गया ...। पता नहीं उसकी भूख-प्यास का क्या हुआ! फिर भी उसकी अन्नविहीन क्षीणकाया इतना घी पीकर कितने दिन टिक पायी होगी?

अभी बंगाल दुर्भिक्ष की विभीषिका समाप्त भी नहीं हुई थी कि देश-विभाजन की त्रासदी, विस्थापितों का रेला...। प्रत्येक नगर की सड़कों पर बह चला, माना कि इन दैविक और राजनैतिक दुर्घटनाओं का असर देश और सरकार की आर्थिक स्थिति पर पड़ता है। परन्तु इसके साथ यह भी सत्य है कि हजारों परिवारों बल्कि परिवारों के प्रत्येक व्यक्ति पर इन सबका असर पड़ता है। अचानक आयी इन विपत्तियों ने देश की आर्थिक स्थिति को कितना गिराया, कितना उठाया, इसके आँकड़े तो सांख्यिकी विभाग में आज भी मिल जायँगे, लेकिन देश के हजारों-लाखों परिवार, छोटे-छोटे बच्चों की मासूमियत जो इसकी भेट चढ़े उसका लेखा-जोखा क्या कहीं अंकित होगा?

हमीं लोग घर की एकमात्र जलती लालटेन ले शाम को पढ़ने निकल जाते। दो मंजिले अँधेरे घर के एक अँधेरे कमरे में एक छह वर्ष की बालिका को बन्द करके जो कमरे की एकमात्र छोटी-सी खिड़की, जिसमें रेलिंग के नाम पर मात्र एक लकड़ी

का डण्डा फँसा था, बैठी सड़क देखती रहती। उस समय तक घरों में तो नहीं सड़कों और दुकानों में बिजली आ चुकी थी। खिड़की से दिखायी देता सड़क का प्रकाश ही उस बालिका का सहारा था और डर का कारण भी। इसी प्रकाश के कारण उस बालिका के पीठ पीछे की दीवाल पर गिरते प्रकाश में एक बड़ी-सी खिड़की बन जाती और उसी में बैठी बालिका की बड़ी-सी छाया...। अपनी ही छाया से उसे कितना डर लगता होगा कि वह दो घण्टे तक सड़क की तरफ मुँह किये बिना हिले-डुले, भूख-प्यास रोककर बैठी रहती। अक्सर खिड़की में ऊँघ ही जाती। उसके हाथ और सिर डण्डे पर टिके होते, पैर बाहर लटके, जरा-सा झटका लगने पर वह नीचे सड़क पर गिर भी सकती थी। क्या कभी किसी ने बालिका की भयग्रस्त मानसिकता को जानने का प्रयत्न किया? कौन करता? एक तरह से उसकी इस स्थिति के लिए कोई जिम्मेदार नहीं था और दूसरी तरह से देखा जाय तो नीचे से ऊपर तक सभी जिम्मेदार थे! माँ के पास तो न इतना समय था, न अन्दर इतनी आर्द्रता बची थी कि लौटकर बच्ची को गले लगा प्यार कर ले, उसकी स्थिति को सुन-समझ ले, उसके भयभीत मन को सहला दे, वह भी तो इन्हीं बच्चों के उज्ज्वल भविष्य का सपना आँखों में सँजोये दौड़ रही थी... और उसी बच्ची को आप्र एक लकड़ी सुबह हलवाई के यहाँ उसकी भट्टी में से जलाकर लाने के लिए भेज देते हैं ताकि चूल्हा जलाया जा सके और दियासलाई की तीली और थोड़ा-सा मिट्टी का तेल बच सके। बच्ची लकड़ी भट्टी में डाल, कड़ाही में बन रही गरम जलेबी और उसे खरीदकर खानेवाले लोगों को एकटक देखती रहती...। मुँह में आयी लार को गटकते-गटकते उसे होश ही नहीं रहता कि लकड़ी तो आधी जल चुकी है। जब हाथ जलने लगते वह लकड़ी ले भागकर घर आती। जहाँ उसकी पिटाई शुरू हो जाती, इतनी देर क्या कर रही थी, आधी लकड़ी का नुकसान कर दिया। इसके बाद वह बच्ची बड़ी होकर भी कभी मीठी वस्तु नहीं खा पायी, जब भी उसने खाने का प्रयत्न किया उसकी जीभ पर दाने निकल आते, जबान एकदम काली हो जाती ...। यह तो एक उदाहरण मात्र है। ऐसे ही हजारों-लाखों बच्चों का कोमल मन-मस्तिष्क भीतरी और बाहरी आघातों से विकलांग हो रहा था...।

प्रथमा परीक्षा पास करते ही शुक्ला जी के कहने पर विशारद का फार्म भर दिया। उसी समय पाण्डे गुरु जी ने किसी बड़ी नौकरी की तलाश में बनारस छोड़ दिया। शायद उनकी महत्त्वाकांक्षा को बनारस का आकाश छोटा पड़ रहा था, परन्तु वह हमें बड़े-से आकाश का एक कोना अवश्य थमा गयी थी...।

मैंने चौदह वर्ष की उम्र में विशारद का इतना लम्बा-चौड़ा कोर्स पूरा कर अच्छे

नम्बरों से उत्तीर्ण भी कर लिया। अभी अपर मिडिल की परीक्षा में दो माह की देर थी। गणित तो मेरी ठीक थी ही, अन्य विषय भी हो गये, परन्तु अंग्रेजी विषय की तैयारी कठिन हो रही थी। इस बीच भाई को टाइफायड हो गया और माँ ने अपर मिडिल की परीक्षा न देने का निर्णय ले लिया। मुझे अकेले ही तैयारी करनी थी, क्योंकि अंग्रेजी विषय अकेले मैंने ही लिया था। शुक्ला जी से बात की गयी। उन्होंने अपने् एक पूर्व छात्र को जो उन दिनों विश्वविद्यालय में पढ़ता था और ट्यूशन भी करता था, हमारे यहाँ भेज दिया।

उन दिनों बनारस में दिन के ठीक तीन बजे पानी आता था। चिलचिलाती धूप में गरम छत पर दौड़-दौड़कर पानी भरना पड़ता। छत भी सींचनी होती। पैरों के नीचे गरम छत और उससे उठती गरम भाप, पूरे शरीर को भुनती होती। बनारस में इतनी गरमी पड़ती कि पानी भी खौलता आता। उसी से नहाना, उसी को भरना, उसी को छत पर डालना। एक ही घण्टे के लिए तो पानी आता था। पैरौं में तो जैसे फफोले पड़ जाते। पूरा शरीर घमौरियों से भर जाता। करीब चार महीने यही स्थिति रहती, इससे कोई निष्कृति नहीं थी। ऐसे ही एक दिन इब्राहीम मास्टर ठीक चार बजे उपस्थित हुए। चार रुपये माह पर उन्होंने दो माह के अन्दर कोर्स पूरा करवाने का वादा किया। मैं पसीने से तर ब्लाउज और आधी गीली साड़ी पहने, अपने गीले बालों को साड़ी से ढाँकती अपनी पुस्तकें उठाये कमरे में पहुँची।

एक गोरा दुबला-पतला, बाईस-तेईस साल का लड़का सफेद पैण्ट और नीली कमीज पहने, दोनों घुटने वज्रासन की मुद्रा में, मोड़े बैठा था। पतले लम्बे चेहरे पर सीधी खड़ी नाक और दो उनींदी आँखें जो न पूरी खुली न पूरी बन्द, सिर के सारे बाल सीधे पीछे की ओर सँवरे हुए। उसकी नीली कमीज पैण्ट से बाहर लटकी हुई थी और उसमें ऊपर से नीचे तक बटन लगे थे। मैंने तब तक पैण्ट में खोंसी गयी, चार बटनवाली शर्ट ही देखी थी। उनकी कमीज मुझे अच्छी लग रही थी। मैंने हाथ जोड़ नमस्ते की और उनके सामने बस्ता गोद में रख बैठ गयी। उन्होंने कोर्स देखा, कुछ पूछा और प्रतिदिन इसी समय आने का वादा करके उठ गये। मैं दूसरे दिन शाम चार बजे की प्रतीक्षा करती रही। पहला पाठ भी मैंने स्पेलिंग सहित अच्छी तरह तैयार कर लिया। एक-दूसरे व्यक्ति के आने से कम-से-कम एक घण्टा घर के दमघोंटू वातावरण से मुक्ति तो मिलेगी!

ठीक चार बजे मास्टर सर वही सफेद पैण्ट और नीली कमीज पहने उसी तरह आये और उसी मुद्रा में बैठ गये। मैं भी उसी प्रकार पसीने से चिपचिपी ब्लाउज और छत पर पानी डालने से भीगी आधी गीली साड़ी पहने अपनी पुस्तकें लिये नमस्ते कर बैठ गयी। पढ़ाई प्रारम्भ हो गयी थी। उनके कपडों के रंग, उनके तैयार होने के ढंग

और बैठने की मुद्रा में कभी कोई परिवर्तन नहीं हुआ। मुझे ही लगने लगा कि उनके सामने बैठते ही धूप से जलती मेरी आँखें ठण्डी होने लगती हैं, पैरों की जलन भी शान्त हो जाती है। पूरा कमरा ही ठण्डा-ठण्डा सा लगता। जब मैं उनकी ओर देखती उनका चेहरा ही नही पूरा व्यक्तित्व ठण्डा शान्त लगता। यहाँ तक कि कमीज का नीला रंग भी आँखों को ठण्डक देता। उनकी आवाज भी धीमी और सुरीली थी। स्पेलिंग गलत होने पर उनका डाँटना भी मधुर लगता। उनकी ओर देखते ही एक अजीब-सी ठण्डक आँखों की राह मेरे पूरे शरीर में फैलती अनुभव होती जैसे गर्मी की रात में सुराही का ठण्डा पानी पी लिया हो। पता नहीं एक घण्टा कब और कैसे सरक जाता और मैं दूसरे दिन शाम चार बजे की प्रतीक्षा में पूरे चौबीस घण्टे सरका देती ...बस उनकी उपस्थिति में अच्छा लगता, क्यों, कैसे कुछ समझ में नहीं आ रहा था। परन्तु जब कुछ दिनों बाद चौबीस घण्टे का अन्तराल लम्बा लगने लगा, समाप्त होने को ही नहीं आता तो एक नये प्रकार की बेचैनी होने लगी। धीरे-धीरे उनकी झिझक केवल इतनी कम हुई कि वे कभी-कभी मेरी बात पर हँस देते उनकी क्षणिक हँसी शान्त सागर में उठी छोटी-छोटी लहरों की तरह उनके चेहरे पर फैलकर समाप्त हो जाती।

मैं सोचती 'रानी माँ' का तो केवल चेहरा शान्त लगा था। इनका तो पूरा व्यक्तित्व ही शान्त है, कैसे होता है ऐसा! डिक्टेशन लिखते समय अक्सर मेरी घुँघराली लटें चेहरे पर लटक आतीं, जिसे वे हाथ में पकड़े स्केल या पेन्सिल से पीछे सरका देते। मैं सिर नीचा किये लिखती रहती पर मुझे अनुभव होता कि लट पीछे करने के पहले उन्होंने लट को पेन्सिल में थोड़ा लपेटा था, फिर पीछे किया था। एक दिन याद आया कि विशारद करते समय, अन्य रसों के स्थायीभाव तो परिचित-से लगते, सिर्फ श्रृंगार रस ठीक से समझ में नहीं आता था। बाद में केवल इतना समझ में आया था कि जहाँ राधा-कृष्ण या नायक-नायिका का वर्णन होता हैं, वही शृंगार रस है। अचानक ध्यान आया कि अगर कोई ऐसा करे जैसा मास्टर साहब करते हैं और ऐसा लगे जैसा मुझे लगता है तो क्या वह भी शृंगार रस है? परन्तु कैसा करे, और कैसा लगे? यह तो स्पष्ट ही नहीं था। क्योंकि मास्टर साहब तो कुछ करते ही नहीं थे। यह सारी उथल-पुथल सिर्फ मेरे मन में होती, बाहर तो सब-कुछ शान्त था। मास्टर साहब इतने सलीके से आते-ज़ाते, उठते-बैठते, देखते-बोलते कि लगता ऐसे हाव-भाव के लिए ही 'सलीका' शब्द बना होगा। मैं नित्य उन्हें छोड़ने नीचे तक जाती उनके आने पर भी नीचे दरवाजा खोलने जाती, उनके आगे-पीछे ही सीढ़ी पर होती परन्तु वह अपने और मेरे बीच सदा एक सीढ़ी का अन्तराल रखते। किसी भी बहाने उन्होंने कभी मुझे स्पर्श करने की चेष्टा नहीं की। मेरा तो कोई प्रश्न ही नहीं उठता था। वह मुझसे बड़े थे, मेरे टीचर थे, मुझे अंग्रेजी पढ़ाने आते थे। मन में एक आदरभाव तो था ही।

मेरी परीक्षा समाप्त हो चुकी थी। दो माह में केवल पाँच दिन शेष थे। उन्होंने माँ से कहा कि वे अगले पाँच दिन मुझे थोड़ी ग्रामर और ट्रान्सलेशन और करवा देते हैं। उनकी पढ़ाई समाप्त हो गयी है, वह हमेशा के लिए यहाँ से अपने गाँव चले जायँगे। उन पाँच दिनों मैंने भगवान् से केवल एक ही प्रार्थना की– 'हे प्रभो, इन पाँच दिनों को इतना लम्बा कर देना कि यह ठण्डक...।' पाँचवें दिन वह एक बण्डल माँ को थमाते हुए बोले–'यह आप लोगों के लिए है, मना मत करियेगा। बण्डल में दो साड़ियाँ थीं, दो सुन्दर सूती साड़ियाँ। माँ की साड़ी में केवल जरी का बार्डर था और मेरी साड़ी में जरी बार्डर के साथ-साथ जरी के चेक भी थे। दोनों साड़ियों पर बाकायदा नाम चिपके थे। माँ ने तरह-तरह से समझाया परन्तु वह हमेशा के लिए बनारस छोड़ने को कहकर, उनका तोहफा रख लेने का आग्रह करते रहे। पता नहीं क्या सोचकर माँ ने उनका तोहफा स्वीकार कर लिया।

मैं उन्हें छोड़ने रोज की तरह नीचे तक गयी। प्रतिदिन की तरह ही उन्होंने दरवाजे से बाहर निकल मेरे जुड़े हाथों को देखकर, अपने हाथ भी जोड़े और मुड़ गये। पिछले पाँच दिनों में, सैकड़ों बार दोहराया गया वाक्य मेरे गले में सदा के लिए अटककर रह गया... "आप आते थे तो बहुत अच्छा, ठण्डा-ठण्डा लगता था...।" फिर वही बेटी की माँ की अतिरिक्त सतर्कता। मैंने उस साड़ी को पहनना तो दूर, कभी हाथ में लेकर भर आँख देखा भी नहीं। माँ ने साड़ी का क्या किया, आज तक पता ही नहीं चला। कुछ पूछना तो सम्भव था ही नहीं। शायद माँ ने सोचा हो यह साड़ी मास्टर साहब और मेरे बीच, यादों का पुल न बना दे। स्मृतियों को कभी किसी पुल की आवश्यकता होती है क्या!!

दृश्य बदल गया था।

युवावस्था की देहलीज पर पैर रखते ही, एक इण्टर कॉलेज की कक्षा नौ में मुझे प्रवेश मिल गया। छोटी बहन कक्षा छह में थी। माँ के कहने-सुनने पर दोनों बहनों की फीस भी माफ हो गयी। कॉलेज घर से दूर तो था परन्तु इतने बड़े कॉलेज में पढ़ने के उत्साह के सामने यह दूरी कुछ नहीं थी। बड़ा-सा कॉलेज, बड़ा-सा खेल का मैदान, बड़ा-सा हॉल, लकड़ी के डेस्कों से सज्जित बड़ी-बड़ी कक्षाएँ, और उड़ने के लिए बड़ा-सा आसमान...पहली बार कॉलेज में माँ का कोई नियन्त्रणा नहीं, क्योंकि माँ इस वर्ष अपर मिडिल करनेवाली थी।

इस बड़े-से कॉलेज की नवीं कक्षा में बैठने का पहला दिन...कक्षा में करीब पन्द्रह छात्राएँ थीं। सभी वहाँ प्रारम्भ से पढ़ती आयी थीं, इसलिए एक-दूसरे से परिचित थीं। मैं ही नयी थी, सब मुझे घेरे थीं। कोई कुछ पूछ रहा था, कोई कुछ।

एक ने मुझसे पूछा कि मैं किस स्कूल से आठवीं करके आयी हूँ, और जैसे ही उन्हें पता चला कि मैं प्राइवेट अपरमिडिल करके आयी हूँ, मेरे आस-पास की भीड़ छँटने लगी। इस बीच मनोरमा नाम की लड़की ने कक्षा में प्रवेश किया जो अभी-अभी मुझसे बरामदे में मिल चुकी थी, जब मैं अपनी कक्षा ढूँढ़ रही थी। वह अन्य छात्राओं से उम्र में कुछ बड़ी लग रही थी। उसका रंग तो गोरा था परन्तु आधे चेहरे पर नीली झाई थी। उसके कक्षा में प्रवेश करते ही सबने एक स्वर में कहा ...लो, मॉनीटर भी आ गयी। मेरी ओर देखकर कहा-यह कक्षा की मॉनीटर है। आज से नहीं, कक्षा छह से। हम लोग सदा इसे ही मॉनीटर चुनते हैं। सारी लड़कियाँ इसका कहना जो मानती हैं।

हे प्रभो! यहाँ भी मॉनीटर! और मुझे बम्बई की मॉनीटर शीला याद आ गयी। मैंने अपने-आपको तसल्ली दी। नहीं-नहीं अब किसी से डरने की कोई आवश्यकता नहीं। अब मैं बड़ी हो गयी हूँ। बड़ी कक्षा में पढ़ती हूँ। उस समय मैं छोटी भी थी। छोटी कक्षा में पढ़ती थी और मेरी माँ शीला के यहाँ रसोई बनाने का काम करती थी। अब मैंने बहुत पढ़ लिया है और सबसे बड़ी बात, अब, मेरी माँ एक स्कूल में टीचर हैं। अब मुझे कोई परेशान नहीं कर सकता। मनोरमा मुझे अभी बरामदे में मिली थी। अच्छी लड़की है। मेरे बारे में सहज रूप से ही सब-कुछ पूछा है। मनोरमा सचमुच अच्छी थी। उसने मुझे घेरी लड़कियों से कहा...आज कॉलेज का पहला दिन है। परिचय का दिन है, तो कक्षा में आयी नयी लड़की से ऐसे परिचय करते हैं? तुम लोगों को पता है, यह पढ़ने में बहुत तेज है। मैंने सब मालूम कर लिया है। इसने तीन बोर्ड परीक्षाएँ पास की हैं।

...तीन परीक्षाएँ!

...हाँ इसने चौथी, छठी और आठवीं तीनों बोर्ड से प्रथम श्रेणी में, गणित और अंग्रेजी में विशेष योग्यता के साथ पास की है। इसके मतलब, इसे अंग्रेजी हम लोगों से अधिक आती है। अब से यह मेरे पासवाली सीट पर बैंठेगी।

मनोरमा की बातचीत और व्यवहार में एक दीदी भाव था, जिसने मुझे आश्वस्त किया। कक्षा का वातावरण सहज हो गया। सबने मुझे अपना परिचय दिया और बातचीत होने लगी। चूँकि उस समय तक स्कूलों में यूनिफार्म का चलन नहीं हुआ था, इसलिए सभी छात्राएँ साड़ी पहने थीं। बातचीत का विषय भी साड़ी पहनने का ढंग और बाल वगैरह ही था। किसकी ठीक-ठाक है। किसने कैसी चोटी बनायी हैं, वगैरह-वगैरह। एक ने मेरी चोटी हाथ में लेकर कहा—तुम्हारे बाल तो बहुत अच्छे हैं, बच्चों की तरह कसकर चोटी क्यों बनायी है? अब बड़ी कक्षा में आ गयी हो, थोड़ी ढीली चोटी बनाया करो, तुम्हारे मुँह पर अच्छी लगेगी। दूसरी ने कहा—'वैसे तो तुम्हारी शक्ल-सूरत अच्छी है, आँखें थोड़ी बड़ी होतीं तो चेहरा और सुन्दर लगता। मुझे सब-कुछ अच्छा, खुला-खुला लग रहा था। पहली बार मुझे अनुभव हुआ, 'सहेली'

क्या होती है। तो...यह है सहेलीपना!

कॉलेज का अनुशासन भी अच्छा था। सभी कक्षाओं की छात्राएँ पंक्तिबद्ध हॉल में पहुँचतीं। मॉनीटर आगे होती जो हाल में पहुँचते ही सामने निकलकर खड़ी हो जाती। वहीं संगीत अध्यापिका उपस्थित रहतीं। हारमोनियम बजते ही पहले पंक्तिबद्ध खड़ी मॉनीटर प्रार्थना करती, फिर अन्य छात्राएँ उनका अनुसरण करतीं। प्रार्थना सुर में होती। प्रार्थना समाप्त होते ही दस मिनट पूरे स्कूल की ड्रिल होती और छात्राएँ पंक्तिबद्ध ही कक्षाओं में पहुँचतीं। मॉनीटर ऑफिस से उपस्थिति रजिस्टर लेकर आती। प्रत्येक विषय की अलग-अलग अध्यापिका थीं। आज के सन्दर्भ में किसी स्कूल का ऐसा अनुशासन कोई अर्थ नहीं रखता। परन्तु आज से पचहत्तर वर्ष पूर्व, जब शहर में एक या दो हाईस्कूल हुआ करते थे, इस प्रकार के स्कूल आकर्षक लगते थे और वहाँ पढ़ना रोमांचकारी।

पढ़ाई की एक बड़ी समस्या यह थी कि हिन्दी छोड़ सभी विषय अंग्रेजी में होते थे। गणित जो मैथमेटिक्स कहलाता था अंग्रेजी में था। सवाल भी ऐसे जो अब तक कभी किये ही नहीं। अब तक तो चक्रवर्ती नाम की एक मोटी-सी पुस्तक गणित की थी, जिसके सारे सवाल मैं हल कर चुकी थी। इतिहास, भूगोल आदि की पुस्तकों में भी परिभाषा, नाम उदाहरण सब अंग्रेजी में, प्रश्न भी अंग्रेजी में। पता चला परीक्षा में भी सभी विषयों के प्रश्नपत्र अंग्रेजी में ही होते हैं। ऊपर से गणित और अंग्रेजी की अध्यापिका मद्रासी थीं, जिनका उच्चारण समझ में ही नहीं आता था।

पढ़ाई के अतिरिक्त संस्था में और भी बहुत-कुछ सीखने को मिला। सप्ताह में दो दिन खेल का पीरियड भी होता। आपको रुचि के अनुसार जैसे कबड्डी, रस्सीकूद या तरह-तरह की दौड़, किसी एक में भाग लेना अनिवार्य था। मैंने तो आज तक कुछ खेला ही नहीं था। धीरे-धीरे मैं रस्सीकूद में भाग लेने लगी। परन्तु खेल में मैं कभी कुछ कर न पायी। प्रत्येक शनिवार कुमारी सभा होती। कभी अन्त्याक्षरी, कभी भाषण, कभी वाद-विवाद, कभी त्वरित भाषण और कभी काव्यपाठ होते रहते। मनोरमा के बार-बार उत्साहित करने पर मैंने भी इन कार्यक्रमों में भाग लेना प्रारम्भ किया। धीरे-धीरे मेरी वाक्शक्ति का विकास होने लगा, साथ ही आत्मविश्वास भी बढ़ने लगा। मुझे उस समय स्वयं पर आश्चर्य होता, जब कुमारी सभा में उपस्थित छात्राओं, अध्यापिकाओं के सामने बोलते हुए मेरी झिझक, दब्बूपना, सब पता नहीं कहाँ चला जाता। थोड़े ही दिनों में मैं अच्छी वक्ता बन गयी। भाषण प्रतियोगिता हो या वाद-विवाद मैं ही प्रथम आती। विशारद की पढ़ाई इस समय खूब काम आयी। अच्छी कविताएँ याद करके अन्त्याक्षरी में भाग लेती। त्वरित भाषण में भी किसी भी विषय पर मैं दो-तीन मिनट बोल सकती थी।

मेरा आत्मविश्वास बढ़ने लगा। मेरे अन्दर इतना कुछ करने की सम्भावना हैं! धीरे-धीरे मुझे कॉलेज के वार्षिक उत्सव में होनेवाले हिन्दी-अंग्रेजी के नाटकों में प्रमुख

भूमिका मिलने लगी। श्रेष्ठ अभिनय के पुरस्कार मिले। खेल-कूद और संगीत को छोड़कर मुझे पढ़ाई के साथ-साथ साहित्यिक और सांस्कृतिक कार्यक्रमों के अलावा कक्षा की उत्तम छात्रा के अतिरिक्त स्कूल की उन्नत छात्रा का भी पुरस्कार मिला। इसलिए मुझे उस समय के कई प्रतिष्ठित व्यक्तियों के हाथों पुरस्कार प्राप्त करने का सौभाग्य प्राप्त हुआ, जैसे डॉ. सम्पूर्णानन्द, श्री कमलापति त्रिपाठी, होमी मोदी, श्री कन्हैया लाल माणिकलाल मुन्शी, श्रीमती लीलावती मुन्शी आदि। शायद डॉ. सम्पूर्णानन्द के कारण ही प्रश्नपत्र अंग्रेजी और हिन्दी दोनों भाषाओं में छपने लगे। इतिहास, भूगोल के प्रश्न अंग्रेजी में समझ में न आये तो पलटकर हिन्दी में लिखे प्रश्न पढ़ लो। बहुत सुविधा हो गयी। अब केवल मैथमेटिक्स अंग्रेजी में करना पड़ता था। इतना सब होने पर भी मेरे दब्बू और भीरु व्यक्तित्व में कोई अन्तर नहीं आया। मैं कभी अपने अधिकारों के लिए लड़ना तो दूर बोल भी नहीं सकी, न ही कभी अपनी इच्छा व्यक्त कर पायी। सामनेवाले का विचार सदा मुझ पर हावी रहा...। बल्कि बड़े होने के साथ-साथ मेरे अन्दरूनी और बाहरी व्यक्तित्व के बीच की फाँक अधिक स्पष्ट होती गयी।

नौवीं कक्षा से ही मुझे लगने लगा था कि मैंने उड़ने के लिए आसमान पा लिया है, अब मैं अपनी पढ़ाई आसानी से पूरी कर लूँगी। मैं यह भूल ही गयी कि स्वतन्त्र वातावरण में नियमित पढ़ना मेरे भाग्य में लिखा ही नहीं गया है। जैसे ही मैं दसवीं कक्षा में पहुँची, माँ ने भी हाईस्कूल करने का मन बनाया और नवीं कक्षा में नाम लिखवा लिया। छोटी बहन सातवीं में पहुँच चुकी थी। उसकी पढ़ाई पटरी पर थी जो विश्वविद्यालय की पढ़ाई तक पटरी पर ही चलती चली गयी। पढ़ने में तो वह अच्छी थी सो बारहवीं करने के बाद उसको विश्वविद्यालय में पढ़ने का अवसर मिल गया। सीधे एम.ए.एल.टी. करने के बाद ही उसकी स्कूल पढ़ाई को विश्राम मिला। चूँकि आवश्यक शिक्षा पूरी हो चुकी थी इसलिए अच्छे कॉलेज में उचित ग्रेड पर नौकरी मिल गयी जो अवकाश-प्राप्ति तक निरन्तर चलती रही। घर की मारामारी का उसकी पढ़ाई पर कोई असर नहीं पड़ा।

नवीं कक्षा की गणित और अंग्रेजी माँ के लिए बहुत कठिन थी। उसके लिए उन्हें अधिक समय और सहायता की आवश्यकता थी। दसवीं की परीक्षा की तैयारी के साथ-साथ माँ की पढ़ाई भी पूरी करवानी थी। हम लोग फिर से तीनों साथ स्कूल आने-जाने लगे। अन्तर केवल इतना था कि अब मेरी और माँ की कक्षाएँ अलग थीं। इसलिए साहित्यिक और सांस्कृतिक कार्यक्रमों में भागीदारी नियमित चलती रही और पुरस्कार भी मिलते रहे।

हाईस्कूल की परीक्षा मार्च में होनेवाली थी और उसके पहले ही होली के आस-पास दंगे भड़क उठे। कई मोहल्लों में कर्फ्यू लग गया। परीक्षा-केन्द्र घर से बहुत दूर था। ऐसे स्थिति में समय से पहुँचना कठिन था। परीक्षा-केन्द्र के निकट ही हमारी

हिन्दी टीचर का घर था। वह एक महीने के लिए मुझे अपने घर रखने को तैयार हो गयीं। वह अविवाहित थीं और अपने माता-पिता के साथ रहती थीं। उनके घर पहुँचकर मुझे ज्ञात हुआ कि जिस उदारता से उन्होंने मुझे अपने घर रहने की अनुमति दी थी, वह मात्र उदारता नहीं थी। उनकी नौकरानी एक माह की छुट्टी पर गाँव गयी थी। उनकी माँ को अकेले घर सँभालने में कष्ट हो रहा था। वास्तव में वह मुझे अपनी माँ की सहायता के लिए ले गयी थीं। टीचर जी ने न मुझसे न माँ से कहा था कि मुझे उनके घर में क्या करना है। उन्होंने तो मुझे केवल अपने माता-पिता से मिलवाया और कमरों के सामने के बड़े-से बरामदे के कोने में मेरी व्यवस्था कर दी। उनकी माँ को मालूम था कि मैं उनके यहाँ बोर्ड की परीक्षा देने आयी हूँ, फिर भी उन्होंने मेरी उपस्थिति का एक-एक मिनट वसूल किया। माँ से मैं कुछ कह भी नहीं सकती थी। एक तो कर्फ्यू में इतनी दूर आने की समस्या हल हुई थी। कर्फ्यू के कारण महँगे हुए रिक्शे के पैसे बचे थे। टीचर जी (हाँ, इस विद्यालय में अध्यापिका को 'टीचर' कहने की परम्परा थी।) ने तो पलटकर भी नहीं देखा कि मैं किस हाल में उनके घर रह रही हूँ। वह या तो अपने कमरे से निकल कॉलेज चली जातीं या अड़ोस-पड़ोस में चली जातीं। माँ आनन्दमयी की भक्त होने के कारण कीर्त्तन-भजन में व्यस्त रहती। खाने-पीने के अलावा घर से उन्हें कोई विशेष लगाव नहीं था। एक प्रकार से वे ही घर की कमाऊपूत थीं तो वृद्ध माता-पिता को उनसे दबकर रहना ही था।

आज सोचती हूँ कि अगर मुझे काम करते हुए पढ़ने या पाठ दोहराने का अभ्यास न होता तो मेरा हाईस्कूल-रिजल्ट क्या होता! किसी से मैं क्या कहती कि परीक्षा-केन्द्र पहुँचने तक मैं टीचर जी के घर नौकरानी की तरह काम करती थी। उनकी माता जी पूरे समय किसी-न-किसी काम के लिए मुझे आवाज देती ही रहतीं जबकि मैंने पहले दिन से ही घर की सफाई और एक समय का भोजन अपने जिम्मे ले लिया था। सुबह उठकर पढ़ाई करते समय भी वह पाँच बजे के स्थान पर चार बजे ही चाय की माँगकर बैठतीं जबकि मैं परीक्षा के लिए सुबह छह बजे निकलने से पहले पूरे घर की झाड़ू-पोंछा और चाय वगैरह करके निकलती। मैं उन दिनों चाय नहीं पीती थी। इसलिए खाली पेट ही घर से निकलती। दोपहर की शिफ्ट में भी भोजन वगैरह बना देने के बाद भी मुझे उनकी पुकार से मुक्ति नहीं थी। मैं तो सचमुच कड़ाही से निकल चूल्हे में गिरी थी। बहरहाल, माँ तो सदा के लिए टीचर की एहसानमन्द हो ही गयी थी, कि उन्होंने परीक्षा के दिनों में बेटी को अपने घर रखा था।

इधर मैंने हाईस्कूल पास किया, उधर देश स्वतन्त्र हो गया। जिस आजादी के लिए सन् सत्तावन से निरन्तर देश में अलग-अलग ढंग के संघर्ष, युद्ध, आन्दोलन होते रहे, हजारों-लाखों लोगों ने अपना बलिदान दिया, उस अमूल्य स्वतन्त्रता का

आनन्द देश पूरी तरह से ले ही नहीं पाया...क्योंकि कहने को तो अंग्रेज देश से चले गये परन्तु जाते-जाते देश-विभाजन का जो घाव दे गये, वह वर्षों रिसता रहा बल्कि आज भी कसक दे जाता है।

हाईस्कूल करने के बाद मुझे फिर एक वर्ष के लिए पढ़ाई छोड़ नौकरी करनी पड़ी। माँ को उस वर्ष स्कूल में नियमित विद्यार्थी की तरह पढ़कर दसवीं की परीक्षा देनी थी। मुझे लाइब्रेरियन का काम मिला। इससे सबसे बड़ा लाभ यह हुआ कि अपनी अंग्रेजी टीचर के कहने पर मैंने अंग्रेजी की पुस्तकें डिक्शनरी की सहायता से खूब पढ़ीं। माँ के हाईस्कूल करते ही मैंने ग्यारहवीं कक्षा में प्रवेश लिया। भाई हाईस्कूल कर चुके थे। माँ ने उनसे बहुत कहा था कि वह विश्वविद्यालय में प्रवेश लेकर किसी प्रकार अपनी पढ़ाई पूरी कर लें परन्तु उन्होंने इस प्रकार की स्कूली शिक्षा की व्यर्थता पर लम्बा भाषण देते हुए अपने आगे न पढ़ने के निर्णय को सुनाया और घर से निकल गये। इसके बाद एक दो बार और प्रयत्न किया गया परन्तु वे विश्वविद्यालय में कभी न पढ़ने के अपने निर्णय पर अटल रहे। इस प्रकार भाई ने हाईस्कूल के बाद कभी कोई परीक्षा पास की ही नहीं। उस समय तो कुछ समझ में आता नहीं था। माँ भी केवल इतना जानती थी कि अगर ठीक-ठाक पढ़ लिया जाय तो नौकरी मिल जाती है। असल में उनको इतना आर्थिक संघर्ष झेलना पड़ा था कि वे अपने बच्चों को ठीक से कमाने-खाने लायक बनाना चाहती थीं। परन्तु कई बार आपके सद्विचार और आपकी सदाशयता भी आपका दुर्गुण बन जाती है और उसे दुर्गुण समझनेवाले की भी कोई गलती नहीं होती है। बस सम्बन्ध बुरी तरह उलझ जाते हैं, जैसे कि भाई के अपने माता-पिता और बहनों के साथ उलझ रहे थे। शायद भाई पत्रकार या अनुवादक बनना चाह रहे थे और इसके लिए उन्होंने परिश्रम भी बहुत किया। उन्होंने खूब पढ़ा। अंग्रेजी और बँगला भाषा पर अधिकार करने के लिए अथक परिश्रम किया। छोटी-छोटी पुस्तकों का अनुवाद करना प्रारम्भ किया। समाचार-पत्रों में उनके छोटे-छोटे आलेख भी छपने लगे परन्तु अभी उनकी उम्र कम थी और उन्होंने अपने लिये जो मार्ग चुना था वह लम्बा संघर्ष माँगता था, जो परिवार की उस स्थिति में सम्भव नहीं था। वह अपने निर्णय पर अडिग रहे। कालान्तर में उनकी मेहनत रंग लायी। वह सफल पत्रकार भी बने और उन्होंने कई महत्त्वपूर्ण पुस्तकों का अनुवाद कर उ.प्र. सरकार का श्रेष्ठ अनुवादक का पुरस्कार भी प्राप्त किया परन्तु यह सब तो बहुत बाद की बातें हैं।

उस समय तो उस कच्ची उम्र में, अन्य युवाओं की तरह वह भी अपने लिये कोई भूमि तलाश रहे हों और उन्हें मार्क्सवादी विचारधारा अपने लिये अनुकूल लगी हो, जो उस समय हमारी समझ से बाहर था। उनके ऊपर कम्युनिस्ट पार्टी और कामरेड भाइयों का इतना जल्दी और इतना अधिक प्रभाव पड़ा कि वह परिवार और

परिवार की जिम्मेदारियों से विमुख होते चले गये। बल्कि परिवार और परिवार की समस्या उन्हें अपने मार्ग का रोड़ा लगने लगी। वे 'पानीघर' और 'बिजलीघर' के मजदूरों की हड़ताल में दिन-रात एक कर सकते थे, अपनी छोटी-सी कमाई कामरेड भाइयों की चाय-पानी पर खर्च कर सकते थे परन्तु घर की सब्जी भी नहीं ला सकते थे। उनकी आँखों के सामने मैं आटा पिसवाने जाती, चक्की पर लड़कों के तरह-तरह के व्यंग्य बाण झेलती, उनके मसखरेपन का सामना करती, वे कभी मुझे किसी 'हीरोइन' से जोड़ते, कभी किसी से। भाई को इन सबसे कोई मतलब नहीं था। वह घर में रहते ही कितना थे। ऐसी स्थिति में माँ अगर यह सोचकर दुःखी होती थी कि जवान लड़का हाथ से निकला जा रहा है, तो क्या गलत था! उनके इतने संघर्ष और परिश्रम का यह प्रतिफल...। भाई पर तो पार्टी और कामरेड भाइयों का इतना प्रभाव हो गया कि उनसे बात करने या कुछ भी समझाने में डर लगने लगा। पिता जी तो घर में थे नहीं, अगर होते तो भी, वह भाई से कुछ कहने के स्थान पर स्वयं ही अपनी खोल में और अधिक दुबक जाते। वैसे भी माता-पिता के नियन्त्रण में भाई वर्षों से थे ही नहीं, अब तो भगवान् ही मालिक था।

एक दिन रात दस बजे के करीब दो कामरेड—एक पुरुष और एक महिला आये और भाई को बताया कि घर से भागकर आये हैं। रातभर यहाँ रुककर सुबह अँधेरे निकल जायँगे। क्या एक रात वे यहाँ ठहर सकते हैं? भाई ने माँ से पूछे बिना उन अनजान कामरेड प्रेमी-प्रेमिका को नीचे अपने कमरे में रात व्यतीत करने की अनुमति दे दी। महिला ने झिझकते हुए भाई से कहा—

—कामरेड, आप अपनी माता जी से पूछ लें, उन्हें कोई आपत्ति न हो।

भाई ने छूटते ही कहा—

—हमारे घर में माँ नहीं है। एक बड़ी बहन है, मैं बात कर लूँगा। सीढ़ी चढ़ते हुए मेरे कान में भाई का यह वाक्य पड़ा! उसी समय मैंने भगवान् को धन्यवाद दिया कि माँ के कानों तक यह वाक्य नहीं पहुँचा। मैंने जीवन में यह बात कभी माँ को नहीं बतायी।

भाई की इन हरकतों ने घर के वातावरण को और बोझिल बना दिया था। वह सुबह ही घर से निकल जाते और देर रात घर लौटते। पता चला किसी समाचार-पत्र में अपने खर्चे लायक कुछ घण्टे काम कर लेते हैं, बाकी समय पार्टी के काम में व्यस्त रहते। पार्टी का कौन-सा काम करते हैं, यह तो कुछ मालूम था ही नहीं। फिर भी समय तो आगे बढ़ ही रहा था। उधर शहर में विस्थापितों की भीड़-भाड़ बढ़ रही थी। सभी पार्क और खाली मैदानों में उनके लिए टीन-टप्पर के रैन-बसेरे तैयार होने लगे। कई नये-नये बाजार खुल गये, फुटपाथ तक पर छोटी-छोटी दुकानें सजने लगीं। चारों ओर भीड़-ही-भीड़ फिर भी सब-कुछ व्यवस्थित था। जन-जीवन जैसा चल रहा था

वैसा ही चलता रहा। न तो अतिरिक्त महँगाई बढ़ी और न ही सड़कों पर भिखमंगों की संख्या। घर में भी सब यथावत् था। माँ पढ़ाने जाती, हम लोग पढ़ने जाते। लौटकर सब घर का काम समाप्त कर पढ़-लिखकर सो जाते। भाई की जब इच्छा होती घर आते-जाते, उनके रास्ते अलग हो चुके थे...। हाँ घर के वातावरण का भारीपन किसी प्रकार भी कम नहीं हो रहा था और न ही माँ का रोना-धोना, बकना-झकना। भाई के सामने माँ चुप रहती परन्तु उनके घर से निकलते ही हम लोगों के सामने उनका रोना-धोना, अपने भाग्य को कोसना शुरू हो जाता...।

उस बीच एक घटना घटी। भाई दो-तीन दिन घर नहीं लौटे और मालूम भी नहीं हो रहा था कि वह कहाँ गये हैं। अचानक दो पुलिसवाले आये और घर की तलाशी लेने लगे। बार-बार उनसे कारण पूछा जा रहा था परन्तु पुलिस बिना उत्तर दिये फुर्ती से अपना काम कर रही थी। कभी आटे का डिब्बा पलटते, कभी कोयले का बोरा तो कभी कपड़ों की तह खोलकर फेंकते। बहुत मिन्नतों से पूछने पर एक पुलिसवाले ने बताया कि वे प्रतिबन्धित पार्टी साहित्य और कोई पिस्टल वगैरह ज़प्त करने आये हैं, जिसे घर में रखने के अपराध में भाई गिरफ्तार हुआ है। घर में और कुछ तो मिला नहीं, वे दो-चार पुस्तकें उठाकर चले गये।

इतना होने पर भी माँ ने हार नहीं मानी। लगातार थाने के चक्कर लगाकर मालूम कर लिया कि भाई पार्टी की किसी मीटिंग में गये थे। वहीं अन्य कामरेडों के साथ भाई की गिरफ्तारी हुई है और वे उन्नाव जेल में हैं। माँ हम दोनों बहनों को घर में अकेले छोड़ किसी तरह उन्नाव जेल पहुँची। उनके लिए वह शहर अनजान था और वहाँ पहुँच जेल में कैदी से मिलने के लिए की जानेवाली दौड़-धूप नया अनुभव। माँ को विश्वास था कि वे किसी तरह अपने बेटे को निर्दोष साबित कर जेल से छुड़वा लेंगी। इसीलिए किसी तरह पैसों का प्रबन्ध कर, भटकती हुई जेल पहुँची थीं, उसका प्रतिफल उन्हें बेटे के रूखे व्यवहार और उसके लिए दौड़-धूप न करने तथा उसके कामों में दखलन्दाजी न करने की नसीहत के रूप में प्राप्त हुआ।

जब वह घर लौटी शान्त थी, परन्तु पानी का गिलास हाथ में लेते ही उनके सब्र का बाँध टूट गया...मैंने पहली बार माँ को चीत्कार के साथ रोते देखा...। अँधेरे रसोईघर की मद्धिम चिमनी के हिलते प्रकाश में हम तीन रातभर एक-दूसरे से सटे ठिठुरते बैठे रहे...माँ रोती रहीं, हम उन्हें चुप कराते रहे...। उनके सपनों के महल का एक खम्भा तो पहले ही गिरा-पड़ा, कमजोर था। दूसरा जिसे वह सबसे मजबूत समझ रही थीं, वह गहरे धँस चुका था...बाकी दो को थामे, उनका सवेरा हुआ ...।

अब घर था और उसमें हम तीन, बदली हुई परिस्थिति का सामना करने के लिए। सुबह माँ अपेक्षाकृत सहज थीं। ब्रेक के बाद जिन्दगी ने फिर रफ्तार पकड़ ली थी।

असल में इस घर के सदस्य जिन्दगी की बाधा-दौड़ में कुशल हो चुके थे! हाईस्कूल करने के बाद माँ का वेतन पचास रुपये हो गया था। स्कूल के पास ही दो ट्यूशन भी मिल गयी। अंग्रेजी विषय के साथ हाईस्कूल जो किया था। हम तीन के लिए साठ रुपये की आमदनी पर्याप्त थी। मैं इण्टर फाइनल की तैयारी कर रही थी, और छोटी बहन अपनी पढ़ाई में व्यस्त थी।

घर में तीन अकेली महिलाओं को देख सामने के दुकानदार थोड़े अमर्यादित होने लगे थे। अपनी दुकानों से उठकर हमारे घर के सामने की नाली में बैठने लगे। जाहिर था उनका मुँह हमारे घर की ओर ही होता। घर की बनावट ऐसी थी, कि छत पर आये बिना कोई काम नहीं हो सकता था। छत क्या थी, वह एक तरह से घर का आँगन थी, जिसमें हर समय आना-जाना लगा रहता। छत की बाउण्ड्री इतनी नीची थी कि न चाहते हुए भी आते-जाते सड़क की ओर नजर चली ही जाती। माँ ने अशिष्टता का हवाला देते हुए उन लोगों को खूब समझाया। कुछ दिन तो सब चुप रहते फिर अपने ढर्रे पर आ जाते। एक दिन माँ को गुस्सा आया। वह एक मोटा डण्डा लेकर दरवाजे पर खड़ी हो गयी कि अब अगर घर के सामने नाली में आकर कोई बैठा तो वह उसी हालत में उसका खोपड़ा तोड़ देगी। उस दिन पड़ोसियों ने भी माँ का साथ दिया।

दशहरे के आस-पास हमारी सड़क पर 'नक्कटैया' का मेला लगता। इस मेले की विशेषता यह थी कि इसमें शूर्पणखा की सवारी निकलती। उसके साथ कुछ झाँकियाँ भी होतीं। लक्ष्मण द्वारा नाक काटने के बाद शूर्पणखा अपने रथ पर रोती-चिल्लाती कटी हुई नाक के साथ बैठी होती, अपने भाई रावण से उन वनवासी बालकों की शिकायत करते। एक बड़े-से सजे रथ पर एक पुरुष शूर्पणखा का बड़ा मुखौटा लगाये बैठा होता जिसकी कटी नाक से खून टपकता रहता। वह व्यक्ति अपने दोनों हाथों से अपनी कटी नाक सहलाता हुआ रोता-चिल्लाता कभी उठकर खड़ा हो जाता कभी बैठता। उसकी इस हरकत पर उसके रथ को घेरे दर्शक खूब ताली बजाते। रथ के आगे छोटे-बड़े बच्चे राक्षस-राक्षसियों के मुखौटे पहने नाचते, उछलते-कूदते चलते। शायद इसीलिए यह नक्कटैया का मेला कहलाता था।

जुलूस में कुछ झाँकियाँ भी सजी होतीं। आज से सत्तर-पचहत्तर वर्ष पूर्व की झाँकियाँ क्या हो सकती थीं, आज तो गाँव में निकलनेवाली झाँकियों में कहीं अधिक तामझाम होता है, फिर भी अधिकतर झाँकिया बैलगाड़ियों पर सजी होतीं। उनके साथ पेट्रोमेक्स उठाये एक व्यक्ति चलता। उस समय भी कलाकार पाइप मोड़कर उस पर रंग-बिरंगे कपड़े या पत्ते बाँधकर सुन्दर दृश्य बनाते थे। कहीं अशोक वाटिका में

राक्षसियों से घिरी सीता बैठी होती और वृक्ष पर बैठे हनुमान जी फल खा रहे होते। किसी झाँकी में हनुमान जी बना बालक ऊँचे पाइप पर उलटा बँधा, लेटा-लेटा हाथ-पैर हिला रहा होता, जैसे संजीवनी लेने आकाश मार्ग से उड़ता हुआ जा रहा है। आगे पेड़ की बड़ी-बड़ी डालें पकड़े लोग धीरे-धीरे चलते हुए जंगल का दृश्य उपस्थित करते। ऐसी झाँकियाँ देखने के लिए भी हजारों की भीड़ होती। मेले में प्रकाश का कोई विशेष प्रबन्ध तो होता नहीं था। फिर भी खोन्चेवालों की चिमनी के हिलते प्रकाश और झाँकियों के साथ चलनेवाले गैस के हण्डों के प्रकाश से मिश्रित अँधेरे की झलफलिया में हजारों लोग, बच्चों का हाथ पकड़े मेले में चल रहे होते। बच्चे पिता के कन्धे पर चढ़े भी मेले का आनन्द ले रहे होते। कहीं लाउडस्पीकर का शोर नहीं। केवल मनुष्यों की हलकी आवाजों की मरमराहट तथा किसी झाँकी में होनेवाले कीर्त्तन की हलकी ध्वनि के बीच शूर्पणखा की सवारी देखते हुए आप अनायास ही शताब्दियों पूर्व पहुँच उस युग का साक्षात् कर लेते...। झाँकियाँ तो आज भी निकलतीं परन्तु बिजली के अत्यधिक प्रकाश और लाउडस्पीकर के शोर में आपको केवल भीड़ और शोर का अहसास होता है, आप कहीं जुड़ते नहीं, बल्कि भीड़ की धक्का-मुक्की में आपका मन भी कहीं धक्के खा रहा होता है।

इतने वर्षों से इस सड़क पर रहते हुए भी हमने इस मेले का आनन्द नहीं लिया था। सड़क पर मकान होने के कारण आस-पास के लोग, अपने मित्रों और सम्बन्धियों के साथ लोगों की छतों और झज्जों पर भीड़ जमा हो जाती है। पहले वर्ष हमारी छत और कमरों में भी लोग जमा हो गये थे। लोगों के आग्रह पर नीचे का दरवाजा खोलना पड़ा था। अँधेरे घर में इतनी भीड़। वैसे तो वे अधिकांश स्त्रियाँ और बच्चे थे परन्तु उनके साथ के पुरुष कभी बच्चों को लेने, कभी पहुँचाने, कभी कुछ सामान लेने-देने के बहाने आते-जाते रहे। मुख्य द्वार बराबर खुला रहा। किसी से कोई जान-पहचान नहीं थी, फिर भी माँगने पर पानी पिलाना पड़ा। घर में भरा सारा पानी समाप्त हो गया। साथ ही घर के दो-चार गिलासों का भी पता नहीं चला। सुबह ढेरों मूँगफली के छिलके और बच्चों की गन्दगी साफ करने की परेशानी अलग। उसी वर्ष सामने के मकान का झज्जा भी अधिक भीड़ के कारण टूट गया था, कई लोगों को चोट लगी थी। इन्हीं सब परेशानियों से बचने के लिए दूसरे वर्ष से घर का मुख्य द्वार खोलना बन्द कर दिया तो हम लोगों को भी बन्धन हो गया। न तो हम छत पर खड़े होकर मेला देख सक्ते थे, न ही खिड़कियों से। खिड़कियाँ भी बन्द रखनी पड़ती थीं क्योंकि अगर आप खिड़की से दिखायी दे जाय तो फुटपाथ पर खड़ी महिलाओं और बच्चों को ऊपर आकर छत से मेला देखने देने का आग्रह आप टाल नहीं सकते थे। हम भी खिड़कियों की सन्ध से कितना मेला देख सकते थे। परन्तु इस वर्ष माँ ने पड़ोसियों को मेला देखने आने दिया। उनके लिए छत पर दरी बिछायी और पानी का भी प्रबन्ध किया। उस दिन

पड़ोसियों से माँ की थोड़ी बातचीतहुई। उन लोगों ने एक अच्छे पड़ोसी के रूप में हमारी प्रशंसा भी की तो आश्चर्य हुआ। हम लोग तो अपने गुन्ताड़े (उलझन) में ही लगे रहते हैं। किसी से बोलते भी नहीं। उन लोगों ने हमारे घर के पुरुषों की प्रशंसा करते हुए कहा कि सीढ़ी चढ़ते-उतरते हुए कभी किसी ने उनकी छत की ओर नहीं देखा, तब ध्यान आया कि सच में, दिन में दस बार जिस सीढ़ी से चढ़ते-उतरते हैं, वह तो इनकी खुली छत से केवल चार फीट दूर है। सीढ़ी से जैसे दाहिनी ओर देखने पर सड़क दिखलायी देती है वैसे ही बायीं ओर देखने पर इनकी पूरी छत दिखलायी देती है, जिस पर कोई-न-कोई महिला कपड़े सुखाती, कपड़े उठाती, आलू के चिप्स-पापड़ सुखाती दिखलायी देती, परन्तु इतने वर्षों में कभी खड़े होकर उधर देखा ही नहीं। हम सबके लिए सीढ़ी केवल चढ़ने-उतरने का माध्यम थी। इधर-उधर देखने की आदत ही नहीं पड़ी और यही आदत आज हमें शिष्ट और अच्छे पड़ोसी बना रही थी! तो, इस बार का 'नक्कटैया' मेला हमारे लिये 'मिशन पड़ोसी' की पहली बैठक थी। सच में अगर आप किसी भी स्थिति में सामाजिक सौष्ठव (डिसेन्सी) का निर्वहन कर लेते हैं तो आपको अधिक मुखर होने या जान-पहचान बढ़ाने की आवश्यकता नहीं होती है।

इसी वर्ष हम लोग दुर्गा विसर्जन देखने भी गये। शारदीय नवरात्र की दशमी की शाम, दशाश्वमेध घाट पर स्थिल शीतला माता मन्दिर की सीढ़ियों पर बैठ आप दुर्गा विसर्जन के अभूतपूर्व दृश्य का आनन्द ले सकते हैं। अधिक भीड़ के कारण हम लोगों को अहल्या घाट की सीढ़ियों पर स्थान मिला था। उस दिन हम लोग घर से जल्दी निकल पड़े थे। बाबा विश्वनाथ के श्रृंगार और सन्ध्या आरती के दर्शन भी करना चाह रहे थे। विश्वनाथ गली में पहुँचते ही सुनायी दिया कि आज कोई काशी-करवट लेनेवाला है। बहुत-से लोग उस तरफ जा रहे थे। हम लोग भी पहली बार काशी-करवट देखने की इच्छा से उनके पीछे-पीछे चलने लगे। विश्वनाथ मन्दिर के पीछेवाली मस्जिद के पास की गली की ओर भीड़ मुड़ गयी। वहाँ एक खण्डहर-सा मन्दिर था। भीड़ के कारण कुछ साफ समझ में नहीं आ रहा था। अन्दर एक बड़ा-सा कुआँ था, जो लोहे की छड़ों से बन्द था। आस-पास एक छोटा-सा बरामदा था जिसमें लोहे की रेलिंग थी। उसी रेलिंग के बाहर भीड़ जमा थी। सुनायी तो यही देता था कि वर्षों से यह मन्दिर सरकार के कब्जे में है। जब से सरकार ने काशी-करवट प्रथा को गैर-कानूनी घोषित किया है तब से यह वर्जित क्षेत्र है। यहाँ किसी का भी प्रवेश नहीं हो सकता। वर्षों से सरकारी ताला बन्द है इसलिए मन्दिर की यह दशा हो गयी है तो फिर आज यहाँ काशी-करवट कैसे हो रहा है। लोग आपस में कानाफूसी कर रहे थे कि काशी-करवट का असली स्थान तो आज भी सरकार के कब्जे में है। यह तो पण्डे-पुजारियों में नया कुआँ बना रखा है। हम लोग किसी तरह रेलिंग तक पहुँचे। एक व्यक्ति कुएँ के बीचोंबीच छड़ पर पालथी मारे आँखें बन्द किये बैठा था।

उसके घुटे हुए सिर के मध्य हल्दी-कुमकुम से एक स्वस्तिक बना था। उस पर करवट के स्थान पर नीम की पत्ती रखी थी। आस-पास खड़े पण्डे-पुजारी जोर-जोर से मन्त्रोच्चार करते हुए उसके ऊपर थोड़ा-थोड़ा पानी डाल रहे थे और उस व्यक्ति के सम्बन्धी रेलिंग के बाहर हाथ जोड़े आँखें बन्द किये उसके मोक्ष की कामना करते खड़े थे। तो... यह था काशी-करवट जिसे देखने इतनी भीड़ जमा है।

और मोक्ष की इच्छा करनेवाले उस अन्धविश्वासी व्यक्ति और मोक्ष देनेवाले उस ईश्वर के बीच मध्यस्थता करने उन पण्डे-पुजारियों की हिम्मत देखिये कि वे उस व्यक्ति को नहीं वे उस सर्वशक्तिमान् को भी धोखा दे रहे हैं। उस व्यक्ति से काशी-करवट का अभिनय करवाकर उसे असली मोक्ष दिलवाने का दावा कर रहे थे...। मैं सोच रही थी मोक्ष क्या है? कैसे प्राप्त होता है? इस ज्ञान के बिना भी मोक्ष की कामना शायद मनुष्य में जिजीविषा से अधिक प्रबल है। तभी तो काशी-करवट की किंवदन्तियाँ लोगों में आज भी प्रचलित है। परन्तु एक समय तो ऐसा रहा होगा जब अन्धविश्वासी नहीं आस्थावान् व्यक्ति अपने सिर पर असली करवट रख मोक्ष की कामना से यहाँ बैठता होगा...। उसके प्रियजन इसी प्रकार रेलिंग थामे, उसके मोक्ष के लिए प्रभु से प्रर्थना करते यहाँ खड़े होंगे और पण्डे-पुजारी इसी तरह मन्त्रोच्चार करते हुए असली करवट से उसे काट देते होंगे। कटा शरीर इसी अन्धे कुएँ में गिर जाता होगा...। मेरी अल्प बुद्धि सोच नहीं पा रही थी कि मोक्ष की कामना श्रेष्ठ है या वह आस्था जिसके कारण व्यक्ति कटने को तैयार यहाँ इस कुएँ पर आकर बैठता होगा...। वैसे यह मान्यता तो प्राचीन है कि काशी में शरीर त्यागने पर मोक्ष की प्राप्ति होती है। इसी विश्वास के कारण लोग कहाँ-कहाँ से आकर वृद्धापकाल में काशीवास करते थे। बनारस में कई राजाओं और जमींदारों की छोटी-बड़ी कोठियाँ थीं जहाँ आकर वे लोग काशीवास करते थे। यह भी किंवदन्ती है कि दूर-दराज से लोग मरते हुए वृद्ध को लाकर गंगा किनारे छोड़ देते थे, ताकि उसके प्राण काशी की धरती पर निकलें। इसी काशीवास के चक्कर में वृद्धा विधवाओं के साथ-साथ युवा बंगाली विधवाएँ भी काशी की गलियों में डोलती दिख जायँगी।

•

शाम होते-होते हम तीनों घाट पर पहुँच गये। इतने वर्षों में अस्त होते सूर्य की लालिमा में रक्ताभ गंगा की लहरियों को पहली बार देखा...गंगा पार रामनगर के किले का एक बुर्ज, अस्ताचलगामी सूर्य की अन्तिम किरणों से चमक रहा था। इस किले के शासक काशीनरेश कहलाते थे क्योंकि काशी तो बाबा विश्वनाथ की नगरी थी, वहाँ कोई अन्य शासक कैसे रह सकता था। सुबह गंगा-पूजन के लिए आये किसी जोड़े ने अपनी मनोकामना पूर्ण होने पर चुनरी चढ़ायी होगी। जो अभी भी एक

मोटी रस्सी जिसके बीच-बीच में फूल लगे और जो माला की प्रतीक थी, से लिपटी इस पार से उस पार तक चली गयी थी। आती-जाती लहरों के थपेड़ों से चुनरी धीरे-धीरे हिल रही थी, जैसे किसी आस्थावान् द्वारा चढ़ायी गयी इस चुनरी को गंगा मैया रात के अँधेरे में निकालकर पहनने का उपक्रम कर रही हो ताकि उस गंगा-भक्त की मनोकामना पूरी हो सके। घाट पर बैठे-बैठे ही बायें देखने पर दूर तक अर्द्धचन्द्राकार रूप में बने पक्के घाटों का सिलसिला दूर तक दिखायी देता है। उन्हीं घाटों की कतार के बीच दूर मणिकर्णिका घाट पर जलती हुई चिता की अग्नि, जिसके बारे में मान्यता है कि वह कभी बुझती नहीं, चमकती हुई दिखायी दे रही थी। ऐसा कहा जाता है कि काशी, गंगा किनारे अर्द्धचन्द्राकार आकार में बसी है।

अँधेरा होते ही सैकड़ों बंगाली महिलाएँ घाट की सीढ़ियों पर जमा होने लगीं, दुर्गा माँ को विदा देने। थोड़ी देर में गंगा की लहरों पर पचासों नावें तैरने लगीं। लोग दुर्गा की विशाल प्रतिमाओं को रस्से के सहारे उठाये, कमर तक पानी में चलते, नाव पर चढ़ाने का प्रयत्न कर रहे थे। नावों में रखे गैस के हण्डों के कारण प्रतिमा के दर्शन दूर से भी साफ-साफ हो रहे थे। प्रत्येक नाव पर दुर्गा की विधिवत् आरती हो रही थी। धूप पात्र हाथ में ले ढोल-नगाड़ों की धुन पर नृत्य कर रहे थे, कीर्त्तन हो रहा था। इस दृश्य के साथ कितनी नावें गंगा के वक्षःस्थल पर तैर रही थीं। अभूतपूर्व दृश्य था।

मुझे तो घाट की सीढ़ियों पर बैठे हुए ही अनुभव होने लगा कि मैं बिना नाव के ही गंगा में पैदल चलते हुए प्रतिमा के सामने पहुँच गयी हूँ...धूप से उड़ते धुएँ के झीने परदे के पार, माँ के दर्शन करने...। करीब घण्टेभर नृत्य-गान के पश्चात् बड़े-बड़े रस्सों की सहायता से प्रतिमा का विसर्जन प्रारम्भ हुआ। दुर्गा की बड़ी-बड़ी प्रतिमाओं को चाँदनी के प्रकाश में चमकती गंगा की लहरों में विसर्जित किया जा रहा था...पास बैठी बंगाली महिलाएँ हाथ उठा, 'आबार ऐशो माँ आबार ऐशो माँ' कहते हुए आँसू बहाने लगीं। पता नहीं मुझे क्या हुआ कि मैं सिसकियों से रोने लगी। पहली बार किसी प्रिय का विछोह अनुभव हो रहा था...।

इस बार हम लोग नाटी इमली का भरत-मिलाप देखने गये। बनारस से लगा कोई गाँव है जिसके खेत और वहाँ की हरियाली दूर से दिखायी देते हैं। वहाँ एक बड़े से मैदान के चारों ओर इमली के बहुत-से पेड़ हैं जिनकी ऊँचाई इमली के अन्य वृक्षों की अपेक्षा कुछ कम रही होगी इसलिए यह स्थान नाटी इमली कहलाता है। इसी के आस-पास वर्ष में एक बार भरत-मिलाप होता है। दूर-दूर तक नाटी इनली का भरत-मिलाप बहुत प्रसिद्ध है। लोकमानस में ऐसी मान्यता है कि यहाँ का भरत-मिलाप देखने के लिए स्वयं हनुमान जी पधारते हैं। यह स्थान शहर से थोड़ा

हटकर खुले में है इसलिए यहाँ काशी के, पुराने रईसों की 'बगीचियाँ' थीं, आजकल के 'फार्म हाउस' की तरह। नीचे हॉल, कमरे आदि और ऊपर की बड़ी-सी छत पर एक छोटी-सी बारादरी जैसी। वास्तव में यह रईसों के मनोरंजन का स्थान होता था। वे लोग अपने आमोद-प्रमोद के लिए शहर से बाहर बँगलेनुमा घर बनवाते थे जो 'बगीची' कहलाते थे। यहाँ वे लोग अपने मित्रों सहित किसी भी प्रकार के नाच-गाने, खाने-पीने के आनन्द ले सकते थे जो शहर की कोठियों की मर्यादा में वर्जित था।

भरत-मिलाप के दिन ये बगीचियाँ लोगों से भर जातीं। रईसों के सम्बन्धी और परिचित शहर से यहाँ आते और पूरे दिन 'पिकनिक', जिसे 'सैल' बोलते थे मनाते थे। सारी छतें लोगों से भर जातीं। मैदान के चारों ओर भीड़ जमा हो जाती। मैं अक्सर सोचती कि वह क्या होता है हमारे मन में कि हजारों बार दोहरायी गयी कथा की किसी घटना-विशेष के दस मिनट के दृश्य को देखने के लिए हजारों लोग परिवार सहित छोटे बच्चों को गोद में उठाये, कन्धे पर बैठाये इतनी दूर पैदल चलते खुले मैदान में घण्टों धूप झेलते खड़े रहते हैं।

एक बार हम लोग भी इस दृश्य का आनन्द लेने इतनी दूर नाटी इमली पैदल पहुँचे। किसी की सहायता से एक सेठ जी की बगीची की छत पर स्थान तो मिल गया... लेकिन नीचे गरम छत, सर पर धूप, इतनी दूर पैदल चलने के कारण थके-हारे, प्यासे छत की भीड़ में दबे एक कोने में काफी देर बैठ रहे जबकि नीचे हॉल में सेठ जी के सम्मानित अतिथियों को 'जल खाई' करवायी जा रही थी। बहरहाल वहाँ प्रकाश की कोई व्यवस्था नहीं थी इसलिए गोधूली बेला में ही भरत-मिलाप सम्पन्न होता था। इमली के पेड़ों से घिरे उस मैदान के बीचोंबीच एक ऊँचा मंच बनाया गया था जिसमें दोनों और सीढ़ियाँ थीं। सूरज डूबते ही सबके पहले हाथी पर काशीनरेश पधारे। उनके साथ ही दूसरे हाथी पर भरत-शत्रुघ्न राजकुमारों के वेश में बैठे थे।

उसी समय मंच के एक ओर से वनवासी वेश में राम-लक्ष्मण मंच पर चढ़ते हैं। उन्हें देखते ही भरत-शत्रुघ्न हाथी से उतरे और लगभग दौड़ते हुए एक साथ दूसरी ओर की सीढ़ियाँ चढ़ते हुए मंच पर पहुँचते हैं और राम-लक्ष्मण से कुछ दूर उनके सामने दण्डवत् लेट जाते हैं। राम-लक्ष्मण भी दौड़ते हुए आये और राम ने भरत को उठा गले से लगा लिया, साथ ही लक्ष्मण ने नीचे झुक शत्रुघ्न को उठाया और गले से लगा लिया। इस दस मिनट के दृश्य को अपलक हजारों लोग देख रहे होते। इस सतर्कता के साथ कि पलक झपक जाने से भरत-मिलाप का यह अद्‌भुत दृश्य कहीं दृष्टि से ओझल न हो जाय...। सचमुच हजारों बार पढ़ी यह घटना आँखों के सामने घटित होते देख, सम्पूर्ण शरीर को जहाँ-का-तहाँ रोमांचित होता छोड़, मन पता नहीं कैसे शरीर से निकल, भरत-शत्रुघ्न की तरह दौड़ता हुआ मंच पर चढ़ राम से आलिंगनबद्ध हो जाता है...। फिर कभी अवसर मिले-न-मिले।

बनारस के निकट ही बौद्धों का तीर्थ सारनाथ है। वर्ष में एक बार वहाँ मेला लगता था। उसी मेले में एक बार हम लोग भी गये थे। वहाँ अशोक की लाट, स्तूप, बौद्धों के विहार, प्राचीन विहारों के अवशेष और बौद्ध मन्दिर दर्शनीय स्थान है। बुद्ध की शिक्षाओं के शिलालेख हैं। कई देशों से आये बौद्ध भिक्षु वहाँ के विहारों में रहकर अध्ययन और साधना करते हैं। विहारों के खँडहरों में शान्त घूमते बौद्ध भिक्षु आपको प्राचीन विहारों का स्मरण करवा देते हैं। परन्तु उस उम्र में मुझे प्राचीन बौद्ध मन्दिर ने बहुत मोहा था। उसका स्थापत्य ही उसे प्राचीन बनाता है। वहाँ की बुद्ध प्रतिमा काले पत्थरों की है। जबकि पास ही निर्माणाधीन चाइना बौद्ध मन्दिर की प्रतिमा सफेद संगमरमर की है। प्राचीन मन्दिर में सबसे आकर्षक उसके बड़े-से ऊँचे हॉल की दिवालों पर चित्रित गौतम बुद्ध के जन्म से लेकर निर्वाण तक की कथा है। आकृतियों की भावभंगिमा सजीव लगती है और रंग तो वर्षों बाद भी चटक-चमकीले हैं। महाभिनिष्क्रमण का दृश्य तो इतना जीवन्त लग रहा था जैसे आपकी आँखों के सामने ही संसार की महानतम घटना घटित हो रही है...।

सारनाथ के मन्दिर की दिवालों पर चित्रित चित्रों को देखते-देखते पता नहीं मन कैसा हो रहा था...। लौटने में देर भी हो गयी। थकान के कारण सब जल्दी सो गये। मेरा मन किसी प्रकार भी शान्त नहीं हो पा रहा था। आँखों के सामनें बुद्ध की जीवन-कथा के मन्दिर की दिवाल पर अंकित चित्र सजीव घूम रहे थे। ऐसा नहीं कि मैंने गौतम बुद्ध का जीवन-चरित्र पढ़ा नहीं था। मेरी उम्र के अन्य बच्चों की तरह मुझे यह भी साध था कि रोगी, वृद्ध और शव से साक्षात् के बाद ही सिद्धार्थ ने गृहत्याग के पश्चात् तपस्या करने का निर्णय लिया था। मैंने सारनाथ में ऐसा कुछ भी नहीं देखा था जिससे मन इतना अशान्त हो जाय। मेरे अपने मन की बेचैनी मेरी समझ से बाहर थी। सारनाथ जाकर बुद्ध की कथा को मैंने केवल चित्र रूप में देखा था बस...।

सुबह उठी तो मन अपेक्षाकृत शान्त तो था। किसी से बहुत-कुछ कहने-सुनने की इच्छा हो रही थी, परन्तु क्या और किससे कहा जाय। कौन आपकी इस मूर्खतापूर्ण बात को सुनेगा और समझेगा कि आपको भी तेरह-चौदह वर्ष की उम्र में यह ज्ञान प्राप्त हो गया है कि यह संसार दुःखमय है। यहाँ सुख ठहर ही नहीं सकता। सुख आता-जाता है और दुःख स्थायी है। और अचानक मैं दुःख की चादर ओढ़ निराशावादी हो गयी। अब मैं सदा दुःखी बनी रहती। एक उदासी सदा मेरे चेहरे पर छायी रहती। जबकि मैं स्कूल में उसी तरह पढ़ती-लिखती रही, प्रथम भी आती रही। कार्यक्रमों में भी सदा की तरह भाग लेती रही। बस सतर्क बनी रहती कि कोई आनन्द मेरे अन्दर तक न पहुँचने पाये। वैसे भी मेरे आन्तरिक और बाह्य व्यक्तित्व में फाँक थी, अब वह फाँक अधिक स्पष्ट हो गयी थी।

हँसने-बोलने में मुझे डर लगने लगा कि अगर मैं प्रसन्न रहूँगी तो मुझे अधिक दुःखों का सामना करना पड़ेगा। त्योहार पर माँ थोड़ी देर के लिए धराऊ कपड़े पहनने के लिए देती। पहले इन कपड़ों को पहनकर थोड़ी देर के लिए ही सही, बहुत अच्छा लगता। जबकि थोड़ी देर बाद ही कपड़े उतार देने पड़ते कि कहीं कपड़े खराब न हो जाय। ऐसा करने में कुछ खराब भी नहीं लगता था। परन्तु इस बार दीपावली पर जब पूजा के समय माँ ने हर बार की तरह धराऊ साड़ी निकालकर पहनने के लिए दी तो बार-बार कहने पर भी मैंने कपड़े नहीं बदले।

मेरा मन तर्क कर रहा था कि जब थोड़ी देर बाद साड़ी उतारनी ही है तो फिर एक घण्टे के लिए अच्छे कपड़े पहनने से क्या लाभ! माँ ने अपनी डाँट-फटकार यह सोचकर बढ़ा दी कि उम्र बढ़ने के साथ-साथ मैं ढिठाई करने लगी हूँ। अपने अन्दर चल रहे तर्क-वितर्क को तो मैं किसी से कह नहीं सकती थी।

मेरे इस ओढ़े हुए दुःखवाद पर मुहर तो तब लग गयी जब मात्र दो माह की मित्रता के बाद मेरी प्रिय मित्र का निधन हो गया। जब मैं बारहवीं कक्षा में थी, छमाही परीक्षा के पहले एक दुबली-पतली, साँवली, तीखे नाक-नक्श की, कृष्णा नाम

की लड़की ने कक्षा में प्रवेश लिया। वह स्वभाव से शान्त, कम बोलनेवाली थी। अक्सर नागा भी करती थी। एक दिन मुझे लॉन में अकेले बैठे देख वह आकर चुपचाप मेरे पास बैठ गयी। वह जिस तरह चुपचाप लॉन में बैठी हरी घास उखाड़ती और उसके नीचे का सफेद हिस्सा दाँत से काटकर चबा रही थी, मुझे अच्छा लगा। मैं भी घास उखाड़कर उसी तरह चबाते हुए बोली-'यह तो अच्छा काम है। लॉन में बैठकर घास उखाड़कर उसी तरह चबाते रहो और जो चाहो सोचते रहो।' मेरी बात सुन वह हँस दी। यह हमारा प्रथम परिचय था। अब हम लोग प्रतिदिन आधी छुट्टी में इसी प्रकार साथ बैठकर घास चबाते इधर-उधर की बातें करते। बातों के सिलसिले में उसने बताया कि उसके माता-पिता, भाई-बहन कोई नहीं है। वह अकेली अपनी अन्धी दादी के साथ रहती है। मकान किराये से उनका काम चलता है। दसवीं के बाद दादी उसे पढ़ाना नहीं चाह रही थीं। उसने अपनी जिद से नाम लिखवाया है।

बातें तो हम दोनों के पास अधिक थीं नहीं। फिर भी पास-पास बैठना अच्छा लगता। कई बार वह मेरा हाथ पकड़ मेरी आँखों में चुपचाप देखती रहती...। मेरे लिये यह नया अनुभव था। लगता बिना बोले ही हमारे बीच बहुत-कुछ सम्प्रेषित हो रहा है क्या? यह स्पष्ट नहीं था। उसके हाथ पकड़ते ही मुझे अपनेपन का, एक नये प्रकार के प्यार का अनुभव होता जिसमें ठण्डापन नहीं, गरमाहट लगती। वह अधिकतर आँखों से ही बोलती, आँखों से ही सुनती। बहुत पूछने पर मुस्करा देती या हँसते हुए कहती—'तुम्हें देखना मुझे अच्छा लगता है, जैसे अपना कोई है। अकेले रहते-रहते कई बार मुझे घबराहट होती है, लगता किसी का हाथ पकड़ लूँ। तुमसे मिलने के बाद अब जब भी मैं तुम्हारा हाथ पकड़ती हूँ, मेरी घबराहट कम हो जाती है। कृष्णा की बातें कुछ समझ में आतीं कुछ नहीं किन्तु उसके पास बैठे रहना अच्छा लगता।

कई बार सोचती मैं भी एक दिन कृष्णा से ढेर-सी बातें करूँगी। और एक दिन मैंने बिना किसी भूमिका के उससे कहा—

—तुम्हें पता है कृष्णा, यह संसार दुःखमय है। सुख तो आता-जाता है, दुःख स्थायी है। मैंने इससे बचने का एक उपाय निकाला है।

—क्या?

—इस स्थिति से बचने का एक ही उपाय है कि आप सदा दुःखी रहें, कभी हँसने-बोलने या प्रसन्न रहने की चेष्टा न करें क्योंकि एक बार सुख का अनुभव कर लेने के बाद दुःख अधिक कष्टकर होता है। अगर आप सुख और प्रसन्नता का कभी अनुभव ही न करें, सदा दुःख की मानसिकता में ही रहते हैं तो आपको दुःख का अनुभव होगा ही नहीं और अगर होगा भी तो अधिक कष्टकर नहीं होगा।

—कैसे? तुम्हारी बात कुछ समझ में नहीं आयी।

—जैसे आम की एक ही फाँक खाते रहने पर आपको कोई दुःख नहीं होता, परन्तु अगर आप एक बार पूरा आम खाने का आनन्द उठा लेते हैं तो फिर एक फाँक खाने में बहुत दुःख होता है। मुझे इसका अनुभव है।

और मैं अपने इसी अनुभव के आधार पर अपने दुःखवाद के पक्ष में बचकाने तर्क प्रस्तुत करती रही और वह खाँसी आ जाने के कारण अपना आँचल उठा मुँह के सामने रख अजीब नजरों से मुझे देखती रही, जैसे डूबता हुआ व्यक्ति किनारे खड़े व्यक्ति को देखता है...। उस समय मैं सोच भी नहीं पायी कि अपनी ओढ़ी हुई जिस निराशा और दुःख को मैं इसके सामने तर्क के आधार पर व्याख्यायित कर रही हूँ उसे तो यह इस छोटी-सी उम्र में भोग रही है...।

इसके बाद वह कुछ दिनों विद्यालय से अनुपस्थित रही। पूछने पर बड़ी लापरवाही से उसने कहा 'बुखार आ गया था, अस्पताल गयी थी। अभी तो उससे मित्रता हुए मात्र दो माह हुए थे। कहना-सुनना प्रारम्भ ही हुआ था कि एक दिन विद्यालय पहुँचते ही समाचार मिला-'कृष्णा नहीं रही।' ... उसके पड़ोस में रहनेवाली लड़की यह समाचार लायी थी। अपनी कक्षा अध्यापिका से परमिशन ले आधी छुट्टी में मैं उस लड़की के साथ भागती हुई कृष्णा के घर पहुँची। एक अँधेरे कमरे की एक खाट पर एक गन्दे से बिस्तर में कृष्णा की निश्चल देह एक गन्दी चादर से ढँकी पड़ी थी। उसकी अन्धी दादी खाट से टिकी धरती पर घुटनों में सिर डाले बैठी थी। पड़ोसियों ने मुझे कमरे के अन्दर जाने से मना किया—'बहुत खराब बीमारी थी।' रातभर खून की उलटियाँ हुई हैं। अभी दो घण्टे पहले ही तो बेचारी के प्राण निकले हैं...।' उसकी डूबती आँखें सदा के लिए डूब चुकी थीं...साथ ही मेरी मित्रता भी. ..तो क्या उसे अपनी इस बीमारी की गम्भीरता ज्ञात थी! तो, अपनी इस छोटी-सी उम्र में वह अकेले ही भोग रही थी। बीमारी के कष्ट और निराशा को। वह मौन शान्त अपनी आँखों से मुझे सम्प्रेषित करती रही और मैं...! प्रेम के जिस नये रूप से वह मेरा साक्षात् करवा गयी थी वह अमूल्य निधि आज भी मेरी धरोहर है। हाँ, उसके जाने से मेरे मूर्खतापूर्ण तर्क पर मुहर अवश्य लग गयी कि उसके सान्निध्य में मुझे अच्छा लगने लगा था, आनन्द आने लगा था इसीलिए वह मुझे इतना बड़ा दुःख देकर चली गयी। यह कोई मरने की उमर होती है। अगर पिछले दिनों मैंने इतनी अतिरिक्त प्रसन्नता, इतना आनन्द अनुभव न किया होता तो मुझे इतना अतिरिक्त दुःख भी न होता।

किशोरावस्था में ही जीवन के प्रति आये इस निराशावादी दृष्टिकोण ने वर्षों मेरा पीछा नहीं छोड़ा। मैं इसी मानसिकता के साथ किशोर से युवा होती गयी। ऐसा नहीं कि इन वर्षों में मैंने कुछ किया नहीं। बहुत-कुछ किया। मैं वैसे ही अच्छे नम्बरों से पास होती रही। प्रतियोगिताओं में उसी प्रकार पुरस्कार प्राप्त करती रही। अभिनय करने का भी बराबर अवसर मिलता रहा। अध्यापिका की नौकरी करते हुए सफल

शिक्षिका बनी। अपनी मेहनत और लगन से अपने काम में सफलता प्राप्त करते हुए, लोगों की प्रशंसा भी प्राप्त की। बस मैंने अपने अन्दर बैठे दुःख और निराशा को निकलने नहीं दिया। सदा सतर्क रही कि बाहर की प्रसन्नता और आनन्द अन्दर तक पहुँचने न पाये। सदा अपना हुलिया ऐसी बनाये रहती जैसे मेरे ऊपर दुःख का पहाड़ टूट पड़ा है। दस वर्ष इसी मानसिकता में रहने के कारण मेरा व्यक्तित्व ही गड़बड़ा गया। मैं एकान्तप्रिय नहीं, एकलप्रिय हो गयी। एकान्तप्रिय होना तो एक वैचारिक अभिव्यक्ति है जबकि मैं तो मूर्खता में अकेले-अकेले रहती। इसकी सबसे बड़ी हानि यह हुई कि मुझे चार लोगों में बैठना आया ही नहीं। आवश्यक सामाजिकता भी मैं नहीं सीख पायी।

वह तो भला हो 'ऊपरवाले' का कि 'उसने' मेरे जीवनसाथी के रूप में एक ऐसे व्यक्ति को भेज दिया जो सदा औत्सविक मानसिकता में ही रहता। उसकी उपस्थिति में पूरा वातावरण प्रसन्न लगता, उसके ठहाकों से घर गूँजता रहता। घर की सीलन खायी दीवारें तक हँसती-सी प्रतीत होतीं। प्रारम्भ में वर्षों मुझे आश्चर्य होता कि यह व्यक्ति किस बात से इतना प्रसन्न रहता है, जबकि इसके पास कुछ है ही नहीं। न परिवार, न घर, न नौकरी, न पैसा, न कोई उपलब्धि। नाम और यश तो दूर की बात है। मैं अक्सर सोचती इतनी गरमी में पसीने से तर, कमरे की गरम दीवारों के बीच जलते फर्श पर बिना पंखे नंगे बदन लेटा व्यक्ति, इतनी मस्ती और निश्चिन्तता से कैसे गा सकता है—पिया मिलन को जाना...।

यह तो उनके साथ रहते हुए समझ में आया कि सुख और आनन्द में अन्तर है। सुख के लिए बाहर की परिस्थिति, वस्तु और व्यक्ति की आवश्यकता होती है, आनन्द के लिए नहीं। आनन्द तो आपके अन्दर सदा विराजमान है। बस उसे अनुभव करने की आवश्यकता है। स्थायी तो वही है, सुख और दुःख दोनों ही आते-जाते हैं। और धीरे-धीरे मेरी मानसिकता में अन्तर आने लगा। आज सोचती हूँ अगर ऐसा न हुआ होता तो मेरा क्या होता! मैं कैसे जीवन में आये वास्तविक दुःखों और संघर्ष का सामना कर पाती...ओढ़े हुए दुःख ने तो मेरे जीवन का कितना समय नष्ट कर दिया! उसने मुझे लोगों के बीच सहज होने ही नहीं दिया। ऐसी स्थिति में लोगों ने मुझे चुप्पा कम और घमण्डी अधिक समझा तो उसमें उनका क्या दोष है!

हम दोनों बहनों की बोर्ड परीक्षा समाप्त हो चुकी थी। गर्मी की छुट्टियाँ प्रारम्भ हो गयी थीं, इसलिए माँ को भी अवकाश था। इसी बीच पता चला कि भाई जेल से रिहा होकर, किसी समाचार-पत्र में काम करने नासिक चले गये हैं। साथ ही यह

समाचार भी ज्ञात हुआ कि पिता जी इलाहाबाद में हैं और बहुत बीमार हैं। पिता जी की बीमारी सुनते ही माँ हम दोनों बहनों को घर में अकेला छोड़, एक नये शहर इलाहाबाद के लिए चल दीं। घर में अब हम केवल दो बहनें थीं और ग्रीष्म अवकाश के कारण कहीं जाना भी नहीं था, सो समय-ही-समय था। अंग्रेजी की अध्यापिका ने मुझे बी.ए. अंग्रेजी साहित्य की दो-तीन पुस्तकें दे दी थीं। मैं बार-बार उनको पढ़ती और यूनिवर्सिटी में पढ़ने के सपने देखती। मुझे काशी हिन्दू विश्वविद्यालय में पढ़ने की बहुत इच्छा थी। मुझे विश्वास भी था कि माँ की पढ़ाई समाप्त हो गयी है, नौकरी करने लगी है तो मेरी आगे की पढ़ाई में अब कोई व्यवधान नहीं आयेगा। दस-बारह वर्ष की उम्र में मुझे एक बार काशी हिन्दू विश्वविद्यालय देखने का अवसर मिला था और तभी से मैं वहाँ पढ़ने के सपने भी देखने लगी थी। हुआ यह था कि उन दिनों काशी हिन्दू विश्वविद्यालय के किसी समारोह में महात्मा गाँधी पधारे थे। पूरे शहर में इसकी चर्चा थी। गाँधी जी के दर्शनों के लिए बहुत-से लोग विश्वविद्यालय की ओर जा रहे थे। माँ भी हम तीनों भाई-बहनों को लेकर उनके पीछे चल दी। करीब दो घण्टे पैदल चलते हुए हम लोग वहाँ पहुँचे। पहली बार काशी हिन्दू विश्वविद्यालय देखा, जबकि उस समय तो यह किस्से चर्चा में बहुत थे कि मालवीय जी महाराज (पं. मदनमोहन मालवीय) ने एक-एक रुपया चन्दा माँगकर इतने बड़े विश्वविद्यालय का निर्माण करवाया है। पूरा परिसर ऊँची चहारदीवारी से घिरा है। बड़ा-सा मुख्य द्वार तोरणों से सजा था। अभी तो उस बड़े-से द्वार के सामने ही मालवीय जी की आदमकद ताम्र प्रतिमा स्थापित है। हम लोग उसी द्वार से भीड़ के पीछे चलते हुए किसी तरह कार्यक्रम स्थल तक तो पहुँच गये परन्तु अन्दर प्रवेश न पा सकें। स्वयं सेवक की कृपा से, उस विशाल टेण्ट में किसी तरह नीचे से घुसकर, उचक-उचककर गाँधी जी के दर्शन कर लिये। मंच पर अपनी चिरपरिचित मुद्रा में घुटने मोड़ एक हाथ टिकाये बैठे गाँधी जी मालवीय जी से बातें कर रहे थे। इससे अधिक स्वयं सेवकों की कृपा प्राप्त करना कठिन था। हमारे लिये इतना पर्याप्त था। और उसी समय से काशी हिन्दू विश्वविद्यालय मेरे सपनों में आने लगा था। आज सोचती हूँ कि माँ के उत्साह के कारण ही हम लोगों को बाहरी दुनिया का कितना कुछ देखने-सुनने को मिला, नहीं तो आज याद करने को क्या रह जाता।

माँ इलाहाबाद से लौटकर आयी और उन्होंने जो समाचार दिया, मेरा काशी हिन्दू विश्वविद्यालय में पढ़ने का वर्षों से सँजोया स्वप्नमहल चूर-चूर हो गया। उन्होंने बताया कि इलाहाबाद में एक नया ट्रेनिंग कॉलेज खुला है जहाँ के एक विभाग में हाईस्कूल पास छात्राओं को ट्रेनिंग की सुविधा है और दूसरे विभाग में इण्टर पास छात्राओं के प्रशिक्षण की व्यवस्था है। सबसे बड़ी बात दोनों कोर्स करनेवाली छात्राओं को तीस रुपये माह के हिसाब से छात्रवृत्ति भी मिलेगी। बस का किराया और प्रयोगात्मक विषय में खर्च के अतिरिक्त भी काफी बचत हो सकती है, नहीं तो

नौकरी छोड़ ट्रेनिंग करना कठिन है। माँ को किसी से कोई राय तो लेनी नहीं थी। उन्होंने बनारस छोड़ने का निर्णय ले लिया। उनका निर्णय अपनी जगह उचित भी था। बहन हाईस्कूल कर चुकी थी। किसी भी कॉलेज में उसको प्रवेश मिल सकता था। माँ दो वर्ष की ट्रेनिंग के बाद किसी भी हाईस्कूल में और मुझे तीन वर्ष का कोर्स करने के बाद किसी भी इण्टर कॉलेज में नियुक्ति मिल सकती थी। पिता जी इलाहाबाद में थे ही। बनारस छोड़ने का इससे उचित अवसर और क्या हो सकता था।

मैं हमेशा की तरह शान्त अपने स्वप्नमहल को टूटते देखती रही...सामान बाँधती रही...। बहन को कोई अन्तर पड़ना नहीं था। किसी भी इण्टर कॉलेज में उसे प्रवेश मिल सकता था। मैंने भी अपने मन को समझाया कि अगर यूनिवर्सिटी में पढ़ना भाग्य में लिखा होगा तो इलाहाबाद यूनिवर्सिटी भी कुछ बुरी नहीं है। महत्त्वपूर्ण बात तो भाग्य में लिखा होना चाहिए जो कि था ही नहीं।

उस घर की सीढ़ियाँ उतरते एक-एक पैर भारी हो रहा था। अन्तिम सीढ़ी पर पहुँचते ही मैं धम से बैठ जाती हूँ और दिवाल पर सिर टिका फफककर रो पड़ती हूँ। दिवालों पर हाथ फेरते हुए कलेजा मुँह को आ रहा था परन्तु दिमाग में कोई विचार नहीं था। न तो वहाँ व्यतीत किया कोई समय याद आ रहा था न कोई बहुत प्रिय व्यक्ति या परिवार। फिर इतना रोने-कलपने का कारण। कुछ स्पष्ट नहीं था। बचपन तो कोई बहुत अच्छा बीता नहीं था। अपने इन हाथों से इस घर में कितना काम किया है। इन पैरों से बनारस की सड़कें कितनी नापी हैं, कोई हिसाब है! नहीं। उस उम्र में मस्तिष्क क्या इतनी विवेचना कर पा रहा था! उस समय तो बस उस घर की दिवालों से अपनापन अनुभव हो रहा था, जिस पर सिर टेक जाने कितनी बार शान्ति अनुभव की थी। यह भी हो सकता है, उस दिन अपनी मित्र कृष्णा की मृत्यु पर जो आँसू अन्दर जमे रह गये थे वे आज की इन सिसकियों का सहारा ले बह चले हों...आज कोई नहीं पूछेगा, 'कक्षा की एक नयी-नयी आयी सहपाठी के लिए इतने आँसू क्यों, इतनी वेदना का क्या कारण है? जब मुझे ही स्पष्ट नहीं था कि वह मेरे लिये क्या थी तो किसी और को कैसे बताया जा सकता था और यहाँ से वहाँ तक कोई ऐसा था भी तो नहीं।

माँ और बहन ऊपर सफाई कर रही थी। मुझे नीचे के कमरों की सफाई करनी थी। माँ का मानना था कि जिस तरह नये घर में प्रवेश करते समय घर की सफाई आवश्यक है उसी प्रकार घर छोड़ते समय भी उसकी सफाई कर तालाबन्द करना चाहिए। अपना कचरा किसी और के लिए छोड़ना अशिष्टता है। माँ और बहन नीचे आ चुकी थी। सामान पहले से ही मुख्य द्वार की चौखण्डी में रखा था। पहले सामान होता भी कितना कम था न! रिक्शों में सामान लाद उस घर का ताला सदा के लिए बन्द कर चाभी उसी दुकानदार को पकड़ा दी जिससे दस वर्ष पूर्व ली थी...।

काशी, जिसे बचपन में शिव जी के त्रिशूल पर बनी देख वास्तविक रूप में देखने की इच्छा जागृत हुई थी, जहाँ गंगा के पावन जल में ही नहीं, समय के प्रवाह पर भी तैरना सीखा था। जहाँ का हवा-पानी आपकी नसों में प्रवाहित हो आपको किशोर से युवा बनाता रहा, जहाँ नाना प्रकार के संघर्ष झेल आप अनुभवसम्पन्न हुए थे और सबसे बड़ी बात जहाँ वास करने से मोक्ष प्राप्त होता है। ऐसी धार्मिक और सांस्कृतिक नगरी काशी से अचानक यह कैसा अनौपचारिक निष्कासन था...।

दृश्य बदल गया था।

इलाहाबाद का रामबाग स्टेशन। जहाँ इक्के और ताँगों के अतिरिक्त कई रिक्शे भी थे। स्टेशन से निकल हम लोग एक पुराने मोहल्ले की गली में एक अहाते के मुख्य द्वार पर पहुँचे। रिक्शों से सामान उतार, बड़े-से दरवाजे के अन्दर झाँका। करीब दो मीटर का रास्ता पारकर एक बड़ा-सा कच्चा आँगन। आँगन के चारों ओर कतार में एक-दूसरे से सटी, आठ बाई आठ की कच्ची कोठरियाँ। प्रत्येक कोठरी के सामने छोटे-छोटे कच्चे आँगन, जिसके सामने आधे हिस्से में पाँच फीट ऊँची ईंटों की दीवार बनी हुई और आधा हिस्सा खुला, आने-जाने के लिए। मैदान के एक कोने में अहाते का एकमात्र नल और उसके पीछे एक कोने में दो स्थानों पर लिखा 'पुरुष शौचालय', 'महिला शौचालय।'

मैदान में अपनी-अपनी कोठरियों के आगे बैठे स्त्री-पुरुष अपने कार्यों में व्यस्त। कोई पान की डलिया सजा रहा था तो कोई गले में लटकानेवाला पान-मसाले का छोटा खानेदार लकड़ी का पटरा रख, खाली डिबियाओं को भर रहा था तो कोई फूलों का टोकरा सामने रख शीघ्रता से ताजे और बासी फूलों को मिला माला तैयार कर रहा था ताकि मन्दिर के चबूतरें पर पहुँच, भक्तों के आने के पहले मालाएँ लटका सकें। कोई जूते गाँठने का सामान-पालिश की डिबिया और ब्रश आदि अपने गन्दे, चिकट झोले में एक-एक कर डाल रहा था। कोई साग-भाजी काट रहा था। कोई बहू हलका-सा घूँघट निकाल कोठरी के सामने बैठ जूठे बर्तन माँज रही थी तो कोई अपने नंगे घुटनों पर रोते-चिल्लाते बच्चे को उलटा लिटा तेल मालिश में व्यस्त थी। एक बहू तो घूँघट निकाले, बच्चे को गोद में ले, उसे दूध पिलाने में लीन थी। दो-एक वृद्ध छोटे-झिल्लर खटोलों पर लेटे कराह रहे थे। वृद्धाएँ खटोलों पर बैठी बहुओं पर बड़बड़ा रही थीं। किसी के बीच कोई आड़ नहीं, फिर भी सब मस्त-मगन। आपस में बातचीत, लड़ाई-झगड़ा, गाली-गलौज, बच्चों का चिल्लाना सब सहज भाव से चल रहा था, जैसे यह सब भी दैनिक जीवन का आवश्यक कार्य हो!

हम लोगों को अहाते में प्रवेश करते देख सबने अपना काम बन्द कर हम लोगों के हुलिया का निरीक्षण करना प्रारम्भ किया। किसी ने कुछ भी पूछने की आवश्यकता नहीं समझी। ऐसे स्थानों पर एक-दो ऐसे खबरी होते ही हैं जो सारी जानकारी रखते हैं और किसी के पूछे बिना भी सार्वजनिक घोषणा करते रहते हैं। हमें बाहर से सामान घसीट मैदान में रखते देख एक महिला ने समाचार दिया—

—पण्डित जी के घर से हैं। यहीं रहिये। पढ़ाई करे वास्ते आयी हैं। दूसरी आश्चर्य प्रकट करते हुए बोली—

—इहाँ रहिये।

—तीसरी ने बिना पूछे ही सफाई दी—

—अरे नाहीं, इहाँ कहाँ रहिये! अन्ते मकान मिल जाई तो चली जैहैं।

वे लोग सोच भी नहीं पायी होंगी कि अन्ते जाकर किराये का मकान लेने की हमारी हैसियत ही नहीं है। तीन वर्ष तो हमें वहाँ रहना ही है।

पिता जी की कोठरी दस नम्बर की थी इसलिए थोड़ा अन्दर जाना पड़ा। जिस समय हम लोग सामान घसीटते हुए वहाँ तक पहुँचे, पिता जी कोठरी का ताला बन्द कर रहे थे। उन्होंने भावहीन चेहरे से हम तीनों को देखा और दरवाजे के कुण्डे में, चाबी फँसा ताला ऐसे ही लटकता छोड़, प्रेस के लिए निकल गये। जाते हुए उन्होंने हम दोनों बहनों को मैदान में पड़ा सामान घसीटते देखा भी। माना कि उस वीतरागी पर इस सबका कोई प्रभाव तो होना नहीं था। आश्चर्य की बात तो यह है कि उन्होंने अपनी बेटियों को भर आँख देखा भी नहीं। सिर पर हाथ फेरना तो दूर। और बेटियाँ भी वे जिन्हें किशोरवय की देहलीज पर छोड़कर वे गये थे और जो इतने वर्षों बाद अब युवावस्था में प्रवेश कर चुकी थीं।

माँ तो अपने दम पर हम लोगों को यहाँ लेकर आयी थी। पिछले अनुभव के कारण इस बार वह एक बाल्टी-लोटा, उसमें रखी सुराही और मिट्टी के तेल भरी एक लालटेन लटकाकर लेती आयी थी। इसलिए हाथ-मुँह धोने के लिए एक बाल्टी पानी और एक सुराही पीने का पानी माँगकर ले आयी। सारा दिन तो व्यवस्थित होने में लग गया। करीब सात बजे पिता जी लौटे। चुपचाप भोजन कर पान खाने निकल गये। करीब दस बजे लौटे और कोने में जलती लालटेन के प्रकाश में सिर झुका चुपचाप प्रूफ पढ़ने लगे। उस उम्र में तो केवल आश्चर्य होता था कि एक व्यक्ति मुँह के साथ-साथ अपने कान भी बन्द करके, कैसे एक ही घर में सालों-साल रह सकता है। अब तो एक ही कोठरी में रहना था...। याने कि परिवार का दमघोटू वातावरण अब और सघन हो गया था।

चार प्राणियों की मूक उपस्थिति और उनके ढेरों सामान के साथ उस आठ बाई आठ की कोठरी की भी सुबह हो गयी ...। शायद इसीलिए जब भी मैं लोगों को कहते सुनती-'यह पहाड़-सी जिन्दगी कैसे कटेगी, समय तो व्यतीत होता ही नहीं,

तो मेरी समझ में नहीं आता था कि आप किस प्रकार समय काट सकते हैं, या समय व्यतीत कर सकते हैं। वास्तविकता तो यह है कि आप समय का व्यतीत होना रोक ही नहीं सकते। न चाहते हुए भी वह बीतता रहता है, आपको कुछ भी प्रयत्न नहीं करना पड़ता। समय तो एक प्रवाह बन आपके ऊपर से बहता रहता है, बस बहता ही रहता है। बल्कि जब कभी आप ठहरकर पीछे देखते हैं तो आश्चर्यचकित हो कह उठते हैं—'अरे, एक वर्ष बीत गया, पता ही नहीं चला! जबकि उस वर्ष का एक-एक पल आपने गुजारा होता है।

सार्वजनिक नल और सार्वजनिक शौचालय का आनन्द ले हम लोगों ने उस कोठरी को घर की संज्ञा से विभूषित कर तीर्थराज प्रयाग में पहली सुबह का स्वागत किया। कच्चा खुला आँगन लिप-पुतकर चमक उठा। एक कोने में सड़क से उठायी गयी ईंटों और पुरानी साड़ियों के परदे से लैस, स्नानघर तैयार हुआ। खुले मार्ग पर बाँस फँसा, उस पर पुरानी चादर लटका, बाहर से आनेवाले को वहीं रोक, आने से पहले आवाज देने को मजबूर किया गया। आँगन के दूसरे कोने में चूल्हा रख भोजन बनाया। तैयार भोजन कोठरी के एक कोने में सजा, उस कोने को डाइनिंग रूम का सम्मान प्रदान कर, सुबह के नौ बजते-बजते हम तीनों अपने ठिकानों के लिए घर से निकल गये। जबकि दूसरे कोने में सो रहे पिता जी का अभी सवेरा नहीं हुआ था। हाँ, बाहर का चूल्हा ठण्डा कर टोकरे से ढाँकना नहीं भूले, कहीं कुत्ता पीछे से आकर उसे पवित्र न कर दे...।

बहन का कॉलेज में एडमिशन हो गया। उसे अपना मनपसन्द विषय भूगोल भी मिल गया और आने-जाने के लिए कॉलेज की बैलगाड़ी में स्थान भी। हम लोग भी ट्रेनिंग कॉलेज के प्रशिक्षार्थी बन, कॉलेज की बस से आने-जाने लगे। मेरा और माँ का कॉलेज एक था, एक ही बस। एक साथ आना एक साथ जाना। कॉलेज में विभाग अलग होते हुए भी इण्टरवल साथ होता, इसलिए साथ ही बैठकर खाना खाते, यानी कि मेरे स्कूली जीवन का प्रारूप प्रारम्भ से अन्त तक एक ही रहा। वही माँ की दो आँखें घर से बाहर तक मेरी प्रत्येक गतिविधि का निरीक्षण करती, नियन्त्रित करती हुई...। पढ़ाई-लिखाई में तो मुझे कोई समस्या थी नहीं, यहाँ अपने परिश्रम और लगन से स्थान बना ही लिया। वार्षिक उत्सव में होनेवाले कई कार्यक्रमों में भाग लेने का अवसर मिला। एक बार हिन्दी साहित्य सम्मेलन के संस्थापक श्री पुरुषोत्तमदास टण्डन के हाथों श्रेष्ठ अभिनय का पुरस्कार भी प्राप्त किया। टण्डन जी के प्रयत्न से ही हमें सारे विषय, विज्ञान तक हिन्दी में ही पढाये गये। मुझे याद है कि कॉलेज के स्थापना-दिवस पर जब टण्डन जी विद्यालय पधारे थे, उन्होंने हम लोगों से प्रतिज्ञा भी करवायी थी कि हम बोलचाल में कभी अंग्रेजी भाषा का प्रयोग नहीं करेंगे। शायद इसीलिए अंग्रेजी साहित्य पढ़ने पर भी अंग्रेजी में वार्त्तालाप करने की मेरी हिचक कभी समाप्त नहीं हुई।

सोचती हूँ कि डॉ. सम्पूर्णानन्द, पण्डित कमलापति त्रिपाठी, श्री पुरुषोत्तमदास टण्डन, मालवीय जी जैसे समर्पित व्यक्तित्व अगर राजनीति और समाज में होते रहते तो आज हिन्दी भाषा की स्थिति क्या होती!

पूरे ढाई वर्ष हम लोग उस अहाते में रहे। ऐसी-ऐसी समस्याओं का सामना करना पड़ा, जिसका अब तक कोई अनुभव था ही नहीं। अभी हमें अहाते में रहते चार महीने भी नहीं हुए थे कि अहाते का नल कट गया। पूरे अहाते का अब एकमात्र सहारा था, गली के नुक्कड़ पर लगा सरकारी नल। भीड़ से बचने के लिए और कुछ अपनी स्थिति से बचने के लिए हम लोग सुबह चार बजे से ही पानी भरना शुरू कर देते। सर्दियाँ प्रारम्भ हो चुकी थीं। अँधेरे में डूबी सड़क पर कुत्ते भी भौंक रहे होते, ऐसे में नल पर खड़े होकर हैण्डिल चलाते रहने में बहुत डर लगता। हैण्डिल को पकड़े-पकड़े भी गरदन चारों ओर घूमती ही रहती। माँ आधे रास्ते पानी पहुँचाती, बहन अहाते के अन्दर कोठरी तक पहुँचाती। बहन कुत्तों से डरती थी, इसलिए सड़क पर खड़ी होना नहीं चाहती थी और मैं तो माँ की दृष्टि में कभी छोटी थी ही नहीं। उस समय नल पर कोई होता था नहीं इसलिए आधा स्नान तो हम वही कर लेते और ठण्डी हवाओं में ठिठुरते गीले कपड़ों में इतना रास्ता पार करते। रविवार को कपड़े भी वहीं धोते। हम लोग सुबह ही सारे दिन के लिए पानी भर लेते थे। शाम के लिए हम जो बाल्टी भरकर रख जाते, हमारे जाने के बाद पिता जी उसी से स्नान कर लेते थे। वह न तो सरकारी नल पर नहाने जाते न ही पानी भरते। पिता जी के हजामत के डिब्बे में चार इंच लम्बा-चौड़ा एक शीशा था। उस समय वही घर का एकमात्र दर्पण था। हमें आठ बजे तक तैयार होना होता था, साढ़े आठ बजे तक तो बस आ जाती। पिता जी ठीक उसी समय वह शीशा अपनी बक्सी से टिकाये, उस्तरे से धीरे-धीरे अपनी दाढ़ी बनाते रहते। माँ की परेशानियों में इस तरह की हरकतें जुड़ती जातीं। उस समय तो माँ कुछ नहीं बोलती परन्तु रविवार का सारा दिन सुबह से शाम, बकने-झकने और रोने-धोने में ही व्यतीत होता। रविवार आते ही मेरा तो दिल धक-धक करने लगता। आज सोचकर आश्चर्य होता है न कि हफ्तों हम लोग बिना दर्पण देखे कॉलेज जाते थे। जबकि उस समय हम लोग ट्रेनिंग कॉलेज के प्रशिक्षार्थी थे, किसी स्कूल के विद्यार्थी नहीं। जहाँ भविष्य की अध्यापिकाएँ शिक्षा प्राप्त करती हैं वहाँ स्कूली छात्रा की तरह आप लटर-पटर नहीं जा सकते। हाँ, बहन अवश्य, एक तो नौ बजे जाती थी, दूसरे वह लड़-झगड़कर पिता जी से शीशा ले भी लेती थी-और अपने लम्बे बालों की चोटियाँ, जब तक एक जैसी नहीं गूँथ जातीं, शीशा वापस करती ही नहीं थीं, चाहे पिता जी उसे घूरते हुए बैठे रहे। उस छोटी-सी कोठरी की पारिवारिकता बस इसी तरह चलती रहती। क्या और क्यों का कोई प्रश्न नहीं, क्योंकि कोई उत्तर नहीं बस चलती रहती थी...मजे की बात तो यह कि सब उन्नति

के मार्ग पर आगे बढ़ते रहे। कोई सीधे-सीधे चलकर पहुँचते रहे, कोई टेढ़े-बाँके चलकर, परन्तु पहुँचते रहे।

दो वर्ष में माँ की ट्रेनिंग पूरी हो गयी। चार-पाँच माह इधर-उधर भटकने के बाद एक कॉलेज में गृह-विज्ञान की अध्यापिका के स्थान पर नियुक्ति हो गयी। बहन इण्टर कर यूनिवर्सिटी जाने लगी थी। मेरी ट्रेनिंग पूरी होने में केवल तीन माह शेष थे। इस बीच कॉलेज के माध्यम से ही कानपुर के एक कॉलेज में इण्टर कक्षाओं में 'होम इकॉनामिक्स' विषय की अध्यापिका के स्थान के लिए बुलावा आ गया। जुलाई गें साक्षात्कार के लिए पहुँचना था। कॉलेज में नियुक्ति के पश्चात् माँ ने सबसे पहले एक स्वतंत्र मकान किराये पर ले लिया। जहाँ आवश्यक सुविधाओं के अतिरिक्त बिजली भी थी। अन्ततः हम लोगों ने अहाते की दस नम्बर कोठरी को अलविदा कहा।

कई बार सोचती हूँ कि जब अठारह वर्ष की उम्र तक कई स्थितियों का सामना करते हुए अच्छे-बुरे अनुभव प्राप्त कर लिये थे तो फिर 'ऊपरवाले' ने मेरे जीवन की पटकथा में अहाते का 'एपीसोड' क्यों जोड़ा? क्या उसका भी कोई प्रयोजन था? निश्चय ही रहा होगा। माना तो यही गया है कि 'उसकी इस सृष्टि में एक पत्ती भी निष्प्रयोजन नहीं है। मेरे जीवन के तीन वर्ष कैसे निष्प्रयोजन हो सकते हैं। मोटे तौर पर कहा जा सकता है कि इन तीन वर्षों में मैंने जो कुछ पढ़ा-लिखा उसके आधार पर मैं जीवनपर्यन्त जीविकोपार्जन कर सकी, यही अहाते की जिन्दगी का योगदान है। परन्तु यह तो कोई प्रयोजन नहीं हुआ। कहीं भी रहकर ट्रेनिग की जा सकती थी।

कई बार कुछ महत्त्वपूर्ण शब्दों का आप निरन्तर प्रयोग करते रहने पर भी उसके मर्म तक नहीं पहुँच पाते। ऐसे ही शब्द हैं—सहअस्तित्व, सहचर। आज सोचती हूँ कि अगर मुझे अहाते में रहने का अवसर न मिला होता तो मैं 'सहअस्तित्व' को केवल एक शब्द के रूप में ही जानती। जब उस अहाते में कई जातियों और कई जीवन स्तर के लोगों के साथ उनमें से एक होकर रहना पड़ा तब 'सहचर' शब्द का सही अर्थ समझ में आया। इलाहाबाद में संगम किनारे होनेवाले माघ मेले और कुम्भ मेले में नाना वर्ण, जाति, भाषा-भूषा और जीवन-शैली के लोगों को एक साथ एक ही स्थान पर, एक ही टेण्ट में, एक ही जैसा जीवन जीते देखते हैं। परन्तु बार-बार देखने पर भी आप केवल उन्हें देख रहे होते हैं, उनमें से एक नहीं होते।

अहाते की अठारह कोठरियों में सभी जातियों और सभी व्यवसायों के लोग एक साथ रहते थे। कोठरियाँ भी एक-दूसरे से सटी एक दिवाल की ही थीं। कोठरियों

के सामने के आँगन की दिवालें तो इतनी नीची थीं कि आप जरा-सा उचककर साथ लगे आँगन में झाँक सकते थे। परन्तु कभी कोई इस तरह झाँकता नहीं था जिसे बात करनी होती, बाहर निकलकर ही करता। कोठरियों के ऊपर एक बड़ी-सी छत थी, जहाँ जाने के लिए एक कोने में सीढ़ियाँ बनी थीं। प्रत्येक कोठरी की छत, दूसरे से केवल एक ईंट की लकीर से अलग थी। जो भी व्यक्ति ऊपर चढ़ता उसे अपनी कोठरी की छत तक पहुँचने के लिए अन्य की छतों पर से होकर ही जाना पड़ता। सभी लोग अपने कपड़े फैलाने, धूप सेंकने और गरमी में सोने-बैठने के लिए छत पर जाते ही थे। आप बैठे हों, लेटे हों, कपड़े फैला रहे हों, कुछ भी कर रहे हों लोग आपके सामने से होकर निकलते। गरमियों में तो परिवार और बिस्तर सहित लोग आपके सामने से होकर जाते रहते। मैं तो अधिकतर अपने बाल सुखाने, कपड़े फैलाने या गरमियों में पढ़ने छत पर ही चली जाती। दस नम्बर छत तक पहुँचने के लिए नौ छत तो पार करनी ही पड़ती, लोग अक्सर बैठे, लेटे रहते। सीढ़ियों में कई तो तेल मालिश भी करते। आगे की छतों तक पहुँचने के लिए लोग हमारी छत को भी पार करते। सभी उम्र के स्त्री-पुरुष होते। चाहे ठाकुर का बेटा हो चाहे चमार का सभी चुपचाप निकल जाते। मैं तो गरमियों की शाम को छत पर पढ़ती और अगर अँधेरा हो जाता तो गाँव से पढ़ने आये लड़कों क़ी छतों पर पहुँच उन्हीं की लालटेन में उनके पास बैठकर ही पढ़ती रहती। कभी कोई असुविधा नहीं हुई।

सुबह शौचालय के सामने और नल के पास कतार लग जाती। पुरुष और महिला शौचालय पास-पास थे इसलिए पुरुष और स्त्रियों की कतार भी निकट ही होती। सब अपना डिब्बा-लोटा लिये चुपचाप खड़े रहते। कई पुरुष अपनी बारी की प्रतीक्षा में बीड़ी भी फूँकते रहते। किसी को असुविधा होती देख लोग आगे-पीछे भी हो जाते। परन्तु कभी किसी नें ऐसी बात, व्यवहार या भंगिमा नहीं दी जो अभद्र कही जा सके। महिला शौचालय में केवल चार सीटें थीं, जिनके बीच कोई आड़ नहीं था। चार महिलाएँ एक साथ लाइन से बैठतीं। अन्दर जाने और बाहर निकलने का एक ही दरवाजा। दरवाजे से अन्दर जाकर जरा-सा मुड़ने पर, चार खुड्डियों पर चार महिलाएँ एक साथ बैठी होतीं। अगर चार में से चौथी सीट खाली है तो आपको उन तीनों महिलाओं के सामने से होकर ही जाना पड़ता। यहाँ समझने की बात केवल इतनी है कि वे महिलाएँ नाक तक सिर ढँके इतने कायदे से बैठी होती कि आपको उनके सामने से निकलने में कोई असुविधा ही नहीं होती। अगर आपको स्थान का ज्ञान न हो तो समझना कठिन है कि ये महिलाएँ इस तरह स्थिर, मूर्तिवत् क्यों बैठी हैं। आज सभ्य-शिक्षित कहे जानेवाले स्त्री-पुरुष जब बात-बात पर 'शीट-शीट' शब्द का प्रयोग करते हैं तो समझ में नहीं आता कौन शिष्ट और सभ्य हैं। उसी प्रकार नल की कतार में भी सब अपने अवसर की प्रतीक्षा करते खड़े रहते। बल्कि बीच-बीच में यह भी कहते रहते—'जिनका काम पर जायका है ऊन पहले भर लें।'

कई बार हम लोग अपने लम्बे बाल धोने खाली पड़े नल पर ही पहुँच जाते। मैं तो नल के नीचे नहाने के लालच में सीधे नल के नीचे कपड़ों सहित बैठ नहाने लगती। कई बार इस बीच कोई, बाल्टी लेकर भी आ जाता—'जरा पानी लेए के है।' आप सुनते ही जरा-सा सरक जाते हैं और वह पानी लेकर चला जाता है।

यह नहीं कि वहाँ लड़ाई-झगड़े नहीं होते थे। वहाँ भी ऊँच-नीच, छुआ-छूत, लड़ाई-झगड़े, गाली-गलौज सब होता था। महिलाएँ तो कभी बच्चों को लेकर, कभी कोठरी के सामने आँगन की दिवाल पर लटकते पड़ोसी के गीले कपड़ों को लेकर झगड़ती ही रहतीं। दिनभर झगड़ने के बाद स्त्रियाँ तो अपने आँगन में चूल्हा जला खाना बनाने में व्यस्त हो जातीं और उनके पुरुष लौटते ही शिकायत सुन, अपने दरवाजे खड़े हो एक-दूसरे को गालियाँ बकते, जिनसे कल ही अपने खटोले पर बैठे-बैठे दुनिया जहान की बातें कर रहे थे। पिता जी तो किसी से अधिक बोलते नहीं परन्तु उनको देखते ही दूर बैठा व्यक्ति भी पाँव लागी पण्डित जी कहना नहीं भूलता। कभी-कभी तो उन्हें देखते ही गाली बकना भी बन्द कर देते। पिता जी हर किसी को हाथ उठा आशीर्वाद देते। कभी-कभी उनके हालचाल भी पूछ लेते।

सामने सात नम्बर में एक चमार अकेला रहता था। उसकी एक ओर पानवाला भी अकेला था, उसका परिवार गाँव में रहता था। दूसरी ओर एक ठाकुर सपरिवार रहता था। ठाकुर छिवकी में काम करता था इसलिए उसके यहाँ सुबह पाँच बजे चूल्हा जलता और खाना तैयार होने लगता। ठाकुर सुबह छह बजे ही दाल-भात खाकर, रोटी-सब्जी का डिब्बा ले निकल जाता। सभी छिंवकी में काम करनेवाले घरों का यही हाल था। बाबू और मजदूर मिलाकर ऐसे अहाते में चार-पाँच घर थे। सभी लोग सुबह उन्हें शौचालय हो या नल, पहले अवसर देते। ठाकुर भी सुबह चाय पीते हुए पानवाले को देख लेता तो उससे उमर में छोटा होने के कारण कहता—

—राम-राम भैया। आओ चाय पी लो।

—जीओ बेटा। तुम पियो हमरौ चाय बन गईल।

दूसरी ओर रहनेवाले चमार से पानवाले की थोड़ी मित्रता थी। चमार की पत्नी मर चुकी थी और पानवाले का भी परिवार गाँव में था। दोनों अकेले अपना-अपना खाना बनाते थे। शाम को दोनों अपना सामान रख चाय बना, अपनी-अपनी चाय ले दुआरे बैठ बतियाने लगते—

—कहो आज कैसन रहा?

—ठीके रहा। आजकल लोग पान क शौकीन कम रह गये हैं। पान खाये स मुँह लाल हो जात है। अब या तो मुँह मा खैनी भरे रहते हैं, नहीं तो जाने का का चबातभै रहत है। पहिले पान खाना रईसों का शौक रहा। चौक का बहुत दुकानदार ऐसे रहे जो इन्तजार करत रहे कि लालू आयी त पान खियायी। कबी दुकान से नाही मँगावत रहे। जाके जै राम जी की किया तो तुरन्ते बोलिहे दुई बीड़ा पान खियाओ

त दिन सुरू होय। जेब में हाथ डारिन जो पावो दिया। न कभै गिन क दिया न हम कभै गिन के लिया। अब लोगन के पास पैसा त है मगर रईस मिजाज नाहीं न।

—हाँ, इ बात त है।

—तू बतावा, तुम्हार दिन कैसा रहा?

—अरे भैया, अब ई धन्धा माँ भी पहिलेवाली बात नहीं। पहिले बाबू लोग जूता पहिरत रहे। दफ्तर जाय के पहिले हमरे ठिकाने पर खड़े हो जात रहे। अच्छे से जूता चमका दो। कभी खुशी-खुशी एक की जगह दुई आना तक दे देत रहे। अब जूता तो सबै पहिरे लाग हैं पर सबही तो एक ठो बुरुश एक पालिस की डिबिया रखे रहत हैं। अब कोनों पुराना जूता-चप्पल भी नाही न सियावत। पुराना फेंक नया ले लेत हैं। पहिले तो पुराना जूता-चप्पल का ढेर लग जात रहा। कील ठोकत-ठोकत हाथ पिराये लागत रहा। झोला भर तो संझा के घर ले जाय के परत रहा। सबै का तो जल्दी रहत रही।

—हाँ, तब तुमरे घर में लक्ष्मी भी तो रहीं।

हाँ, भैया हमरे लिये तो उ लक्ष्मी ही थी। सुनार होकर चमार के घर आ बैठी थी पर कभी सान नाही दिखाइस। चाहे औलाद नहीं दी पर सुख बहुत दिया।

और चमार अपनी लक्ष्मी को याद कर आँसू बहाने लगता। अहाते के लोग बतलाते ही थे कि चमार की पत्नी बहुत गोरी सुन्दर थी। घर का काम निपटा साफ साड़ी पहन, चौड़ी माँग भर एक चमकीली टिकुली कपाल पर सजा, प्रतिदिन दोपहर भर पेड़ के नीचे चमार के पास बैठी रहती। शाम को उसका झोला उठा साथ-साथ घर आती। आवश्यकता पड़ने पर अहाते में हर किसी की सहायता करती। किसी वृद्धा के पास बैठ उसके हाथ-पैर दबाने लगती।

अहाते में कुछ लोग बहुत सामाजिक, दिलचस्प और बातचीत के शौकीन थे। उनमें से एक तीन नम्बर कोठरी में रहनेवाला लोहार था। तीस-पैंतीस साल का युवक जिसका परिवार भी गाँव में रहता था। उसके पड़ोस में एक बूढ़ी अम्माँ अपने बेटे-बहू के साथ रहती थी। बेटा छिंवकी में काम करता और सुबह ही घर से निकल जाता। बहू तैयार हो इधर-उधर डोलती रहती। बुढ़िया दुबली-पतली, चलने से लाचार दिन भर आँगन में एक खटिया पर पड़ी रहती। बेटे-बहू कोठरी में रहते इसलिए बुढ़िया सब दिन आँगन में ही पड़ी रहती। धूप-वर्षा से बचने के लिए उसके ऊपर थोड़ी-सी छावन कर दी गयी थी। बहू बुढ़िया को दोनों समय खाना देती और थोड़ी सेवा भी कर देती परन्तु बुढ़िया सुबह से शाम तक उस पर बड़बड़ाती रहती। उसको बहू का इधर-उधर घूमना और चाय-पानी करना पसन्द नहीं था। बैरागी बामन हैं तो चाय-पानी का परहेज करना चाहिए परन्तु बहू के ऊपर उसकी किसी बात का असर नहीं होता। बहू कुछ बोलती नहीं थी। अपंग वृद्धा को बड़बड़ाते सुनकर भी कोई कुछ बोलता नहीं था। परन्तु पड़ोस में रहनेवाला बब्बन जो दिन भर टठेरी बाजार

में बड़े-से हथौड़े गरम लोहा पीटता रहता था, घर लौटते ही बुढ़िया को छेड़ता अवश्य—

—राम-राम अम्माँ।

—राम-राम बेटा, जिओ।

—और का होत है?

—का होई। जियरा जीयत हई।

—जीयरा तो सबै जीयत है अम्माँ। तुमका का भवा। खाये के कछु पारयो कि नाहीं?

—हाँ, दाल-रोटी पावा। सँझा के दाल-भातो पाये रहे।

—और का चाही? काहे सारा दिन बहुरिया के बरबरात रहती हो?

—काहे क बुढ़ापा है न पौरुख नाहीं न चलत। एई से बरबरात रहित है।

—नाहीं तुमका बरबराये के न चाही।

—काहे?

—काहे क अब तुम परबस हो।

—'ओकर' परबस तो सबै कोई है।

—'ओकर' नाहीं, तुम इनकर परबस हो। दुन्नो टाइम खाये के पावत हो। सारा दिन खटिया पर ओलरी रहत हो। बेटा पूछत भी है। अगर बहुरिया कुछो न करिहे तो का करिहो।

—हाँ, इ तो तू सवा सोलह आने सच कह्यो। तू का करत हो।

—चाय बना क पीयत हई। हमरे कौन मेहरारू बैठी हे जे चाय-पानी देई। तुमका पीये क है?

—तुम्हरे हाथ की चाय!

—काहे? आजकल तो सबै कहत है, सब मनई बराबर हैं कौनो ऊँच-नीच नहीं।

—होई। हम तो ई उमर में आपन धरम भिरिष्ट न करीबे। कण्ठी लिया है।

—तोम्हार मर्जी। चली खाना बनाय क है।

यह नहीं कि वहाँ जातिगत मर्यादा नहीं थी। खाने-पीने के नियम थे, बोलचाल या व्यवहार के नहीं। सुख-दुःख में सब एक-दूसरे के दरवाजे खड़े हो जाते। अहाते में रहते हुए वहाँ होनेवाले एक विवाह का भी आनन्द लिया। सामने चल रहे दृश्य में जो ढोलक बजाकर महिलाएँ गीत गा रही हैं न, वह उसी विवाह का दृश्य है। तेरह नम्बर की कोठरी में रहनेवाले चमार की बेटी का विवाह था। चमार अपनी पत्नी के साथ सबके घर जाकर अपनी बेटी के विवाह का न्यौता दे आया। हमारे घर आकर भी पिता जी से दो घड़ी अपने दरवाजे आने का आग्रह कर गया।

जिस तरह सब लोग उसकी सहायता कर रहे थे, देखते ही बनता था। सबके सहयोग से कोठरी की लिपाई-पुताई हो गयी। लोगों ने अपने घरों से खाने-पीने के

बर्तन, दरी-चादर इकट्ठे कर दिये। अहाते के मालिक के यहाँ से खाना बनाने के लिए बड़े बर्तन, पानी रखने के ड्रम वगैरह आ गये। पड़ोसी के आँगन में दस-बीस बाल्टी पानी जमा हो गया। दूसरे पड़ोसी के आँगन में चूल्हा तैयार हो गया। दो-तीन महिलाओं ने रसोई की जिम्मेदारी ले ली। चमार के आँगन में ढोलक बजने लगी, महिलाओं ने गीत गाये। आँगन के मध्य मण्डप तैयार हुआ। चौक से लेकर मड़वा (माणक थम्ब) गाड़ा गया। अब तक इन्दौर उज्जैन में ही विवाह देखे थे। उत्तर प्रदेश में विवाह देखने का पहला अवसर था जो वहाँ से सर्वथा भिन्न लग रहा था, माणक थम्ब की बनावट तक। कन्या को तेल-हल्दी चढ़ी। रात में अहाते में दरी बिछा महिलाओं ने देर तक ढोलक बजा पहले देवी के, बाद में विवाह के गीत गाये। माँ ने एक सेर बताशे अपनी ओर से गानेवाली महिलाओं में बाँटे। बेटी का विवाह है, सब अपने हिसाब से सहयोग कर रहे थे। ठीक समय पन्द्रह-बीस लोगों की बारात आयी। अहाते के कुछ पुरुषों ने दरवाजे पहुँच बारात का स्वागत किया। बारातियों ने भोजन किया। घरातियों ने केवल पान खाये। लड़की के विवाह में कोई भोजन करता है क्या! पिता जी अपनी पान की पुड़िया साथ ले गये थे। उसके दरवाजे बैठ अपनी पुड़िया का पान खाया। बरात के स्वागत के पश्चात् जब पिता जी चलने लगे, पति-पत्नी ने गद्‌गद हो पिता जी की पाँव लागी की, बड़े भाग जो पण्डित जी हमारी बिटिया को आशीर्वाद देने हमारे दुआरे पधारें। रात में विवाह हुआ। सबने एक रुपये, दो रुपये से दूल्हे के पैर पूजे। विवाह सम्पन्न हुआ। कुँवर-कलेवे में, अहाते के मालिक ने दूल्हे को साइकिल दे बरात को विदा किया। पड़ोस की चार-छह महिलाओं ने सुबकते हुए बेटी को मुख्य द्वार तक विदा किया। बेटी की विदा के बाद चमार ने दो कचौड़ी पर बूँदिया रख प्रत्येक घर पहुँचायी। हमारे यहाँ हलवाई से मँगवाकर चार लड्डू दिये गये। पण्डित के घर कहीं घर की बनी कचौड़ी पहुँचायी जा सकती है!

ना व्यक्तिगत मर्यादा में कोई कमी न सामाजिक मर्यादा में। क्या आज से साठ-सत्तर वर्ष पूर्व राम-राज्य था? नहीं, केवल अपनापन था, सहभाव था। क्या उस समय के पुरुष और युवक अभद्र व्यवहार करना नहीं जानते थे, अश्लील हाव-भाव से अनभिज्ञ थे, घर के बाहर करते भी रहे होंगे, परन्तु अहाते के अन्दर किसी की भी बहू-बेटी से कोई अशिष्टता नहीं, क्योंकि आप उन्हीं में से एक हैं, उनके घर के ही हैं और क्या कोई अपने घर की महिलाओं से अभद्रता करता है। घर-परिवार में तो सबकी मर्यादा का ध्यान रखना और यथाशक्ति सहायता करना प्रत्येक व्यक्ति का कर्त्तव्य है और यही सहअस्तित्व यही 'सहचर' भाव है। यही भाव समाज के लिए हो जाय तो! उनमें से एक होकर रहे बिना क्या सहअस्तित्व की भावना को समझा जा सकता था अनुभव किया जा सकता था। नहीं तो हमारे लिये जो सुबह गन्दी-सी साड़ी लपेटे, अपना डिब्बा पकड़े शौचालय के सामने उन्हीं के साथ कतार में खड़ा

हो, गीले कपड़े में सड़क के नल से पानी भर रही हो, वह दो घण्टे बाद कलफदार साड़ी पहने जूड़ा बनाये एक हाथ में रोल किया चार्ट पेपर और दूसरे हाथ में पुस्तकें पकड़े चश्मा लगाये उन्हीं के बीच से निकल रही हो कितनी ही सीटियाँ बज सकती थीं—!

दृश्य बदल गया था।

मैं और माँ कानपुर जानेवाली ट्रेन के एक साधारण कम्पार्टमेण्ट में, खिड़की से बाहर दौड़ते दृश्य को एकटक देखते बैठे थे। मैं तो प्रसन्न थी कि प्रशिक्षण लेते ही, बिना दौड़-धूप के इण्टर कॉलेज से साक्षात्कार के लिए बुलावा आया था। माँ की मानसिक स्थिति कुछ स्पष्ट नहीं थी। निश्चय ही इस समय उनकी आँखों के सामने वर्षों पूर्व के दिन घूम रहे होंगे, जब उन्होंने हाथ में स्लेटबत्ती ले मेरा हाथ पकड़कर स्कूल जाना प्रारम्भ किया था और मेरी ही कक्षा में टाटपट्टी पर बैठ पढ़ना प्रारम्भ किया था। उस समय भी किसी ने यह जानने का प्रयत्न नहीं किया कि आज से पचहत्तर वर्ष पूर्व, जब लड़कियाँ भी विद्यालय नहीं जाती थीं, एक माँ को अपने बच्चों के साथ, बाजार पार करके स्कूल जाते हुए कैसा लगा होगा। परन्तु आज इतना अन्दाजा तो लगाया जा सकता है कि अपनी इतनी लम्बी तपस्या की सफलता पर माँ को निश्चय ही प्रसन्नता हो रही होगी। परन्तु क्या यह अन्दाजा भी लगाया जा सकता था कि एक अनजान शहर में नौकरी के लिए अपनी युवा बेटी को अकेले छोड़ते हुए एक माँ के दिल में कितनी उथल-पुथल हो रही होगी। कितनी आशंका-कुशंकाओं ने उन्हें घेरा होगा। साक्षात्कार दिलवाने और नियुक्ति हो जाने के बाद मेरे रहने का पूरा उत्तरदायित्व उनका अकेले ही तो था। अच्छा-बुरा सोचना तथा इसका परिणाम भोगना भी उन्हीं के जिम्मे था। पिता जी तो उस समय भी सो रहे थे, जब हम घर से निकलने थे, उन्होंने तो यह भी नहीं पूछा कि इतनी सुबह हम लोग सामान लेकर कहाँ जा रहे हैं।

बहते विचारों को विराम देती ट्रेन झटके से रुकी। सामने 'कानपुर स्टेशन' लिखा था। इस नये शहर में, इण्टरव्यू का पोस्टकार्ड पकड़े हम रिक्शे में बैठे। रिक्शा थोड़ा ही आगे बढ़ा कि चमड़े की तेज गन्ध नथुनों में भरने लगी। इधर-उधर देखा। मकानों की दीवारों से मरे हुए पशुओं की खालें लटक रही थीं। कुछ लोग नाँद में पानी भरे खालों को उसी में डाले, रगड़-रगड़कर धो रहे थे। करीब आधे घण्टे वह मोहल्ला अपने लटकते हुए चमड़ों की तेज गन्ध के साथ समाप्त हुआ और उस असहनीय गन्ध से राहत मिली। करीब आधे घण्टे और भटकने के बाद हम लोग अन्ततः कॉलेज पहुँचे।

प्रधानाचार्या के ऑफिस में पहुँचते ही, ट्रेन की बासी शकल और मसले हुए कपड़ो में ही साक्षात्कार देना पड़ा। नियुक्ति भी हो गयी। बस मन्त्री जी ने एक शर्त रखी कि चूँकि इण्टर प्रथम वर्ष में गृह-अर्थशास्त्र की अध्यापिका न होने के कारण मुझे द्वितीय वर्ष के साथ प्रथम वर्ष का कोर्स भी पूरा करवाना होगा। परीक्षाफल सन्तोषप्रद रहा तो अगले वर्ष ही स्थायी हो सकती हूँ। इसलिए प्रतिदिन एक घण्टा अतिरिक्त कक्षा लेकर दो विषयों के बराबर होम इकोनॉमिक्स का इतना लम्बा-चौड़ा कोर्स और साथ ही दो प्रयोगात्मक परीक्षाओं का कोर्स समय से पूरा करवाना होगा। अब रहने की समस्या थी। साक्षात्कार के समय ही मैंने निःसन्तान प्रधानाचार्या की आँखों में अपने लिये ममत्व की झलक देखी थी। उन्होंने प्रारम्भ में मुझे अपने पास रखने का आश्वासन दिया और माँ को कहा भी कि यहाँ म्यूनिसिपल छात्रावास में कई विद्यालयों की छात्राएँ और शिक्षिकाएँ रहती हैं वहाँ के लिए भी वे प्रयत्न करेंगी। माँ सन्तुष्ट हो इलाहाबाद लौट गयी। एक अनजान शहर में, एक अनजान व्यक्ति के घर बेटी को अकेली छोड़कर जाते समय दुःख और घबराहट उनके चेहरे पर स्पष्ट थीं...उन्होंने कभी अपने भाव व्यक्त किये ही नहीं थे,न लाड़पन न दुःख घबराहट। इस समय भी वह ठीक से रहने और मन लगाकर काम करने की हिदायत दे रिक्शे में बैठ गयी। परन्तु वर्षों देखे गये स्वप्न को साकार हुआ देख उनका मन निश्चय ही सन्तोष अनुभव कर रहा होगा। अपनी बेटियों को शिक्षित कर अपने पैरों पर खड़े होने योग्य बनाने के लिए ही तो वे इतने वर्षों से संघर्ष कर रही थीं।

प्रधानाचार्या के घर मैं करीब पन्द्रह दिन रही। परित्यक्ता होने के कारण वे अकेली ही रहती थीं। उन्होंने मुझे बड़े लाड़-प्यार से रखा। मेरे लिये यह नया अनुभव था। अब तक कभी किसी के घर, या किसी सम्बन्धी के यहाँ जाकर रहने का अवसर नहीं मिला था। एक बार हाई स्कूल की परीक्षा के समय जिस टीचर के यहाँ रही थी, अनुभव दुःखद ही था। बल्कि उस समय तो कही-सुनी यह बात पक्की हो गयी थी कि कितना भी दुःख पड़े अपने बच्चों को किसी के घर रहने के लिए नहीं भेजना चाहिए। शीघ्र ही मुझे छात्रावास में स्थान मिल गया। छात्रावास विद्यालय से काफी दूर था। भाग-दौड़ बढ़ गयी थी। विद्यालय में दो शिफ्ट लगती थीं। सीनियर शिफ्ट दोपहर बारह बजे से शाम पाँच बजे तक होती। मुझे दस बजे ही पहुँचकर अतिरिक्त कक्षा लेनी होती। उस वर्ष होनेवाले वार्षिक उत्सव के कार्यक्रमों का उत्तरदायित्व मुझे सौंपा गया। उसी वर्ष विद्यालय में 'गर्ल गाइड प्रारम्भ हुआ, इसके लिए भी मेरा ही चयन हुआ। अब गर्ल गाइड की भी पूरी जिम्मेदारी मेरी थी। शाम को भी मुझे विद्यालय में एक घण्टा अतिरिक्त रुकना पड़ता। सतर्कता और मेहनत से अपना विषय भी पढ़ाना पड़ता। क्योंकि कभी प्रधनाचार्या तो कभी मन्त्री जी आकर मेरी कक्षा में बैठ जाते, निरीक्षण हेतु। मेरा 'प्रोबेशन पीरियड' जो चल रहा था। छात्राओं को

पढ़ाने का मुझे इतना अनुभव था कि किसी भी प्रकार के निरीक्षण में मैं कभी नर्वस नहीं हुई।

भाग-दौड़ की व्यस्तता और थकान में समय पंख लगाकर उड़ रहा था। छात्रावास के अपने कमरे में व्यवस्थित हो जब लेटती जीवन में पहली बार स्वतः होकर रहने की शान्ति को अनुभव करना चाहती परन्तु विश्वविद्यालय में आगे न पढ़ पाने का दुःख और इच्छा ही करवट बदलने लगते और मेरी शान्ति को भंग कर देते। विद्यालय में मेरा परिश्रम और लगन रंग लाने लगा। छात्राओं की प्रिय होने के साथ-साथ प्रधानाचार्या की दृष्टि में एक मेहनती और अनुशासनप्रिय अध्यापिका के रूप में स्थान बना लिया और मन्त्री जी ने भी पहली ही मीटिंग में मेरे आत्मविश्वास और लगन की प्रशंसा की। मैं अपने कर्त्तव्य के प्रति और अधिक समर्पित हो गयी। उसी समय मुझे ज्ञात हुआ कि छात्रावास के निकट स्थित डिग्री कॉलेज में सुबह छह बजे से दस बजे और शाम को छह से दस तक नौकरी पेशा छात्राओं के लिए बी.ए. एम.ए. की कक्षाएँ उसी प्रकार लगती हैं जैसे दोपहर की नियमित कक्षाएँ। नौकरी पेशा, सुबह-शाम किसी भी शिफ्ट में प्रवेश पा सकते हैं। परन्तु उनके प्रवेश-फार्म पर उनके अधिकारी के हस्ताक्षर आवश्यक थे। अधिकारी से आज्ञा न मिलने की स्थिति में आप प्राइवेट परीक्षा दे सकते हैं, कॉलेज के नियमित विद्यार्थी नहीं हो सकते। मैं नियमित विद्यार्थी के रूप में विश्वविद्यालय में नहीं तो डिग्री कॉलेज में ही सही पढ़ने का अवसर खोना नहीं चाहती थी। जब मुझे पता चला कि प्रधानाचार्या और मन्त्री जी मेरे काम से सन्तुष्ट हैं तो मैंने अवसर देख प्रधानाचार्या के सामने प्रवेश-फार्म रखते हुए अपनी स्थिति स्पष्ट की। प्रधानाचार्या ने थोड़ी देर चुपचाप देखा वह समझ रही थी कि मैं उनके स्नेह का लाभ उठा रही थी। उन्होंने मुझे समझाते हुए कहा कि अभी मैं स्थायी भी नहीं हूँ। नियमानुसार मुझे कोई भी परीक्षा देने की अनुमति कैसे मिल सकती है? अगले वर्ष देखा जायगा। अवसर हाथ से जाते देख मेरी आँखों में आँसू आ गये ...। उनका ममत्व शायद उन पर भारी हो रहा था। कुछ क्षण मौन रहने के बाद उन्होंने विद्यालय के किसी भी काम में आनाकानी न करने और छात्रों की पढ़ाई में भी किसी प्रकार की गड़बड़ी न होने देने की शर्त के साथ मेरे प्रवेश-फार्म पर हस्ताक्षर कर दिये। इस तरह मेरी मुँहमाँगी मुराद पूरी हुई थी।

अब मेरी व्यस्तता कुछ घण्टों की नहीं, चौबीस घण्टे की होनी थी। सुबह छह बजे ही छात्रावास से निकल जाती, और शाम छह बजे वापस लौटती। लौटकर भी आवश्यक कार्य समाप्त कर अपनी पढ़ाई में व्यस्त हो जाती। पहले ही मैं सामाजिक और व्यवहार कुशल कम थी, अब तो सोने में सुहागा हो गया। छात्रावास के टीचर्स विंग में भिन्न-भिन्न विद्यालयों की पाँच अध्यापिकाएँ रहती थीं। उनका अपना ग्रूप था। सब साथ भोजन करने जातीं। रविवार को एक कमरे में एकत्रित हो चाय-नाश्ता होता। छुट्टी के दिन इकट्ठी घूमने जातीं, बाजार जातीं, सिनेमा देखतीं। मैं पूर्ण रूप

से अध्यापिका थी ही नहीं इसलिए छुट्टी के दिन भी इतनी रिलेक्स नहीं हो पाती। मुझे अतिरिक्त काम के साथ-साथ अपनी पढ़ाई भी करनी होती थी। पूरी तरह से मैं विद्यार्थी भी नहीं थी सो अन्य छात्राओं के कार्यक्रमों और खेल-कूद में भी शामिल नहीं हो पाती। परिणाम यह हुआ कि अध्यापिकाएँ तो मुझे घमण्डी समझने लगीं और छात्राएँ अवसर पाते ही तानेबाजी करने लगीं—'शकल थोड़ी ठीक-ठाक है, बाल भी हम लोगों से अच्छे लम्बे हैं 'वारडेनस' भी प्रशंसा करती रहती हैं इसलिए शान दिखाती हैं, हम लोगों में मिलती ही नहीं। हमारे ही कॉलेज की प्रातः शिफ्ट में पढ़ती है और हमीं पर अपनी टीचरी का रोब गाँठती है।' और मुझे दोनों ही स्थितियों में चुप रहना पड़ता। सब-कुछ सुनते हुए भी मैं अपने कमरे या छत पर अकेली पढ़ती रहती। कोई ऐसा था ही नहीं जो मेरी स्थिति का सही आकलन करता।

यही हाल विद्यालय में भी था। स्टाफ रूम में अन्य अध्यापिकाओं के साथ बैठने-बोलने का मुझे समय ही नहीं मिलता। या तो मैं प्रयोगात्मक परीक्षा की फाइल चेक करवानेवाली छात्राओं से घिरी रहती या अवसर मिलते ही अपनो पढ़ाई करने लगती। विद्यालय के वार्षिक-उत्सव में दोनों शिफ्ट के कार्यक्रम एक साथ होते। दोनों शिफ्ट की अध्यापिकाएँ चार दिन तक आपस में मिलतीं-जुलतीं, साथ बैठतीं खातीं-पीतीं, बातचीत करतीं और मैं अपना कार्यक्रम समाप्त कर एक तरफ चुपचाप बैठ, अपना पर्स खोल कुछ पढ़ती या याद करती। लोगों को मैं चुपचाप बैठी दिखलायी देती अवश्य परन्तु मैं तो मन-ही-मन कुछ-न-कुछ याद कर रही होती। ऐसी स्थिति में मुझे घमण्डी समझना आसान था। मेरे पीछे मेरे बारे में कई प्रवाद चल पड़े, जिसका मुझे पता ही नहीं चला। मैं स्टाफ रूम में जाती ही नहीं थी। प्रधानाचार्या का अतिरिक्त स्नेह भी कानाफूसी का कारण था। जैसा कि होता है, बिना काम किये केवल चापलूसी के सहारे प्रशंसा चाहनेवाला व्यक्ति ईर्ष्यावश आपको नुकसान पहुँचाने के पहले यह भूल जाता है कि घर हो या बाहर आपका काम, आपकी सचाई और लगन ही आपको अपने अधिकारी का प्रिय पात्र बना सकती है और प्रशंसा की पात्र बना सकती है।

बहरहाल मैं तो यह सब भूल ही चुकी थी परन्तु सामने चल रही रील के दृश्य देखकर सारी याद ताजी हो गयी। कानपुर प्रवास के इन चार वर्षों के जीवन में मुझे जो उपलब्धि हुई वह मेरी निधि है। वहाँ रहते हुए कई प्रकार के अनुभव प्राप्त हुए। अपनी हमउम्र छात्राओं में भी पूर्ण अनुशासन रखते हुए उनकी प्रिय शिक्षिका बन सकी। पहले वर्ष ही विद्यालय में कई प्रकार के उत्तरदायित्व निभाते हुए अपनी योग्यता सिद्ध कर एक आनेस्ट और सिन्सियर अध्यापिका होने का प्रमाण-पत्र पा

सकी, जो भविष्य में सहायक हुआ। प्रयोगात्मक परीक्षा की परीक्षक बन झाँसी से मेरठ तक कई शहरों और दूर-दराज के गाँवों की अकेले यात्रा करने की हिम्मत जुटा सकी। गाँव के अधिकारी लड़कों के स्कूल के मास्टरों के बीच रात-दिन रहकर आत्मविश्वास पैदा कर सकी। शिविरों के सिलसिले में गर्ल गाइड की छात्राओं को पूर्ण उत्तरदायित्व के साथ आस-पास के शहरों से लेकर अलमोड़ा, नैनीताल और कश्मीर तक ले जाना-लाना और उनके ठहरने का प्रबन्धन करना, उस समय इतना आसान नहीं था। उस समय ट्रेन आते ही अपना सामान उठा दौड़-दौड़कर ट्रेन में चढ़ना होता और सीट लेनी होती थी। मैं उस उम्र में यह सब सफलतापूर्वक कर सकी इसे मैं अपनी उपलब्धि मानती हूँ। और सबसे बड़ी उपलब्धि तो बी.ए. एम.ए. की डिग्री थी। अपनी उन उपलब्धियों के साथ न चाहते हुए भी चार वर्ष में ही मुझे कानपुर छोड़ना पड़ा क्योंकि एम.ए. (फाइनल) करते ही मेरा विवाह हो गया। मेरी ससुराल दिल्ली में थी।

दृश्य बदल गया।

सामने चल रही रील के दृश्य में विवाह हो चुका है और इलाहाबाद से विदा हो बारात दिल्ली स्टेशन के साफ-सुथरे लम्बे-चौड़े प्लेटफार्म पर उतर रही है। प्लेटफार्म पर खड़े दो-चार लोग वर-वधू और दो-तीन बच्चों के साथ घर के लिए रवाना हुए। जनपथ की साफ-सुथरी सड़क पर दौड़ती टैक्सी एक बड़े-से बँगले के सामने रुकी। द्वार पर बहू का पारम्परिक स्वागत हुआ। दो-एक दिन में विवाह की अन्य औपचारिकताएँ समाप्त हुईं। मेहमान विदा हुए। नये घर में नये सम्बन्धों के साथ मेरे जीवन का भी नया अध्याय प्रारम्भ हुआ।

विवाह-पूर्व यह तो ज्ञात हो ही गया था कि मेरे पति का अपना कोई घर-द्वार, परिवार नहीं है। एकमात्र वृद्ध काका उज्जैन में अपने किसी निकट सम्बन्धी के यहाँ रहते हैं। वर्षों पूर्व जमीन-जायदाद को लेकर हुए झगड़ों के कारण उनका अपने भतीजे से भी कोई सम्बन्ध नहीं है। परन्तु भारतीय परम्परा के अनुसार पत्रिका में विवाह का निमन्त्रण उन्हीं की ओर से था। इसलिए वे बुलाये गये और आये भी। मुँह दिखायी के समय ही मुझे अनुभव हो रहा था कि अन्य औपचारिक आँखों के साथ-साथ दो वृद्ध नेत्रों में छलकी पड़ रही आत्मीयता हवा में तैरती मुझ तक आ रही है...। उनकी आँखों से झाँकता सन्तोष, निश्चय ही उनके अपने एकमात्र वंशधर का परिवार बसने का सन्तोष था। जब उन्होंने मेरे सिर पर हाथ रखा, उनके आत्मीय स्पर्श ने सहसा मुझे अपने नये कुल-गोत्र से जोड़ दिया...। पहली बार मुझे रक्त-सम्बन्ध की महत्ता अनुभव हो रही थी। जिनके घर मैं ब्याहकर गयी थी, वह

पति की बुआ का परिवार था जिनकी हमारे परिवार से बहुत पुरानी अदावत थी। काका ससुर के अकेले बैठे रहने और उसी दिन चुपचाप वापस चले जाने का रहस्य मेरी समझ में आ गया था।

भीड़ छँट जाने के बाद घर में जेठ-जेठानी, उनके तीन बच्चे और हम दो प्राणी रह गये थे। इतने बड़े घर में हमें सामान रखने के एक छोटे-से कमरे में स्थान मिला। मालूम हुआ इस बँगले के आधे हिस्से में जेठ किरायेदार थे। और देहली में बसने के लिए संघर्ष कर रहे थे। पति भी अपनी सरकारी नौकरी से त्याग-पत्र देने के बाद पिछले चार वर्षों से इन्हीं के साथ रह रहे थे। मेरे लिये यह समाचार नया था। क्योंकि हमें तो कहा गया था कि लड़का सरकारी नौकरी में किसी अच्छे पद पर काम करता है। भाई ने भी तिलक के समय इसी बँगले का तामझाम देखा था। हालाँकि पति बराबर अपने फुफेरे भाई के परिवार का अपने प्रति अपनापन और प्यार का बखान करते हुए मुझे भी उस परिवार को ही अपना समझने की सीख देते रहते। पति की सीख मान सुबह से शाम जेठानी की आज्ञानुसार वहाँ के कामों में व्यस्त रहती। भूखे पेट मैं दिन के दो बजे तक घर की सफाई और ढेरों कपड़ों की धुलाई कर रसोई तैयार करती तथा पति और जेठानी की फरमाइश पर दौड़-दौड़कर चाय बनाती रहती। परन्तु जब मेरी ओर ध्यान दिये बगैर सब लोग आराम से चाय पीते, बोलते-बतियाते, बात-बात पर हँसते-खिलखिलाते रहते तो मुझे आश्चर्य होता। एक प्रकार की गुटबन्दी का अनुभव होता। सोचती मेरे पति सहित ये सब एक हैं। मैं अकेली इस गुट से अलग अकेली हूँ। समय व्यतीत होने के साथ मैंने यह अनुभव किया कि घर में मेरी तो छोड़ो पति की भी वह स्थिति नहीं है जो होनी चाहिए। हँसना-बोलना एक बात है और परिवार के सदस्य के रूप में मान्यता देना अलग बात। धीरे-धीरे व्यवहार की औपचारिकता और सम्बन्धों का खोखलापन जब उजागर होने लगा तब स्पष्ट हो गया कि हम भाभी के रहमोकरम पर इस घर में रह रहे हैं। मैंने वास्तविक स्थिति जानने का प्रयत्न किया।

जेठ जब अपना गाँव-घर छोड़ दिल्ली में बसने का संघर्ष कर रहे थे तब मेरे पति नौकरी में थे। इसलिए अपने भाई की यथाशक्ति सहायता कर रहे थे। त्यागपत्र देने के पश्चात् भाई के आग्रह पर ये भी देहली चले आये। जेठ अभी आकाशवृत्ति पर ही निर्भर थे इसलिए इनकी थोड़ी-सी बचत भाई के परिवार पर ही खर्च हो रही थी। उस समय तक तो सब ठीक था क्योंकि दोनों भाइयों में प्यार और अपनापन बहुत था। धीरे-धीरे भाई का काम चल निकला और उनकी आर्थिक स्थिति टीक होने लगी। ये अभी अनिर्णय की स्थिति में ही थे और अब विवाह भी हो गया था।

आप कितने ही स्नेही हों आपका स्वभाव कितना भी मिलनसार क्यों न हो, अगर परिवार में आपका कोई आर्थिक योगदान नहीं है, और वह भी एक माने हुए परिवार में जहाँ सम्बन्ध निभाने की मजबूरी नहीं होती, वहाँ अधिक समय तक सम्बन्ध खींचना कठिन होता है। बिना वर्षा के तो खेती भी सूख जाती है, फिर सम्बन्ध कैसे हरे रह सकते हैं। परन्तु फिर भी पति अभी उसी मानसिकता में जी रहे थे और उस मानसिकता से उन्हें बाहर लाने का मेरे पास कोई उपाय भी नहीं था। मेरा सहनशील स्वभाव तथाकथित उपाय जैसे लड़ाई-झगड़े, शिकायतें, कलह आदि करने का भी पक्षधर नहीं था। बिना किसी विशेष परिवर्तन के समय अपनी गति से आगे बढ़ रहा था। बस अब ये अधिक समय तक घर से बाहर रहने लगे थे। हँसना-बोलना भी कम हो गया था और यदा-कदा मुझ पर अपना क्रोध और अपनी खिसियाहट भी निकालने लगे थे। और मैं अपनी सुसराल बिना सुसराल जैसे कष्ट, अपनी सास-ननद न होने पर भी गाँव से आये दिन आनेवाली महिलाओं के सास-ननद जैसा व्यवहार और ताने तथा सगी जेठानी न होने पर भी जेठानी का रोब यह सोचकर सहन कर रही थी कि इस प्रकार का व्यवहार तो प्रत्येक भारतीय परिवार में नयी बहू के साथ होता ही है, मैं कोई अनोखी तो हूँ नहीं। अन्तर केवल इतना था कि इनमें से मेरा अपना कोई नहीं था। मुझे बार-बार नानी की कही बात याद आती कि ससुराल में सास अपनी सगी होनी चाहिए। वह कितनी भी कठोर हो आपको कितना भी कष्ट दे, समय-समय पर आपको लाड़ भी वही करती है। वह यह कभी नहीं भूलती कि आप उसके बेटे की पत्नी, उसके पोते-पोतियों की माँ हैं और सबसे बड़ी बात आप उसकी अपनी बहू हो, आवश्यकता पड़ने पर सारा राग-द्वेष भुलाकर आप ही उसकी सेवा भी करेंगी। सगी सास की अनुपस्थिति में ससुराल पक्ष की प्रत्येक महिला सास जैसा व्यवहार करने लगती है और सहन करने के अतिरिक्त आपके पास कोई विकल्प नहीं रहता।

कलई कभी-न-कभी तो उतरनी ही थी। सम्बन्धों के टूटने का झटका सहन करना ही था। पति स्थितियाँ भाँपने लगे थे। उन्होंने दिल्ली छोड़ अन्यत्र अपना घर-परिवार बसाने का निर्णय ले लिया। स्पष्ट है कि मुझे पति के इस निर्णय से प्रसन्नता थी। विवाह-पूर्व देखे गये सपने एक बार फिर अँगड़ाई लेने लगे। अन्य लड़कियों की भाँति मैंने भी विवाह पूर्व ही भविष्य के सपने देखने प्रारम्भ कर दिये थे, परन्तु मेरे सपने अन्य लड़कियों से भिन्न थे। मेरे सपनों में पति का सान्निध्य, सुख-सुविधा, घूमना-फिरना ऐसा कुछ भी नहीं था। मेरा प्रमुख सपना था—विवाह होते ही नौकरी छोड़ने और कभी नौकरी न करना। मैं सोचती मेरी पढ़ाई समाप्त हो गयी है, नौकरी ही छोड़ दूँगी तो मेरी भाग-दौड़ हमेशा के लिए समाप्त हो जायगी। मैं शान्ति से अपने घर में रहूँगी अपने घर को सजाऊँगी-सँवारूँगी पति की देखभाल करूँगी। सुबह पति को प्रमुख द्वार तक ऑफिस के लिए विदा करूँगी और शाम

को तैयार हो उनके लौटने की प्रतीक्षा करूँगी। असल में जब मैं बहुत छोटी थी मैंने किसी के घर राजा रवि वर्मा की एक पेण्टिंग देखी थी जिसमें एक नव विवाहिता द्वार के आधे बन्द कपाट की ओट में खड़ी अपने प्रियतम की प्रतीक्षा कर रही थी। चित्र में उस नव विवाहिता की आँखें सजीव लगने के साथ-साथ इतनी दूर देखती-सी लग रही थीं जैसे वे आँखें सृष्टि के भी पार दूर अनन्त में देख रही हों ...। वह चित्र मेरे बाल-मन पर ऐसा अंकित हो गया कि आज तक जस-का-तस हैं। मैं अक्सर कल्पना करती कि जीवन में जब भी अवसर मिलेगा मैं भी इसी प्रकार अपने प्रिय की प्रतीक्षा करूँगी। कितनी भी पढ़ाई कर लूँ, नौकरी कभी नहीं करूँगी। उस समय कहाँ ज्ञात था, कि पति को सुबह काम पर भेज, शाम को उनकी प्रतीक्षा करना, मेरे भाग्य में लिखा ही नहीं था। सब-कुछ इसके विपरीत होना था। मुझे प्रति सुबह किसी से विदा ले काम पर जाना था। और प्रति साँझ दो आँखें मेरी प्रतीक्षा करतीं, सूनी गली निहारतीं मुझे मिलेंगी...। बहरहाल, जो कुछ हो रहा है, वह तो भविष्य के गर्भ में है। इस समय तो अँगड़ाई लेते अपने सपनों को सहलाना ही है।

दृश्य बदल गया था।

यह इलाहाबाद स्टेशन का प्लेटफार्म नंम्बर एक है, जिस पर अभी-अभी दिल्ली-हावड़ा ट्रेन आकर रुकी है। यात्रियों की आवाजाही, कुलियों की भाग-दौड़, शोरगुल यहाँ-से-वहाँ तक फैल गया। यात्रियों का चढ़ना-उतरना प्रारम्भ हो गया। सहसा मेरी दृष्टि ट्रेन से उतर रहे एक जोड़े पर अटक जाती है। मेरी वृद्ध आँखें उन्हें पहचान लेती हैं। यह तो वही जोड़ा है जो आज से तीन वर्ष पूर्व वर-वधू के रूप में कुछ बारातियों के साथ इसी प्लेटफार्म से और इसी ट्रेन में बैठकर दिल्ली के लिए रवाना हुआ था। आज वापस इसी ट्रेन से, इसी प्लेटफार्म पर, जिन्दगी का एक छोटा चक्र पूर्ण कर लौटे वे वर-वधू पति-पत्नी के रूप में हम दोनों थे। ट्रेन से उतरते ही मेरी चप्पल टूट गयी। मुझे नंगे पैर प्लेटफार्म पार करना पड़ा। प्लेटफार्म की ठण्डी धरती के कठोर स्पर्श ने जैसे मुझे संकेत दिया कि यही कठोर धरती अब मेरे जीवन की वास्तविकता है। नंगे पैरों से चलकर मुझे केवल प्लेटफार्म ही पार नहीं करना है, पूरा जीवन इसी प्रकार कभी ठण्डी कभी गरम कठोर धरती पर नंगे पैरों ही चलना है...। ट्रेन धीरे-धीरे प्लेटफार्म से सरक रही थी। मेरे सपने उसी में छूट गये थे... सदा-सदा के लिए।

चौड़ी सड़क पारकर हमारा रिक्शा एक अहाते के छोटे-से फाटक के सामने पहुँच रुक गया। अहाते के बीच एक बड़ा-सा गिरा-पड़ा मुख्य बँगला था जो

वर्षों से खाली पड़ा था, इसलिए आस-पास के लोग उसे भुतहा बँगला कहते थे। इसी के दोनों ओर तीन छोटे-छोटे इकहरे क्वार्टरनुमा घर बने थे। अहाते में चारों ओर झाड़-झंखाड़ फैला हुआ था। अन्दर का रास्ता भी ऊबड़-खाबड़ और झाड़ियों से गिरी डालों और काँटों से भरा था। इस रास्ते को पार कर अपने मकान तक पहुँचने में मुझे कई बार ठोकर लगी और बचकर चलने के बावजूद नंगे पैरों में काँटे चुभते रहे, तो... वहाँ इलाहाबाद की धरती पर पैर धरते ही चप्पल का टूटना निष्प्रयोजन नहीं था। अब बाधा दौड़ इन काँटों भरे रास्ते पर करनी है। कोई बात नहीं मैंने अपने मन को समझाया, इतना क्यों घबरा रहे हो? मैं सब-कुछ सहन कर सकती हूँ। इस उम्र तक मुझे कई प्रकार के दुःख और कष्ट झेलने का अनुभव है। शायद उस उम्र में मुझे गुमान हो गया था कि मैने बहुत संघर्ष किये हैं और मैं कोई भी कष्ट झेल सकती हूँ। उस समय तक मुझे यह समझ कहाँ थी कि मैं यह सोच सकूँ कि अब तक मैं नहीं मेरी माँ संघर्ष कर रही थी। सारा सुख-दुःख, अच्छा-बुरा झेल रही थी। मैं तो केवल बड़ी बेटी के रूप में उनके साथ थी, सहयोग कर रही थी। किसी के छाते के नीचे उसके साथ-साथ आधी धूप, आधी छाँह झेलते हुए, रास्ता पार करना और अपने नंगे सिर पर धूप झेलते हुए रास्ता पार करने में अन्तर होता है।

सूखी झाड़ियों से घिरा-कच्चा आँगन पार कर दो कमरे के उस छोटे, बैठे हुए-से मकान में प्रवेश करते ही, अँधेरे कमरे की लोना गिरती दिवाल पर मुझे दो शब्द लिखे दिखायी दिये—"क्या? क्यों?" पता नहीं वास्तव में लिखा था या मेरी ही मानसिक दृष्टि को वे शब्द दिखलायी दे रहे थे। निश्चय ही मेरी मानसिक दृष्टि ही इन शब्दों को देख रही थी, क्योंकि मैं ही इस शहर में इस तरह निरालम्ब आना नहीं चाह रही थी। पति के निर्णय का मैंने प्रतिवाद भी किया था कि आखिर इलाहाबाद में ऐसा क्या है जो अन्यत्र नहीं, आप इलाहाबाद जाकर ही बसने के लिए क्यों कृतसंकल्प हैं? कुछ क्षण मौन रहने के बाद इन्होंने सिर्फ इतना कहा था परन्तु मैं तुमसे प्रश्न नहीं करूँगा कि तुम अपने ही शहर वापस क्यों नहीं जाना चाहती क्योंकि मैं जानता हूँ कि प्रश्न का उत्तर प्रतिप्रश्न नहीं होता, और कई प्रश्नों का उत्तर तो केवल समय के पास होता है, इसलिए समय की प्रतीक्षा करो।

मेरे मन को टटोले बिना मुझे समझाते भी रहे कि इलाहाबाद जाने में क्या कठिनाई है। वहाँ मेरे माता-पिता अकेले रहते हैं। भाई सपरिवार बाहर जाकर बस गये हैं और बहन भी दूसरे शहर में नौकरी करती है। अधिक सम्बन्धी तो वहाँ रहते नहीं जिससे मुझे परेशानी हो। इन्होंने बताया भी था कि तुम्हें पता है नौकरी के सिलसिले में, मैं तीन वर्ष यहाँ रहा था। मैंने अनुभव किया यह जागृत भूमि है। मैं जो करना चाहता हूँ उसके लिए इलाहाबाद ही उपयुक्त स्थान है। इनके अकाट्य तर्क के सामने मैं

निरुत्तर थी। कोई स्पष्ट तर्क तो मेरे पास भी नहीं था, परन्तु मैं इतना जानती थी कि इलाहाबाद में रहते हुए मेरी ज़ो स्थिति होनी थी, वह अनुभव तो की जा सकती थी, समझायी नहीं जा सकती थी।

मैं अपने स्वभाव के बारे में जानती थी। मैं न तो क्रोध कर पाती हूँ न अपने अधिकारों के लिए लड़ सकती हूँ। बहस करके अपनी बात मनवानी भी मुझे नहीं आती। सो इलाहाबाद तो हम लोग आ गये हैं। परन्तु अब आगे जीवन में न तो मुझे सिर झुका सब स्वीकार करना है न सिर उठा सब अस्वीकार। न बात-बात पर क्रोध करने से बात बनेगी न प्रत्येक बात पर सहमत होने से, बारीक काटकर ही मुझे रास्ता बनाना होगा। मैं यह तो जान चुकी थी कि इनका शरीर ही नहीं प्रकृति भी गरम है और मेरी ठण्डी। जैसे स्नान के लिए गरम पानी में ठण्डा पानी मिलाकर अपने शरीर के तापमान के अनुकूल बनाते हैं उसी प्रकार मुझे भी इनके गरम स्वभाव में अपना ठण्डा स्वभाव मिलाकर घर के वातावरण के अनुकूल बनाना होगा...और मैंने सदा इसका प्रयत्न किया।

नया अध्याय पहले अक्षर से ही प्रारम्भ होता है। हमारा भी हुआ। बिना एक-दूसरे पर आरोप लगाये, बिना किसी प्रश्न, प्रतिप्रश्न के दोनों के कर्मक्षेत्र विभाजित हो गये...। एक अपने लक्ष्य साधन के लिए अपनी तपस्या में लीन हो गया और दूसरा इस परिवार को गरिमापूर्ण ढंग से आगे ले जाने के लिए कृत संकल्प। एक बाहर की उठा-पटक झेलता, अपने विश्वास के साथ, परिश्रम करता अपना स्थान बनाता रहा तो दूसरा अन्दर-बाहर की स्थितियों के दबाव तले कुचलता, तन-मन से क्षत-विक्षत होता, दौड़ता रहा... और दौड़ भी ऐसी कि अच्छे-अच्छे धावक पराजित हो जायें। पूरे चालीस वर्ष बाद जब दोनों एक बिन्दु पर मिले, दोनों को ही विपरीत स्थितियों को पार कर, गरिमापूर्ण ढंग से कहीं पहुँचने का सन्तोष था।

सुख-दुःख झेलते हुए पूरे चालीस वर्ष बीत गये। दोनों बच्चे पूर्ण सक्षम हो नीड़ छोड़ उड़ चुके थे। एक सुखी-सम्पन्न परिवार के योग्य पुत्र से बेटी का विवाह हो चुका था और बेटा पढ़ाई समाप्त कर नौकरी के सिलसिले में बाहर चला गया था। पति दो-तीन वर्ष से उज्जैन में थे। निरन्तर दौड़ से थके शरीर के साथ मैंने भी अवकाश प्राप्त कर लिया था। उस समय उज्जैन में सिंहस्थ चल रहा था। क्षिप्रा-स्नान की इच्छा से मैंने भी पति के पास उज्जैन जाने का निर्णय लिया। अपने सुख-दुःख के साथी, अपने संघर्ष के एक-एक पल के साक्षी घर को, वर्ष में दो-तीन बार आते

रहने का आश्वासन दे, मैं घर बन्द कर ही रही थी कि मुझे उसी दिवाल से आती आवाज सुनायी दी-'इस घर में बेमन से ही सही, प्रवेश करते हुए जो दो प्रश्न तुम्हारे सामने थे, क्या उनका उत्तर मिल गया? हाँ, मैं तो भूल ही गयी थी कि जिस स्थान पर पहुँच अविश्वास के कारण मेरे मन में दो प्रश्न, उठे थे—क्या? और क्यों? इस समय चालीस वर्ष बाद दोनों प्रश्नों के उत्तर सामने थे। उत्तर सचमुच समय ही देता है, आपके अन्दर प्रतीक्षा का धैर्य होना चाहिए। इस शहर में रहने का निर्णय क्यों लिया गया। स्पष्ट है जैसा और जितना संघर्ष हमें इन वर्षों में करना पड़ा उतना किसी अजनबी शहर में करना कठिन था। हो सकता है मेरी नौकरी की भाग-दौड़ और घर-गृहस्थी चलाने का संघर्ष कहीं भी हो सकता था। परन्तु इनकी साधना के लिए यह स्थान और यहाँ का वातावरण दोनों ही अनुकूल थे। बिना टकराये, बगैर चोट खाये तो धातु भी आकार ग्रहण नहीं करती। चमकने के लिए धातु को खराद पर चढ़ना पड़ता है। आपकी सम्भावना और प्रतिभा को चमकाने के लिए लोगों की आलोचना और व्यंग्यबाण आवश्यक होते हैं। इस शहर ने इनकी प्रतिभा चमकाने के लिए ऐसा ही वातावरण भरपूर उपलब्ध करवाया। और यहाँ क्या प्राप्त हुआ, इसका उत्तर तो शब्दों में अभिव्यक्त करना कठिन है। देखा जाय तो यहाँ क्या नहीं प्राप्त हुआ-घर, परिवार, दो प्यारे बच्चे, नाम, यश, सम्मान, पुरस्कार, पैसा...।

दृश्य बदल गया है।

उज्जैन जानेवाली ट्रेन में अपनी सीट पर व्यवस्थित होते ही बाहर स्टेशन की भीड़-भाड़ पर दृष्टि अटक जाती है। जैसे ही ट्रेन धीरे-धीरे सरकने लगी, प्लेटफार्म छूटने के साथ-साथ शहर छूटने का आभास होने लगा...। अरे! यह मेरी आँखें क्यों गीली हो गयीं? दो-एक माह में तो लौटना ही है। इस बार हो सकता है पति साथ ही लौट आयें। उज्जैन का काम समाप्त हो रहा था। और ये वापस इलाहाबाद लौटना चाह रहे थे। सच, अब तो लगता है इस शहर के अतिरिक्त कहीं गति-मुक्ति नहीं। इतने वर्ष बाद जीवन में जो थोड़ी-बहुत निश्चिन्तता मिली है उसे अपने इसी छोटे-से घर में अनुभव करना चाहते थे। शायद ऊपरवाले का लेखा कुछ और ही था। अन्तर्मन को ज्ञात था कि आज का जाना एक दिन सम्पूर्ण जाने में परिवर्तित होनेवाला है और उस दिन होनेवाली व्याकुलता, मन आज अनुभव कर, आँखों में भर आये आँसुओं में अभिव्यक्त कर रहा था... यह सोचकर कि अभी उज्जैन पहुँचने में बीस-बाईस घण्टे हैं मैंने एक गहरी निःश्वास के साथ खिड़की से सिर टिका आँखें बन्द कर लीं। न चाहते हुए भी पिछले चालीस वर्ष की स्मृतियाँ जागृत हो मेरे अन्तर में करवटें बदलने लगीं। कहने के लिए कहा जा सकता है कि पूरे चालीस वर्ष कैसे

व्यतीत हो गये, पता ही नहीं चला। क्या सचमुच पता नहीं चला? क्या ये टेढ़े-बाँके पैर, उनमें पड़े छाले, क्षत-विक्षत थका शरीर और इतना सब झेलनेवाला मन, क्या उद्धृत पंक्तियाँ आज आपको अपने सन्दर्भ में सार्थक नहीं लग रही हैं।

"एक रात शमा पर भारी है जिस तरह
हमने तमाम उम्र गुजारी है उस तरह।"

कई बार सोचने पर भी यह समझ नहीं आता कि जब प्रत्येक व्यक्ति जानता है कि उसके सम्पूर्ण जीवन की समय-सारिणी ऊपर से बनकर आती है, आपके जीवन का एक-एक क्षण और उस क्षण में की गयी क्रियाएँ, विचार तथा स्थान सब-कुछ तो पूर्व निर्धारित हैं फिर वह निश्चिन्त क्यों नहीं रह पाता। मुझे याद है वर्षों मेरा दिल किस तरह धड़कता रहता था, क्या होगा? सोचकर घबराती रही हूँ...जबकि आपके जीवन जीने की तैयारी भी ऊपरवाला ही करवाता रहता है, वही आपके हाथ में हैं। आपको भविष्य में कैसा जीवन जीना है उसी तरह के भाव, विचार, स्वभाव यहाँ तक कि आपकी प्रकृति तक बचपन से ही निर्मित होती रहती है। तभी तो एक ही माता-पिता की सन्तान, एक ही परिवार में पली-बढ़ी सन्तानों की प्रकृति-स्वभाव भिन्न होता है। कई बार हमें आश्चर्य होता है कि सगे भाई-बहनों के विचारों और कार्यों में इतना अन्तर कैसे है! जैसे मेरी और मेरी बहन की प्रकृति और स्वभाव में जमीन-आसमान का अन्तर है। वह मेरी तरह दब्बू, सब-कुछ चुपचाप सहन करनेवाली, अपने अधिकारों के लिए भी न लड़ सकनेवाली नहीं है। वह जुझारू, कर्मठ अपने अधिकारों के लिए लड़नेवाली है। बचपन में भी जब वह नासमझ बच्ची थी, मार खाते हुए भी रोकर, चिल्लाकर अपनी बात मनवा ही लेती थी।

इसी सन्दर्भ में मुझे बहन के बचपन जब उसी उम्र मात्र साढ़े छह वर्ष थी की एक घटना याद आ रही हैं। जिसके स्मरण मात्र से आज भी पलँग पर पड़ी मेरी ठठरी देह में सिहरन हो रही है... उस दिन कुछ भी घटित हो सकता था...।

हुआ यह था कि उस दिन कोई पर्व था और माँ को सुबह-सुबह गंगा-स्नान को जाना था। मुझे तो वह साथ रखती ही थी। परन्तु छोटी बहन को साथ ले जाने में समस्या यही थी कि एक तो वह छोटी थी और बहुत धीरे चलती थी। न वह गोद में उठाने लायक थी न जल्दी-जल्दी इतनी दूर चलने के लायक थी। हम लोग तो लगभग दौड़ते हुए गंगा जी तक का लम्बा रास्ता पार करते थे। धीरे चलने का समय ही कहाँ होता था! हम लोग तो बेनियाबाग की लम्बी सड़क फिर गोदौलिया होते हुए, विश्वनाथ गली तक का लम्बा बाजार पार कर, सब्जीमण्डी पार करते हुए, दशाश्वमेध घाट की ढेरों सीढ़ियाँ उतर, गंगा-स्नान के उपरान्त बाबा विश्वनाथ एवं

माँ अन्नपूर्णा के दर्शन कर, मारवाड़ी अस्पताल की ओर से मात्र डेढ़ घण्टे में घर पहुँच जाते थे। एक छोटी बच्ची के साथ सब कैसे सम्भव था। आज सोचती हूँ कि यह सब बतलाकर बच्ची को समझाया जा सकता था, आम-खरवूजे का लालच देकर बहलाया जा सकता था... परन्तु आज से अस्सी वर्ष पूर्व बच्चों को समझाने-बुझाने या लड़ियाने का रिवाज ही कहाँ था। दो हाथ लगाये और कोठरी में बन्द कर दिया। बस, बच्चा सहमकर चुप हो गया और आपका काम बन गया। सो, उस दिन माँ भी बहन को घर में बन्द कर प्रमुख द्वार पर ताला लगा, मेरा हाथ पकड़, लगभग घसीटते हुए, गंगा-स्नान को चल दी।

जब लौटे तो वह दृश्य देखकर चकित रह गये... बहन पीछे से कितनी देर रोती-सिसकती रही पता नहीं, परन्तु शायद थोड़ी देर बाद ही वह गुस्से से उठी और उसके रसोईघर में जाकर लकड़ी का चूल्हा जलाया। बाकायदा बटुली में दाल बनायी और आटा गूँधकर छोटी-छोटी ढेरों रोटियाँ बनाकर इस तरह रख ली जैसे कण्डियाँ रखी जाती हैं। उसने दाल उबाली ही नहीं, उसे बघारा भी था, क्योंकि बची हुई दाल नमक-हल्दी सहित बघरी हुई थी।

हम लोग गंगा-स्नान के बाद जब घर पहुँचे, बहन थाली में दाल-रोटी रखकर मजे से खा रही थी। हमें देखकर भी न रोयी न कुछ बोली, बस हमें देखते हुए अपनी दाल-रोटी खाती रही इस भाव के साथ कि अगर आप लोगों को मेरी परवाह नहीं है तो मुझे भी किसी की परवाह नहीं। रसोईघर का दरवाजा खुला हुआ था, बन्दर अपने हिसाब से मुँडेर पर आ-जा रहे थे...।

इस दृश्य की माँ पर क्या प्रतिक्रिया हुई पता नहीं, परन्तु मेरा किशोर मन यह सोचकर धड़धड़ा रहा था, हाथ-पैर काँप रहे थे कि दाल की बटुली उतारते समय बहन के हाथ-पैर पर गरम दाल गिर सकती थी, रोटी बनाते हुए कपड़ों में आग लग सकती थी या बन्दर ही भोजन देख, रसोईघर में घुसकर बहन को काट सकता था... इस अकेले घर में उसके रोने-चिल्लाने की आवाज भी तो कोई नहीं सुनता...। अगर ऐसा हो जाता तो ... सोचने पर भी मेरे मुँह से एक शब्द भी नहीं निकला था, और न हाथ-पैर ही हिले थे... क्योंकि मेरे स्वभाव के अनुसार मेरी जीभ तालु से चिपक गयी थी और हाथ-पैर सहित, करीब दो घण्टे से हबड़-तबड़ करता शरीर सहसा शिथिल हो, सुन्न हो गया था... हाँ, उस समय भी मैं मन-ही-मन चाह अवश्य रही थी कि माँ साथ लाया खरबूजा बहन को देकर उसे प्यार करे। गोद में बैठाकर समझाये कि आगे से ऐसा न करे। चूल्हा जलाते समय कपड़ों में आग लग सकती है, हाथ पैर पर गरम दाल गिर सकती है, बन्दर काट सकता है... वगैरह-वगैरह समझा सकती थी। परन्तु माँ ने ऐसा कुछ नहीं किया, चुपचाप गीले कपड़े सुखाती रहीं... मुझे पूरा विश्वास है कि वे भी यह सब सोचकर अन्दर-ही-अन्दर घबरा रही होंगी, दुःखी भी होंगी कि कुछ अनहोनी न घटित हो जाती तो क्या होता!

आज सोचती हूँ कि आपको भविष्य में जैसा जीवन जीना होता है उसके अनुसार ऊपरवाला बचपन से ही आपकी तैयारी करवाता है...। यह तो हमारी सीमा है कि हम 'उसकी' व्यवस्था को समझ नहीं पाते और कहते रहते हैं कि सगे भाई-बहनों के स्वभाव और प्रकृति में कितनी भिन्नता है...!

अब समझ में आता है कि जिस तरह का जीवन बहन को व्यतीत करना पड़ा और उसने सफलतापूर्वक व्यतीत किया वैसा सम्भव ही नहीं था। अगर वह मेरी तरह दब्बू और सहनशील होती तो ... उसे तो नये शहर में रहते और नौकरी करते हुए बाहरी और भीतरी स्थितियों से अकेले लड़ना पड़ा, अपने लिये समाज में सम्मानपूर्वक स्थान प्राप्त करना पड़ा। साथ ही वृद्ध और अशक्त माता-पिता की अकेले देख-भाल करनी पड़ी। घर की सारी जिम्मेदारी उठानी पड़ी उसके लिए वैसे ही जुझारू, अपने अधिकारों के प्रति सजग व्यक्तित्व की आवश्यकता थी।

हिचकोले लेती, झूलती ट्रेन ने मेरे विशृंखलित विचारों को भी झुलाकर विश्राम दे दिया था...। आँखें खुलीं तो ट्रेन उज्जैन रेलवे स्टेशन पर खड़ी थी।

दृश्य बदल गया था।

सिंहस्थ होने के बावजूद स्टेशन पर भीड़-भाड़ अधिक नहीं थी। इतनी भीड़ तो माघ मेले के समय प्रयाग में प्रतिवर्ष होती है। कुम्भ के अवसर पर तो स्टेशन पर पैर धरने का स्थान नहीं होता। आसानी से बाहर निकल रिक्शा किया। सुबह चार बजे मालवी ठण्डी हवाओं के बीच उज्जैन की सुनसान सड़कों पर रिक्शा सरसराता हुआ भागा जा रहा था।

उज्जैन की प्रसिद्धि से तो सभी परिचित हैं। यह मालव अंचल की धार्मिकता का केन्द्र है। इसकी प्रसिद्धि का एक कारण यह भी है कि यहाँ भी कुम्भ मेले की भाँति सूर्य जब सिंह राशि में होता है तब बारह वर्षीय मेला 'सिंहस्थ' के नाम से होता है। इलाहाबाद, हरिद्वार, नासिक और उज्जैन ये ही चार स्थान हैं जहाँ द्वादश वर्षीय मेले लगते हैं। उज्जैन मध्य प्रदेश का एक छोटा-सा शहर है, जहाँ के मकानों के स्थापत्य, लोगों की वेशभूषा और उनके रहन-सहन पर कुछ वर्ष पूव तक जो पारम्परिकता थी उस पर आधुनिकता अपना प्रभाव डालने लगी थी। नयी-नयी कालोनियाँ बसने लगी थीं। वैसे यहाँ के लोगों का प्रयत्न है कि इसे आधुनिक कम, एक सांस्कृतिक नगर के रूप में ही विकसित किया जाय। ज्योतिष की दृष्टि से भी इस नगरी का ककरेखा पर होना काफी महत्त्वपूर्ण है। साथ ही यहाँ का विश्वविख्यात

महाकाल मन्दिर भारत के द्वादश लिंगों में से एक है। ज्योतिषियों ने जिस स्थान से पहली बार आकाश में मंगलग्रह का पता लगाया होगा वहाँ आज भी मंगलनाथ के नाम से प्राचीन मन्दिर है। कभी यहाँ सान्दीपन गुरु का गुरुकुल रहा होगा जहाँ श्रीकृष्ण और सुदामा विद्याध्ययन के लिए आये थे। ऐसी मान्यता है कि जिस पोखर में श्रीकृण आदि विद्यार्थी अपनी लिखी पट्टियाँ धोते रहे होंगे, वही स्थान आज का अंकपात है। यहाँ शिव के गले के नागहार-सी पड़ी क्षिप्रा के किनारे वह गुफा है जहाँ महान् साधक भर्तृहरि ने साधना की थी। यहाँ हरसिद्धि और गढ़ कालिका नाम के शक्तिपीठ हैं। जिनके बारे में यह मान्यता है कि इनकी नित्य आराधना से ही कालिदास, महाकवि कालिदास कहलाये। ज्योतिष, संस्कृति और साहित्य की त्रिवेणी यह उज्जैन नगरी, कवि कुलगुरु कालिदास के अतिरिक्त 'विक्रम-संवत्' के प्रवर्तक सम्राट विक्रमादित्य की भी नगरी है, जो अपनी न्यायप्रियता और न्यायिक-सिंहासन के लिए लोकोक्ति बन गये। यहाँ सवाई माधोसिंह द्वारा बनवायी वेधशाला भी है जो आज भी क्रियाशील है। यहाँ मुस्लिम काल का कालियादह महल भी है जो क्षिप्रा के बीच राजसी क्रीड़ा के लिए बनवाया गया था। इसके अतिरिक्त प्राचीनकाल में यह व्यापारिक केन्द्र भी रहा है। अरब सागर के रास्ते होनेवाले व्यापार का यह पश्चिमी पत्तन रहा है। शायद इसीलिए यहाँ के एक प्रसिद्ध बाजार का नाम पटनी-बाजार है। 'पटनी' शायद उसी 'पत्तन' शब्द का कोई रूप हो।

गंगा के मैदानी गरम तपते मौसम में यह कल्पना भी नहीं की जा सकती है कि जून माह जब वहाँ रात में भी गरम लू चल रही है यह सुबह चार बाजे तेज सपाटे मारती हवा इतनी सुखद ठण्डी होगी कि मैंने साड़ी को कसकर अपने चारों ओर लपेट लिया है। वहाँ सोचा ही नहीं जा सकता कि गर्मियों का आकाश भी इतना नीला-धुला, निर्मल हो सकता है।

पिछले वर्ष देखे गये उज्जैन के प्रमुख स्थानों की याद करते, रिक्शे में आती तेज ठण्डी सुखद हवाओं का आनन्द लेते लम्बा रास्ता पारकर रिक्शा कब घर तक पहुँच गया पता ही नहीं चला। छोटे शहरों की यही विशेषता होती है कि एक बार पता बताते ही रिक्शेवाले गली-मोहल्ला सब समझ जाते हैं।

घर पहुँच पहले सिंहस्थ घूमने और क्षिप्रा-स्नान का कार्यक्रम बनाया। सिंहस्थ घूमते हुए अनुभव हुआ कि आस्था और स्थान का अपना महत्त्व हो सकता है। परन्तु प्रयाग के कुम्भ मेले के विस्तार के कारण 'विशालता' (ग्रेन्जर) का जो बोध होता है, वह यहाँ नहीं है। गंगा किनारे फैले वहाँ के लम्बे-चौड़े बलुई मैदान में हजारों टेण्ट और छोलदारियाँ यहाँ-से-वहाँ फैली होती हैं जहाँ हजारों यात्री एक साथ कल्पवास करते हैं। सैकड़ों सन्त-महात्माओं के प्रवचन, चौबीसों घण्टे चलनेवाले कीर्त्तन-भजन, कथा-वार्त्ता, सत्संग, धर्म और आस्था का ऐसा वातावरण बना देते हैं कि न चाहते हुए भी आप उसमें डूब जाते हैं। भले ही आप वह कल्पवास न करें, गंगा-स्नान भी

न करे मात्र घूमने के उद्देश्य से ही जायँ आपको अनुभव होगा जैसे वहाँ की हवाएँ आपके तन-मन को प्रक्षालित कर रही हैं...। आस्था का सैलाब तो यहाँ भी था परन्तु विस्तार के अभाव में मुझ पर वह प्रभाव नहीं पड़ रहा था जो अपेक्षित था।

अब तक की भाग-दौड़ के कारण मैं पिछले चालीस वर्षों में इलाहाबाद से बाहर घूमने नहीं जा सकी थी जबकि निकट ही चित्रकूट, अयोध्या जैसे धार्मिक, दर्शनीय स्थान थे। अब इस निश्चिन्तता में एक छोटी-सी यात्रा तो बनती है, सोचकर मैंने पति से, मालवा को छोड़ने से पहले एक छोटी-सी यात्रा का अनुरोध किया। कार्यक्रमों के सिलसिले में इधर-उधर जाते रहने पर थकान हो सकती है, यात्रा का आनन्द नहीं मिलता। चालीस वर्ष में पहली बार किये गये मेरे इस अनुरोध को पति टाल नहीं सके। हम लोगों ने टैक्सी से मन्दसौर तक यात्रा का निर्णय लिया। वहाँ रास्ते में इनके एक मित्र बहुत दिनों से बुला भी रहे थे। बड़नगर में अपने बाल मित्र से मिलना भी हो जायगा, सोचकर बड़नगर का लम्बा रास्ता लिया गया।

टैक्सी में यात्री के नाम पर ड्राइवर के अतिरिक्त मात्र हम दो थे, नहीं तो कार्यक्रमों के नाम पर की गयी यात्रा में एक-न-एक अतिरिक्त व्यक्ति रहता ही है जिसके कारण यात्रा का पूरा आनन्द नहीं उठा पाते। आज मैं स्वयं और अपनी यात्रा की मानसिकता के बीच किसी तीसरे की उपस्थिति नहीं चाह रही थी। जिस समय हम उज्जैन से रवाना हुए, सूर्योदय-पूर्व के हलके धुँधलके के प्रकाश में मकान, सड़कें, दृश्य सब डूबे-सोये से लग रहे थे। बड़नगरवाले रास्ते पर क्षिप्रा के पुल से गुजरते हुए नीचे चट्टानों के बीच बहती क्षिप्रा कम जल के कारण क्षीणकाय लग रही थी। दाहिने हाथ उज्जैन का श्मशान 'चक्रतीर्थ' था, जहाँ इतनी सबेरे भी कोई चिता जल रही थी। यहीं थोड़ी दूर दत्त अखाड़े के पास यहाँ का प्रसिद्ध कार्तिक मेला लगता है। मेले की स्मृतिस्वरूप दुकानों के चबूतरे, बाँस-बल्लियाँ आदि सामान मैदान में बिखरा पड़ा था। उज्जैन के कल-कारखानों में काम करने आनेवाले दो-चार ग्रामीण अपने पारम्परिक मालवी भूषा के स्थान पर पैण्ट-कमीज पहने, जाते हुए दिखायी दे रहे थे। उनकी साइकिलों पर टँगे स्टील के टिफिन कैरियर प्रातःकाल धूप में चमक रहे थे। आगे बदनावर तक की सड़क न जाने किस जमाने में बनी थी। तंग गद्देदार सड़क पार करते ही राजमार्ग मिलना था। खेतों में फसलों की कटाई चल रही थी। धूप आस-पास के मैदानों, वृक्षों पर विभिन्न प्रभाव उत्पन्न करने लगी थी। नदियों और खालों में अधिक जल तो नहीं था परन्तु लहलहाती खेती को देखकर लगा कि यहाँ नल-कूपों की सहायता से सिंचाई होने लगी होगी। उज्जैन-बड़नगर के रास्ते में गम्भीर और चम्बल-जैसी बड़ी नदियाँ मिलीं, जो कि इस पठार में गहरे कटाव बनाकर बहती हैं। यों भी इस विन्ध्याटवी की नदियों का जल-स्रोत चौमासा ही है। जब वह जल भी बाँधों में बाँध लिया जाता है तो नदियाँ, सूने-पथ बनी वर्ष के अधिकांश समय तपती रहती हैं। देशी रियासतों के जमाने में इन पर थोड़ी ऊँचाईवाली रपटें

हुआ करती थीं जो बरसात में कई बार पानी में डूब जाया करती थीं। अब इन पर ऊँचे-ऊँचे पुल बन गये हैं। पुल तो बन गये हैं परन्तु इनके नीचे बहनेवाली नदियाँ अदृश्य हो रही हैं।

बदनावर के बाहर पहुँचने पर महू-नीमचवाला राष्ट्रीय मार्ग मिला। बायें हाथ यह मार्ग धार जाता है और दाहिने हाथ रतलाम। मालवा के इस पश्चिमी भाग पर जैनियों का प्रभाव अधिक है। रास्तेभर सफेद भूषा में जैन साधु साधिकाएँ पैदल यात्रा करते बराबर रतलाम तक मिलते रहे। आज भी ये जैन श्रमण अपनी प्राचीन जीवन-पद्धति तथा आचरण के साथ यथावत बँधे हुए हैं।

मालवा की पठारी काली मिट्टी गेहूँ और कपास के लिए आदर्श मानी जाती हैं, लेकिन इधर वृक्षों की विशेष हरियाली सामान्यतः नहीं है। अधिकतर चटियल मैदान और वनस्पतिहीन टीलों का विस्तार है। यहाँ सड़कों के दोनों ओर मध्यम ऊँचाई के पीली बुँदकियोंवाले फूलों से लदे बबूल हरियाली का बोध करवाते हैं। लगता है कुछ दिनों पूर्व पथ के दोनों ओर काफी बड़े पैमाने पर वृक्षारोपण का कार्य हुआ है। आशा करनी चाहिए कि दस-पाँच वर्षों में हरियाली थोड़ी और हो जायगी। जून के कारण धूप में तेजी आ गयी थी परन्तु मालवा में एक तो लू नहीं चलती, दूसरे यहाँ कमोबेश रूप में तेज हवाएँ चलती हैं। इस समय भी हवाओं के कारण धूप की तपन उड़-उड़ पड़ रही है।

रास्ते में एक नदी मिली थी, जिसके दोनों ओर चट्टानें भी थीं, और थोड़ा हटकर हाशिये पर मनोरम हरियाली भी। पीपल पर ढेरों पताकाएँ लहरा रही थीं। पीपल के नीचे एक शिव मन्दिर था, जो अपने स्थापत्य से प्राचीन लग रहा था। टैक्सी-ड्राइवर ने बतलाया कि यह भीलों के शिव जी हैं। शिवरात्रि पर यहाँ दूर-दूर से आदिवासी भील आते हैं, और तब बहुत बड़ा मेला लगता है। वैसे रास्तेभर पीपल के वृक्ष की फुनगी पर लहराती सफेद-रंगीन झण्डियाँ दर्शाती रहीं कि यहाँ ग्राम-देवता का 'स्थान' है। मनुष्य के लिए उसकी धार्मिक आस्था ही उसकी जीवन-यात्रा के लिए आवश्यक आधार है। अपनी आस्था के लिए उसे किसी गर्वोन्नत स्थापत्य की आवश्यकता नहीं होती। गोल या टेढ़े-मेढ़े पत्थरों को सिन्दूर पोतकर वह उन्हें देवत्व प्रदान कर 'भेरू जी' के रूप में पीपल के वृक्ष के नीचे स्थापित कर, अपनी आस्था को उत्सव का रूप दे, कठोर परिवेशों, परिस्थितियों में मगन रह लेता है। मालवा में 'माता जी' के साथ-साथ 'भेरू जी' पूजने की भी परम्परा है।

रतलाम कई दृष्टियों से आज से ही नहीं, देशी रियासतों के समय से, पश्चिमी रेलवे का बड़ा जंक्शन रहा है। प्राचीन काल से ही यह राजनीतिक आक्रमणों, व्यापारिक सार्थवाहों और राजस्थान की घूमन्तू जातियों और गड़रियों के लिए प्रिय जगह रही है। जिन्हें निरन्तर अपने ऊँटों और भेड़-बकरियों के लिए घास और पानी की तलाश में घूमते रहना पड़ता है। जावरा तक रास्ते भर चरागाहों और

जंगलों में बबूलों और काँटेदार झाड़ियाँ खाते ऊँटों के काफिले और बड़े-बड़े पग्गड़ों में राजस्थानी गड़रिये अपनी भेड़-बकरियों के रेवड़ों के साथ मिलते रहे। मालवी किसान इन पशुओं को अपने खेतों में बैठने देते हैं ताकि उनका मल खाद का काम कर सके। उसके एवज में वे शुद्ध घी और कुछ धनराशि खेत मालिक से लेते हैं।

रियासती जमाने में जावरा में नवाबी थी। इसलिए जंगलों में लकड़ियाँ और कण्डे बीननेवाली स्त्रियों की भूषाओं पर मुस्लिम प्रभाव स्पष्ट था। जगह-जगह प्राचीन मकबरे और नयी दरगाहें दिखने लगी थीं। जावरा में एक प्रसिद्ध दरगाह है जिसे हुसैन-टेकरी कहा जाता है। बस्ती से थोड़ा आगे रेलवे-क्रासिंग से दाहिने हाथवाली सड़क हुसैन-टेकरी चली जाती है। वहाँ फूल-मालाओं की दो-तीन दुकानें थी। मुझे प्यास लग रही थी। क्रासिंग के पार दो-चार सरकारी अफसरों के क्वार्टर देख मैंने पानी पीने की इच्छा प्रकट की।

टैक्सी से उतरकर मैं पहले बँगले का ही फाटक खोल भीतर पहुँची। धूप में थोड़ी तेजी थी। परन्तु हवा इस खुले क्षेत्र में सुखद थी। बँगले के चारों ओर खेतों का सिलसिला दूर तक चला गया था। बँगले को घेरे आम-जामुन के दो-चार पेड़ धुली हरियाली के साथ मुझ अपरिचित को जैसे घूरकर देखने लगे। मैं आगे बढ़ बाँस की जाफरियों से घिरे सहन के निकट पहुँच आवाज देने हीवाली थी कि मुझे उस जाफरी में से एक लड़की आती दिखलायी दी। आते ही उसने जाफरी का दरवाजा खोल 'आदाब' किया और आने का कारण पूछा। मैंने बताया कि हम टैक्सी से मन्दसौर जा रहे हैं, मुझे प्यास लगी है इसलिए तकलीफ देने आ गयी हूँ। यह सुन वह मुझे भीतर ले गयी। वहाँ उसकी माता जी तथा छोटे भाई-बहनों ने आदाब किया। सबका रूप-रंग वेश-भूषा और व्यवहार उनकी सम्भ्रान्तता को बता रहे थे। जिस आत्मीयता और आतिथ्य भाव से उन्होंने हाथ-मुँह धुलवा मुझे पानी पिलाया, लगा ही नहीं कि मैं किसी अपरिचित विधर्मी के घर में हूँ। आम मालवीय घरों की तरह साफ-सफाई और साफ व्यवस्थित रसोईघर था। और मालवीय घरों की तरह यहाँ भी आँगन में अफीम और मेथी की भाजी तथा लाल मिर्चें सुखायी जा रही थीं। गृह-स्वामिनी ने मुझसे भोजन करने का भी आग्रह किया। जब मैंने अपनी विवशता बतलायी तो लौटते में अवश्य आने का अनुरोध भी किया। सब मुझे बाहर तक छोड़ने आये और जब तक मैं दिखती रही उन लोगों के हाथ हिलते रहे।

वह बँगला, वहाँ की निर्जनता, उस परिवार की आत्मीय उष्मा और उनका विदा में हिलता हाथ आज तक मेरे साथ है, उसे मैं कभी भूल नहीं पाऊँगी। भला भलमनसाहत भी कोई भूलने की चीज होती है! मुझे तो लगा मैं हुसैन-टेकरी हो आयी...किसी भी सिद्ध स्थान का फल और क्या होता है! उस परिवार के लिए रोम-रोम से मेरी सद्भावनाएँ सदा रहेंगी।

टैक्सी तेजी से इस यात्रा के अन्तिम पड़ाव की ओर भागी जा रही थी। हम मन्दसौर शहर के बाहर कस्टम नाके पर जाकर रुके। इनके मित्र प्रतीक्षारत थे। घर पहुँच विश्राम कर भोजन किया और यहाँ के दर्शनीय स्थल देखने चल दिये।

मन्दसौर, जिसका प्राचीन नाम दशपुर है जो कभी मालव अंचल की पश्चिमी सीमा के लिए प्रसिद्ध था, आज अपनी अफीम की खेती के लिए जाना जाता है। मन्दसौर से कोई पाँच किलोमीटर दूर 'सौंधनी' नामक स्थान है जहाँ एक प्राचीन विजयस्तम्भ है। छठी शताब्दी में दशपुर में यशोधर्मन नामक एक प्रबल पराक्रमी सम्राट् का शासनकाल था। यहाँ के अभिलेखों में इसे 'राजाधिराज', 'नराधिपति' आदि अनेक नामों और पदवियों से विभूषित किया गया है। उस समय पूरे देश में गुप्त साम्राज्य था। इसी गुप्त साम्राज्य में सेंध-मार हूणों की सेना देश में घुस आयी थी। उसका बर्बर सेनापति मिहिर कुल अपने अत्याचारों से देश को त्रस्त किये हुए था। इसी मिहिर कुल को यशोधर्मन, जो विष्णुधर्मन नाम से भी जाना जाता था, ने कश्मीर तक खदेड़ दिया था। इसी विजय की स्मृति में यह सौंधनी का विशाल विजय-स्तम्भ है। अभी यह दो भागों में है, कभी यह पूरा एक ही था और उस पर चतुर्मुख सिंह बने हुए थे तथा इस पर कवि 'वत्सुल' द्वारा लिखी प्रशस्ति खुदी हुई है। आस-पास टेकरियों का ऊँचा-नीचा क्रम फैला था। ऐसा लगता था जैसे यहाँ कभी बस्ती रही होगी। पास ही एक ऐसा प्राचीन शिवलिंग है जिस पर हजार छोटे-छोटे शिवलिंग थे। प्राचीन खण्डहरों में पहुँचकर मन कैसा उदास हो जाता है न। काल की यह कैसी निर्मम प्रक्रिया है कि कैसा ही पराक्रम, सुंदर स्थापत्य हो सब विनष्ट हो जाता है और हम तक आते हैं मात्र अवशेष।

मन्दसौर में शिवना नदी है। अन्य पठारी नदियों की तरह ही इसमें इस समय कम ही जल था परन्तु उसके गहरे काँठे और चट्टानी मार्ग को देखकर अन्दाजा लगाया जा सकता था कि यह वर्षाकाल में निश्चित उद्दाम हो जाती होगी। जब मैंने मन्दसौर में पशुपतिनाथ के बारे सुना था तो आश्चर्य हुआ था क्योंकि पशुपतिनाथ कहते ही नेपाल का स्मरण होता है। मान्यता है कि मन्दसौरवाली पशुपतिनाथ की यह मूर्ति वर्षों पूर्व शिवना नदी में से अचानक मिली थी। पता नहीं कब से यह मूर्ति नदी में धँसी पड़ी थी। सालों-साल धोबी लोग इसके ऊपरी सिरे पर कपड़े पछीट धोते रहे थे। पता नहीं कैसे किसी को इस मूर्ति का पता चला और तब बीस फीट ऊँची चतुर्मुखी लिंग की यह प्रतिमा सामने आयी। यह लिंग जो जिस पाषाण से निर्मित है वह आज भी अद्भुत चमकीला है, जैसे पॉलिश से चमकाया गया हो। शिवना के ही तट पर एक विशाल मन्दिर में यह भव्य और दिव्य प्रतिमा स्थापित है।

लौटने में मन्दसौर की बस्ती भी दिखी। आज तो यह नगर देश के अन्य नगरों जैसा ही साधारण है, कोई विशेषता नहीं है परन्तु कभी यहाँ दस नगर रहे

होंगे। कभी इतिहास का रथ इधर से गुजरा होगा। बड़े-बड़े राजवंशों ने यहाँ राज किया होगा...।

जिस समय हम लोग मन्दसौर से चले, सूर्यास्त की लाली उन्मुक्त भाव से टेकरियों पर छिटकी पड़ी थी। साँझ के गहराते अँधेरे में टेकरियों, जंगलों, खेतों और वृक्षों तथा झाड़ियों को पीछे छोड़ती हमारी टैक्सी उज्जैन की ओर भागी जा रही थी। चारों ओर निर्जन अन्धकार को चीरता अष्टमी का चन्द्रमा आकाश में उग आया था और उस निरभ्र वातावरण में, उसका हलका-सा प्रकाश यहाँ-से-वहाँ तक फैल गया, जिसमें पहाड़ियाँ, जंगल, छोटे-छोटे वृक्ष और सामने का मार्ग सब हलके मगर स्पष्ट दिखायी दे रहे थे। जैसे कितना भी अँधेरा हो, दीये का मद्धिम प्रकाश भी वस्तुओं के आकार-प्रकार को स्पष्ट कर देता है। शहर की बिजलियाँ देखते ही चन्द्रमा अपना प्रकाश समेट गायब हो गया था...उज्जैन आ गया था।

टैक्सी में बैठी बाहर के अन्धकार को देखती मैं सोच रही थी, यात्रा कैसी भी रही हो, छोटी या बड़ी, किसी भी स्थान की हो, धार्मिक या ऐतिहासिक, दो स्थितियों से हमारा साक्षात् करवाती ही है—एक प्रकृति दूसरा मनुष्य। यात्रा में कैसी भी प्रकृति के दर्शन हों नदी, पहाड़, छोटा-सा पोखर या विशाल तालाब, ऊँचे-ऊँचे पहाड़ या निचले डूँगर, चिकनी मिट्टी या चमकीली बालूभरे रेगिस्तान, हरियालीवाले मैदान या नंगे तपते पठार, सब उस विराट् सत्ता से ही हमाराँ परिचय करवाते होते हैं।

उसी प्रकार चाहे शहरी आदमी हो, गाँव-गँवई का, चाहे तथाकथित सभ्य मनुष्य हो, चाहे आदिवासी, जंगली, चाहे सुसंस्कृत भाषा बोलनेवाला हो, चाहे स्थानीय बोली, चाहे अपने धर्म-सम्प्रदाय का हो या किसी अन्य धर्म-सम्प्रदाय का सब-के-सब हमारा परिचय मनुष्य के उस उदात्तीकरण से करवाते हैं, जिसे हम मानवता या मानवीय गुण कहते हैं।

मुझे अनुभव हुआ मैं अब तक कितनी बड़ी प्राकृतिक और सामाजिक सम्पदा से वंचित रह गयी थी। प्रकृति आपके आस-पास फैली मुक्तहस्त से वैभव लुटा रही है और आप हैं कि उस वैभव से अपने को सम्पन्न करना तो दूर अपनी व्यस्तता का बहाना बना उसे दूर से देखना भी नहीं चाहते...!

हम लोग इलाहाबाद वापस लौटने की मानसिकता बना ही चुके थे इसलिए दस दिन बाद का आरक्षण करवा निश्चिन्त हो गये। मित्रों और सगे-सम्बन्धियों से मिलने-जुलने का कार्यक्रम चल पड़ा। सारी औपचारिकता समाप्त हो ही रही थी कि इस बीच पता नहीं क्या हुआ, कैसे हुआ, कुछ समझ में नहीं आया। अचानक पति के कुछ मित्रों ने अभी दो-चार वर्ष मालवा न छोड़ने की सलाह देते हुए, कुछ दिन इन्दौर चलकर रहने का प्रस्ताव रखा। इन्होंने इलाहाबाद वापस लौटने के बहुत-से

तर्क दिये-'स्वास्थ्य साथ नहीं दे रहा है, पत्नी भी अवकाश ग्रहण कर चुकी हैं अब वहाँ अकेले क्या करेंगी, बेटा भी वहाँ नहीं है, इतने दिनों घर बन्द रखना भी ठीक नहीं और सबसे बड़ी बात कि अब इस उम्र में अलग-अलग अकेले रहने का क्या तुक! वगैरह-वगैरह। परन्तु मित्रों ने एक न सुनी, उनका आग्रह बढ़ता ही गया। केवल दो वर्ष इन्दौर रहने का आश्वासन पाकर न चाहते हुए भी हम लोग इन्दौर जाने के लिए तैयार हो गये।

दृश्य बदल गया था।

सामने के दृश्य में एक टैक्सी उज्जैन से इन्दौर जा रही है। इसी टैक्सी से हम दोनों एक मित्र के साथ उज्जैन से इन्दौर चुपचाप शान्त भाव से चले जा रहे थे। मैं ऊपर से शान्त अवश्य थी परन्तु मेरे अन्दर उठ रहे वही शाश्वत प्रश्न-क्यों? क्या? मुझे अशान्त कर रहे थे। न चाहते हुए भी आखिर इन्दौर क्यों जा रहे हैं, वहाँ क्या है? ये प्रश्न भी व्यर्थ ही थे क्योंकि अब मुझे ज्ञात था कि इनका उत्तर किसी के पास नहीं, केवल समय के पास है और उचित अवसर आने पर उत्तर मिल भी जायगा। फिर भी मन था कि घबराये जा रहा था। निश्चित ही इनके मन में भी उथल-पुथल तो मच रही होगी। उज्जैन इन्दौर के बीच दूरी ही कितनी है। डेढ़ घण्टे में ही हमारी टैक्सी इन्दौर हवाई अड्डे के पास ही नव निर्मित एक कॉलोनी में एक बड़े-से मकान के सामने आकर रुक गयी। मकान की साफ-सफाई और व्यवस्था के लिए पहले से आये कुछ मित्र हमारे स्वागत के लिए तैयार थे। मकान बहुत बड़ा और चारों ओर चौड़े बरामदों से घिरा होने के कारण हवादार लग रहा था।

अन्दर पहुँचे तो लगा ही नहीं कि हम पहली बार इस मकान में आये हैं। मित्रों ने मकान को घर बनाने में कोई कसर नहीं छोड़ी थी। पूरा मकान सुरुचिपूर्ण ढंग से सज्जित था। आवश्यकता की प्रत्येक वस्तु वहाँ उपलब्ध थी। इसका अर्थ यह हुआ कि इनको इन्दौर लाने का प्रयास पूर्व नियोजित था। ज्ञात हुआ कि इनके कुछ मित्रों ने एक समाचार-पत्र प्रारम्भ किया था। सहयोग और मार्गदर्शन के लिए इन्हें यहाँ बुलाया गया था। मेरे पति को भी कुछ समय के लिए पत्रकारिता में हाथ आजमाने की इच्छा थी सो वे तो प्रसन्न भाव से इस नयी चुनौती के लिए तैयार हो गये। तो हमारे ग्रह-नक्षत्र हमें यहाँ तक लाये थे। परन्तु समय ने सिद्ध किया कि हमारे पाप ग्रह न चाहते हुए भी हमें यहाँ तक लाये थे।

दोनों बच्चे प्रसन्न थे क्योंकि दोनों ही इन्दौर से मात्र दो घण्टे की हवाई यात्रा की दूरी पर थे। इलाहाबाद निश्चित ही बहुत दूर था। इलाहाबाद के बिजली-पानी तक के कष्ट की तुलना में यहाँ बहुत सुख-सुविधा थी। मैंने भी सोचा कि मन की

बेचैनी को नजरअन्दाज करते हुए जीवन में मिली इस निश्चिन्तता और सुख-सुविधा का लाभ उठाकर प्रसन्न रहने का प्रयत्न करना चाहिए। परन्तु मन था कि उसकी धुकधुकी शान्त हो ही नहीं रही थी। अपनी गृहस्थी को सजाने-सँवारने की इच्छा को पूरी करने के विचार से घर-गृहस्थी में मन लगाने का प्रयत्न भी किया परन्तु किसी भी चीज में मन लग ही नहीं रहा था। वैसे मेरा ननिहाल ददिहाल दोनों ही इन्दौर में थे। वर्षों बाद सगे-सम्बन्धियों से मिलने का अवसर मिल रहा था। ये भी अपने बाल-मित्रों से सम्पर्क कर प्रसन्न थे। लोग भी उत्साहित थे, हमारे इन्दौर आने से सभी प्रसन्न थे। बस हमारा ही मन उचटा रहता। घर से बाहर निकलते तो आधुनिक इन्दौर की भीड़-भाड़ रास ही नहीं आती। मल्हारगंज के दोनों ओर सजी ढेरों दुकानों, वाहनों के शोर-गुल और लोगों की भीड़-भाड़ के कारण वह सड़क अपने बचपन की वह प्यारी, साफ-सुथरी, खाली-खाली-सी सड़क लगती ही नहीं थी जिस पर गीत गाती स्त्रियों और अनाज से भरी बैलगाड़ियों के बीच से बस्ता टाँगे हम रास्ता बनाते प्रतिदिन स्कूल आते-जाते थे। मेरे दादा जी के घर के सामने के कच्चे मैदान में बड़ा-सा टी.बी. अस्पताल बन गया था जिसके कारण बावड़ी, गोवर्द्धननाथ जी का मन्दिर, उसी के पास एक कोने में स्थित वह पण्डरीनाथ का मन्दिर और उसके पुजारी का वह सम्भ्रान्त महाराष्ट्रीय परिवार जिनके आँगन के मीठे पानी का कुआँ मोहल्ले के लोगों के लिए एकमात्र पीने के पानी का स्रोत था, सब अपने स्थान पर यथावत् होने पर भी पीछे सरके से लगते थे। गोराकुण्ड के ऊपर तो पूरा एक बाजार ही बस गया था। दुकानें बढ़ते-बढ़ते गोवर्द्धननाथ जी के मन्दिर तक चली आयी थीं। मन्दिर फाटक के पास पहले भी कण्ठी, चन्दन, प्रसाद आदि की एक-दो दुकानें हुआ करती थीं। परन्तु अभी तो मन्दिर के फाटक के अन्दर कपड़ों से लेकर चूड़ी, बिन्दी, गोटे-किनारी और नकली आभूषणों से लदी चार-छह दुकानों के कारण एक छोटा-मोटा बाजार ही बस गया था। दुकानों की भीड़ के कारण वैष्णवों को आने-जाने में कष्ट होने लगा था। भगवान् के दर्शनों के लिए 'टेरा' खुलते ही देरी से पहुँचे, दौड़ते भक्तजनों की 'बोल गिरिराज धरण की जय' की गूँज के स्थान पर अब दुकानदारों से भाव-ताव करती महिलाओं का शोर सुनायी देने लगा था। सारी स्थिति देखकर ऐसा लगता है किसी प्रायोजित कार्यक्रम में विशिष्ट अतिथियों के लिए अग्रिम पंक्ति खाली करवाने के उद्देश्य से पुलिस साधारण जनता को जैसे पीछे खदेड़ देती है, और वे लोग आस-पास कहीं कोने में दुबककर बैठ जाते हैं। उसी प्रकार आधुनिक इन्दौर ने देवी अहिल्याबाई की प्यारी-सी नगरी को पीछे धकेल दिया था, जहाँ के मौसम तक सुहावने होते थे। शाम तो ऐसी धुली-धुली लगती कि जैसे किसी बच्चे का मुँह धुलवाकर अच्छी तरह पोंछ दिया गया हो... इसीलिए जब भी बाहर निकलते मन खिन्न हो ही जाता। जबकि हम जानते थे कि साठ-सत्तर वर्ष पूर्व की स्थिति को उसी रूप में देखने की इच्छा मूर्खतापूर्ण होती है। जब इतने वर्षों

में आप वही नहीं रह जाते, जो थे तो स्थान और स्थितियाँ वैसी ही कैसे रह सकती हैं? परिवर्तन तो प्रकृति का नियम है। मेरी समझ में इस खिन्नता से बचने के दो ही रास्ते हो सकते हैं, या तो आप अपनी स्मृतियों में बसे अपने गाँव, घर, शहर को दुबारा कभी न देखिये या वहाँ बराबर आते-जाते रहिये, ताकि प्रतिदिन होनेवाले परिवर्तन के आप साक्षी रहें और उस स्थान के परिवर्तित रूप को देखने के अभ्यस्त भी। वैसे यह सब कहने-सुनने की बातें हैं। मन का अपना एक संसार होता है और उसे उसी रूप में रहने देना चाहिए। उस पर आपका कोई बस होता भी नहीं है। बहरहाल ...।

वर्षों से मुझे अपने पिता जी को अपने पास रखने और उनकी सेवा करने की उत्कट इच्छा थी। इस इच्छा को पूरा करने का इससे अच्छा अवसर मिल ही नहीं सकता था। यह सोचकर इस बार की इलाहाबाद-यात्रा में मैं पिता जी को साथ ले आयी। पहले तो पिता जी वही घिसे-पिटे तर्क देते रहे-'साठ-सत्तर वर्ष बाद इन्दौर जाने की इच्छा नहीं है, अब वहाँ क्या रखा है? फिर बेटी के घर जाकर रहना भी अच्छा नहीं लगता। परन्तु उस समय माँ का स्वास्थ्य ठीक नहीं चल रहा था और बहन के लिए भी अपनी नौकरी के साथ दो वृद्ध अस्वस्थ माता-पिता की देख-भाल करना कठिन हो रहा था। फिर इस समय मेरे पास भी सारी सुख-सुविधाएँ थीं। सारी स्थिति को देखते हुए और शायद एक बार अपनी जन्मभूमि को पुनः देखने की स्वाभाविक इच्छा कहीं उनके मन में दबी होगी, इसीलिए कुछ समय के लिए उन्होंने मेरे साथ इन्दौर आना स्वीकार कर लिया। पूरे दस माह पिता जी को सम्मानपूर्वक अपने पास रखा। उनकी देखभाल और सेवा कर मैं प्रसन्न थी, और वह भी सन्तुष्ट थे।

वर्षभर के अन्दर बेटा भी हमारे पास इन्दौर आ गया। जब वह छोटा था उस समय भी मेरी भाग-दौड़ देखकर अक्सर कहा करता कि जब मैं बड़ा होकर अपने पैरों पर खड़ा हो जाऊँगा तो सदा आप लोगों को अपने साथ रखूँगा, फिर आप लोगों की देखभाल और सेवा करूँगा। मेरा कष्ट और भाग-दौड़ जब से समझने लगा था, कहता, 'माँ आपने हम लोगों और बाबा को भी यहाँ तक पहुँचाने में कितना परिश्रम किया, कष्ट उठाये, क्या कुछ नहीं झेला है, वास्तव में आपने दो नहीं, तीन बच्चों को पाल-पोसकर बड़ा किया है। मुझे सब समझ में आता है आपने हमारे लिये किस प्रकार दिन-रात एक किया है, और आपको किसी ने नहीं देखा, आपके लिए किसी ने कुछ नहीं किया, मैं आपको खूब आराम दूँगा। अब जब वह इन्दौर आ गया तो सचमुच उसने सारी जिम्मेदारी अपने ऊपर ले ली और मुझे मुक्त कर दिया। उसके आ जाने से सचमुच सुविधाएँ बढ़ गयी थीं।

शशांक प्रारम्भ से ही कोमल हृदय, दयालु और सेवाभावी था। उसके मन में किसी के लिए दुर्भावना अधिक समय टिक नहीं पाती थी। अगर कभी किसी की कोई बात उसे बुरी भी लगती तो वह दूसरे ही क्षण उसे भूल सहज हो जाता। उसके

बचपन की एक मजाकदार घटना याद आ रही है। उसकी उम्र कोई पाँच-छह वर्ष रही होगी। एक दिन वह और उससे चार वर्ष छोटी केना, पलँग पर चढ़ तकिये पर कूद रहे थे। इसी समय ये आ गये और इन्होंने डाँटकर दोनों बच्चों को पलँग से उतार दिया। शशांक तो डाँट खाकर चुपचाप खड़ा हो गया। केना छोटी भी थी और पिता की लाड़ली भी। वह डाँट खाकर भी 'बाबा'-'बाबा' करती इनके गले में झूम गयी और ये भी उसे प्यार करने लगे। शशांक भी बच्चा ही था। जब उसने बहन को इस तरह पिता को लाड़ करते देखा, तो वह भी इनको प्रसन्न करने के उद्देश्य से 'बाबा'-'बाबा' करता हुआ हाथ बढ़ाकर इनकी ओर बढ़ा। उसने सोचा होगा कि मैं भी इस तरह लाड़ दिखाऊँगा तो पिता का क्रोध शान्त हो जायगा। परन्तु ये बिना कुछ सोचे बेटे को हाथ से झिड़कते हुए बोले—'चलिये, हटिये सामने से, यह सब लाड़ अपनी माता जी को दिखाइये।' मुझे बहुत बुरा लगा था, परन्तु बच्चों के सामने कुछ न बोल, मैं आँखों में आँसू भरकर इन्हें घूरती खड़ी रही। डाँट खाकर वह मुश्किल से दो मिनट दिवाल से सटा चुपचाप खड़ा रहा और थोड़ी देर में ही सब-कुछ भूल पिता को प्रसन्न करने की चेष्टा में उनके पास जाकर प्यार से बोला 'बाबा, आपके लिए पानी लाऊँ।' मैं बच्चे का निर्दोष चेहरा देखती ही रह गयी...कितना भोला है। यह अपना अपमान भी भूल गया जबकि मैं चाह रही थी कि यह कम-से-कम दो-चार घण्टे तो पिता से नाराज रहे ताकि उन्हें अपनी भूल का अहसास हो। बड़ा होकर भी उसके स्वभाव में कोई अन्तर नहीं आया। हम लोग तो उसकी दृष्टि में दुनिया के सबसे अच्छे माता-पिता थे ही।

शशांक देखने में भी बहुत गोरा सुन्दर था, विशेषकर उसकी आँखें। उसकी आँखें सदा इतनी तरल रहतीं जैसे जुकाम हुआ हो। उसके मित्र तो उसकी लम्बी बरोनियोंवाली अर्द्धनिमीलित आँखें देख, उसे मृगनयना कहकर चिढ़ाते और बड़े लोग उसे सच्चिदानन्द कहते, क्योंकि उसके ओंठों पर सदा एक मुस्कान खेलती रहती जैसे पता नहीं किस आनन्द में है। परोपकारी तो इतना कि किसी की भी सहायता करने को तैयार हो जाता। एक बार किसी लड़के को सौ रुपये की आवश्यकता थी। उसके पास चार सौ रुपये थे और वह लड़का अपनी बहन को विवाह में जो उपहार देना चाहता था उसमें पाँच सौ रुपये का खर्च था। उसने शशांक से सौ रुपये माँगे और इसने उसकी बहन के विवाह तक सौ रुपये का प्रबन्ध करने का वादा कर लिया। इसके लिए उसने सौ रुपये महीने की एक ट्यूशन कर ली और पैसे मिलने पर उस लड़के को रुपये देकर ट्यूशन छोड़ दी। यों वह मोहल्ले के लड़के-लड़कियों को मैथ में समस्या होने पर उनके यहाँ पहुँच जाता, विशेषकर लड़कियों की माता जी तो उसे बड़ी मनुहार से बुलाती ही रहती। परन्तु ट्यूशन करने में उसका विश्वास नहीं था। अपने मित्रों को भी वह कहता रहता था कि जब तक आवश्यकता न हो, केवल जेब खर्च के लिए ट्यूशन नहीं करनी चाहिए। परन्तु विद्यार्थी काल में पढ़ाई में किसी

की भी सहायता अवश्य करना चाहिए, इससे आपका विषय मजबूत होता है। मेरे पूछने पर उसने इतनी सहजता से बताया कि एक लड़के को सौ रुपयों की अत्यन्त आवश्यकता थी तो मैंने एक माह के लिए ट्यूशन कर ली। आपसे माँगना मुझे उचित नहीं लगा, और मुझे मालूम है कि आपके पास अतिरिक्त पैसा नहीं होता।

मोहल्ले की समस्याओं को हल करने में तो वह सदा आगे रहता, चाहे बाढ़-पीड़ितों की सहायता करनी हो, चाहे कार-सेवकों को भोजन के पैकेट पहुँचाने हों या किसी शव को कन्धा देकर श्मशान पहुँचाना हो। वर्ष में तीन-चार बार तो उसे स्मशान जाना ही होता। यहाँ तक कि श्मशान की देख-भाल करनेवाली महिला उसे देखते ही कहती–'आय गये भैया।' उस समय इलाहाबाद में श्मशान घाट की देखभाल एक महिला के हाथ में थी। पति के दिवंगत हो जाने पर वह जेठ-देवरों से अपना हिस्सा अलग कर उसकी देख-भाल करने लगी और अपने दोनों बेटों को स्कूल भेजने लगी। सभी लोग उसके घाट की सफाई, प्रबन्ध तथा उसके काम की प्रशंसा करते थे। वह अन्तिम संस्कार भी विधिवत् सम्पन्न करवाती थी। कोई व्यक्ति उसके घाट पर पायजामा-कुरता या पैण्ट-शर्ट पहनकर शवदाह नहीं कर सकता था। सबको धोती पहन उपवस्त्र ओढ़कर ही मुखाग्नि देनी पड़ती थी। कोई धोती न होने का बहाना न बना सके इसलिए स्वयं धोती का प्रबन्ध कर देती थी। शशांक तो शवयात्रा में सदा धोती पहनकर और वापसी में गंगा-स्नान के लिए एक अँगोछा कन्धे पर डालकर ही निकलता इसलिए वह महिला उससे बहुत प्रभावित थी। कई बार अपनी व्यक्तिगत समस्या भी उससे साझा कर लेती थी। हमारे अहाते के वृद्धों की तो वह जान ही था। दाहिने तरफ रहनेवाले ईसाई वृद्ध तो अपने आँगन में बैठे-बैठे ही चिल्लाते रहते, 'शिशु बेटा, मेरा चश्मा, मेरी जूती कहाँ है जबकि चश्मा सदा उनकी आँखों पर होता और जूती उनके पैरों में। क्योंकि उनके आँगन से हमारे कमरे की खिड़की में बैठा, पढ़ाई करता शशांक उन्हें दिखायी देता था, बस उसे अपने पास बुलाने के लिए चिल्लाते रहते। बायें हाथ रहनेवाली वृद्धा ठाकुर माँ की आवाज पर तो वह भोजन छोड़, उनके लिए रिक्शा लेने दौड़ा जाता।

जब वह कुछ बड़ा हुआ तो आस-पास के लोग अक्सर अपनी समस्याओं का हल भी उससे पूछते रहते। उन लोगों का मानना था कि शशांक के मुँह में बत्तीस दाँत हैं, वह जो भी कह देता सत्य हो जाता है। हम भी लोगों के विश्वास की सत्यता को कई बार परख चुके थे परन्तु प्रत्यक्षतः उसकी बातों को गम्भीरता से न लेते हुए, सदा उसे इस तरह बोलने के लिए डाँटते रहते और निरुत्साहित भी करते। एक बार तो ये बहुत ही क्रोधित हो गये थे। आते ही मुझसे शिकायत करते हुए बोले 'तुमने और मोहल्लेवालों ने शशांक को सिर पर चढ़ा रखा है, पता नहीं क्या-क्या बोलता रहता है। मालूम है आज मेरे प्रकाशक ने हँसी-हँसी में इससे

अपने प्रकाशन के बारे में पूछा और यह अचानक बोल पड़ा, 'अंकल, आपका इतनी मेहनत से खड़ा किया गया यह प्रकाशनगृह एक दिन आपके हाथ से निकल जायगा, हो सकता है बिक जाय।' उनको कितना बुरा लगा होगा। मेरी तो समझ में नहीं आ रहा था कि मैं बात को कैसे सँभालूँ। उस समय तो अपराधी की तरह मैं सब सुनती रही। बाद में मैंने धीरे से कहा, 'इसमें मेरा या शशांक का क्या दोष है? सामनेवाला इस तरह की कोई बात पूछा ही न करे। उसने तो कितनी बार कहा है कि वह सोचकर कुछ नहीं बोलता, बस उसके मुँह से निकल जाता है। वह तो कहता ही रहता है कि उसे स्वयं आश्चर्य होता है कि उसके मुँह से यह क्या निकल गया। वास्तव में वह उस समय चेतनाशून्य हो जाता है। मुँह से वाक्य निकल जाने के बाद वह सजग होता है। तो वह कैसे और किस बात का ध्यान रखे। करीब पन्द्रह वर्ष बाद जब यह घटना वास्तव में घटित हुई तो न यह बात बोलनेवाला शशांक इस संसार में था न ही उसको डाँटनेवाला पिता। हाँ, जिन्हें बताया गया था वे अवश्य थे। भाइयों के झगड़ों में अपने हाथों अपना प्रकाशन गृह बेचते हुए उन्हें शशांक की याद आयी तो होगी।

शशांक हमारे पास इन्दौर अपनी इच्छा से आ गया था और जब उसे यहाँ अपने मनपसन्द का काम मिल गया तो हम प्रसन्न के साथ-साथ निश्चिन्त भी थे। गाड़ी पटरी पर आ गयी है सोचकर हमने उससे विवाह कर परिवार बसाने की चर्चा करने का विचार किया। पहले जब भी विवाह की बात छेड़ते, वह अपने तर्क देकर थोड़ा रुकने को कहता। इस बार ऐसा कोई कारण समझ में नहीं आ रहा था इसलिए हम लोगों ने अपना निर्णय सुना दिया कि अब देर करने का कोई कारण नहीं है। इस बार हमारी बात मानकर उसे विवाह करना ही होगा। हम भी इस उम्र में उसका घर बसाकर अपने उत्तरदायित्व से मुक्त होना चाहते हैं। बेटा विवाह करने के लिए तैयार तो हो गया परन्तु उसने एक शर्त रखी कि हमें लड़की ढूँढ़नी ही नहीं, पसन्द भी करनी होगी। उसका कहना था कि जिस कन्या के लिए बाबा हाँ कर दे, उसी को बहू बनाकर ले आइये। मैं आपका स्वभाव जानता हूँ। आपको क़िसी से कोई समस्या नहीं और जहाँ तक मेरा प्रश्न है, मैं क़िसी से भी निभा लूँगा। बाबा का थोड़ा इधर-उधर नहीं चलता है इसलिए अन्तिम निर्णय बाबा का ही हो तो ठीक है।

हरी झण्डी मिलने से यह तो स्पष्ट हो गया कि बेटा विवाह के लिए मानसिक रूप से तैयार है। अब सारा उत्तरदायित्व हमारा है। बेटे से सम्बन्ध के सिलसिले में पत्र तो पहले से आ रहे थे, अब हम उन्हें गम्भीरता से लेने लगे। इनका तो पहले से ही मानना था कि, 'मैं किसी की कन्या देखकर हाँ-ना नहीं कर सकता। मैं तो

जिसे पहली बार देखूँगा वही मेरे लिये फाइनल होगी। मुझे विश्वास है कि मेरे बेटे के लिए और इस परिवार के लिए जो योग्य कन्या होगी वही मेरे घर की लक्ष्मी बनेगी। ज्यादा दौड़-भाग करने की आवश्यकता नहीं है।' और उनके इस विश्वास पर ही तो हमारे घर के सारे निर्णय-बच्चों की पढ़ाई से लेकर बेटी के विवाह तक लिये गये थे। इसलिए इस बार भी कोई असुविधा नहीं हुई। अनुभवी मित्रों ने सलाह भी दी कि विवाह-पूर्व कन्या का घर-द्वार देख लिया जाय तो ठीक रहता है परन्तु ये अपने निर्णय पर अडिग रहे।

सामने चल रही रील में यह जो इतने धूमधाम से बारात जा रही है न वह मेरे बेटे की ही तो है। और सजी हुई घोड़ी पर दूल्हे के वेश में बैठा यह सजीला जवान, मेरा शशांक ही तो है। उसका माथा इतना क्यों चमक रहा है क्या लगाया है? कुछ नहीं, कुछ नहीं लगाया। उसका ललाट तो सदा ऐसा ही चमकता रहता था। जब छोटा था दो-तीन वर्ष का तो कॉलेज में अध्यापिकाएँ अक्सर पूछती थीं, 'आप अपने बेटे के मुँह पर क्या लगाती हैं जो उसका माथा सदा चमकता रहता है? मेरे उत्तर देने के पहले ही 'उस्तानी जी' (उर्दू पढ़ानेवाली वृद्ध अध्यपिका को 'उस्तानी जी कहते थे।) बोल पड़ती, 'अरे बच्चे के चेहरे पर रूहानी चमक है, कुछ लगाने से ऐसी चमक होती है क्या! अन्य लड़कों के साथ जो छोटा-सा लड़का नृत्य कर रहा है वह मेरा नवासा है। हाँ, शहबाला बनाकर इसे घोड़ी पर दूल्हे के साथ बैठाया गया था, नाचने के शौक में नीचे उतर गया है। अरे, मेरे ठठरी पैरों में भी कैसी हरकत होने लगी...। बारात चलने के पहले मुझे घोड़ी के आगे कितना नचाया गया था न! पैरों में दर्द तब भी था परन्तु उत्साह भी तो कुछ होता है...। यह छोटी बच्ची जो कलश लेकर आगे-आगे चल रही है वही मेरी नवासी है। अरे अभी तक वह गाड़ी में मेरे पिता जी के साथ बैठी थी, इतनी छोटी बच्ची इतना कैसे चलेगी! यह तो कन्या-पक्ष के लोग सामने खड़े हैं न, आठ-दस कदम ही तो चलना है। गाड़ी में बैठे वह वृद्ध सज्जन मेरे पिता जी ही तो हैं। माँ तो नहीं रहीं और पिता जी भी तो विवाह सम्पन्न होने के बाद एक सप्ताह में ही चल बसे थे।

धूम-धाम से बेटे का विवाह सम्पन्न हो गया। एक संस्कारी परिवार की सुयोग्य कन्या हमारे घर की बहू बनकर आ गयी। इन्होंने अपनी पसन्द का नाम **'वन्दिता'** दिया। सभी कार्यक्रम सुरुचिपूर्ण ढंग से निर्विघ्न सम्पन्न हुए। विवाह में मित्रों के अतिरिक्त आस-पास के बहुत-से सगे-सम्बन्धी भी आये। वर्षों बाद इस परिवार में माता-पिता की उपस्थिति में बेटे का विवाह हो रहा था। नहीं तो कभी पिता हैं तो माँ नहीं, माँ है तो पिता नहीं, कभी दोनों नहीं। दूसरे लोगों ने ही माता-पिता बन विवाह सम्पन्न करवाये थे। सप्ताह के अन्दर सभी मेहमान विदा हुए। हम भी अन्तिम

उत्तरदायित्व पूरा कर सन्तुष्ट थे। कहना तो चाहिए कि प्रसन्न थे परन्तु ...शायद प्रसन्न होने की चेष्टा कर रहे थे। मैंने अपनी घबराहट की चर्चा किसी से नहीं की थी। जब मुझे ही कारण स्पष्ट नहीं था तो मैं किसी से क्या कहती। परन्तु जब मैंने विवाह की तैयारियों से लेकर विवाह सम्पन्न होने तक इनके चेहरे पर एक अजीब-सी छाया अनुभव की तो कई बार इच्छा हुई कि मैं अपने अन्दर की घबराहट इनसे कहूँ, हो सकता है उनके अन्दर भी कुछ हो रहा हो तो कारण स्पष्ट हो जायगा। यह सब मेरा भ्रम भी हो सकता है सोच, चुप रही। अपनी अकारण हो रही घबराहट की चर्चा का यह उचित समय था भी नहीं। इनके सदा प्रसन्न रहनेवाले चेहरे पर पूरे समय एक प्रकार की उदासी देखकर बेटे को भी कुछ सन्देह हुआ था। उसने मुझसे पूछा भी था कि सब-कुछ तो बाबा की इच्छानुसार हो रहा है फिर वे प्रसन्न क्यों नहीं लगते, क्या कारण है? मुझे लगता है—'ही इज नॉट इनज्योइंग।' मैंने स्वास्थ्य ठीक न होने का बहाना बना दिया। मैं स्वयं उसी मानसिकता में थी, क्या कहती।

जब बेटा विवाह के दो दिन बाद ही ऑफिस जाने को तैयार हुआ तो मैंने आश्चर्य से पूछा—

—तुम्हारी छुट्टियाँ समाप्त हो गयीं क्या, बेटा?

—पूरे एक महीने की छुट्टी ली थी माँ, अब तो ऑफिस जाना होगा।

मैंने दबी जबान से कहा,—

—अगर पन्द्रह-बीस दिन की छुट्टी और ले लेते तो इसी सिलसिले में सारे काम पूरे हो जाते। तुम लोग कहीं बाहर घूम आते। वन्दिता भी अपने पीहर हो आती, फिर हम सब मिलकर इलाहाबाद चलते। वहाँ गंगा-पूजन, देव-दर्शन, मित्रों से मिलना-जुलना और पार्टी सब एक साथ हो जाता। इसी सिलसिले में सारे कार्य सम्पन्न हो जाते। वापस लौटकर तो ऑफिस वगैरह प्रारम्भ होना ही है। परन्तु जब उसने बताया कि कम्पनी के आवश्यक कार्य से उसे हफ्ते-दस दिन के लिए बाहर जाना ही है, लौटकर ही बचे हुए काम सम्पन्न होंगे। हमने भी सोचा, चलो ठीक है पन्द्रह दिन बाद ही सही, शान्ति से कार्यक्रम बनाया जायगा।

दिनचर्या अपनी गति पकड़ने लगी थी। मेरी घबराहट भी बढ़ती जा रही थी। किसी से कुछ कह नहीं सकती थी क्योंकि कारण स्पष्ट नहीं था। बेटे को गये दस दिन होने को आ रहे थे। लौटने के पहले उसने फोन से सूचित किया कि वह सुबह दस बजे तक घर पहुँच जायगा। हम लोग उसकी प्रतीक्षा करते बैठे रहे...देरी होती देख मैंने कम्पनी में फोन कर सूचना प्राप्त करने का प्रयत्न किया। वहाँ से एक ही उत्तर आ रहा था—हमारे पास कोई सूचना नहीं है। आप लोग घबरायें नहीं सूचना मिलने पर हम स्वयं सूचित कर देंगे। मैंने जब मालवीय जी जो कम्पनी के सर्वेसर्वा थे, से सम्पर्क करना चाहा तो मालूम हुआ मलवीय जी सुबह दस बजे ही दो लोगों

जा रही थी, कलेजा मुँह को आ रहा था...।

अचानक दरवाजे की घण्टी बजी। द्वार खोला तो दो व्यक्ति सामने खड़े थे। उन्हें बैठने का कहकर मैंने उनसे इस दोपहर में आने का कारण पूछा। वे कुछ देर चुप बैठे, मुझे देखते रहे, वे दूर चौकी पर बैठे थे। उन लोगों के मौन इधर-उधर देखने से मुझे असुविधा हो रही थी। थोड़ी देर चुप रहने के बाद उनमें से एक बोला—'सुबह नौ बजे इन्दौर से पचास किलोमीटर पहले शशांक जी की टैक्सी एक टैंकर से टकराकर दुर्घटनाग्रस्त हो गयी। दुर्घटना भयानक थी, गाड़ी बिलकुल पिचक गयी। उसमें शशांक जी के साथ दो व्यक्ति और थे, तीनों ...शशांक जी के कार्ड से पुलिस ने सुबह ही कम्पनी में फोन पर सूचना दे दी थी। मालवीय जी उसी समय दो व्यक्तियों के साथ घटना-स्थल पर पहुँच गये थे। अभी उनका फोन आया है, वे एक घण्टे में सारी आवश्यक कार्यवाही कर शव-वाहन के साथ पहुँच रहे हैं। हमें आप लोगों को सूचना देने भेजा गया है। रटे हुए की तरह पूरा वाक्य एक ही साँस में बोलकर वे खड़े हो गये, और हाथ जोड़कर जैसे आये थे, वैसे ही चले गये। एक क्षण तो मैं उन्हें जाते हुए देखती रही...। जैसे ही मैं चैतन्य हुई, मैंने इनकी ओर देखा। ये स्थिर यथावत् बैठे हुए थे। मुझे कुछ समझ नहीं आया और मैं दौड़ती हुई वन्दिता के कमरे में गयी और उसे कसकर पकड़ लिया...। उसके टूटते बाँध को सँभालने के लिए...। वह स्थिति भाँप चुकी थी...।

ठीक एक घण्टे बाद शव-वाहन भी आ गया...। उसके पहले ही पूरा घर लोगों से भर गया तो..., हमसे पहले लोगों को यह समाचार मिल चुका था। अब किसी से यह पूछने का भी लाभ नहीं था कि जब सारे दिन हम परेशान प्रतीक्षा करते रहे, तब सुबह दस बजे घटित हुई दुर्घटना की सूचना हमें समय पर क्यों नहीं दी गयी? अगर सूचना मिल भी जाती तो हम क्या कर सकते थे। हमारी सहायता के लिए दौड़ना भी तो उन्हीं लोगों को था! ये अपने स्थान पर स्थिर वैसे ही बैठे रहे जैसे दुर्घटना का समाचार सुनते हुए बैठे थे, और वहीं से सूनी आँखों से बरामदे में रखे जा रहे बेटे के शव को एकटक देख रहे थे। और दुर्घटना की सूचना के साथ ही किसी ने एक बड़ी-सी चट्टान मेरे कलेजे पर रख दी थी, जिसके नीचे मेरा हाहाकार, मेरी चीत्कार, मेरे आँसू दब गये थे, जो कभी फूट नहीं सके, केवल रिसते रहे...। वन्दिता का बाँध टूट चुका था, वह अपनी किसी स्थानीय मौसी की गोद में सिसकती अचेत पड़ी थी...मैं बरामदे के एक कोने में मूर्तिवत् बैठी वह सब देख रही थी जो बरामदे में हो रहा था।

हमारा समाज ही ऐसा है कि ऐसे अवसर पर कुछ सदाशयी व्यक्ति बिना बुलाये ही आकर सब-कुछ विधिवत् सम्पन्न कर देते हैं। वही सब हमारे बरामदे में हो रहा था। मैं अचम्भित, आँखें फाड़े देख रही थी...। लोगों ने शव को घेर रखा था। नहलाने

के बाद कोरी धोती में लपेट माथे पर चन्दन का टीका लगा दिया था। मैं धोती में लिपटे धरती पर पड़े अपने बेटे की स्वस्थ सुन्दर काया को निर्निमेष देखते हुए सोच रही थी-यह कैसा 'एक्सीडेण्ट' है! सुना तो था कि दुर्घटना भयानक थी टैक्सी पिचक गयी, उसमें बैठी सवारियों के शरीर इतने क्षत-विक्षत हो गये थे कि पहचानना कठिन था। शशांक भी तो उसी टैक्सी में था। इसके शरीर पर तो एक भी खरोंच नहीं है। इसके आँख, कान, नाक, चेहरा, हाथ-पैर की उँगलियाँ सभी अंग तो सही-सलामत हैं। कहीं कोई कट तक का निशान नहीं। और-तो-और हाथ में बँधी घड़ी यथावत् चल रही है। उँगली में पड़ी अँगूठी और गले की चेन सब-कुछ तो वैसी ही है। यहाँ तक कि माथे पर लगा चन्दन तक चेहरे को सजीवता प्रदान कर रहा है, फिर क्या हुआ था? किससे पूछूँ और क्या? 'पोस्ट मार्टम' की रिपोर्ट तो सामने थी। रिपोर्ट तैयार करनेवालों की खानापूर्ति तो एक वाक्य में समाप्त हो गयी थी–'इण्टरनल इनजरी' अन्दरूनी चोट थी...।

बेटे के शव पर हाथ फेरते हुए मेरे मुँह से बार-बार यही निकल रहा था,–'तुमने यह क्या किया? तुमने ऐसा क्यों किया बेटा? अगर तुम्हें जाना ही था तो कुछ दिन पहले जा सकते थे। एक लड़की की जिन्दगी मँझधार में छोड़कर जाने का पाप तुमने अपने सिर क्यों लिया? हमारा तो केवल बुढ़ापा बिगड़ा, उसकी तो दुनिया ही उजड़ गयी, ऐसा क्यों किया? जैसे बेटे का इस प्रकार अचानक चले जाना उसके अपने हाथ में था। लोग मुझे आश्चर्य से देख रहे थे। मुझे रोने-चिल्लाने तथा धरती पर पछाड़ खाने से रोकने, मुझे पकड़ने, सँभालने के लिए बढ़े हुए हाथ, सहसा रुक गये थे...। लोग मुझे ऐसे देख रहे थे जैसे मैं उसकी माँ नहीं, कोई और हूँ। मुझे स्वयं समझ में नहीं आ रहा था कि मुझे क्या हो गया है। मैं सचमुच रोना चाह रही थी चीत्कार के साथ रोना...परन्तु मेरे पूरे अस्तित्व को पत्थर के नीचे दबा, पता नहीं कौन वीतरागी मेरे अन्दर खड़ा हो गया था।

क्या सामाजिकता है! सामने चल रही रील के दृश्य में शवयात्रा के साथ कितने लोग चल रहे हैं। ये वही लोग हैं जो कुछ दिन पूर्व बारात में साथ चल रहे थे। प्रमुख द्वार पर एकत्रित महिलाएँ और बच्चे भी वही हैं जो फूलों से सजी कार को देखकर द्वार पर जमा हो गये थे, नयी बहू की एक झलक देखने के लिए, नयी जोड़ी की प्रशंसा करते हुए कह रहे थे– 'एकदम लक्ष्मी-नारायण की जोड़ी है।' आज आँसू बहाने और सान्त्वना देने के लिए वे ही सब एकत्रित हो गये हैं...।

स्त्रियों के बीच खड़ी मैं सूनी आँखों से अपने बेटे को हमेशा के लिए जाते देख रही थी...। बेटा मेरी आँखों से दूर, बहुत दूर जा रहा था सदा-सदा के लिए और इधर मेरे कलेजे में तीखा, नुकीला-सा काँटा धँसता जा रहा था गहरे और गहरे...। शवयात्रा के आँखों से ओझल होते ही मैं भीड़ को चीरती हुई सीधे वन्दिता के पास पहुँची। उसके सिर पर हाथ फेरते हुए केवल इतना बोल सकी, **'कोई बात नहीं, मेरे बेटे**

ने तुम्हें धोखा दिया है, बीच मझधार में तुम्हें छोड़ गया है, मैं तुम्हारा साथ दूँगी, घबराओ मत।' मेरी हरकतों को देख, लोग मुझे विक्षिप्त समझ रहे थे, परन्तु मैं पूरी तरह होशो हवास में थी। कहना चाहिए जीवन में पहली बार मैं इतनी शान्त, इतनी होश में, इतनी चैतन्य थी...। महीनों से हो रही घबराहट एकदम शान्त थी। कर्त्तव्य बोध जाग्रत हो चुका था। मुझे अब दो टूटते व्यक्तियों को सहारा देना है, पूरी तरह बिखरने से उनको बचाना है।

दूसरे दिन केना भी पहुँच गयी थी। अभी कुछ ही दिन तो हुए जब वह अपने इकलौते भाई के विवाह में दौड़-दौड़कर घर-बाहर के काम निपटाती, गाती-बजाती, भाई-भाभी का स्वागत कर, खुशी-खुशी अपने घर लौटी थी। अभी तो परदेश में अपने घर पहुँच, अपने इष्ट-मित्रों से अपने भाई के विवाह के किस्से और आनन्द साझा भी नहीं कर पायी थी कि वज्रपात करता यह अविश्वसनीय समाचार... कई बार अविश्वसनीयता पर भी विश्वास करना ही पड़ता है...। आना तो था ही, आयी भी, परन्तु उसे हमारे पथरीले चेहरों ने उसे स्वयं पत्थर बना दिया था...।

अपने एकमात्र भाई के सहसा इस तरह अचानक चले जाने का आघात उसके लिए भी कम नहीं था...। एक बहन ही भाई के महत्त्व को समझ सकती है, और वह भी शशांक जैसे बड़े भाई का, जो भाई के साथ-साथ उसका मित्र और संरक्षक भी था। एक प्रकार से वह तो उसके लिए 'सपोर्ट सिस्टम' ही था। उसे कहीं जाना हो किसी मित्र के यहाँ या अन्य किसी काम से, झट अपनी साइकिल पर बैठा, मिनटों में सारा काम करवा देता था। उसके खेल-कूद, एन.सी.सी., वाद-विवाद प्रतियोगिता या कश्मीर से लेकर दार्जिलिंग तक शिविरों में लड़कों के साथ भागीदारी को लेकर, भाई ने कभी कोई अड़ंगा खड़ा नहीं किया जैसा कि उसके मित्रों के भाई लोग करते थे। बल्कि वह तो उसके साथ के प्रतिभागी लड़कों से मिलकर, बातचीत कर, उनसे जान-पहचान कर लेता था। मोहल्ले से लेकर विश्वविद्यालय तक सबको मालूम होता था कि केना, शशांक की बहन है और इसीलिए उसे कभी कोई असुविधा नहीं हुई और वह बराबर पढ़ाई के साथ-साथ पाठ्येतर कार्यक्रमों में भाग ले सकी और सफलता भी प्राप्त कर सकी।

परन्तु इस कठिन समय में उसे यह आघात अकेले ही झेलना भी पड़ा और इस दुःख को अन्दर-ही-अन्दर जीना भी पड़ा...। सामने मूर्तिवत् बैठे माता-पिता से वह क्या अपेक्षा कर सकती थी... क्योंकि उसके सामने तो कई प्रकार के उत्तरदायित्व

मुँह-बाये खड़े हुए थे... नव-विवाहिता भाभी को सँभालना था, उठावने से लेकर तेरहवीं तक का सारा प्रबन्ध अब उसके ही जिम्मे था।

उठावने के दिन अच्छी खासी भीड़ जमा हो गयी थी। सारी औपचारिकताएँ पूरी हो रही थीं। बेटी-दामाद सब सँभाल रहे थे। कम्पनी के छोटे-बड़े कर्मचारी अपने-अपने ढंग से शशांक की प्रशंसा कर रहे थे। बचपन से लेकर आज तक उसकी प्रशंसा ही तो सुनती आ रही थी। कभी विद्यालय में टॉप करने के लिए तो कभी वाद-विवाद प्रतियोगिता में गोल्ड मेडल पाने के लिए। कभी खेलों में अपने हाउस को जिताने के लिए तो कभी साइकिल रेस में प्रथम आने के लिए, कभी किसी के बच्चे को फ्री पढ़ाने के लिए तो कभी किसी होस्टलर को अस्पताल पहुँचाने और अभिभावकों के आने तक रातभर उसके सिरहाने बैठे रहने के लिए। कभी किसी की सहायता के लिए तो कभी किसी की। आज कम्पनी का एक चतुर्थ श्रेणी कर्मचारी कह रहा था, 'मैनेजर साहब बहुत दयालु थे। उन्होंने हम लोगों के दोपहर भोजन में गरम चावल बनवाना शुरू कर दिया था और आश्वासन दिया था कुछ दिनों बाद दाल भी वहीं बनने लगेगी। हमें घर से सिर्फ सब्जी-रोटी लानी होगी। शाम को चाय के साथ नमकीन भी मिलने लगा था। और हम लोगों की दिनभर काम छोड़कर चाय पीने और बीड़ी-पान-तम्बाकू की आदत कम करने के लिए, एक व्यक्ति थोड़ी-थोड़ी देर में हमें तुलसीवाला ठण्डा पानी पिलाता रहता था। मैनेजर साहब शाम को घर जाने के पहले अपने सामने मटके भरवाकर उसमें तुलसी की पत्ती डलवा देते थे। वही पानी हम लोगों को दिनभर मिलता था। पानी पीकर इतनी सन्तुष्टि मिलती थी कि चाय, पान, गुटके की इच्छा ही नहीं होती थी। अब हम लोगों का इतना ध्यान कौन रखेगा। मैं अन्तिम बार बेटे की प्रशंसा सुनते हुए सोच रही थी, जब जन-कल्याण ही उसके जीवन का उद्देश्य था तो फिर ऊपरवाले ने उसे लम्बा जीवन क्यों नहीं दिया!

कुछ दिन लोगों का आना-जाना चलता रहा। अक्सर चार-छह महिलाएँ आतीं और मुझे घेरकर बैठ जातीं, और कुछ-न-कुछ बोलती रहतीं-'सब कर्मों का दोष है, अरे, बहू के पैर शुभ नहीं थे, उसी के दुर्भाग्य से बेचारों को बेटे से हाथ धोना पड़ा।' कोई कहता, 'सुना है बेटे का सारा पैसा, फण्ड, इन्श्योरेन्स वगैरह सब बहू के नाम कर रहे हैं, अगर वह सब ले-लिवाकर दूसरी शादी कर ले तो...अरे, हमारे परिचित के यहाँ ऐसा हुआ है। ये लोग तो सीधे-सादे, भावुक लोग हैं, अगर इनके साथ ऐसा हुआ तो...बेटा भी गया, पैसा भी चला जायगा...।' दो-चार दिन तो मैं लोकाचार में सब सुनती, चुप रहती। मुझे क्या करना है, सबकी अपनी सोच है, आयी हैं तो कुछ तो बोलेंगी ही, क्या फर्क पड़ता है। परन्तु जब इस तरह की बातें असह्य हो गयीं

तो एक दिन मैंने कह दिया—'आप लोग परेशान न हों, हमें कुछ नहीं हुआ है, हमारे घर में कोई गमी नहीं है। बस हमारा बेटा बेटी बन गया है। हम पहले भी तीन थे, अभी भी हम तीन हैं। कृपया हमारे घर बैठकर इस तरह की बातें न करें।'

वैसे भी लोग हमारे बारे में बातें बनाने लगे थे, उनके यहाँ संवेदना प्रकट करने क्या जायँ, वे लोग तो उलटे हमीं से हमारे हालचाल पूछने लगते हैं। पिता तो चुप पत्थर बने बैठे रहते हैं और माँ तो हर समय अपने बारे में कम, वन्दिता की माँ के बारे में सोचकर दुःखी होती रहती हैं, 'वन्दिता की माँ को कैसा लग रहा होगा। जिन मित्रों और पड़ोसियों का मुँह मीठा कर, गाना-बजाना कर अपनी बेटी का कन्यादान करके यहाँ लाये थे, उन्हीं लोगों के बीच अपनी बेटी को इस स्थिति में देखते उन लोगों को कैसा लग रहा होगा। वन्दिता तो अपनी सहेलियों से जैसी मिलकर आयी थी, वैसी ही यहाँ से वापस गयी, उन लोगों ने तो उसे सुहागन देखा ही नहीं। वन्दिता के माता-पिता यह दुःख कैसे सहन कर रहे होंगे। अपनी आँख के सामने बेटी का घर बसने से पहले ही उजड़ता देखना माँ के लिए कितना बड़ा दुःख होता है। ऐसी बातें सुनकर जो आपके घर आपके दुःख में संवेदना प्रकट करने आया है, वह क्या बोले। और लोगों का आना-जाना धीरे-धीरे समाप्त हो गया। वन्दिता को तो उसके माता-पिता अपने साथ ले ही गये थे। उसके पिता से इन्होंने कह भी दिया था कि वे चाहे तो वन्दिता का पुनर्विवाह कर सकते हैं। यहाँ उसका जो कुछ है वह सदा उसी का रहेगा, हम लोग भी उसका घर पुनः बसाने का पूरा प्रयत्न करेंगे।' बेटी भी परदेश में बच्चे छोड़कर आयी थी, इसलिए छुट्टियों में पुनः आने का कहकर वह भी जा चुकी थी क्योंकि वह समझ चुकी थी कि अब हम इन्दौर नहीं रहना चाहते, इलाहाबाद या भोपाल में से तय करना अब उसी की जिम्मेदारी थी। हम लोग तो किंकर्त्तव्यविमूढ़ हो रहे थे। अब घर में सिर्फ हम दो थे। अपने-अपने हाहाकार को दबाये, शान्त। एक-दूसरे से बोलना तो दूर, हम एक-दूसरे की ओर देखते भी नहीं थे। सारे दिन विवाह के बाद के आवश्यक काम निपटाते, बकाया बिलों का भुगतान करते, सामान इधर-उधर करते व्यस्त रहते। इन्दौर छोड़ने का निर्णय तो कर ही चुके थे। अब एक-एक दिन वहाँ भारी लग रहा था। इस बार इलाहाबाद जाने का भी कोई विशेष उत्साह तो नहीं था, परन्तु जाना वहीं चाह रहे थे।

भीड़-भाड़ समाप्त हो गयी थी। एक दिन ये बाहर बरामदे में दो-एक मित्रों के साथ बैठे हुए थे। मित्र अपने-अपने ढंग से इनको सहज करने का प्रयत्न तो कर ही रहे थे, परन्तु शायद इनका तन-मन इस आघात को झेल नहीं पा रहा था।

मन के साथ-साथ शरीर भी निढाल होता जा रहा था। मैं तो अपना सब-कुछ भूल इन्हीं के आस-पास रहती, पर चुपचाप। इनके अखण्ड मौन के सामने कोई बात छेड़ने की हिम्मत ही नहीं होती। कई बार अन्दर से तीव्र इच्छा होती कि इनके कन्धे पर सिर रखकर रो लूँ, रोती रहूँ... हो सकता है मुझे समझाने के चक्कर में यह कुछ सहज हो जाय...। परन्तु कभी हिम्मत ही नहीं हुई, कहीं इनका बाँध टूट गया तो ... इनके तो प्राण ही निकल जायँगे...। मैं इनकी नाजुक प्रकृति और कमजोर मानसिकता से भलीभाँति परिचित थी। मैंने अब तक इनको सारी आँच से बचाया था। सारा आतप स्वयं झेल, यथाशक्ति इन्हें छाया में रखने का प्रयत्न किया था। मुझे मालूम था, इनकी मानसिकता आघात नहीं झेल सकती। मेरी या बच्चों की छोटी-सी बीमारी में इतने नर्वस और दुःखी हो जाते थे कि महीनों इनकी कलम चल नहीं पाती थी। किसी भी विपरीत परिस्थिति का सामना कर सहज हो जाने में इनको बहुत समय लगता था। फिर सब प्रकार से तैयार नव-विवाहित बेटे का यों चला जाना...यह आघात सहकर पुनः सहज हो जाना अकल्पनीय था। अपने मन को शान्त करने के लिए तो मैं ऐसा कर ही नहीं सकती थी, और मैंने अपनी इस इच्छा को सदा के लिए दबा लिया था। इसी दबी इच्छा के साथ मुझे इस संसार से विदा भी होना है, सोचकर मैं अपनी ओढ़ी हुई सहजता दिखा इन्हें भी सहज करने का प्रयत्न करती। पहले से कमजोर मेरा शरीर पूरी तरह से निढाल हो रहा था। चाहकर भी अपने को घसीट नहीं पा रही थी। मैं यह बात अच्छी तरह समझ चुकी थी कि अपने कर्त्तव्य और उत्तरदायित्व की इतिश्री मानकर मैंने भूल की थी। ऊपरवाले ने मेरे भाग्य में मेरे कर्तव्यों की इतिश्री लिखी ही नहीं थी।

एक दिन जब ये बरामदे में बैठे सूर्यास्त देखते-देखते कुर्सी पर ही निढाल हो गये और बार-बार भोजन के लिए आवाज देने पर भी नहीं उठे तो शायद पहली बार मैंने इतनी जोर से लगभग डाँटते हुए कहा-'पहले जब मैं किसी बात से दुःखी होती तो आप मुझे समझाते हुए सदा अपनी प्रिय पंक्तियाँ बोल देते-'देह धरे को दण्ड है, सब काहू को होय।' और मैं सब-कुछ भूल पहली पंक्ति बोल देती-'ज्ञानी भुगते ज्ञान से मूरख भुगते रोय।' और वातावरण सहज हो जाता था। तो... अब क्या हो गया? क्या ज्ञान केवल दूसरों के लिए ही होता है, अपने लिये नहीं। या आप अपने सन्दर्भ में ये पंक्तियाँ भूल चुके हैं? हमारे साथ क्या कुछ नया हुआ है? क्या प्रतिदिन दुर्घटनाओं के समाचार नहीं आते? क्या वे हमारी तरह ही माता-पिता नहीं होते? घटना तो कुछ नयी नहीं है, केवल सन्दर्भ बदल गया है।

मेरे इतना और इस तरह बोलने का शायद सकारात्मक असर हुआ। इतने दिनों

में पहली बार इन्होंने मुझे भर आँख देखा और मुँह से एक वाक्य निकला-'धन्य हो, किसी भी परिस्थिति का सामना करने की अद्‍भुत क्षमता है तुम में। बहरहाल ये सहज होने की चेष्टा तो करने लगे थे।

एक दिन ये बाहर बैठे अपने किसी मित्र से वापस इलाहाबाद जाने की चर्चा कर रहे थे। मैं कई प्रकार के प्रश्नों से घिरी बैठी थी। वैसे भी हम पास बैठने और आपस में बात करने से बचने लगे थे। घर में सदा तीसरे की उपस्थिति अनिवार्य लगने लगी थी। वह तो भला हो उस नौकरानी का जिसने ऐसे समय हमारा साथ दिया। पूरा घर सँभाल लिया, नहीं तो रोटी के लाले पड़ रहे थे। हम दोनों ही यथाशक्ति अपने को बिखरने से बचा रहे थे परन्तु मैं अपने अन्दर उठ रहे प्रश्नों से अपने को बचा नहीं पा रही थी। न चाहते हुए भी प्रश्न थे कि चैन नहीं लेने दे रहे थे--अब क्या होगा? बचा जीवन कैसे कटेगा? वन्दिता का क्या होगा? अगर उसका घर न बस पाया तो क्या वह हम दो अशान्त वृद्धों के साथ रहना चाहेगी? हम किस मुँह से उसे अपने पास रखने पर जोर दे सकेंगे? सबसे बड़ा प्रश्न तो मेरी इस बीमारी का है, जिससे अब तक सब लोग अनजान हैं। दस वर्ष पूर्व ही मैंने कानपुर में चेकअप करवाकर डॉक्टर की राय जान ली थी कि जल्दी ही ऑपरेशन करवा लेना चाहिए। मैं यह सोचकर अकेली जूझती रही कि अभी नैया मँझधार में है, कभी तो किनारे लगेगी ही तब तक भगवान् मुझे शक्ति देता रहेगा, मैं दर्द सहन करती रहूँगी। हुआ भी यही भगवान् ने मुझे शक्ति दी, पूरे दस वर्ष निकल गये। बच्चे पढ़-लिखकर बड़े हो गये, बेटी का घर बस गया, बेटा अपने पैरों पर खड़ा हो गया, इन्हें भी अपनी साधना का प्रतिफल प्राप्त हुआ और मैंने भी नौकरी पूरी कर अवकाशप्राप्त कर लिया। सोचा था बेटे का विवाह होते ही अपनी बीमारी सबको बताकर इलाज शुरू कर दूँगी, अब कैसे क्या होगा? मुझे पता था कि इस बीमारी का इलाज आसान नहीं है। खर्च की दृष्टि से भी और भोगने की दृष्टि से भी। इसके इलाज में इतना कष्ट होता है कि व्यक्ति बिना इलाज दर्द से मरना पसन्द करता है। इलाज और दवाइयों का शरीर पर प्रतिकूल प्रभाव पड़ता है सो अलग। मेरे शरीर की हड्डियाँ तो पहले ही इतनी कमजोर हैं...। वैसे मुझे पूरा विश्वास था कि तब तक मेरे लिये ही सही, इच्छा-मृत्यु का प्रावधान हो जायगा। परन्तु अब क्या होगा! किनारे लगी नाव अचानक डूब गयी थी। अब किसके भरोसे यह सब होगा? पति तो सोच भी नहीं सकते थे कि अभी एक और जानलेवा आघात उन्हें दबोचने की प्रतीक्षा में है। इन्हीं सब विचारों में खोयी मैं कमरे में बैठी थी।

अचानक एक अधेड़ व्यक्ति ने कमरे में प्रवेश किया। अँधेरा देख उन्होंने स्वयं स्विच ऑन किया, और मेरे सामने आकर चुपचाप बैठ गये। मैं उन्हें

पहचानती थी, पहले भी बेटे के साथ एक दो बार आ चुके थे। वह मिश्र जी थे, अवकाशप्राप्त एस.पी. मिश्र जी निःसन्तान विधुर थे और हमारे मकान से बीस-पच्चीस कदम दूर अकेले रहते थे। वह सीधे-सादे, पूजा-पाठी और शतरंज के खिलाड़ी थे। शशांक से उनकी खूब पटती थी। छुट्‌टी के दिन वह उनके यहाँ शतरंज खेलने जाता और दोनों ज्ञान-ध्यान की बातें भी करते। मिश्र जी शशांक के स्वभाव और उसकी आध्यात्मिकता से बहुत प्रभावित भी थे, इसीलिए उसे गुरु जी और मुझे माता जी कहने में उन्हें कोई संकोच भी नहीं होता था। शशांक के जाने के बाद वह एक बार भी नहीं आये थे। आज अचानक उन्हें आया देख, वह भी मेरे पास, मैं चकित थी। मैंने हाथ जोड़ उन्हें बैठने का संकेत किया। थोड़ी देर हम दोनों के बीच लम्बा मौन पसरा रहा। मैं मौन भंग करने के लिए कोई बात सोच ही रही थी कि वे सहसा उठे और मेरे पैरों के पास बैठ, हाथ जोड़, जोर-जोर से रोते हुए, गिड़गिड़ाने लगे—मुझे क्षमा कर दीजिये, मुझे क्षमा कर दीजिये, मुझसे बहुत बड़ा अपराध हो गया ...। मेरी समझ में नहीं आ रहा था कि अचानक यह क्या हो रहा है। यह तो अच्छा हुआ कि ये अपने मित्र से बात करते हुए उनके साथ, बाहर से ही कहकर कही चले गये थे। घर में मैं और मिश्र जी ही थे, नहीं तो कैसी विषम स्थिति हो जाती। मैं स्वयं सत्तर वर्ष के व्यक्ति को इस तरह रोते, गिड़गिड़ाते देख अचम्भित, चुप थी।

थोड़ी देर बाद मैंने ही पानी दे मिश्र जी को शान्त करते हुए पूछा—'क्या बात है, आप मुझसे क्षमा क्यों माँग रहे हैं, आपसे कौन-सा अपराध हुआ है जो आप इतने व्यथित हैं?' पानी पी कुछ स्वस्थ हो उन्होंने बोलना प्रारम्भ किया-'शशांक ने जाते समय मुझे अपने न लौटने के बारे में संकेत किया था। इस तरह की बातें वह अक्सर किया करता था। अक्सर कहता, 'मैंने तो माँ की खुशी के लिए पढ़ा है, नौकरी भी उन्हीं के सन्तोष के लिए कर रहा हूँ और विवाह भी उन्हीं के सुख देने के लिए किया है। माँ ने हमें योग्य बनाने के लिए बहुत परिश्रम किया है। उन्हें यह नहीं लगना चाहिए कि सब व्यर्थ गया। मैं तो माँ से भी कहता हूँ कि मैं आपके सन्तोष के लिए वह सब-कुछ कर दिखाऊँगा जो आप चाहती हैं, बल्कि सफलतापूर्वक करके दिखाऊँगा। आपको नहीं लगना चाहिए कि आपका संघर्ष परिश्रम सब व्यर्थ गया बेटा नाकारा साबित हुआ। मुझे मालूम है बाबा को कोई विशेष अन्तर नहीं पड़ेगा, थोड़ा दुःखी अवश्य होंगे। उन्होंने तो स्वयं अपना लक्ष्य प्राप्त करने के लिए अपने पैरों धरती नापी है। मैं यह भी जानता हूँ कि उनकी और मेरी परिस्थिति में अन्तर है। उनके लिए परिवार का बन्धन था ही नहीं। किसी ने उनके लिए रात-दिन एक किया भी नहीं था, इसलिए किसी को उनसे कोई अपेक्षा भी नहीं थी। परन्तु आप तो जानती हैं कि मेरा लक्ष्य सब-कुछ छोड़कर कुछ समय सन्त-महात्माओं के सान्निध्य में रहकर हिमालय यात्रा करना है,

साधना कर कुछ प्राप्त करना है। मानव-कल्याण के लिए यह जीवन मिला है, मैं इसे व्यर्थ नहीं करनेवाला।' इतना कहकर उन्होंने एक गहरी श्वास ले कहा,—मैंने सोचा माता जी कि इस बार भी वह अपने इसी उद्देश्य की ओर संकेत कर रहा है और मैंने उसे ऊँच-नीच समझाते हुए डाँटा भी था कि अभी तुम्हारा विवाह हुआ है, इस तरह की बातें शोभा नहीं देतीं। अपनी आदत के अनुसार वह मेरी बात सुन जोर से हँसा और हाथ हिलाते हुआ चला गया। मुझे क्या मालूम था कि इस बार वह कुछ और संकेत करना चाह रहा है। काश! मैंने उसकी बात को गम्भीरता से लिया होता, आपसे तुरन्त चर्चा की होती...।

मिश्र जी बिना रुके बोले चले जा रहे थे। मैं शान्त, स्थिर दृष्टि से उन्हें देख रही थी..., अचानक मैंने उन्हें हाथ उठा बीच में ही रोका, सब प्रकार से अपने को सहेजते हुए बोली— 'मान लीजिये आप मुझे बता देते तो क्या होता? क्या मैं उसे रोक लेती? क्या यह दुर्घटना टल जाती? और क्या मेरे रोकने से वह रुक जाता? कारण नहीं पूछता? मेरे पास ठोस कारण क्या था? क्या हो सकता था? क्या प्रारब्ध को कोई बदल सकता है, जो हमीं बदल देते? यह सब तो नियति का खेल है, बाकी हमारा भाग्य। आप अपने को दोषी न समझे और इस अपराध भाव से मुक्त हों...।

वे चाय पीते हुए मुझे देख रहे थे और मैं सोच रही थी,—इन्होंने तो मुझे सब-कुछ बता कर, मेरे सामने रोकर अपना बोझ कम कर लिया। क्या मैं कभी किसी को वर्षों पूर्व मेरे और बेटे के बीच हुए वार्त्तालाप को बताकर अपना बोझ हलका कर सकूँगी!

करीब दस वर्ष पूर्व की बात है। मैं और शशांक घर में अकेले थे। बेटी का विवाह हो चुका था और ये उज्जैन में थे। हम दोनों माँ-बेटे ऐसे ही बरामदे में बैठे बातें कर रहे थे। किसी बात पर उसने अपना प्रिय वाक्य दोहराया—'आप दुनिया की सबसे अच्छी माँ हो। मैंने भी हँसते हुए उत्तर दिया था—'देखना, जब तुम्हारा विवाह हो जायगा तो मैं दुनिया की सबसे अच्छी सास बनकर भी दिखाऊँगी।' कुछ सोचे बिना ही मैंने पूछ लिया—'अच्छा बताओ, तुम कैसी लड़की से विवाह करोगे?' और तपाक से उसके मुँह से निकला था—'जिसके भाग्य में वैधव्य योग लिखा होगा।' वाक्य के आदान-प्रदान में एक क्षण ही लगा होगा। मैं बात को समझूँ उसके पहले ही वह चैतन्य हो चुका था। हँसते हुए मेरे गले में बाँहें डाल झूलते हुए बोला—'आपके बेटे की उम्र तो सौ साल है माँ। आपको पता है मेरे भाग्य में दो यशस्वी बेटों का पिता बनना लिखा है। क्षणान्त में सारा वार्त्तालाप समाप्त हो चुका था...और नियति का खेल देखिये कि मैं इस घटना को बिलकुल भूल गयी, जाने किन अतल गहराइयों में यह सारा वाकया समा गया...इतने वर्षों में मुझे कभी कुछ याद ही नहीं आया जबकि मेरी स्मृति बहुत बुरी नहीं थी। इतने वर्षों बाद उस दिन

दुर्घटना की सूचना मिलते ही पूरा दृश्य आँखों के सामने तैर गया...हे प्रभो...और मेरे अन्तर से उसी क्षण आवाज आयी-'क्या तुम नियति के निर्णय को बदल सकती थीं? और आज मैंने उस सज्जन व्यक्ति के अपराधबोध को अपने अन्दर उसी पत्थर के नीचे दबा दिया, जहाँ मेरा अपराधबोध दबा था...इस तरह की बातें कभी किसी को बताने की होती हैं क्या...?

दृश्य बदल गया था।

सामने चल रही रील के इस दृश्य में दिखायी देनेवाली यह टैक्सी हमें, इलाहाबाद वापस जाने की पूर्ण मानसिकता के साथ, इन्दौर-भोपाल मार्ग पर दौड़ती हुई भोपाल ले जा रही है...हम क्यों जा रहे हैं, यह प्रश्न व्यर्थ है। हम जा नहीं रहे हैं, ले जाये जा रहे हैं नियति द्वारा...।

यह मालव भूमि, हमारी जन्म भूमि जिसे छोड़ हम बार-बार भागने का प्रयत्न करते हैं और वह हमें बहलाने के लिए शहर-दर-शहर घुमा रही है परन्तु अपने से दूर नहीं करती। हम तो उस नासमझ बच्चे की तरह हैं जो जरा से पैर आते ही माँ की गोद छोड़ भागना चाहता है परन्तु माँ समझती है कि बच्चा कहाँ सुरक्षित है...। हमारी जन्मभूमि भी समझ रही थी कि अब हमारी शान्ति, गति, मुक्ति सब उसी की गोद में है। इस मानसिकता में वापस इलाहाबाद लौटना हमारी भूल है, अब वहाँ हमारे लिये कुछ शेष नहीं है...। शायद इसीलिए हम मूर्तिवत् शान्त, भावहीन, पूरी तरह नियति को समर्पित टैक्सी में बैठे हुए हैं—जहाँ चाहो, ले जाओ, जैसा चाहो, वैसा रखो, अब कोई प्रश्न शेष नहीं...।

रास्ते में वह स्थान पड़ा जहाँ दुर्घटनाग्रस्त टैक्सी के टूटे काँच धूल में बिखरे आज भी चमक रहे थे, वहाँ गिरे तीन माताओं के लाडलों के रक्त सूख चुके थे, वह स्थान ईंटों से घिरा था, सरकार उस अन्धे मोड़ को ठीक करवाने पर विचार कर रही थी। टैक्सी वहाँ रुकी। टैक्सी से उतर कुछ क्षण उस धूल पर अपना ममताभरा हाथ फेर, सन्तोष ग्रहण कर हम वापस टैक्सी में बैठ गये।

भोपाल प्रवेश से ही टैक्सी ने दाहिना घुमाव लिया और एक पहाड़ी के सर्पिल, घुमावदार रास्तों पर चढ़ती हुई तीसरे घुमाव पर आकर एक बँगले के सामने रुक गयी। पहाड़ी काटकर बनायी गयी यह कॉलोनी अभी-अभी बनकर तैयार हुई थी इसलिए बसाहट कम थी। ऊँची-नीची सड़कों के दोनों ओर, चार-चार, छह-छह की पंक्ति में बने करीब तीस-पैंतीस बँगले इधर-उधर छिटके लग रहे थे। सभी बँगले

एक ही आकार-प्रकार के और एक ही रंग के पुते, चारों ओर फैली हरियाली से घिरे होने के कारण किसी रमणीय पर्वतीय स्थान का स्मरण दिला रहे थे। साँझ के झुरमुटे में, इधर-उधर दो-चार बँगलों में चमकता प्रकाश, हरियाली के चमकते जुगनुओं जैसे लग रहे थे, बाकी सब अन्धकार में डूबा था।

पास ही हवाई अड्डा होने के कारण बेटी इन्दौर न आकर सीधे यहाँ पहुँच चुकी थी। हमारा घर व्यवस्थित करने के लिए बेटी को परदेश से बार-बार इस तरह दौड़ते देख हमें असुविधा हो रही थी परन्तु इस समय हम मानसिक रूप से उसी पर निर्भर कर रहे थे इसलिए कुछ भी बोलना व्यर्थ था। बाहर से इकहरा दिखायी देनेवाला मकान, अन्दर से चार स्तरों में किसी फिल्म के सेट जैसा लग रहा था। प्रत्येक कमरे में जाने के लिए सात-आठ सीढ़ियाँ पार करनी थीं। घर के अन्दर ही गैरेज के अतिरिक्त, आगे-पीछे दो छोटे लॉन भी थे। भोपाल जैसे महानगर में इस कॉलोनी की निर्जन शान्ति ईर्ष्या का विषय हो सकती है परन्तु हम जिस उजड़ी मानसिकता में थे, यह नीरव एकान्त घबराहट पैदा कर रहा था। स्वभाव से शान्तिप्रिय होते हुए भी इस समय किसी तीसरे की उपस्थिति के साथ-साथ बाहर की एक ऐसी आवाज की कामना कर रहे थे जो हमारे भीतर की रिक्तता को भर दे और हम स्वयं को सहज करने के लिए बाध्य हो सकें...।

ये नीचे हाल में बिछे तख्त पर बैठ गये थे। मैं दूसरे स्तर पर स्थित कमरे में जाकर लेट गयी। चूँकि रसोईघर, भोजन-कक्ष, बरामदा, पीछे का आँगन और आँगन के पार छोटा-सा लॉन, सभी इसी स्तर पर होने के कारण सुविधा की दृष्टि से केना ने इसी स्तर पर हमारी व्यवस्था की थी। तीसरे स्तर पर एक छोटा कमरा और छत थी जिसमें पुस्तकें वगैरह रखकर उसे स्टडी का रूप दे दिया था। चौथे स्तर पर दो बड़े कमरे थे, जिनकी व्यवस्था में केना इस समय व्यस्त थी। याने कि बाहर ही नहीं घर के अन्दर की बनावट भी ऐसी थी कि अगर व्यक्ति न चाहे तो एक-दूसरे को देखे बिना भी कई दिन व्यतीत कर सकता है! इलाहाबाद का दो कमरोंवाला घर भी कैसा हँसता-बोलता आपसे बातें करता, भरा-भरा लगता था। उसकी तुलना में यहाँ के बड़े-बड़े कमरों की पथरीली दिवालों में कैसी घुटन लग रही थी, एक प्रकार का घिरापन अनुभव हो रहा था, आप कमरे में बैठे नहीं हैं ऊँची-ऊँची दीवारों के बीच घेर दिये गये हैं...। प्रारम्भ में तो प्रत्येक मकान ईंट-पत्थरों से निर्मित एक निर्जीव ढाँचा-सा ही होता है। वह घर की संज्ञा प्राप्त करता है—मानवीय स्पर्श से। वहाँ रहनेवालों के आपसी सम्बन्ध और व्यवहार के कारण वह घर भी मानवीय सम्बन्धों की उष्मा अनुभव करने लगता है और धीरे-धीरे उसकी पथरीली निर्जीवता सजीवता में बदल जाती है और हम कहने लगते हैं, 'कहीं भी चले जाओ, अच्छा तो अपने घर में ही लगता है। हमने स्वीकार कर लिया था कि अब हमें इसी वातावरण में अपने अकेलेपन के साथ रहना है नियति के अगले आदेश तक।

हम अपने मन को आश्वस्त भी कर रहे थे कि समय के साथ सब ठीक हो ही जायगा...परन्तु मन स्थिर हो ही नहीं रहा था...उसे पूर्वाभास था कि यह तो जीवन के सबसे काले दिनों का प्रारम्भ है। अभी तो अन्धकार और गहरा होना था। तीन-चार दिन में ही वन्दिता अपने पिता जी के साथ भोपाल आ गयी। उन लोगों को देखकर हमने सोचा कि यह प्रश्न तो अवश्य उठेगा कि हम लोगों ने इलाहाबाद के स्थान पर सहसा भोपाल आने की सूचना उन्हें क्यों नहीं दी और हमें अपनी स्थिति स्पष्ट करने का अवसर मिल जायगा कि हम किस मानसिकता में और किस अड़दप में यहाँ आये हुए हैं। वन्दिता के पिता एक सीधे-सादे, सुसंस्कृत व्यक्ति थे उन्होंने कुछ पूछा ही नहीं। हम चाहकर भी यह नहीं पूछ सके कि जब हमने उन्हें कोई सूचना नहीं दी तो वे यहाँ तक कैसे पहुँचे? हाँ, अपना कमरा देखकर वन्दिता के चेहरे पर जो भाव उभरे उससे स्पष्ट था कि उसे यह देखकर सुख हुआ है कि इस घर में उसका स्थान सुरक्षित है और हमें विश्वास था कि वह लौटेगी। वन्दिता के व्यवस्थित होते ही केना ने अपनी स्थिति स्पष्ट करते हुए उससे कहा–'भाभी, आप आ गयीं जब आप अपना घर-द्वार सँभालिये और साथ ही अपने सास-ससुर को भी। आपकी अनुपस्थिति में मैं यह सब सँभाल रही थी, अब मेरी सेवा समाप्त। मैं कल सुबह की फ्लाइट से निकलती हूँ। मुझे इन्हीं छुट्टियों में अपनी ससुराल भी जाना है।' कई बार यों ही बोल दिया गया वाक्य भी आपको कितना आश्वस्त कर देता है! वन्दिता के ऊपर इस वाक्य का सकारात्मक प्रभाव हुआ, यह उसके संकुचित व्यक्तित्व को क्रमशः खिलते देखकर स्पष्ट हो रहा था।

न चाहते हुए भी मन में प्रश्न उठता ही था, इस अनजान शहर में हम क्यों हैं! जहाँ के रास्तों और दुकानों तक से हमारा परिचय नहीं है। एक-दो मित्र थे भी तो वे इतनी दूरी पर थे कि एक बार आने के बाद दुबारा आने की हिम्मत नहीं कर सकते। कॉलोनी में भी न पानी की व्यवस्था सुविधाजनक थी न बिजली की। आये दिन पानी का टैंकर एक स्थान पर आकर खड़ा हो जाता। इतनी चढ़ायी-उतरायी करके पानी भरना असम्भव लगता। फोन की तो लाइन ही नहीं थी। बसाहट न होने के कारण आस-पास आवश्यक वस्तुओं की दुकानें भी नहीं थीं। सब्जी-भाजी तक के लाले थे। करीब दस मिनट की चढ़ायी-उतरायी के बाद तो ऑटोरिक्शा मिलता। कोई भी सामान लेने जाओ सौ रुपये तो ऑटोरिक्शा के ही हो जाते... इन्दौर में हमारे पास गाड़ी थी और इलाहाबाद में, दस-बीस रुपये में साइकिल रिक्शा से शहर घूमकर आ सकते थे। मेरे पैर तो सीधी सड़क पर चलने की स्थिति में ही नहीं थे तो यहाँ की ऊँची-नीची सड़कों पर तो चलना असम्भव था। वन्दिता के लिए भी सब-कुछ नया था, अकेले कहाँ जाय, क्या करे? अजीब साँसत में जान थी। वैसे लोग नये शहरों में जाते हैं, बसते भी हैं, नये लोगों से सम्पर्क भी बनाते हैं, सब-कुछ करते

हैं। परन्तु इस समय हमारी उम्र, स्वास्थ्य और मानसिकता कुछ भी नयी परिस्थितियों की चुनौती का सामना करने की स्थिति में थी ही नहीं। इसीलिए शायद हमें अधिक असुविधा हो रही थी। हम जानते थे कि समय के साथ सब ठीक होना है, पर इस समय सब कैसे हो? मेरी बीमारी उग्र रूप धारण कर रही थी। दर्द असहनीय होता जा रहा था। इनका स्वास्थ्य बिलकुल साथ नहीं दे रहा था। कुछ-न-कुछ होता ही रहता। कभी भी कुछ क्षणों के लिए चेतना शून्य हो जाते। चाय पीते-पीते हाथ वहीं रुक जाता...चलते-चलते पैर रुक जाते...। ऐसी स्थिति में गिर पड़ने के भय से मैं सदा उनके साथ-साथ डोलती रहती। अपने बारे में कब सोचूँ! इसके अतिरिक्त घर के अन्य कामकाज रसोई वगैरह का काम भी देखना पड़ रहा था। वन्दिता थी, साथ-साथ लगी भी रहती परन्तु अभी न तो वह खुल पायी थी न मैं। मेरा संकोची स्वभाव तो इतना भी आदेश नहीं दे पा रहा था कि मैं उसे रसोई के काम में सहायता के लिए कह सकती। अपनी कमजोर काया को घसीटती रहती...। उसे जो समझ में आता करने का प्रयत्न करती, साथ-साथ लगी भी रहती परन्तु घर का वातावरण ही सहज नहीं था। वन्दिता तो स्वयं विचलित मानसिकता में थी। अपने खालीपन को भ्रने के लिए उसे यहाँ कौन-सा वातावरण मिला था! मात्र दो वृद्ध, तन से अस्वस्थ, मन से टूटे हुए...। ऐसे वातावरण के साथ एडजस्ट करने में उसे कितनी जद्दोजहद करनी पड़ रही होगी...! घर में कोई तीसरा था भी नहीं जिससे वह कुछ कह-सुन सकती। मैंने कितना चाहा था कि जो हुआ उस पर किसी का वश नहीं था, परन्तु अगर वन्दिता ने हमारे साथ रहने का निर्णय किया है तो मैं अपना दुःख भूलकर उसे इतना प्यार और अपनापन दूँगी कि वह अपने-आप सहज होने की चेष्टा करेगी। कितना बड़ा सुन्दर घर है! आस-पास कितनी हरियाली और पहाड़ी वातावरण है इसका आनन्द लेते हुए तीनों साथ अपने लॉन में बैठकर सुबह-शाम चाय, कॉफी पीते हुए खूब बातचीत करेंगे, हँसेंगे-बोलेंगे, उसे भी बात करने, खुलने का अवसर मिलेगा। साथ बैठकर भोजन करेंगे। मैंने सोचा था कि वन्दिता को प्यार और अपनेपन का वातावरण देते हुए विश्वास के साथ हिम्मत भी दे सकेंगे कि हम उसके साथ हैं। सब साथ मिलकर अच्छे-बुरे दिनों का सामना करेंगे...परन्तु अपनी-अपनी बीमारियों में ऐसे डूबे कि...।

मैं जानती थी, समझती भी थी कि मान लेने से सम्बन्ध नहीं बनते। कुछ रस्मों की औपचारिकता निभा लेने से सम्बन्ध बनते नहीं, नये सम्बन्धों की नींव पड़ती है। मजबूत-से-मजबूत नींव इमारत नहीं कही जा सकती। नींव को इमारत मान लेना और उससे इमारत जैसी अपेक्षा करना हमारी मूर्खता है! सम्बन्धों का महल खड़ा

करने के लिए हमें धैर्यपूर्वक, सावधानी से एक-एक ईंट लगानी होती है, याने कि सम्बन्ध बन जाने के बाद निभाने पड़ते हैं। जिसका हमें समय ही नहीं मिला था, मानव स्वभाव होने के नाते बस अपेक्षा करने लगे थे...। हम भूल ही गये कि जिस माध्यम से सम्बन्ध बना था, वह तो बीच से गायब था...। कह देने भर से कोई किसी की बहू या किसी के सास-ससुर नहीं बन जाते...दोनों ओर से प्रयत्न करना होता है। सम्बन्धहीन सम्बन्ध निभाना आसान तो नहीं है! परन्तु हम तीनों अपने हिस्से की अग्नि-परीक्षा देते हुए भी सम्बन्ध निभाने का प्रयत्न तो कर ही रहे थे...और वन्दिता...दह जो बेचारी अपना दुःख भूल, बेटा बन हमें सँभालने और बहू बन हमारी सेवा में रात-दिन एक कर रही थी...।

मुँह से तो मैं कभी प्यार या सान्त्वना के दो बोल भी वन्दिता से नहीं बोली परन्तु मुझे विश्वास था कि जो भाव मेरे मन में उसके लिए है और चाहकर भी जिसे मैं अभिव्यक्त नहीं कर पा रही कभी उस तक सम्प्रेषित होंगे अवश्य। दिखावा करना मेरी प्रकृति नहीं थी इसलिए प्रयत्न भी नहीं कर पायी। सोचती हूँ कर पाती तो...तो शायद मेरे मन की उद्विग्नता कुछ कम हो जाती। हर समय मन में यह विचार चलता रहता...इस लड़की को हमारे घर में आते ही...इस दुःख को कम करने के लिए क्या करूँ? कैसे करूँ? अपनी इस उद्विग्नता के कारण ही सदा उसे अपने साथ रखती। कमरे में अकेले रहने ही नहीं देती। रात मैं भी घबराती रहती, कब सुबह हो कब वन्दिता नीचे आयें, बिना यह सोचे कि इसे भी अपने कमरे में आराम करने की इच्छा हो सकती है। वह तो इनकी बीमारी का बन्धन था, रात में भी ध्यान रखना पड़ता था नहीं तो...मुझे अनुभव होने लगा था जैसे मैंने अपनी तसल्ली के लिए उसे कसकर पकड़ रखा है—हाथ से नहीं मन से।

इनके गिरते स्वास्थ्य के कारण अस्पतालों के चक्कर तो लगने ही लगे थे। डॉक्टर के यहाँ भी हम तीनों साथ जाते। दो-एक बार इनको आई. सी. यू. में रखना पड़ा। वहाँ भी हम दोनों साथ ही रहते। एक बार तो इनके पासवाले पलँग का रोगी रात में मर गया और हम दोनों रातभर उसके पलँग से टिके आई.सी.यू. की ठण्डक में ठिठुरते, ऊँघते रहे...मैं समझ रही थी कि इस तरह वन्दिता को बेकार परेशानी और कष्ट होता होगा, घर में आराम से रह सकती है, परन्तु बस, अकेले छोड़ने की हिम्मत ही नहीं होती। पता नहीं क्यों मुझे लगने लगा था कि 'ऊपरवाले' ने दूसरों की पली-पलायी बेटी मेरी गोद में पुनः डाल दी जिसे अब अपने कलेजे से लगाकर मुझे पाल पोसकर बड़ा करना है। जब वह अपने मायके

में होती, मैं निश्चिन्त रहती, वह अपनी माँ के पास है। मैं मानने लगी थी कि वन्दिता का पूरा उत्तरदायित्व अब मेरा है। उसे एक भी खरोंच आयी तो वह मेरी भूल होगी। इसी बात पर एक दिलचस्प घटना याद आ रही है। आज इतने वर्षों बाद जब मैं वह घटना याद कर रही हूँ तो औरों की तरह मुझे भी वह घटना दिलचस्प और मूर्खतापूर्ण लग रही है, परन्तु उस दिन...। कई बार समय आपकी मानसिकता को कैसे गड़बड़ा देता है!

वर्षों पूर्व की बात है जब कॉलोनी में फोन लाइन नहीं थी। वन्दिता अपने मायके से जिस दिन लौटनेवाली थी मैं उसे स्टेशन पर लेने गयी। प्लेटफार्म पर पहुँचते ही ट्रेन आ गयी। मुझे गेट के पास खड़े रहकर प्रतीक्षा करनी चाहिए थी। मैं घबराहट में अन्य लोगों की तरह ट्रेन के साथ-साथ प्लेटफार्म पर जल्दी-जल्दी चलते हुए एवं एक-एक कम्पार्टमेण्ट देखती चलने लगी जबकि अधिकांश खिड़कियाँ बन्द थीं और मुझे कुछ दिखायी नहीं दे रहा था। एक तो प्लेटफार्म की भीड़ दूसरे मेरे कमजोर पैरों की चाल...पूरी ट्रेन देखते-देखते आधा प्लेटफार्म खाली हो चुका था। सारी सवारियाँ उतर गयीं। वन्दिता को न देख मेरी घबराहट बढ़ने लगी। बदहवास-सी मैं खाली ट्रेन के एक-एक कम्पार्टमेण्ट को झाँकती प्लेटफार्म पर इधर-से-उधर चक्कर लगाने लगी ...मुझे इस स्थिति में देख आखिर किसी ने पूछ ही लिया—

—आप क्या ढूँढ़ रही हैं?

—एक सवारी है। इसी ट्रेन से आ रही थी, मिल नहीं रही है।

—शायद अन्दर सो रही हो?

वह व्यक्ति आश्चर्य से मुझे ऊपर से नीचे तक देखता हुआ, चला गया। शायद सोच रहा हो—देखने में तो अच्छी-खासी लग रही है, होश में नहीं है क्या? उद्विग्न-सी ट्रेन में सवारी ऐसे क्यों ढूँढ़ रही है जैसे कोई सामान ढूँढ़ता है!

उस बेचारे को क्या मालूम कि यह सड़सठ वर्ष की बदहवास महिला एक कॉलेज की अवकाश-प्राप्त अपने समय की स्मार्ट-नामी प्राचार्य है। समय ने इसकी बुद्धि हर ली है, जो यह भी नहीं सोच पा रही है कि एक चेयरकार में, जिसके सारे डिब्बे चेक करने के बाद बन्द किये जा रहे हैं, कोई यात्री कैसे सोया रह सकता है। तन-मन से थकी निढाल होकर वहीं प्लेटफार्म की एक बेंच पर मैं लगभग गिर पड़ी...दिल धड़कता रहा, हाथ-पैर काँपते रहे, आँखों से आसूँ बहते रहे...सूनी आँखें शून्य में ताकते दो घण्टे व्यतीत हो गये...ट्रेन आती रही-जाती रही। प्लेटफार्म यात्रियों की भीड़-भाड़ से भरते गये, खाली होते गये... और मैं सोचती रही—मेरा प्यारा बेटा अपनी सबसे प्रिय वस्तु किस विश्वास से मुझे थमा गया था जैसे छुटपन में अपना टूटा खिलौना भी इस विश्वास से थमा जाता था कि मैं उसे सँभालकर रखूँगी... यह क्या हो गया!! अगर वन्दिता को कुछ हो गया

तो। वह न मिली तो...! मेरी बुद्धि उस समय इतना काम भी नहीं कर रही थी कि मैं सोच सकती कि पहले घर जाकर उसके घर का नम्बर ले लूँ और पता करूँ कि वह इस ट्रेन से चली भी कि नहीं।

निराश घर लौटने पर भी मेरी आँखों में आँसू थे, पैर काँप रहे थे, दिल धड़क रहा था, परन्तु वन्दिता को वहाँ देखकर भी मेरे मुँह से एक शब्द नहीं निकला। न तो मैं अपनी प्रसन्नता व्यक्त कर पायी न परेशानी, कुछ पूछना तो दूर रहा। इन्होंने कहा भी– 'वन्दिता तो दो घण्टे पहले आ गयी, तुम कहाँ रह गयी? तब भी मुँह से कुछ नहीं निकला...आज तक मैं अपनी उस दिन की मूर्खता किसी को नहीं कह सकी। ऐसी स्थिति में अगर सामनेवाला मुझे गलत समझे तो उसकी क्या गलती? और, बता देने पर भी क्या कोई मेरी उस समय की मनःस्थिति को समझ सकता था...!

बेटे के भरोसे हम विवाह में वैसे ही काफी खर्च कर चुके थे। यहाँ आकर आये दिन इनके इलाज और रोज-रोज के परीक्षण ने रही-सही कमी भी पूरी कर दी। आर्थिक स्थिति भी...। मेरा इलाज भी खर्चीला है, यह जानते हुए हिम्मत नहीं कर पा रही थी और रोग था कि...अन्दर-ही-अन्दर सोचती कि एक दिन मेरी बीमारी मुझ पर इतनी हावी हो जायगी कि मैं...अब ऐसा हो भी जाय तो क्या अन्तर पड़ना है! मेरे उत्तरदायित्व तो करीब-करीब समाप्त हो चुके हैं...परन्तु ऐसा कुछ हो नहीं रहा था। कहना चाहिए कि जो हो रहा था वह इसके विपरीत था। नये-नये उत्तरदायित्व सामने आ रहे थे। दर्द भी असहनीय होता जा रहा था। इस समय इनके सामने कोई भी समस्या रखना व्यर्थ था। मैं आज भी इन्हें इस तपन से बचाना चाह रही थी। अभी-अभी गुजरे तूफान को तो ये सह नहीं पा रहे हैं, आनेवाले तूफान की कल्पना से तो...। मैं यह भी जान रही थी कि इस समय इनकी प्राथमिकता वन्दिता का घर पुनः बसाने की थी। स्वस्थ होते ही मित्रों से सम्पर्क करने में लग जाते। इन्हें क्या मालूम कि इनके जाने के बाद भी मैंने पूरे पाँच वर्ष भरसक प्रयत्न किया, इस सन्दर्भ में अच्छी-खासी दौड़-धूप की। जो नहीं, होना था वह नहीं ही हुआ। 'अपनी चेती होत नहिं', 'ऊपरवाले' का निर्णय तो शिरोधार्य करना ही था। वन्दिता की शर्त कोई क्यों पूरी करता और मुझे ही क्यों स्वीकार्य होती! अपने पति का घर छोड़कर मैं उसके साथ किसी अन्य के घर जाकर क्यों रहती? और वह मुझे छोड़कर अन्यत्र जाना ही नहीं चाह रही थी...। बहरहाल, उस समय मैंने स्वतः ही अपने इलाज का निर्णय ले लिया।

दृश्य बदल गया था।

सामने चल रही रील के दृश्य में इतनी ऊँची पहाड़ी पर, इस सुनसान में, चारों ओर हरियाली से घिरी, यह जो इमारत दिखलायी दे रही है...नहीं-नहीं यह कोई मन्दिर या सत्संग-भवन नहीं है यह यहाँ का, शायद मध्यप्रदेश का सबसे बड़ा कैन्सर-अस्पताल है। कैसी शान्ति है न यहाँ! जबकि छोटे-बड़े वाहनों में कितने लोग आ-जा रहे हैं। मैंने इसी अस्पताल में अपना इलाज कराने का निर्णय लिया था। रिक्शे से उतर हम लोग अन्दर पहुँचते हैं। हॉल के किनारे बने पूछताछ केबिन से आप किसी भी प्रकार की जानकारी ले सकते हैं। सुबह का समय होने के कारण लोगों की भीड़ है। सब पंक्तिबद्ध खड़े अपना कार्ड बनवा रहे हैं। उनके रोगी आराम से कुर्सियों पर बैठे हैं। डॉक्टर, नर्स, अन्य कर्मचारी सब आ जा रहे हैं। सब अपने काम में व्यस्त। सफाई-कर्मचारी सफाई भी कर रहे हैं। सारा दृश्य किसी भी अस्पताल जैसा ही है, परन्तु अन्य अस्पतालों जैसा शोर, चीख-चिल्लाहट नहीं है। भयानक कैन्सर से पीड़ित मरीजों के दयनीय चेहरे, दर्द से डूबती आँखों को देखकर भी आपको दहशत नहीं होती। इतनी भीड़ में भी निर्जन शान्ति का आभास हो रहा है।

अन्दर जाते ही एक बड़ा-सा हॉल। दोनों ओर डॉक्टरों के कमरे उनकी नाम-पट्टिका के साथ। कमरों के बाहर रोगियों के साथ अपने नम्बर की प्रतीक्षा में बैठे हुए लोग। नर्स, कम्पाउण्डर, चतुर्थ श्रेणी कर्मचारी, सबका आना-जाना यथावत् परन्तु कोई आवाज नहीं। पैरों की आहट तक नहीं। जोर से बोलने की आप भी हिम्मत नहीं कर सकते। हॉल की दीवारों पर केवल कुछ आदर्श वाक्य यहाँ-वहाँ टँगे हुए। किसी भी प्रकार का कोई पोस्टर नहीं...। छोटा-से-छोटा कर्मचारी भी साधक भाव से अपने काम में व्यस्त। आप किसी को भी अपनी सहायता के लिए हाथ के संकेत से बुला सकते हैं, आपको निराशा नहीं होगी। कमरे में डॉक्टर सामने बैठे रोगी और उसके सहायक से इतनी शान्ति से बातें कर रहे हैं, जैसे कोई गृह-स्वामी घर आये किसी आगन्तुक से वार्त्तालाप कर रहा हो। सिर्फ ह्वीलचेयर में बैठे, स्ट्रेचर पर लेटे, सहायकों के सहारे चलते रोगियों को, जिनमें किसी का जबड़ा गायब है तो किसी का स्वर यन्त्र निकाला गया है और गले में नकली स्वर यन्त्र लटका है तो किसी के दुबले-पतले कमजोर शरीर पर बिना बालों की खोपड़ी धरी-सी लग रही है, छोटे-छोटे बच्चे माता-पिता की गोद में या स्ट्रेचर पर, दयनीय स्थिति में पड़े हुए हैं। ऐसे रोगियों को देखकर आपको विश्वास होता है कि यह वही प्रसिद्ध अस्पताल है जहाँ सब प्रकार के कैन्सर का ऑपरेशन और इलाज होता है।

परीक्षण के पश्चात् मेरा भी ऑपरेशन होना ही था। मेजर ऑपरेशन था। दस-बारह दिन अस्पताल में रहना पड़ा। इस समय सहायता के लिए बहन और बेटी दोनों आ गयी थी। परन्तु कोई कब तक रह सकता है। मेरे घर पहुँचते ही न चाहते हुए उन्हें लौटना पड़ा। घर में फिर हम तीन थे। दो बीमार वृद्ध और वन्दिता। वन्दिता की दौड़-भाग और साँसत बढ़ गयी थी। अब तक मैं घर के कामकाज में सहायता करती रहती थी परन्तु अब तो कुछ भी करना असम्भव लग रहा था। हिम्मत करके दस-पन्द्रह दिनों में ही मैंने हिलना-डुलना प्रारम्भ कर दिया, इनका काम, देखभाल तो थी ही। अस्पताल की दौड़ भी बढ़ गयी थी। हर तीसरे दिन घाव की ड्रेसिंग, कभी कुछ कभी कुछ दौड़ना ही पड़ता था।

ऑपरेशन के महीनेभर बाद रेडिएशन और किमोथेरेपी का जो सिलसिला शुरू हुआ कि बस, जान ही नहीं निकली बाकी सब करम हो गये। इलाज में इतना कष्ट...लोग ठीक ही कहते हैं, कैन्सर से मरना आसान है, कैन्सर के इलाज से मरने के...। लम्बे-लम्बे बाल धरती पर ऐसे गिरते कि स्वयं को आश्चर्य होता। तेज दवाइयों के कारण दिनभर उलटियाँ होती रहतीं, पानी तक पेट में नहीं ठहरता। रेडिएशन के कारण पूरे शरीर में तपन और छाले अलग... इसी समय इनको पुनः आइ. सी. यू. में भरती करना पड़ा। डॉक्टरों के मना करने के बावजूद मुझे इनके साथ नर्सिंग होम में रहना पड़ा। बहुत ही बुरे दिन चल रहे थे।

कई बार मैं कल्पना करती वन्दिता क्या सोचती होगी, कैसा परिवार है? जिस तरह के परिवार में उसे इस समय एडजस्ट करना पड़ रहा है, वैसा तो उसने कभी देखा-सुना नहीं होगा जहाँ के आपसी व्यवहार समझ में ही नहीं आते... तीसरा कोई था भी नहीं जिससे वह कुछ कह सुन सके। आम परिवारों में ऐसा नहीं होता। वहाँ का अच्छा-बुरा, सुख-दुःख सब समझ में आता है। दुःख है तो वह भी दिखायी देता है, सुख है तो वह भी समझ में आता है। जहाँ का कहना-सुनना, लड़ाई-झगड़े, मेल-मिलाप, सब स्पष्ट होता है। यह तो ऐसा परिवार है जहाँ के सम्बन्ध व्यवहार कुछ समझ में नहीं आते...उसे क्या मालूम कि कुछ व्यक्तियों के व्यवहार समझ में आते नहीं, समझने पड़ते हैं...। वह तो स्वयं अपने ससुराल के अनुभवों से अचम्भित थी... पहली बार ससुराल आयी तो उसका संसार ही उजड़ गया...। दूसरी बार आयी तो...उसका रहा-सहा धैर्य भी जवाब दे रहा था...।

उसने ऐसा परिवार कहाँ देखा होगा जहाँ पति तख्त पर चुपचाप बैठा सिर्फ देख रहा हो और बीमार पत्नी सुबह से उसकी चाय-पानी, दवा-दारू का प्रबन्ध कर, रात से डॉक्टर के निर्देशानुसार एक घूँट पानी पीये बिना, अपने मेजर ऑपरेशन के लिए झोला उठाकर चली जा रही है...समय से अस्पताल में भरती होने। सान्त्वना देना, हिम्मत देना तो दूर, पति यह भी नहीं पूछ रहा कि इतनी सुबह कहाँ जा रही हो, डरना नहीं, सब ठीक हो जायगा...। दो दिन बाद जब कहा गया कि, 'होश आ गया

है, चलकर मिल आइये तो उठकर चल दिये, अजनबी की तरह घण्टेभर बैठकर लौट आये। मेरी किमोथेरेपी के समय भी वन्दिता की दौड़-धूप कितनी बढ़ जाती है। सुबह आठ बजे ही मेरे साथ अस्पताल जाकर मुझे भरती कराना। डॉक्टर से थेरेपी के सामान की लिस्ट बनवाना, केमिस्ट से एक-एक सामान खरीदना वापस नर्स को लिस्ट से मिलाकर सारा सामान सुपुर्द करना। दो-तीन घण्टे बाद लौटकर घर के सारे काम, इनके भोजन, पानी, दवा वगैरह का प्रबन्ध कर शाम सात बजे रिक्शा ढूँढ़ अस्पताल पहुँचना, वहाँ से अचेत-सी उलटियाँ करती सास को वापस घर लाना... उसकी भी तो इच्छा होती है कि कोई उससे भी तो पूछे, थेरेपी शुरू हो गयी क्या? व्यवस्था करने में इतना समय लगता है। बहुत भीड़ होती है क्या? शाम को वापस कब जाना है। उसकी दौड़-धूप के लिए सहानुभूति प्रकट करे। वह भी अस्पताल का हाल बताकर अपने को थोड़ा हलका कर सके कि कैसे लम्बी कतार में उसे घण्टों खड़े रहना पड़ता है, ऊपर-नीचे की दौड़ लगाते-लगाते थक जाती है, रिक्शे भी तो आसानी से नहीं मिलते उसके लिए अलग परेशानी...कुछ तो बोलने-बतलाने की उसकी भी इच्छा होती है, परन्तु कोई कुछ पूछे तब न... मैं उस लड़की की मनःस्थिति बूझ रही थी...।

मैं उसे समझाना चाहती, बतलाना चाहती थी कि सामने पाषाणवत् बैठा व्यक्ति कभी अपने ठहाकों और प्रसन्न वदन के कारण लोगों के लिए दृष्टान्त था। किसी भी परिस्थिति में प्रसन्न रहना और अपने आस-पास के वातावरण को हलका कर देना उसके बायें हाथ का काम था। किसी भी परिवार में पहुँचने पर विशेषकर उस परिवार की महिला प्रसन्न होकर कहती अवश्य 'हमारे घर में दो-तीन दिन से कोहरा छाया था। आपके आते ही, आपकी बातों से आपकी हँसी से घर का वातावरण कितना साफ और निर्मल हो गया।' आज वही व्यक्ति अपने घर में किसी की घुटन का कारण बन रहा है... यह तो वह व्यक्ति है जिसने अपने पुरुषार्थ से अपना भाग्य निर्मित किया, आज अपने उत्तर काल में भाग्य के हाथों ही उसका पुरुषार्थ पराजित हुआ है... देखते-ही-देखते उसके हाथों से उसका, उसके अपनों का जीवन फिसल गया है... और वह सिवा स्वीकार के कुछ न कर सका... जिस व्यक्ति को कभी सिरदर्द नहीं हुआ, उसे डॉक्टर के चक्कर काटने पड़ रहे हैं। वह कैसे और किससे कहे कि इस सारी स्थिति को वह सहन नहीं वहन कर रहा है... इस अवसाद से उबरने में वह पल-पल टूट रहा है... अब कुछ भी हो, वह सिर्फ द्रष्टा है, घटित होते हुए दृश्य को देखने के लिए...। मेरे पास तो वर्षों का अनुभव था... पत्नी होने के नाते दुःख अवश्य होता, परन्तु उन पर मेरा विश्वास दृढ़ था और शायद इसीलिए इनकी भावनाएँ मुझ तक सम्प्रेषित भी हो रही थीं और मैं सब-कुछ झेल पा रही थी परन्तु वन्दिता के पास तो ऐसा कोई पूर्वानुभव नहीं था? अन्दर-ही-अन्दर उसे कैसी घुटन अनुभव हो रही होगी...परन्तु मैं असमर्थ थी। चारों ओर से इतना घिर चुकी थी कि कुछ कहना-सुनना...।

शायद इसीलिए उसने जब भी मायके जाने की इच्छा की मैं मना नहीं कर सकी। मैंने स्वयं कभी नहीं जानना चाहा कि वह कब लौटेगी न कभी अपनी ओर से कहा कि हो सके तो जल्दी आ जाना.। जब चाहा गयी, जब चाहा लौटी क्योंकि मैं स्वयं चाहती थी कि वह कुछ दिन इस घुटन से मुक्त हो खुली हवा में साँस ले सके।

दृश्य बदल गया।

सामने की रील में दिखायी दे रहा यह घर—अरे, यह इलाहाबाद का हमारा पुराना घर है—हमारी स्मृतियों का पिटारा, एक-एक दिन का साक्षी ...हम तीनों यहाँ आये हैं। असल में अस्पतालों की दौड़-भाग में पूरा डेढ़ वर्ष हो गया था। मेरा अब अस्पताल का इलाज समाप्त हो चुका था। डॉक्टर के निर्देशानुसार पूरे छह वर्ष मुझे दवा खानी थी और वर्ष में तीन बार परीक्षण के लिए आते रहना था। मैंने डॉक्टरों के निर्देश का अक्षरशः पालन किया। शायद इसीलिए मैं इस रोग से आज तक बारह वर्ष तक मुक्त हूँ कैन्सर से मुक्त और स्वस्थ रहने के कारण ही कैन्सर सरवाइवर के रूप में अन्य रोगियों के साथ मेरा भी सम्मान किया गया था। बहरहाल इस समय तो मैंने यहाँ आने का निर्णय कई कारणों से लिया था। एक तो ये भी कुछ स्वस्थ थे, मेरी भी दौड़ कम हुई थी इसलिए मैंने सोचा तीनों कुछ दिन इलाहाबाद चलते हैं। वातावरण बदल जायगा फिर वन्दिता को इलाहाबाद का घर भी दिखलाना है। इलाहाबाद पहुँच पहले हम लोगों ने संगम में बेटे का अस्थि विसर्जन कर अपना अन्तिम दायित्व पूर्ण किया। आठ-दस दिन बाद दीपावली थी। घर की साफ-सफाई करवाकर दीपावली मनाने का निर्णय किया। डेढ़ वर्ष से कोई त्योहार नहीं मनाया गया था। कहीं से तो प्रारम्भ करना ही था। सो सब-कुछ किया गया। मित्रों से मिलना हुआ...परन्तु जैसा सोचा था वैसा कुछ हो ही नहीं रहा था। मन उचट चुका था, रम ही नहीं रहा था...मैं तो कुछ दिन और भोपाल से बाहर रहना चाह रही थी परन्तु ये असुविधा अनुभव कर रहे थे...। इलाहाबाद जैसे उजड़ा-उजड़ा लग रहा था। सत्य तो यह है कि हम स्वयं उजड़ी मानसिकता में थे...।

लौटते हुए, रास्तेभर मैं विचार करती रही...अब बस बहुत हो गया ...स्वयं सहज हो वातावरण को सहज करने का प्रयत्न करूँगी...अपने से बाहर निकलना ही होगा...। भोपाल पहुँचते ही अपने चारों ओर पहली बार राग भाव से देखा। कितनी सुन्दर कॉलोनी है, चारों ओर पहाड़ी वातावरण, हरियाली, विशाल तालाब का किनारा,

कितना बड़ा और सुन्दर घर... इससे अच्छा और क्या हो सकता है! अब हम तीनों घर के अन्दर ही बने छोटे-से पूर्व-पश्चिम के लॉन में सुबह-शाम साथ बैठकर चाय-कॉफी पीयेंगे, इधर-उधर की बातें करते ही, खुले आकाश में उड़ते पक्षियों को देखेंगे। हो सकता है इनका मौन भी टूटे। साथ बैठने-उठने से वन्दिता भी अपनापन अनुभव करे। मेरी बहुत इच्छा थी कि वन्दिता कम-से-कम एक बार इनके अन्दर की आर्द्रता से परिचित हो सके, इनके अन्दर उसके लिए हिलोरें लेते प्यार का अनुभव कर सके। इनकी ठहाकोंवाली प्रसिद्ध हँसी सुन सके। इस धराशायी व्यक्ति के अन्दर बैठे उस बिन्दास व्यक्तित्व से मिल सके, अपनी शर्तों पर जीनेवाले उस व्यक्ति का परिचय पा सके जो बहुतों के लिए प्रेरणा रहा है। जो ऊपर से नीचे तक मात्र एक संस्पर्शी हृदय था...मैं कितना चाह रही थी कि वन्दिता के मन में इनको लेकर कोई गलत धारणा न बने और वह कम-से-कम इस बात पर गर्व कर सके कि वह एक सहृदय, दृढ़ संकल्पी व्यक्ति की पुत्रवधू है...नहीं तो उसके पास अपने ससुर की क्या स्मृति रह जायगी...परन्तु ऐसा हो न सका...।

हाँ, इलाहाबाद से लौटने के बाद ये डेढ़ वर्ष में पहली बार सहज व्यवहार करने लगे थे, वन्दिता से पूछने भी लगे थे, 'बेटा, आज भोजन में क्या बनाया है? क्या खिला रही हो?' तो मैं कुछ-कुछ आशान्वित हो गयी थी। कुछ ही समय में सब-कुछ ठीक हो जायगा। चेतनाशून्य तो ये अभी भी हो जाते थे परन्तु डॉक्टर ने आश्वस्त कर दिया था, कोई बीमारी नहीं है, सब-कुछ नार्मल है। परन्तु पाँचवें दिन ही बैठे-बैठे थोड़ी देर को चेतनाशून्य हुए तो सोचा हर बार की तरह जरा-सा झकझोरते ही चेतना वापस आ जायगी परन्तु ...चेतना तो सदा के लिए शून्य में विलीन हो चुकी थी...बिना कुछ कहे-सुने...।

तेरह दिनों तक वह सब होता रहा, जो होना चाहिए था—लोगों का आना-जाना, पूजा-पाठ, दान-दक्षिणा, लेना-देना, भीड़-भाड़। घर सुस्वाद भोजन और पकवानों की सुगन्ध से गमकता रहा...। दूर-दराज के गाँवों, शहरों, कस्बों से तीन-तीन ननिहालों का हवाला देते हुए, ऐसे-ऐसे सम्बन्धी आये जिन्हें पहचानना तो दूर, जिनका नाम-गाँव भी आज तक सुना नहीं था। बहरहाल, जिस व्यक्ति ने जीवन को आनन्द और उत्सव की तरह जीया उसके समापन को भी उसी आनन्द और उत्सव भाव से सम्पन्न किया गया...।

सुबह जब नींद खुली, खिड़की से सूर्योदय देखते हुए प्रतिदिन मेरे मुँह से निकलनेवाली मेरी प्रिय पंक्ति 'नित नया दिन खोल जाता क्षिति किनारे' के स्थान पर मुँह से अनायास निकल गया, 'नित नया पथ खोल जाता जीवन किनारे।' उठने की इच्छा ही नहीं हो रही थी। एक खालीपन अनुभव हो रहा था जैसे अब करने को

कुछ शेष नहीं है। पिछले पैंतालीस वर्षों से मेरी जिन्दगी जिस धुरी के चारों ओर चक्कर काट रही थी, उसके सहसा हट जाने से मेरा दिशा-भ्रमित हो जाना स्वाभाविक था। न चाहते हुए भी मन में प्रश्न उठते रहे, 'हे प्रभो! अभी और कितनी परीक्षा शेष है? ऐसा क्यों हुआ? मैंने तो सेवा में कोई कसर छोड़ी नहीं थी। जबकि यह सब प्रश्न नहीं केवल उद्‌गार थे...। अन्दर गहरे में मुझे भान हो रहा था कि उनके शरीर से जीवन-रस निचुड़ चुका है, वापस वह ऊर्जा आनी ही नहीं थी जो जीने के लिए आवश्यक होती है। उनके जैसा व्यक्ति आसानी से हार नहीं मान सकता था इसलिए अपनी शेष ऊर्जा से, घिर आये समय के जलों को ठेलकर बाहर आने का प्रयत्न अवश्य कर रहे थे...परन्तु वे समझ चुके थे, सिवा घिसटने के अब कुछ शेष नहीं है और उनकी आत्मा को घिसटना स्वीकार नहीं था...।

मैं विचारों में उलझी थी कि अन्दर से आवाज आयी 'उत्तिष्ठ...उठो, जागो', प्रातः अनायास मुँह से निकला शब्द ही अब तुम्हारे जीवन का सत्य है। सामने नया पथ खुल आया है, वह भी अग्निपथ...अब उसी पर तुमको चलना है, अकेले...। उठकर मैंने अपने चारों ओर देखा। घर में अब हम दो हैं एक-दूसरे के ठीक सामने... । अब तक, इनके रहते हुए केवल इतना ही समझ में आ रहा था कि घर में हम तीन प्राणी हैं जिन्हें एक साथ रहना है—एक माँ, एक बाबा और एक वन्दिता। तीनों मिलकर कैसी भी परिस्थिति का सामना कर लेंगे। हमारे आपस में क्या सम्बन्ध हैं और समाज हमसे, हमारे सम्बन्धों से क्या अपेक्षा करता है, इसकी ओर ध्यान ही नहीं गया था। इनके जाते ही सहसा स्थिति बदल गयी। अब हम केवल दो थे, समाज की दृष्टि में एक सास और एक बहू...सदियों से जिनके सम्बन्ध ढाल और तलवार के माने गये हैं। मुझे घबराहट होने लगी—हे प्रभो! यह कौन-सी अग्नि-परीक्षा में डाल दिया, और क्यों? अब और क्या बाकी रह गया था? और मुझे अनुभव होने लगा कि न चाहते हुए भी हम दोनों, ढाल और तलवार के साथ परम्परा के 'एरेना' में ढकेल दिये गये हैं, जिसके चारों ओर तरह-तरह की टिप्पणी करती, ताली बजाने को उत्सुक बैठी जनता आँखें फाड़े हमें देख रही है, 'देखें अब कैसे रहती है?'

मैंने मन-ही-मन इस काल्पनिक 'एरेना' परम्परा को तोड़ने का निश्चय किया। न तो किसी को ताली बजाने का अवसर देना है न किसी प्रकार की टिप्पणी करने का। कुछ भी हो जाय मैंने सब-कुछ अपने अन्दर रखकर, अपने विवेक से ही किसी भी समस्या का हल निकालने का निर्णय लिया। न किसी के सामने अपनी परेशानियों का रोना-रोना है और न किसी से कोई सलाह माँगना है और न ही किसी के द्वारा दी गयी सलाह को, आँख मूँदकर स्वीकारना है। प्रभु से प्रार्थना अवश्य की, हे प्रभो सिर्फ तुम पर विश्वास है। यह जीवन तुम्हारे ही

भरोसे यहाँ तक आया है, आगे भी जायगा ...। तुम मुझे शक्ति देते रहना, कुछ भी हो जाय मेरी बुद्धि भ्रमित मत करना और मेरे अन्दर किसी प्रकार का विकार उत्पन्न नहीं होने देना।

कई बार मन में विचार आता कि जब मैंने दो बच्चे सही-सलामत पाल-पोसकर बड़े कर दिये तो 'ऊपरवाले' ने इस उम्र में, दूसरे की पली-पलायी बेटी मेरी गोद में क्यों डाल दी! उसे मैं कैसे बड़ी करूँगी! अपनी बेटी एक-एक दिन आपके सामने बड़ी होती है। उसे अच्छे-बुरे की पहचान देना, अपने अनुभवों के अनुरूप उसको शिक्षित करना आपका दायित्व होता है। आप कोमल टहनी मोड़ स्वरूपित कर सकते हैं। अब जो बेटी आपकी गोद में डाली गयी है वह परिपक्व उम्र, परिपक्व बुद्धि से सम्पन्न है, उसके अपने विचार हैं, अपने निर्णय, अपना काम करने का ढंग है... तो क्या हुआ, बीच का रस्ता निकाला जा सकता है। डरने या घबराने से काम नहीं चलेगा। अपनी बुद्धि-विवेक से इस सर्वथा नयी चुनौती का सामना करते हुए इस सम्बन्ध को गरिमा और सहजता से निभाऊँगी।

वन्दिता को अपने अनुरूप बनाने से पहले मुझे स्वयं उसके अनुरूप बनना होगा। आपको पहले छोटी-छोटी घरेलू बातों पर टकराहट न कर वातावरण को सहज रखना होगा। उसे आपको समझने, इस घर-परिवार की स्थिति से अवगत होने का अवसर देना होगा, बिना किसी दबाव के। धीरे-धीरे अपना स्वामित्व भाव बदलना होगा, आवश्यकता होने पर छोड़ना भी पड़ेगा। इस उम्र में कठिन है क्यों? क्यों कठिन है? क्योंकि पिछले पचास वर्षों से इस घर-परिवार पर आपका स्वामित्व रहा है! परन्तु जिस घर-परिवार की आप दुहाई दे रही हैं, वह अब है कहाँ? अब तो सब-कुछ बदल गया है। सब-कुछ तो नया है। यह शहर, यह घर, यह सम्बन्ध और सबसे नयी है यह परिस्थिति, इसकी चुनौतियाँ...। और आपके लिए यह सब करना कठिन कैसे है? आपने जीवनभर किया क्या है, सिवा अनुकूलन के...पहले माँ की इच्छानुसार चले, फिर पति की और अब बहू की...अन्तर क्या पड़ता है। अपने अस्तित्व और दृढ़ संकल्प को चोट पहुँचाये बिना अपनी सोच और व्यवहार में परिवर्तन कर, स्थितियों से अनुकूलन करने का लम्बा प्रशिक्षण है आपके पास...। आपकी मेधा, आपका विवेक, आपकी सदाशयता और आपकी सहृदयता को तो कभी कोई नुकसान पहुँचा नहीं सकता और यह जंग जीतने के लिए इतने हथियार पर्याप्त हैं। सामनेवाले

के अहं को चोट न पहुँचाते हुए उसकी भूल इंगित कर देने का लम्बा अभ्यास है आपको। और मैंने अपने-आपको बदलना प्रारम्भ किया।

ऐसा नहीं है कि सब-कुछ एकतरफा है। ताली सदा दो हाथों से ही बजती है। वन्दिता ने भी बहुत साथ दिया...। यहाँ तक कि पड़ोसी ऊबकर नौकरानी से पूछने लगे, 'क्या बात है, इनके घर से कभी कोई आवाज ही नहीं आती। सास-बहू में कभी लड़ाई-झगड़े, कहा-सुनी कुछ नहीं होती क्या? बेचारी नौकरानी का सीधा-सा उत्तर होता, "पता नहीं मैंने तो उनको सदा हँसते-बोलते ही देखा है। हाँ, दादी जी अक्सर कहती हैं–वन्दिता भी इन्सान है चिल्लाने-बकने या क्रोध करने कहाँ जायगी, यही घर तो है, किस पर अपना गुस्सा उतारेगी मुझ पर ही तो उतारेगी।" बस लोगों को उँगली उठाने का अवसर नहीं देते। ऐसा तो हो नहीं सकता कि वह और मैं, दोनों एक-दूसरे के प्रति सदा मीठे बने रहें।

यह तो सर्वविदित है कि सास और बहू दोनों, बेटे रूपी पतली डोर पर होकर ही एक-दूसरे के पास आती-जाती हैं, वह भी कलाबाजियाँ खाती हुई। कितनी भी पतली हो उनके बीच डोर होती ही है। उन्हें सीधे-सीधे एक-दूसरे का सामना करना ही नहीं पड़ता। आवश्यकता ही नहीं होती। कहने-सुनने के लिए उनके पास एक माध्यम जो होता है। यहाँ तो वह डोर शुरू से ही गायब थी। हम दोनों बिना डोर के ही एक-दूसरे के पास पहुँचने का प्रयत्न कर रहे थे... समय के साथ मकड़ी की तरह वह डोर हमने स्वयं निर्मित की, इसलिए वह मजबूत थी और उस पर से आना जाना सरल...।

कॉलोनी में धीरे-धीरे बसाहट प्रारम्भ हो गयी थी। हमारी पंक्ति के पाँचों बँगलों में परिवार आ चुके थे। यहाँ की नीरवता भी कुछ भंग हुई थी। मनुष्यों की तरह स्थान की भी शायद कुछ चारित्रिक विशेषता होती है जो उसे अन्य से भिन्न करती है। इस कॉलोनी की भी यह विशेषता थी कि यहाँ का नीरव एकान्त, चारों ओर फैला सन्नाटा, पुरुषों की हँसी, यहाँ-वहाँ हवा में तैरते बातों के टुकड़े, बच्चों की किलकारियाँ, सन्ध्या समय अपने बच्चों को पुकारती माताओं की आवाजों से नहीं भंग हुई थी। नीरवता भंग हुई थी, गाड़ियों के बेतुके साइरनों, स्कूटरों की पों-पों, गुटका खाकर आपके दरवाजे पन्नी उड़ाते नौकर-नौकरानियों और ड्राइवरों के कदमों की आहटों से...छुट्टी के दिन तो पूरी कॉलोनी किसी मोटर-कम्पनी का शो-रूम लगती जहाँ सभी मॉडल और रंगों की गाड़ियाँ उपलब्ध थीं।

प्रकृत्या शान्तिप्रिय होने के कारण मुझे अब यहाँ की शान्ति, यह एकान्त अच्छा लगने लगा था। पड़ोसियों के घर में ताक-झाँक करना, बहुत अधिक किसी के घर आना-जाना, अधिक बोलना मुझे सदा से पसन्द नहीं था। वास्तव में जैसे-जैसे हमारे अपने जीवन का अँधेरा छँटने लगा, जीवन जैसे पुनः हमारी पकड़ में आने लगा। हमारे सहज होते ही सारा परिदृश्य हमें अच्छा लगने लगा। कॉलोनी की सुन्दरता,

यहाँ की हरियाली, सुबह-शाम चलनेवाली स्वच्छ ठण्डी हवाएँ, पहाड़ी सौन्दर्य, शान्ति, सब-कुछ हमें मोहने लगा। जैसे-जैसे हम शहर में रसते-बसते चले गये, शहर भी हममें रसने-बसने लगा। यहाँ की लम्बी-चौड़ी सर्पिल सड़कें, सड़कों के किनारे कद्दावर वृक्षों की हरियाली, यहाँ के लोग सब अपने लगने लगे...कॉलोनी में भी कुछ लोगों से परिचय हुआ। समय के साथ परिचय, निकटता में बदलने लगा ...समझ में आया कि यह सम्भ्रान्त लोगों की कॉलोनी है और सम्भ्रान्तता मुखर नहीं होती है। कॉलोनी में कुछ परिवारों से मेल-मिलाप बढ़ा। लोग सदाशयी और आपके सुख-दुःख में खड़े होनेवाले आत्मीय लगे। वैसे भी आवश्यकता से अधिक अपेक्षा सदा ही दुःखदायी होती है...जैसे-जैसे लोग हमें समझने लगे, हमारे प्रति उनका सम्मान बढ़ता गया। कॉलोनी में आदर्श सास-बहू के रूप में हमारी प्रशंसा होने लगी। जो लोग पहले हमें साथ-साथ आते-जाते देखकर व्यंग्यात्मक लहजे में कहते थे—'यह सास-बहू की आदर्श जोड़ी है!' वे ही कहने लगे, 'सास-बहू नहीं, एकदम माँ-बेटी लगती हैं।' अब तो उनकी टिप्पणी होती है, 'देखो, दो सहेलियाँ जा रही है—हँसती-बोलती, अपने में मगन...। कहीं सन्तोष होता, हमारा प्रयास सफल हुआ...। मुझे तो वर्षों बाद इलाहाबादवाले मेहरोत्रा साहब की याद आ गयी। वे अक्सर कहते, 'आप गृहिणी के रूप में सफल हैं, माँ के रूप में सफल हैं और टीचर के रूप में भी। आज वे जीवित होते तो मैं निश्चय ही उनसे कहती कि वे अपने इस वाक्य में एक पंक्ति और जोड़ लें, 'मैं सास के रूप में भी सफल हूँ।'

समय आगे बढ़ रहा था...जिन्दगी पटरी पर आने लगी थी, अँधेरा छँटने लगा था...अँधेरा छँटते ही दृष्टि भी साफ होने लगी... यह मनुष्य का स्वभाव होता है कि वह अपनी मानसिकता सामनेवाले व्यक्ति, स्थिति और स्थान पर आरोपित कर देता है और उसी दृष्टि से मान्यताएँ भी निर्मित कर लेता है और कई बार अपनी गलत धारणाओं के कारण कष्ट भी पाता है और मानसिकता बदलते ही सब-कुछ सही परिप्रेक्ष्य में दिखायी देने लगता है। ऐसा ही हमारे साथ हुआ था। अब कुछ शान्ति अनुभव होने लगी थी।

परन्तु शान्ति से रहना भाग्य में लिखा कहाँ था। शरीर ही साथ नहीं दे रहा था। आर्थराइटिस का कष्ट तो पिछले चालीस-पैंतालीस वर्षों से था ही, अब आस्टियो ने हड्डियों को आवश्यकता से अधिक कमजोर और टेढ़ा-बाँका कर दिया था। हड्डियों के अस्पताल के चक्कर तो पिछले सात-आठ वर्षों से लग ही रहे थे। दो-दो बार ऑपरेशन भी करवाने पड़े। रीढ़ के ऑपरेशन तो...हारकर बिस्तर का सहारा लेना पड़ा। अब तो कमजोर होती टेढ़ी-मेढ़ी हड्डियों ने टूटना भी शुरू कर दिया, शारीरिक शक्ति जवाब दे रही थी। चलना-फिरना, तो असम्भव हो रहा था...फिर भी इस शरीर से कोई शिकायत नहीं की। कमजोर हड्डियों ने सूजन और दर्द के साथ भी पूरे पचास वर्ष साथ निभाते हुए, कमी शरीर को निढाल नहीं होने दिया...। सभी प्रकार

की अच्छी-बुरी स्थितियों का सफलतापूर्वक सामना करते हुए उम्र के इस पड़ाव तक पहुँचा दिया...और क्या चाहिए?

इतने वर्षों तक इलाहाबाद आने-जाने का सिलसिला भी चालू रखा था। परन्तु दो वर्ष पूर्व उस घर को बन्द कर लौटते हुए मन बार-बार कह रहा था—'यह आना अन्तिम है'...और हुआ भी वही। जब पलँग पर हिलना-डुलना कठिन हो गया तो वहाँ तक की यात्रा ... अभी दो दिनों से केना और वन्दिता उसी घर का वारा-न्यारा करने तो गयी हुई हैं।

दो दिन हो गये...लम्बी रील देखते-देखते थक चुकी थी...आँखें बन्द हुई जा रही थी...फिर भी आगामी दृश्य में शायद इलाहाबाद का घर दिखायी दे...। वहाँ क्या हो रहा होगा ..इस उत्सुकता में सामने देखने का प्रयत्न करती हूँ...एक डूबती-सी हथौड़े की आवाज सुनायी देती है—एक, दो, तीन...।

सामने चल रही रील के दृश्यों को देखते हुए कितनी घटनाएँ, स्थितियाँ, लोग, सन्दर्भ, विचार, भावनाएँ... क्या कुछ नहीं घिरता रहा...याद आता रहा...। मनुष्य का कैसा स्वाभाव होता है न कि वह अपने अच्छे-बुरे के लिए कभी किसी व्यक्ति को तो कभी परिस्थितियों को तो कभी स्थान और वस्तुओं को जिम्मेदार ठहराता रहता है... जबकि वास्तव में ऐसा होती नहीं है, तो फिर ...?? यही तो शाश्वत प्रश्न है जिसका सन्तोषप्रद उत्तर किसी के पास नहीं। अगर उत्तर है तो केवल एक शब्द-'नियति'...।

अब बस और नहीं। थकान लग रही है। अब मैं केवल सोना चाहती हूँ, गहरी नींद...मैं जैसे ही आँखें बन्द करने की चेष्टा करती हूँ अचानक 'खट्' की आवाज आती है, रील बन्द हो चुकी है... पर्दे पर 'समाप्त' (दी एण्ड) लिखा है... पिछले दो दिनों से यह रील मुझे कौन दिखला रहा था! मेरा मन तो एकान्त पाते ही कहीं अतीत का पिटारा खोलकर नहीं बैठ गया था! जो हो, इतना लम्बा जीवन...उन्हीं स्थितियों को, उसी उम्र में पुनः जीते हुए कैसी अनुभूति हो रही थी न! काश! ऐसा नियम होता कि जीवन के प्रारम्भ में ऐसी रील दिखा दी जाती...नहीं-नहीं सब-कुछ पहले देख-सुन लो तो जीवन का आकर्षण ही समाप्त हो जाय...घर्र-घर्र की आवाज के साथ रील 'रीवाइण्ड' हो रही थी...।

एक अजीब-सी थकान तन-मन को घेरने लगी...आँखें भी जैसे डूब रही हैं... नीचे आवाजें सुनायी दे रही हैं। लगता है केना और वन्दिता इलाहाबाद से लौट आयी हैं। मन कर रहा था, आँख खोलकर एक बार दोनों को देख लूँ...। आवाजें निकट आ गयी हैं। दोनों अपने-अपने ढंग से वहाँ का हाल सुनाने को उत्सुक हैं—

—माँ, इलाहाबाद में क्या हुआ, पता है?

—सो रही हैं क्या? दुर्गा बतला रही थी कि आप दो दिनों से लगातार सो रही हैं, आँख ही नहीं खोलतीं। जगाने पर कठिनाई से उठती हैं, दवा वगैरह लेकर फिर सो जाती हैं।

—इतनी गहरी नींद तो आपको दवा देने पर भी नहीं आती। नींद में भी कराहती रहती हैं। सब ठीक है न?

—डॉक्टर बुलाना है क्या?

—माँ, उस छोटे-से घर में कितना सामान था, पता है?

—कबाड़ निकालते-निकालते पागल हो गये, कुछ इधर-उधर बाँट दिया और बिस्तर, कपड़े वगैरह घाट पर दे आये। कितने डिब्बे, छोटे-बड़े बक्से जमा कर रखे थे आपने। पुताई के लिए चूना घोलने के डिब्बे तक टाँड़ पर धरे थे।

—माँ, बाबा के काले बाक्स और उस टिफिन कैरियर, के बारे में कुछ नहीं पूछेगी, जो पुश्तैनी जायदाद के रूप में आपको मिले थे।

—नींद आ रही है आपको। अच्छा अभी आप आराम कीजिये, शाम को सब विस्तार से सुनायेंगे।

शब्द... केवल शब्द कानों से टकरा रहे थे...कुछ सुनायी नहीं दे रहा था। कैसे कहूँ, अब कुछ नहीं सुनना, कुछ भी नहीं जानना, कोई जिज्ञासा नहीं...। कोई भाव नहीं। न कोई दुःख, न कोई दर्द, न अच्छा न बुरा...अब न शरीर का भान है न मन का...ऐसा हलकापन, जैसा कभी अनुभव ही नहीं हुआ। ऊपर से नीचे तक एक निर्मल जल-सी तरलता बह रही है... बचे-खुचे भावों और विचारों की छोटी-छोटी उर्मियाँ तक उस शान्त तरलता में लीन हो रही हैं...अब किसी प्रकार का कोई व्यवधान नहीं चाहिए...।

किसी ने खिड़की का परदा सरका दिया है...साँझ झुक आयी है...बाहर लॉन पर से सूर्यास्त की लालिमा बुहर रही है...। साँझ का सुरमई दुपट्टा परछाईं बन, हरी घास और छोटे-छोटे पौधों की फुनगियों पर फैल रहा है। केने के पीले फूल पर फूलचुग्गी, अन्तिम उड़ान भरने के पहले, अपनी लम्बी चोंच से फूल का पराग पीते हुए कैसे झूल रही है फूल चुग्गी का बजन कितना होता होगा कि केला के फूल की पतली कोमल पंखुरियाँ भी उसके वजन से झुकती नहीं हैं...। अचानक मेरी ठठरी देह में एक कोमल छुअन का अनुभव होता है। अभी-अभी परछाईं का सुरमई दुपट्टा मुझे स्पर्श कर, बादल बन आकाश में उड़ा जा रहा है...छुअन का अनुभव! परन्तु तुम्हारी देह में तो अब कोई अनुभव नहीं होता! हाँ...परन्तु अभी मैंने, मेरे पूरे अस्तित्व ने, उस दिव्य स्पर्श का अनुभव किया है...।

सहसा परछाईं के झीने दुपट्टे के पार एक आहट सुनायी देती है...पद-आहट, निकट आ रही है...'यह पदचाप मेरी पहचानी।' अनायास, एक फुसफुसाहट कानों से टकराती है—'उठो, मोह छोड़ो चलो।'

—आवाज तो...

—हाँ, मेरी है।

—आप तो वर्षों पूर्व...

—चला गया था। परन्तु तुम्हारे पास से कहाँ गया। तुम्हारे साथ तो सदा ही था...।

—तो!! पिछले वर्षों की उठा-पटक में, सहायता के लिए, मैंने जिस हाथ को प्रभु का हाथ समझ पकड़ा, वह आपका...

—नहीं-नहीं, हाथ तो प्रभु का ही था। आज भी तुम्हारी ओर बढ़ा यह हाथ प्रभु का ही है...

अपनी समस्त ऊर्जा बटोरकर अपना ठठरी हाथ, आवाज की दिशा में उस काल्पनिक हाथ को पकड़ने के लिए फैलाते हुए, ओंठ बुदबुदा उठते हैं—'हाथ धोरे चलो सखा, जे आमि पथ जानि न।' (हे मित्र! मेरा हाथ पकड़कर चलना, क्योंकि मुझे मार्ग का ज्ञान नहीं है।)

●●●